Collection dirigée par
Henriette Joël et Isabelle Laffont

WILBUR SMITH

QUAND LE LION A FAIM

roman

traduit de l'anglais par Daniel Martin

ROBERT LAFFONT

Titre original : WHEN THE LION FEEDS

ISBN 2-221-07438-6

PREMIÈRE PARTIE

LE NATAL

1

UN faisan solitaire volait à flanc de coteau, si bas qu'il effleurait les herbes. En atteignant la crête, il replia ses ailes, laissa pendre ses pattes et s'abattit à couvert. Deux jeunes garçons et un chien le suivaient depuis le fond de la vallée : le chien allait en tête, tirant une langue rose, tandis que les garçons — deux jumeaux — couraient coude à coude derrière lui. Leurs chemises kaki étaient tachées de sueur, car le soleil d'Afrique était encore cuisant, bien qu'il fût déjà bas dans le ciel.

Le chien éventa l'oiseau et s'arrêta net, vibrant de tout son corps. Pendant un instant, il resta immobile, les narines frémissantes, puis il se mit soudain en quête. Tête basse, il allait et venait vivement, croisant et recroisant sa piste ; seuls son dos et sa queue émergeaient des herbes brunies par la sécheresse. Les jumeaux le rejoignirent ; la montée avait été rude, et ils étaient hors d'haleine.

— Reste à l'écart, sinon tu vas me gêner, haleta Sean à l'adresse de son frère.

Garrick obéit. Sean était son aîné, sinon par l'âge, du moins par la taille et par le poids : dix centimètres et dix kilos de plus lui conféraient le droit de commander. Sean reporta son attention sur le chien.

— Cherche, Tinker, cherche. Lève-le, mon chien.

Tinker agita la queue pour montrer qu'il avait compris, mais son museau continua à renifler la piste au ras du sol. Les deux frères le suivaient, nerfs tendus, prêts à lancer leur boomerang. Ils avançaient à pas précautionneux, luttant pour retenir leur souffle. Tinker découvrit l'oiseau tapi dans l'herbe : donnant soudain de la voix, il bondit, et le faisan s'envola en spirale dans un grand bruissement d'ailes.

Sean lança son boomerang, mais l'oiseau l'évita en brassant frénétiquement l'air. A son tour, Garrick projeta son bâton qui tournoya en sifflant et vint frapper l'animal de plein fouet. Quelques plumes volèrent. L'oiseau vacilla, puis s'abattit. L'aile brisée, il tenta de se faufiler parmi les herbes, et les garçons se précipitèrent à sa poursuite en poussant des cris surexcités. Sean réussit enfin à l'attraper, lui tordit le cou, et, tenant dans ses mains le corps tiède, attendit en riant que son frère l'eût rejoint.

— Tra-la-la-lère, voilà un joli coup, mon frère.

Tinker qui voulait flairer sa proie, faisait des bonds désordonnés, et Sean se baissa pour lui tendre l'oiseau. Le chien fourra son museau dans les plumes, renifla le corps, puis chercha à le saisir dans sa gueule. Mais Sean le repoussa et lança le faisan à son frère qui l'accrocha à sa ceinture à côté de ses autres prises.

— D'après toi, demanda Garrick, à quelle distance était-il ? Quinze mètres ?

— Pas tant que ça, affirma Sean. Plutôt dix que quinze.

— Moi, je suis sûr que ça faisait au moins quinze mètres. Il était plus loin que tous ceux que tu as abattus aujourd'hui.

Sa réussite avait enhardi Garrick. Le sourire de Sean s'éteignit.

— Vraiment ? fit-il.

— Vraiment ! dit Garrick.

Sean dégagea son front d'un revers de main, mais ses cheveux noirs étaient si souples qu'ils lui retombèrent tout de suite sur les yeux.

— Et celui que j'ai eu près de la rivière ? Il était deux fois plus loin.

— Vraiment ? fit Garrick à son tour.

— Vraiment ! répliqua Sean avec violence.

— Eh bien, si tu es si fort, comment as-tu pu manquer

celui-ci, hein? C'est toi qui as tiré le premier; alors, comment se fait-il que tu l'aies manqué ?

Le visage de Sean, déjà rougi par l'effort, se colora plus encore, et Garrick se rendit compte qu'il avait été trop loin. Il recula d'un pas.

— Tu veux parier ? demanda Sean.

A propos de quoi Sean voulait-il parier exactement ? Garrick n'en était pas très sûr, mais il savait par expérience que de toute façon la contestation se terminerait par un combat singulier. Lorsqu'ils pariaient tous deux, Garrick avait rarement le dessus.

— Il est déjà tard, dit Garrick. On ferait mieux de rentrer. Si on n'arrive pas à temps pour dîner, on va se faire secouer les puces par Papa.

Sean hésita. Garrick avait déjà tourné les talons et ramassé son boomerang, et se dirigeait vers la ferme paternelle. Sean se mit à courir, le rattrapa et le dépassa : il avait l'habitude de toujours aller en tête. Persuadé d'avoir démontré de façon irréfutable sa supériorité en matière de lancer, Sean se sentit enclin à pardonner.

— De quelle couleur crois-tu que sera le poulain de Gypsy ? demanda-t-il par-dessus son épaule.

Garrick accueillit l'armistice avec soulagement. Les deux frères se mirent à discuter amicalement de ce grave problème, pour aborder ensuite une douzaine d'autres questions aussi importantes, tout en continuant à courir. A part l'heure qu'ils avaient passée, dans un coin ombreux près de la rivière, à faire rôtir et dévorer une couple de leurs faisans, ils n'avaient pas arrêté de courir toute la journée.

Là-haut, la savane couvrait collines et vallées. Partout, l'herbe frémissait au gré du vent — une herbe sèche, couleur de blé mur, dans laquelle les jeunes garçons enfonçaient jusqu'à la taille. Derrière eux, à gauche, à droite, la savane s'étendait à perte de vue, mais devant, le terrain devenait plus accidenté et plongeait en à pic ; puis la pente s'adoucissait à nouveau pour rejoindre la plaine de la Tugela, dont les eaux coulaient à trente kilomètres de là, invisibles aujourd'hui à cause de la brume. Par-delà la rivière s'étendait le Zoulouland, vers le nord et vers l'est, jusqu'à la mer. C'était la Tugela qui servait de frontière.

L'à pic était tailladé de ravines où croissait un maquis

serré de broussailles olivâtres. A trois kilomètres de là, dans la plaine, s'élevait la ferme de Theunis Kraal. La maison d'habitation était un vaste bâtiment hérissé de pignons à la hollandaise et couvert d'un toit de chaume. Il y avait des chevaux dans l'enclos, beaucoup de chevaux, car le père de Sean et de Garrick était un homme riche. La fumée des fourneaux bleuissait l'air au-dessus des cuisines, et quelqu'un, là-bas, devait couper du bois, car le bruit affaibli en parvenait jusqu'aux deux jeunes garçons.

Sean s'arrêta au bord de l'escarpement et s'assit dans l'herbe, puis, prenant dans ses mains son pied nu, il le retourna pour l'examiner : le matin même, il avait dû extraire de son talon une grosse épine qui s'y était fichée, et le trou qu'elle avait laissé était maintenant plein de terre. Garrick s'assit près de son frère.

— Dis donc, ça ne va pas te faire de bien quand maman va te passer de la teinture d'iode ! fit remarquer Garrick avec un plaisir mauvais. Il va falloir qu'elle prenne une aiguille pour faire sortir la saleté. Je parie que tu vas hurler, hurler jusqu'à en devenir cinglé !

Sean fit celui qui n'avait rien entendu. Il cueillit une herbe et se mit à fouiller la blessure. Garrick le regardait faire avec intérêt.

Pour des jumeaux, ils n'auraient guère pu être plus dissemblables. Sean se transformait, devenait déjà presque un homme : ses épaules s'élargissaient, et sa rondeur de jeune chiot cédait peu à peu devant la fermeté de ses muscles. Son teint était coloré, avec un air de vigueur et de santé : un visage bronzé, des joues et des lèvres rougies par le sang vif, à fleur de peau ; et puis des cheveux noirs, et des yeux bleus, de cette nuance indigo que prennent les lacs de montagne lorsque y passe l'ombre d'un nuage.

Garrick était mince, avec des chevilles et des poignets de fille. Ses cheveux étaient d'un châtain indécis et, vers la nuque, tiraient même sur le blond filasse. Son visage était constellé de taches de rousseur. A cause d'un rhume des foins chronique qu'il traînait depuis bien longtemps, il avait le nez perpétuellement rouge, ainsi d'ailleurs que le bord de ses paupières, qui ourlaient des yeux d'un bleu délavé.

Garrick se lassa vite de contempler son frère charcuter sa blessure. Il tendit le bras et se mit à jouer avec une des longues oreilles de Tinker, qui cessa un instant de haleter et déglutit à deux reprises ; un peu de salive tomba du bout de sa langue rose. Puis Garrick releva la tête et jeta un regard vers la plaine. Tout près de l'endroit où ils étaient assis s'ouvrait une des ravines encombrées de broussailles. Soudain, il sursauta.

— Sean, regarde ! Près du buisson, chuchota-t-il.

Sa voix vibrait d'émotion.

— Qu'est-ce qu'il y a ? demanda Sean en levant la tête.

Puis il vit la bête.

— Retiens Tinker.

Garrick empoigna le collier du chien et lui maintint la tête, pour éviter qu'il n'aperçût l'animal et qu'il ne tentât de lui donner la chasse.

— C'est le plus gros *inkonka* du monde ! murmura Garrick.

Sean était trop absorbé pour répondre.

Le céphalophe sortit précautionneusement des fourrés. C'était un grand mâle, noirci par l'âge. Les taches qu'il avait à la hauteur du garrot étaient à moitié effacées, comme d'anciennes marques faites à la craie. Les oreilles dressées, les cornes hautes, il s'aventura en terrain découvert. Il avait la taille d'un poney, mais sa démarche avait quelque chose de délicat et d'hésitant à la fois. Il s'arrêta, balança la tête de côté et d'autre comme pour repérer un danger possible, puis redescendit la pente en oblique et disparut dans une autre ravine. Il y eut un moment de silence, que les deux frères brisèrent soudain à la fois.

— Tu l'as vu, non mais, tu as vu ses cornes ?

— Quand je pense que c'est si près de chez nous et qu'on ne connaissait même pas son existence !

Ils se remirent debout avec quelque peine. Ils n'arrêtaient pas de parler, et leur surexcitation était si contagieuse que Tinker se mit à courir en rond autour d'eux tout en aboyant. Une fois passé le premier moment de confusion, Sean éleva la voix, et cela suffit pour que tout rentrât dans l'ordre.

— Je parie qu'il reste caché dans la ravine pendant toute la journée, et qu'il ne sort que la nuit. Allons jeter un coup d'œil.

Sean ouvrit la marche et se mit à descendre la pente. Ils découvrirent la cachette de l'animal en bordure des fourrés, dans un creux sombre, frais, tapissé de feuilles mortes. Le sol était couvert de traces de sabots, et semé d'excréments. Le lit de feuilles était encore creusé par la marque du corps de la bête, qui y avait laissé quelques poils grisonnants. Sean s'agenouilla et en ramassa un.

— Comment faire pour l'attraper ?

— On pourrait creuser un trou et y enfoncer des pieux aiguisés, suggéra Garrick, prompt à s'emballer.

— Et qui le creusera ? Toi ? demanda Sean.

— Tu pourrais m'aider.

— Il faudrait que ce soit vraiment une grande fosse, dit Sean qui ne semblait pas convaincu.

Il y eut un silence pendant lequel chacun réfléchit à la somme de travail que représentait le creusement d'un tel piège. Ils n'y firent plus allusion par la suite.

— On pourrait faire venir les copains de la ville, et le chasser à courre avec les terriers irlandais, dit Sean.

— Combien de fois a-t-on déjà chassé avec eux ? Des centaines de fois, et jamais on n'a attrapé le plus petit *duiker* [1], alors un céphalophe, tu penses !

Garrick hésita, puis poursuivit :

— D'ailleurs, tu te rappelles ce qui est arrivé à Frank Van Essen avec un *inkonka,* hein ? Il lui a flanqué de tels coups de corne qu'il a fallu ramasser ses boyaux pour les lui remettre dans le ventre !

— Tu as peur ? demanda Sean.

— Moi ? Jamais ! s'écria Garrick avec indignation.

Puis il ajouta vivement :

— Mince, il fait presque nuit. On ferait bien de se dépêcher.

Ils redescendirent vers la plaine.

1. Petite antilope d'Afrique du Sud.

2

SEAN, allongé dans le noir, fixait son regard sur le haut rectangle gris de la fenêtre. Il y avait au ciel un quartier de lune. Sean n'arrivait pas à dormir : il songeait au céphalophe. Il entendit ses parents passer dans le couloir, devant sa chambre ; sa belle-mère dit quelque chose, et son père se mit à rire : Waite Courteney avait un rire aussi profond qu'un lointain roulement de tonnerre.

Sean les entendit refermer la porte de leur chambre, et il s'assit dans son lit.

— Garry, appela-t-il.

Pas de réponse.

— Garry !

Sean ramassa une chaussure et la lança. Il y eut un grognement.

— Garry !

— Qu'est-ce que tu veux ?

La voix de Garrick, tout ensommeillée, n'était pas aimable.

— J'étais en train de penser... Demain, c'est vendredi.

— Et alors ?

— Papa et maman vont en ville, ils resteront partis toute la journée. On pourrait prendre le fusil et aller chasser le vieil *inkonka*.

Inquiet, Garrick s'agita et fit grincer son lit.

— Tu es fou !

Il ne pouvait empêcher sa voix de trahir son anxiété.

— Papa nous tuerait s'il nous surprenait avec son fusil.

Mais il savait, en disant ces mots, qu'il lui faudrait trouver quelque chose d'autrement plus convaincant pour dissuader son frère. Sean évitait autant que possible les occasions de se faire punir, mais aller chasser un céphalophe valait bien la peine de risquer une raclée. Garrick était étendu sur son lit, immobile. Il cherchait désespérément des arguments.

— D'ailleurs, dit-il enfin, papa garde les cartouches sous clé.

C'était une botte habile, mais Sean trouva la parade.

— Oui, mais il y en a deux qu'il a oubliées et qui sont dans le grand vase de la salle à manger. Cela fait plus d'un mois qu'elles s'y trouvent.

Garrick transpirait. Il croyait déjà sentir la lanière du *sjambok*[1] lui cingler les fesses, et entendre son père compter les coups : huit, neuf, dix.

— Je t'en supplie, Sean, pense à autre chose.

A l'autre bout de la chambre, Sean s'installa confortablement sur ses oreillers. Il venait de prendre sa décision.

1. Gros fouet en cuir d'hippopotame ou de rhinocéros.

3

WAITE Courteney aida sa femme à s'installer sur le siège avant du boguet [1]. Il lui tapota tendrement le bras, puis fit le tour pour venir s'asseoir à la place du cocher, non sans s'arrêter un instant pour flatter ses chevaux et assurer son chapeau sur son crâne chauve. C'était un homme grand et fort : la voiture fléchit sous son poids lorsqu'il y monta à son tour. Il saisit les rênes et se retourna vers ses fils, debout sous la véranda, pour les regarder de ses yeux rieurs.

— Je vous serais très reconnaissant, Messieurs, si vous pouviez réussir à ne pas vous attirer d'ennuis pendant les quelques heures où nous allons être absents.

— Bien, p'pa répondirent-ils en chœur, apparemment soumis.

— Sean, si l'envie te prend encore de grimper dans le grand gommier bleu, résiste, mon garçon, résiste.

— Oui, p'pa.

— Garrick, plus d'expérience avec la poudre à canon, nous sommes bien d'accord ?

— Oui, p'pa.

1. Voiture légère à deux roues.

— Et ne prenez pas cet air innocent, tous les deux, vous me flanquez la frousse !

Waite toucha du bout de son fouet la croupe luisante de son cheval, et le boguet s'ébranla vers Ladyburg.

— Il ne nous a pas interdit de prendre son fusil, chuchota Sean d'un ton candide. Maintenant, va voir s'il n'y a pas de domestiques à proximité : si jamais ils nous apercevaient, ça ferait toute une histoire. Après, tu feras le tour de la maison, et je te passerai le fusil par la fenêtre de la chambre.

Tout le long du chemin, Sean et Garrick n'arrêtèrent pas de se disputer. Sean portait le fusil sur l'épaule, tenant la crosse à deux mains.

— C'est moi qui ai eu l'idée, non ? demanda-t-il.

— Mais c'est moi qui ai vu l'*inkonka* le premier, protesta Garrick.

Il sentait grandir à nouveau son audace : à mesure qu'il s'éloignait de la maison paternelle, sa crainte des représailles s'estompait.

— Ça n'a rien à voir, répliqua Sean. Moi, j'ai pensé au fusil, donc j'ai seul le droit de m'en servir.

— Pourquoi c'est toujours toi qui as la meilleure part ? demanda Garrick.

Sean s'indigna.

— Quand tu as trouvé le nid du faucon près de la rivière, je t'ai laissé grimper dans l'arbre, non ? Quand tu as attrapé le petit *duiker*, je t'ai laissé le nourrir, non ?

— Oui, oui, justement. Puisque j'ai vu l'*inkonka* avant toi, pourquoi ne me laisses-tu pas le tirer ?

Devant un tel entêtement, Sean garda le silence, mais il serra plus fort la crosse du fusil. Pour triompher, il faudrait que son frère vînt le lui arracher des mains — cela, Garrick le savait, et il se mit à bouder. Sean s'arrêta sous les arbres au pied de l'escarpement, et jeta un coup d'œil à son frère par-dessus son épaule.

— Tu veux m'aider, ou bien il faut que je me débrouille tout seul ?

Garrick baissa la tête, donna un coup de pied dans une brindille et renifla bruyamment : son rhume des foins empirait toujours le matin.

— Alors ? demanda Sean.

— Que veux-tu que je fasse ?

— Tu vas rester ici, et compter jusqu'à mille, lentement. Pendant ce temps-là, je vais grimper là-haut en faisant un détour, et je vais me poster là où on a vu le céphalophe passer hier. Quand tu auras fini de compter, monte par la ravine, et mets-toi à crier en arrivant à mi-hauteur. Il débouchera au même endroit qu'hier. Compris ?

Garrick acquiesça de mauvaise grâce.

— Tu as apporté la laisse de Tinker ?

Garrick la tira de sa poche. En la voyant, Tinker recula, mais Sean l'attrapa par le collier, et Garrick l'attacha. Le chien rabattit les oreilles et regarda les deux garçons d'un air de reproche.

— Ne le laisse pas filer, dit Sean, l'*inkonka* le taillerait en pièces. Et maintenant, vas-y, commence à compter.

Sean se mit à grimper en laissant la ravine loin à sa droite. L'herbe était glissante, le fusil lourd, et la pente truffée de petites pierres coupantes. Sean buta contre l'une d'elles ; son orteil se mit à saigner, mais il continua son ascension. Pour retrouver l'antre du céphalophe, Sean avait repéré la veille un petit arbre mort, près des fourrés. Il le dépassa, puis s'arrêta juste avant la crête, afin que l'herbe mouvante empêchât sa tête de se découper sur le ciel.

Il était essoufflé. Trouvant un rocher gros comme un tonneau de bière qui devait pouvoir lui servir d'affût, il se blottit derrière et y appuya son arme. Puis, pour être certain que son aire de tir était bien dégagée, il s'essaya à viser vers les fourrés, et balaya l'espace libre avec ses canons jumelés. A la pensée que la bête allait peut-être bientôt déboucher dans sa ligne de mire, il sentit un petit frisson de surexcitation lui parcourir les bras et remonter par les épaules jusqu'à la nuque.

— Je ne tirerai pas en avant, murmura-t-il. Il n'ira pas bien vite, certainement. Il faudra viser juste à l'épaule.

Il bascula les canons, sortit les deux cartouches de la poche de sa chemise et les glissa dans les culasses, puis referma le fusil d'un coup sec. Il lui fallut toute la force de ses deux mains pour ramener les chiens en arrière, mais il y parvint finalement.

Sean posa devant lui le fusil chargé et armé, et examina à nouveau les alentours. A sa gauche, la ravine faisait une tache vert sombre au flanc de la colline, tandis que devant lui s'étendait le terrain découvert que l'animal devait traverser. D'un geste d'impatience, Sean releva une mèche de cheveux qui lui tombait sur le front : elle était trempée de sueur.

Les minutes s'écoulèrent lentement.

— Bon sang, qu'est-ce qu'il fait, Garrick ? Il est tellement bête quelquefois !

A peine Sean avait-il murmuré ces mots que lui parvint la réponse : Garrick poussait son cri, mais cela venait de très bas, et les fourrés étouffaient le son. Tinker aboya une fois, mais sans enthousiasme : il boudait, lui aussi, car il n'aimait pas être tenu en laisse. Sean attendit, le doigt sur la détente. Garrick cria encore — et le céphalophe sortit soudain de la ravine.

Il déboucha très vite en terrain découvert, les naseaux au vent, les cornes dressées. Sean se déplaça de biais tout en suivant la course de l'animal : le guidon ne lâchait pas l'épaule de la bête. Sean tira, et le recul lui fit perdre l'équilibre. La fumée lui monta aux narines ; ses oreilles bourdonnaient. Il se remit tant bien que mal sur pied, tenant toujours son fusil. Le céphalophe s'était écroulé dans l'herbe et bêlait comme un agneau, tout en décochant les dernières ruades de l'agonie.

— Je l'ai eu, hurla Sean, je l'ai eu du premier coup ! Garry ! Garry ! Je l'ai eu, je l'ai eu !

Tinker surgit des fourrés, tirant de toutes ses forces sur sa laisse et entraînant Garrick. Criant toujours, Sean se mit à courir pour les rejoindre. Une pierre roula sous son pied, et il tomba en avant. Le fusil lui échappa des mains, et le second coup partit. Le bruit fut assourdissant.

Lorsque Sean se releva, Garrick était assis dans l'herbe et pleurnichait, tout en regardant fixement sa jambe. Les plombs avaient déchiqueté la chair au-dessous du genou, et de petites esquilles blanchâtres apparaissaient au milieu de la plaie béante d'où le sang coulait avec abondance, épais et sombre.

— Je n'ai pas fait exprès... Oh, mon Dieu, je n'ai pas fait exprès, Garry. J'ai glissé, je te jure, j'ai glissé.

Sean ne pouvait détacher son regard de la blessure. Il était blême, et ses yeux agrandis par la terreur avaient des éclats sombres. Le sang de Garrick continuait à ruisseler.

— Arrête le sang de couler ! Sean, je t'en supplie. Oh, ça fait mal ! Oh, Sean, empêche-le de couler !

Sean s'agenouilla maladroitement près de son frère. Il avait envie de vomir. Il détacha sa ceinture et la serra autour de la jambe blessée, en se servant de son couteau dans sa gaine comme d'un tourniquet. L'hémorragie diminua. Il serra plus fort. Il avait du sang sur les mains, du sang tiède, un peu visqueux.

— Oh, Sean ! ça fait mal, ça fait mal...

Le visage de Garrick était cireux. Il eut une brusque sensation de froid — la réaction après un tel choc — et il fut pris de frissons.

— Je vais chercher Joseph, bafouilla Sean. On va... on va revenir le plus vite possible. Oh, mon Dieu, c'est affreux !

Sean bondit sur ses pieds et s'élança. Il tomba, roula, se remit debout et repartit toujours courant.

Il revint au bout d'une heure avec trois domestiques zoulous. Joseph, le cuisinier, avait apporté une couverture dans laquelle il enveloppa Garrick. Lorsqu'il le prit dans ses bras, la jambe blessée se mit à se balancer, inerte, et Garrick s'évanouit de douleur. En redescendant vers la plaine, Sean aperçut un petit nuage de poussière sur la route de Ladyburg : un des palefreniers partait prévenir Waite Courteney.

Lorsque ce dernier revint à Theunis Kraal, tout le monde attendait sous la véranda. Garrick avait repris connaissance, mais il était encore très pâle. On l'avait étendu sur un divan, et le sang avait taché la couverture. Il y en avait aussi sur l'uniforme de Joseph, et les mains de Sean étaient noires de sang séché. Waite Courteney arriva en courant, se pencha sur Garrick et souleva la couverture. Pendant une seconde, il examina la jambe, puis la recouvrit avec précaution.

Waite prit Garrick dans ses bras et le porta jusqu'au boguet. Avec l'aide de Joseph, il l'installa sur le siège arrière. Le serviteur tint Garrick dans ses bras, tandis que Mme Courteney prenait sur ses genoux la jambe blessée pour éviter à son beau-fils de trop violentes secousses. Waite Courteney grimpa vivement sur le siège du cocher, prit les rênes, et tourna la tête vers Sean qui était resté debout sous la véranda. Il ne prononça pas un mot, mais son regard était si terrible que Sean baissa les yeux. Waite Courteney fouetta ses chevaux et reprit la route de Ladyburg à toute allure. Il conduisait rageusement, et le vent de la vitesse faisait voler sa barbe.

Sean les regarda partir. Lorsqu'ils eurent disparu derrière les arbres, il demeura seul, immobile sous la véranda, puis se détourna soudain et rentra en courant dans la maison. Il en ressortit par la porte de la cuisine, traversa la cour, pénétra dans la sellerie, prit une bride au râtelier et se précipita vers l'enclos. Choisissant une jument baie, il l'amena près de la palissade, puis lui passa le bras autour du cou et lui assujettit le mors. Après quoi, il boucla la sous-gorge et sauta sur le dos de l'animal, sans selle et sans étrier.

D'un coup de talon, il fit partir la jument au galop et lui fit sauter la barrière. Ballotté d'arrière en avant, il se reprit et fonça vers la route de Ladyburg.

Il y avait treize kilomètres jusqu'à la ville, et Waite Courteney y parvint avant son fils. Sean découvrit le boguet devant le cabinet du docteur Van Rooyen ; les chevaux haletaient, et leur corps était noir de sueur. Sean se laissa glisser à terre, monta l'escalier et poussa doucement la porte. L'odeur douceâtre du chloroforme le saisit aux narines. Garrick était allongé sur la table. Waite et sa femme se tenaient près de lui, tandis que le médecin, un peu plus loin, se lavait les mains dans une cuvette en émail. Ada Courteney pleurait silencieusement, le visage brouillé de larmes. Ils se retournèrent tous les trois vers Sean debout sur le seuil.

— Viens ici, dit Waite Courteney d'une voix sourde et sans expression. Viens ici à côté de moi. On va couper la jambe à ton frère et, par le Christ, je veux que tu assistes à toute l'opération !

4

On ramena Garrick à Theunis Kraal au cours de la nuit. Waite Courteney conduisit très lentement et très prudemment, et Sean suivit loin derrière. Avec sa légère chemise kaki, il avait froid, et ce qu'il avait vu lui donnait la nausée. Son père l'avait forcé à regarder en lui tenant solidement les bras : il en avait des bleus partout.

Les serviteurs avaient allumé des lanternes sous la véranda. Ils attendaient dans l'ombre, muets et anxieux. Lorsque Waite monta les marches du perron, portant le corps de son fils enveloppé dans une couverture, une voix demanda doucement en zoulou :

— La jambe ?

— Coupée, répondit Waite avec brusquerie.

Tous se mirent à soupirer, et la voix reprit :

— Va-t-il bien ?

— Il est vivant, répondit Waite.

Il porta Garrick jusqu'à la chambre traditionnellement réservée aux invités ou aux malades, et resta debout au milieu de la pièce, tenant toujours son fils dans ses bras, tandis que sa femme mettait des draps propres. Puis il étendit Garrick sur le lit et le couvrit.

— Que peut-on faire d'autre ? demanda Ada.

— Attendre.

Dans l'obscurité, Ada chercha le bras de son mari.

— Mon Dieu, murmura-t-elle, faites qu'il vive. Il est si jeune.

— C'est la faute de Sean ! cria Waite dont la colère resurgit brusquement. Jamais Garry n'aurait fait ça tout seul.

Il essaya de se dégager, mais la main d'Ada ne le lâchait pas.

— Que vas-tu faire ? demanda-t-elle.

— Je vais le fouetter ! Je vais l'écorcher vif !

— Non, je t'en supplie, n'en fais rien.

— Et pourquoi donc ?

— Il a assez souffert comme cela. Tu n'as pas vu sa tête ?

Les épaules de Waite s'affaissèrent, et il s'assit dans le fauteuil près du lit. Ada lui caressa la joue.

— Je vais rester ici pour le veiller. Va dormir un peu, mon chéri.

— Non, fit Waite.

Elle s'assit sur le bras du fauteuil, et Waite lui prit la taille. Longtemps après, ils finirent par s'endormir, serrés l'un contre l'autre dans le fauteuil.

5

Les jours qui suivirent furent douloureux. L'esprit de Garrick se mit à battre la campagne. Dans son délire, il haletait, secouait de côté et d'autre son visage enfiévré, criait et pleurnichait dans son grand lit. Son moignon se boursouflait, et les points de suture étaient si serrés qu'on aurait dit que la chair gonflée allait éclater. Un liquide purulent, nauséabond, tachait les draps de jaune.

Ada demeura constamment au chevet de Garrick. Elle essuyait son front trempé de sueur, changeait ses pansements, lui donnait à boire, le calmait lorsqu'il se mettait à délirer. Le souci et la fatigue creusèrent de profonds cernes autour de ses yeux, mais elle refusait de quitter son beau-fils. Waite, lui, ne pouvait y tenir. Comme tous les hommes, il avait peur de la souffrance, et cette terreur le saisissait dès qu'il restait quelque temps dans la chambre de Garrick. Toutes les demi-heures, il revenait, demeurait un instant près du lit, puis ressortait et recommençait à errer sans fin à travers la maison. Ada entendait son pas lourd résonner dans les couloirs.

Sean aussi hantait Theunis Kraal : il s'asseyait dans la cuisine, ou à l'extrémité de la véranda. Personne ne lui adressait la parole, pas même les domestiques, qui le chassaient lorsqu'il essayait de se glisser dans la chambre pour voir son frère. Il était seul — de cette solitude désespérée que connaissent les coupables. Car Garry allait mourir, Sean le devinait au silence maléfique qui pesait sur toute la maison. Aucun bavardage, aucun bruit de casseroles ne parvenait des cuisines. Waite Courteney ne riait plus jamais de son rire profond. Même les chiens se taisaient. La mort rôdait autour de Theunis Kraal. Sean sentait son odeur monter des draps souillés que les serviteurs emportaient de la chambre de Garrick : une odeur musquée, comme celle d'un animal. Parfois aussi, il lui semblait presque l'apercevoir : même en plein jour, sous la véranda, la mort devait être accroupie près de lui, telle une ombre tapie juste à la limite de son champ de vision. Elle n'avait pas encore pris forme, elle n'était qu'obscurité et froid, mais elle grandissait sans cesse, et serait bientôt assez forte pour emmener Garrick.

Le troisième jour, Waite Courteney sortit en hurlant de la chambre de son fils, traversa la maison en coup de vent et courut jusqu'aux écuries.

— Karlie, où es-tu ? Dépêche-toi de seller Rooiberg. Vite, vite, que le diable t'emporte ! Il est mourant, tu m'entends, il est mourant !

Sean était assis contre le mur, près de la porte de derrière. Il ne bougea pas, mais son bras serra plus fort le cou de Tinker, et le chien posa son nez froid sur sa joue. Sean suivit des yeux son père qui sautait en selle et s'éloignait. Le bruit des sabots de l'étalon décrut, puis s'éteignit tout à fait. Alors Sean se leva et se glissa dans la maison pour venir écouter à la porte de la chambre, puis il ouvrit doucement et entra. Ada tourna vers lui son visage fatigué. Elle paraissait beaucoup plus que ses trente-cinq ans, mais ses cheveux noirs étaient bien tirés en arrière et réunis en un chignon impeccable, et sa robe était propre et fraîche. Malgré son épuisement, Ada était belle encore. Il y avait en elle une douceur, une bonté que ni la souffrance ni les soucis ne pouvaient détruire. Elle tendit la main vers Sean, qui vint près d'elle et regarda Garrick. Alors il sut pourquoi son père était parti chercher le médecin. La mort était dans la chambre, elle rôdait près du lit. Garrick reposait, immobile, le teint jaune, les yeux clos, les lèvres sèches et craquelées.

Le sentiment de sa solitude et de sa culpabilité envahit Sean, sa gorge se serra, et il éclata en sanglots. Tombant à genoux, il cacha sa tête dans les plis de la robe d'Ada et se mit à pleurer. Pour la dernière fois de sa vie, il pleura — comme un homme pleure, à longs sanglots douloureux qui déchiraient à chaque fois quelque chose en lui.

Waite Courteney revint de Ladyburg en compagnie du médecin. Une fois encore, Sean fut chassé de la chambre, et la porte se referma. Pendant toute la nuit, il les entendit lutter contre la mort, il entendit le murmure de leurs voix et le frottement de leurs pas sur le parquet de santal. Au matin, tout fut terminé. La fièvre avait cédé et Garrick était vivant. Vivant, pas davantage. Ses yeux étaient si profondément enfoncés dans leurs orbites qu'on aurait dit un mort. Son corps et son esprit ne devaient jamais se remettre totalement du choc.

La convalescence fut lente. Une semaine s'écoula avant qu'il pût retrouver assez de forces pour manger seul. Lorsqu'il fut en état de murmurer quelques mots, la première chose qu'il demanda, ce fut à voir son frère :

— Où est Sean ?

Et Sean, très éprouvé encore, restait assis près de lui pendant des heures. Et puis, lorsque Garrick dormait, Sean se glissait hors de la chambre et, une canne à pêche ou un boomerang à la main, il partait en brousse, Tinker sur ses talons. La profondeur de son remords peut se mesurer à l'effort qu'il devait faire sur lui-même pour demeurer des heures durant dans la chambre de son frère. L'inaction lui pesait, comme des entraves à un jeune poulain. Personne ne sut jamais ce qu'il lui en coûta de rester au chevet de Garrick, alors que tout son corps brûlait d'une énergie inemployée et que son esprit ne tenait pas en place.

Sean dut retourner en classe. Il partit un lundi matin avant l'aube. Garrick entendit les chevaux piaffer sur la route, et la voix d'Ada qui donnait à Sean ses dernières instructions :

— J'ai mis une bouteille de sirop pour la toux sous tes chemises; donne-la à Fraülein aussitôt arrivé. Elle veillera à t'en faire prendre au premier symptôme.

— Oui, m'man.

— Il y a six gilets de corps dans la petite valise. Tu en changeras tous les jours.

— C'est bon pour les poules mouillées, ces machins-là.

— Tu feras ce qu'on te dit, intervint son père. Finis ton

porridge, et dépêche-toi. Il ne faut pas tarder si tu dois être en ville à sept heures.

— Est-ce que je peux aller dire au revoir à Garry ?

— Tu lui as dit au revoir hier soir — d'ailleurs il dort encore, certainement.

Garrick ouvrit la bouche pour appeler mais il savait qu'on ne l'entendrait pas : il n'avait pas encore assez de force dans la voix. Il resta donc tranquille, et écouta le bruit des chaises qu'on repoussait pour se lever de table, les pas qui se dirigeaient vers la véranda, les voix qui s'élevaient pour dire au revoir, et puis le crissement du gravier de l'allée sous les roues du boguet. Lorsque Sean fut parti avec son père, le silence retomba.

Désormais, les fins de semaine furent pour Garrick les seuls moments heureux dans la désespérante monotonie de sa vie. Il les attendait avec impatience, mais il semblait s'écouler une éternité entre deux retours de Sean : le temps passe très lentement pour les jeunes et pour les malades. Ada et Waite comprenaient un peu ce qu'il pouvait éprouver. La chambre de Garrick devint le centre de leur vie : ils firent installer deux des gros fauteuils de cuir du salon, de part et d'autre du lit, et y passèrent toutes leurs soirées. Waite, la pipe à la bouche, un verre de cognac à portée de la main, façonnait une jambe de bois pour Garrick, éclatant parfois de son rire sonore. Pendant ce temps, Ada tricotait.

Ils essayaient tous deux de se rapprocher de Garrick. Peut-être justement cet effort trop conscient fut-il la cause de leur échec ; peut-être aussi, tout simplement, est-il impossible à un adulte de communiquer vraiment avec un jeune garçon, et de franchir cette barrière, cette réserve qui le séparent du monde secret de l'enfance. Garrick parlait et riait avec eux, mais ce n'était pas la même chose que lorsque Sean était là. Dans la journée, Ada avait la charge d'une vaste maisonnée, et Waite devait s'occuper de ses six mille hectares de terre et de ses deux mille têtes de bétail. C'étaient là pour Garrick des heures de solitude totale : s'il n'avait eu ses livres pour compagnons, il aurait eu bien du mal à les supporter. Il lut tout ce qu'Ada lui apportait : Stevenson, Swift, Defoe, Dickens, Shakespeare même. Il ne comprenait pas tout, loin de là, mais la lecture était pour lui un opium qui l'aidait à tenir jusqu'au vendredi suivant.

Lorsque Sean revenait chez lui à la fin de la semaine, on eût dit que le vent soufflait en tempête : les portes claquaient, les chiens aboyaient, les domestiques criaient, et des pas pressés résonnaient dans les couloirs. C'était Sean qui faisait le plus de bruit, mais d'autres y avaient leur part de responsabilité : sa petite escorte de fidèles, de jeunes garçons qui avaient été ses camarades de classe à l'école du village, et qui, comme Garrick, acceptaient sans broncher son autorité. Les poings de Sean n'étaient pas seuls en cause, mais aussi sa gaieté et son énergie communicatives. Cet été-là, les amis affluaient à Theunis Kraal, parfois montés à trois sur un poney sans selle, comme des moineaux perchés sur une balustrade. Ils venaient voir cette attraction supplémentaire : le moignon de Garrick, dont Sean se montrait particulièrement fier.

— C'est ici que le toubib l'a recousu, disait-il en désignant une rangée de points de suture le long de la cicatrice rosâtre.

— Est-ce que je peux toucher, vieux ?

— Oui, mais n'appuie pas dessus, sans quoi ça pourrait se rouvrir.

Jamais on ne s'était intéressé autant à Garrick. Radieux, il contemplait l'un après l'autre tous ces visages solennels aux yeux écarquillés.

— Ça fait bizarre, on dirait que c'est tout chaud.

— Ça t'a fait mal ?

— Comment il a coupé l'os, le docteur ? Avec une hache ?

— Non.

Sean était le seul à pouvoir donner des précisions techniques sur cette question.

— Avec une scie. Exactement comme pour un morceau de bois.

Sean, de sa main ouverte, imitait le mouvement de l'outil.

Mais, si fascinant fût-il, ce sujet de conversation ne pouvait les occuper très longtemps, et ils ne tardaient pas à s'agiter tous.

— Dis donc, Sean, Karl et moi on a repéré un nid de moinillons. Tu veux qu'on aille le voir ?

Ou bien :

— Allons attraper des grenouilles !

Alors Garrick, en désespoir de cause, proposait :

— Vous ne voulez pas regarder ma collection de timbres ? Elle est là, dans le placard.

— Oh non ! tu nous l'as déjà montrée la semaine dernière. Allez, venez, les gars.

Alors Ada, qui laissait la porte de la cuisine ouverte pour mieux entendre la conversation, apportait le goûter : des *koeksusters* [1], des gâteaux au chocolat couverts d'un glaçage à la menthe, de la pastèque confite et une demi-douzaine d'autres sucreries. Elle savait qu'ils ne partiraient pas sans avoir tout mangé. Elle savait aussi qu'avant la fin du goûter il y aurait quelques estomacs barbouillés, mais tout plutôt que de savoir Garrick seul, écoutant ses camarades s'éloigner vers les collines.

Les week-ends étaient courts, ils passaient à un rythme étourdissant. Une nouvelle et interminable semaine commençait pour Garrick. Il y en eut huit ainsi, longues et lugubres, jusqu'à ce qu'un beau jour le docteur Van Rooyen consentît à ce qu'il s'installât sous la véranda dans la journée. La perspective de recouvrer la santé devint soudain une réalité pour le jeune garçon. Waite avait presque terminé la jambe de bois qu'il était en train de fabriquer ; il avait façonné un cône de cuir qui devait s'emboîter sur le moignon, et l'avait fixé au pilon par des clous de cuivre à tête plate. Il travaillait sans hâte, donnant peu à peu forme à la pièce de cuir et y ajustant des courroies qui devaient tenir le tout en place.

Pendant ce temps, Garrick s'exerçait sous la véranda. Un bras sur l'épaule d'Ada, il avançait en sautillant, serrant les mâchoires comme pour mieux se concentrer. Sur son visage longtemps privé de soleil, ses taches de rousseur ressortaient encore davantage. Deux fois par jour, Ada s'asseyait sur un coussin devant le fauteuil de Garrick, et massait son moignon avec de l'alcool à brûler pour affermir les chairs : il fallait qu'il pût supporter le contact avec le cône d'emboîtement, fait de cuir rigide.

— Je parie que ce vieux Sean n'en reviendra pas, de me voir me balader dans toute la maison !

— Ce sera une surprise pour tout le monde, reconnut Ada. Elle leva les yeux et lui sourit.

---

1. Friandise d'origine boer faite de pâte frite dans du miel.

— Je ne peux pas essayer maintenant ? Comme ça, je pourrai aller pêcher avec lui quand il viendra samedi.

— Il ne faut pas te faire trop d'illusions, Garry, ce sera difficile au début. Tu devras apprendre à te servir de ta jambe de bois. C'est comme pour monter à cheval : te rappelles-tu toutes ces chutes que tu as faites avant de savoir vraiment ?

— Mais pourquoi je ne commencerais pas dès maintenant ?

Ada prit la bouteille d'alcool à brûler, en versa un peu dans la paume de sa main et se mit à frotter le moignon.

— Il faut attendre que le docteur Van Rooyen nous dise si tu es prêt. Ce ne sera plus long.

Cela ne fut pas long, en effet. Lorsque le médecin revint, il prit Waite Courteney à part.

— Vous pouvez lui essayer son pilon, dit-il tout en regagnant son cabriolet. Mais veillez à ce qu'il ne se fatigue pas trop, et que le moignon ne soit pas à vif. Inutile de risquer une nouvelle infection.

« Son pilon ». Waite se répéta le mot tout en regardant s'éloigner le cabriolet du docteur Van Rooyen. « Son pilon... » Le mot était horrible. Waite serra les poings, craignant de se retourner, n'osant pas affronter le regard impatient et pathétique de son fils assis sous la véranda.

6

ES-TU sûr que ça ne te fait pas mal ainsi ? demanda Waite.

Il s'était accroupi devant Garrick et lui ajustait sa jambe de bois, sous les yeux attentifs d'Ada.

— Mais non, mais non, dit Garrick. Laisse-moi l'essayer maintenant. Bon sang, ce vieux Sean va être surpris, hein ! Je pourrai repartir au collège avec lui lundi, n'est-ce pas ?

Garrick tremblait d'énervement.

— On verra, grogna Waite sans vouloir s'engager.

Il se releva et vint se placer près de son fils.

— Ada, ma chérie, prends-lui le bras. Garry, écoute-moi bien, maintenant : je veux d'abord que tu t'habitues à cette sensation nouvelle pour toi. Nous allons t'aider à te mettre debout, simplement pour que tu trouves ton équilibre. Tu comprends ?

Garrick approuva d'un vigoureux mouvement de tête.

— Très bien, allons-y.

Garrick ramena sa jambe sous lui en raclant le plancher, puis Waite et Ada le soulevèrent, et il porta le poids de son corps sur son moignon.

— Regardez, je m'appuie dessus. Hé, vous avez vu, je m'appuie dessus !

Son visage était rayonnant.

— Je veux marcher. Allons, laissez-moi essayer !

Ada jeta un regard vers son mari, qui fit oui de la tête. Ils aidèrent Garrick à faire ses premiers pas. Il trébucha deux fois, mais Waite et Ada étaient là pour le retenir. Ploc, ploc, le pilon résonnait sur le parquet. Avant même d'avoir atteint l'extrémité de la véranda, Garrick avait appris à soulever la jambe tout en la lançant en avant. Ils firent demi-tour, et il ne trébucha qu'une seule fois en revenant vers son fauteuil.

— C'est très bien, Garry, tu te débrouilles magnifiquement, dit Ada radieuse.

— Tu pourras bientôt marcher tout seul, confirma Waite visiblement soulagé.

Il n'aurait pas osé espérer que ce pût être si facile. Garrick saisit la balle au bond.

— Laissez-moi me tenir debout tout seul, maintenant, implora-t-il.

— Une autre fois, mon garçon. Tu en as fait assez aujourd'hui.

— Oh ! je t'en prie, p'pa. Je n'essaierai pas de marcher, c'est juste pour voir si je peux me tenir debout. Maman et toi, vous serez là pour me retenir. Je t'en supplie, p'pa, je t'en supplie.

Waite hésitait, mais Ada ajouta sa prière à celle de Garrick.

— Laisse-le faire, chéri, il a déjà si bien réussi. Cela lui donnera confiance.

— Très bien. Mais ne te hasarde pas à marcher. Tu es prêt, Garry ? Lâche-le, Ada.

Ils retirèrent très doucement leurs mains. Garrick chancela un peu, et tout de suite ils le saisirent à nouveau.

— Non, non, ça va, laissez-moi.

Il leur sourit avec assurance, et une nouvelle fois ils le lâchèrent. Garrick resta ferme sur ses jambes pendant quelques instants, puis il baissa la tête. Son sourire s'effaça brusquement. Il était seul au sommet d'une haute montagne, son estomac se soulevait, et il avait peur, une peur désespérée, irraisonnée. Il vacilla brusquement, et poussa un cri perçant avant même que Waite et Ada eussent pu l'attraper par le bras.

— Je tombe. Enlevez-moi ça ! Enlevez-moi ça !

Vivement, ils l'aidèrent à s'asseoir.

— Enlevez-la, je vais tomber !

Waite arracha les courroies qui fixaient la jambe de bois au moignon ; les cris de terreur que poussait Garrick lui étaient une torture intolérable.

— Je l'ai enlevée, Garry, tout va bien. Je te tiens.

Waite serra son fils contre sa poitrine. Garrick aurait dû se sentir en sécurité dans ces bras robustes, à l'abri de ce grand corps vigoureux, mais il continua à se débattre et à pousser des cris terrifiés.

— Emmène-le dans sa chambre, vite, dit Ada d'un ton suppliant.

Waite emporta Garrick en courant, le tenant toujours serré contre lui.

C'est alors que Garrick découvrit pour la première fois son refuge, sa cachette. Au moment où sa terreur atteignait son paroxysme, il sentit soudain quelque chose bouger dans sa tête ; une ombre étrange palpita devant ses yeux, comme les ailes d'un papillon, et puis tout se brouilla : il s'enfonça dans la brume, qui étouffa peu à peu les images et les sons. Il faisait bon, on se sentait bien, à l'abri de tout. Personne ne pouvait plus l'atteindre ici, la brume l'enveloppait, le protégeait. Il était à l'abri.

— Je crois qu'il dort, chuchota Waite avec un peu d'étonnement dans la voix.

Il examina attentivement le visage de Garrick et écouta le bruit de sa respiration.

— Cela s'est produit si brusquement... C'est bizarre. Et pourtant... pourtant il a l'air d'aller très bien maintenant.

— Crois-tu que nous devions faire venir le docteur ? demanda Ada.

— Non, fit Waite en secouant la tête. Je vais le couvrir, et rester près de lui jusqu'à ce qu'il se réveille.

Garrick s'éveilla au début de la soirée, s'assit sur son lit et leur sourit, comme si de rien n'était. Reposé, gai, malgré une certaine réserve, il dîna copieusement. Personne ne fit allusion à la jambe de bois. On eût dit que lui-même avait complètement oublié l'incident.

7

SEAN revint le vendredi suivant dans l'après-midi. Il arborait un œil au beurre noir, déjà ancien car il commençait à virer au verdâtre. Sean se montra fort réticent lorsqu'on voulut savoir comment cela lui était arrivé.

Il ramenait également une couvée d'œufs de gobe-mouches dont il fit cadeau à Garrick, un serpent vivant enfermé dans une boîte en carton, qu'Ada condamna immédiatement à mort malgré un plaidoyer passionné de Sean, et un arc taillé dans du bois de *m'senga* qui est, comme chacun sait, le meilleur qui soit pour faire des arcs.

L'arrivée de Sean apporta à Theunis Kraal les changements habituels : il y eut plus de bruit, plus de mouvement, plus de rires.

Ce soir-là, le menu comportait un énorme rôti entouré de pommes de terre en robe de chambre, le plat favori de Sean, qui mangea comme un python affamé.

— Ne fais pas de si grosses bouchées, dit Waite assis au haut bout de la table.

Mais il y avait une nuance de tendresse dans sa voix, car il ne pouvait s'empêcher d'être partial envers ses fils. Sean encaissa donc sans broncher la réprimande.

— P'pa, la chienne de Frikkie Oberholster vient d'avoir six petits.

— Non, dit Ada avec fermeté.

— Bon sang, rien qu'un, m'man !

— Tu as entendu ce qu'a dit ta mère, Sean.

Sean se versa de la sauce, coupa une pomme de terre en deux et en porta un morceau à sa bouche. En fait, il s'était bien douté que ses parents n'accepteraient pas, mais cela valait la peine d'avoir essayé.

— Qu'as-tu appris cette semaine ? demanda Ada.

C'était là une question désagréable : Sean avait appris juste ce qu'il fallait pour éviter les ennuis, pas davantage.

— Oh ! des tas de choses, répondit-il avec désinvolture, et il s'empressa de changer de conversation. As-tu terminé la jambe de Garry, p'pa ?

Il y eut un silence. Le visage de Garrick devint inexpressif, et il baissa les yeux dans son assiette. Sean enfourna la seconde moitié de sa pomme de terre et poursuivit :

— Parce que, dans ce cas-là, Garry et moi on pourrait aller pêcher du côté des chutes, demain.

— On ne parle pas la bouche pleine, coupa Waite avec une violence inutile. Tu manges comme un cochon !

— Pardon, p'pa, murmura Sean.

Le reste du repas se déroula dans un silence contraint. Dès qu'il fut terminé, Sean partit se réfugier dans sa chambre. Garrick le suivit : il avançait en sautillant, s'appuyant d'une main contre le mur pour garder l'équilibre.

Dès qu'ils furent seuls, Sean lui demanda d'un air grognon :

— Qu'est-ce qui a pris à papa ?

— Je ne sais pas, fit Garrick en s'asseyant sur le lit. De temps en temps, il se fiche en rogne à propos de rien, tu sais bien.

Sean enleva sa chemise, en fit une boule et la jeta contre le mur du fond.

— Tu ferais mieux de la ramasser, intervint Garrick d'une voix douce, sinon ça ira mal.

Sean laissa tomber son caleçon et, d'un coup de pied, l'envoya rejoindre la chemise. Cet acte de provocation le mit de meilleure humeur. Nu, il vint se planter devant Garrick.

— Regarde, dit-il fièrement. Des poils !

Garrick regarda. Indubitablement, c'étaient des poils.

— Il n'y en a pas beaucoup, remarqua Garrick sans parvenir à dissimuler tout à fait sa jalousie.

— Eh bien moi, je te parie que j'en ai plus que toi, répliqua Sean d'un air de défi. Tu veux compter ?

Mais Garrick savait qu'il avait perdu d'avance. Il se leva et traversa la chambre à cloche-pied, puis, s'appuyant contre le mur, il se baissa pour ramasser les affaires que Sean avait jetées, et revint les fourrer dans le panier à linge sale, près de la porte. Sean le regarda faire, et cela lui remit en mémoire la question qui restait sans réponse.

— Est-ce que p'pa a terminé ta jambe, Garry ?

Garry se retourna lentement, avala sa salive et fit signe que oui, d'un mouvement saccadé de la tête.

— Comment est-elle ? Tu l'as essayée ?

Garrick sentit à nouveau la peur l'envahir. Il jeta autour de lui des regards effarés, comme s'il cherchait à fuir.

Des pas se firent entendre dans le couloir. Sean bondit sur son lit et, saisissant sa chemise de nuit, il l'enfila par la tête tout en se glissant sous les draps. Lorsque Waite entra, Garrick était encore debout près du panier à linge.

— Eh bien, Garry, qu'est-ce que tu attends ?

Garrick rejoignit vivement son lit, et Waite regarda Sean, qui lui fit un sourire charmeur auquel il ne put s'empêcher de répondre.

— Content que tu sois revenu, mon garçon, fit-il.

On ne pouvait pas rester longtemps fâché contre Sean.

Waite allongea le bras et plongea ses doigts dans l'épaisse chevelure noire de son fils.

— Et maintenant, plus de bavardages une fois la lampe éteinte ; compris ?

Il secoua doucement la tête de Sean, gêné de découvrir soudain l'étendue de son affection pour lui.

8

Le lendemain, le soleil était déjà haut dans le ciel lorsque Waite Courteney rentra de sa tournée matinale pour déjeuner. Un des palefreniers emmena son cheval à l'enclos, et Waite, debout devant la sellerie, jeta un regard autour de lui. Il contemplait avec satisfaction la belle barrière blanche, la cour bien entretenue, la maison pleine de beaux meubles. C'était agréable d'être riche, surtout lorsqu'on savait ce que cela signifiait d'être pauvre. Six mille hectares de bons herbages, du bétail autant que la terre pouvait en nourrir, de l'or à la banque... Waite sourit et traversa la cour.

Il entendit Ada qui chantait dans la laiterie.

Lorsque l'fermier est venu,
Hue dia hop là, tra-la-lère,
Hue dia hop là, tra-la-la,
Les filles du Cap ont dit :
Embrasse-moi vite, tra-la-lère,
Embrasse-moi vite, tra-la-la !

Elle avait une voix claire et douce. Le sourire de Waite s'accentua : c'était agréable d'être riche et d'être amoureux. Il s'arrêta près de l'entrée de la laiterie. Grâce aux épais murs de pierre et au toit de chaume, il faisait très frais à l'intérieur. Ada tournait le dos à la porte, et son corps ondulait au rythme de sa chanson, car elle barattait en cadence. Waite la regarda un long moment, puis s'approcha d'elle et lui prit la taille.

Surprise, elle se retourna sans chercher à se dégager. Il l'embrassa sur la bouche.

— Bonjour, ma belle enfant !

Elle s'abandonna contre lui.

— Bonjour, mon bon monsieur, répondit-elle.

— Qu'y a-t-il au petit déjeuner ?

— Mon Dieu, quel homme romanesque j'ai épousé ! soupira-t-elle. Allons, viens voir.

Elle enleva son tablier et l'accrocha derrière la porte, puis, d'un geste vif, remit de l'ordre dans sa chevelure. Main dans la main, ils traversèrent la cour et entrèrent dans la cuisine. Waite renifla bruyamment.

— Hmm, ça sent bon. Où sont les garçons ?

Joseph ne parlait pas l'anglais, mais il le comprenait. Il leva les yeux de ses fourneaux.

— Ils sont devant, sous la véranda, Nkosi.

Joseph avait le visage caractéristique des Zoulous, un visage tout rond et très noir où brillaient des dents éclatantes.

— Ils jouent avec la jambe de bois de Nkosizana Garry.

Waite rougit.

— Comment ont-ils pu la trouver ?

— Nkosizana Sean m'a demandé où elle était, alors je lui ai dit que vous l'aviez mise dans l'armoire à linge.

— Maudit imbécile ! rugit Waite.

Il lâcha la main d'Ada et se mit à courir. En arrivant au salon, il entendit un cri, et, aussitôt après, le bruit d'une chute. Il s'arrêta net, ne pouvant supporter de se retrouver à nouveau face à face avec Garrick et ses terreurs. Cette appréhension le rendait malade, sans parler de la colère qui bouillonnait en lui.

Sean se mit à rire.

— Tire-toi de là, mon vieux, ne reste pas là comme une souche !

Alors, stupéfait, Waite entendit Garrick qui disait :

— Excuse-moi, j'ai dû me prendre les pieds dans une lame du parquet.

Waite s'avança et regarda par la fenêtre. Au bout de la véranda, Sean et Garrick étaient tombés l'un sur l'autre.

Sean riait toujours, et un sourire un peu crispé éclairait le visage de Garrick.

Sean se releva tant bien que mal.

— Allons, lève-toi.

Il tendit la main à son frère, l'aida à se remettre debout, et ils restèrent cramponnés l'un à l'autre. Garrick vacillait sur sa jambe.

— Je te parie que si c'était moi ça irait tout seul, dit Sean.

— Et moi je te parie que non, c'est rudement difficile, tu sais.

Sean lâcha son frère et tendit les bras, prêt à le rattraper.

— Allons-y.

Il se mit à marcher à reculons devant lui, et Garrick le suivit. Il avançait d'un pas incertain, les bras écartés pour servir de balancier, le visage tendu, concentré. Lorsqu'il atteignit l'autre extrémité de la véranda et put agripper des deux mains la balustrade, il joignit cette fois son rire à celui de Sean.

Waite s'aperçut qu'Ada l'avait rejoint, et lui jeta un coup d'œil de côté. Il lut sur ses lèvres : « Laissons-les ».

Elle lui prit le bras.

9

A LA fin du mois de juin 1876, Garrick retourna en classe avec Sean. Près de quatre mois s'étaient écoulés depuis l'accident.

Ce fut leur père qui les conduisit en boguet jusqu'à Ladyburg. La route traversait une forêt de hautes futaies, et les chevaux trottaient silencieusement dans l'épaisse poussière, tandis que l'herbe qui croissait au milieu du chemin balayait au passage le dessous de la voiture. Arrivé au sommet de la première côte, Waite fit ralentir les chevaux et se retourna sur son siège pour jeter un regard vers la ferme. En ce début de matinée, les murs de Theunis Kraal prenaient des reflets orangés, et la pelouse qui entourait la maison était d'un vert éclatant. On était au début de l'hiver austral, et partout ailleurs l'herbe et les feuilles étaient desséchées. Les premiers rayons du soleil avivaient les couleurs du *veld,* qu'écraserait bientôt l'aveuglante lumière de midi. Les feuilles étaient dorées, rousses, ou bien encore brun rouge, de la même couleur que les bœufs afrikanders dont les troupeaux paissaient sous les arbres. A l'arrière-plan se dressaient les escarpements que les ravines encombrées de fourrés zébraient de vert sombre.

— Regarde, Sean, une huppe.

— Oui, il y a longtemps que je l'ai vue ! C'est un mâle.

L'oiseau s'envola devant les chevaux : plumage chocolat, ailes noires et blanches, avec une crête comme un cimier de casque étrusque.

— Comment sais-tu que c'est un mâle ? demanda Garrick d'un ton agressif.

— A cause des taches blanches qu'il a sur les ailes.

— Toutes les huppes en ont.

— Pas du tout. Seulement les mâles.

— En tout cas, toutes les huppes que j'ai vues avaient des taches blanches sur les ailes, affirma Garrick qui n'était pas convaincu.

— C'est parce que tu n'as peut-être jamais rencontré de femelle. On n'en trouve pas souvent : elles sortent rarement de leur nid.

Waite Courteney sourit et se retourna sur son siège.

— Garry a raison, Sean, ce n'est pas au plumage qu'on les reconnaît. Le mâle est un peu plus gros, c'est tout.

— Je te l'avais dit, fit Garrick, fort de l'approbation paternelle.

— Tu sais tout, murmura ironiquement Sean. Je suppose que tu as lu ça dans tes livres, hein ?

Garrick eut un sourire satisfait.

— Regarde, voilà le train.

Il filait au flanc de l'escarpement, rejetant derrière lui un long panache de fumée grise. Waite fit prendre le trot à ses chevaux, et ils redescendirent vers le pont de béton qui franchissait le *Baboon Stroom,* le ruisseau des babouins.

— Tiens, un poisson jaune.

— C'est un bout de bois ; je l'ai vu aussi.

La petite rivière marquait la limite du domaine de Waite Courteney. Ils traversèrent le pont et, remontant l'autre versant, aperçurent bientôt Ladyburg. Le train longeait les enclos du marché à bestiaux. Avant d'entrer en ville, il siffla et lança vers le ciel une bouffée de vapeur.

La ville était très étendue, car chaque maison était entourée d'un jardin et d'un verger. Les rues étaient si larges qu'un attelage de trente-six bœufs pouvait aisément y faire demi-tour. Les maisons étaient de brique cuite ou badigeonnées à la chaux, les toitures en chaume, ou en tôle ondulée peinte en vert ou en rouge terne. La place de l'église était le centre de Ladyburg, tandis que le collège était situé dans un quartier plus excentrique.

Waite remonta la Grand-Rue bordée de flamboyants. Quelques passants circulaient sur les trottoirs, avec cette raideur dans les mouvements que l'on observe aux premières heures du jour. Chacun saluait Waite ; il répondait aux hommes en agitant son fouet, aux dames en soulevant son chapeau, mais pas trop, afin de ne pas exposer son crâne chauve aux rayons du soleil.

Dans le centre, les magasins étaient déjà ouverts, et David Pye, campé sur ses longues jambes maigres, prenait le frais à la porte de sa banque. Il était tout de noir vêtu, comme un croque-mort.

— Bonjour, Waite.

— Bonjour, David, répondit Waite avec peut-être un peu trop de cordialité.

Cela faisait à peine six mois qu'il avait purgé la dernière hypothèque de Theunis Kraal, et le souvenir de sa dette était encore trop présent à son esprit. Il ressentait un embarras comparable à celui d'un détenu à peine libéré qui croiserait dans la rue le directeur de la prison.

— Pouvez-vous venir me voir une fois que vous aurez déposé vos garçons au collège ?

— D'accord, fit Waite. Préparez du café.

Tout le monde savait que jamais David Pye n'avait offert de café à un seul de ses visiteurs.

Le boguet descendit la Grand-Rue, tourna à gauche sur la place de l'église, passa devant le palais de justice et prit la route en pente qui conduisait à l'internat.

Il y avait dans la cour une demi-douzaine de charrettes anglaises et de voitures à quatre roues, autour desquelles une nuée de petits garçons et de petites filles s'affairaient à décharger leurs bagages. Les papas formaient un groupe compact à l'une des extrémités de la cour, et ces hommes bronzés, à la barbe soigneusement peignée, étaient visiblement mal à l'aise dans leurs costumes de ville où se décelaient encore les traces d'un long séjour dans les armoires. Tous ces hommes habitaient beaucoup trop loin pour que leurs enfants pussent venir chaque jour en classe : leurs domaines s'étendaient jusqu'aux rives de la Tugela, et, sur le plateau, jusqu'à mi-chemin de Pietermaritzburg.

Waite arrêta le boguet et descendit desserrer les harnais, tandis que Sean sautait à terre pour courir vers le groupe de garçons le plus proche. De son côté, Waite se dirigea vers les hommes qui lui firent place et l'accueillirent avec le sourire. Il serra les mains tour à tour, sans songer à Garrick qui, la jambe raide, était resté seul sur le siège avant de la voiture, et rentrait les épaules comme pour se cacher.

Au bout d'un moment, Waite Courteney jeta un coup d'œil par-dessus son épaule et aperçut Garrick. Il fut sur le point d'aller à lui, mais s'arrêta aussitôt et chercha des yeux son autre fils au milieu d'un tourbillon d'enfants.

— Sean.

Sean resta court au milieu d'une discussion animée.

— Oui, p'pa.

— Aide donc Garrick à descendre sa valise.

— Oh, p'pa... Je suis occupé.

— Sean !

La menace se précisa, dans la voix de Waite comme sur son visage.

— Bon, bon, j'arrive.

Sean marqua une courte hésitation, puis retourna à la voiture.

— Hé, Garry ! passe-moi les valises.

Garrick se leva et enjamba maladroitement le siège, puis tendit les bagages à son frère. Celui-ci les empila près de la roue, puis se retourna vers le petit groupe de garçons qui s'était rapproché.

— Karl, porte ça. Dennis, prends le sac brun. Ne le fais pas tomber, vieux, il y a quatre pots de confiture dedans.

Sean continua à donner ses instructions.

— Viens, Garry.

Ils se dirigèrent vers le bâtiment de l'internat ; Garrick descendit du boguet et les suivit en boitillant.

— Tu ne sais pas ? fit Karl à haute voix. P'pa m'a permis de me servir de son fusil.

Sean s'arrêta net, et répliqua, avec plus d'espoir que de réelle conviction :

— C'est pas vrai !

— Si, fit Karl tout heureux.

Garrick les avait rejoints, et tous regardaient Karl avec des yeux ronds.

— Combien tu as tiré de cartouches ? demanda quelqu'un d'une voix respectueuse.

Karl faillit répondre « six », mais se reprit à temps :

— Oh, des tas ! Autant que je voulais.

— Tu vas te gâcher la main. Mon père, il dit que si on commence trop tôt, jamais on ne devient un bon chasseur.

— Je n'ai jamais raté mon coup, répliqua Karl.

— Allons-y les gars, dit Sean, et il s'éloigna vivement.

Jamais il n'avait ressenti une telle jalousie. Karl se précipita sur ses talons.

— Je parie que tu n'as jamais tiré un seul coup de fusil, Sean, hein ?

Sean eut un sourire énigmatique et chercha désespérément un autre sujet de conversation, car Karl était de toute évidence décidé à épuiser la question.

Une petite fille descendit le perron et vint à leur rencontre.

— C'est Anna, dit Garrick.

Elle avait de longues jambes bronzées, et faisait onduler ses jupes en courant.

— Bonjour, Sean, dit-elle en tournant vers lui son petit visage au menton pointu.

Sean grogna de façon indistincte, mais elle fit demi-tour et se mit à sautiller à son côté.

— Tu as passé de bonnes vacances ?

Sean fit celui qui n'entendait pas. Elle s'entêtait à vouloir lui parler, malgré la présence de ses amis.

— J'ai une pleine boîte de sablés, Sean. Tu en veux ?

Une lueur d'intérêt apparut dans les yeux de Sean, et il faillit tourner la tête, car les sablés de Mme Van Essen étaient célèbres dans toute la région ; mais il se reprit bien vite et continua son chemin, le visage plus fermé que jamais.

— Est-ce que je pourrai me mettre à côté de toi en classe pendant ce trimestre, Sean ? demanda la petite.

Sean, furieux, pivota vers elle.

— Non ! Et maintenant va-t-en ! j'ai autre chose à faire.

Il monta les marches. Anna resta au pied du perron, prête à pleurer. Garrick s'arrêta timidement près d'elle.

— Tu peux t'asseoir près de moi, si tu veux, fit-il doucement.

Elle le regarda, puis baissa les yeux vers sa jambe. Elle

ravala ses larmes et eut un petit rire nerveux, puis se pencha vers lui. Elle était vraiment jolie.

— Monsieur Pilon, dit-elle, et elle rit encore.

Garrick rougit violemment, et ses yeux se mouillèrent. Anna mit les deux mains devant sa bouche et se mit à glousser, puis elle tourna les talons et courut rejoindre ses amies devant l'internat des filles. Toujours rougissant, Garrick monta l'escalier en s'appuyant à la rampe.

Fraülein se tenait à l'entrée du dortoir. Ses lunettes à monture d'acier et ses cheveux gris conféraient à son visage une excessive sévérité, qui ne tarda pas à se tempérer d'un sourire lorsqu'elle aperçut Sean.

— Ah, mon petit Sean, te voilà !

En réalité, elle avait dit : « Ach, mon betit Zean, de foilà ! »

— Bonjour, Fraülein, répondit Sean avec son sourire le plus enjôleur.

— Tu as encore grandi, affirma-t-elle en le mesurant d'un coup d'œil. Tu grandis tout le temps, tu es déjà le plus costaud de tout le collège !

Sean restait sur ses gardes, prêt à se dérober au cas où elle voudrait le serrer dans ses bras, comme cela lui arrivait parfois lorsqu'elle ne pouvait plus contenir ses sentiments. Ce mélange de charme, de prestance et d'arrogance qui caractérisait Sean avait totalement conquis son cœur de Teutonne.

— Vite, il faut sortir tes affaires. La classe va bientôt commencer.

Elle dut vaquer à ses occupations, et Sean, soulagé d'un grand poids, conduisit sa petite troupe jusqu'au dortoir. Karl ramena la conversation à son sujet préféré :

— P'pa dit qu'au prochain week-end je pourrai me servir de son fusil pour chasser, et plus seulement pour tirer sur des cibles.

— Dennis, pose la valise de Garrick sur son lit, dit Sean qui faisait la sourde oreille.

La salle contenait une trentaine de lits répartis en deux rangées, et dont chacun était flanqué d'une armoire métallique ; l'ensemble avait la rigueur et la tristesse d'une prison. A l'autre extrémité du dortoir était assis un groupe de cinq ou six garçons. Lorsque Sean entra, ils étaient en train de bavarder ; ils levèrent les yeux, mais aucun salut ne fut échangé : c'étaient les membres de l'opposition.

Sean s'assit sur son lit pour en éprouver la souplesse, mais il était dur comme une planche. Garrick descendit l'allée centrale. Au bruit de sa jambe de bois martelant le sol, Ronny Pye, le chef de l'opposition, chuchota quelque chose à ses amis, et tous se mirent à rire en regardant Garrick. Celui-ci rougit de nouveau et s'assit vivement sur son lit pour cacher sa jambe.

— Je pense que mon père me fera tirer d'abord des *duikers* avant de me laisser chasser le *koudou* ou le céphalophe, annonça Karl.

Sean fronça les sourcils.

— Comment il est, le nouveau prof ? demanda-t-il.

— Il n'a pas l'air mal, répondit l'un des garçons. Jimmy et moi on l'a vu hier à la gare.

— Il est maigre et il a une moustache.

— Il ne sourit pas beaucoup.

— Je crois qu'aux prochaines vacances p'pa m'emmènera chasser de l'autre côté de la Tugela, dit Karl d'un ton agressif.

— J'espère qu'il n'est pas trop porté sur l'orthographe et tous ces machins-là, déclara Sean. Pourvu qu'il ne nous colle pas au système décimal, comme le vieux Lizard.

Tout le monde approuva, mais Garrick intervint pour la première fois.

— Les nombres décimaux, c'est facile, dit-il.

Tous les regards se tournèrent vers lui, et il y eut un silence.

— Je pourrais même chasser le lion, si je voulais, dit Karl.

10

Une seule salle de classe accueillait les plus jeunes élèves des deux sexes. Elle était meublée de pupitres doubles, et ornée de quelques cartes, d'un grand assortiment de tables de multiplication et d'un portrait de la reine Victoria. Du haut de l'estrade, M. Anthony Clark surveillait ses élèves qui observaient un silence attentif. Une des filles laissa échapper un petit rire nerveux, mais se tut avant que M. Clark eût pu découvrir la coupable.

— J'ai la charge déplaisante d'essayer de vous apprendre quelque chose, annonça-t-il.

Il ne plaisantait pas. Il éprouvait une violente aversion pour la jeunesse, et sa conscience professionnelle n'y avait pas résisté longtemps : il n'enseignait plus que par nécessité financière.

— Vous avez la tâche non moins déplaisante de vous plier à cette obligation, avec toute la force d'âme dont vous êtes capables, poursuivit-il en observant d'un air dégoûté leurs visages luisants.

— Qu'est-ce qu'il dit ? demanda Sean sans remuer les lèvres.

— Chut ! fit Garrick.

Le regard de M. Clark se braqua brusquement sur lui.

Le maître descendit lentement l'allée et s'arrêta près de Garrick, puis, saisissant entre le pouce et l'index une touffe de cheveux qui croissait à sa tempe, il tira d'un coup sec. Garrick poussa un cri aigu, et M. Clark retourna lentement à son bureau.

— Je continue. Première division, prenez vos livres de lecture à la page un. Deuxième division, page quinze...

— Il t'a fait mal ? souffla Sean.

Garrick fit oui, d'un mouvement de tête presque imperceptible. Sean conçut immédiatement une haine farouche pour M. Clark, et le regarda fixement.

M. Clark avait un peu plus de trente ans. Il était maigre, et son complet trop serré le faisait paraître plus maigre encore. Sa moustache tombante donnait un air de tristesse à son visage blême; quant à son nez, il était si retroussé que ses narines émergeaient comme les deux canons d'un fusil de chasse. M. Clark qui était en train de consulter la liste des élèves, leva la tête et pointa ses narines dans la direction de Sean. Leurs regards se croisèrent.

« C'est un dur, pensa M. Clark. Il va falloir le mater avant qu'il ne soit trop tard. »

Il avait un flair infaillible pour déceler les fortes têtes au premier coup d'œil.

— Toi, là-bas, ton nom ?

Sean se retourna avec affectation et jeta un regard par-dessus son épaule. Lorsqu'il fit à nouveau face à M. Clark, les joues de ce dernier étaient légèrement colorées.

— Debout.

— Qui, moi ?

— Oui, toi.

Sean se leva.

— Ton nom ?

— Courtency.

— Monsieur.

— Courteney, monsieur.

Ils se mesurèrent du regard. M. Clark attendit que Sean baissât les yeux, mais ce fut en vain.

« Ça va être difficile, beaucoup plus que je ne le croyais », pensa M. Clark.

Il dit à haute voix :

— C'est bon, assieds-toi.

Dans la classe, la tension se relâcha de façon imperceptible. Sean avait conscience d'être entouré d'un certain respect : les autres l'admiraient pour la façon dont il avait tenu tête. Il sentit une main se poser sur son épaule : c'était Anna, qui avait choisi le banc immédiatement derrière pour être le plus près possible de lui. En temps ordinaire, il aurait été importuné par tant d'audace, mais cette fois le geste ajoutait encore à sa jubilation intérieure.

L'heure qui suivit passa lentement pour Sean. Il dessina un fusil dans la marge de son livre, puis l'effaça avec soin ; après quoi il se mit à observer Garrick, mais son frère était à ce point plongé dans son travail que cela ne tarda pas à l'agacer.

— Lécheur, murmura-t-il.

Garrick fit semblant de ne pas entendre.

Sean s'ennuyait. Il s'agita sur son banc, puis s'absorba dans la contemplation de la nuque de Karl qui s'ornait d'un bouton mûr. Sean s'apprêtait à le presser avec sa règle, mais il n'en eut pas le temps, car au même moment Karl porta la main à son épaule comme pour se gratter ; il tenait un bout de papier entre ses doigts. Sean posa sa règle, saisit furtivement le billet et le déplia sur ses genoux. Il ne contenait qu'un seul mot :

Moustiques.

Sean sourit. Si le précédent maître avait dû démissionner, c'était entre autres à cause des talents d'imitation de Sean. Pendant six mois, le vieux Lizard avait cru qu'il y avait des moustiques dans la classe — et puis, pendant les six mois suivants, sachant qu'il n'en était rien, il avait essayé toutes les ruses imaginables pour découvrir le coupable. Il n'avait pas pu tenir le coup : chaque fois que le bourdonnement monotone se faisait entendre, le tic qui déformait le coin de sa bouche s'accentuait

Or donc, Sean s'éclaircit la gorge et se mit à bourdonner. En un instant, des rires étouffés secouèrent toute la classe. Toutes les têtes étaient studieusement penchées sur les livres, y compris celle de Sean. La main de M. Clark, qui écrivait au tableau, marqua une légère hésitation, puis se reprit à tracer régulièrement les lettres.

C'était une habile imitation. En modifiant le volume sonore, Sean parvenait à donner l'impression que l'insecte se déplaçait dans la salle. La gorge de Sean vibrait très légèrement, seul signe révélateur de sa culpabilité.

M. Clark, ayant fini d'écrire au tableau, se retourna vers ses élèves. Sean ne commit pas la faute de cesser brusquement : son moustique continua à voleter çà et là avant de se poser.

Le maître descendit de l'estrade et parcourut la rangée la plus éloignée, s'arrêtant une ou deux fois pour vérifier le travail effectué. Arrivé au fond de la classe, il revint par l'allée centrale et se pencha vers Anna.

— Il est inutile de faire de pareilles boucles à tes L, lui dit-il. Fais voir, que je te montre.

Il lui prit son crayon et se mit à écrire.

— Tu vois ce que je veux dire ? Il ne faut pas se faire remarquer par son écriture, pas plus que dans la vie.

M. Clark rendit son crayon à Anna, puis, pivotant sur un pied, asséna une gifle violente à Sean dont la tête vacilla sous le choc. Le coup retentit dans toute la classe.

— Tu avais un moustique sur l'oreille, dit M. Clark.

11

Au cours des deux années qui suivirent, Sean et Garrick passèrent de l'enfance à l'adolescence, entraînés par les eaux tumultueuses de la vie.

Tantôt le courant était lent et paisible.

Avec Ada, par exemple : toujours compréhensive et sachant exprimer cette compréhension, toujours pleine d'affection pour son mari et pour cette famille qu'elle avait acceptée pour sienne.

Avec Waite aussi, un peu plus grisonnant maintenant, mais toujours solide au poste, et dont le rire restait égal à lui-même.

Tantôt le courant les entraînait plus vite.

A mesure que les mois passaient, Garrick avait de plus en plus besoin de Sean, qui était son bouclier. Lorsque son frère n'était pas là pour le protéger, Garrick trouvait son ultime refuge en se repliant sur lui-même, dans les brumes tièdes de son être profond.

Ils allèrent voler des pêches ; avec eux, Karl, Dennis et deux autres. Le verger de M. Pye était entouré d'une haie épaisse au-delà de laquelle on apercevait des pêches grosses comme un poing d'homme. Elles étaient aussi sucrées que du miel, et l'attrait du risque leur conférait une saveur plus exquise encore. On atteignait le verger de M. Pye en traversant une plantation d'acacias.

— N'en prenez que quelques-unes à chaque arbre, ordonna Sean, sans quoi le vieux Pye s'en apercevrait.

Ils parvinrent à la haie, et Sean trouva le trou qui permettait de passer au travers.

— Garry, tu vas rester ici pour faire le guet. Si quelqu'un vient, tu siffles.

Garrick essaya de ne pas trop montrer son soulagement : il ne s'en ressentait pas du tout pour cette expédition.

Sean poursuivit :

— On te passera les pêches. Et tâche de ne pas en manger avant qu'on ait fini.

— Pourquoi ne vient-il pas avec nous ? demanda Karl.

— Parce qu'il ne peut pas courir, tiens. S'il se faisait piquer, tout le monde finirait par savoir nos noms, et on en prendrait tous pour notre grade.

Karl, satisfait de cette explication, n'insista pas. Sean se mit à quatre pattes et passa en rampant à travers la haie, suivi par ses compagnons d'équipée. Garrick demeura seul.

Il resta debout près de la haie, se sentant ainsi plus en sécurité. Les minutes passaient lentement. Garrick ne tenait plus en place : ils en mettaient du temps !

Soudain, il entendit des voix : quelqu'un traversait la plantation et se rapprochait. La panique l'envahit, et il chercha refuge tout contre la haie. Il ne pensait qu'à ne pas être vu ; l'idée d'avertir son frère et ses amis ne lui vint même pas à l'esprit.

Les voix étaient toutes proches maintenant ; à travers les arbres, Garrick reconnut Ronny Pye et deux de ses camarades. Tous trois avaient une fronde à la main et marchaient tête levée, cherchant à repérer des oiseaux.

Garrick crut bien qu'ils ne s'apercevraient pas de sa présence : et puis soudain, alors qu'ils l'avaient presque dépassé, Ronny tourna la tête et le découvrit, accroupi contre la haie, à dix pas de lui. Leurs regards se croisèrent, et la surprise de Ronny fit lentement place à une expression plus sournoise. Il jeta un rapide coup d'œil autour de lui pour être bien sûr que Sean n'était pas dans les parages.

— Tiens, mais c'est Clopin-Clop ! annonça-t-il.

Les deux autres revinrent sur leurs pas et encadrèrent Ronny Pye.

— Qu'est-ce que tu fais là, Jambe-de-Bois ?

— Hé, les rats t'ont mangé la langue ?

— Non, c'est les termites qu'ont bouffé sa patte ! dit un autre.

Ils éclatèrent tous trois d'un rire cruel.

— Parle-nous, Jambe-de-Bois !

Ronny avait des oreilles décollées : on eût dit deux éventails. Il avait des cheveux roux, et était petit pour son âge, ce qui le rendait plus méchant.

— Allons, dis-nous quelque chose, Jambe-de-Bois !

Garrick se passa la langue sur les lèvres. Il avait déjà les larmes aux yeux.

— Hé, Ronny, fais-le marcher comme ça ! dit un des garçons.

Et il imita la démarche claudicante de Garrick. Ils s'esclaffèrent, d'un rire plus fort, plus assuré, et se rapprochèrent.

— Montre-nous comment tu fais.

Garrick fit non de la tête, cherchant désespérément une issue.

— Ton frère n'est pas là, claironna Ronny. Pas la peine de regarder partout, Clopin-Clop.

Il saisit Garrick par sa chemise et le mit debout.

— Montre-nous comment tu marches.

Garrick essaya en vain de se dégager

— Laisse-moi. Je le dirai à Sean, si tu ne me laisses pas tranquille.

— Très bien, fit Ronny, je te laisse.

Et il lui donna une bourrade en pleine poitrine.

— Mais ne viens pas par ici, va par là !

Garrick trébucha en arrière. Un des autres garçons le poussa dans le dos.

— Pas par ici, par là !

Ils firent cercle autour de lui et se le renvoyèrent de main en main.

— Pas par ici !

— Par là !

Des larmes roulaient sur ses joues.

— Je vous en prie, arrêtez !

— Je vous en prie, je vous en prie ! dirent-ils en le singeant.

Soudain, une vague de soulagement enveloppa Garrick ; ses yeux se mirent à papilloter; tout se brouilla, et le visage de ses tortionnaires, et tout ce qui l'entourait. Il sentait à peine les mains qui le repoussaient. Il tomba, et son visage heurta le sol, mais ce ne fut même pas douloureux. Deux des garçons se penchèrent pour le relever : sur son visage, la terre se mêlait aux larmes.

Derrière eux, Sean émergea de la haie. Les pêches qu'il ramenait gonflaient le devant de sa chemise. Il resta pendant une seconde à quatre pattes, le temps de comprendre ce qui se passait, puis se releva brusquement. En l'entendant, Ronny lâcha Garrick et se retourna.

— Tu as chipé les pêches de papa, cria-t-il. Je vais le dire à...

Le poing de Sean l'atteignit au nez ; il s'écroula dans l'herbe. Sean fit face aux deux autres, mais ceux-ci couraient déjà. Il fit mine de les poursuivre puis revint vers Ronny, mais trop tard : Ronny s'enfuyait sous les arbres, la tête dans les mains. Le sang coulait de son nez et tachait sa chemise.

— Ça va, Garry ?

Sean s'agenouilla près de son frère et s'évertua à lui nettoyer le visage avec un mouchoir douteux, puis il l'aida à se relever. Garrick, une fois debout, chancela un peu. Il avait les yeux écarquillés, et un vague sourire errait sur ses lèvres.

Il y avait des jalons, dont certains guère plus apparents qu'un tas de pierres dans une eau peu profonde.

Waite Courteney regarda Sean, et sa fourchette, chargée d'une portion d'œuf et de bacon, s'arrêta en chemin.

— Tourne-toi vers la fenêtre, fit-il d'un air soupçonneux.

Sean obéit.

— Qu'est-ce que tu as là, sur la figure ?

— Où ça ? demanda Sean en se passant la main sur la joue.

— Quand donc t'es-tu débarbouillé pour la dernière fois ?

— Voyons, chéri, intervint Ada en donnant à son mari un coup de pied sous la table, ce n'est pas de la saleté. C'est de la barbe.

— De la barbe, pas possible ?

Waite scruta le visage de son fils, sourit, et s'apprêta à dire quelque chose. Mais Ada devina tout de suite qu'il allait lâcher quelque plaisanterie — une de ces pesantes facéties dont il avait le secret, et qu'il maniait avec la délicatesse d'un dinosaure en furie : cela risquait de blesser Sean dans sa virilité naissante.

Ada ne lui laissa donc pas le temps de placer un mot.

— Je crois qu'il faudra que tu lui achètes un rasoir, n'est-ce pas, Waite ?

Waite perdit le fil de ses idées, grommela, et fourra dans sa bouche le contenu de sa fourchette.

— Je ne veux pas me raser, fit Sean en rougissant.

— Ta barbe repoussera plus dru si tu la coupes, lui fit remarquer Ada.

De l'autre côté de la table, Garrick se caressait les joues d'un air songeur.

D'autres jalons étaient aussi vastes que des promontoires. Waite alla les chercher au collège, au début des grandes vacances de décembre. Ils mirent leurs bagages sur le boguet, dirent au revoir à Fraülein, et à leurs amis qu'ils allaient quitter pour six semaines. Dans le brouhaha et la confusion des adieux, les jumeaux ne remarquèrent pas que leur père se comportait de manière étrange.

Ce ne fut que plus tard que Sean, s'apercevant que les chevaux allaient deux fois plus vite que d'habitude, demanda :

— Pourquoi tant de hâte, p'pa ?

— Tu verras, répondit Waite.

Sean et Garry le regardèrent, pris d'un soudain intérêt. Sean avait posé la question sans y attacher d'importance, mais la réponse de Waite les intrigua tout de suite. Sous l'avalanche des questions qui suivit, Waite sourit mais resta dans le vague. Il jubilait. En atteignant Theunis Kraal, les jumeaux ne tenaient plus en place.

Waite arrêta ses chevaux devant la maison, et un des palefreniers vint prendre les rênes. Ada attendait sous la véranda. Sean sauta à terre et courut vers elle.

— Que se passe-t-il ? demanda-t-il en lui donnant un rapide baiser. P'pa ne veut rien nous dire, mais je suis sûr qu'il y a quelque chose

Garrick arrivait à son tour en toute hâte.

— Allons, dis-nous.

Il tira Ada par le bras.

— Je ne sais pas de quoi vous parlez, dit-elle en riant. Tu ferais mieux de redemander à ton père.

Waite prit Ada par la taille et la serra contre lui.

— J'ignore quelle idée ils se sont fourrée dans la tête, fit-il, mais pourquoi n'iraient-ils pas jeter un coup d'œil dans leur chambre ? Ce ne serait pas plus mal s'ils avaient leurs cadeaux de Noël un peu en avance cette année.

Sean se précipita dans le salon et atteignit la porte de la chambre bien avant son frère.

— Attends-moi, criait désespérément Garrick, attends-moi, je t'en supplie !

Sean s'arrêta sur le seuil.

— Bon sang ! murmura-t-il.

C'était l'exclamation la plus vigoureuse qu'il pût trouver.

Garrick le rejoignit, et ils contemplèrent tous deux les étuis de cuir posés sur la table au milieu de la pièce — de longs étuis plats, bien cirés, avec des coins en cuivre.

— Des fusils ! dit Sean.

Il s'avança lentement vers la table, comme s'il redoutait de les voir disparaître soudain.

— Regarde !

Sean tendit la main vers l'étui le plus proche et caressa du doigt les lettres dorées qui y étaient gravées.

— Il y a même nos noms dessus !

Il fit jouer la serrure et ouvrit le couvercle. Dans un écrin de reps vert luisait un chef-d'œuvre de bois et d'acier, d'où montaient des senteurs d'huile et de graisse.

— Bon sang ! dit encore Sean.

Puis, par-dessus son épaule, il jeta un coup d'œil vers Garrick.

— Tu n'ouvres pas le tien ? demanda-t-il.

Garrick s'avança vers la table, cherchant à dissimuler sa déception : il aurait tellement voulu avoir les œuvres complètes de Dickens.

Au milieu du courant, il y avait parfois des tourbillons.

La dernière semaine de vacances, Garrick fut obligé de s'aliter : toujours son rhume des foins. Waite Courteney était parti à Pietermaritzburg pour le Congrès des Eleveurs, et il y avait très peu de travail à la ferme ce jour-là.

Sean administra les médicaments aux bêtes malades, et partit à cheval faire l'inspection du secteur méridional du domaine. Après quoi il revint à la ferme, bavarda pendant une heure avec les garçons d'écurie, et rentra sans se presser. Garry dormait, et Ada était à la laiterie en train de faire du beurre. Sean demanda à Joseph de lui servir son déjeuner plus tôt, et mangea debout dans la cuisine.

Tout en mangeant, il se demandait ce qu'il allait faire de son après-midi. Il y réfléchit sérieusement : il pouvait prendre son fusil et aller chasser le *duiker* le long des escarpements, ou bien pousser jusqu'au marigot au-dessus des Chutes Blanches et y pêcher l'anguille. Encore indécis, il termina son repas, traversa la cour et passa la tête dans l'ombre fraîche de la laiterie.

Ada lui sourit tout en continuant à baratter.

— Oh, Sean, je suppose que tu veux déjeuner ?

— Joseph m'en a déjà servi, m'man.

— Joseph *m'a* déjà servi, corrigea doucement Ada.

Sean répéta après elle, puis renifla l'odeur de la laiterie — il aimait la crémeuse tiédeur du beurre nouveau, mêlée à la forte senteur des bouses qui maculaient le sol de terre battue.

— Que comptes-tu faire cet après-midi ?

— J'étais justement venu te demander si tu voulais du gibier ou des anguilles : je ne sais pas encore si je vais chasser ou pêcher.

— Des anguilles, ce serait très bien. On pourrait en faire un aspic qu'on servirait demain soir pour le retour de ton père.

— Je vais t'en rapporter un plein seau.

Il sella le poney, accrocha sa boîte de vers à la selle et, la canne à l'épaule, il partit au petit trot sur la route de Ladyburg. Après le pont sur le *Baboon Stroom*, il quitta la route pour remonter la rivière vers les chutes. Tout en longeant la plantation d'acacias en contrebas du domaine des Van Essen, il se rendit compte qu'il avait commis une erreur en choisissant cette route : Anna, les jupes relevées jusqu'aux genoux, arrivait en courant sous les arbres. Sean activa l'allure du poney et regarda droit devant lui.

— Sean ! Hé, Sean !

Elle manœuvra pour se trouver sur son chemin : il n'y avait aucune chance de lui échapper. Il s'arrêta.

— Bonjour, Sean.

Elle était hors d'haleine, et toute rouge d'avoir couru.

— B'jour, grommela-t-il.

— Où vas-tu ?

— Si on te le demande, tu diras que tu ne sais pas.

— Tu vas pêcher ! Je peux venir avec toi ?

Elle eut un sourire suppliant. Ses dents étaient petites et blanches.

— Non. Tu parles trop, tu ferais peur aux poissons.

Il éperonna son poney.

— Je t'en prie, Sean. Je me tiendrai tranquille, je te promets.

Elle courait à côté de lui.

— Non.

Il donna un coup sec aux rênes et s'éloigna. Au bout d'une centaine de mètres, il se retourna : elle le suivait toujours en courant, ses cheveux noirs au vent. Il s'arrêta encore et l'attendit.

— Je savais bien que tu t'arrêterais ! haleta-t-elle.

— Pourquoi tu ne rentres pas chez toi ? Je ne veux pas que tu me suives.

— Je ne dirai pas un mot, je te promets.

Il savait qu'elle le suivrait jusqu'au bout, et il capitula.

— C'est bon, mais si jamais tu ouvres la bouche, je te chasse.

— D'accord. Aide-moi à monter.

Il la hissa en croupe, et elle s'assit en amazone, les bras autour de la taille de Sean. Ils grimpèrent le long du sentier qui passait tout près des chutes, dont le poudrin les enveloppa un instant comme un fin brouillard.

Anna tint sa promesse jusqu'à ce qu'ils fussent parvenus assez loin pour qu'elle n'eût plus rien à craindre. Alors elle se remit à bavarder. Quand elle désirait une réponse — ce qui était rare — elle serrait les bras un peu plus fort, et Sean grognait.

Il attacha le poney sous les arbres au-dessus du marigot, et cacha la selle et la bride dans un trou de tamanoir, puis Anna et lui se frayèrent un passage à travers les roseaux. La jeune fille courait devant, et lorsqu'il arriva à son tour sur le banc de sable, elle était en train de jeter des cailloux dans l'eau.

— Hé là, arrête ! cria Sean. Tu vas faire peur aux poissons !

— Oh, pardon ! j'avais oublié.

Elle s'assit et enfouit ses pieds nus dans le sable. Sean appâta et jeta sa ligne dans l'eau verte. Le courant emporta vers l'autre rive le bouchon qui décrivit un large cercle, suivi des yeux par les deux jeunes gens.

— Il n'y a pas l'air d'y avoir de poisson par ici, fit Anna.

— Il faut être patient, on ne peut pas en attraper un du premier coup !

Anna traça dans le sable de mystérieuses figures avec ses orteils. Cinq minutes s'écoulèrent lentement.

— Sean...

— Chut !

Cinq autres minutes.

— C'est rudement barbe, la pêche.

— Personne ne t'a obligée à venir, remarqua Sean.

— Il fait chaud ici !

Pas de réponse.

Les grand roseaux les abritaient du moindre vent, et le sable blanc réverbérait la chaleur du soleil. Anna se leva et se mit à arpenter la grève. Arrivée près de la roselière, elle cueillit une poignée de longues feuilles lancéolées qu'elle commença à tresser.

— Je m'ennuie, fit-elle.

— Eh bien ! rentre.

— Et j'ai chaud.

Sean retira sa ligne, vérifia que l'appât était toujours là, puis la relança. Dans son dos, Anna lui tira la langue.

— Si on se baignait ? demanda-t-elle.

Sean fit la sourde oreille. Il enfonça dans le sable l'extrémité de la gaule, tira son chapeau sur ses yeux pour se protéger de la réverbération, et se laissa aller sur les coudes, jambes étendues. Anna remuait derrière lui ; il entendait le sable crisser sous ses pas. De nouveau, le silence. Que faisait-elle donc ? Il n'osait pas se retourner, cela eût été un aveu de faiblesse.

— Ah, les filles ! songea-t-il avec amertume.

Il l'entendit courir derrière lui, s'assit brusquement et se retourna. Il eut la vision fugitive d'un corps très blanc qui passait près de lui et plongeait dans la rivière au milieu d'une gerbe d'écume.

Sean bondit.

— Hé là, qu'est-ce que tu fiches ?

— Je me baigne, répondit Anna en riant.

Elle était debout dans l'eau qui lui venait à la taille, et ses cheveux mouillés ruisselaient sur ses épaules et sur ses seins, des seins blancs comme la chair d'une pomme, avec juste deux petits tétins roses. Sean regarda, fasciné. Anna se laissa aller en arrière et se mit à battre l'eau avec ses pieds.

— *Voet sak*, petits poissons ! Allez ouste ! gloussa-t-elle.

— Hé, ne fais pas ça, dit Sean sans beaucoup de conviction.

Il éprouvait une bizarre contracture au creux de l'estomac. Si seulement elle avait pu se relever, mais non, elle restait à genoux avec de l'eau jusqu'au menton. Il voyait sa poitrine par transparence. Oui, il aurait voulu qu'elle se dressât.

— Elle est délicieuse ! Pourquoi ne viens-tu pas ?

Elle se retourna sur le ventre et plongea la tête sous l'eau. Ses fesses émergèrent un instant. À nouveau cette sensation bizarre, là, au creux de l'estomac.

— Alors, tu viens ? demanda-t-elle encore en s'essuyant les yeux de ses deux mains.

Sean restait debout, indécis, désorienté : en quelques instants, ses sentiments envers Anna venaient d'être bouleversés de fond en comble. Il avait très envie de la rejoindre, fasciné qu'il était par toutes ces courbes mystérieuses — mais il était intimidé.

— Tu as la frousse ! Tu n'as pas honte ?

Elle le faisait enrager. Le défi porta.

— Je n'ai pas la frousse !

— Alors, qu'est-ce que tu attends ?

Il hésita encore quelques secondes, puis jeta son chapeau et déboutonna sa chemise, tournant le dos à Anna pour finir de se déshabiller. Il plongea, heureux que l'eau pût cacher sa nudité. Quand sa tête émergea, Anna d'une poussée, le fit couler. A tâtons, il attrapa ses jambes, se redressa et la renversa sur le dos. Il voulut la tirer vers un haut-fond où l'eau ne la recouvrirait plus. Elle battait des bras pour maintenir sa tête hors de l'eau, et poussait des petits cris ravis. Le talon de Sean heurta un rocher ; il tomba et laissa échapper Anna. Sans lui laisser le temps de se relever, elle bondit vers lui et grimpa à califourchon sur son dos. Il aurait pu se dégager, mais il aimait le contact de sa peau, tiède à travers l'eau fraîche. Anna prit une poignée de sable et lui en frotta les cheveux. Sean se débattit doucement. Elle lui entoura le cou de ses bras, et son corps se plaqua contre le sien. Sean sentait la boule qui lui nouait l'estomac remonter dans sa poitrine. Il eut soudain envie de tenir Anna dans ses bras. Il se retourna et tendit les mains pour la saisir, mais elle réussit à se dégager de son étreinte et plongea dans des eaux profondes. Sean se précipita à sa poursuite dans un jaillissement d'écume, mais elle se tint hors de portée tout en se moquant de lui.

Enfin ils furent l'un en face de l'autre, dans l'eau jusqu'au menton. Sean commençait à s'énerver : il voulait la prendre dans ses bras. Anna sentit son changement d'humeur et regagna la rive en pataugeant dans les flaques. Elle alla droit aux vêtements de Sean, ramassa sa chemise et se mit à s'éponger le visage avec. Elle restait là debout, nue, impudique — elle avait trop de frères pour ressentir la moindre honte de son corps. Sean remarqua que ses seins changeaient de forme lorsqu'elle levait les bras. Ses jambes naguère osseuses s'étaient remplies, ses cuisses se touchaient, et son pubis s'ornait du triangle sombre de la féminité. Elle étendit la chemise sur le sable et s'y assit.

— Tu viens ? demanda-t-elle à Sean.

Il sortit de l'eau d'un air gauche, en se cachant avec les mains. Anna lui fit une place.

— Tu peux t'asseoir si tu veux.

Il s'assit très vite, et remonta ses jambes sous son menton, tout en regardant Anna du coin de l'œil. La fraîcheur de l'eau avait donné la chair de poule aux seins d'Anna. Elle sentit que Sean l'observait, et elle ramena ses épaules en arrière, heureuse. Sean se sentit à nouveau désorienté : elle avait l'air si sûre d'elle, maintenant. Jusqu'à présent, il ne l'avait considérée que comme un être que l'on pouvait rabrouer, et voilà qu'aujourd'hui c'était elle qui commandait, et lui qui obéissait !

— Tu as des poils sur la poitrine, constata Anna.

C'était plutôt un duvet, mais Sean fut bien aise d'en avoir, si peu que ce fût. Il étendit les jambes.

— Et tu es beaucoup plus costaud que Frikkie, *là*, fit-elle.

Sean voulut remonter les genoux, mais elle l'en empêcha en posant la main sur sa jambe.

— Je peux toucher ?

Sean voulut répondre, mais sa gorge était sèche et il ne put articuler un seul mot. Anna n'attendit pas la réponse.

— Oh, regarde, ça devient tout raide. C'est comme Caribou.

Caribou était l'étalon de M. Van Essen.

— Quand Caribou doit couvrir une jument, je le devine toujours, parce que, dans ces cas-là, papa me dit d'aller voir tante Lettie. Mais moi, je me cache dans la plantation. On voit rudement bien l'enclos, depuis la plantation.

La main d'Anna était douce et vive à la fois. Sean ne pouvait penser à rien d'autre.

— Tu sais que les hommes, ça peut faire comme les chevaux ?

Sean fit oui de la tête. Il avait suivi les cours de biologie donnés par MM. Daffel et Cie dans les latrines du collège.

Anna se tut pendant quelques instants, puis elle murmura :

— Sean, tu veux bien, dis ?

— Je ne saurais pas, fit-il d'une voix rauque.

— Les chevaux non plus, la première fois. Et les gens, c'est tout pareil. On apprendra.

Ils rentrèrent en début de soirée. Anna était assise derrière Sean, les bras noués autour de sa taille, la joue pressée contre sa nuque. Elle le quitta au bas de la plantation.

— Je te verrai lundi au collège, dit-elle, et elle se détourna.

— Anna...

— Oui ?

— Ça te fait encore mal ?

— Non.

Après un instant de réflexion, elle ajouta :

— C'est bon.

Elle s'enfuit sous les arbres.

Sean rentra au pas. Il se sentait très vide, un peu triste, et cela l'intriguait.

— Où sont les poissons ? demanda Ada.

— Ça n'a pas mordu aujourd'hui.

— Pas un seul ?

Sean secoua la tête et traversa la cuisine.

— Sean.

— Oui, m'man.

— Il y a quelque chose qui ne va pas ?

— Non, fit-il vivement. Non, tout va bien.

Il disparut dans le couloir.

Garrick était assis dans son lit.

— Où as-tu été ?

Le rhume de Garrick lui faisait la voix pâteuse.

— Au marigot, au-dessus des chutes.

— A la pêche ?

Sean ne répondit pas. Il se pencha en avant, les coudes sur les genoux.

— J'ai rencontré Anna. Elle est venue avec moi.

L'intérêt de Garrick s'accrut à la seule mention du nom d'Anna, et il observa le visage de Sean, qui avait toujours son expression un peu étonnée.

— Garry, commença Sean.

Il hésita, mais il ne pouvait pas garder le secret.

— Garry, dit-il, j'ai baisé Anna.

Garrick prit une profonde aspiration, et cela produisit un petit sifflement. Seul son nez demeurait rouge dans son visage devenu soudain très pâle.

— Je veux dire, continua lentement Sean comme s'il voulait surtout se convaincre lui-même, vraiment baisée, tu sais, comme on en parlait souvent. Comme...

Il eut un geste de découragement : les mots ne venaient pas. Alors il s'allongea sur son lit.

— Elle t'a laissé faire ? demanda Garrick dans un souffle.

— Elle m'a demandé, dit Sean. C'était... c'était glissant, chaud et glissant.

Longtemps après, lorsque la lampe fut éteinte, Sean entendit Garrick remuer doucement. Il écouta dans le noir jusqu'à ce qu'il fût certain de ne pas se tromper.

— Garry, fit-il très fort d'un ton accusateur.

— Non, non, je ne faisais rien.

— Tu sais ce que papa nous a dit. Ça fait tomber les dents, et après on devient fou.

La voix de Garrick était étranglée par le rhume et par les larmes.

— Je t'ai entendu, dit Sean.

— J'étais en train de me gratter la jambe. Je t'assure, je t'assure. C'est vrai.

Et à la fin, le courant franchit la dernière chute pour les emporter vers la vaste mer, vers l'âge d'homme.

M. Clark n'avait pu parvenir à briser Sean. Au contraire, il avait de lui-même engagé un âpre combat dans lequel il se sentait perdre pied peu à peu. Il avait peur de Sean, maintenant. Il ne l'obligeait plus à se mettre debout, car il était devenu aussi grand que lui. La lutte durait ainsi depuis deux ans ; chacun connaissait les faiblesses de l'adversaire et savait admirablement les exploiter.

M. Clark ne pouvait supporter d'entendre quelqu'un renifler : peut-être interprétait-il cela plus ou moins consciemment comme une moquerie, à cause de son nez biscornu. Sean possédait un répertoire qui allait du très discret reniflement du dégustateur professionnel au graillement venu du fond de la gorge.

— Pardon, M'sieur, je ne peux pas m'en empêcher, je suis enrhumé.

Mais par contre M. Clark avait découvert que Sean était vulnérable à travers Garrick. Faire du mal à Garrick, même une peine légère, c'était infliger un véritable tourment à son frère jumeau.

La semaine avait été mauvaise pour M. Clark. Il souffrait de son foie, affaibli par de tenaces accès de paludisme. Depuis trois jours, la migraine le tenaillait. Par ailleurs, il avait eu des mots avec le Conseil Municipal au sujet des termes de son contrat à renouveler. Enfin, Sean s'était montré très en verve, la veille, et M. Clark avait dû subir plus de reniflements qu'il ne pouvait normalement en supporter.

Il pénétra dans la classe et prit place sur l'estrade. Ses yeux inspectèrent lentement la salle et se posèrent sur Sean.

« Si jamais il recommence, pensa M. Clark, je le tue. »

Les places avaient changé depuis deux ans. Sean et Garrick étaient maintenant séparés : Garrick était désormais au premier rang, sous le nez même de M. Clark, tandis que Sean avait émigré au fond de la classe.

— Anglais, dit M. Clark. Première division, les livres à la page cinq. Seconde division...

Garrick renifla bruyamment : son rhume des foins le reprenait.

M. Clark ferma son livre d'un coup sec.

— Que le diable t'emporte ! fit-il d'une voix douce.

Puis, élevant soudain la voix, il répéta :

— Que le diable t'emporte !

Il tremblait de colère, ses narines étaient blêmes et palpitaient nerveusement.

Il descendit de l'estrade et vint se planter devant le pupitre de Garrick.

— Que le diable t'emporte, sale petit estropié ! cria-t-il.

Il gifla Garrick, qui porta ses deux mains à sa joue et le regarda fixement.

— Petit salaud ! hurla M. Clark à la figure de Garrick. Toi aussi, tu t'y mets !

Il le saisit par une touffe de ses cheveux et lui cogna la tête contre le pupitre.

— Je vais t'apprendre, moi, je vais t'apprendre !

Bang. La tête de Garrick heurta à nouveau le pupitre.

— Je vais t'apprendre !

Bang.

Il fallut ce temps à Sean pour arriver à la hauteur de M. Clark, qu'il saisit par le bras et tira en arrière.

— Laissez-le tranquille. Il n'a rien fait.

M. Clark, qui avait perdu tout sang-froid, vit soudain Sean devant lui, ce Sean qui le tourmentait sans cesse depuis deux ans. Il serra les poings et frappa Sean en pleine figure.

Sean chancela sous le coup, et la douleur lui fit venir les larmes aux yeux. Il resta affalé pendant une seconde sur un des pupitres, puis regarda Clark et se mit à gronder.

Cela dégrisa Clark, qui recula. Mais, en deux pas, Sean fut sur lui. Frappant des deux mains, ahanant à chaque coup, Sean accula Clark au tableau noir. L'autre voulut fuir, mais Sean l'attrapa par le col de sa chemise et le traîna à nouveau jusqu'à l'estrade. Le col se déchira, et Sean se remit à frapper. Clark glissa lentement, le dos au mur, et s'effondra. Sean, essouflé, se pencha sur lui.

— Sors d'ici, dit Clark.

Ses dents étaient rougies du sang qui coulait de sa bouche. Son col faisait un angle droit avec son épaule et venait lui chatouiller l'oreille.

Le silence n'était troublé que par la respiration de Sean.

— Sors d'ici ! répéta Clark.

La colère de Sean tomba tout d'un coup, le laissant tout tremblant. Il se dirigea vers la porte.

— Toi aussi, dit Clark en tendant son doigt vers Garrick. Sors, et ne reviens jamais !

— Viens, Garry, dit Sean.

Garrick se leva et rejoignit Sean. Ils sortirent tous deux dans la cour.

— Qu'est-ce qu'on fait maintenant ?

Garrick avait au front une grosse bosse rougeâtre.

— Je crois qu'on ferait mieux de rentrer chez nous.

— Et nos affaires ? demanda Garrick.

— On ne peut pas les emporter comme ça. Il faudra les faire prendre plus tard. Allons, viens.

Ils sortirent de la ville à pied et prirent la route qui conduisait à Theunis Kraal. Ce ne fut qu'en approchant du pont du *Baboon Stroom* qu'ils ouvrirent à nouveau la bouche.

— Qu'est-ce que tu crois que papa va faire ? demanda Garrick.

Il ne faisait qu'exprimer la préoccupation qui les tourmentait tous deux depuis qu'ils avaient quitté Ladyburg.

— Je n'en sais rien. En tout cas, ça valait le coup.

Sean sourit de toutes ses dents.

— Tu as vu commcnt je l'ai rossé ? Vlan, en plein dans les gencives !

— Tu n'aurais pas dû, Sean. Papa va nous tuer tous les deux, et moi je n'ai rien fait.

— Tu as reniflé, lui rappela Sean.

Ils atteignirent le pont et se penchèrent par-dessus le parapet pour regarder couler l'eau.

— Comment ça va, la jambe ? demanda Sean.

— Elle me fait mal. On pourrait peut-être se reposer un peu ?

— D'accord, si tu en as envie, fit Sean.

Il y eut un long silence, que Garrick rompit enfin.

— Je voudrais bien que tu n'aies rien fait, Sean.

— Ce n'est pas avec des « je voudrais » qu'on change quelque chose. Ce vieux Trou-de-Nez a reçu la plus belle raclée de sa vie, un point c'est tout. Maintenant, ce qu'il faut c'est trouver comment on va raconter l'histoire à p'pa.

— D'abord il m'a frappé, dit Garrick. Il aurait pu me tuer.

— Ça c'est vrai, approuva Sean d'un air de martyr, et puis moi aussi il m'a frappé.

Ils réfléchirent quelques instants.

— Et si on fichait le camp ? suggéra Garrick.

— Comme ça, tout de suite, sans prévenir p'pa ?

L'idée était assez tentante.

— Oui, fit Garrick dont le visage s'éclaira, on pourrait peut-être s'embarquer sur un bateau, ou un truc comme ça.

— Tu aurais le mal de mer. Tu trouves le moyen d'être malade dans un train !

Ils réexaminèrent le problème, et puis Sean regarda Garrick et Garrick regarda Sean. D'un commun et tacite accord, ils se levèrent et se remirent en marche vers Theunis Kraal.

Ada était devant la maison. Un vaste chapeau de paille protégeait son visage du soleil. Un panier au bras, elle était si occupée à cueillir des fleurs que les jeunes gens traversèrent la moitié de la pelouse avant qu'elle ne s'aperçût de leur présence. Alors elle s'arma de courage et essaya de dominer son inquiétude ; l'expérience lui avait appris qu'il fallait toujours s'attendre au pire avec ses beaux-fils, quitte à pousser un soupir de soulagement au cas où l'affaire se révélait moins grave qu'on ne le craignait.

Leurs pas se faisaient plus lents, comme s'ils n'avançaient plus que par la vitesse acquise. Ils s'arrêtèrent finalement devant Ada, tels des jouets mécaniques dont le ressort est arrivé à bout de course.

— Bonjour, fit Ada.

— Bonjour, répondirent-ils en chœur.

Garrick fouilla dans sa poche, en tira un mouchoir et se moucha. Sean regardait fixement le toit à pignons de la ferme paternelle, comme s'il le découvrait pour la première fois.

— Eh bien ? demanda Ada en s'efforçant de garder son calme.

— M. Clark nous a dit de retourner chez nous, annonça Garrick.

— Pourquoi ?

Le beau sang-froid d'Ada était sur le point de l'abandonner.

— Eh bien..., commença Garrick.

Son regard appela Sean à l'aide, mais son frère continuait à être fasciné par le toit de Theunis Kraal.

— Eh bien, tu comprends, Sean a comme qui dirait flanqué des coups de poing sur la tête de Clark, et il l'a envoyé au tapis. Moi, j'ai rien fait.

Ada gémit doucement.

— Oh, non !

Elle aspira une longue bouffée d'air frais.

— Très bien. Reprends depuis le début, et raconte-moi toute l'histoire.

Ils se lancèrent dans une narration entrecoupée, s'interrompant l'un l'autre et discutant sur des points de détail. Lorsqu'ils eurent terminé, Ada prit la parole :

— Vous feriez mieux d'aller dans votre chambre. Votre père travaille tout près d'ici aujourd'hui, il ne va pas tarder à rentrer déjeuner. J'essaierai de le préparer un peu.

L'atmosphère de la chambre était aussi joyeuse que celle d'une cellule de condamné à mort.

— Combien de coups de fouet crois-tu qu'il va nous donner ? demanda Garrick.

— Sans doute jusqu'à ce qu'il soit fatigué de frapper. Alors il se reposera un peu et il y aura une nouvelle séance.

Ils entendirent le cheval entrer dans la cour. Waite échangea quelques mots avec le palefrenier et se mit à rire. La porte de la cuisine claqua, puis il y eut une demi-minute d'insupportable tension, après quoi Waite poussa un rugissement qui fit sursauter Garrick.

Pendant dix minutes, Waite et Ada parlèrent dans la cuisine : les grondements de l'un et les murmures de l'autre parvenaient tour à tour aux jeunes gens. Et puis les pas légers d'Ada se firent entendre dans le couloir. Elle entra.

— Votre père veut vous voir, dit-elle. Il est dans son bureau.

Waite était debout devant la cheminée. Il avait la barbe encore pleine de poussière, et son front menaçant se plissait de sillons comme une terre labourée.

— Entrez ! mugit-il, en réponse au petit coup frappé à la porte.

Sean et Garrick entrèrent l'un derrière l'autre. Waite fit claquer sa cravache contre sa jambe, faisant jaillir de la poussière de son pantalon.

— Viens ici, toi, ordonna-t-il à Garrick.

Il le prit par les cheveux, lui tira la tête en arrière et examina la meurtrissure qu'il avait au front.

— Hmm, fit-il.

Il lâcha Garrick dont une mèche resta dressée, puis jeta la cravache sur le bureau.

— Viens ici, dit-il à Sean. Montre-moi tes mains ; non, pas les paumes, l'autre côté.

La peau des mains de Sean était éclatée, et il avait une jointure boursouflée.

— Hmm, répéta-t-il.

Il se tourna vers l'étagère près de la cheminée, prit une pipe au râtelier et se mit à la bourrer de tabac qu'il puisa dans un pot de grès.

— Vous êtes deux imbéciles, dit-il, mais je vais faire un essai. Je vous prends à cinq shillings la semaine, nourris, logés, blanchis. Allez manger... on aura du travail cet après-midi.

Incrédules, ils le regardèrent fixement, puis se précipitèrent vers la porte.

— Sean.

Sean s'arrêta. Il savait bien que tout cela était trop beau pour être vrai.

— Sean, où as-tu frappé ce Clark ?

— Partout, p'pa, partout où je pouvais le toucher.

— Très mauvais, dit Waite. Tu dois taper ici, à la pointe du menton (il désigna l'endroit précis avec sa pipe). Et il faut garder les poings bien serrés, sinon tu te casseras tous les doigts de la main avant d'être majeur, mon pauvre garçon !

— Bien, p'pa.

La porte se referma doucement derrière Sean. Waite sourit et dit tout haut :

— De toute façon, ils ont assez étudié comme ça. Finis les livres !

Il alluma sa pipe et tira une bouffée.

— Bon sang ! J'aurais voulu être là. Ça lui apprendra, à ce maudit gratte-papier, à vouloir se mesurer avec mon fils !

12

Désormais Sean avait le champ libre : il était né pour courir. Waite Courteney l'avait fait sortir de la stalle où il rongeait son frein, et lui avait laissé la bride sur le cou. Sans se soucier de ce qu'il y gagnerait, sans savoir où cela le mènerait, Sean se lança dans la course avec ivresse.

Debout avant l'aube, il retrouva son père et Garrick dans la cuisine. Tout en buvant un bol de café qu'il tenait dans le creux de ses mains, il se sentait tout surexcité en songeant aux jours à venir.

— Sean, tu vas prendre Zama et N'duti avec toi, pour voir s'il n'y a pas des bêtes qui se seraient égarées dans les hautes herbes, le long de la rivière.

— Un seul bouvier, ça suffira, p'pa. Tu auras besoin de N'duti pour le bain désinfectant.

— Bon, d'accord. Tâche de nous rejoindre là-bas avant midi ; on a un millier de bêtes à faire passer aujourd'hui.

Sean avala rapidement le reste de son café et boutonna sa veste.

— J'y vais tout de suite.

A la porte de la cuisine, un palefrenier tenait son cheval tout prêt. Sean glissa son fusil dans le fourreau d'arçon et sauta en selle sans mettre le pied à l'étrier. Il sourit à son père, leva la main et éperonna son cheval, qui partit comme un trait.

Debout sur le seuil de sa maison, dans le petit matin froid et sombre, Waite Courteney regardait Sean s'éloigner.

« Il est sûr de lui, l'animal », pensa Waite.

Mais il était heureux et fier : il avait le fils dont il avait toujours rêvé.

— Qu'est-ce que tu veux que je fasse, p'pa ? demanda Garrick qui était près de lui.

— Eh bien, il y a ces génisses malades dans l'enclos...

Il s'interrompit.

— Non. Je préfère que tu viennes avec moi, Garry.

Sean commença son travail à l'heure où les ombres sont encore longues et noires, à l'heure où la lumière dorée du soleil naissant joue avec les objets comme les projecteurs sur la scène d'un théâtre. Il transpira sous la grande chaleur de midi ; il travailla sous la pluie, dans la brume grise et moite qui descendait du plateau en lents tourbillons. Lorsque tomba le crépuscule, très vite comme toujours en Afrique, il rentra pour arriver à la nuit. Chaque minute de cette journée, il l'avait goûtée et appréciée passionnément.

Il apprit à reconnaître les bêtes, non par leur nom, car seuls les bœufs d'attelage en portaient un, mais par leur taille, leur couleur, leurs marques distinctives. Un simple coup d'œil sur l'un des troupeaux, et il savait quelles étaient les bêtes manquantes.

— Zama ! La vieille vache avec une corne tordue, où est-elle ?

— Je l'ai emmenée hier à l'enclos, Nkosi ; elle a les vers dans l'œil.

Désormais, ce n'était plus « Nkosizana », le diminutif, mais « Nkosi ». Le maître, le seigneur.

Sean apprit à déceler la maladie presque avant qu'elle ne se déclarât, rien qu'à la manière dont l'animal marchait ou remuait la tête. Il apprit aussi à traiter toutes les affections. Pour les vers, il fallait verser du pétrole dans la plaie jusqu'à ce qu'ils tombent comme une poignée de riz. Pour l'ophtalmie, il fallait rincer l'œil avec du permanganate. Quant au charbon, il n'y avait qu'une ressource : abattre la bête et faire brûler sa carcasse.

Il délivra son premier veau au bord de la Tugela, à l'ombre

des acacias. Il dut s'en tirer tout seul, manches relevées au-dessus du coude, les mains pleines de mucus. Ensuite, lorsque la mère se mit à lécher le nouveau-né qui chancelait à chaque coup de langue, Sean eut la curieuse sensation d'avoir une boule dans la gorge.

Mais tout cela ne suffisait pas à libérer son trop-plein d'énergie. Il s'amusait tout en travaillant.

Bon cavalier, il s'astreignait à parfaire son « métier », sautait en voltige, montait debout au grand galop et, écartant les jambes, se laissait retomber en selle, les pieds dans les étriers.

Il s'entraînait également au tir, et fut bientôt capable d'atteindre à cent cinquante pas un chacal en pleine course.

Et puis, Sean devait aussi faire une partie du travail de Garrick.

— Je ne me sens pas très bien, Sean.

— Qu'est-ce que tu as ?

— C'est ma jambe. Tu sais, j'ai la peau à vif quand je monte trop longtemps à cheval.

— Alors, pourquoi ne rentres-tu pas à la maison ?

— P'pa m'a demandé d'arranger la clôture autour du bain numéro trois.

Garrick se pencha sur l'encolure de son cheval et se frotta la jambe, tout en affichant un brave petit sourire.

— Mais tu l'as déjà installée la semaine dernière, cette clôture, protesta Sean.

— Oui, mais je crois bien que ça n'a pas tenu.

Les réparations effectuées par Garrick étaient toujours étrangement précaires.

— Tu as les cisailles ?

Avec promptitude, Garrick les sortit de sa sacoche.

— Je vais m'en occuper, dit Sean.

— Oh, merci, vieux, merci beaucoup !

Après une seconde d'hésitation, Garrick ajouta :

— Tu ne diras rien à p'pa, hein ?

— Mais non... ce n'est pas ta faute si ta jambe te fait mal.

Et Garrick rentra, se glissa jusqu'à sa chambre et trouva un refuge avec Jim Hawkins dans les pages de l'*Ile au Trésor*.

Son travail procura à Sean une émotion nouvelle. Lorsque les pluies revinrent, la savane reverdit, et, sur le plateau, l'eau remplit les moindres cuvettes. Cela n'annonçait pas seulement le retour de la saison des nids, ou bien le début des pêches miraculeuses dans le *Baboon Stroom*. Cela signifiait encore bien d'autres choses : désormais, on pourrait faire remonter le bétail de la vallée ; les troupeaux que l'on mènerait à la foire de Ladyburg seraient gras à souhait. Un autre hiver se terminait, la terre se retrouvait plus riche de vitalité et de promesses. Sean était sensible à tout cela, en même temps qu'il éprouvait pour ses bêtes un violent sentiment de possession.

Un jour, vers la fin de l'après-midi, Sean, à cheval sous les arbres, surveillait un petit troupeau éparpillé dans la savane. Les bêtes paissaient tout en agitant paresseusement la queue. Non loin de Sean, un peu à l'écart des autres, un petit veau de trois jours s'essayait à courir et tournait en rond dans l'herbe, tout raide, tout maladroit sur ses longues pattes. Dans le troupeau, une vache se mit à meugler ; le veau s'arrêta net et resta immobile, les pattes bizarrement écartées, les oreilles dressées. Sean sourit et se baissa pour reprendre les rênes : il était temps de rentrer.

Ce fut à cet instant qu'il aperçut le gypaète : l'énorme masse brune fondait déjà du haut du ciel, ailes repliées, serres prêtes à frapper, et le vent de la vitesse faisait siffler ses plumes.

Pétrifié, Sean vit le rapace s'abattre sur la pauvre bête. Il y eut un bruit d'os brisés, bref comme le craquement d'un morceau de bois sec, et le veau s'écroula dans l'herbe. Il se débattait faiblement sous les serres du gypaète.

Un instant encore, Sean fut incapable de réagir, médusé par la rapidité avec laquelle s'était déroulée la scène. Et puis soudain la haine l'envahit, une haine si violente qu'il sentit son estomac se nouer. Il éperonna son cheval qui partit au galop, et fonça sur l'oiseau en poussant un long hurlement de haine, un cri aigu, inhumain.

L'aigle tourna la tête et le regarda venir de côté, puis, ouvrant son grand bec jaune pour répondre au cri de Sean, il desserra son étreinte et s'envola lourdement. Il rasa d'abord le sol, puis prit de la vitesse et s'éleva peu à peu.

Sean tira son fusil de l'étui d'arçon et arrêta son cheval, puis, sautant à terre, il manœuvra la culasse.

Le gypaète était à une cinquantaine de mètres et prenait

de la hauteur. Sean glissa une cartouche dans la chambre, referma la culasse et leva son arme.

Le coup était difficile : l'oiseau s'éloignait de lui tout en s'élevant par saccades. Sean fit feu. Le recul lui meurtrit l'épaule.

Le vent dissipa la fumée, et Sean vit le rapace exploser littéralement, tel un oreiller crevé qui laisse échapper ses plumes. Les ailes brisées, il tomba comme une masse. Avant même qu'il heurtât le sol, Sean se mit à courir. Lorsque Sean l'atteignit, l'oiseau était mort. Pourtant, empoignant son fusil par le canon, Sean le leva au-dessus de sa tête et l'abattit sur le rapace. Au troisième coup, la crosse se fendit, mais il continua à s'acharner. Il sanglotait de rage.

Lorsqu'il s'arrêta enfin, hors d'haleine, il tremblait de tous ses membres, et la sueur ruisselait sur son visage. Le gypaète n'était plus qu'une masse informe de chair et de plumes.

Le veau vivait encore. Comme le fusil s'était enrayé, Sean s'agenouilla près du pauvre animal, et, pleurant de colère, il le tua avec son couteau de chasse.

13

SEAN en fut si profondément remué que sa haine se répercuta sur tous, même sur Garrick. Cependant, elle ne dura guère, car, comme ses colères, ses haines étaient brèves, tel un feu d'herbes sèches : de hautes flammes vives, mais bientôt consumées et ne laissant que des cendres vite refroidies.

Lorsque l'incident se produisit, Waite était absent. Trois années de suite, il avait été nommé président de l'Association des Eleveurs de Bovins, et chaque fois il s'était désisté. Il ne dédaignait certes pas — c'était humain — le prestige que conférait ce poste, mais il ne pouvait pas non plus ignorer que le travail à la ferme souffrirait de ses fréquentes absences. Lorsque revint la date de l'élection, cela faisait deux ans que Sean et Garrick travaillaient à Theunis Kraal.

Le soir précédant son départ pour Pietermaritzburg, Waite eut une conversation avec Ada.

— J'ai reçu une lettre de Bernard la semaine dernière, chérie. Tout le monde insiste pour que je pose ma candidature cette année.

Il parlait tout en se taillant la barbe, debout devant le miroir de la chambre.

— Parbleu ! dit Ada, ils savent bien que tu es le meilleur de tous.

Absorbé dans sa tâche, Waite plissait le front. Ada croyait si aveuglément en lui qu'il doutait rarement de ses propres possibilités. Tout en s'examinant dans la glace, il se demanda quelle part de sa réussite il devait au soutien de sa femme.

— Tu en es capable, Waite.

Ce n'était pas un défi, ni une question, mais la tranquille constatation d'un fait. Il suffisait qu'elle l'affirmât pour qu'il la crût.

Il posa les ciseaux sur la commode et se tourna vers Ada. Vêtue d'une chemise de nuit blanche, elle était assise en tailleur sur le lit. Ses longs cheveux descendaient en masse sombre sur ses épaules.

— Je pense que Sean peut très bien s'occuper de la ferme, dit-elle.

Elle ajouta vivement :

— Garrick aussi, bien sûr.

— Sean apprend vite, reconnut Waite.

— Alors, tu vas accepter ?

Waite hésita.

— Oui, dit-il enfin.

Ada sourit.

— Viens, dit-elle en lui tendant les bras.

Sean conduisit Waite et Ada à la gare de Ladyburg. A la dernière minute, Waite avait insisté pour qu'elle l'accompagnât, voulant qu'elle fût près de lui à l'heure du succès.

Sean porta les bagages dans le wagon et attendit, tandis qu'Ada et Waite bavardaient avec le petit groupe d'éleveurs qui s'en allait au congrès. Au coup de sifflet, les voyageurs s'égaillèrent vers leurs compartiments respectifs. Ada embrassa Sean et monta. Waite resta encore quelques instants sur le quai.

— Sean, si tu as besoin d'aide, va trouver M. Erasmus à Lion Kop. Je serai de retour jeudi.

— Je n'aurai besoin de personne, p'pa.

La bouche de Waite se durcit.

— Alors tu dois être le bon Dieu, il n'y a que Lui qui peut se passer de tout le monde, dit-il d'un ton coupant. Ne fais pas l'imbécile. Si tu as des ennuis, demande à Erasmus.

Waite monta à son tour dans le compartiment. Avec une

secousse, le train démarra, prit de la vitesse et s'éloigna vers les escarpements. Sean le suivit des yeux, puis revint vers le boguet. Désormais, il était le maître de Theunis Kraal, et c'était une sensation fort agréable.

Sur le quai, les groupes se dispersaient. Anna surgit devant lui.

— Bonjour, Sean.

Elle portait une robe de coton d'un vert délavé, et marchait pieds nus. Elle sourit de toutes ses petites dents blanches et scruta le visage de Sean.

— Bonjour, Anna.

— Tu ne vas pas à Pietermaritzburg ?

— Non, il faut que je m'occupe de la ferme.

— Oh !

Il y eut un silence. Ils se sentaient mal à l'aise, devant tout ce monde. Sean toussota et se gratta le nez.

Un des frères d'Anna, arrêté devant le guichet, la héla :

— Viens, Anna, il faut rentrer !

Elle se pencha vers Sean.

— Je te verrai dimanche ? chuchota-t-elle.

— Si je peux, je viendrai. Mais je ne suis pas sûr. Il y a tellement de choses à faire...

— Fais ton possible, Sean, dit-elle d'un ton pressant. Je t'attendrai. J'emporterai un pique-nique, et je t'attendrai toute la journée. Je t'en prie, viens, même si tu n'as qu'un petit moment.

— Très bien, je viendrai.

— Promis ?

— Promis.

Elle sourit, soulagée.

— Rendez-vous sur le sentier au-dessus des chutes.

Elle courut rejoindre sa famille, et Sean repartit vers Theunis Kraal. Garrick lisait, allongé sur son lit.

— Je croyais que papa t'avait demandé de t'occuper de marquer au fer les bêtes qu'on a achetées mercredi dernier ?

Garrick posa son livre et s'assit sur son lit.

— J'ai dit à Zama de les garder dans le kraal en t'attendant.

— Papa t'a dit de t'en occuper. Tu ne peux pas les laisser toute la journée sans leur donner à boire ni à manger.

— Je déteste ça, murmura Garrick. Leurs meuglements

quand on les marque, et cette odeur de chair et de poils brûlés, ça me fait horreur. J'en ai la migraine.

— Il faut bien que quelqu'un le fasse. Moi, je ne peux pas, je dois préparer un nouveau bain désinfectant pour demain.

Sean commençait à s'énerver.

— Nom d'un chien, Garry, pourquoi es-tu toujours un poids mort ?

— Ce n'est pas ma faute, c'est à cause de ma jambe.

Garrick était sur le point de pleurer. L'allusion à la jambe obtint l'effet souhaité : Sean se calma immédiatement, et son visage s'éclaira de son irrésistible sourire.

— Pardon. Je vais te dire ce qu'on va faire. C'est moi qui vais aller marquer les bêtes, et toi tu vas t'occuper du bain. Charge les tonnelets de désinfectant sur la charrette et prends deux garçons d'écurie avec toi. Tiens, voilà les clés de la réserve.

Il jeta le trousseau sur le lit de Garrick.

— Tu devrais avoir fini avant la nuit.

Arrivé à la porte, il se retourna.

— Garry, n'oublie pas de préparer les six bains, pas seulement ceux qui sont près de la maison.

Garry chargea donc les six tonnelets sur la charrette et s'en fut. Il revint bien avant la nuit. Le devant de son pantalon était maculé d'un liquide brunâtre et gluant qui avait même imbibé son unique botte.

Lorsque Garrick sortit de la cuisine, Sean l'appela du bureau.

— Alors, Garry, c'est terminé ?

Garrick fut saisi de crainte : le bureau de Waite, c'était un lieu sacré, le saint des saints de Theunis Kraal. Même Ada frappait avant d'y être admise, et les jumeaux n'y pénétraient que pour y subir le châtiment de leurs fautes.

Garrick parcourut le couloir et poussa la porte. Sean était renversé en arrière dans le fauteuil tournant, les pieds croisés sur le bureau.

— Papa te tuera, fit Garrick d'une voix tremblante.

— Papa est à Pietermaritzburg, répliqua Sean.

Garrick resta sur le seuil et examina la pièce. En fait, c'était la première fois qu'il la voyait vraiment. D'habitude, il était si inquiet de ce qui allait se passer qu'il ne pouvait que regarder, fasciné, le grand fauteuil de cuir sur lequel il venait se mettre à plat ventre pour exposer son postérieur à la lanière du *sjambok*.

Le bureau de son père, il le découvrait aujourd'hui. Les murs étaient recouverts sur toute leur hauteur de lambris de bois verni d'un brun clair, et le plafond s'ornait de moulures de plâtre en forme de feuilles de chêne. La pièce était éclairée par une seule lampe suspendue en son centre au bout d'une chaîne de cuivre. On pouvait se tenir debout dans la cheminée de pierres brunes où les bûches n'attendaient qu'une allumette pour flamber.

Tout autour, des pipes et un pot à tabac, des fusils au râtelier, une bibliothèque pleine de livres reliés en cuir vert ou rouge foncé : des encyclopédies, des dictionnaires, des livres de voyages ou des manuels d'exploitation agricole, mais point de romans. Sur le mur qui faisait face au bureau était accroché un portrait d'Ada, une peinture à l'huile où l'artiste avait su rendre un peu de sa grâce et de sa sérénité. Elle avait posé vêtue d'une robe blanche, son chapeau à la main. Au-dessus de la cheminée se dressait un magnifique trophée de chasse : une paire de cornes de buffle cafre, dont les énormes courbes crénelées dominaient toute la pièce.

Des poils de chien parsemaient les tapis en peau de léopard. La pièce était imprégnée d'une forte présence masculine — même l'odeur de Waite flottait dans l'air. Ce bureau était bien à lui, marqué de sa personnalité comme l'étaient la veste de tweed et le chapeau de feutre pendus derrière la porte.

Une bouteille de cognac trônait sur la vitrine grande ouverte, et Sean tenait un verre à la main.

— Tu bois le cognac de papa ! fit Garrick d'un ton accusateur.

— Il n'est pas mauvais.

Sean leva le verre à la hauteur de ses yeux et contempla le liquide, puis il en but lentement une gorgée qu'il garda un instant dans sa bouche, avant de l'avaler en s'efforçant de ne pas battre des paupières. Garrick le regardait avec un effroi mêlé d'admiration.

— Tu en veux ?

Garrick secoua la tête. Les vapeurs de l'alcool montèrent aux yeux de Sean qui se mouillèrent de larmes.

— Papa te tuera ! répéta Garrick.

— Assieds-toi, ordonna Sean d'une voix que le cognac rendait un peu rauque. Je veux mettre au point un plan pendant que p'pa n'est pas là.

Garrick faillit s'installer dans le fauteuil, mais il lui rappelait de trop cuisants souvenirs, et il s'assit finalement au bord du sofa.

— Demain, annonça Sean en levant le doigt, on va faire passer au désinfectant tout le bétail du secteur central. J'ai dit à Zama de les amener de bonne heure. Tu t'es occupé des bains, n'est-ce pas ?

Garrick fit oui de la tête, et Sean poursuivit :

— Samedi (il leva un second doigt), on fera des feux de brousse au bord du plateau : l'herbe est toute sèche là-haut. Tu prendras une équipe avec toi et tu partiras des chutes ; moi je commencerai par l'autre bout, du côté de *Fredericks Kloof*. Dimanche...

Sean se tut. Dimanche, Anna.

— Dimanche, j'irai à l'église, fit vivement Garrick.

— Très bien, approuva Sean, tu iras à l'église.

— Tu viendras aussi ?

— Non, répondit Sean.

Garrick baissa la tête et contempla les peaux de léopard qui servaient de tapis. Il ne chercha pas à persuader Sean de venir, car il savait qu'Anna assisterait au service. Peut-être bien qu'ensuite, puisque Sean ne serait pas là pour accaparer l'attention de la jeune fille, Garrick pourrait la raccompagner avec le boguet... Il se mit à rêver tout éveillé et n'écouta plus ce que disait son frère.

Le lendemain matin, il faisait grand jour lorsque Sean, poussant devant lui un petit troupeau de traînards dans l'herbe haute qui lui venait aux étriers, déboucha sur le vaste espace de terre piétinée qui entourait le bassin à désinfectant. Garrick avait déjà commencé à y faire passer les bêtes : à l'autre bout, une dizaine de bœufs au corps noirci par le liquide gluant s'étaient réfugiés dans le kraal, l'air malheureux.

Sean fit entrer ses bêtes dans l'enclos déjà occupé par un imposant troupeau, et N'duti remit en place derrière eux les barres de la clôture.

— Je te vois[1], Nkosi.
— Je te vois, N'duti. Beaucoup de travail aujourd'hui.
— Beaucoup, opina N'duti, toujours beaucoup de travail !
Sean fit à cheval le tour de l'enclos, puis attacha sa monture sous un arbre. En compagnie de N'duti, il s'approcha du bac. Debout près du parapet, Garrick s'appuyait à l'un des piliers du toit.
— Salut, Garry, comment ça marche ?
— Ça va.
Sean s'accouda au parapet, près de son frère. Le bassin à désinfectant mesurait six mètres de long sur un mètre vingt de large, la surface du liquide étant au-dessous du niveau du sol. L'ensemble était entouré d'une murette et protégé par un toit de chaume, pour éviter que la pluie ne vînt diluer le produit.
Les bouviers amenèrent les bêtes au bord du bassin, mais elles se dérobaient encore.
— *E'yapi, E'yapi !* crièrent les bouviers.
Poussées par la masse du troupeau, les premières basculèrent dans le bassin. Lorsque l'une d'elles renâclait, Zama se penchait par-dessus la clôture et lui mordait la queue.
Chacune plongeait museau en l'air, les pattes de devant relevées à la hauteur du poitrail, et disparaissait complètement sous la surface noirâtre et huileuse. Puis elle émergeait de nouveau, nageant avec frénésie, jusqu'à ce qu'elle pût toucher de ses sabots la pente douce qui, à l'autre extrémité du bassin, remontait vers le kraal.
— Ne les laisse pas s'endormir, Zama, cria Sean.
Zama lui adressa un sourire et, d'un coup de ses grandes dents blanches, mordit la queue d'un bœuf récalcitrant.
Le lourd animal plongea dans une gerbe d'écume. Une goutte de désinfectant jaillit sur la joue de Sean qui ne s'en soucia guère, absorbé qu'il était à surveiller le déroulement de l'opération.
— Si ces bœufs-là ne battent pas tous les records de vente, c'est que les acheteurs n'y connaissent rien ! dit Sean à Garry.
— C'est vrai, ils sont beaux, approuva Garry.

1. Salutation à la manière zouloue.

— Beaux ? Ce sont les bœufs les plus gras, les plus sensationnels de toute la région !

Sean s'apprêtait à développer ce thème sur le mode lyrique lorsqu'il prit soudain conscience d'une sensation désagréable : la goutte de désinfectant lui brûlait la joue. Il l'essuya du bout du doigt et la porta à ses narines : l'odeur était âcre et forte. Pendant un instant, il demeura immobile, contemplant le bout de son doigt. Sa joue continuait à le brûler.

Il leva les yeux. Dans le kraal, les bêtes qui sortaient du bassin tournaient interminablement en rond ; il vit l'une d'elles chanceler de côté et heurter la clôture.

— Zama ! cria Sean.

Le Zoulou dressa la tête.

— Arrête-les ! Pour l'amour du Ciel, empêche-les de passer !

Un autre bœuf, au bord du bassin, hésitait à plonger. Sean bondit sur la murette, et, enlevant vivement son chapeau, il en frappa l'animal pour tenter de le faire reculer. Mais le bœuf sauta. Alors Sean enjamba la main courante et se dressa face au troupeau.

— Arrête-les ! hurla-t-il encore. Remets les barres, ne les laisse pas passer !

Sean écarta les bras et saisit les rambardes. Ainsi écartelé, il se mit à décocher des coups de pied aux mufles menaçants.

— Dépêche-toi, nom d'un chien, remets les barres !

Une masse compacte s'avançait vers lui, toute hérissée de cornes. Poussées par celles qui les suivaient, arrêtées par Sean qui leur barrait le passage, les bêtes commençaient à s'affoler. L'une d'elles voulut sauter par-dessus la main courante et, d'un coup de corne, déchira la chemise de Sean et lui balafra la poitrine.

Sean entendit se refermer derrière lui la barrière de bois qui bloquait l'accès du bassin. Zama, d'une main vigoureuse, le hissa au-dessus de l'enchevêtrement des cornes et des sabots, et deux des bouviers l'aidèrent à enjamber la balustrade. Mais Sean se dégagea tout de suite.

— Venez, ordonna-t-il tout en courant vers son cheval.

— Nkosi, tu saignes !

La chemise de Sean était toute tachée de sang, mais il ne sentait pas la douleur. Les bêtes qui avaient passé dans le bain désinfectant étaient en proie à de terribles souffrances.

Elles galopaient en tous sens à travers le kraal en poussant des mugissements pitoyables. L'une d'elles s'effondra, puis se releva tant bien que mal, les pattes agitées de convulsions.

— A la rivière ! cria Sean. L'eau fera partir toute cette saloperie ! Ouvre la barrière, Zama !

Le *Baboon Stroom* était à deux kilomètres de là. Un des bœufs mourut avant même de sortir du kraal, et dix autres avant d'atteindre la rivière. Ils mouraient au milieu de convulsions, les yeux révulsés.

Sean conduisit les survivants dans le courant. L'eau claire se troubla vite de nuages brun sombre.

— Reste ici, Zama. Empêche-les de ressortir.

Sean fit traverser son cheval à la nage et prit pied sur l'autre rive, où il s'évertua à rejeter à l'eau les bœufs qui essayaient d'aborder.

— N'kosi ! Il y en a un qui se noie ! cria N'duti.

Sean aperçut du côté des hauts fonds un jeune mâle qui avait la tête sous l'eau et dont les pattes battaient convulsivement.

Se laissant glisser à bas de son cheval, il s'avança au milieu de la rivière, où il enfonça bientôt jusqu'aux aisselles, et s'efforça de maintenir hors de l'eau la tête de l'animal tout en le tirant vers la rive.

— Aide-moi, N'duti ! cria-t-il.

Le Zoulou s'avança à son tour. Peine perdue : à chaque fois que l'animal se débattait, il les entraînait tous deux sous l'eau. Lorsqu'ils parvinrent enfin à le ramener sur la berge, il était mort.

Sean s'assit dans la vase près du cadavre. Il était à bout de forces, et ses poumons lui faisaient mal, avec toute l'eau qu'il avait avalée.

— Fais-les sortir de là, Zama, hoqueta-t-il.

Certains des animaux survivants demeuraient immobiles, debout sur les hauts-fonds, tandis que d'autres nageaient en rond, désemparés.

— Combien ? demanda Sean. Il y en a combien qui sont morts ?

— Deux autres depuis qu'on est ici. Ça fait treize, N'kosi.

— Où est mon cheval ?

— Il est parti au galop, et je l'ai laissé aller. Il doit être rentré à la ferme.

Sean approuva de la tête.

— C'est bon. Ramène-moi ces bêtes jusqu'à l'enclos des malades. Il faudra les surveiller pendant quelques jours.

Sean se leva et se dirigea à pied vers le bassin. Garrick était parti, et le gros du troupeau était encore dans le kraal. Sean ouvrit la barrière et leur rendit la liberté. Il se sentait mieux maintenant, et sa colère et sa haine grandissaient à mesure que ses forces lui revenaient.

Il se mit en route vers la ferme. L'eau gargouillait dans ses bottes, et chaque pas qu'il faisait semblait augmenter sa fureur ; c'était Garrick qui avait préparé les bains, c'était Garrick qui avait tué ses bêtes, et il le haïssait.

Lorsque Sean approcha de Theunis Kraal, il aperçut Garrick debout dans la cour. Garrick le vit aussi, car il disparut dans la maison. Sean se mit à courir, poussa la porte de la cuisine et faillit renverser un des domestiques.

— Garrick, cria-t-il, où es-tu ?

Il fouilla la maison, une première fois à la hâte, une seconde fois de façon plus méthodique. Garrick était parti : la fenêtre de la chambre était ouverte, et le rebord portait l'empreinte d'une botte poussiéreuse.

— Espèce de sale lâche ! hurla Sean, et il sauta à son tour par la fenêtre.

Il resta là une seconde, balançant la tête de côté et d'autre. Ses poings s'ouvraient et se fermaient convulsivement.

— Je trouverai bien, hurla-t-il encore, je trouverai bien où tu te caches !

Il traversa la cour et se dirigea en courant vers les écuries, mais au passage il s'aperçut que la porte de la laiterie était tirée. Lorsqu'il voulut l'ouvrir, il constata qu'elle était fermée à clé de l'intérieur. Il recula de quelques pas et l'enfonça d'un coup d'épaule. Emporté par son élan, il glissa et se retrouva contre le mur du fond. Garrick était en train d'essayer de s'échapper par la fenêtre, mais elle était petite et haute. Sean attrapa son frère par le fond de son pantalon et le fit redescendre.

— Qu'est-ce que tu as fabriqué avec le désinfectant, hein, dis-moi ? cria-t-il au visage de Garrick.

— Je ne l'ai pas fait exprès, je ne savais pas que ça pouvait les tuer !

— Dis-moi ce que tu as fait !

Sean avait saisi Garrick par la chemise et le traînait vers la porte.

— Je n'ai rien fait. Je t'assure, je ne savais pas.

— De toute façon je vais te démolir le portrait, alors autant parler tout de suite.

— Je te jure, Sean, je ne savais pas.

Sean plaqua Garrick contre la porte et l'y maintint avec sa main gauche, tandis qu'il ramenait son poing droit en arrière, prêt à frapper.

— Non, Sean, je t'en supplie. Non !

La colère de Sean tomba tout à coup, et ses bras se rabaissèrent.

— C'est bon, fit-il froidement, raconte-moi ce qui s'est passé.

Sa colère s'était enfuie, mais non sa haine.

— J'étais fatigué, murmura Garrick, et puis il commençait à se faire tard, et puis ma jambe me faisait mal. Il me restait encore quatre bassins à remplir, et je savais que tu vérifierais si tous les tonnelets étaient vides. Il était si tard... alors...

— Alors ?

— J'ai tout vidé dans le même bassin... je ne savais pas que ça pouvait les tuer, je ne savais pas...

Sean se détourna et se dirigea lentement vers la maison ; Garrick le suivit en boitillant.

— Je regrette, Sean, vraiment je regrette. Si j'avais su...

Sean entra le premier dans la cuisine, claqua la porte au nez de Garrick, et alla droit au bureau de Waite. Il prit sur les rayons le gros registre relié en cuir, l'ouvrit, prit une plume et la trempa dans l'encrier. Pendant un court instant, la page sembla le fasciner ; puis il se décida et, dans la colonne des pertes, écrivit le nombre 13, suivi de la mention « empoisonnement par désinfectant ». Il appuyait tellement pour écrire que sa plume en troua le papier.

Sean et les bouviers passèrent tout le reste de cette journée et celle du lendemain à vider le bassin, à le remplir d'eau propre et à préparer un nouveau mélange. Sean et Garrick ne se virent qu'aux repas, et ne se parlèrent pas.

Le surlendemain était un dimanche. Garrick partit fort tôt pour Ladyburg, car le service commençait à huit heures. Après son départ, Sean entreprit de se préparer. Penché sur son miroir, il se rasa de près avec sa grande lame et se tailla les pattes avec soin. Puis il passa dans la chambre de ses parents et usa généreusement de la brillantine paternelle, en prenant bien soin de revisser le couvercle et de reposer le pot exactement à sa place. Après s'être enduit de brillantine et en avoir humé le parfum en connaisseur, il ramena ses cheveux sur le devant, les sépara en deux par une raie médiane et les lissa à l'aide des brosses de son père, de magnifiques brosses à dos d'argent. Puis il mit une chemise blanche, une culotte quasiment neuve, et des bottes aussi luisantes que ses cheveux : il était prêt.

La pendule de la cheminée du salon lui confirma qu'il avait tout le temps. En fait, il avait deux heures d'avance : il n'était que huit heures. Le service ne se terminait pas avant neuf heures, et il s'écoulerait encore une bonne heure avant qu'Anna pût s'échapper et rejoindre le lieu de rendez-vous, au-dessus des chutes. Sean se prépara donc à une longue attente, et se mit à parcourir le dernier numéro du *Fermier du Natal.* Cela faisait déjà trois fois qu'il le lisait, car il datait de plus d'un mois ; même l'excellent article sur « les parasites stomacaux chez les bovidés et les ovidés » avait perdu beaucoup de son intérêt. L'esprit de Sean se mit à vagabonder. Il songea à la journée qui se préparait, et l'idée l'excita au point qu'il dut réajuster son pantalon, qui était fort étroit. Et puis la vision perdit de son charme : Sean était un homme d'action, non un rêveur. Il alla dans la cuisine demander à Joseph une tasse de café. Lorsqu'il l'eut terminée, il lui restait encore une demi-heure à attendre.

— La barbe ! fit Sean, et il demanda qu'on lui amenât son cheval.

Il partit au galop et fit escalader l'escarpement à sa monture en attaquant la pente de biais. Parvenu sur le plateau, il sauta à terre et laissa souffler son cheval. Ce matin-là, on pouvait apercevoir au loin la vallée de la Tugela, comme une grande traînée verte au milieu de la plaine. On aurait pu compter les toits de Ladyburg, et la flèche de l'église, couverte en cuivre, étincelait au soleil comme un feu d'alarme.

Sean se remit en selle et repartit en longeant le bord du plateau jusqu'à ce qu'il atteignît le *Baboon Stroom* au-dessus des chutes. Alors il remonta la rivière qu'il traversa ensuite à gué, en posant les pieds sur la selle pour ne pas mouiller ses bottes. Il sauta à terre près du marigot et entrava son cheval, puis suivit à pied le sentier jusqu'au bord du plateau et pénétra dans l'épaisse forêt qui surplombait les chutes. Il y faisait frais et humide, et de la mousse poussait sur les arbres, car les feuilles et les lianes interceptaient les rayons du soleil. Dans le sous-bois, Sean entendit un « oiseau-bouteille » dont le glou-glou était presque couvert par le vacarme des chutes.

Sean étala son mouchoir sur un rocher près du sentier, s'assit dessus et attendit. Au bout de cinq minutes, il ne tenait déjà plus en place. Une demi-heure plus tard, il grommelait tout haut.

— Je vais compter jusqu'à cinq cents... et si elle n'arrive pas, je m'en vais...

Il se mit à compter. Lorsqu'il atteignit le chiffre fatidique, il s'arrêta et scruta les environs. Anna ne venait toujours pas.

— Je ne vais tout de même pas attendre ici toute la journée, bougonna-t-il.

Mais il n'esquissa même pas le mouvement de se lever. Son regard fut attiré par une grosse chenille qui escaladait lentement un tronc d'arbre situé un peu en contrebas. Sean ramassa un caillou et le lança : il heurta l'arbre à quelques centimètres au-dessus de la chenille.

— Pas tombé loin, celui-là, marmonna Sean comme pour s'encourager, et il se baissa pour ramasser une autre pierre.

Au bout d'un moment, il avait épuisé le petit stock de cailloux qu'il pouvait avoir à la portée de la main, et la chenille poursuivait tranquillement son chemin. Sean fut obligé de partir au ravitaillement, et revint avec deux poignées de cailloux. Il reprit position sur le rocher, entassa ses munitions entre ses jambes, et le bombardement recommença. Il visait avec un soin extrême. Au troisième coup, il fit mouche, et la chenille éclata dans un giclement verdâtre.

Sean se sentit soudain frustré. Il se mit en quête d'une autre cible et se trouva nez à nez avec Anna debout près de lui.

— Bonjour, Sean.

Elle portait une robe rose et tenait ses chaussures dans une main, et un petit panier dans l'autre.

— J'ai apporté de quoi manger, dit-elle.

— Pourquoi as-tu été si longue ? demanda Sean tout en

essuyant ses paumes sur sa culotte. Je commençais à croire que tu ne viendrais pas.

— Je te demande pardon. Tout a été de travers, ce matin.

Il y eut un silence embarrassé. Sean regarda Anna, qui rougit légèrement, se détourna et se mit à grimper le long du sentier.

— Viens, on va faire la course jusqu'en haut.

Elle courait pieds nus, les jupes retroussées jusqu'aux genoux. Elle émergea dans le soleil avant que Sean pût la rattraper. La saisissant par derrière, il l'entoura de ses bras, et ils tombèrent tous deux dans l'herbe. Ils restèrent là, étendus, riant et haletant tout à la fois.

— Le service n'en finissait pas, dit Anna, et après...

Sean ne la laissa pas finir et posa sa bouche sur la sienne. Les bras d'Anna enserrèrent la nuque de Sean. Ils s'embrassèrent avec fureur, et le désir monta en eux. Anna se mit à gémir doucement et à remuer son corps tout contre celui de Sean, qui promena ses lèvres sur la joue et le cou de la jeune fille.

— Oh, Sean, ça a été si long. Toute une semaine !

— Je sais.

— Tu m'as tellement manqué. J'ai pensé à toi tous les jours.

Sean, le visage enfoui dans le cou d'Anna, ne répondit rien.

— Et moi, Sean, je t'ai manqué ?

— Mm, murmura-t-il.

Il leva la tête et saisit entre ses dents le lobe de l'oreille d'Anna.

— Est-ce que tu penses à moi quand tu travailles ?

— Mmm.

— Réponds-moi vraiment, Sean, réponds-moi.

— Tu m'as manqué, Anna, j'ai pensé à toi tout le temps, mentit Sean.

Il l'embrassa sur la bouche, et elle se serra plus fort contre lui. La main de Sean glissa jusqu'à son genou et remonta sous ses jupes, mais Anna lui prit le poignet et le lui écarta.

— Non, Sean, embrasse-moi seulement.

Sean attendit qu'elle eût relâché son étreinte et tenta une autre incursion, mais cette fois elle se dégagea et s'assit dans l'herbe.

— Il y a des fois où je me demande s'il n'y a pas que *cela* qui t'intéresse...

Sean sentit la colère monter en lui, mais il eut le bon goût de se dominer.

— Ce n'est pas vrai, Anna. C'est simplement parce qu'il y a si longtemps que je ne t'ai pas vue, et que tu m'as tellement manqué...

Elle se radoucit immédiatement et tendit la main pour lui caresser la joue.

— Oh, Sean, je te demande pardon. Ce n'est pas que je ne veuille pas, c'est que... Oh, je ne sais plus...

Elle se mit debout et ramassa son panier.

— Viens, allons jusqu'au marigot.

Ils avaient une cachette, un petit coin de sable blanc entouré d'un rideau de roseaux, à l'ombre d'un grand arbre qui croissait sur la rive. Sean y étendit sa couverture de selle. La rivière était invisible mais toute proche, car ils entendaient le bruit de l'eau, et les têtes duveteuses des roseaux froufroutaient au moindre souffle de vent.

— ... je ne pouvais pas arriver à me débarrasser de lui !

Agenouillée sur la couverture, Anna continuait à bavarder tout en déballant les provisions.

— Il restait assis là, et à chaque fois que je lui disais quelque chose, il rougissait et s'agitait sur son siège. Alors à la fin je lui ai dit : « Désolée, Garry, mais il faut que je m'en aille ! »

Sean se renfrogna : la simple mention du nom de Garrick lui avait rappelé l'incident du bain désinfectant. Il ne le lui avait pas encore pardonné.

— Et puis, voilà qu'en rentrant chez nous j'ai trouvé papa et Frikki qui se battaient. Maman était en larmes, et mes frères et sœurs étaient enfermés à clé dans leur chambre.

— Qui a gagné ? demanda Sean avec intérêt.

— Oh ! ils ne se battaient pas vraiment, ils criaient surtout. Ils étaient saouls tous les deux.

Sean était toujours un peu choqué par la façon cavalière dont Anna faisait allusion à l'intempérance de certains membres de sa famille. Tout le monde savait que M. Van Essen et ses deux fils aînés buvaient, ce n'était pas une raison pour en parler toujours. Sean avait un jour essayé de lui en faire remontrance :

— Tu ne devrais pas parler ainsi de ton père. Tu devrais le respecter.

Alors Anna l'avait regardé tranquillement et lui avait demandé :

— Pourquoi ?

La réponse n'était pas simple.

Cette fois, elle changea de sujet.

— Tu veux qu'on mange tout de suite ?

— Non, répondit Sean, et il l'attira à elle.

Elle se débattit en poussant de petits cris effarouchés, mais Sean la força à s'allonger et l'embrassa. Alors elle se tint tranquille et répondit à ses baisers.

— Si tu ne me laisses pas faire, je vais devenir fou, chuchota Sean, et il se mit à déboutonner posément son corsage.

Elle regarda Sean avec des yeux graves, les mains posées sur ses épaules. Lorsqu'elle fut nue jusqu'à la taille, elle suivit d'un doigt léger la courbe hardie de ses sourcils noirs.

— Sean, je veux bien cette fois, je le désire autant que toi.

Ils avaient tout à découvrir l'un de l'autre, et ils étaient les premiers. Tout était si étrange et si merveilleux : la façon dont ses muscles à lui saillaient de chaque côté de sa poitrine, tout en laissant pourtant apparaître ses côtes ; le grain de sa peau à elle, si douce et si blanche, avec en filigrane le délicat lacis de ses veines ; le creux de ses reins à lui — en appuyant ses doigts, elle y sentait ses vertèbres ; le duvet de ses joues à elle, si clair et si fin qu'on ne le voyait que dans la lumière du soleil ; le contact de leur bouche et le frémissement de leur langue ; l'odeur de leurs deux corps, tiède et laiteux pour Anna, fort et fauve pour Sean ; les poils qui couvraient la poitrine de Sean et s'épaississaient sous ses bras, et ceux d'Anna, si sombres sur sa peau blanche, et si soyeux aussi. Ils avaient toujours de nouvelles découvertes à faire, et c'étaient chaque fois des exclamations de plaisir.

Anna s'était allongée sur le dos, la tête renversée en arrière, et tendait les bras pour l'accueillir en elle. Mais lui, s'agenouillant près d'elle, baissa soudain la tête et posa sa bouche sur son sexe. C'était une saveur saine comme celle de la mer.

Elle ouvrit les yeux.

— Sean, oh non ! il ne faut pas faire ça... Il ne faut pas...

Des lèvres dans les lèvres. Du bout de sa langue, Sean sentit quelque chose de doux et de ferme à la fois, comme un petit grain de raisin vert.

— Oh, Sean ! non, ne fais pas cela. Je t'en prie, je t'en prie...

Les mains d'Anna s'enfoncèrent dans l'épaisseur des cheveux de Sean, juste près de sa nuque.

— Je n'en peux plus, viens sur moi... Vite, vite, Sean...

Cela enfla comme une voile dans la tempête, tendue à se briser, et puis tout se déchira et ce fut fini. Il ne restait plus rien, ni vent ni voile, ni tension, ni désir, rien que le calme du néant. Peut-être cette paix ressemblait-elle à la mort ; peut-être était-ce ainsi, la mort. Comme elle, cela n'était pas une fin mais un commencement : ne contient-elle pas aussi la promesse d'une résurrection ?

Alors ils revinrent du néant vers un recommencement, lentement d'abord, et puis plus vite, jusqu'à faire de nouveau deux êtres distincts. Deux êtres sur une couverture parmi les roseaux, avec le sable très blanc autour d'eux, sous le soleil.

— A chaque fois c'est meilleur, n'est-ce pas, Sean ?

— Hmmm.

Sean s'étira de tout son long et cambra le dos.

— Sean, tu m'aimes, dis ?

— Bien sûr. Bien sûr que je t'aime.

— Tu dois sûrement m'aimer, pour avoir fait...

Elle hésita.

— ... pour faire ce que tu as fait.

— Mais oui, je te l'ai déjà dit.

L'attention de Sean se reporta vers le panier aux provisions. Il choisit une pomme et la frotta sur la couverture.

— Dis-le-moi. Serre-moi fort contre toi, et dis-le-moi encore.

— Bon sang, Anna, combien de fois faut-il que je te le répète ?

Sean mordit la pomme.

— As-tu apporté des sablés ? demanda-t-il.

Lorsque Sean rentra à Theunis Kraal, la nuit tombait. Il laissa son cheval aux mains d'un des palefreniers et entra dans la maison. Il était resté longtemps au soleil, et tout son corps le cuisait. Il sentait en lui comme un vide, et cette tristesse d'après l'amour, mais c'était une bonne tristesse, comme celle des vieux souvenirs.

Garrick dînait seul dans la salle à manger. Lorsque Sean entra, il leva les yeux vers lui, l'air nerveux.

— Salut, Garry.

Sean lui sourit, et Garrick en resta coi. Sean s'assit à côté de lui et lui allongea une bourrade amicale.

— M'as-tu laissé quelque chose à manger ? demanda-t-il.

Sa haine s'était évanouie.

— Oh, il en reste plein ! dit Garry d'une voix vibrante. Goûte-moi les pommes de terre, elles sont joliment bonnes.

14

— On dit que le gouverneur a demandé à voir ton père pendant qu'il était à Pietermaritzburg, et qu'il est resté deux heures en tête à tête avec lui.

Stephen Erasmus retira sa pipe de sa bouche et cracha sur la voie de chemin de fer. Avec son costume de gros drap brun et ses *veldschoen* [1], il ne ressemblait guère à un riche éleveur.

— Non, monsieur, répondit vaguement Sean.

— Il n'y a pas besoin d'être prophète pour deviner de quoi il pouvait bien s'agir, hein ?

Le train était en retard, et Sean n'écoutait pas. Il répétait mentalement ce qu'il dirait à son père pour expliquer la perte inscrite dans le grand registre.

— *Ja*, on sait de quoi il était question, parfaitement.

Le vieil Erasmus mordit à nouveau dans sa pipe et parla entre ses dents.

— Cela fait deux semaines maintenant que l'agent général britannique a été rappelé au kraal de Cetewayo à Gingindhlovu. *Liewe Here* [2] ! Autrefois, on aurait fait intervenir le commando depuis belle lurette !

---

1. Littéralement, *chaussures de brousse* : ce sont des bottes de peau brute.
2. Grand Dieu !

Il bourra sa pipe, enfournant le tabac brûlant de son index calleux. Sean remarqua que ce doigt était tordu, et tout couturé par les traces qu'y avaient laissées les pontets de centaines de fusils.

— Tu n'as encore jamais fait partie d'un commando, hein, *jong* ?

— Non, monsieur.

— Eh bien, il est temps, dit Erasmus, il est grand temps.

Le train siffla, là-bas sur l'escarpement, et Sean sursauta comme un coupable pris au piège.

— Le voilà.

Erasmus, qui était assis sur un banc près de Sean, se leva soudain, et le chef de gare sortit de son bureau, tenant à la main son drapeau rouge encore roulé. Sean sentit son estomac se dérober.

Le train passa devant eux dans un nuage de fumée et s'arrêta en grinçant. L'unique wagon de voyageurs stoppa juste devant le quai de bois. Erasmus s'avança et serra la main de Waite.

— *Goeie More,* Steff.

— *More,* Waite. On m'a dit que c'était toi le nouveau président. Bravo, mon gars !

— Merci. As-tu reçu mon télégramme ?

Waite s'exprimait en afrikaans.

— *Ja.* Je l'ai bien eu. Je l'ai dit aux autres. On sera tous à Theunis Kraal demain.

— Très bien, approuva Waite. Vous resterez tous pour déjeuner, bien entendu. Nous avons beaucoup de choses à nous dire.

— Est-ce qu'il s'agit de ce que je pense ?

Erasmus eut un rictus mauvais. Sa barbe était jaunie par le tabac, et son visage était tout tanné et ridé.

— Je te raconterai tout ça demain, Steff, fit Waite en lui adressant un clin d'œil. En attendant, tu ferais bien de retirer ton vieux tromblon de la naphtaline !

Ils rirent tous deux, l'un de sa voix grave, l'autre d'un vieux rire rouillé.

— Prends les sacs, Sean. Nous rentrons.

Waite prit le bras d'Ada et Erasmus les accompagna jusqu'au boguet. Ada portait une nouvelle robe, bleue avec des manches à gigot, et un chapeau Rubens. Elle était ravissante, mais, tout en écoutant bavarder les deux hommes, elle semblait un peu préoccupée. C'est bizarre, mais les femmes ne peuvent jamais envisager l'éventualité d'une guerre avec le même enthousiasme enfantin que leurs maris.

— Sean !

Le rugissement que Waite Courteney venait de pousser dans son bureau parvint jusqu'au salon dont la porte, cependant, était fermée. Ada laissa tomber son tricot sur ses genoux, et ses traits se figèrent en une expression de calme inhabituel. Sean se dressa.

— Tu aurais dû le lui dire plus tôt, fit Garrick d'une toute petite voix. Tu aurais dû le lui dire pendant le déjeuner.

— Je n'en ai pas eu l'occasion.

— Sean ! explosa Waite.

— Qu'est-ce qui s'est encore passé ? demanda doucement Ada.

— Rien, m'man. Ne te tracasse pas.

Sean se dirigea vers la porte.

— Sean, dit Garrick effondré, Sean, tu ne vas pas... Je veux dire, ce n'est pas la peine de lui raconter...

Il s'interrompit et resta recroquevillé sur sa chaise, le regard implorant.

— Ne t'en fais pas, Garry, je vais arranger ça.

Waite Courteney était debout derrière son bureau, les poings appuyés sur le registre. Lorsque Sean entra, il leva brusquement la tête.

— Qu'est-ce que c'est que ça ?

Il appuya son gros doigt carré sur la page devant lui. Sean ouvrit la bouche, puis la referma.

— Alors ? Je t'écoute.

— Eh bien, p'pa...

— Eh bien, p'pa ! Va te faire foutre ! Veux-tu me dire comment tu as réussi à massacrer la moitié de nos bêtes en un peu plus d'une semaine ?

— Pas la moitié de nos bêtes ! Il n'y en a eu que treize.

Sean était choqué de tant d'exagération.

— *Que* treize ! beugla Waite. Dieu Tout-Puissant ! Tu veux que je te dise ce que ça coûte treize bêtes, pas seulement en argent. mais aussi en travail, en temps et en soucis ?

— Je sais, p'pa.
— Tu sais ! Oui, tu sais tout ! Personne ne peut rien t'apprendre, hein, même pas comment faire pour tuer treize têtes de bétail !
— P'pa...
— Assez de p'pa, je t'en prie !
Waite referma le registre d'un geste brusque.
— Explique-moi simplement comment tu t'y es pris. Qu'est-ce que c'est que ça, un « empoisonnement par désinfectant » ? Hein, qu'est-ce que ça signifie, nom de Dieu ? Tu leur en as fait boire ? Tu leur en as collé au cul ?
— Le bain était trop fort, dit Sean.
— Et pourquoi, s'il te plaît ? Quelle quantité en as-tu mis ?
Sean prit une profonde aspiration.
— J'en ai mis quatre tonnelets.
Il y eut un silence, puis Waite demanda d'une voix douce :
— *Combien ?*
— Quatre.
— Tu es fou ! Tu es complètement cinglé !
— Je ne savais pas que ça pouvait les tuer.
Sean, peu à peu, oubliait le discours qu'il avait préparé et répétait inconsciemment les paroles de Garrick.
— Il commençait à se faire tard, et puis ma jambe me...
Sean se mordit les lèvres. Waite le considéra avec attention, puis la vérité commença à se faire jour dans son esprit.
— Garry ! s'exclama-t-il.
— Non ! cria Sean. Ce n'est pas lui, c'est moi.
— Tu mens.
Waite contourna le bureau. Son fils lui mentait, et, à sa connaissance, c'était la première fois. Il le regarda fixement, et sa colère revint, plus violente qu'avant. Il avait oublié la mort de ses bêtes : seul ce mensonge lui importait maintenant.
— Par le Christ, je vais t'apprendre à dire la vérité, moi !
Il empoigna son *sjambok* posé sur le bureau.
— Ne me frappe pas, papa ! lança Sean tout en reculant.
Waite leva le *sjambok* au-dessus de sa tête et l'abattit à toute volée sur Sean, qui tenta d'esquiver le coup. Mais la lanière siffla et vint lui cingler l'épaule. Sean hoqueta de douleur et porta la main à l'endroit meurtri.

— Sale petit menteur ! cria Waite.

Cette fois, le fouet manié de biais à la façon d'une faux frappa Sean sous son bras levé. La lanière s'enroula autour de sa poitrine et, comme un rasoir, trancha l'étoffe de sa chemise, laissant apparaître un long sillon rougeâtre.

— Tiens, en voilà encore !

Waite, le bras rejeté en arrière, le corps en déséquilibre, leva à nouveau son *sjambok*. Il comprit soudain son erreur. Les mains de Sean ne se crispaient plus sur ses blessures : il serrait les poings, la garde basse. Ses sourcils relevés donnaient à tout son visage un air de fureur satanique. Il était pâle, et ses lèvres retroussées découvraient ses dents. Ses yeux bleus semblaient soudain plus sombres, plus ardents. D'égal à égal, il défiait son père.

« *Il va me sauter dessus* », pensa Waite.

Mais la surprise émoussait ses réflexes. Avant qu'il eût pu abattre son fouet, Sean fut sur lui. Solidement planté sur ses deux jambes, il mit tout le poids de son corps dans son poing droit et frappa son père en pleine poitrine.

Waite recula en trébuchant jusqu'au bureau. Son cœur battait la chamade, et ses forces l'abandonnèrent. Le *sjambok* lui échappa des mains.

Sean avançait vers lui. Waite eut la sensation déplaisante d'être un scarabée tombé dans une assiette de mélasse : il pouvait tout voir, mais était incapable de bouger. Sean fit trois pas en avant ; son poing droit, recroquevillé comme le chien d'un fusil qu'on vient d'armer, était prêt à frapper Waite au visage.

Si Waite ne pouvait se mouvoir qu'avec une lenteur désespérante, sa pensée, par contre, était plus prompte que l'éclair. A l'instant même, les écailles de l'aveuglement paternel tombèrent de ses yeux : il comprit soudain qu'il avait en face de lui un homme qui était son égal en taille et en force, et qui le dominait en vitesse d'exécution. Son unique avantage, à lui, Waite Courteney, c'était l'expérience qu'il avait pu acquérir en quarante ans de bagarres.

Le bras de Sean se détendit vers le visage de Waite. Le coup était aussi violent que le premier : Waite sut qu'il n'en réchapperait pas, et pourtant il ne pouvait plus rien faire pour l'éviter. Il baissa brusquement la tête et rentra le menton dans la poitrine. Le poing de Sean heurta le sommet de son crâne et l'envoya s'affaler sur le bureau, mais il y eut en même temps un craquement sec : les doigts de Sean venaient de se briser.

Waite se traîna sur les genoux, appuyé sur le coin du meuble. Il regarda son fils qui, plié en deux par la douleur, tenait sa main fracturée contre son ventre. Waite se remit debout et aspira l'air à pleins poumons. Les forces lui revenaient.

— Très bien, fit-il. Si tu veux la bagarre, tu l'auras.

Il contourna lentement le bureau, sur ses gardes cette fois : il ne sous-estimait plus son homme.

— Je vais te pocher les yeux, annonça-t-il.

Sean se redressa et le regarda venir : son visage était contracté par la souffrance, mais aussi par la colère qui ne l'avait point quitté. Waite s'en rendit compte, et une étrange sensation monta en lui.

Il sait se battre et il a du cran. On va voir maintenant s'il peut prendre une raclée. Se réjouissant intérieurement, Waite marcha sur Sean. Il surveillait son gauche, car son poing droit brisé le faisait souffrir et ne pouvait plus lui être d'aucune utilité.

Waite chercha la distance et lança son gauche pour essayer d'amener Sean à se découvrir. Mais Sean fit un pas de côté et esquiva le coup. C'était Waite maintenant qui était à découvert, face au poing droit de Sean, cette main brisée dont il ne pouvait plus se servir. Et Sean s'en servit, et frappa de toutes ses forces le visage de son père.

Waite eut l'impression que sa tête éclatait en mille fragments colorés, et puis ce fut le noir total. Il tournoya, s'abattit sur la peau de léopard et glissa ainsi jusqu'à l'âtre. Dans l'obscurité qui l'enserrait, il sentit les mains de Sean qui le touchaient, et il l'entendit qui disait :

— P'pa ! Mon Dieu, mon Dieu... Tu n'as rien, p'pa ?

La brume noire se dissipa un peu, et Waite entrevit le visage de Sean, où la colère avait fait place à l'inquiétude, presque à la terreur.

— P'pa ! Oh ! mon Dieu ! Je t'en supplie, p'pa !

Waite essaya de se redresser. Peine perdue. Sean dut l'aider à s'asseoir. Agenouillé près de lui, il lui tapotait maladroitement le visage, relevait les cheveux sur le front, lui lissait sa barbe ébouriffée.

— Je te demande pardon, P'pa, je te demande pardon. Assieds-toi sur la chaise. Je vais t'aider.

Waite s'assit sur la chaise et se frotta la mâchoire. Sean s'affairait tout autour de lui, sans même penser à sa main fracturée.

— Qu'est-ce que tu voulais donc ? demanda Waite d'un air lugubre. Me tuer ?

— Je ne savais plus ce que je faisais... J'ai... j'ai perdu mon sang-froid.

— J'ai remarqué, dit Waite. Oui, j'ai bien remarqué.

— P'pa... A propos de Garry... Il ne faut rien lui dire, hein ?

Waite laissa retomber sa main et regarda Sean dans les yeux.

— Je vais te proposer un marché, dit-il. Je laisse Garry en dehors de tout ça, mais à deux conditions. La première, c'est que tu ne mentes plus jamais.

Sean approuva vivement.

— La seconde, c'est que si jamais quelqu'un lève un fouet sur toi, tu le traiteras comme tu m'as traité.

Sean esquissa un sourire, et Waite lui dit d'un ton bourru :

— Fais-moi voir un peu ta main.

Sean la lui tendit. Waite l'examina, et lui remua les doigts l'un après l'autre. Sean grimaça.

— Ça fait mal ? demanda Waite.

C'est avec une main dans cet état qu'il m'a frappé ! Dieu du ciel, mon fils est un dur...

— Un peu.

Sean était à nouveau tout pâle.

— C'est un beau gâchis ! fit Waite. Tu ferais bien d'aller en ville immédiatement et de montrer ça au docteur Van Rooyen.

Sean se dirigea vers la porte.

— Attends un peu.

Sean s'arrêta net, tandis que Waite se relevait péniblement.

— Je viens avec toi.

— Mais non, p'pa, ce n'est pas la peine. Tu as besoin de te reposer.

Waite feignit de ne pas entendre et vint vers Sean.

— Vraiment, p'pa, je me débrouillerai bien tout seul.

— Je viens avec toi, répéta-t-il avec brusquerie.

Et il ajouta d'une voix douce, à peine audible :

— J'y tiens, bon sang !

Il leva le bras comme pour le passer autour des épaules de Sean puis, au dernier moment, le laissa retomber, et ils sortirent tous deux dans le couloir.

15

Avec ses deux doigts éclissés, Sean eut du mal à tenir son couteau, le lendemain au déjeuner, mais son appétit était intact. Il était normal qu'il ne prît aucune part à la conversation, excepté les rares occasions où on lui adressa directement la parole. Mais il écouta de toutes ses oreilles, tout en mastiquant avec application, et ses yeux allaient d'un interlocuteur à l'autre. Garry et lui étaient assis côte à côte, un peu à l'écart, tandis que les invités étaient groupés par rang d'ancienneté autour du maître de maison.

Stephen Erasmus, par son âge et sa fortune, avait bien droit à être assis à la droite de Waite Courteney, tandis qu'à sa gauche se tenait Tim Hope-Brown, qui était aussi riche qu'Erasmus mais avait dix ans de moins. Ensuite venaient Gunther Niewenhuisen, Sam Tringle et Simon Rousseau. Si l'on faisait le total, on pouvait affirmer que ce jour-là Waite Courteney avait réuni autour de sa table quarante mille hectares de terre et un demi-million de livres sterling. C'étaient des hommes bruns — par les vêtements, par les mains, qu'ils avaient fortes et calleuses. Et leur visage aussi était brun, tanné, usé.

Le repas se terminait. Leur réserve habituelle avait disparu, et ils avaient tendance à parler tous ensemble et à transpirer d'abondance. Cela n'était pas dû uniquement à la douzaine de bonnes bouteilles de Cap Mossel que Waite avait sorties en leur honneur, ni à la cuisine à laquelle ils avaient fait un sort. Non, c'était plus que cela, et autre chose : ils ressentaient une sorte de fébrilité, une impatience qu'ils avaient bien du mal à contenir.

— Puis-je dire aux domestiques de desservir, Waite ? demanda Ada de l'autre bout de la table.

— Oui, merci, chérie. Nous prendrons le café ici, si tu veux bien.

Il alla chercher une boîte de cigares dans le buffet et la fit passer à ses invités. Une fois que les bouts furent coupés et les cigares allumés, une fois que chacun se fut confortablement installé sur sa chaise avec devant lui un verre à nouveau rempli et une tasse de café fumant, Ada sortit sur la pointe des pieds, et Waite s'éclaircit la gorge pour réclamer le silence.

— Messieurs...

Tous le regardaient.

— Mardi dernier, j'ai passé deux heures avec le Gouverneur, et nous avons discuté des récents développements de la situation de l'autre côté de la Tugela.

Waite leva son verre et but à petits coups, puis, le prenant par le pied, il le fit rouler entre ses doigts et poursuivit en ces termes :

— Il y a quinze jours, l'agent général britannique auprès du roi des Zoulous a été rappelé. Rappelé... le mot n'est peut-être pas exact. En fait, le roi lui a proposé de l'enduire de miel et de le ligoter sur une fourmilière, offre que le représentant de sa Gracieuse Majesté Britannique a préféré décliner après force politesses. A la suite de quoi il a fait ses paquets et s'est dirigé vers la frontière.

Un petit sourire parcourut la salle.

— Depuis lors, Cetewayo a réuni tous ceux de ses troupeaux qui paissaient près de la Tugela et les a fait emmener vers le nord. Il a décidé de chasser le buffle, et pour cela il a rassemblé ses *impis* [1] — vingt mille en tout. Cette chasse monstre doit avoir lieu le long de la vallée de la Tugela,

---

1. Corps de guerriers cafres.

où il y a plus de vingt ans qu'on n'a pas aperçu le moindre buffle.

Waite but encore une gorgée de vin, tout en scrutant les visages qui l'entouraient.

— Et, ajouta-t-il, il a ordonné que toute bête blessée devrait être poursuivie au-delà de la frontière.

Il y eut comme un long murmure dans la salle, car chacun savait que, selon la tradition zoulou, cela équivaudrait à une déclaration de guerre.

— Aussi, messieurs, je vous le demande, que devons-nous faire ? Allons-nous rester tranquillement assis en attendant qu'ils viennent tout mettre à feu et à sang ?

Erasmus se pencha en avant, les yeux fixés sur Waite.

— Sir Bartle Frere a rencontré les *indunas*[1] de Cetewayo il y a huit jours, et leur a remis un ultimatum. Ils ont jusqu'au 11 janvier pour dissoudre les *impis* et accepter à nouveau que l'agent de la reine Victoria revienne au Zoulouland. Au cas où Cetewayo rejetterait l'ultimatum, Lord Chelmsford doit prendre la tête d'une expédition punitive composée de soldats réguliers et de milices. A l'heure qu'il est, ces troupes se rassemblent à Pietermaritzburg ; elles se mettront en route dans une dizaine de jours. Lord Chelmsford compte franchir la Tugela à Rorkes Drift et engager le combat avec les *impis* avant qu'ils ne lui échappent. Le gouverneur est résolu à en finir une fois pour toutes avec cette menace constante à notre frontière, et à briser définitivement la nation Zoulou en tant que puissance militaire.

— Il est grand temps, nom d'une pipe, fit Erasmus.

— Son Excellence m'a nommé colonel et m'a chargé de lever un commando dans le district de Ladyburg. Je lui ai promis qu'au moins quarante hommes armés jusqu'aux dents, bien montés et bien approvisionnés seraient prêts à faire leur jonction avec Chelmsford sur la Tugela. A moins que l'un d'entre vous n'ait une objection à formuler, vous serez mes capitaines, et je sais que je peux vous faire confiance pour m'aider à tenir la promesse que j'ai faite à Son Excellence.

Waite abandonna soudain le style ampoulé et leur sourit.

---

1. Officiers.

— Ce sera à vous de vous débrouiller pour récupérer votre solde sur le pays — en bétail, comme d'habitude.

— Jusqu'où Cetewayo a-t-il emmené ses troupeaux ? demanda Tim Hope-Brown.

— Pas bien loin, je le parierais, ricana Stephen Erasmus.

— Un toast ! s'exclama Simon Rousseau en se dressant soudain. Je lève mon verre à la Reine, à Lord Chelmsford, et aux troupeaux royaux du Zoulouland !

Ils se mirent tous debout et portèrent le toast, après quoi, un peu embarrassés de cette sortie, ils se rassirent en toussotant et en remuant les pieds.

— Très bien, dit Waite. Et maintenant, voyons les détails. Steff, tu viendras, et tes deux aînés aussi ?

— *Ja,* nous serons trois, plus mon frère et son fils. Tu peux noter : cinq pour Erasmus.

— Bon. Et toi, Gunther ?

Ils mirent au point leur organisation. On aligna sur le papier des hommes, des chevaux et des chariots ; chacun des capitaines se vit attribuer une série de tâches précises. Questions, réponses et discussions se succédèrent pendant des heures.

Enfin les invités quittèrent Theunis Kraal. Ils partirent tous ensemble à cheval, montant nonchalamment avec des étriers longs. Waite et ses fils, sur le perron, les suivirent du regard tandis qu'ils s'éloignaient sur la route de Ladyburg.

— P'pa..., hasarda Garry pour attirer l'attention de Waite.

— Oui, mon garçon ?

Mais Waite ne quittait pas des yeux le petit groupe de cavaliers. Steff Erasmus se retourna sur sa selle et agita son chapeau au-dessus de sa tête. Waite lui répondit par un signe de la main.

— Pourquoi est-on obligé de se battre avec les Zoulous, p'pa ? Le Gouverneur n'a qu'à envoyer quelqu'un s'expliquer avec eux, et comme ça il n'y aura pas la guerre.

Waite lui lança un rapide regard et fronça légèrement les sourcils.

— Si quelque chose vaut la peine qu'on le possède, cela vaut aussi la peine qu'on se batte pour le garder. Cetewayo a levé une armée de vingt mille guerriers pour nous prendre ça...

Son bras décrivit un vaste cercle qui englobait tout le domaine de Theunis Kraal.

— Et je crois que cela mérite qu'on le défende. Pas vrai, Sean ?

— Et comment ! approuva Sean avec vigueur.

— Mais, insista Garry, et si on signait un traité avec eux ?

— Ce ne serait qu'un chiffon de papier de plus, répliqua Waite avec un farouche dédain. On en a trouvé un sur le corps de Piet Retrief... Pour ce que ça lui a servi !

Waite rentra, suivi de ses fils.

Il s'installa dans son fauteuil, étira les jambes et sourit à Ada.

— Fameux, ce déjeuner, ma chérie.

Il croisa les mains sur son ventre et eut un renvoi involontaire.

— Pardon, fit-il d'un air contrit. Ça m'a échappé.

Ada pencha la tête sur son ouvrage et dissimula un sourire.

— On va avoir du pain sur la planche pour les jours à venir, annonça Waite en se tournant vers ses fils. Nous prendrons un chariot tiré par des mules, et deux chevaux chacun. Maintenant, en ce qui concerne les munitions...

— Ecoute p'pa, est-ce qu'on ne pourrait pas... ?

C'était Garry qui revenait à la charge.

— Ferme-la ! cria Waite.

Garry se recroquevilla d'un air malheureux.

— Moi, j'ai réfléchi, annonça Sean.

— Tu ne vas pas t'y mettre non plus ! grogna Waite. Nom d'un chien, tu as la chance de pouvoir bientôt avoir du bétail bien à toi, et tu...

— C'est justement à cela que j'ai pensé, coupa Sean. Tout le monde va avoir des bêtes à ne savoir qu'en faire, et les prix vont dégringoler.

— Au début, oui, reconnut Waite, mais au bout d'un an ou deux, ils recommenceront à monter.

— Alors pourquoi ne pas vendre maintenant ? Vendre toutes nos bêtes, sauf les taureaux et les vaches qui sont grosses, bien sûr. Après la guerre, on pourrait les racheter à moitié prix.

Waite resta quelques instants abasourdi, puis il changea lentement d'expression.

— Mon Dieu, fit-il, je n'avais pas pensé à ça.

— Et puis, p'pa, continua Sean qui, dans son enthousiasme se tortillait les mains, et puis on aura besoin de nouvelles terres aussi. Une fois les troupeaux de ce côté-ci de la Tugela, on va se trouver à court de pacages. M. Pye a fait saisir les terrains du Mont Sinaï et du *Mahobos Kloof*, mais il ne les utilise pas. Est-ce qu'on ne pourrait pas les lui louer avant que tout le monde se mette à chercher de nouveaux pâturages ?

— On avait déjà de quoi faire avant que tu te mettes à réfléchir, fiston, fit Waite d'une voix douce, mais maintenant il va falloir mettre les bouchées doubles !

Il fouilla dans sa poche, et en sortit sa pipe qu'il se mit à bourrer tout en observant Sean. Malgré tous ses efforts, il ne pouvait arriver à dissimuler sa fierté.

— Si tu continues à avoir des idées comme celles-là, dit-il enfin, un jour tu deviendras riche.

Waite ne pouvait savoir à quel point sa prophétie se révélerait exacte ; mais il devait s'écouler encore bien des années avant que Sean fût assez riche pour risquer au jeu la valeur de Theunis Kraal, et perdre avec le sourire.

16

Le commando devait se mettre en route le 1er janvier. Le réveillon fut donc consacré, non seulement à accueillir dignement l'an 1879, mais encore à souhaiter que Dieu protégeât les « Fusiliers Montés » de Ladyburg. Tous les environs accoururent en ville pour participer au *braaivleis*[1], et pour aller danser sur la grand-place : on fêterait dignement les soldats avant leur départ pour la guerre.

Sean et Garry partirent de bonne heure, le matin du 31 décembre. Ada et Waite devaient les rejoindre dans l'après-midi. C'était une belle journée d'été comme on en voit au Natal : ni vent ni nuages ; lorsqu'il fait ce temps-là, la poussière soulevée par les voitures monte tout droit dans l'air et y demeure longtemps immobile.

Les deux frères franchirent le *Baboon Stroom*, puis, une fois parvenus en haut du coteau, regardèrent dans la direction de Ladyburg ; sur chacune des routes qui y conduisaient s'élevait un nuage de poussière.

— Regarde-les, ils arrivent tous, dit Sean.

Il plissa les yeux, à cause de la réverbération, et scruta la route du nord.

— Tiens, c'est sûrement le chariot d'Erasmus, Karl doit y être aussi.

1. Réunion champêtre analogue au « barbecue » américain, au cours de laquelle on fait la cuisine en plein air.

Les chariots ressemblaient à des perles enfilées.

— Et voilà celui des Petersen, dit Garry, à moins que ce ne soit celui des Niewehuisen.

— Allons, viens ! cria Sean, et il frappa l'encolure de son cheval avec les rênes.

Leurs montures étaient de solides bêtes au poil luisant, dont la crinière était coupée ras comme celle des *hunters* anglais.

Ils rattrapèrent un chariot. Sur le siège du cocher les sœurs Petersen étaient assises à côté de leur mère, tandis que Dennis Petersen et son père allaient en tête.

Sean poussa un « youpi » retentissant en arrivant à la hauteur du véhicule. Les deux jeunes filles se mirent à rire, puis crièrent quelque chose qui se perdit.

— Viens, Dennis ! hurla Sean en passant près des deux cavaliers qui continuaient à trotter tranquillement.

La monture de Dennis se cabra, puis se lança à la poursuite de Sean. Garry fermait la marche.

Courbés sur l'encolure de leur cheval, actionnant les rênes comme des jockeys, ils atteignirent le carrefour. Le chariot d'Erasmus arrivait en brinquebalant.

Sean retint son cheval et se mit debout sur les étriers.

— Karl ! appela-t-il. Karl, viens avec nous, mon vieux ! A nous deux, Cetewayo !

Les quatre jeunes gens entrèrent bientôt dans Ladyburg. Ils avaient tous le visage en feu, et ils riaient, excités et heureux à l'idée de danser et de tuer.

Il y avait un monde fou en ville, et les rues étaient encombrées de chariots, de bêtes et de gens.

— Il faut que je m'arrête chez Pye, dit Karl. Venez avec moi, ce ne sera pas long.

Ils attachèrent leurs chevaux et entrèrent dans la boutique. Sean, Dennis et Karl marchaient à grand bruit et parlaient fort. C'étaient déjà des hommes, grands, solides, bronzés, aux muscles durcis par le travail, mais ils doutaient encore d'eux-mêmes. Alors, pour se donner de l'assurance, ils se pavanaient, riaient un peu trop fort, et juraient lorsque leur père n'était pas là pour entendre.

— Qu'est-ce que tu veux acheter, Karl ?

— Des bottes.

— Oh ! là là, il va falloir que tu les essayes ! Tu en auras pour toute la journée, et pendant ce temps-là on va tout rater !

— Il ne se passera rien d'ici deux heures, protesta Karl. Attendez-moi, les gars.

Le spectacle de Karl assis sur le comptoir et enfilant des bottes sur ses grands pieds ne pouvait bien longtemps retenir l'intérêt de Sean. Il s'écarta un peu et rôda parmi les piles de marchandises qui encombraient la boutique de Pye. Il y avait là des amoncellements de manches de pioches, des tas de couvertures, des boîtes de sucre, de sel et de farine, des rayons entiers d'articles d'épicerie, et des vêtements, des pardessus, des robes, sans compter les lampes tempête et les selles accrochées au plafond. Il régnait dans toute la boutique l'odeur caractéristique des factoreries : un mélange de pétrole, de savon et d'étoffe neuve.

Sean se sentit irrésistiblement attiré par le râtelier d'armes fixé au mur du fond. Il décrocha une carabine Lee Metford et fit jouer la culasse ; du bout des doigts, il caressa la crosse, puis soupesa l'arme dans ses mains et épaula.

— Bonjour, Sean.

La petite voix timide interrompit le cérémonial. Sean leva la tête.

— Oh, c'est Tarte-aux-Fraises [1] ! fit-il en souriant. Comment ça marche, au collège ?

— C'est fini, maintenant. J'ai quitté la classe le trimestre dernier.

Audrey Pye tenait de famille, mais avec une nuance subtile : ses cheveux, au lieu d'être rouge-carotte, avaient des reflets cuivrés. Elle n'était pas jolie, son visage était trop large, un peu plat, mais elle possédait cette qualité, bien rare chez les rousses : un teint de lait que ne déparait aucune éphélide.

— Tu veux acheter quelque chose, Sean ?

Sean remit la carabine au râtelier.

— Oh, je jetais un coup d'œil simplement, répondit-il. Tu travailles au magasin maintenant ?

— Oui.

Elle baissa les yeux sous le regard inquisiteur de Sean.

1. Le surnom d'Audrey Pye est, en anglais, un calembour sur son nom de famille, *pie* signifiant « tarte ».

Cela faisait plus d'un an qu'il ne l'avait pas vue. Son corsage s'était rempli : Sean apprécia d'un œil connaisseur. En relevant la tête, elle s'en aperçut, rougit et se détourna vivement vers les paniers de fruits.

— Tu veux une pêche ?

— Merci, dit Sean en se servant.

— Comment va Anna ? demanda Audrey.

— Pourquoi tu me demandes ça ? fit Sean en fronçant les sourcils.

— Tu es son amoureux, non ?

— Qui t'a dit ça ?

Sean se renfrogna plus encore.

— Tout le monde le sait.

— Eh bien, tout le monde se trompe.

Sean, irrité à la pensée de faire partie des biens d'Anna, ajouta :

— Je ne suis l'amoureux de personne.

— Oh !

Audrey garda le silence un instant, puis risqua :

— Je suppose qu'Anna sera au bal ce soir ?

— Probablement.

Sean mordit dans la pêche dorée et duveteuse, puis examina Audrey.

— Tu y vas, toi, Tarte-aux-Fraises ?

— Non, répondit-elle d'un petit air triste. Papa ne veut pas.

Quel âge avait-elle ? Sean fit un rapide calcul : trois ans de moins que lui. Seize ans, donc. Sean regretta soudain qu'elle ne vînt pas au bal.

— Dommage, fit-il, nous aurions pu nous amuser.

Ce « nous » qui les liait tous deux la remplit à nouveau de confusion. Pour cacher son trouble, elle dit la première chose qui lui vint à l'esprit :

— Tu aimes cette pêche ?

— Mmm.

— Elle vient de notre verger.

— Il me semblait bien que je reconnaissais le goût.

Il sourit, et elle se mit à rire. Sa bouche était attirante lorsqu'elle riait.

— C'est toi qui les volais, hein ? Papa le savait bien que

c'était toi ! Il disait toujours qu'il faudrait installer un piège près de cette trouée qu'il y a dans la haie.

— Je ne savais pas qu'il l'avait découverte : on la masquait pourtant bien avec des branchages.

— Oh ! si, on le savait ! dit Audrey. Elle y est toujours, d'ailleurs. Les soirs où j'ai du mal à m'endormir, je sors par la fenêtre de ma chambre et je m'en vais dans le verger, et puis je passe à travers la haie et je me promène dans la plantation — j'ai un peu peur, mais j'aime cela.

— Tu ne sais pas ? dit Sean d'un ton pensif. Si jamais tu ne pouvais pas dormir ce soir, et que tu passais près de la haie vers les dix heures, tu pourrais peut-être le pincer, ton voleur de pêches.

Audrey mit quelques instants à comprendre, puis elle rougit encore. Elle voulut dire quelque chose, mais les mots ne venaient pas. Alors elle se détourna dans un tourbillon de jupes et s'enfuit parmi les rayons. Sean suça le noyau de sa pêche, le laissa tomber sur le sol, et vint rejoindre les autres. Il souriait.

— Nom d'un chien, Karl, tu en as encore pour longtemps ?

17

On avait dételé les chevaux, et une cinquantaine de chariots, davantage peut-être, étaient disposés en cercle autour de la grand-place. Au centre, les fosses à *braaivleis* brûlaient avec une flamme courte et deviendraient bientôt un lit de cendres rougeoyantes. Deux rangées de tables à tréteaux s'alignaient près des feux : les femmes s'y affairaient, coupaient la viande et les *poerwors* [1], beurraient le pain, disposaient des régiments de bocaux à pickles et entassaient les victuailles sur des plateaux, tout en remplissant l'air du soir de leurs voix douces et de leurs rires.

Pour le bal, on avait étalé une immense toile dans un endroit plat, avec à chaque coin une lanterne accrochée à un piquet. L'orchestre était en train de s'accorder, non sans quelques grincements de la part des violons, et un début d'asthme pour le concertina.

Les hommes étaient disséminés par petits groupes au milieu des chariots, ou accroupis près des fosses à *braaivleis*. De temps à autre, un cruchon se levait vers le ciel.

Petersen vint se joindre au groupe des capitaines réunis autour de Waite Courteney.

— Waite, je ne voudrais pas avoir l'air de chercher des

1. Sortes de saucisses très épicées.

histoires, mais j'ai vu que tu avais mis Dennis avec le groupe de Gunther.

— C'est exact, répondit Waite en lui tendant le cruchon.

Petersen le prit et essuya le goulot avec sa manche.

— Je n'ai rien contre toi, Gunther, dit-il en souriant, mais j'aimerais mieux que Dennis soit sous mes ordres. Pour l'avoir à l'œil, tu comprends.

Tous regardèrent Waite et attendirent sa réponse.

— Aucun des jeunes gens ne se trouve dans le même groupe que son père. C'est exprès. Désolé, Dave.

— Mais pourquoi ?

Le regard de Waite Courteney, au-delà des chariots, se perdit vers le plateau où le soleil couchant jetait ses derniers feux.

— Ce ne sera pas une partie de plaisir, Dave. Il se peut que tu aies de graves décisions à prendre, et, dans ce cas, il vaut mieux qu'elles ne concernent pas ton propre fils.

Il y eut un murmure approbateur. Steff Erasmus retira sa pipe de sa bouche et cracha dans le feu.

— Il y a des choses qui ne sont pas belles à voir, fit-il, des choses qui vous poursuivent et qu'on ne peut plus oublier. Un père ne devrait jamais voir son fils tuer un homme pour la première fois, ni se faire tuer sous ses yeux.

Ils gardèrent le silence, car ils savaient que le vieux avait raison. Ils n'en avaient rien dit, parce que trop parler diminue le courage, mais ils connaissaient la mort et comprenaient les paroles de Steff. Une à une, les têtes se tournèrent vers le groupe des jeunes gens, un peu plus loin sur la place. Dennis Petersen fit une remarque qu'ils n'entendirent pas, et ses compagnons se mirent à rire.

— Pour vivre, dit Waite, il arrive qu'on soit obligé de tuer. Mais, si on est trop jeune alors, on perd quelque chose... le respect de la vie, le prix de la vie. C'est la même chose avec une femme : on ne devrait jamais connaître sa première expérience avant d'être vraiment capable de bien la comprendre. Autrement, cela aussi devient sans valeur.

— Moi, fit Tim Hope-Brown, j'avais quinze ans quand j'ai fait l'amour pour la première fois, et je ne peux pourtant pas dire que les femmes en soient pour autant sans valeur à mes yeux. Au contraire, je les trouve même rudement chères !

Le rire sonore de Waite domina tous les autres.

— Je sais bien que ton vieux te paye une livre par semaine, Sean, protesta Dennis, mais nous autres, on n'est pas des millionnaires !

— Bon, d'accord, admit Sean, alors cinq shillings le pot, et le gagnant ramasse tout.

— Cinq shillings, ça me paraît raisonnable, fit Karl, mais il faut bien mettre les règles au point, pour qu'il n'y ait pas de contestation après.

— Les tués seulement. Les blessés ne comptent pas, dit Sean.

— Et il faut un témoin, renchérit Frikkie Van Essen.

Il était plus âgé qu'eux. Ses yeux étaient injectés de sang, car il avait déjà commencé les libations du réveillon.

— D'accord, les Zoulous morts seulement, et un témoin pour chaque homme abattu. Celui qui en aura tué le plus empochera la cagnotte.

Sean parcourut des yeux le cercle de ses amis, quêtant l'approbation de chacun. Garry se tenait derrière, un peu à l'écart.

— Garry sera le banquier. Viens, Garry, tends ton chapeau.

Chacun versa ses cinq shillings dans le chapeau de Garrik, qui fit un rapide calcul.

— Deux livres. Nous sommes huit, ça fait le compte.

— Bon sang, le gagnant pourra s'acheter une ferme, avec ça !

Ils se mirent à rire.

— J'ai deux bouteilles de gnôle cachées dans mes sacoches, annonça Frikkie. On va leur faire un sort !

L'horloge du clocher marquait dix heures moins le quart. Des nuages aux bords argentés entouraient la lune, et la nuit avait fraîchi. Une odeur succulente montait des fosses où rôtissaient les viandes et venait chatouiller les narines des danseurs qui continuaient à tourner au rythme des violons et du concertina, tandis que les spectateurs battaient des mains en cadence. Dans le feu de l'action, quelqu'un se mit à pousser un retentissant « *whoopee* », à la manière des Highlanders. Rire, danser, mais surtout retenir la fuite des minutes, des heures, et faire le siège de l'aube !

— Où vas-tu, Sean ?

— Je reviens tout de suite.

— Mais où vas-tu ?

— Tu veux que je te le dise, Anna, tu veux vraiment ?

— Oh, je vois... Ne sois pas trop long. Je t'attendrai près de l'orchestre.

— Danse avec Karl.

— Non. Je t'attendrai, Sean. Reviens vite, je t'en prie. Il nous reste si peu de temps...

Sean se glissa entre les chariots et s'éloigna sur le trottoir en restant dans l'ombre des arbres, puis il tourna au coin de la boutique de Pye et descendit le chemin en courant. Après avoir sauté le fossé et franchi la clôture des barbelés, il se retrouva dans la plantation. Tout était sombre et tranquille, comme Audrey l'avait dit. Sous les pas de Sean, il y eut un froissement de feuilles mortes, et une brindille craqua. Quelque chose s'enfuit dans le noir, et Sean eut un haut-le-corps. Il devenait nerveux : ce n'était probablement qu'un lapin.

Sean s'approcha de la haie et chercha la trouée familière, non sans mal. Après l'avoir dépassée sans s'en rendre compte, il revint sur ses pas, la découvrit enfin et passa dans le verger. Adossé à la haie, il attendit. La lune argentait la cime des arbres dont les troncs plongeaient dans l'obscurité. De l'endroit où il se trouvait, Sean pouvait apercevoir le toit de la maison des Pye. Audrey viendrait, il en était sûr, puisqu'il le lui avait dit.

L'horloge de l'église sonna dix heures.

A dix heures et quart, il commença à s'impatienter et traversa le verger en prenant bien soin de demeurer dans l'ombre. Dans une des pièces qui donnaient sur le côté, il y avait de la lumière, qui projetait sur la pelouse un rectangle jaunâtre. Sean contourna la maison.

Audrey était là, penchée à la fenêtre. Son visage était dans l'ombre, mais, derrière elle, la lampe nimbait ses cheveux d'un halo cuivré. Il y avait dans toute son attitude quelque chose comme un appel. Ses épaules se dessinaient à travers l'étoffe blanche de sa robe de nuit.

Sean siffla très doucement, et elle sursauta. Pendant quelques instants, elle scruta l'obscurité, puis, lentement, comme à regret, fit non de la tête. Les rideaux se refermèrent, et l'ombre de la jeune fille s'éloigna. Puis la lampe s'éteignit.

Sean repartit, tout tremblant de colère. En retrouvant le chemin creux, il entendit à nouveau la musique et hâta le pas. Au coin de la rue, la lumière et l'agitation le happèrent.

— Petite idiote, dit-il tout haut.

Il y avait encore de la colère en lui, mais autre chose aussi — peut-être de la tendresse ou du respect ?

— Ça fait presque une heure que je t'attends. Où étais-tu passé ?

Possessive Anna.

— Si on te le demande...

— Oh, très drôle ! Sean Courteney, où as-tu été ?

— Tu veux danser ?

— Non.

— Parfait. Eh bien, tant pis !

Sean s'éloigna vers Karl et les autres qui rôdaient à proximité des *braaivleis*.

— Sean, Sean, pardon.

Repentante Anna.

— Bien sûr que je veux danser.

Ils dansèrent au milieu de la bousculade, mais ne prononcèrent pas une parole jusqu'à ce que l'orchestre s'arrêtât pour s'éponger un peu et se désaltérer.

— J'ai quelque chose pour toi, Sean.

— Qu'est-ce que c'est ?

— Viens, je vais te montrer.

Elle le conduisit au milieu des chariots parqués dans l'ombre, s'agenouilla près d'une pile de couvertures et se releva, tenant une veste à la main

— Je l'ai faite pour toi. J'espère qu'elle te plaira.

Elle la lui tendit. C'était une veste en peau de mouton tannée, avec une belle doublure de laine blanche.

— Elle est jolie, dit Sean.

Anna avait dû y mettre toute son ardeur, tout son amour, et cela le mettait mal à l'aise : les cadeaux lui faisaient toujours cet effet.

— Merci beaucoup.

— Essaie-la, Sean.

Elle était chaude, bien serrée à la taille, mais laissant de l'aisance aux épaules. Cette veste l'avantageait encore. Anna, debout tout contre lui, arrangeait son col.

— Elle te va très bien, dit-elle du ton satisfait de ceux qui aiment mieux donner que recevoir.

Il l'embrassa, et soudain tout fut différent. Elle lui passa les bras autour du cou et se serra contre lui.

— Oh, Sean ! je ne voudrais pas que tu partes.

— Disons-nous au revoir comme il faut.

— Où cela ?

— Dans mon chariot.

— Et tes parents ?

— Ils sont rentrés à Theunis Kraal. P'pa revient demain matin. Il n'y a que Garry et moi qui couchions ici cette nuit.

— Non, Sean, il y a trop de monde. Ce n'est pas possible.

— Tout ça parce que tu ne veux pas, chuchota, Sean. Dommage, c'est peut-être la dernière fois...

— Qu'est-ce que tu veux dire ?

Elle se raidit soudain, toute petite dans ses bras.

— Je pars demain. Tu sais ce qui peut arriver ?

— Non. Ne dis pas ça. Il ne faut même pas y penser.

— C'est la vérité.

— Non, Sean. Je t'en prie. Je t'en supplie.

Dans l'obscurité, Sean eut un sourire. C'était facile, tellement facile.

— Allons dans mon chariot.

Il lui prit la main.

18

PETIT déjeuner en pleine nuit, parmi les feux rougeoyants. Voix tranquilles des hommes parlant à leur femme, et tenant leurs enfants dans leurs bras pour leur dire au revoir. Chevaux sellés, fusils dans les fourreaux, couvertures roulées derrière la selle, quatre chariots attelés de mules au milieu de la place.

— P'pa devrait arriver d'une minute à l'autre, dit Garry. Il est près de cinq heures.

— Tout le monde l'attend, reconnut Sean.

Il haussa les épaules pour les soulager un peu du poids de la cartouchière, qu'il portait en bandoulière.

— M. Niewehuisen m'a choisi pour conduire l'un des chariots.

— Je sais, dit Sean. Tu t'en tireras ?

— Je crois.

Jane Petersen venait vers eux.

— Bonjour, Jane. Tn frère est prêt ?

— Presque. Il est en train de seller son cheval.

Elle s'arrêta devant Sean et lui tendit timidement un ruban de soie jaune et vert.

— J'ai fait une cocarde pour ton chapeau, Sean.

— Merci, Jane. Tu veux me la mettre ?

Jane la lui épingla et tendit le chapeau à Sean, qui l'inclina sur le côté d'un air conquérant.

— J'ai l'air d'un général maintenant, dit-il.

Elle se mit à rire.

— Si on s'embrassait maintenant, Jane, avant de se quitter ?

— Tu es terrible, dit la petite Jane.

Et elle s'enfuit toute rougissante. Pas si petite que ça, remarqua Sean. Il y en avait tellement, de ces filles, on ne savait plus où donner de la tête.

— Voilà Papa ! annonça Garry.

Waite Courteney, à cheval, débouchait sur la place.

— Viens, dit Sean.

Il détacha son cheval. Tout autour d'eux, les hommes en faisaient autant.

— A plus tard, fit Garry, et il s'éloigna en boitillant vers l'un des chariots.

Waite prit la tête de la colonne : quatre pelotons de quinze cavaliers en double file, quatre chariots, suivis par les chevaux non montés menés par des serviteurs noirs.

Ils traversèrent la place encore jonchée des débris de la fête, et s'engagèrent dans la grand-rue. Les femmes les regardaient passer en silence, immobiles, serrant leurs enfants autour d'elles. Elles avaient déjà vu les hommes partir en expédition contre les tribus zoulous, et n'avaient point le cœur à l'enthousiasme : elles connaissaient trop bien la mort et ses voies, et savaient qu'il n'y a pas place pour la gloire au fond d'une tombe.

Anna fit un geste pour saluer Sean, mais il ne la vit pas, car son cheval était nerveux ; lorsqu'il put le reprendre en main, Anna était déjà loin. Elle laissa retomber son bras et le regarder s'éloigner. Il portait la veste de peau de mouton.

Sean, par contre, aperçut, à l'une des fenêtres du premier étage de chez Pye, un éclair de cheveux cuivrés et un rapide baiser. Il vit Audrey parce qu'il la cherchait du regard, et sut assez faire taire son orgueil blessé pour lui sourire et la saluer d'un coup de chapeau.

Et puis la colonne quitta la ville. Les chiens et les enfants qui lui faisaient escorte firent enfin demi-tour, et on prit la route qui menait au Zoulouland.

Le soleil monta dans le ciel et sécha la rosée. Sous les

sabots des chevaux, la poussière s'élevait de la route. L'ordonnance de la colonne perdit de sa rigueur : les uns galopaient un peu en avant, les autres ralentissaient pour chevaucher aux côtés de leurs amis. Ils se formaient en petits groupes et bavardaient gaiement, très détendus, aussi à l'aise que s'ils s'en allaient à une partie de chasse. Avant de se mettre en route, chacun s'était habillé à sa guise. Steef Erasmus portait son costume du dimanche, mais les autres étaient loin d'être vêtus de manière aussi cérémonieuse. Une seule chose leur était commune : la cocarde jaune et verte, encore que chacun pût, là aussi, donner libre cours à ses goûts personnels. Les uns l'arboraient à leur chapeau, les autres sur la manche ou bien sur la poitrine. C'étaient des fermiers, non des soldats, mais leurs fourreaux d'arçon étaient cabossés à force d'avoir servi ; leurs mains avaient longuement poli la crosse de leurs fusils, et ils portaient leur cartouchière avec désinvolture.

Ils atteignirent la Tugela vers le milieu de l'après-midi.

— Mon Dieu, regardez un peu ! fit Sean en laissant échapper un sifflement. Je n'ai jamais vu autant de monde à la fois !

— On dit qu'il y en a au moins quatre mille, dit Karl.

— Je le sais qu'ils sont quatre mille, répliqua Sean en parcourant le camp du regard, mais je ne savais pas que cela faisait tant de monde.

La colonne descendit vers le *Rorkes Drift* [1]. La rivière était large, boueuse, et ses eaux brunâtres se ridaient en passant sur les hauts-fonds. L'armée de Lord Chelmsford avait installé son camp dans un rayon de quatre cents mètres autour de quelques bâtisses de pierre qui se dressaient sur un terrain dégagé et herbeux, près de la rive. Le campement était disposé selon un ordre parfait où les alignements de chevaux à l'attache alternaient avec les rangées de tentes, tandis que les chariots étaient rassemblés près du gué. Il y en avait au moins cinq cents, et les environs grouillaient de monde.

Les Fusiliers Montés de Ladyburg, en un groupe compact qui débordait des deux côtés du chemin, suivirent leur colonel jusqu'à l'entrée du camp. Un sergent en habit, baïonnette au canon, leur barra le passage.

---

1. En Afrique du Sud, le *drift* est un gué.

— Qui vive ?

— Colonel Courteney — avec un détachement des Fusiliers Montés de Ladyburg.

— Comment ? Je n'ai pas compris.

Waite Courteney se dressa sur ses étriers et se retourna vers ses hommes.

— Un peu de silence, messieurs. Ne parlons pas tous à la fois.

Le brouhaha diminua, et le sergent, cette fois, comprit ce que disait Waite.

— Oh, pardon, mon colonel ! Je vais appeler l'officier de service.

L'officier de service était un aristocrate et un gentleman. Il s'avança vers eux et les regarda.

— Colonel Courteney ?

Il n'avait pas l'air tout à fait convaincu.

— Bonjour, fit Waite en souriant d'un air amical. J'espère que nous ne sommes pas en retard pour les réjouissances.

— Non, je ne crois pas.

Les yeux de l'officier étaient rivés sur Steff Erasmus, qui souleva poliment son chapeau.

— *More, Meneer.*

Les cartouchières paraissaient un peu déplacées sur sa redingote noire.

L'officier détacha son regard d'Erasmus.

— Avez-vous des tentes, mon colonel ?

— Oui, nous avons tout ce qu'il faut.

— Je vais dire au sergent de vous indiquer où installer votre camp.

— Merci, répondit Waite.

L'officier s'approcha du sergent. Il était si abasourdi qu'il s'oublia jusqu'à le prendre par le bras.

— Mettez-les le plus loin possible, chuchota-t-il avec véhémence. Derrière les tentes du Génie. Si jamais le général voyait ce ramassis...

Il frissonna avec distinction.

19

Ce fut l'odeur que Garrick remarqua d'abord. L'effort qu'il fit pour essayer d'en déterminer l'origine l'aida à concentrer son attention sur ce qui l'entourait, et à quitter le refuge intérieur où il s'était une fois encore enfoncé. Chez Garrick, ce retour à la réalité s'accompagnait toujours d'étourdissements, ainsi que d'une hyperacuité des sens : les couleurs devenaient plus vives, la peau plus sensible, les odeurs et les goûts plus pénétrants et plus forts.

Le soleil brillait, mais Garrick était allongé à l'ombre de la véranda, sur un matelas de paille. Il se trouvait à l'hôpital installé dans les bâtiments en dur situés à proximité du *Rorkes Drift*. Ce qui l'avait tiré de sa torpeur, c'était une odeur où se mêlaient des relents de pourriture, de sueur et d'excréments, l'odeur des corps éventrés et du sang caillé. L'odeur de la mort.

Sous les yeux de Garrick, les choses reprenaient forme. Il aperçut les cadavres. Il y en avait des monceaux le long du mur de la cour, là où les avaient surpris les feux croisés du dépôt et de l'hôpital ; il y en avait un peu partout entre les bâtiments et les équipes de déblaiement étaient en train de les charger sur des chariots ; il y en avait tout au long du coteau, jusqu'au bord de la Tugela ; il y en avait dans l'eau, et même sur l'autre rive : des Zoulous morts dont les lances et les boucliers jonchaient le sol. Des centaines de Zoulous morts, pensa Garrick stupéfait. Non, des milliers.

Et puis Garrick s'aperçut qu'il n'y avait pas qu'une odeur, mais deux: celle des cadavres ballonnés gisant au soleil, et celle de son propre corps et de ceux qui l'entouraient. La même odeur de souffrance et de pourriture, sans doute, mais celle-ci couverte par l'âcre senteur des désinfectants : la mort se dissimulait derrière des relents d'antiseptique, comme une fille malpropre qui essaie de masquer l'odeur de ses règles.

Garrick regarda les hommes qui l'entouraient, alignés sur des matelas, sous la véranda. Quelques-uns étaient mourants; tous avaient des pansements tachés de sang et de teinture d'iode. Garrick examina son propre corps : son bras gauche était maintenu par un bandage contre sa poitrine nue. Il sentit la pulsation de la souffrance, lente et régulière comme un tambour funèbre. Sa tête aussi était bandée. Je suis blessé, se dit-il, et il s'étonna encore. Comment, mais comment cela était-il arrivé ?

— Tiens, tu n'es plus dans les vap', coco ? fit auprès de lui une voix amusée avec le plus pur accent cockney. On croyait que tu avais ton compte.

Garrick tourna la tête. Celui qui venait de parler était un petit bonhomme à la face de singe, vêtu d'un caleçon de flanelle et entortillé de pansements qui le faisaient ressembler à une momie.

— Le toubib a dit que t'avais été choqué. D'après lui, tu n'allais pas tarder à récupérer.

Le petit homme éleva la voix.

— Hé, toubib, le héros n'est plus dans le cirage !

Le médecin accourut. Il avait des cernes sous les yeux et paraissait las, vieilli, usé.

— Ça ira très bien, fit-il après avoir ausculté et examiné Garrick. Reposez-vous un peu. Demain, on vous renverra chez vous.

Il allait s'éloigner, mais s'arrêta soudain et se retourna avec un bref sourire à l'adresse de Garrick.

— Je doute que ça puisse soulager vos souffrances, mais je tiens à vous dire que vous êtes proposé pour la *Victoria*

Cross[1]. Le général lui-même a appuyé la proposition, pas plus tard qu'hier. Je pense que c'est dans la poche.

Garrick regardait fixement le médecin, tandis que la mémoire lui revenait par bribes.

— On s'est battu, dit-il.

— Tu peux le dire, mon pote ! s'esclaffa son voisin.

— Et Sean ? demanda Garrick. Mon frère ! Qu'est-il arrivé à mon frère ?

Il y eut un silence. Une ombre passa dans le regard du docteur. Garrick s'assit péniblement sur sa paillasse.

— Et Papa ? Où est Papa ?

— Je suis navré, dit simplement le docteur. Je crains bien qu'ils n'aient été tués tous les deux.

Garrick s'allongea à nouveau et laissa errer son regard vers la Tugela. Des hommes pataugeaient dans les hauts-fonds pour en retirer les cadavres. Il se souvint des gerbes d'écume qu'avait soulevées l'armée de Chelmsford en passant la rivière à gué. Sean et son père s'étaient trouvés à l'avant-garde, avec trois pelotons des Fusiliers Montés de Ladyburg et soixante hommes de la police du Natal. Chelmsford les avait placés en tête, car ils connaissaient le pays mieux que quiconque.

Garrick les avait regardés s'éloigner avec soulagement. Il avait eu l'incroyable bonne fortune d'attraper un terrible accès de dysenterie le jour même où, l'ultimatum étant expiré, les troupes avaient traversé la Tugela.

— Les sacrés veinards ! s'était exclamé un autre malade en les voyant partir.

Mais Garrick, lui, ne les enviait nullement. Il ne tenait pas du tout à faire la guerre, et il se contentait fort bien de rester sur place avec une trentaine d'autres malades et une garnison de quelque soixante hommes chargés de tenir le gué pendant que Chelmsford et son armée pénétraient au Zoulouland.

Garrick avait regardé les éclaireurs s'éloigner et disparaître dans la savane, suivis par le gros de la troupe. Bientôt l'armée de Chelmsford n'avait plus été qu'un long serpent au

1. La plus haute distinction britannique, qui n'est accordée que pour des actes d'héroïsme exceptionnels.

loin et s'était à son tour évanouie, laissant derrière elle un large sillage dans l'herbe de la plaine.

Garrick se rappela avec quelle lenteur les jours s'étaient écoulés dans l'attente des nouvelles. Il se souvint qu'il avait protesté comme les autres lorsqu'on les avait obligés à fortifier le magasin et l'hôpital avec des sacs et des boîtes à biscuits remplies de sable.

L'ennui rongeait les hommes.

Et puis, avec un pincement au cœur, Garrick se rappela l'apparition du messager.

— Un cavalier en vue !

C'était Garrick qui l'avait aperçu le premier. Guéri de sa dysenterie, il montait la garde près du gué.

— Le général a dû oublier sa brosse à dents, plaisanta son compagnon, il envoie son ordonnance la chercher.

Garrick et lui restèrent tranquillement assis, et regardèrent le petit point grossir peu à peu.

— Il arrive ventre à terre, fit remarquer Garrick. Tu ferais bien d'aller prévenir le capitaine.

— P't'être bien, oui, dit l'autre, qui s'éloigna en direction du magasin.

Garrick se leva et s'approcha de la rive. Son pilon s'enfonçait dans la vase.

— Le capitaine a dit de lui envoyer le cavalier, dès qu'il sera là, annonça la sentinelle qui revenait en courant.

— Bizarre, la façon dont il monte, fit Garrick. Il a l'air épuisé.

— Il doit être saoul, dit l'autre, il brinquebale sur sa selle. C'est pourtant pas samedi soir !

Garrick étouffa un cri.

— Du sang ! Il est blessé !

Le cheval s'engagea dans le courant, et le cavalier s'affala sur l'encolure, le visage blanc de souffrance et de poussière. Sa chemise était trempée de sang. Garrick et son compagnon attrapèrent le cheval par les rênes.

Le cavalier voulut parler, mais sa voix n'était qu'un crissement rauque.

— Pour l'amour de Dieu, préparez-vous. La colonne a été encerclée et exterminée. Ils arrivent, tous ces démons hurlants. Ils seront là avant le coucher du soleil !

— Mon frère, dit Garrick. Qu'est-ce qui lui est arrivé ?

— Mort, répondit l'homme. Ils sont tous morts.

Il glissa de la selle et s'effondra.

Les *impis* arrivaient, rangés en formation de combat, celle du « taureau » : un grand taureau noir dont la tête et les flancs s'étendaient au loin dans la plaine, et dont les « cornes » allaient traverser la rivière, en amont et en aval, pour essayer d'encercler le petit poste. Vingt mille pieds martelaient le sol, dix mille bouches chantaient, et leur voix ressembla bientôt au mugissement d'une mer en furie.

Lorsque les Zoulous approchèrent de la Tugela, les pointes des lances étincelèrent au soleil.

— Regardez ! s'exclama l'un des guetteurs de l'hôpital. Les premiers portent des casques de hussards ! Ils ont dépouillé les morts de Chelmsford. Il y en a un vêtu d'un habit rouge, et d'autres qui ont des carabines.

Il faisait chaud à l'hôpital, car le toit était de tôle ondulée, et les fenêtres étaient obturées par des sacs de sable. Derrière les meurtrières qui ne laissaient entrer l'air qu'avec parcimonie, les hommes attendaient, les uns en pyjama, les autres nus jusqu'à la ceinture, tous ruisselants de sueur.

— C'est donc vrai, la colonne a été massacrée...

— Assez causé ! Tout le monde à son poste, et bouclez-la !

Les *impis* traversèrent la Tugela sur un front de cinq cents mètres, et l'eau fouettée par ces milliers de jambes devint toute blanche d'écume.

— Mon Dieu, mon Dieu ! murmura Garrick qui les regardait approcher. Nous n'avons pas la moindre chance, ils sont trop !

— Ta gueule ! glapit le sergent posté à la mitrailleuse.

Garrick mit la main devant sa bouche.

... attrapa O'Riley par le cou,
lui flanqua la tête dans un seau d'eau,
fourra son pistolet dans son...

chantait un des malades en pleine crise de paludisme, tandis qu'un autre éclatait d'un rire hystérique.

— Les voilà !

— Approvisionnez !

Les culasses claquèrent.

— Attention, à mon commandement seulement.

Le chant grave du taureau se mua soudain en un long

hululement suraigu, le cri frénétique des hommes assoiffés de sang : les Zoulous chargeaient.

— Gardez votre calme, les gars. Ne tirez pas encore.

— Oh, mon Dieu ! murmura doucement Garrick tout en regardant les *impis* monter à l'assaut. Oh, mon Dieu, faites que je ne sois pas tué !

— Prêts ?

L'avant-garde avait atteint le mur qui entourait la cour de l'hôpital. Des têtes emplumées apparaissaient déjà, crête écumeuse de la vague noire qui allait tout submerger.

— Ajustez !

Soixante fusils se levèrent et visèrent la masse grouillante.

— Feu !

Un roulement de tonnerre, et puis les balles pénétrèrent dans les chairs : le bruit d'une poignée de cailloux dans une flaque de boue. Sous le recul, les soldats vacillèrent. Les tubes jumelés de la mitrailleuse Gatling crachèrent leurs projectiles, fauchant les guerriers zoulous qui retombèrent au pied du mur. L'âcre odeur de la poudre flotta dans l'air qui devint irrespirable.

— Approvisionnez !

Les rangs des Zoulous, décimés par les balles, se reformaient à mesure que d'autres arrivaient pour combler les vides.

— Ajustez !

La masse noire des guerriers hurlants arrivait au milieu de la cour.

— Feu !

Dans l'ombre de la véranda, Garrick se mit à sangloter, les mains pressées sur les yeux comme pour en chasser ses souvenirs.

— Hé, vieux, qu'est-ce qu'il y a qui ne va pas ?

Le Cockney se retourna avec difficulté et regarda Garrick.

— Rien ! dit vivement Garrick. Rien !

— Ça te revient, pas vrai ?

— Qu'est-ce qui s'est passé ? répéta l'homme. Qu'est-ce qui ne s'est pas passé, plutôt !

— Le docteur a dit..., commença Garrick qui leva vivement la tête. Il a dit que le général a signé la proposition pour la *Victoria Cross*. C'est donc qu'il est vivant ! Mon frère et mon père, ils doivent être vivants aussi...

— Eh non, coco, malheureusement ! Le toubib s'est intéressé à toi — à cause de ce que t'as fait, même que t'as qu'une jambe —, alors il a fait des recherches sur ta famille. Rien...

— Mais pourquoi ? demanda Garrick au désespoir. Sûrement, du moment que Chelmsford est vivant...

Le petit homme secoua la tête.

— Chelmsford avait établi son camp de base dans un patelin qui s'appelle Isandhlwana, et il y avait laissé une garnison, avec tous les chariots et le ravitaillement. Il est parti faire un raid avec une colonne mobile ; seulement les Zoulous ont encerclé et attaqué le camp, et ils ont tué tout le monde, sauf le messager qui a réussi à arriver jusqu'ici. Et puis les Zoulous ont foncé vers le gué, comme tu sais, et on les a tenus en respect pendant deux jours, jusqu'à ce que la colonne mobile de Chelmsford arrive à notre secours.

— Mon frère... mon père, que leur est-il arrivé ?

— Ton père était au camp d'Isandhlwana. Il n'y a pas eu de survivants. Quant à ton frère, il était avec Chelmsford, mais il a été coupé de la colonne et tué au cours d'une escarmouche, avant la bataille proprement dite.

— Sean, mort ?

Garrick secoua la tête.

— Non, ce n'est pas possible, ils ne l'ont pas tué.

— Malheureusement, c'est vite fait avec eux, dit le Cockney. Un coup de lance bien placé, et ça y est...

— Pas Sean... Vous ne le connaissez pas. Vous ne pouvez pas comprendre.

— Il est mort, coco. Lui, et ton paternel, et sept cents autres bonshommes avec eux. Le miracle, c'est qu'on soit vivants, nous autres.

Le petit homme se tortilla sur son matelas pour tenter de trouver une position plus confortable.

— Le général a fait un discours, poursuivit-il. Il a dit comme ça que notre résistance c'était le plus beau fait d'armes dans les annales du courage britannique — enfin, quelque chose d'approchant.

Il cligna de l'œil à l'adresse de Garrick.

— Dix citations pour la *V.C.*, et t'en es, vieux ! C'est

pas rien, ça ! Qu'est-ce qu'elle va dire, ta nana, quand tu vas rentrer au pays avec un crachat gros comme ça sur ta poitrine, hein ?

Il s'aperçut que de grosses larmes roulaient sur les joues de Garrick.

— Allons, coco, pleure pas ! T'es un héros, moi j'te dis.

Le petit homme détourna la tête, gêné.

— Tu te souviens de ce que tu as fait ?

— Non, répondit Garrick d'une voix rauque.

Sean. Tu ne peux pas me laisser seul. Qu'est-ce que je vais devenir, maintenant que tu n'es plus là ?

— J'étais à côté de toi, dit le Cockney, j'ai tout vu. Je vais te raconter.

A mesure qu'il parlait, les souvenirs revenaient peu à peu et reprenaient leur place dans l'esprit de Garrick.

— C'était le second jour, on avait déjà repoussé vingt-trois assauts...

Vingt-trois, tant que cela ? Garrick avait renoncé à les compter : ils ne formaient plus, dans sa mémoire, qu'une seule et longue vague d'horreur. Maintenant encore, la peur lui nouait le fond de la gorge et rancissait sa sueur.

— Alors, ils ont entassé du bois contre le mur de l'hôpital et ils y ont mis le feu.

Oui, il se rappelait les Zoulous qui traversaient la cour en portant des fagots. Des salves les couchaient à terre, mais d'autres arrivaient, qui ramassaient les fagots et tombaient à leur tour. Alors d'autres encore prenaient leur place...

Des flammes, pâles sous le soleil, un Zoulou mort dont le visage commençait à se carboniser, et l'odeur de chair brûlée qui se mêlait à la fumée...

— On a démoli un pan de mur du côté du magasin, et on a commencé à évacuer par là les blessés et les malades.

Le jeune homme avec la sagaie plantée dans le dos avait crié comme une fille lorsqu'on l'avait soulevé.

— Ces salauds-là se sont radinés dès qu'ils ont vu qu'on se repliait. Ils sont arrivés par là.

Il désignait l'endroit de son bras bandé.

— Les gars du magasin ne pouvaient pas les atteindre, et nous, on n'était plus qu'une poignée à tenir les meurtrières : tous les autres étaient en train de transporter les blessés.

Un Zoulou dont la coiffure s'ornait de plumes de héron

bleu avait mené l'attaque. Il brandissait un bouclier en peau de buffle séchée, un bouclier moucheté de noir et de blanc. A ses poignets et à ses chevilles cliquetaient les sonnailles de guerre. Garrick avait tiré au moment où le Zoulou se retournait à demi pour faire signe à ses guerriers : la balle avait tranché les muscles tendus et lui avait ouvert le ventre d'un seul coup. Le Zoulou était tombé sur les mains et les genoux ; la masse rosâtre et violacée de ses entrailles sortait par la plaie béante.

— Ils ont atteint la porte de l'hosto, et, nous, on ne pouvait pas leur tirer dessus depuis les fenêtres !

Le blessé s'était mis à ramper, les yeux fixés sur le visage de Garrick, la bouche remuant convulsivement. Il tenait encore sa sagaie à la main. Les autres guerriers zoulous ébranlaient la porte, et l'un d'eux réussit à glisser la pointe de sa lance dans une fente du bois et à soulever la bâcle de ses taquets.

Garrick, fasciné, regardait le Zoulou ramper vers lui dans la poussière, avec ses boyaux qui se balançaient sous lui comme un pendule. La sueur ruisselait sur le visage de Garrick et tombait goutte à goutte de son menton. Ses lèvres tremblaient. Il leva son fusil et visa le visage du Zoulou, mais il fut incapable de presser la détente.

— C'est à ce moment-là que tu t'es remué, coco. J'ai vu la barre qui se soulevait des taquets, et je me suis dit : dans une seconde, toute la meute va être ici, et ça va être notre fête.

Garrick, abandonnant son fusil qui tomba avec fracas sur le sol cimenté, s'était détourné. Il ne pouvait plus supporter de voir cette créature rampante, mutilée. Il voulait courir se cacher — oui, c'était cela, se cacher. Il sentit le papillotement familier, et ses yeux commencèrent à se brouiller.

— C'était toi qu'étais le plus près de la porte, alors t'as fait la seule chose qui pouvait nous sauver; mais moi, jamais j'aurais eu le cran de faire une chose pareille !

Le sol était jonché de douilles, petits cylindres de cuivre traîtres sous les pieds. Garrick trébucha, et tendit instinctivement le bras en avant.

— Bon sang, fit le petit Cockney avec un frisson, quand

je pense que t'as passé ton bras dans les taquets, fallait être gonflé, tout de même !

Les Zoulous redoublèrent d'efforts, et Garrick entendit son os claquer. Mais il resta là, fasciné par la contemplation de son bras tordu, arc-bouté contre la porte ébranlée par les Zoulous déchaînés. Il ne ressentait pas la moindre douleur ; le monde qui l'entourait s'enveloppa bientôt de brume, et tout devint tiède et paisible et sûr.

— On leur a tiré dedans à travers la porte, et ils ont fini par reculer. Alors on a réussi à te dégager, mais tu étais dans le cirage, et tu y es resté jusqu'à tout à l'heure.

Garrick regarda au loin, de l'autre côté de la rivière. Avaient-ils enterré Sean, ou l'avaient-ils abandonné aux vautours ?

Couché sur le côté, il releva ses genoux contre sa poitrine et se replia sur lui-même. Lorsqu'il était enfant, il s'était un jour méchamment amusé à briser la coquille d'un bernard-l'ermite. Le petit crustacé, si vulnérable que ses organes se voyaient à travers la peau transparente, s'était recroquevillé dans la même attitude de défense.

— Tout ce que tu paries que tu l'auras, ta croix ! dit le Cockney.

— Sûrement, dit Garrick.

Il se fichait bien de sa décoration. Ce qu'il voulait, c'était que Sean lui revînt.

20

— J'ESPÈRE que tu ne m'en veux pas d'être venue, dit Anna, mais il fallait que je te parle.

— Je ne t'en veux pas du tout, assura Garrick avec élan, au contraire. J'en suis très heureux. Très. C'est bon de te revoir, Anna. Il semble qu'il y ait des siècles qu'on se soit quittés.

— Je sais, et tant, tant de choses sont arrivées depuis. Mon père et le tien... Et puis... et puis Sean.

Elle se tut un instant, puis reprit :

— Oh, Garry, je ne peux pas le croire encore. On me l'a dit et redit, et pourtant... Il était si... si vivant.

— Oui, répéta Garrick, il était si vivant.

— La nuit de notre séparation, il parlait de la mort. Je n'y avais jamais pensé avant, ajouta-t-elle en secouant la tête, et je n'aurais jamais cru que... Oh, Garry, qu'est-ce que je vais devenir ?

Garry se tourna vers Anna, l'Anna qu'il aimait. Celle de Sean. Mais Sean était mort maintenant. Au plus profond de lui-même, une idée prenait forme, inexprimable encore, mais assez réelle pour qu'il en ressentît comme un pincement au cœur. Il s'écarta un peu d'Anna.

— Garry, qu'est-ce que je vais faire ?

C'était un appel au secours, il n'y avait pas à s'y tromper. Son père avait été tué à Isandhlwana, et ses frères aînés étaient toujours avec Chelmsford sur la Tugela. Elle restait seule avec sa mère, et trois jeunes enfants à charge. Comment Garrick avait-il pu être aveugle au point de ne pas comprendre ?

— Anna, est-ce que je peux faire quelque chose pour toi ? Tu n'as qu'à parler.

— Non, Garry. Je ne pense pas que quelqu'un puisse m'aider.

— Si c'est une question d'argent...

Il hésita, par discrétion.

— Je suis riche maintenant. P'pa nous a laissé Theunis Kraal, à Sean et à moi. Et, comme Sean ne...

Elle le regardait sans mot dire.

— Je peux te prêter de l'argent pour te renflouer, fit Garrick en rougissant, autant que tu en veux.

Elle continuait à le regarder fixement, et peu à peu les choses se mettaient en place dans son esprit : Garrick maître de Theunis Kraal ; riche, deux fois plus riche que Sean ne l'aurait été. Et Sean était mort.

— Je t'en prie, Anna, laisse-moi t'aider. J'y tiens, vraiment, j'y tiens.

De toute évidence il l'aimait, au point que c'en était attendrissant — et Sean était mort.

— Tu veux bien, Anna ?

Elle songea à la faim, aux pieds nus, aux robes devenues transparentes à force d'être lavées, aux jupons ravaudés, rapiécés. Et puis à la peur, à l'incertitude du lendemain. Garry était vivant, riche. Sean était mort.

— Je t'en prie, Anna, dis-moi que tu veux bien.

Garrick se pencha en avant et lui prit le bras. Dans son émotion, il le lui serrait très fort. Elle le regarda bien en face. Oui, il y avait une certaine ressemblance, songea-t-elle ; mais là où chez Sean tout n'était que vigueur, les traits de Garrick avaient au contraire quelque chose de flou, d'incertain. De même la couleur des cheveux, blond pâle au lieu de la tignasse noire de Sean, et les yeux, d'un bleu délavé qui contrastait avec l'indigo sombre de ceux de son frère. On eût dit un portrait qu'un artiste aurait modifié par petites touches subtiles jusqu'à obtenir une œuvre entièrement différente.

Quant à la jambe de Garrick, Anna ne voulait pas y penser.

— C'est gentil à toi, Garry, dit-elle, mais il nous reste

encore un peu d'argent à la banque, et nous avons fini de payer le domaine. D'ailleurs, si c'était nécessaire, on pourrait toujours vendre nos chevaux.

— Quel est ce problème, alors ? Dis-le-moi, je t'en prie.

Elle sut soudain ce qu'elle allait faire. Il était trop tard pour lui mentir : elle lui dirait donc la vérité, et elle savait d'ailleurs que cela ne ferait aucune différence à ses yeux. Pas beaucoup, en tout cas — pas assez pour empêcher Anna d'obtenir ce qu'elle voulait : être riche, et trouver un père pour l'enfant qu'elle portait.

— Garry, je vais avoir un bébé.

La mâchoire de Garrick se contracta, et il retint un instant son souffle.

— Un bébé ?

— Oui, Garrick. Je suis enceinte.

— De qui ? De Sean ?

— Oui, Garry. C'est le bébé de Sean.

— Tu es sûre ?

— Sûre.

Garry se leva brusquement, traversa la véranda, et agrippa la balustrade de sa main valide. Il tournait le dos à Anna. Il laissa son regard errer, au-delà des pelouses de Theunis Kraal, vers les pentes boisées qui s'étendaient au loin.

Le bébé de Sean. L'idée le déroutait. Il savait bien que Sean et Anna avaient couché ensemble : Sean le lui avait dit, et Garrick n'avait pas pris cela trop mal. Il était jaloux, mais un peu seulement : de partager le secret avec Sean, il lui semblait y être pour quelque chose aussi. Mais un bébé ! Le bébé de Sean.

La signification, la portée de l'événement lui apparaissaient peu à peu. Ce bébé, ce serait un peu de Sean qui revivrait, malgré les lances des Zoulous. Sean n'était pas mort tout à fait. Quant à Anna... Elle devait donner un père à son enfant. Il lui fallait absolument se marier d'ici à un mois... Il pouvait, lui, Garrick, posséder à la fois ceux qu'il aimait le plus au monde, Sean et Anna. Oui, Anna devait l'épouser, il n'y avait pas d'autre solution.

Triomphant, il se tourna vers elle.

— Que vas-tu faire, Anna ?

Il était sûr de lui, sûr d'elle, maintenant.

— Sean est mort. Que vas-tu faire ?

— Je ne sais pas.

— Cet enfant, ce sera un bâtard.

Le mot la fit tressaillir. Oh, comme il était sûr d'elle !

— Je partirai. J'irai à Port-Natal.

Sa voix était dénuée de toute expression. Elle le regarda tranquillement, sachant d'avance ce qu'il allait dire.

— Je m'en irai bientôt, dit-elle. Tout ira bien. Je me débrouillerai.

Garrick dévisageait Anna. Sur des épaules un peu larges pour une fille, elle avait un visage étroit, un petit menton pointu, des dents pas très bien plantées mais blanches — elle était très jolie malgré ses yeux de chat.

— Je t'aime, Anna, dit-il. Tu le sais, n'est-ce pas ?

Elle inclina lentement la tête, et ses cheveux noirs roulèrent sur ses épaules. Les yeux de chat s'adoucirent.

— Oui, je sais, Garry.

Il ne prit pas le temps de respirer.

— Veux-tu m'épouser ?

— Malgré tout ? Malgré le bébé de Sean ?

Elle savait bien que cela lui était égal.

— Je t'aime, Anna.

Il s'approcha d'elle, gauchement, et elle leva les yeux vers lui. Elle ne voulait pas penser à sa jambe.

— Je t'aime, rien d'autre ne compte.

Il la prit dans ses bras, et elle se laissa faire.

— Tu veux bien qu'on se marie, Anna ?

Il tremblait.

— Oui.

Elle posa les mains sur ses épaules, en un geste d'acquiescement.

Garrick se mit à sangloter doucement. Anna sentit soudain le dégoût monter en elle, et fut sur le point de le repousser, mais elle se retint.

— Ma chérie, tu ne le regretteras pas, je te le jure, murmura-t-il.

— Il faut qu'on se marie le plus tôt possible, Garry.

— Oui. Cet après-midi, j'irai en ville et je parlerai à l'aumônier...

— Non ! fit vivement Anna. Pas ici, pas à Ladyburg. Les gens jaseront, je ne pourrai pas le supporter.
— Alors, nous irons à Pietermaritzburg, dit Garrick.
— Quand cela, Garry ?
— Quand tu voudras.
— Demain, dit-elle. Nous partirons demain.

21

La cathédrale de Pietermaritzburg se trouve dans Church Street. C'est un vaste édifice de pierre grise surmonté d'un clocher. Des grilles de fer entourent les pelouses où se pavanent des pigeons.

Anna et Garrick gravirent l'allée pavée et pénétrèrent dans la pénombre de la cathédrale. Le soleil jouait sur les vitraux, jetant dans la nef des lueurs étranges. Les deux jeunes gens s'immobilisèrent, et, aussi émus l'un que l'autre, se prirent la main.

— Il n'y a personne ici, chuchota Garrick.

— Mais si, il y a sûrement quelqu'un, fit Anna. Essaie d'ouvrir cette porte, là.

— Qu'est-ce que je vais dire ?

— Que nous voudrions nous marier.

Garrick hésita.

— Vas-y, murmura Anna.

Et elle le poussa doucement vers la porte de la sacristie.

— Viens avec moi, dit Garrick, je ne sais pas quoi dire.

Le prêtre était un homme mince qui portait des lunettes à monture d'acier. Par-dessus ses verres, il aperçut les deux jeunes gens intimidés qui se tenaient sur le seuil, et referma le livre ouvert devant lui.

— Nous voulons nous marier, dit Garrick qui devint écarlate.

— Eh bien, répliqua sèchement le prêtre, vous avez frappé à la bonne porte. Entrez.

Il fut surpris de tant de hâte. Après quelques instants de discussion, il envoya Garrick chercher une dispense de bans au Palais de Justice.

Le mariage eut donc lieu, mais la cérémonie leur parut vide, irréelle. La voix monotone du prêtre se perdait presque sous les immenses voûtes de la cathédrale, et ils se sentaient tous deux si petits, si intimidés devant lui. Deux vieilles dames entrées là pour prier restèrent pour leur servir de témoins, et embrassèrent Anna tandis que le prêtre serrait la main de Garrick.

Ils se retrouvèrent dehors, au grand soleil. Les pigeons continuaient à se dandiner sur les pelouses. Un chariot tiré par des mules passa dans Church Street, conduit par un Noir qui chantait et faisait claquer son fouet. Il leur semblait que rien ne s'était passé : tout était si semblable.

— Nous sommes mariés, dit Garrick d'une voix hésitante.

— Oui, fit Anna.

Mais elle n'avait pas l'air d'être plus convaincue que lui.

Ils revinrent à leur hôtel, sans parler, sans même se prendre la main. On avait fait monter les bagages dans leur chambre. Garrick signa sur le registre, et l'employé lui sourit.

— Je vous ai mis au numéro 12, monsieur, c'est notre appartement pour lune de miel.

Il fit un clin d'œil à l'adresse de Garrick qui, confus, répondit en bégayant.

Après le dîner, qui fut excellent, Anna monta dans la chambre, et Garrick resta dans le hall à boire du café. Il lui fallut près d'une heure pour rassembler assez de courage et monter à son tour. Il traversa le petit salon de leur appartement, hésita à la porte de la chambre, puis entra.

Anna était couchée, les draps remontés jusqu'au menton, et le regardait de ses impénétrables yeux de chat.

— J'ai mis ta chemise de nuit dans la salle de bains, dit-elle.

— Merci, fit Garrick.

Il buta contre une chaise et entra dans la salle de bains dont il referma soigneusement la porte derrière lui. Vite déshabillé, il se pencha au-dessus du lavabo et s'aspergea le visage d'eau fraîche, après quoi il se sécha et enfila sa chemise de nuit. Il revint dans la chambre. Anna lui tournait le dos, et ses cheveux épars sur l'oreiller brillaient sous la lampe.

Garrick s'assit au bord de la chaise, releva sa chemise de nuit au-dessus du genou et détacha les courroies de son pilon, qu'il posa avec précaution à côté de la chaise. Puis il se mit à masser son moignon à deux mains : il était tout raide.

Le lit craqua doucement, et Garrick leva la tête. Anna l'observait, fascinée par la jambe. Vivement, Garrick rabaissa sa chemise de nuit, se leva et s'avança à cloche-pied jusqu'au lit. Il était très rouge.

Il souleva les couvertures et se glissa sous les draps. Anna s'écarta brusquement de lui.

— Ne me touche pas, dit-elle d'une voix rauque.

— Anna, je t'en prie, n'aie pas peur.

— Je suis enceinte, je ne veux pas que tu me touches.

— Je ne te toucherai pas, je te le promets.

Elle respirait très fort, ne cherchant même pas à cacher sa répugnance.

— Veux-tu que je dorme dans le salon, Anna ? Tu n'as qu'à le dire.

— Oui, dit-elle, je préfère.

Il prit sa robe de chambre sur la chaise et se baissa pour ramasser sa jambe de bois, puis alla jusqu'à la porte en sautillant. Avant de sortir, il se retourna. Elle le regardait toujours.

— Je te demande pardon, Anna, je ne voulais pas te faire peur.

Elle ne répondit pas.

— Je t'aime, poursuivit-il. Je te jure que je t'aime plus que tout au monde. Je ne voudrais pas te faire de peine, tu le sais bien, pas la moindre. Tu sais cela ?

Mais elle gardait le silence. Il eut un geste suppliant. Son autre main restait crispée sur sa jambe de bois.

— Anna, dit-il, et ses yeux se remplirent de larmes. Je me tuerais plutôt.

Il sortit vivement et referma derrière lui. Anna se leva précipitamment, courut à la porte dans un frou-frou de dentelles, et donna un tour de clé.

22

Le lendemain matin, Garrick fut stupéfait de trouver Anna de charmante humeur. Elle portait un ruban vert dans les cheveux, et sa robe verte était jolie bien qu'elle fût un peu passée. Pendant tout le petit déjeuner, elle bavarda gaiement. Tandis qu'ils prenaient leur café, elle se pencha au-dessus de la table et posa sa main sur celle de Garrick.

— Qu'est-ce qu'on va faire aujourd'hui, Garry ?

Garrick parut surpris : il n'avait pas encore songé à cela.

— Eh bien, je pense que le mieux serait de prendre le train de l'après-midi pour Ladyburg, dit-il.

— Oh, Garry...

Anna prit un ton boudeur.

— Tu ne m'aimes donc pas assez pour m'offrir un voyage de noces ?

— C'est-à-dire que...

Garrick hésita un instant.

— Bien sûr, je n'y avais pas pensé.

Il eut un sourire ravi.

— Où pourrions-nous aller ?

— On pourrait prendre le paquebot-poste jusqu'au Cap, suggéra Anna.

— Oui ! dit Garrick enthousiasmé. Ce serait formidable !

— Seulement, Garry...

L'entrain d'Anna tomba soudain.

— Je n'ai que deux vieilles robes à me mettre, fit-elle en désignant celle qu'elle portait.

Garrick reprit son sang-froid lui aussi : c'était là un nouveau problème à affronter. Mais il trouva la solution.

— On va t'en acheter d'autres !

— Oh, Garry, vraiment ? Tu veux bien ?

— Je vais t'en acheter des tas, plus que tu ne pourras en mettre ! Viens, finis ton café, on va aller en ville voir un peu ce qu'ils ont à nous proposer

— J'ai fini.

Anna se leva de table, prête à partir.

23

Ils prirent un appartement de luxe sur le *Dunottar Castle* qui faisait le service de Port-Natal au Cap. Il y avait d'autres jeunes gens à bord. Anna, surexcitée et froufroutante dans ses nouvelles robes, était le centre d'un joyeux petit groupe qui s'adonnait aux jeux de pont, dînait, dansait et flirtait tandis que le paquebot faisait route vers le sud, en ces premiers jours dorés de l'automne austral.

Garrick fut d'abord heureux de pouvoir demeurer discrètement dans l'ombre d'Anna. Il était là, prêt à lui tendre son manteau, à aller lui chercher un livre ou à lui porter sa couverture. Il veillait sur elle avec tendresse et se réjouissait de son succès. Il était à peine jaloux lorsqu'elle disparaissait à ses yeux derrière une cour de jeunes gens attentifs, et ne s'irritait pas de dormir sur le sofa, dans le petit salon de leur appartement.

Et puis, peu à peu, leurs compagnons de voyage s'aperçurent que c'était Garrick qui payait presque toujours les rafraîchissements et les petites dépenses quotidiennes, habituelles au cours d'une traversée. Ils prirent conscience de son existence, et se rendirent compte qu'il paraissait le plus riche d'eux tous. De là à l'admettre dans leur groupe, il n'y avait qu'un pas à franchir. Les hommes lui adressèrent bientôt la parole, et plusieurs jeunes filles se mirent à flirter ouvertement avec lui et à le charger de menues commissions. Ces attentions l'emplirent d'une immense joie, en même temps qu'elles l'épouvantèrent, car il ne se sentait pas de taille à lutter au milieu du feu d'artifice de la conversation et des reparties qui fusaient de toutes parts, le laissant pantois et confus.

Cependant Garrick finit par découvrir comme cela était simple en réalité.

— Vous prenez un pot, mon vieux ?

— Non, merci. Je ne bois pas, vous savez.

— Allons, allons, qu'est-ce que c'est que cette histoire ? Garçon, apportez donc un whisky à mon ami.

— Mais non, je vous assure...

Et Garrick but, bien sûr. Cela lui parut infect au premier abord, et il en renversa un peu sur la robe du soir d'Anna. Tandis qu'il épongeait le liquide avec son mouchoir, elle murmura une raillerie acérée, puis éclata de rire à la plaisanterie que fit le monsieur moustachu qui se trouvait à sa droite. Garrick se fit tout petit sur sa chaise et se força à avaler le reste de son whisky.

Lentement, une merveilleuse sensation naquit en lui, et une douce chaleur le pénétra bientôt tout entier.

— Un autre verre, monsieur Courteney ?

— Oui, volontiers. Je reprendrai un whisky. Mais c'est ma tournée cette fois.

Garrick but à nouveau. Ils étaient installés sur le pont supérieur, assis dans des chaises longues à l'abri des superstructures. Il y avait clair de lune et la nuit était tiède. Quelqu'un parlait de la campagne menée par Chelmsford en pays zoulou.

— Là, vous vous trompez, fit Garrick d'une voix claire.

Il y eut un instant de silence.

— Pardon ?

Celui que Garrick venait d'interrompre le regardait d'un air surpris.

Garrick se pencha en avant et se mit à parler. Il y eut un certain froid au début, mais Garrick fit un bon mot et deux des femmes éclatèrent de rire. La voix de Garrick s'affermit. Il exposa rapidement et avec beaucoup de clairvoyance les causes et les conséquences de la guerre. Un des hommes posa une question embarrassante, à laquelle Garrick, en saisissant immédiatement l'essentiel, répondit avec précision. Tout était clair soudain, et les mots lui venaient sans effort.

— Ce n'est pas possible, hasarda une des jeunes filles, vous y étiez !

— Mon mari était à *Rorkes Drift*, dit tranquillement Anna en le regardant comme si elle le voyait pour la première fois. Lord Chelmsford l'a proposé pour la *Victoria Cross*, et nous attendons une réponse de Londres.

Il y eut un nouveau silence, mais respectueux celui-là.

— Je crois que c'est ma tournée maintenant, monsieur Courteney. Un whisky ?

— S'il vous plaît.

Cette fois, le goût de moisi qu'il trouvait au whisky lui sembla moins détestable. Il le dégusta à petites gorgées et découvrit, sous la sécheresse de l'alcool, certaine secrète douceur.

Plus tard, lorsqu'ils se retrouvèrent dans leur cabine, Garrick prit la taille d'Anna.

— Tu as été très drôle, ce soir, dit-elle.

— Simple reflet de ton charme, ma chérie : je suis ton miroir.

Il l'embrassa sur la joue ; elle se dégagea, mais sans brusquerie.

— Soyez sérieux, monsieur Courteney, dit-elle en riant.

Garrick regagna son sofa et s'endormit sur le dos, d'un sommeil sans rêves. Un sourire éclairait son visage. Le lendemain matin, il se sentit un peu raide, la peau sèche, avec une migraine qui lui prenait derrière les yeux. Il alla se laver les dents, ce qui lui éclaircit un peu les idées sans pour autant lui faire passer ses maux de tête. De retour au salon, il sonna le garçon de cabine.

— Bonjour, monsieur.

— Pouvez-vous m'apporter un whisky-soda ? demanda Garrick d'une voix hésitante.

— Certainement, monsieur.

Garry ne mit pas de soda, mais but le whisky sec, comme un médicament. Alors, comme par miracle, la bienfaisante sensation de chaleur le pénétra à nouveau : il osait à peine y croire.

Garrick entra dans la cabine d'Anna. Elle était encore toute rose de sommeil, et ses cheveux s'étalaient sur l'oreiller.

— Bonjour, ma chérie.

Il se pencha sur elle et l'embrassa, tandis que sa main venait caresser son sein à travers la soie de sa chemise de nuit.

— Garry, en voilà des manières !

Elle lui frappa gentiment le poignet.

Il y avait à bord un autre couple en voyage de noces, Peter et Jane Hugo. Ils regagnaient leur ferme située près du Cap : trente hectares de vignes, les plus belles de toute la province, au dire de Peter. A force d'insister, ils finirent par convaincre Anna et Garrick d'accepter leur invitation à venir passer quelque temps chez eux.

Peter et Jane formaient un couple merveilleux. Ils s'aimaient, avaient de quoi mener une vie aisée, et étaient la coqueluche de la haute société du Cap. Anna et Garrick passèrent auprès d'eux six semaines enchanteresses.

Ils allèrent faire du cheval à Milnerton.

Ils se baignèrent à Muizenberg dans les eaux tièdes de l'Océan Indien. Ils pique-niquèrent à Clifton et mangèrent des langoustes fraîches qu'ils faisaient griller en plein air. Ils chassèrent à courre du côté du Cap Hunt, et attrapèrent deux chacals après une folle poursuite sur la lande des Hottentots. Ils dînèrent au Fort, et Anna dansa avec le Gouverneur.

Ils allèrent faire des emplettes dans les bazars pleins des trésors de l'Orient. Tout ce qu'Anna voulait, Garrick le lui offrait. Il s'acheta aussi quelque chose : une gourde en argent ciselé ornée de cornalines, qu'il pouvait dissimuler dans la poche de sa veste, et qui lui permît de se montrer à la hauteur de ses compagnons.

Et puis, le temps arriva où il fallut se quitter. Le dernier soir, ils n'étaient que tous les quatre à dîner, tristes à la pensée de se séparer, et cependant heureux des bons moments passés ensemble.

Jane Hugo versa quelques larmes en embrassant Anna pour lui souhaiter bonne nuit. Garry et Peter s'attardèrent au salon pour vider la bouteille, puis ils montèrent ensemble et se serrèrent la main devant la porte.

— Désolé de vous voir partir, fit Peter d'un ton bourru. On s'était habitué à vous... Je vous réveillerai de bonne heure, ainsi nous pourrons encore faire un tour à cheval avant le départ du bateau.

Garry se déshabilla doucement dans la salle de bains et entra dans la chambre. Les tapis étaient si épais que sa jambe de bois ne faisait pas le moindre bruit. Garry s'assit sur son lit et se mit en devoir de détacher les courroies.

— Garry, chuchota Anna.

— Oh, je croyais que tu dormais.

Anna remua, sortit sa main de sous les draps et la tendit vers Garry en un geste d'invite.

— Je t'attendais pour te dire bonne nuit.

Garry vint vers elle. Il se sentait à nouveau maladroit.

— Assieds-toi une minute, dit Anna.

Il se percha au bord du lit.

— Garry, tu ne peux pas savoir comme ces dernières semaines m'ont paru merveilleuses : elles ont été les plus belles de ma vie. Merci, merci, mon petit mari.

Elle étendit le bras et lui caressa la joue. Elle avait l'air si petite, toute recroquevillée dans la tiédeur du lit.

— Embrasse-moi, Garry.

Il se pencha pour lui effleurer le front de ses lèvres, mais elle eut un mouvement brusque de la tête et leurs bouches se rencontrèrent.

— Tu peux venir si tu veux, dit-elle, les lèvres toujours collées à celles de Garrick.

Et, d'une main, elle entrouvrit les draps.

Le lit était tiède ; elle se sentait encore un peu étourdie par le vin qu'elle avait bu. Elle s'offrait soudain à Garry, avec cette espèce de passion des premiers mois de la grossesse.

Impatiente, prête à le guider, elle tendit la main vers le

sexe de Garry. La surprise la figea soudain. Là où elle avait cru trouver fermeté, virilité, arrogance même, elle ne rencontrait que mollesse et incertitude.

Anna se mit à rire. Le coup de fusil de Sean n'avait pas infligé à Garrick une morsure plus cruelle ni plus profonde.

— Va-t'en, dit Anna entre deux éclats de rire. Retourne dans ton lit !

24

Lorsque Anna et Garrick revinrent à Theunis Kraal, cela faisait deux mois qu'ils étaient mariés. Le médecin de Peter Hugo avait déplâtré le bras de Garrick.

Ils prirent la route qui contournait le village et traversèrent le pont du *Baboon Stroom*. En arrivant en haut de la côte, Garry arrêta les chevaux.

— Je ne comprends pas pourquoi Maman s'est installée en ville, fit Garrick qui contemplait son domaine. Ce n'était pas la peine : il y a de la place pour tout le monde à Theunis Kraal.

Anna garda le silence. Elle avait été soulagée lorsqu'elle avait lu la lettre qu'Ada leur avait écrite en réponse au télégramme annonçant leur mariage. Anna était encore bien jeune, mais elle était déjà suffisamment femme pour comprendre qu'Ada ne l'aimait pas. Oh, bien sûr, elle se montrait aimable, mais ses grands yeux sombres déconcertaient la jeune femme, qui se sentait fouillée, percée à jour.

— Il faudra aller la voir le plus tôt possible, continua Garrick. Je veux qu'elle revienne habiter Theunis Kraal : c'est sa maison après tout.

Anna bougea un peu sur son siège. *Qu'elle reste à Lady-*

burg, qu'elle y pourrisse, pensa-t-elle, mais elle répondit d'une voix suave :

— Theunis Kraal t'appartient maintenant, Garry, et je suis ta femme. Peut-être sait-elle mieux que nous quelle est la meilleure solution.

Anna posa la main sur le bras de Garrick et lui sourit.

— De toute façon, nous aurons tout le temps d'en parler plus tard. Rentrons maintenant, je commence à être fatiguée.

Soudain inquiet, Garrick se tourna vers elle.

— Je suis absolument désolé, chérie. C'est stupide de ma part de n'y avoir pas pensé.

Il fouetta les chevaux, et ils descendirent la longue côte qui menait à la ferme.

Les pelouses de Theunis Kraal étaient vertes, et les cannas étaient en fleurs, rouges, roses et jaunes.

Comme c'est beau, pensait Anna. *Et ça m'appartient. Je ne suis plus pauvre...*

Tandis que la voiture s'engageait dans l'allée, Anna admira le grand toit à pignons, et les lourds volets de bois jaune. Un homme était debout à l'ombre de la véranda. Anna et Garrick l'aperçurent en même temps. Il était grand, avec des épaules larges et carrées.

L'homme s'avança et, descendant les marches du perron, apparut en pleine lumière. Il avait le visage bronzé et souriait de toutes ses dents blanches. C'était toujours le même sourire irrésistible.

— Sean, murmura Anna.

25

SEAN n'avait vraiment remarqué l'homme que lorsqu'ils s'étaient arrêtés pour faire boire les chevaux. Ils avaient quitté la colonne de Chelmsford la veille vers midi, chargés d'une mission de reconnaissance en direction du nord-est. C'était une bien petite patrouille que la leur : quatre Blancs à cheval, et une demi-douzaine de Nongaai, les troupes indigènes loyalistes, originaires du Natal.

L'homme prit les rênes des mains de Sean.

— Je vais tenir ton cheval, N'kosi. Bois, toi aussi.

Sa voix avait de chaudes inflexions, et l'intérêt de Sean fut tout de suite éveillé. Le visage de l'homme lui plut au premier coup d'œil. Le blanc de ses yeux était pur, le nez plus arabe que négroïde, et sa peau d'ambre sombre était toute luisante d'huile.

Sean inclina la tête. En zoulou, il n'existe pas de mot pour dire « merci », pas plus que pour « pardon ».

Sean s'agenouilla au bord du ruisseau et but. Cela lui parut délicieux, car il avait soif. Lorsqu'il se releva, il y avait deux traces humides aux genoux de son pantalon, et son menton dégoulinait d'eau.

Sean regarda l'homme qui tenait son cheval. Il portait pour tout vêtement un pagne fait de queues de civettes ; ni sonnailles ni manteau, pas de coiffure non plus. Son bouclier noir était fait de cuir brut, et son armement se complétait de deux courtes lances. Sean apprécia d'un coup d'œil la large poitrine du Nongaai et les muscles saillants de son ventre.

— Comment t'appelles-tu ? demanda Sean.

— Mbejane.

Rhinocéros.

— A cause de ta corne ?

L'autre gloussa de plaisir, chatouillé dans sa vanité d'homme.

— Et toi, N'kosi, comment te nomme-t-on ?

— Sean Courteney.

Les lèvres de Mbejane formèrent le mot silencieusement, puis il secoua la tête.

— C'est un nom difficile.

Il ne devait jamais le prononcer — pas une seule fois au cours de toutes les années qui allaient suivre.

— A cheval, cria Steff Erasmus. On ne va pas s'éterniser ici !

Ils bondirent en selle, reprirent les rênes en main et desserrèrent les étuis d'arçon. Les Nongaai, qui s'étaient allongés près de la rive pour se reposer, se remirent debout.

— En avant ! dit Steff.

Dans une gerbe d'écume, il lança son cheval dans le ruisseau et lui fit remonter l'autre berge. Tous le suivirent.

Ils avançaient de front dans la savane, très détendus sur leur selle, les chevaux trottant doucement.

A la botte droite de Sean courait le grand Nongaai : de sa longue foulée, il s'accommodait facilement à l'allure du cheval. De temps à autre, Sean quittait l'horizon du regard et baissait les yeux vers Mbejane : sa présence à son côté lui semblait étrangement réconfortante.

Cette nuit-là, ils campèrent au creux d'une vallée herbeuse. Ne pouvant allumer de feu, ils dînèrent de *biltong*, ces longues lanières de viande desséchée et salée, et firent passer le tout avec de l'eau froide.

— On perd son temps, grommela Bester Klein, l'un des cavaliers. On n'a pas vu l'ombre d'un Zoulou en deux jours de marche.

— On devrait faire demi-tour et rejoindre la colonne :

on s'éloigne de plus en plus du centre des opérations, et quand la fête commencera, on n'y sera pas !

Steff Erasmus resserra sa couverture autour de ses épaules : le froid de la nuit commençait à tomber.

— La fête, hein ?

Dans l'obscurité, il cracha en virtuose.

— Les autres auront la fête, et nous le bétail.

— Ça ne vous fait rien de ne pas être là pour la bagarre ?

— Ecoute, mon gars, j'ai chassé les *bushmen* au Karroo et au Kalahari, j'ai combattu les Xhosas et les Fingoes le long de la rivière aux Poissons, j'ai poursuivi dans les montagnes Mosbesh et ses Bassoutos. Avec les Matabélés, les Zoulous, les Sechuanas, j'ai été de la fête, comme tu dis. Maintenant, si tu veux mon avis, quatre ou cinq cents têtes de bon bétail, voilà qui nous consolera de ne pas participer à la bagarre.

Steff s'allongea et installa commodément sa selle sous sa tête.

— Et puis d'abord, poursuivit-il, qui vous dit que ces troupeaux ne sont pas gardés, et bien gardés ? Tranquillisez-vous, il y aura du sport.

— Etes-vous sûr au moins qu'il y a du bétail par ici ? demanda Sean.

— Mais oui, répondit Steff, et nous le trouverons.

Il tourna la tête vers Sean.

— Tu prendras la première veille, tâche d'ouvrir l'œil.

Steff rabattit son gibus sur son visage ; à tâtons, il vérifia que son fusil était bien à portée de sa main droite, puis sa voix s'éleva de sous le chapeau :

— Bonne nuit !

Les autres s'enroulèrent dans leurs couvertures, habillés et bottés, le fusil sous la main.

Sean s'avança dans le noir pour inspecter le piquet de garde des Nongaai.

Il n'y avait point de lune, mais les étoiles brillaient et semblaient toutes proches. Les chevaux paissaient tranquillement, taches sombres sur l'herbe laiteuse. Sean fit le tour du petit campement et trouva deux des sentinelles éveillées et sur le qui-vive.

Il s'avança ensuite du côté nord, où il avait posté Mbejane. A une cinquantaine de mètres de lui, il discerna la forme du petit buisson près duquel il l'avait laissé. Il sourit et se laissa soudain tomber à quatre pattes, puis, le fusil bien calé au creux des coudes, il se mit à ramper silencieusement. Arrivé à dix pas, il s'arrêta et leva lentement la tête, cherchant à discerner dans l'ombre la silhouette de Mbejane parmi les buissons rabougris.

La pointe d'une lance le frappa sous l'oreille, dans le gras du cou. Sean se figea, mais ses yeux roulèrent de côté : à la faible lueur des étoiles, il aperçut Mbejane penché sur lui, sa lance à la main.

— Est-ce que le N'kosi m'a vu ? demanda-t-il solennellement.

Mais au fond, tout au fond, la voix était amusée. Sean se mit sur son séant et frotta l'endroit où la lance l'avait piqué.

— Il n'y a que les singes qui voient dans le noir, protesta Sean.

— Et il n'y a que les poissons-chats qu'on vient de pêcher qui se roulent sur le ventre, gloussa Mbejane.

— Tu es Zoulou ! affirma soudain Sean.

Il reconnaissait bien là l'arrogance de la race. Depuis le début, d'ailleurs, il avait deviné, à voir le visage et la stature de Mbejane, qu'il n'était pas issu de ces tribus bâtardes du Natal qui parlaient la langue zoulou, mais ne ressemblaient pas plus à des Zoulous qu'un chat moucheté à un léopard.

— Oui, reconnut Mbejane, du sang de Chaka.

Il y avait du respect dans sa voix à la mention du nom du vieux roi.

— Et maintenant tu prends les armes contre Cetewayo, ton roi ?

— Mon roi ?

La voix n'était plus amusée.

— Mon roi ? répéta-t-il avec mépris.

Il y eut un silence, et Sean attendit. Dans la nuit, un chacal jappa à deux reprises, et l'un des chevaux hennit doucement.

— Un autre devait être roi, mais il est mort empalé. Cet homme était mon père.

Mbejane se leva et retourna se blottir dans l'ombre du buisson. Sean l'y suivit, et ils guettèrent tous deux en silence, accroupis dans le noir. Le chacal jappa à nouveau, quelque part au-dessus du campement, et Mbejane tourna la tête vers l'endroit d'où venait le cri.

— Il y a des chacals à deux pattes, murmura-t-il pensivement.

Sean sentit un picotement dans les avant-bras.

— Des Zoulous ? demanda-t-il.

Mbejane haussa les épaules, mouvement à peine perceptible dans l'obscurité.

— De toute façon, ajouta-t-il, ils n'attaqueront pas en pleine nuit. A l'aube, oui, mais la nuit, jamais.

Mbejane déplaça la lance posée sur ses genoux.

— Le vieux avec le grand chapeau et la barbe grise, il connaît bien cela. Les années l'ont rendu sage, c'est pourquoi il dort tranquille. Mais avant l'aube, il se réveille et monte à cheval.

Sean se tranquillisa un peu, et jeta un regard de biais vers Mbejane.

— Le vieux croit qu'il y a des troupeaux cachés par ici, dit-il.

— Les années l'ont rendu sage, répéta Mbejane. Demain, nous arriverons dans un pays plus accidenté, avec des collines et de gros buissons épineux. C'est là que le bétail se cache.

— Crois-tu qu'on les trouvera, ces troupeaux ?

— C'est facile à repérer, un troupeau, pour un homme qui sait où chercher.

— Est-ce qu'il y aura des gardiens avec ce bétail ?

— J'espère, ronronna Mbejane.

Sa main glissa doucement vers sa sagaie et se mit à en caresser la hampe.

— J'espère qu'il y en aura beaucoup.

— Tu tuerais ton propre peuple, tes cousins, tes frères ? demanda Sean.

— Je les tuerais comme ils ont tué mon père, répondit Mbejane avec une soudaine sauvagerie. Ce n'est pas mon peuple. Je n'ai pas de peuple. Je n'ai pas de frère. Je n'ai rien.

Le silence s'établit entre eux, et lentement la violence de Mbejane s'apaisa pour laisser la place à un sentiment de camaraderie, chacun se sentant réconforté par la présence de l'autre.

Ensemble, ils veillèrent au cœur de la nuit.

26

MBEJANE rappelait à Sean son chien Tinker : lorsque ce dernier quêtait un oiseau, il avait cette même attitude un peu ramassée, cette même concentration. Les Blancs, à cheval, observaient Mbejane sans mot dire.

Le soleil était déjà haut dans le ciel. Sean déboutonna sa veste en peau de mouton, la roula et l'attacha derrière sa selle, avec la couverture.

Mbejane s'était éloigné d'une cinquantaine de mètres et revenait maintenant vers eux, à pas lents. Soudain il s'arrêta et examina attentivement une bouse de vache encore fraîche.

— *Hierdie Kaffie verstaan wat sy doen*[1], approuva Steff Erasmus.

Les autres gardaient le silence. Bester Klein tripotait le chien de sa carabine ; son visage rougeaud ruisselait déjà de sueur.

Mbejane ne s'était pas trompé, ils se trouvaient maintenant dans une région plus accidentée. Ce n'étaient point les collines aux formes arrondies du Natal, mais des hauteurs couronnées de crêtes rocheuses et séparées par de profonds ravins. Leurs flancs étaient couverts d'épineux et d'euphorbes qui formaient un lacis presque inextricable, et l'herbe était haute et rêche.

1. Ce Cafre sait ce qu'il fait.

— Je boirais bien un coup, dit Frikkie Van Essen en se passant le dos de la main sur ses lèvres desséchées.

Un « barbu », juché dans les branches du flamboyant sous lequel les cavaliers attendaient, se mit à pousser son cri strident. Sean leva les yeux : l'oiseau brun et rouge se confondait presque avec les fleurs écarlates.

Mbejane vint se planter près du cheval de Steff.

— Combien ? demanda ce dernier.

— Cinquante, pas plus.

— Quand ?

— Hier, après la chaleur du jour, ils ont descendu lentement la vallée tout en paissant. Ils ne doivent pas être à plus d'une demi-heure d'ici.

Steff approuva de la tête. Cinquante, mais il devait y en avoir d'autres à proximité.

— Combien d'hommes avec eux ?

Mbejane fit claquer sa langue d'un air dédaigneux.

— Deux *umfaans*.

Il désigna de sa lance l'empreinte d'un pied d'enfant nettement marquée dans la poussière.

— Il n'y a pas d'homme avec eux.

— Bien, dit Steff. Suivons-les.

— On nous a dit que si nous découvrions quelque chose, il fallait revenir le signaler, protesta Bester Klein avec vivacité, et ne pas entreprendre une action de notre propre chef.

Steff se retourna sur sa selle.

— As-tu peur de deux *umfaans* ? demanda-t-il froidement.

— Je n'ai peur de rien du tout, je répète simplement ce qu'on nous a dit, répliqua Klein dont le visage déjà rougeaud devint plus rouge encore.

— Je le sais très bien, ce qu'on nous a dit, fit Steff. Il ne s'agit pas d'entreprendre quoi que ce soit, mais seulement de jeter un coup d'œil par nous-mêmes.

— Je vous connais, vous autres, explosa Klein. Quand vous voyez du bétail, ça vous rend fous. Tous autant que vous êtes, vous avez besoin de bétail comme d'autres ont besoin d'alcool ! Une fois que vous avez commencé, il n'y a plus moyen de vous arrêter !

Klein était chef d'équipe aux chemins de fer.

Steff se détourna.

— Allons, en avant !

Ils quittèrent l'ombre du flamboyant et repartirent au grand soleil, sous la conduite de Mbejane. Klein grommelait tout seul.

Le fond de la vallée descendait en pente douce, mais de part et d'autre, le sol devenait plus accidenté et plus rocheux. Mbejane et les Nongaai couraient en avant-garde, tandis que les cavaliers avançaient botte à botte au petit galop.

Sean ouvrit la culasse de son fusil et changea de cartouche.

— Cinquante têtes, ça fait une douzaine chacun, se lamenta Frikkie.

— Ça vaut quand même cent livres, autant que tu gagnes en six mois, répondit Sean avec un rire nerveux.

Frikkie se mit à rire à son tour.

— Vous deux, taisez-vous et ouvrez l'œil !

La voix de Steff était flegmatique, mais il ne pouvait empêcher son regard de briller d'impatience.

— Je le savais bien, que vous alliez rafler du bétail, fit Klein d'un ton boudeur. Je le savais, aussi vrai que deux et deux font quatre.

— Toi aussi, tais-toi, dit Steff tout en adressant un sourire à Sean.

Ils chevauchèrent pendant une dizaine de minutes, puis Steff appela doucement les Nongaai et la patrouille fit halte. Personne ne dit mot ; chacun était sur le qui-vive, écoutant de toutes ses oreilles.

— Rien, dit enfin Steff. Sommes-nous encore loin ?

— Non, tout près, répondit Mbejane. On devrait déjà les entendre.

Son corps superbement musclé luisait de sueur, et son port altier le distinguait des autres Nongaai. Il y avait en lui comme une ardeur contenue, tant était contagieuse l'impatience des hommes blancs.

— C'est bien, continuons, dit Steff.

Mbejane assujettit soigneusement son bouclier de cuir brut et se mit en marche.

Deux fois encore, ils s'arrêtèrent. Sean et Frikkie étaient de plus en plus agités et énervés.

— Restez tranquilles, fit sèchement Steff. Comment peut-on entendre quelque chose si vous remuez constamment ?

Sean ouvrit la bouche pour répondre, mais au même

moment ils entendirent un bœuf mugir tristement à quelque distance.

— Ça y est !

— On les a !

— Allons-y !

— Non, attendez ! ordonna Steff. Sean, prends mes jumelles, grimpe dans cet arbre et dis-moi ce que tu vois.

— On perd du temps, objecta Sean. On ferait mieux de...

— On ferait mieux d'obéir aux ordres, bon sang ! dit Steff. Allons, monte.

Les jumelles pendues autour du cou, Sean se mit à grimper et parvint à se hisser sur une fourche élevée. Il brisa une branche qui le gênait et s'écria aussitôt :

— Les voilà, juste en face !

— Combien ? demanda Steff.

— Un petit troupeau, avec deux bouviers.

— Ils sont au milieu des arbres ?

— Non, répondit Sean, ils sont en terrain découvert. Ça ressemble à un marécage.

— Regarde bien s'il n'y a pas d'autres Zoulous avec eux.

— Non... commença Sean, mais Steff l'interrompit.

— Mais prends les jumelles, nom de nom ! S'il y a d'autres Zoulous, ils se cachent, tu penses bien !

Sean prit les jumelles et mit au point sur le troupeau. C'étaient de belles bêtes tachetées de noir et de blanc, grasses, avec un poil luisant et de grandes cornes. Une nuée de pique-bœufs voletait au-dessus d'elles. Les deux jeunes bouviers étaient complètement nus, avec les longues jambes maigres et les organes génitaux très développés qui caractérisent les Africains. Lentement, Sean inspecta avec ses jumelles le marécage et les buissons environnants, puis les abaissa enfin.

— Je ne vois que les deux bouviers, dit-il.

— Bon, alors, tu peux redescendre, fit Steff.

Dès que la patrouille déboucha en terrain découvert, les deux jeunes garçons s'enfuirent et disparurent parmi les « arbres à fièvre » qui bordaient le marais.

— Laissons-les filer, dit Steff en riant. Les pauvres bougres vont avoir assez d'embêtements comme ça !

Il éperonna sa monture et, prenant la tête de la petite troupe, se lança au galop dans l'herbe épaisse où il enfonça bientôt jusqu'à la selle. Les sabots des chevaux collaient à la boue, qu'ils faisaient gicler autour d'eux en lentes gerbes.

Poussant des cris rauques, les pique-bœufs continuaient à tournoyer au-dessus du troupeau, dont les cavaliers apercevaient les croupes émergeant à peine des herbes.

Lorsqu'ils n'en furent plus qu'à une centaine de mètres, Steff se retourna.

— Sean et Frikkie, vous allez prendre à revers...

Il n'eut pas le temps de terminer : tout autour d'eux, le marécage s'était soudain peuplé d'une centaine de guerriers zoulous.

— Une embuscade ! hurla Steff. N'essayez pas de lutter, ils sont trop ! Fuyez !

Les Zoulous l'arrachèrent de sa selle.

Pataugeant dans la boue gluante, les chevaux s'affolèrent et se cabrèrent en poussant des hennissements. Le fracas de la carabine de Klein fut couvert par les hurlements de triomphe des assaillants. Mbejane bondit et attrapa le cheval de Sean par la bride pour le calmer.

— Va, N'kosi. Vite ! N'attends pas.

Klein, une sagaie dans la gorge, tomba en arrière. Le sang jaillit de sa bouche. Il était mort.

— Cramponne-toi à l'étrivière ! cria Sean à Mbejane.

Il se sentait étonnamment calme. Un Zoulou l'attaqua de flanc. Sean, le fusil posé en travers sur ses cuisses, tira sur l'homme à bout portant : le coup lui emporta le haut du crâne. Sean éjecta la douille et rechargea son arme.

— Va-t'en, N'kosi ! cria de nouveau Mbejane.

Il n'avait pas obéi à Sean : le bouclier haut levé, il fit face à deux des assaillants et les abattit dans la boue. Sa sagaie se levait et s'abaissait en cadence.

— *Ngi Dhla !* hurla-t-il. J'ai mangé !

Ivre de fureur guerrière, il enjamba les corps et chargea. Campé sur ses jambes, un homme attendait l'attaque. Mbejane, d'un coup de son bouclier, écarta celui de son adversaire, lui exposant ainsi le flanc. Sa sagaie se leva encore.

— *Ngi Dhla,* hurla de nouveau Mbejane.

Il avait ouvert une brèche dans le cercle de leurs assaillants.

Sean y lança son cheval qui piaffa dans la boue. Un Zoulou s'empara des rênes. Sean lui déchargea son fusil en pleine poitrine. L'homme hurla.

— Mbejane, cria Sean, attrape mon étrier !

Tout était fini pour Frikkie Van Essen : son cheval s'abattit, et une horde de Zoulous leva au-dessus de lui des lances déjà rouges.

Penché hors de sa selle, Sean empoigna Mbejane par la taille et l'arracha à la boue. Il se débattit furieusement, mais Sean tint bon. Le sol devint soudain plus ferme, et le cheval prit le galop.

Un autre Zoulou leur barrait le chemin, la sagaie prête à frapper. Agrippant toujours d'une main Mbejane qui gigotait comme un possédé, tenant de l'autre son fusil vide, Sean était à sa merci. Tout en fonçant sur lui, Sean lui cria une obscénité. Le Zoulou fit un saut de côté et détendit son bras. Sean sentit la pointe de la sagaie lui griffer la jambe et s'enfoncer avec un choc dans le flanc de son cheval, mais ils sortirent sains et saufs du marais et s'éloignèrent sous les arbres.

La sagaie avait pénétré profondément, mais le cheval tint encore deux kilomètres avant de s'abattre lourdement. Sean réussit à dégager à temps les pieds des étriers et sauta à terre. Mbejane et lui, haletants, contemplèrent le corps de la pauvre bête.

— Peux-tu courir avec ces bottes ? demanda Mbejane d'un ton pressant.

— Oui.

C'étaient de légers *veldschoen.*

— Cette culotte va te gêner.

Mbejane s'agenouilla vivement et, du bout de sa lance, trancha l'étoffe, dénudant les jambes de Sean jusqu'aux cuisses. Puis il se redressa et écouta attentivement. Aucun bruit de poursuite.

— Laisse là ton fusil, il est trop lourd. Et quitte ton chapeau et ta cartouchière.

— Je garde mon fusil ! protesta Sean.

— Très bien, rétorqua Mbejane impatiemment, garde-le, et tu mourras. Si tu ne l'abandonnes pas, ils te rattraperont avant midi...

Sean eut encore une seconde d'hésitation, puis, empoignant son fusil par le canon, il le fracassa contre le tronc d'arbre le plus proche. La crosse vola en éclats.

— Il faut partir maintenant, dit Mbejane.

Sean rejeta le fusil loin de lui, puis eut un dernier regard vers son cheval mort. La veste de peau de mouton était restée attachée à la selle. *Tout le travail d'Anna est fichu,* songea-t-il en ricanant. Puis il suivit Mbejane et se mit à courir.

La première heure fut pénible : Sean avait du mal à rester dans la foulée du Zoulou. Il était contracté, et ne tarda pas à avoir un point de côté. Mbejane s'en aperçut. Ils s'arrêtèrent quelques minutes, et le Noir lui montra comment faire passer la douleur. Puis ils repartirent. Une autre heure s'écoula. Sean avait trouvé son second souffle.

— Combien de temps nous faudra-t-il pour rejoindre le gros de l'armée ? grogna-t-il.

— Deux jours, peut-être, répondit Mbejane. Ne parle pas...

Peu à peu, le paysage changeait. Les collines se faisaient plus arrondies, les arbres se clairsemaient, et ils se retrouvèrent bientôt dans la savane.

— Ils n'ont pas l'air de nous poursuivre, fit Sean au bout d'une demi-heure.

— Peut-être, dit prudemment Mbejane. Il est trop tôt pour le savoir.

Ils couraient côte à côte, d'une même foulée, et leurs pieds frappaient ensemble la terre desséchée.

— Dieu que j'ai soif, dit Sean.

— Pas d'eau, répondit Mbejane. On va s'arrêter pour se reposer un peu en haut de la prochaine montée.

Parvenus au sommet, ils se retournèrent. La chemise de Sean était trempée de sueur. Il respirait fort, mais avec facilité.

— Personne ne nous suit, dit-il avec soulagement. On va pouvoir ralentir maintenant.

Mbejane ne répondit pas. Lui aussi transpirait à grosses gouttes, mais, rien qu'à sa démarche et à son port de tête, Sean pouvait voir qu'il n'était même pas fatigué. Il tenait son bouclier sur l'épaule, et la sagaie qu'il serrait dans son autre main était toute noire de sang séché. Pendant cinq longues minutes, il scruta le chemin par où ils étaient venus.

Soudain, il poussa un grognement de colère et pointa sa sagaie.

— Là-bas ! Près de ce bouquet d'arbres. Tu les vois ?

— Oh, merde !

Sean les vit : à six ou sept kilomètres de distance, là où la forêt se clairsemait, on aurait dit un petit trait noir tracé au pinceau sur le parchemin de la savane. Mais ce trait bougeait.

— Combien sont-ils ? demanda Sean.

— Cinquante, peut-être, fit Mbejane. C'est trop.

— Ah, si j'avais mon fusil... murmura Sean.

— Si tu l'avais, ils seraient tout près maintenant — et un fusil contre cinquante...

Mbejane laissa sa phrase inachevée.

— Bon, allons-y, dit Sean.

— Reposons-nous encore un peu, car après, on ne pourra plus s'arrêter jusqu'à la nuit.

Leur respiration était déjà moins haletante. Sean s'étudia : ses jambes lui faisaient un peu mal, mais il pouvait tenir des heures. Il graillonna et cracha dans l'herbe un jet de salive visqueuse. Il avait horriblement soif, mais savait que c'eût été folie de boire.

— Ah ! s'écria Mbejane. Ils nous ont vus !

— Comment le sais-tu ? demand Sean.

— Regarde, ils envoient leurs « chasseurs ».

Trois petits points noirs s'étaient détachés de la ligne et avançaient de front.

— Qu'est-ce que tu entends par les « chasseurs » ?

Sean se gratta le nez avec inquiétude. Pour la première fois, il connaissait la peur que ressent la bête traquée, qui se sait vulnérable et voit la meute s'approcher.

— Ils détachent leurs meilleurs coureurs pour nous obliger à forcer l'allure. Ils risquent d'y perdre eux-mêmes le souffle, mais ils savent que, s'ils peuvent nous harceler ainsi pendant quelque temps, nous serons une proie facile pour ceux qui les suivent.

— Mon Dieu, fit Sean vraiment alarmé. Qu'est-ce qu'on va faire ?

— A malin, malin et demi, dit Mbejane. Mais nous nous sommes assez reposés, il faut repartir.

Sean redescendit la colline comme un *duiker* surpris par le chasseur. Mbejane le rappela sèchement à l'ordre.

— C'est justement ce qu'ils attendent ! Non, pas plus vite que tout à l'heure.

— Ils se rapprochent, dit Sean en atteignant le sommet de la colline suivante.

Les trois points noirs étaient maintenant bien en avant des autres.

— Oui, répondit Mbejane impassible.

Ils redescendirent de l'autre côté de la crête, leurs pieds frappant le sol en cadence, slap, slap, slap, leur respiration gardant le même rythme immuable.

Au fond de la vallée, un petit ruisseau courait sur le sable blanc. Sean le franchit d'un bond. Il eut un bref regard de regret vers cette eau claire et commença à remonter la pente.

Ils n'étaient plus très loin du sommet lorsqu'ils entendirent un cri au loin. Ils se retournèrent tous deux. A huit cents mètres derrière eux, sur la crête qu'ils avaient quittée quelques instants plus tôt, les trois coureurs zoulous venaient d'apparaître. Ils plongèrent vers la vallée. Leurs grandes coiffures de plumes frémissaient au vent, et leurs pagnes en queues de léopard tournoyaient autour de leurs jambes. Ils avaient jeté leurs boucliers, mais conservé leurs sagaies.

— Regarde-les, N'kosi, exulta Mbejane.

Sean vit que leurs trois poursuivants couraient à pas heurtés, désordonnés : ils étaient à bout de forces.

— Ils n'en peuvent plus, dit Mbejane en riant, ils sont allés trop vite. Maintenant, il faut leur faire croire que nous avons peur : courons comme le vent, courons comme si nous avions cent *Tokoloshe* [1] à nos trousses !

Ils se ruèrent au sommet, apparemment pris de panique, mais dès qu'ils furent hors de vue, Mbejane saisit le bras de Sean et le retint.

— Baisse-toi, chuchota-t-il.

Ils s'aplatirent dans l'herbe et revinrent en rampant jusque derrière la crête.

Les jambes ramassées sous lui, Mbejane se tenait prêt à bondir, la sagaie pointée. Un demi-sourire crispait ses lèvres.

Sean fouilla l'herbe et trouva une pierre grosse comme une orange qui tenait exactement dans le creux de sa main

Ils entendirent les Zoulous approcher : d'abord le bruit de leurs pieds calleux sur le sol dur, et puis leur respiration, sifflante, rauque, haletante. Soudain, ils débouchèrent sur

1. La Tokoloshe est une chimère de la mythologie zouloue.

la crête, et, emportés par leur élan, se trouvèrent face à face avec Sean et Mbejane surgis des herbes. Leurs visages gris de fatigue exprimèrent le plus complet désarroi : ils avaient cru leurs proies à des centaines de mètres encore. Mbejane en tua un d'un coup de sagaie : l'homme n'eut même pas la force de lever les bras pour parer le coup. La pointe ressortit entre ses épaules.

Sean, de toutes ses forces, lança la pierre au visage du second. Cela fit un bruit de citrouille mûre s'écrasant sur un sol dur. L'homme lâcha son arme et tomba à la renverse. Quant au troisième, il tourna les talons et s'enfuit, mais Mbejane lui sauta sur le dos, le fit tomber, s'assit sur sa poitrine et lui coupa la gorge.

Sean baissa les yeux et regarda l'homme qu'il venait de frapper : il avait perdu sa coiffure de plumes ; avec sa mâchoire fracassée, son visage n'était plus le même.

Il remuait encore faiblement. *J'ai tué trois hommes aujourd'hui...* pensa Sean. *Ça a été facile.*

Sans émotion, il regarda Mbejane se pencher sur sa victime, qui poussa un cri sourd et ne bougea plus.

Mbejane se redressa et regarda Sean.

— Maintenant, ils ne nous rejoindront plus avant la nuit.

— Et il n'y a que les singes qui voient dans le noir, dit Sean.

Se souvenant de la plaisanterie, Mbejane eut un sourire qui le fit paraître plus jeune, puis cueillit une poignée d'herbes sèches et s'essuya les mains.

La nuit vint juste à temps pour les sauver : après avoir couru pendant des heures, Sean était à bout de forces ; son corps raidi ne répondait plus. sa respiration se faisait sifflante, et il était si totalement déshydraté qu'il ne transpirait même plus.

— Encore un petit effort, juste un petit effort, murmurait Mbejane pour l'encourager.

La meute de leurs poursuivants commençait à s'étirer. Les meilleurs coureurs étaient à moins de quinze cents mètres, tandis que les autres n'étaient plus que des points noirs dans la savane.

— Le soleil descend. Bientôt, tu pourras te reposer.

Mbejane tendit le bras et lui toucha l'épaule. Aussi bizarre que cela paraisse, ce bref contact physique redonna quelques forces à Sean et affermit son pas. Il put redescendre la colline sans trop trébucher.

Enorme et rouge, le disque du soleil s'abaissait vers la terre, et les vallées se remplissaient d'ombre.

— Bientôt, bientôt... psalmodiait Mbejane.

Il jeta un regard par-dessus son épaule : les silhouettes de leurs poursuivants se faisaient indistinctes.

Sean se tordit la cheville et tomba lourdement ; il s'écorcha la joue et resta étendu à plat ventre, face contre terre.

— Lève-toi, dit Mbejane d'une voix angoissée.

Sean vomit, douloureusement, quelques gorgées de bile.

— Lève-toi.

Les mains de Mbejane le soulevèrent et le mirent à genoux.

— Debout, ou tu es un homme mort ! menaça Mbejane.

Impitoyable, il saisit Sean par les cheveux. Des larmes de douleur vinrent aux yeux de Sean, qui jura et lança un coup de pied à Mbejane.

— Debout ! insista Mbejane.

Sean se remit tant bien que mal sur ses pieds.

— Cours ! ordonna Mbejane en le poussant en avant.

Sean se remit à avancer comme un automate. Mbejane jeta à nouveau un regard en arrière : le plus rapide de leurs poursuivants était tout près maintenant, mais il se confondait presque avec les ombres du crépuscule.

Ils reprirent leur course, Mbejane soutenant Sean lorsque celui-ci trébuchait. A chaque pas, Sean laissait échapper un grognement sourd, et sa bouche grande ouverte essayait d'aspirer quelques goulées d'air malgré sa langue gonflée.

Et puis, brutalement, comme toujours en Afrique où la nuit succède au jour presque sans transition, l'obscurité les environna, et la terre perdit ses couleurs et ses formes. Les yeux de Mbejane, sans cesse en mouvement, cherchaient à discerner des ombres, à évaluer le peu de lumière qui restait encore. Sean, aveugle, titubait à côté de lui.

— Maintenant, dit Mbejane tout haut.

Il arrêta Sean, le fit pivoter sur la droite, et ils repartirent à angle aigu, revenant presque droit sur leurs poursuivants.

Ils ralentirent. Mbejane tint le bras de Sean autour de ses épaules pour l'aider à marcher, tandis que son autre main se crispait sur sa sagaie. Sean avançait lourdement, la tête ballante.

Ils entendirent les premiers chasseurs passer dans le noir à moins de cinquante pas. Une voix demanda en zoulou :

— Les voyez-vous ?

— *Aibo !* Non.

— Déployez-vous, ils vont peut-être changer de direction, maintenant qu'il fait nuit.

— *Yebho !* Oui.

Les voix s'éloignèrent, le silence et l'obscurité retombèrent sur les deux fugitifs. Mbejane aidait toujours Sean à marcher. La lune se leva, éclairant un peu leur chemin.

Mbejane infléchit graduellement leur marche vers le sud-est. Ils arrivèrent enfin près d'une rivière bordée d'arbres. Sean but avec peine, car sa gorge enflée était douloureuse. Puis Mbejane et lui, pour se tenir chaud, se pelotonnèrent sur le tapis de feuilles au pied des arbres, et s'endormirent.

27

Le lendemain après-midi, ils trouvèrent le dernier campement de Chelmsford, ou plutôt ce qui en restait : les vestiges noircis des feux de camp, les emplacements des tentes, les pieux où l'on avait attaché les chevaux, et les piles de boîtes vidées de leur contenu : bœuf en conserve ou biscuits.

— Il y a deux jours qu'ils sont partis, dit Mbejane.

Sean approuva, confiant en la clairvoyance du Zoulou.

— Par où sont-ils allés ?

— Ils ont rebroussé chemin vers le camp d'Isandhlwana.

Sean parut surpris.

— Je me demande pourquoi.

Mbejane haussa les épaules en signe d'ignorance.

— Ils sont partis en hâte — les cavaliers en tête, l'infanterie derrière.

— Nous allons les suivre, décida Sean.

La piste était large, car un millier d'hommes l'avaient foulée, et les chariots et les affûts de canon y avaient laissé de profondes ornières.

Sean et Mbejane s'endormirent avec la faim au ventre et le froid au corps. Le lendemain matin, lorsqu'ils se remirent en route, il y avait du givre au creux des vallons.

Un peu avant midi, ils aperçurent le dôme granitique d'Isandhlwana se découpant dans le ciel. Inconsciemment, ils pressèrent l'allure.

Isandhlwana, la Colline de la Petite Main.

Sean boitait, car il avait une ampoule ouverte au talon. Ses cheveux étaient poisseux, collés par la sueur, et il avait le visage tout barbouillé de poussière.

— Même le « singe » de l'armée va nous paraître délicieux, dit Sean en anglais.

Mbejane ne répondit pas, car il n'avait pas compris, et regardait au loin d'un air soucieux.

— N'kosi, nous n'avons vu personne en deux jours de marche. D'après moi, nous aurions dû déjà rencontrer des patrouilles.

— On les a sans doute croisées sans les voir, dit Sean qui n'était guère inquiet.

Mbejane secoua la tête, et ils poursuivirent leur chemin en silence. La colline était plus proche maintenant, et ils pouvaient discerner le lacis de fissures et de saillies qui en couvrait le sommet.

— Pas de fumée, dit Mbejane.

Il leva les yeux et sursauta.

— Qu'est-ce que c'est ?

Sean se sentit soudain alarmé.

— *N'yoni*, fit doucement Mbejane.

Les vautours. Sean les aperçut, sombre voile de deuil étendu au-dessus de la colline d'Isandhlawana. Ils tournaient lentement, si éloignés encore qu'on ne voyait qu'une seule masse noire, une ombre dans le ciel. Malgré le soleil brûlant de midi, Sean sentit soudain un grand froid l'envahir.

Il se mit à courir.

A ses pieds, la plaine se mit à vivre : la bâche d'un chariot renversé claqua au vent comme l'aile d'un oiseau blessé ; des chacals s'enfuirent en débandade, et, au flanc même du *kopje*, une hyène s'éloigna, la tête dans les épaules.

— Oh, mon Dieu ! murmura Sean.

Mbejane s'appuya sur sa lance, calme et silencieux. Son regard parcourut lentement la plaine.

— Ils sont morts ? Ils sont tous morts ?

Question inutile. Les cadavres jonchaient l'herbe, entassés près des chariots ou éparpillés sur les pentes de la colline.

Ils paraissaient minuscules, sans importance, Mbejane attendait tranquillement.

Un gros vautour noir descendit en planant devant eux ; à l'extrémité de ses ailes, les plumes se gonflaient comme des doigts. L'oiseau toucha terre et se mit à sautiller maladroitement parmi les morts; le contraste était brutal entre la beauté, la noblesse de son vol et la hideur de sa besogne : il pencha la tête, ébouriffa ses plumes et plongea son bec dans un cadavre qui portait le grand tartan vert des Gordons.

— Où est Chelmsford ? A-t-il été surpris aussi ?

Mbejane secoua la tête.

— Il est arrivé trop tard.

Mbejane désigna du bout de sa lance de larges traces d'herbe foulée qui longeaient le champ de bataille et franchissaient l'épaulement de l'Isandhlwana pour se diriger vers la Tugela.

— Chelmsford est retourné vers la rivière, sans même s'arrêter pour enterrer ses morts.

Sean et Mbejane descendirent dans la plaine. En s'approchant du lieu de la bataille, ils durent se frayer un chemin parmi les débris de lances et de boucliers. La rouille, déjà, mordait le fer des sagaies. L'herbe était foulée et tachée de sang, mais les morts zoulous n'étaient plus là — signe certain de victoire.

Ils parvinrent aux lignes anglaises. En voyant le traitement que les Zoulous avaient infligé aux morts, Sean eut un haut-le-cœur. Les cadavres étaient empilés les uns sur les autres, le visage déjà noir. Tous avaient été éviscérés, et les mouches grouillaient dans leurs ventres ouverts.

— Pourquoi font-ils cela ? demanda-t-il. Pourquoi s'acharnent-ils ainsi ?

Il poursuivit lentement son chemin et dépassa les chariots. Les Zoulous avaient éventré les caisses de victuailles et de boissons ; des vêtements, du papier, des caissettes de cartouches jonchaient le sol tout autour des cadavres, mais il ne restait pas un seul fusil. L'odeur de putréfaction était si forte que Sean en avait la langue et la gorge comme empâtées.

— Il faut que je retrouve papa, dit-il calmement, presque sur le ton de la conversation.

Mbejane le suivait à une dizaine de pas. Ils arrivèrent aux

lignes où les volontaires avaient installé leur campement. Les tentes avaient été mises en lambeaux et piétinées dans la poussière. Les corps des chevaux morts, encore attachés à leurs piquets, étaient horriblement ballonnés. Sean reconnut Gipsy, la jument de son père.

— Salut, fillette, dit-il.

Les oiseaux lui avaient dévoré les yeux. Elle était couchée sur le flanc, et son ventre était si gonflé qu'il venait à la taille de Sean.

Sean fit le tour de la carcasse, et découvrit les premiers volontaires de Ladyburg : il les reconnut tous les quinze, bien que les charognards eussent déjà été à l'œuvre. Ils formaient à peu près un cercle, face tournée vers l'ennemi.

Puis Sean trouva une traînée de cadavres épars qui remontait vers l'épaulement du *kopje* : il suivit ainsi, aussi clairement que s'il les avait vécus, les efforts désespérés des volontaires pour briser le cercle de leurs assaillants et battre en retraite vers la Tugela. De chaque côté de la piste, de nombreuses traces indiquaient que les Zoulous avaient payé cher leur victoire.

— Au moins vingt hommes pour chacun de nous, murmura Sean avec un petit frisson de fierté.

Il monta encore. En haut de l'épaulement, au pied même de la paroi rocheuse de l'Isandhlwana, il découvrit son père.

Ils étaient quatre, le dernier carré : Waite Courteney, Tim Hope-Brown, Hans et Nils Erasmus. Waite était étendu sur le dos, les bras écartés. Les oiseaux lui avaient mangé le visage jusqu'à l'os, mais sa barbe bougeait encore un peu au souffle du vent. Un essaim de grosses mouches vertes grouillait dans son ventre ouvert.

Sean s'assit près du corps de son père, ramassa un chapeau de feutre abandonné et en couvrit le visage mutilé. La cocarde de soie verte et jaune mettait une tache de gaieté incongrue au milieu de cette désolation. Les mouches bourdonnaient tout autour de Sean, et quelques-unes vinrent se poser sur sa figure, sur ses lèvres même. Il les chassa d'un revers de main.

— Tu connais cet homme ? demanda Mbejane.

— C'est mon père, dit Sean sans lever les yeux.

— Toi aussi, fit Mbejane avec compassion.

Il comprenait. Se détournant, il le laissa seul.

« Je n'ai plus rien », avait dit Mbejane. Et maintenant, Sean non plus n'avait rien qui lui restât. C'était le néant : ni colère, ni chagrin, ni souffrance, ni même réalité. Les yeux rivés sur ce pauvre corps mutilé, Sean n'arrivait pas à croire que ce fût un homme ; ce n'était que de la chair ; l'homme était parti.

Mbejane revint un peu plus tard avec un morceau de bâche arraché à l'un des chariots que le feu avait épargné. Ils y enroulèrent Waite, puis se mirent en devoir de lui creuser une tombe. Ce ne fut pas une tâche facile, car le sol était truffé de rochers et de schistes. Ils y étendirent Waite, les bras en croix, rigides, car Sean ne put se résoudre à les lui briser. Ils le recouvrirent doucement et empilèrent des pierres sur la tombe, puis se redressèrent.

— Eh bien, P'pa...

La voix de Sean sonnait faux. Il ne pouvait arriver à croire qu'il parlait à son père.

— Eh bien, P'pa..., répéta-t-il d'un ton embarrassé. Merci pour tout ce que tu as fait pour moi.

Il s'interrompit pour s'éclaircir la gorge.

— Je te promets de veiller sur M'man et sur la ferme du mieux que je pourrai — et puis sur Garry aussi.

Il se tut à nouveau et se tourna vers Mbejane.

— Il n'y a rien à dire.

Sa voix semblait étonnée, peinée presque.

— Non, approuva Mbejane, il n'y a rien à dire.

Sean demeura quelques minutes encore aux prises avec l'énormité de la mort, cherchant à en saisir la complète finalité, puis il se détourna et s'éloigna vers la Tugela. Mbejane le suivit, marchant un peu à l'écart et à un pas derrière lui. *Nous n'atteindrons pas la rivière avant la nuit*, songea Sean. Il était très fatigué, et son ampoule au talon le faisait souffrir.

28

— GUÈRE plus, dit Dennis Petersen.

— Non, grommela Sean.

Cela l'irritait que l'on pût ouvrir la bouche pour énoncer une évidence : lorsqu'on sort du *Mahobos Kloof* et que la route longe le *Baboon Stroom*, on est à huit kilomètres de Ladyburg. Comme l'avait dit Dennis : guère plus.

La poussière fit tousser le fils de Petersen.

— Mon royaume pour une bière, soupira-t-il. Mais j'ai si chaud que ça se transformerait en vapeur dans ma gorge !

Sean s'essuya le visage, se barbouillant de poussière.

— Je crois qu'on peut prendre les devants, dit-il. Mbejane et les autres les ramèneront bien tout seuls maintenant.

— J'allais te le suggérer, fit Dennis visiblement soulagé.

Ils poussaient devant eux un millier de têtes de bétail, respirant des nuages de poussière : deux jours qu'ils allaient ainsi, depuis *Rorkes Drift* où leur commando avait été dissous.

— Ce soir, on les parquera dans les enclos du marché aux bestiaux, et demain matin on les récupérera. Je vais donner des ordres à Mbejane.

Sean éperonna son cheval et vint rejoindre le grand Zoulou qui trottinait derrière le troupeau. Au bout de quelques minutes, il fit signe à Dennis. Chacun de son côté, ils contournèrent l'énorme masse mouvante pour se rejoindre un peu plus loin sur la route.

— Ils ne sont plus très frais, grommela Dennis en jetant un coup d'œil en arrière.

— Pas étonnant, fit Sean. On ne les a pas ménagés depuis deux jours.

Mille têtes de bétail, cinq lots pris dans les troupeaux de Cetewayo pour Dennis et son père, pour Waite, Sean et Garrick — car même les morts avaient eu droit à part entière.

— Tu crois que les autres sont loin derrière ? demanda Dennis.

— Je n'en sais rien, répondit Sean.

Cela n'avait pas beaucoup d'importance, et il n'aurait pu répondre qu'au hasard : une question aussi insignifiante est aussi exaspérante que l'affirmation d'une évidence. Il vint soudain à l'esprit de Sean que la même question aurait, quelques mois plus tôt, déclenché entre eux une bonne demi-heure de discussion passionnée. Qu'est-ce que cela voulait dire, sinon que Sean avait changé ? Ayant ainsi répondu à sa propre interrogation, Sean eut un sourire ironique.

— Qu'est-ce qui t'amuse ? demanda Dennis.

— Je pensais seulement que beaucoup de choses ont changé depuis quelques mois.

— *Ja*, dit Dennis.

Ils se turent tous deux, et le silence ne fut plus troublé que par le martèlement des sabots de leurs chevaux.

— Ça va me faire tout drôle, sans Papa, fit enfin Dennis d'un air songeur.

M. Petersen avait été tué à Isandhlwana.

— Oui, ça va faire tout drôle à la maison, avec seulement Maman, les filles et moi.

De nouveau le silence s'établit entre eux. Chacun revoyait en pensée les derniers mois écoulés, et les événements qui avaient bouleversé leurs vies.

Ni l'un ni l'autre n'avaient encore vingt ans, et voilà qu'ils étaient déjà chefs de famille, propriétaires de terres et de troupeaux — ils avaient déjà tué, et fait l'apprentissage de la souffrance. Sean avait vieilli, son visage s'était creusé, et il portait maintenant la barbe carrée, en forme de bêche. Dennis et lui avaient participé aux expéditions punitives organisées en représailles après Isandhlwana.

A Ulundi, ils s'étaient postés à cheval derrière les rangs de l'infanterie de Chelmsford, et avaient attendu en plein soleil... Cetewayo avait massé ses *impis* et les avait lancés en terrain découvert à l'assaut du petit carré de soldats. Calmement, comme à l'exercice, les fantassins avaient tiré sur eux salve après salve, et peu à peu le grand taureau noir formé par les guerriers zoulous s'était fait déchiqueter. Alors les rangs de l'infanterie s'étaient ouverts soudain, et deux mille cavaliers avaient chargé pour écraser à jamais sous les sabots de leurs chevaux la puissance de l'Empire zoulou. Ils avaient continué la poursuite jusqu'à la tombée de la nuit, et nul ne pouvait dire le montant des pertes infligées à l'ennemi.

— Voilà le clocher de l'église, fit Dennis.

Lentement, Sean émergea du passé et retrouva le moment présent. Ils arrivaient à Ladyburg.

— Ta belle-mère est à Theunis Kraal ? demanda Dennis.

— Non, elle s'est installée en ville — dans le cottage de Protea Street.

— Je suppose qu'elle ne veut pas être une gêne maintenant que Garrick et Anna sont mariés, dit Dennis.

Sean fronça soudain les sourcils.

— Qu'est-ce que tu penses de cette histoire, Garrick épousant Anna ?

Dennis gloussa et secoua la tête.

— On ne l'aurait pas donné à vingt contre un, pourtant !

Le front de Sean se plissa davantage. Garry l'avait mis dans une situation ridicule. Sean n'en avait pas fini avec Anna.

— Tu sais quelque chose ? Quand est-ce qu'ils rentrent ?

— Aux dernières nouvelles, ils étaient à Pietermaritzburg. C'est de là qu'ils ont envoyé le télégramme pour annoncer leur mariage. M'man l'a reçu deux jours avant que je rentre d'Isandhlwana, il y a deux mois de ça. Depuis, plus rien, à ma connaissance du moins.

— Garry doit s'être fourré dans un petit nid douillet, il va falloir un levier pour l'arracher de là !

Dennis gloussa à nouveau et eut un sourire égrillard. Sean eut la brutale et troublante vision de Garry couché sur

Anna ; elle avait les genoux relevés, la tête renversée en arrière, les yeux clos, et elle gémissait doucement.

— Tais-toi, salaud, gronda Sean.

Dennis cilla.

— Excuse-moi, je disais ça pour rigoler !

— Je te dispense de tes plaisanteries. C'est mon frère.

— Et c'était ta poule, hein ? murmura Dennis.

— Tu veux mon poing sur la gueule ?

— T'énerve pas, vieux, c'était pour rire.

— Je n'aime pas ce genre d'amusement, compris ?

— Bon, bon, t'excite pas comme ça.

— C'est dégueulasse, dégueulasse.

Sean, désespérément, essayait de ne plus voir Anna en plein orgasme, les mains caressant les reins de Garrick.

— Bon sang, te voilà devenu pudibond maintenant ?

Et Dennis, éperonnant son cheval, partit au galop, et enfila la grand-rue en direction de l'hôtel. Sean faillit le rappeler, mais le laissa finalement aller.

Sean tourna à droite dans une ruelle ombreuse. Le cottage, que Waite avait acheté trois ans auparavant pour faire un placement, était un peu plus bas, entouré d'une clôture de bois. C'était une charmante petite chaumière aux murs blanchis à la chaux, nichée parmi les arbres au milieu d'un jardin rempli de fleurs. Sean attacha son cheval à la grille et remonta l'allée.

Il y avait deux femmes dans le salon. Lorsqu'il poussa la porte, elles se levèrent toutes deux, et leur surprise fit place à la joie lorsqu'elles l'eurent reconnu. La chaleur de l'accueil lui fit très plaisir.

— Oh, Sean, on ne t'attendait pas aujourd'hui !

Ada se précipita vers lui, et ils s'embrassèrent. Le chagrin l'avait marquée, et Sean se sentit vaguement coupable, parce que la mort de Waite ne l'avait pas éprouvé, lui, de façon visible. Il la tint à bout de bras.

— Tu es belle, dit-il.

Elle était mince. Ses yeux trop grands étaient voilés de tristesse, mais elle lui sourit.

— On croyait que tu n'arriverais que vendredi... Je suis si heureuse que tu aies pu venir plus tôt !

Le regard de Sean quitta Ada pour se poser sur Audrey,

qui, depuis qu'il était entré, s'agitait avec impatience pour attirer son attention.

— Bonjour, Tarte-aux-Fraises.

— Bonjour, Sean.

Elle rougit un peu mais ne baissa pas les yeux sous son regard.

— Tu fais plus vieux, dit-elle.

C'est à peine si elle remarquait la poussière qui collait à sa peau, poudrait ses cheveux et ses cils, et lui rougissait les yeux.

— Tu as oublié à quoi je ressemble, fit-il en se retournant vers Ada.

— Oh, non, jamais, soupira Audrey si doucement que ni Ada ni Sean ne l'entendirent.

Elle se sentait toute gonflée de tendresse.

— Assieds-toi, Sean.

Ada le conduisit au fauteuil près du feu. Il y avait un daguerréotype de Waite sur la cheminée.

— Je vais te faire du thé.

— Je préférerais une bière, M'man...

Sean s'installa dans le fauteuil.

— Mais oui, bien sûr. J'y vais.

— Non, moi.

Audrey se précipita vers la cuisine.

— La bière est dans le garde-manger, Audrey, lui cria Ada.

Puis, se retournant vers Sean, elle ajouta :

— C'est une charmante enfant.

— Regarde mieux, fit Sean en souriant. Ce n'est plus une enfant.

— Je voudrais que Garry...

Ada s'interrompit soudain.

— Qu'est-ce que tu voudrais ?

Ada se taisait. Elle aurait préféré que Garry eût épousé une jeune fille comme Audrey plutôt que...

— Non, rien, dit Ada, et elle vint s'asseoir près de Sean.

— Tu as des nouvelles de lui ? demanda-t-il.

— Non. Pas encore. Mais M. Pye m'a dit qu'il avait reçu un chèque tiré sur son compte. Cela venait du Cap.

— Le Cap ? fit Sean en soulevant des sourcils poussiéreux. Il ne se refuse rien, le gaillard !

— Oh, non ! dit Ada qui se souvenait du montant du chèque. Rien du tout !

Audrey revint, portant une bouteille et un verre sur un plateau. Sean tâta la bouteille : elle était bien fraîche.

— Vite, fillette, dit-il. Je meurs de soif.

Il vida son verre d'un trait. Audrey le lui emplit de nouveau, et il se cala confortablement dans son fauteuil.

— Et maintenant, dit Ada, conte-nous tes exploits.

Tout était bien : la chaleur de l'accueil, ce verre à la main, la saine fatigue qu'il éprouvait. Il parla. Il ne s'était pas rendu compte qu'il eût tant de choses à raconter. Dès qu'il faisait mine de se taire, Ada ou Audrey relançaient le récit par leurs questions.

— Oh, mon Dieu ! s'exclama soudain Audrey. Il fait presque nuit déjà : il faut que je me sauve.

Ada se leva.

— Sean, voudrais-tu la raccompagner ?

Les deux jeunes gens s'enfoncèrent dans la pénombre, sous les flamboyants. Ils gardèrent un moment le silence, et puis Audrey demanda brusquement :

— Sean, étais-tu amoureux d'Anna ?

Comme à l'accoutumée, la première réaction de Sean fut la colère. Il faillit envoyer la jeune fille au diable, mais se reprit à temps. Après tout, c'était une question pertinente. Oui, avait-il été amoureux d'Anna ? C'était la première fois qu'il y songeait vraiment ; à cette question formulée avec précision, il devait répondre avec une égale précision. Il ressentit soudain un soulagement, et ce fut en souriant qu'il répondit :

— Non, Tarte-aux-Fraises, non, je n'ai jamais été amoureux d'Anna.

Sa voix sonnait juste. Non, il ne mentait pas. Audrey marchait près de lui, heureuse.

— Ce n'est pas la peine de m'accompagner jusqu'à la maison, dit-elle.

Elle venait seulement de remarquer ses vêtements tachés, et ne voulait pas qu'il risquât de se sentir gêné en présence de ses parents.

— D'accord, mais je te suivrai du regard jusqu'à la porte, fit Sean.

— Je suppose que tu pars demain pour Theunis Kraal, dit Audrey.

— Oui, répondit-il, à l'aube. Il y a tant de choses à faire là-bas.

— Mais tu viendras au magasin ?

— Oui, répondit Sean.

Son regard la fit rougir, et elle maudit cette peau de rousse qui trahissait toujours ses émotions. Elle remonta l'allée en courant, s'arrêta et se retourna vers lui.

— Sean, je t'en prie, ne m'appelle plus Tarte-aux-Fraises.

Sean se mit à rire.

— D'accord, Audrey, je tâcherai de m'en souvenir.

29

Six semaines s'étaient écoulées depuis son retour de la campagne contre les Zoulous. Six semaines, songea Sean, qui avaient passé comme un éclair.

La chemise de nuit retroussée jusqu'à la taille, Sean était assis sur son lit, jambes croisées, tel un Bouddha. Il tenait entre ses paumes un bol de café grand comme une chope de bière allemande. Le café était brûlant ; Sean le but à petits coups, bruyamment, en exhalant la vapeur.

Oui, les six dernières semaines avaient été bien remplies — trop remplies pour laisser place au chagrin ou au regret. Pourtant, le soir, lorsqu'il était seul dans le bureau de Waite, si plein encore de sa présence, alors il se rendait compte que la douleur était toujours là, bien vivante.

Les jours semblaient s'écouler avant même d'avoir commencé. Sean régnait sur trois fermes maintenant : à Theunis Kraal étaient venues s'en ajouter deux autres qu'il louait au vieux Pye. Il y avait placé le bétail qu'il avait ramené comme prise de guerre, sans compter les bêtes qu'il avait achetées depuis son retour. En tout, c'est près de cent mille têtes que les colons avaient ramenées du pays zoulou, et le prix de la viande de bœuf de première qualité s'était effondré. Sean pouvait se permettre d'être difficile dans son choix.

Il pouvait aussi se permettre d'attendre que les prix eussent remonté.

Sean sauta de son lit et alla à sa table de toilette. Il versa de l'eau dans la cuvette et la tâta du doigt. Elle était glacée. Il hésita un instant et resta planté là, un peu ridicule dans sa chemise de nuit brodée d'où s'échappaient, sur la poitrine, des touffes de poils noirs. Puis il rassembla tout son courage et plongea la tête dans la cuvette. Prenant de l'eau dans ses paumes, il se la versa sur la nuque, se frictionna les cheveux avec ses doigts recourbés et émergea enfin en soufflant bruyamment. L'eau dégoulinait partout. Il s'épongea, enleva sa chemise trempée et se tint debout, nu, devant la fenêtre. Il faisait déjà assez clair pour qu'il pût distinguer la brume et le crachin qui tourbillonnaient derrière les carreaux.

— Foutue journée, grommela-t-il, mais sans amertume.

En fait, il se sentait en pleine forme, l'esprit alerte, le ventre creux, prêt à partir au travail.

Il enfila sa culotte en sautillant d'un pied sur l'autre, rentra les pans de sa chemise et s'assit sur son lit pour mettre ses bottes. Il pensait à Audrey — demain, il irait en ville pour la voir.

Sean avait décidé de se marier. A cela, il avait trois excellentes raisons. Tout d'abord, il avait découvert qu'il était plus facile de pénétrer dans les caves de la banque d'Angleterre que sous les jupons d'Audrey — du moins sans l'épouser. Or, lorsque Sean voulait quelque chose, il était prêt à payer n'importe quel prix pour l'obtenir.

Par ailleurs, à vivre à Theunis Kraal avec Garry et Anna, Sean se sentait un peu à l'écart, et il pensait que ce ne serait pas plus mal d'avoir lui aussi une femme qui lui ferait la cuisine, réparerait ses affaires et s'intéresserait à ses histoires.

Enfin, la troisième question — et non la moindre —, c'était les relations existant entre Audrey et la banque locale. Audrey était un des seuls points faibles dans la forteresse du vieux Pye, son père. Peut-être ce dernier jetterait-il dans la balance la ferme de Mahobos Kloof, en guise de cadeau de mariage. Mais là, tout optimiste qu'il fût, Sean sentait combien cet espoir était extravagant : Pye et ses biens n'étaient pas aisément dissociables.

Oui, résolut Sean, il trouverait un moment pour aller en ville et tout dire à Audrey — dans l'esprit de Sean, la réponse de la jeune fille ne faisait aucun doute. Il se brossa les cheveux, se lissa la barbe, s'adressa un clin d'œil dans la glace et sortit dans le couloir. L'odeur du petit déjeuner lui fit venir l'eau à la bouche.

Anna était dans la cuisine, le visage rougi par la chaleur du fourneau.

— Qu'est-ce qu'il y a à manger, petite sœur ?

Elle releva ses cheveux d'un revers de main et se tourna vivement vers lui.

— Je ne suis pas ta sœur, dit-elle. Je voudrais bien que tu ne m'appelles plus ainsi.

— Où est Garry ? demanda Sean comme s'il n'avait pas entendu.

— Il n'est pas encore levé.

— Pauvre garçon, tu l'épuises, sûrement.

Sean lui sourit et elle se détourna, confuse. Il regarda ses fesses, mais sans le moindre désir. Bizarre ! maintenant qu'Anna était la femme de Garry, il ne ressentait plus aucune attirance pour elle ; bien plus, le souvenir de leurs ébats passés avait quelque chose d'obscène, d'incestueux.

Le corps d'Anna s'alourdissait au fil des semaines, c'était vrai. Elle baissa la tête et ne répondit pas. Sean poursuivit :

— Je prendrai quatre œufs. Dis à Joseph de ne pas les laisser racornir.

Sean passa dans la salle à manger au moment où Garry y entrait par l'autre porte. Il avait le visage bouffi de sommeil, et un relent d'alcool flottait encore sur ses lèvres.

— Salut, Roméo ! dit Sean.

Garry sourit d'un air penaud. Il avait les yeux injectés de sang et n'était pas rasé.

— Bonjour, Sean. Tu as bien dormi ?

— Epatamment, merci. Toi aussi, à ce que je vois.

Sean s'installa à table, attira la soupière à lui et se mit à se servir de porridge.

— Tu en veux ? demanda-t-il à Garry.

— Oui, merci.

Sean lui tendit l'assiette. Comme la main de Garry tremblait ! *Il va falloir que je lui parle, il taquine trop la bouteille.*

— Bon sang, comme j'ai faim !

Ils parlèrent à bâtons rompus, comme toujours au cours du breakfast. Anna vint bientôt se joindre à eux, et Joseph apporta le café.

— As-tu dit à Sean, Garry ? demanda brusquement Anna.

Sa voix était claire, nette, décidée.

— Non, fit Garry qui, sous le coup de la surprise, cracha un peu de café.

— Qu'est-ce que tu devais me dire ? demanda Sean.

Le silence pesa, et Garrick agita nerveusement la main. Il était enfin venu, le moment qu'il redoutait tellement. Que se passerait-il si Sean devinait la vérité, s'il savait que c'était son bébé et s'il partait avec Anna en le laissant tout seul, lui, Garry ? Hanté par ses terreurs irraisonnées, Garrick regardait fixement son frère.

— Dis-lui, Garry, ordonna Anna.

— Anna va avoir un bébé, dit enfin Garrick.

Il épiait le visage de son frère, et y vit la surprise faire peu à peu place à la joie. Sean se leva, et vint le prendre par les épaules, en le serrant à lui faire mal.

— C'est formidable, exulta Sean, c'est merveilleux ! Dis donc, Garry, si tu continues à ce rythme-là, on va avoir la maison pleine de gosses en moins de temps qu'il n'en faut pour le dire ! Je suis fier de toi.

Soulagé, Garrick, avec un sourire bête, regarda Sean qui prenait Anna dans ses bras et l'embrassait sur le front.

— Bravo, Anna ! J'espère que ce sera un garçon : on a besoin de main-d'œuvre à la ferme !

Il n'a pas deviné, songea Garrick, *il ne sait rien. L'enfant sera à moi, personne ne peut me le prendre maintenant.*

Ce jour-là, ils travaillèrent ensemble dans la partie sud du domaine. Garry riait, heureux et confus, des plaisanteries de son frère. C'était merveilleux de devenir soudain l'objet de son attention. Ils rentrèrent de bonne heure, car pour une fois Sean n'avait guère envie de travailler.

— C'est un bon reproducteur, ça, fit Sean en donnant une bourrade à Garrick. Toujours prêt à tirer un coup, hein ? Viens, laissons tomber, et allons en ville. On va fêter ça ensemble, et puis on ira tout raconter à Ada.

Sean se dressa sur ses étriers et se mit à hurler pour couvrir les meuglements des bêtes et le piétinement incessant de leurs sabots.

— Mbejane, ramène-moi ces dix-là dans l'enclos, elles sont malades. Et n'oublie pas que demain nous allons au marché aux bestiaux !

Mbejane fit signe qu'il avait compris, et Sean se tourna vers Garrick.

— Viens, filons d'ici.

Ils chevauchèrent de front. Des gouttes d'eau roulaient sur leurs cirés, brillaient dans la barbe de Sean. Il faisait encore froid, et les escarpements disparaissaient dans la brume.

— C'est vraiment un temps à s'envoyer une bonne rasade de cognac, fit Sean.

Garry ne répondit pas. Sa peur était revenue. Il ne voulait pas annoncer la nouvelle à Ada : elle devinerait, elle saurait que l'enfant était de Sean. On ne pouvait pas lui mentir.

Les sabots des chevaux faisaient gicler la boue sur le chemin. Bientôt, ils atteignirent l'embranchement pour Ladyburg.

— C'est Ada qui va être heureuse d'être grand-mère ! gloussa Sean.

Au même moment, son cheval fit un faux pas et se mit à feindre de l'un de ses antérieurs. Sean sauta à terre, examina la jambe de son cheval et découvrit une écharde fichée profondément dans la fourchette du sabot.

— Nom de Dieu ! gronda-t-il.

Il pencha la tête, saisit entre ses dents l'extrémité de l'écharde et l'extirpa.

— C'est fichu pour Ladyburg maintenant, grommela-t-il. Cette jambe en a pour des jours à guérir.

Garry fut soulagé : cela retardait d'autant le moment où il devrait tout dire à Ada.

Sean leva les yeux vers lui.

— Il ne boite pas, ton cheval, alors vas-y, vieux, et embrasse Ada pour moi.

— Il sera toujours temps de lui dire, bredouilla Garrick. Rentrons à la maison.

— Allons, Garry, vas-y ! C'est ton gosse, alors, va lui annoncer la nouvelle.

Garrick se mit à discuter, mais il sentit monter la colère de

Sean, et il se résigna. Il s'éloigna vers Ladyburg, tandis que Sean retournait à Theunis Kraal, tenant son cheval par la bride. Maintenant qu'il allait à pied, son ciré lui tenait trop chaud. Il l'enleva et le jeta en travers de la selle.

Quand il arriva à la ferme, Anna était debout sur le *stoep*.

— Où est Garry ? demanda-t-elle.

— Ne te frappe pas. Il est allé en ville, voir Ada. Il sera de retour pour le souper.

Un des palefreniers vint prendre le cheval de Sean. Ils échangèrent quelques mots, et Sean se baissa pour montrer le sabot blessé. Sa culotte se tendit sur ses fesses, moulant ses jambes musclées. Anna le regardait. Il se releva et lui sourit. Ses épaules étaient larges sous la chemise trempée de pluie. Il monta les marches du *stoep* et vint vers elle. L'eau avait fait friser sa barbe, et il avait l'air un peu inquiétant d'un pirate d'autrefois.

— Il faut prendre davantage soin de toi maintenant, dit-il en la prenant par le bras pour la faire rentrer. Tu ne devrais pas rester ainsi dehors sous la pluie.

Sean poussa la porte vitrée, et Anna leva la tête vers lui. Elle lui venait à l'épaule.

— Tu es une jolie fille, Anna, et je suis sûr que tu vas nous faire un joli bébé, dit-il.

Il commit l'erreur de se tourner vers elle, et elle crut voir dans ses yeux une lueur de tendresse.

— Sean ! prononça-t-elle, et on eût dit un cri de douleur.

Vivement, violemment presque, elle se jeta contre lui, l'enserrant de ses bras. Ses mains caressèrent sa nuque et s'enfoncèrent dans l'épaisseur de ses cheveux. Elle lui baissa la tête de force et pressa sur ses lèvres sa bouche humide. Il sentit se cambrer les reins d'Anna, et ses cuisses se coller aux siennes. Elle gémit doucement.

Stupéfait, Sean resta un instant prisonnier, puis se dégagea brusquement.

— Tu es folle !

Il essaya de la repousser, mais elle se cramponnait à lui de toutes ses forces. Ses bras se refermèrent sur lui, et elle pressa son visage contre sa poitrine.

— Je t'aime ! Oh, Sean, je t'aime... Laisse-moi te tenir

contre moi, c'est tout ce que je te demande, juste te tenir contre moi...

Elle parlait d'une voix étouffée, la bouche contre sa poitrine. Elle frissonnait.

— Lâche-moi !

Brutalement, Sean défit l'étreinte et rejeta Anna sur le divan près de la cheminée.

— Tu es la femme de Garry maintenant, et tu portes son enfant. Reste tranquille, et si tu te sens des envies, garde-les pour Garry.

Sean fit un pas en arrière. Il sentait la colère monter en lui.

— Mais je t'aime, Sean ! Oh, mon Dieu, si seulement je pouvais te faire comprendre à quel point j'ai souffert, à vivre ici jour après jour auprès de toi, sans même pouvoir te toucher...

Sean vint se planter devant elle.

— Ecoute-moi bien, dit-il d'une voix dure. Je n'ai pas envie de toi. Je ne t'ai jamais aimée, et aujourd'hui je serais incapable de te toucher, pas plus que ma propre mère...

Elle lut le dégoût sur son visage.

— Tu es la femme de Garry, poursuivit-il. Si jamais tu oses lever les yeux sur un autre homme que lui, je te tuerai !

Il leva les mains, et ses doigts se recroquevillaient, prêts à l'étrangler.

— Je te tuerai de mes propres mains.

Le visage de Sean était tout près du sien ; incapable de supporter son regard, elle se jeta sur lui, toutes griffes dehors. Il se recula à temps pour protéger ses yeux, mais les ongles d'Anna lui lacérèrent la joue et le côté du nez. Il emprisonna les poignets d'Anna, tandis qu'un mince filet de sang coulait dans sa barbe. Elle se débattait, se tordait et criait comme une forcenée.

— Cochon ! Salaud, salaud ! La femme de Garry, hein ? Le gosse de Garry, pas vrai ?

Elle rejeta la tête en arrière et éclata d'un rire dément.

— Je vais te la dire, la vérité ! Ce n'est pas le gosse de Garry que j'ai dans mon ventre, c'est le tien ! Le tien !

Sean la lâcha brusquement, et recula.

— Ce n'est pas possible, murmura-t-il. Tu mens !

Elle s'avança vers lui.

— Tu ne te souviens pas de la nuit dans le chariot, avant que tu partes pour la guerre ? Tu ne te souviens pas, dis ?

Elle s'était calmée, et choisissait ses mots pour mieux le blesser.

— C'était il y a des mois, balbutia Sean en reculant encore. C'est impossible.

— Il y a trois mois et demi, dit-elle. Le bébé de Garry sera un peu en avance, tu ne crois pas ? Mais dans le fond, les prématurés, ça court les rues...

Anna continuait à parler sur le même ton égal, tout en frissonnant de la tête aux pieds. Son visage était affreusement pâle.

— Laisse-moi, dit Sean incapable de supporter plus longtemps cette scène. Laisse-moi seul. Il faut que je réfléchisse. Je ne savais pas...

Il passa devant elle et sortit. Elle entendit claquer la porte du bureau de Waite et resta seule, immobile au milieu de la pièce. Peu à peu, sa respiration se calma, et sa colère apaisée fit bientôt place à la haine. Elle sortit dans le couloir et se précipita dans sa chambre. Debout devant sa glace, elle se regarda.

— Je le déteste, firent ses lèvres dans le miroir.

Elle était encore toute pâle.

— Je lui enlèverai Garry, murmura-t-elle. Il est à moi maintenant, pas à lui...

Elle retira les épingles de sa tête et les jeta à terre. Ses longs cheveux dénoués tombèrent sur ses épaules. Elle les secoua et les emmêla, puis se mordit les lèvres jusqu'au sang.

— Mon Dieu, comme je le hais, comme je le hais ! fit-elle tout en maîtrisant la douleur.

Elle déchira le devant de sa robe, puis considéra sans émotion les bouts de ses seins que la grossesse, déjà, avait assombris. Elle enleva ses chaussures d'un coup de pied.

— Je le hais.

Elle se baissa pour plonger les mains sous sa jupe et ses jupons, détacha son pantalon, l'enleva, le déchira sur sa poitrine et le jeta près du lit. D'un revers de main, elle balaya le dessus de sa coiffeuse : un des pots se brisa sur le sol dans un jaillissement de poudre, et une forte odeur de parfum renversé emplit soudain la pièce.

Anna se jeta sur le lit et leva les genoux ; ses jupons se retroussèrent, blancs pétales dont ses jambes et son ventre étaient l'étamine.

A la tombée de la nuit, quelqu'un frappa doucement à la porte.

— Qu'y a-t-il ? demanda-t-elle.

— La N'kosikazi ne m'a pas dit ce qu'il fallait faire à dîner, fit la voix respectueuse du vieux Joseph.

— Pas de dîner ce soir. Vous pouvez partir, toi et les autres serviteurs.

— Très bien, N'kosikazi.

Lorsque Garrick entra, il faisait nuit noire. Il avait bu. Anna l'entendit trébucher en montant les marches du *stoep*.

— Hého ! fit-il d'une voix pâteuse. Y a personne ? Anna ! Anna ! Je suis rentré !

Le silence retomba un instant : il devait allumer une des lampes. Puis le bruit sourd de sa jambe de bois résonna dans le couloir, et de nouveau sa voix, teintée d'inquiétude :

— Anna, Anna, où es-tu ?

Il ouvrit la porte et resta sur le seuil, tenant la lampe à la main. Evitant la lumière. Anna se retourna sur le ventre, le visage enfoui dans l'oreiller, la tête dans les épaules. Elle l'entendit qui posait la lampe sur la coiffeuse, sentit ses mains rabattre ses jupes pour couvrir sa nudité. Alors elle ramena lentement son visage vers lui et lut dans ses yeux l'horreur et l'incompréhension.

— Ma chérie, Anna, ma chérie, que s'est-il passé ?

Il regardait, incrédule, ses lèvres sanglantes, ses seins dénudés. Hébété, il baissa la tête et aperçut les bouteilles brisées, le pantalon déchiré. Son visage se durcit.

— Es-tu blessée ?

Elle secoua la tête.

— Qui, qui a fait cela, dis-moi ?

Elle se détourna à nouveau et se cacha le visage dans l'oreiller.

— Ma chérie, ma pauvre chérie. Qui était-ce ? Un des domestiques ?

— Non, dit-elle d'une voix étranglée par la honte.

— Je t'en supplie, dis-moi, Anna. Qu'est-ce qui s'est passé ?

Elle s'assit brusquement et jeta les bras autour de son cou, et ses lèvres murmurèrent à son oreille :

— Tu le sais bien, Garry. Tu sais qui.

— Non, je te le jure, je ne le sais pas. Dis-le moi, je t'en supplie.

Elle aspira une longue goulée d'air, la retint un instant, puis souffla :

— C'est Sean !

Elle sentit le corps de Garrick se convulser entre ses bras, et l'entendit gémir comme si on l'avait frappé. Et puis il dit :

— Ça aussi. Maintenant, ça aussi !

Il se dégagea de son étreinte et l'allongea doucement sur les oreillers, puis alla droit à l'armoire, et prit dans l'un des tiroirs le pistolet d'ordonnance de Waite.

Il va tuer Sean, pensa-t-elle. Garrick sortit de la chambre sans se retourner. Elle écouta, les mains crispées sur ses flancs, tout son corps raidi dans l'attente. Lorsque le coup de feu retentit enfin, il lui parut étouffé, inoffensif.

Le corps d'Anna se relâcha, ses mains s'ouvrirent, et elle se mit à pleurer doucement.

30

GARRY se précipita dans le couloir. Le pistolet était lourd, la crosse rugueuse à ses doigts. Il y avait de la lumière sous la porte du bureau, au bout du couloir. Elle n'était pas fermée à clef. Garrick entra.

Sean était assis les coudes sur la table, la tête dans les mains. Il leva les yeux au bruit que fit Garrick. Sur sa joue, les marques laissées par les ongles d'Anna étaient noires de sang séché, et tout autour la peau était rouge et enflammée.

Sean regardait le pistolet dans la main de Garrick.

— Elle t'a dit.

Ce n'était pas une question qu'il posait : il constatait d'une voix inexpressive.

— Oui.

— J'aurais préféré qu'elle ne te dise rien, fit Sean. Qu'au moins cela te soit épargné.

— A moi ? demanda Garrick. Et elle donc ? As-tu seulement pensé à elle ?

Sean ne répondit pas. Il se contenta de hausser les épaules et de se renverser en arrière sur sa chaise, d'un air las.

— Enfin je comprends quel salaud tu es, fit Garrick d'une voix étranglée. Je suis venu pour te tuer.

— Je vois.

Sean regarda le canon monter lentement vers lui. Garrick tenait le pistolet à deux mains. Ses cheveux filasse pendaient sur son front.

— Mon pauvre Garry, fit doucement Sean.

Aussitôt le pistolet se mit à trembler, et le canon s'abaissa jusqu'à ce que Garrick, le tenant toujours à deux mains, le coinçât entre ses genoux. Alors il s'accroupit et se mit à sangloter, tout en se mordant les lèvres pour essayer de se dominer. Sean se leva et vint vers lui, mais Garrick recula contre le chambranle de la porte.

— Va-t'en ! hurla-t-il, ne me touche pas !

Il lui jeta le pistolet à la tête, et le tranchant du chien entailla le front de Sean. L'arme rebondit et heurta le mur. Le coup partit. La balle fit voler en éclats un panneau de bois.

— C'est fini entre nous, cria Garrick. C'est fini pour toujours !

Il se rua à tâtons vers la porte, se précipita en trébuchant dans le couloir, traversa les cuisines et sortit sous la pluie. Sa jambe de bois s'enfonçait dans la terre molle, et il tomba plusieurs fois, mais il se relevait toujours et repartait dans la nuit, sanglotant à chaque pas.

Enfin le *Baboon Stroom* grossi par les pluies lui barra la route, et il resta là, immobile, tandis que le crachin ruisselait sur son visage.

— Pourquoi moi ? Pourquoi toujours moi ?

Il criait sa douleur à la face de la nuit.

Soudain, une bouffée d'espoir lui vint, aussi violente que le torrent qui coulait à ses pieds : il perçut devant ses yeux le papillotement familier, et se sentit soudain entouré d'un brouillard gris et tiède. Il tomba à genoux dans la boue.

31

Sean emmenait très peu de chose avec lui : son sac de couchage, un fusil et un cheval de rechange. Dans l'obscurité, il se perdit deux fois, et ce fut sa monture qui retrouva son chemin. Il parvint enfin au kraal de Mbejane. Ce dernier avait construit sa hutte en forme de ruche bien à l'écart de celles des autres serviteurs, car il était Zoulou de sang royal.

Lorsque Sean arriva au kraal et appela Mbejane, il entendit remuer, puis une voix ensommeillée s'éleva, et Mbejane, drapé dans une couverture, sortit de sa case, une vieille lampe à pétrole à la main.

— Qu'y a-t-il, N'kosi ?

— Je m'en vais, Mbejane.

— Où cela ?

— N'importe où. Là où la route me conduira. Veux-tu venir ?

— Je vais chercher mes lances, dit Mbejane.

Lorsqu'ils arrivèrent à Ladyburg, le vieux Pye était encore dans son bureau. Il comptait les souverains [1] et les rangeait

1. Pièces d'or d'une valeur de 20 shillings, soit une livre sterling.

en petites piles précises. Ses mains caressaient les pièces d'or avec des gestes d'amant.

Quand Sean poussa la porte d'un coup d'épaule, les mains du vieux Pye plongèrent soudain dans le tiroir ouvert près de lui.

— Inutile, dit Sean.

Un peu gêné, Pye retira sa main.

— Sapristi ! Je ne t'avais pas reconnu, mon garçon !

Sean coupa court aux plaisanteries à venir.

— Combien ai-je à mon crédit ? demanda-t-il.

— La banque est fermée, sais-tu ?

— Ecoutez, monsieur Pye, je suis pressé. Combien me reste-t-il ?

Pye se leva et se dirigea vers le grand coffre-fort. Faisant écran avec son corps, il forma la combinaison et ouvrit la lourde porte, puis prit le grand livre qu'il posa sur son bureau.

— Carter — Cloete — Courteney, murmura-t-il en feuilletant les pages. Ah, voilà, Ada — Garrick — Sean. Voyons un peu. Mille deux cent quatre-vingt-seize livres, huit shillings, huit pence. Heu... moins la petite note du mois dernier au magasin, bien sûr.

— Disons douze cents livres, fit Sean. Je voudrais l'argent en liquide, tout de suite. Pendant que vous comptez, pouvez-vous me donner une plume et du papier ?

— Sers-toi, il y en a sur le bureau.

Sean s'installa au bureau, écarta les piles de souverains, trempa la plume dans l'encrier et se mit à écrire. Lorsqu'il eut fini, il leva les yeux vers le vieux Pye.

Pye prit le papier et le lut avec soin. La surprise décomposa ses traits.

— Tu donnes la moitié de ta part sur Theunis Kraal et tout le bétail au premier-né de ton frère ! explosa-t-il.

— C'est exact. Voulez-vous signer ?

— Tu es fou, protesta Pye. C'est une fortune que tu abandonnes là... Pense à ce que tu vas faire. Pense à ton avenir. J'avais espéré que... que toi et Audrey...

Il se tut un instant, puis reprit :

— Ne fais pas l'imbécile, petit.

— Signez, monsieur Pye.

Tout en grommelant entre ses dents, Pye obéit et apposa vivement sa signature.

— Merci.

Sean plia le document, et le glissa dans une enveloppe qu'il cacheta, puis fourra le tout dans sa veste.

— Où est l'argent ? demanda-t-il.

Pye poussa vers lui un sac de toile, d'un air dégoûté : il n'aimait pas avoir affaire à des imbéciles.

— Compte, dit-il.

— Je vous fais confiance, répondit Sean, et il lui signa son reçu.

Sean passa devant le marché à bestiaux et sortit de la ville par la route de Pietermaritzburg. Mbejane trottait près de lui, tirant le second cheval. Ils s'arrêtèrent au bord du plateau. Le vent avait chassé les nuages, et le ciel était étoilé. La ville s'étendait à leurs pieds ; çà et là, une fenêtre brillait encore.

J'aurais dû dire au revoir à Ada, pensa Sean. Son regard se posa vers Theunis Kraal. Tout était éteint.

Sean tâta la lettre dans la poche de sa veste.

— Je la posterai à Pietermaritzburg, dit-il tout haut.

— N'kosi ? demanda Mbejane.

— J'ai dit : « La route sera longue, partons ».

— Oui, approuva Mbejane. Partons.

DEUXIÈME PARTIE

LE WITWATERSRAND

1

De Pietermaritzburg, ils remontèrent vers le nord, et traversèrent de mornes étendues herbeuses. Le troisième jour, ils aperçurent le Drakensberg qui se découpait sur le ciel, déchiqueté et noir comme les dents d'un vieux requin.

Il faisait froid. Enveloppé dans son *kaross*[1], Mbejane suivait Sean à distance. Ils n'avaient pas échangé deux douzaines de mots depuis leur départ de Pietermaritzburg : Sean ruminait de sombres pensées, et Mbejane, discrètement, préférait se tenir à l'écart. Il n'en ressentait nulle rancune, car il savait bien qu'un homme qui vient de tout quitter, sa maison et ses bêtes, peut avoir quelque raison de broyer du noir. Mbjejane lui-même n'était pas gai : pour suivre Sean, il avait abandonné une femme bien grasse qui partageait son lit.

Mbejane déboucha la petite gourde qui lui servait de tabatière, prit une prise et renifla délicatement. Il leva la tête. Sous les derniers rayons du soleil couchant, la neige, là-haut, se teintait de rose. Bientôt, il faudrait s'arrêter pour camper. Mais peut-être au contraire continueraient-ils leur chemin sans s'arrêter... Qu'importait, après tout ?

Sean poursuivit sa route bien après la nuit tombée. Dans

1. Sorte de manteau en peau de bête porté par les chefs zoulous.

un repli de terrain, au fond d'une vallée, ils aperçurent enfin des lumières qui brillaient.

— Dundee, pensa Sean sans émotion.

Il ne pressa pas son cheval, mais le laissa continuer tranquillement vers la ville. Une odeur de fumée et de goudron, épaisse, poisseuse, montait de la mine. Ils arrivèrent dans la rue principale. Par ce froid, tout semblait désert. Sean n'avait pas l'intention de faire étape à Dundee ; il comptait simplement la traverser et aller établir son camp de l'autre côté de la ville. Pourtant, en passant devant l'hôtel, il hésita : des voix, des rires s'en échappaient. Il devait faire bien chaud à l'intérieur, et Sean se rendit soudain compte que ses doigts étaient gourds.

— Mbejane, prends mon cheval. Trouve-nous un endroit pour camper en dehors de la ville, et fais un grand feu pour que je puisse te repérer.

Sean sauta à terre et entra au bar. La salle était bondée de clients, des mineurs pour la plupart — leur peau était incrustée de poussière de charbon. Ils le regardèrent entrer avec indifférence. Sean alla au comptoir et commanda un cognac, qu'il but lentement, sans chercher à se mêler aux conversations bruyantes qui l'entouraient.

Il y avait près de lui un homme déjà passablement ivre — de petite taille, mais trapu, solide, carré, bâti comme la Montagne de la Table[1]. Pour passer son bras autour du cou de Sean, il dut se mettre sur la pointe des pieds. Il avait l'haleine aigre.

— Tu prends un verre avec moi, *Boetie*[2] ?

— Non, merci.

Sean ne se sentait pas d'humeur à discuter avec des ivrognes.

— Allons, viens, insista l'autre.

Il trébucha et renversa un peu du cognac de Sean sur le comptoir.

— Laisse-moi tranquille.

Sean écarta le bras de l'ivrogne d'un mouvement d'épaule.

— T'as quèqu'chose contre moi ?

— Non. Je préfère boire seul, c'est tout.

---

1. Montagne qui domine la ville du Cap.
2. Frère.

— T'aimes pas ma figure, peut-être ?

L'ivrogne avait son visage tout près de celui de Sean, et, de fait, Sean ne l'appréciait guère.

— Allons, sois raisonnable, fiche-moi la paix.

L'homme frappa le comptoir du plat de la main.

— Charlie, donne à boire à ce grand singe. Un double. Et s'il ne veut pas boire, je vais le lui faire avaler, moi !

Sean dédaigna le verre qu'on lui servit, finit le sien et se dirigea vers la porte. L'ivrogne lui jeta le cognac en pleine figure. L'alcool lui brûla les yeux.

Sean frappa l'homme au creux de l'estomac, puis, comme l'autre baissait la tête, il l'atteignit au visage. L'ivrogne tournoya et tomba sur le flanc. Il saignait du nez.

— Pourquoi tu l'as frappé ? demanda un autre mineur qui aidait l'homme à se relever.

— Ça ne coûte rien d'accepter un verre ! fit une voix.

Sean sentit grandir l'hostilité autour de lui : il était l'intrus.

— Ce gars-là, il cherche les ennuis !

— Il fait son malin, mais on va le dresser.

— Allez, virez-moi ce salaud-là !

Sean avait frappé l'ivrogne dans un réflexe de défense qu'il regrettait déjà. Mais, lorsqu'il vit les mineurs s'avancer vers lui, ses remords disparurent. Envolée aussi, sa mélancolie : il se sentait soudain soulagé d'un grand poids. C'était d'action qu'il avait besoin.

Six hommes marchaient vers lui. Six, c'était un nombre raisonnable. L'un d'eux tenait une bouteille à la main et Sean se mit à sourire. Ils parlaient fort pour se donner du courage, chacun attendant que l'autre prît l'initiative de l'attaque.

Du coin de l'œil, Sean vit quelqu'un bouger près de lui et se jeta en arrière, se protégeant de ses poings.

— Hé là, doucement ! fit une voix à l'accent très britannique. Je suis venu vous offrir mes services. Il semble que vous ayez plus d'adversaires qu'il n'est raisonnable.

Son interlocuteur s'était levé d'une des tables voisines. Il était très grand, le visage maigre et ravagé. Son costume gris était immaculé.

— Je les prends tous, répliqua Sean.

— Allons, allons, ce n'est pas de jeu ! dit le nouveau venu

en secouant la tête. Laissez-moi donc ces trois messieurs qui sont à gauche. Votre prix sera le mien.

— Je vous en donne deux en cadeau, pas un de plus !

Sean adressa un sourire à l'homme, qui sourit en retour. Tout au plaisir de faire connaissance, ils avaient presque oublié le groupe menaçant qui les entourait.

— Très chic de votre part. Puis-je me présenter ? Dufford Charleywood.

Il fit passer sa canne dans sa main gauche et tendit la droite à Sean.

— Sean Courteney.

Ils se serrèrent la main.

— Dites donc, vous deux, vous vous dégonflez ou quoi ? fit un des mineurs avec impatience.

— Pas du tout, pas du tout, cher ami, dit Duff.

Et il avança vers lui d'un pas léger, tout en faisant tournoyer sa canne. Toute mince qu'elle fût, elle frappa l'homme avec le bruit sec d'une batte de cricket bien maniée.

— Et il n'en resta plus que cinq[1] ! annonça Duff.

La canne lestée de plomb siffla dans l'air. Duff se fendit comme un escrimeur et frappa le second de ses adversaires à la gorge. L'homme s'effondra en émettant un gargouillement étranglé.

— Je vous laisse le reste, monsieur Courteney, fit Dufford Charleywood à regret.

Sean plongea brusquement, les bras étendus, et saisit d'un seul coup les quatre paires de jambes. Puis il s'assit sur l'amas de corps effondrés et se mit à distribuer coups de pied et coups de poing.

— Quel gâchis, quel gâchis ! murmura Duff d'un ton réprobateur.

Les cris et les coups s'espacèrent, puis le silence retomba. Sean se releva : sa lèvre saignait, et le revers de sa veste était déchiré.

— Vous prendrez bien quelque chose ? demanda Duff.

— Un cognac, s'il vous plaît.

Sean adressa un sourire à l'élégante silhouette accoudée au bar.

---

1. Allusion à la chanson des *Dix Petits Nègres,* dont un disparaît à chaque couplet.

— Ce soir, je ne refuserai plus quand on m'offrira à boire.

Ils portèrent les verres à la table de Duff, non sans être obligés d'enjamber les corps de leurs adversaires.

— A la bonne vôtre !

— Ça fait du bien par où ça passe...

Sans se soucier des opérations d'évacuation qui se déroulaient autour d'eux, ils s'observèrent avec intérêt.

— Vous voyagez ? demanda Duff.

— Oui. Et vous ?

— Hélas ! je n'ai pas cette chance ! Je suis employé de façon permanente à la Dundee Collieries Ltd.

— Vous travaillez ici ?

Sean n'en croyait pas ses oreilles, tant Duff paraissait un paon égaré au milieu d'un poulailler.

— Oui, approuva Duff d'un signe de tête. Ingénieur-adjoint. Mais plus pour longtemps : la poussière de charbon me colle au gosier.

— Je vous suggère de prendre quelque chose avec moi pour chasser cette désagréable impression.

— Votre idée est remarquable, fit Duff.

Sean alla chercher d'autres verres.

— De quel côté allez-vous ? demanda Duff.

— Quand je suis parti, répondit Sean avec un haussement d'épaule, j'étais tourné vers le nord, alors j'ai continué.

— De quel endroit venez-vous ?

— Du sud, répondit-il laconiquement.

— Pardon, fit Duff avec un sourire, je ne voulais pas être indiscret. Un autre cognac ?

Le barman sortit de derrière son comptoir et vint à leur table.

— Bonsoir, Charlie, dit Duff. Je suppose que vous allez réclamer le paiement des dégâts infligés à votre matériel et à votre mobilier ?

— Ne vous en faites pas pour ça, monsieur Charleywood. Ce n'est pas souvent que nous avons une bagarre de ce genre. Du moment que le spectacle en vaut la peine, on ne va pas regarder à une chaise ou deux. C'est la maison qui paie.

— C'est très aimable de votre part.

— Ce n'est pas pour ça que je suis venu vous trouver,

monsieur Charleywood. Je voudrais vous montrer quelque chose, à vous qui êtes un expert. Pouvez-vous m'accorder une minute, monsieur ?

— Venez, Sean. Voyons un peu ce que Charlie nous réserve. Je parierais que c'est une jolie femme.

— Non, monsieur, ce n'est pas ça, fit Charlie avec sérieux.

Il les conduisit dans l'arrière-salle et prit sur une des étagères un gros caillou qu'il tendit à Duff.

— Qu'est-ce que vous en pensez ? demanda-t-il.

Duff prit le caillou, le soupesa, puis l'examina avec attention. C'était une pierre hyaline, grisâtre, tachetée de blanc et de rouge sombre, et partagée en deux par une large bande noire.

— Une sorte de conglomérat, fit enfin Duff sans afficher le moindre enthousiasme. Où est le mystère ?

— C'est un de mes amis qui l'a ramené du Transvaal, la république de Krüger qui est de l'autre côté des montagnes. Il prétend que c'est du minerai aurifère. Ils sont tombés sur un filon dans un secteur qui s'appelle le Witwatersrand, tout près de Pretoria. Bien sûr je n'y crois qu'à moitié, parce que ce refrain-là, ça fait longtemps que je le connais : or et diamants, diamants et or.

Charlie se mit à rire et s'essuya les mains sur son tablier.

— En tout cas, mon ami m'a dit que les Boers vendaient des concessions à qui en voulait. Je me suis dit que peut-être vous voudriez bien jeter un coup d'œil.

— J'emporte cet échantillon, Charlie, et je le passerai à la batée demain matin. Ce soir, nous sommes ici pour boire.

2

Le lendemain matin, lorsque Sean ouvrit les yeux, le soleil entrait à flots par la fenêtre. Il referma bien vite les paupières et s'efforça de se rappeler où il était. Sa tête lui faisait mal, et il entendait un bruit étrange, une sorte de croassement rauque, régulier, comme un râle d'agonie.

Sean ouvrit les yeux et tourna lentement la tête : il y avait quelqu'un dans le lit qui se trouvait de l'autre côté de la pièce. Sean attrapa à tâtons une de ses bottes et la lança. Avec un grognement, la tête de Duff émergea, considéra Sean avec des yeux rouges comme un crépuscule d'hiver, puis replongea dans les profondeurs de ses couvertures.

— Ne beuglez pas trop fort, chuchota Sean, il y a un malade ici.

Beaucoup plus tard, un domestique apporta du café.

— Va dire au bureau que je suis malade, ordonna Duff.

— C'est déjà fait.

Le serviteur, de toute évidence, connaissait bien son maître. Il poursuivit :

— Il y a quelqu'un dehors qui veut voir l'autre N'kosi.

Il jeta un coup d'œil à Sean.

— Il a l'air très inquiet.

— C'est Mbejane. Dis-lui d'attendre, fit Sean.

Ils burent leur café en silence, assis sur le bord de leur lit.

— Comment suis-je arrivé ici? demanda Sean.

— Mon garçon, si vous-même n'en savez rien, ce n'est pas moi qui pourrai vous le dire.

Duff se leva et se mit en devoir de trouver des vêtements propres. Il était nu, et bien que son corps fût aussi mince que celui d'un jeune garçon, il était admirablement musclé.

— Bon sang, qu'est-ce que Charlie peut bien fourrer dans son cognac ? fit-il d'un ton plaintif en ramassant sa veste.

Il trouva le caillou dans sa poche et le jeta sur la caisse qui servait de table, puis le considéra d'un œil morne tout en finissant de s'habiller. Il se mit ensuite à farfouiller dans le capharnaüm bien digne d'un célibataire qui encombrait un des coins de la pièce, et parvint à en extraire un pilon et un mortier, ainsi qu'une vieille batée noirâtre toute bosselée.

— Je me sens très vieux ce matin, déclara-t-il.

Il réduisit la pierre en poudre dans le mortier et la versa dans la batée, puis alla au réservoir en tôle ondulée installé au-dehors, près de la porte d'entrée, et fit couler de l'eau dans le récipient.

Sean l'avait suivi. Ils s'assirent sur les marches du perron. Duff se mit à agiter la batée d'une main experte : le liquide tournoyait, et à chaque secousse il en passait un peu par-dessus bord. Duff remit de l'eau.

Sean le sentit soudain se raidir près de lui. Il le regarda. Duff était dégrisé ; les lèvres serrées, il fixait sur la batée ses yeux injectés de sang.

Sean baissa la tête : dans l'eau tourbillonnante luisaient de brefs reflets, comme l'éclat du ventre argenté de la truite qui va mordre à l'appât. Sean, surexcité sentit des picotements sur les bras, et ses cheveux se hérissèrent sur sa nuque.

Duff, vivement, remit de l'eau propre. Trois fois encore, il refit les mêmes gestes. Silencieux, immobiles, ils contemplèrent la traînée de poussière d'or qui s'arrondissait au fond de la batée.

— Combien avez-vous d'argent ? demanda Duff sans lever les yeux.

— Un peu plus de mille livres.

— Tant que ça ? Parfait. Moi, je ne peux guère réunir plus de cinq cents livres, mais j'apporte mon expérience de la mine. Associés à parts égales, ça vous va ?

— Oui.

— Alors qu'est-ce que nous attendons ? Je vais à la banque. Retrouvez-moi dans une demi-heure à la sortie de la ville.

— Et votre place d'ingénieur ? demanda Sean.

— Je déteste l'odeur du charbon. Au diable ma place !

— Et Charlie ?

— Charlie est un empoisonneur. Au diable Charlie !

3

CETTE nuit-là, ils campèrent à l'entrée de la passe, au pied même des montagnes. Ils avaient forcé l'allure tout l'après-midi, et les chevaux étaient fatigués — ils tournaient leur queue au vent, tondant de leur langue l'herbe sèche de l'hiver austral.

Mbejane édifia un foyer à l'abri d'un affleurement de pierre rouge, puis ils se groupèrent tout autour et firent du café. Malgré leurs efforts pour s'en protéger, le vent qui soufflait de la montagne les enveloppait de son souffle glacial et faisait jaillir des flammes des gerbes d'étincelles. Ils mangèrent. Puis Mbejane se pelotonna près du feu, tira son *kaross* sur tête et ne bougea plus jusqu'au matin.

— A quelle distance sommes-nous du Witwatersrand ? demanda Sean.

— Je n'en sais rien, avoua Duff. Demain, nous franchirons la passe. Il y a une zone montagneuse d'une centaine de kilomètres à traverser, après, c'est le *veld*. Il nous restera sans doute encore huit jours de route.

Sean emplit à nouveau les bols de café brûlant.

— Tout ça pour du vent, peut-être ?

— Je vous le dirai une fois là-bas, répondit Duff en prenant son bol dans ses paumes. Une chose est certaine :

cet échantillon était truffé d'or. S'il y en a beaucoup de ce calibre là-bas, c'est la fortune pour quelques-uns.

— Pour nous ?

— Je me suis déjà trouvé mêlé à une ruée vers l'or. Ce sont les premiers arrivés qui raflent tout. Si ça se trouve, on va peut-être tomber sur un coin aussi hérissé de panonceaux de concessions minières qu'il y a de piquants sur le dos d'un porc-épic !

Duff sirota bruyamment son café.

— Mais nous avons de l'argent, poursuivit-il, c'est ça notre atout. Si nous pouvons acheter une concession, nous aurons un capital pour l'exploiter. Si nous arrivons trop tard, nous pourrons toujours en trouver par l'intermédiaire des usuriers. Sinon, eh bien... il y a d'autres moyens de faire de l'or : une factorerie, un *saloon*, une entreprise de transport, nous avons le choix.

Duff, d'un geste sec, jeta le marc qui restait au fond de son bol.

— Avec de l'argent en poche, on est quelqu'un ; sans argent, on se fait piétiner par tout le monde, conclut Duff.

Il sortit de sa poche un long manille noir et l'offrit à Sean, qui refusa d'un signe de tête. Duff en coupa le bout avec ses dents et le cracha dans le feu, puis il alluma le cigare à l'aide d'un brandon et se mit à tirer dessus d'un air satisfait.

— Où avez-vous appris votre métier, Duff ?

— Au Canada.

Le vent emporta au loin la fumée du cigare.

— Vous avez beaucoup roulé votre bosse ?

— Et comment, mon vieux ! Brr, il fait vraiment trop froid pour dormir, alors causons. Pour une guinée, je vous raconte ma vie.

— Dites toujours, je verrai ensuite si ça vaut une guinée !

Sean remonta sa couverture au-dessus de ses épaules et attendit.

— Je vous fais confiance, dit Duff.

Il ménagea un silence pour créer un effet dramatique, puis commença ainsi :

— Je suis né il y a trente et un ans. J'étais le quatrième et plus jeune fils du seizième baron Roxby — je ne compte que ceux qui sont parvenus à l'âge de la puberté.

— Du sang bleu, alors, fit Sean.

— Bien sûr : vous n'avez pas vu mon nez ? Mais je vous prie de ne pas m'interrompre. De très bonne heure, mon père, le seizième baron Roxby, sut étouffer à coups de cravache les sentiments d'affection filiale que nous pouvions avoir pour lui. Comme Henri VIII, il aimait les enfants d'un point de vue purement abstrait. Nous évitions de nous trouver sur son chemin, et tout le monde était content. Une sorte de paix armée.

Ce cher père avait deux grandes passions : les chevaux et les femmes. Au cours des soixante-deux années de sa glorieuse existence, il sut amasser une assez jolie collection des uns et des autres. Ma cousine, une accorte donzelle de quinze printemps, autant qu'il m'en souvienne, fut le dernier objet de ses attentions. Il l'emmenait chaque jour faire une promenade à cheval et la pelotait outrageusement sous prétexte de l'aider à monter en selle ou à en descendre. C'est elle qui m'a raconté tout ça en se tordant de rire.

Cependant, le cheval de mon père, qui était une créature d'une louable moralité, mit fin à ces entreprises en envoyant ses sabots à la tête du seizième baron Roxby, probablement au cours d'une de ces scènes touchantes. Ce pauvre père ne fut désormais plus lui-même. En fait, le changement fut tel que deux jours plus tard, au milieu du lugubre tintement des cloches et du soupir de soulagement poussé par ses fils et par les voisins pourvus de filles pubères, on l'enterra.

Dufford se pencha en avant et se mit à attiser le feu.

— Tout cela est bien triste. Mes frères et moi, nous aurions pu dire à père que non seulement ma cousine était avenante, mais encore qu'elle tenait de famille des instincts sportifs qui étaient chez elle remarquablement développés. Après tout, nous étions bien placés pour le savoir. Nous étions cousins, et vous savez qu'entre cousins... Bref, père ne découvrit jamais la vérité, et j'avoue qu'aujourd'hui encore je me sens coupable — j'aurais dû le lui dire. Il en serait mort plus heureux... Est-ce que je vous ennuie ?

— Non, non, continuez. J'en ai déjà eu pour une bonne demi-guinée, ajouta Sean en riant.

— La mort inopinée de mon père n'apporta aucun changement miraculeux dans ma vie. En accédant au titre, le dix-septième baron, mon frère Tom, devint aussi pingre et aussi désagréable que père l'avait été. A dix-neuf ans, je me retrouvai avec une rente insuffisante pour me permettre de m'adonner aux occupations favorites de la famille. Je moisissais tout doucement dans un sinistre vieux château à soixante-dix kilomètres de Londres, et le développement de ma sensibilité était entravé par la fréquentation assidue de mes barbares de frères.

« Je partis donc, serrant dans ma paume fiévreuse un maigre pécule : trois mois d'avance sur ma pauvre pension. Les adieux de mes frères retentirent à mes oreilles. Le plus sentimental de tous me cria : « Surtout, ne te fatigue pas à nous écrire ! »

« Tout le monde allait au Canada. Cela me sembla une bonne idée, aussi y partis-je à mon tour. J'y ai gagné de l'argent et je l'ai dépensé ; j'y ai eu des femmes et je m'en suis lassé. Et, à la fin, c'est le froid qui m'a eu.

Le cigare de Duff s'était éteint. Il le ralluma et se tourna vers Sean.

— Il faisait si froid qu'on ne pouvait même pas uriner sans commencer à geler... Alors je me mis à rêver de pays tropicaux, de plages à sable blanc, de soleil, de fruits exotiques et de filles plus exotiques encore. Les circonstances précises qui me décidèrent finalement à partir sont de désagréables souvenirs, et je ne m'y étendrai pas. Le moins qu'on puisse dire, c'est que je n'étais pas en odeur de sainteté... Et voilà pourquoi je me trouve maintenant en train de geler sur pied au cœur de l'Afrique en compagnie d'un rustre fort barbu, et sans la moindre fille exotique à l'horizon...

— Une bien émouvante histoire, reconnut Sean, et superbement contée.

— Chacun son tour, fit Duff. Maintenant, c'est à vous de narrer votre triste odyssée.

Le sourire de Sean s'effaça.

— Né et élevé au Natal, dit-il brièvement. Parti de chez moi il y a une semaine, également à la suite de pénibles circonstances.

— Une femme ? demanda Duff plein de compassion.

— Une femme, reconnut Sean.

— Ah, les garces ! soupira Duff. Comme je les aime !

4

La route montait vers la passe et s'enfonçait en serpentant au cœur du Drakensberg, si encaissée entre les parois abruptes de la montagne que les voyageurs ne virent le soleil que pendant quelques heures vers le milieu de la journée. Et puis, peu à peu, le paysage devint moins accidenté, et ils débouchèrent bientôt en rase campagne.

C'était bien le mot juste, car le plateau du *veld* s'étendait sous leurs yeux, immense et vide, jusqu'à l'horizon. Mais il en aurait fallu davantage pour émousser l'ardeur des deux hommes, dont la surexcitation croissait à chaque pas. Enfin, ils aperçurent pour la première fois le nom magique qui les avait attirés jusque-là. Un écriteau aussi isolé qu'un épouvantail au milieu d'une terre labourée indiquait : « Pretoria » à droite, « Witwatersrand » à gauche.

— *Witwatersrand*, la Chaîne des Eaux Blanches, murmura Sean. Cela sonne bien, non ? Cela tinte comme des millions de pièces d'or...

— Nous ne sommes pas les premiers, grommela Duff.

La route de gauche, en effet, était creusée de nombreuses et profondes ornières.

— On s'occupera de ça plus tard, dit Sean, pris à son

tour par la fièvre de l'or. Si ces bourrins ont encore quelque chose dans le ventre, c'est le moment d'en profiter.

Là-bas, à l'horizon, une ligne sinueuse dessinait au-dessus de la platitude du *veld* la silhouette d'une chaîne de collines semblable aux centaines d'autres qu'ils avaient rencontrées.

Lorsqu'ils en eurent escaladé les contreforts, ils contemplèrent le paysage qui s'étendait à leurs pieds. Deux lignes de collines couraient parallèlement, à quelque six ou sept kilomètres l'une de l'autre. Dans la vallée peu profonde qu'elles encadraient au nord et au sud, le soleil faisait étinceler les étangs marécageux qui donnaient leur nom à la région.

— Regardez-moi ça, grogna Sean.

Ce n'étaient partout que tentes et chariots. Concentrées dans l'axe de la vallée, les tranchées de prospection tailladaient l'herbe de leurs blessures toutes fraîches.

— C'est la direction générale du filon, fit Duff, et nous arrivons trop tard. Tout est déjà piqueté !

— Qu'est-ce qui vous fait dire ça ? protesta Sean.

— Ouvrez les yeux, mon vieux ! Il ne reste rien.

— Il y a peut-être des filons qui leur ont échappé.

— Rien n'échappe à ces gens-là. Venez, vous allez voir.

Duff éperonna son cheval. Tout en descendant vers le fond de la vallée, il lança à Sean, par-dessus son épaule :

— Regardez là-bas, près du torrent ! Ils ne perdent pas de temps : un moulin, un moulin à quatre bocards, si je ne m'abuse.

Ils passèrent près d'un des campements. Les femmes s'affairaient près des feux, et les odeurs de cuisine firent venir l'eau à la bouche de Sean. Il y avait aussi des hommes, assis entre les chariots, qui attendaient l'heure du souper.

— Je vais demander à ces gens ce qui se passe ici, dit Sean.

Il sauta à terre et tendit les rênes à Mbejane. Avec un sourire narquois, Duff suivit du regard Sean qui essaya à trois reprises d'engager la conversation. Mais chacun de ses interlocuteurs détournait les yeux, grommelait vaguement quelque chose et s'éloignait. Sean finit par renoncer et revint vers les chevaux.

— Qu'est-ce qui leur prend ? demanda-t-il plaintivement. Je ne suis pourtant pas contagieux !

Duff eut un petit rire.

— Ce sont eux qui le sont : ils ont la fièvre de l'or, et vous êtes à leurs yeux un rival en puissance. Vous pourriez crever de soif, personne ne vous donnerait une goutte d'eau, de peur que vous n'ayez encore la force de ramper jusqu'à un filon qu'ils n'auraient pas remarqué.

Il se calma.

— Nous perdons notre temps. Il nous reste une heure avant le coucher du soleil. Allons nous rendre compte par nous-mêmes.

Ils s'approchèrent de la zone fouillée par les prospecteurs. Les hommes creusaient des tranchées à coups de pelle et de pioche. Les uns étaient maigres, secs, d'aspect rude, entourés d'une douzaine d'indigènes qui travaillaient avec eux ; les autres avaient encore cette mauvaise graisse des employés de bureau : le visage et les bras rougis par le soleil, ils transpiraient à grosses gouttes, et leurs paumes couvertes d'ampoules leur faisaient grincer les dents de souffrance. Tous accueillirent Sean et Duff avec la même hostilité soupçonneuse.

Les deux amis remontèrent lentement vers le nord. Tous les cent mètres, avec une régularité désespérante, un poteau se dressait au-dessus d'un *cairn* de grosses pierres, et le lambeau de toile qui y était cloué portait en gros caractères maladroits le nom du propriétaire et le numéro de son permis d'exploitation.

Beaucoup de ces concessions étaient encore intactes, pourtant. Duff descendit de cheval et se mit à fouiller dans l'herbe, ramassant des fragments de roche et les examinant avant de les rejeter l'un après l'autre. Puis ils se remirent en route, découragés et las. La nuit venue, ils campèrent au flanc de la colline battue par les vents. Pendant que le café se préparait, ils bavardèrent.

— Nous arrivons trop tard, grogna Sean à l'adresse du feu.

— Nous avons de l'argent, mon garçon, rappelez-vous bien cela ! La plupart de ces gens que nous avons vus sont fauchés — ils n'ont rien à se mettre sous la dent, ils ne vivent plus que d'espoir. Regardez-les, regardez leur visage, vous y verrez naître le découragement. Il faut des capitaux pour exploiter un filon, avec l'outillage nécessaire, les salaires à payer, les canalisations à poser, les chariots pour transporter le minerai — sans parler du temps.

— Qu'importe l'argent si on n'a pas de concession ? fit Sean qui remâchait son amertume.

— Gardez confiance, mon vieux. Vous avez remarqué tous ces terrains inexploités ? Ils appartiennent à des spéculateurs, et je suis persuadé qu'ils sont à vendre. D'ici quelques semaines, vous allez voir la situation se clarifier...

— J'ai envie de m'en aller. Je ne m'attendais pas à une chose pareille.

— Vous êtes fatigué. Dormez, et demain nous verrons jusqu'où va ce filon. Alors seulement nous pourrons tirer des plans.

Duff alluma un de ses cigares favoris et se mit à fumer. A la lueur dansante du feu de bois, son visage maigre évoquait celui d'un Peau-Rouge.

Ils gardèrent longtemps le silence, et puis Sean parla à nouveau.

— Qu'est-ce que c'est que ce bruit ?

Quelque part dans le noir résonnait un battement, lancinant comme un tam-tam

— Vous ne tarderez pas à vous y habituer, dit Duff, pour peu que vous restiez ici quelque temps. Ce sont les bocards de ce moulin que nous avons aperçu tout à l'heure. Nous passerons devant demain.

Avant même que le soleil ne fût levé, ils repartirent, et découvrirent le moulin aux lueurs incertaines de l'aube : noir et laid, il se dressait au flanc de la colline, menaçant comme un monstre surgi du *Quichotte*. Il broyait la roche avec un martèlement sourd, grinçait et gémissait en crachant vers le ciel des panaches de vapeur.

— Je n'aurais jamais cru qu'il était si grand, dit Sean.

— Oh oui, c'est grand, reconnut Duff, et ça a dû coûter quelque chose. N'importe qui ne peut pas se payer un pareil engin !

Des hommes travaillaient alentour : les uns alimentaient le moulin en roches, les autres s'affairaient près des tables de cuivre où se déversaient les résidus broyés qui contenaient peut-être un peu du métal précieux. Un des hommes s'avança vers Sean et Duff pour les accueillir avec l'affabilité habituelle.

— Vous êtes sur une propriété privée ici, et on n'aime pas les rôdeurs. Alors déguerpissez !

C'était un petit homme vif au visage rond, coiffé d'un melon qui lui venait jusqu'aux oreilles. Sa moustache se hérissait comme celle d'un fox-terrier qui a trouvé une piste.

— Dis donc, François, espèce de sale petit morveux, si tu continues à me parler sur ce ton, je te tords le cou !

Le petit homme, éberlué, cligna des paupières et s'approcha de Duff.

— Qui êtes-vous ? Je ne vous reconnais pas !

Duff rejeta son chapeau en arrière pour que l'homme pût voir son visage.

— Duff ! s'écria l'homme avec ravissement. C'est ce vieux Duff !

Duff sauta à terre, et le petit homme se précipita vers lui pour lui serrer chaleureusement les mains. Sean observa avec amusement la scène des retrouvailles. Quand le petit Afrikander se fut un peu calmé, Duff le poussa vers Sean pour faire les présentations.

— Sean, voici François du Toit. C'est un vieil ami à moi, que j'ai connu dans le temps aux mines de diamants de Kimberley.

François salua Sean, puis entonna un nouvel hymne à la joie.

— *Gott*, ça me fait plaisir de te revoir, sacré vieux Duff !

Il assenait des bourrades amicales dans le dos de Duff, en dépit du subtil jeu de jambes de ce dernier qui cherchait à esquiver les coups. Ce ne fut qu'au bout de quelques minutes de cet exercice que François put recouvrer suffisamment ses esprits et former une phrase cohérente.

— Ecoute, mon vieux Duff, j'étais juste en train de nettoyer les tables d'amalgame. Toi et ton ami, vous allez vous installer dans ma tente en m'attendant. J'en ai pour une demi-heure, pas plus. Demandez à mon domestique qu'il vous prépare à manger... *Gott*, ça me fait plaisir de te revoir, vieux !

— Un de vos anciens admirateurs ? demanda Sean.

Duff se mit à rire.

— Nous nous sommes connus aux mines de Kimberley. J'ai eu l'occasion de lui rendre un service, une fois : je l'ai retiré d'une galerie où il avait eu les deux jambes cassées par un éboulement. C'est un brave type, et c'est une chance inouïe de l'avoir rencontré. Il pourra mieux que n'importe qui nous renseigner sur ce gisement.

Bien avant que la demi-heure annoncée ne fût écoulée, François pénétra sous la tente, et, pendant tout le *breakfast*, Sean se contenta d'écouter la conversation ponctuée de « Tu te rappelles... ? » et de « Et Untel, qu'est-ce qu'il est devenu ? »

Et puis, une fois les assiettes vidées et les bols remplis, Duff demanda :

— Et qu'est-ce que tu fabriques par ici, Franz ? Elle t'appartient, cette concession ?

— Non, je travaille toujours pour la Société.

— Non ? Pour Hradsky, ce fils de pute ?

Duff feignait l'affolement.

— Mais, mais c'est té-té-terrible !

— Tais-toi, Duff, fit François qui semblait nerveux. Tu veux donc me faire perdre ma place ?

Duff se tourna vers Sean, sentant qu'une explication était nécessaire.

— Norman Hradsky et Dieu sont égaux, mais dans cette région du globe c'est Hradsky qui donne les ordres et Dieu qui obéit.

— Tais-toi donc, Duff.

François paraissait profondément choqué, mais Duff poursuivit, imperturbable :

— L'organisation par l'intermédiaire de laquelle Hradsky exerce ses pouvoirs divins est connue sous un nom que l'on ne prononce que respectueusement et à voix basse : la Société. En fait, le titre intégral et redondant, c'est la Société Minière et Foncière Sud-Africaine. Vous voyez le topo ?

Sean approuva en souriant, et Duff ajouta comme après réflexion :

— C'est un salaud et il bégaie.

C'en était trop pour François, qui se pencha vers Duff et lui saisit le bras.

— Je t'en prie, vieux, tais-toi. Mon serviteur comprend l'anglais.

— Alors, comme ça la Société est venue fourrer son nez par ici, hein ? Eh bien, dis donc, ça doit être un morceau..., mumura Duff d'un ton rêveur.

François, soulagé du tour que prenait la conversation, emboîta le pas avec plus d'allégresse.

— Tu parles ! s'exclama-t-il. Tu verras, les mines de diamants, à côté, ça aura l'air d'une vente de charité !

— Raconte-moi tout, fit Duff.

— Eh bien, le filon, on l'appelle le *Rotten Reef*, ou bien la *Banquette*, ou encore le filon d'Heidelberg. Mais en fait, il n'y en a pas qu'un, mais trois plus ou moins parallèles.

— Et tous les trois sont riches en or ?

Duff avait posé la question avec vivacité. François secoua la tête. Ses yeux jetaient des lueurs : dès qu'il s'agissait de parler de mines, il était heureux.

— Non. Le filon supérieur, on peut le laisser de côté, il ne contient guère que des traces de métal. Le filon principal, par contre, il a près de deux mètres d'épaisseur par endroits, et il y a de quoi faire, mais c'est inégal.

François posa les coudes sur la table. Dans sa surexcitation, son accent *afrikaans* revenait, plus accentué.

— C'est celui d'en bas qui est le meilleur. Nous autres, on l'appelle le Filon Maître. Il n'a que quelques dizaines de centimètres d'épaisseur et il disparaît ici ou là, mais il est riche. Truffé d'or comme des raisins dans un cake, mon vieux Duff, moi je te le dis ! Il faut le voir pour le croire...

— Moi, je te crois sans le voir, répondit Duff. Et maintenant, dis-moi comment faire pour avoir une concession sur ce Filon Maître.

François, immédiatement, parut se figer, et la lueur qui voltigeait dans ses yeux s'éteignit brusquement.

— C'est fini tout ça, dit-il, soudain sur la défensive. Toutes les concessions sont vendues, vous arrivez trop tard.

— Ah ! c'est donc ça, fit Duff.

Un silence pesa. François s'agitait sur son tabouret ; visiblement mal à l'aise, il mordillait ses moustaches, et buvait en regardant d'un air sombre le fond de son bol. Duff et Sean attendaient tranquillement. De toute évidence, le pauvre François était tiraillé entre deux exigences contraires, et il ne pouvait céder à l'une sans trahir l'autre.

Il ouvrit la bouche, mais la referma sans avoir rien dit, et se contenta de souffler sur son café, d'où s'éleva un nuagelet de vapeur.

— As-tu de l'argent ? demanda-t-il soudain avec une surprenante violence.

— Oui, répondit Duff.

— M. Hradsky est allé au Cap pour chercher de l'argent. Il a une liste de cent quarante concessions qu'il compte acheter à son retour.

François s'interrompit et prit un air coupable.

— Si je te dis ça, c'est seulement parce que tu m'as sauvé la vie.

— Oui, je sais, dit doucement Duff Charleywood.

François inspira bruyamment et reprit :

— En tête de liste se trouvent des terrains appartenant à une femme, et je crois bien que ce sont les meilleurs du lot.

— Oui ? fit Duff d'un ton encourageant.

— Cette femme a ouvert un restaurant à trois kilomètres d'ici, au bord du Natal. Elle s'appelle Mme Rautenbach. Sa cuisine est bonne, vous pourriez y aller déjeuner.

— Merci, François.

— Je te devais bien ça, dit le petit homme d'un ton bourru.

Mais sa bonne humeur reprit vite le dessus.

— Elle te plaira, Duff, gloussa-t-il. C'est quelqu'un, cette femme-là !

Sean et Duff allèrent donc déjeuner chez Mme Rautenbach. L'hôtel était une bâtisse dont l'ossature de bois était recouverte de tôle ondulée. Au-dessus de la véranda, un écriteau annonçait, en lettres rouges et or : « Hôtel Candy. Cuisine de premier ordre. Lavabos gratuits. Les ivrognes et les chevaux ne sont pas admis. Propriétaire : Mme Candella Rautenbach. »

Sean et Duff se débarbouillèrent dans la cuvette en émail placée sous la véranda, se séchèrent à l'aide de la serviette mise gracieusement à la disposition des clients et se donnèrent un coup de peigne devant le miroir de l'entrée.

— De quoi ai-je l'air ? demanda Duff.

— D'un séducteur, répondit Sean. Du moins à l'œil, car pour ce qui est de l'odeur... Il y a longtemps que vous n'avez pas pris de bain ?

La salle à manger était bondée, mais ils finirent par découvrir une table libre contre le mur du fond. Il faisait chaud, cela sentait le tabac et le chou. Des hommes barbus et sales riaient, criaient, ou bien mangeaient silencieusement, l'air affamé.

Sean et Duff s'installèrent, et une serveuse noire s'avança.

— Oui ? demanda-t-elle.

Sa robe était trempée de sueur sous les aisselles.

— Pouvons-nous avoir le menu ?

La fille regarda Duff d'un air quelque peu amusé.

— Aujourd'hui, il y a du steak avec de la purée, et du pudding pour finir.

— Ça ira très bien, approuva Duff.

— Si ça n'allait pas, ce serait pareil, conclut la serveuse qui s'éloigna en direction des cuisines.

— Service remarquable ! s'enthousiasma Duff. Il nous reste à espérer que la cuisine et la patronne soient à la hauteur.

La viande était ferme mais savoureuse, et le café avait du goût. Ils dégustèrent en connaisseurs. Sean, qui était assis face aux cuisines, resta soudain la fourchette en l'air. Le silence se fit dans la salle.

— La voilà, dit Sean.

Candy Rautenbach était une grande et solide blonde dont la peau claire et sans défaut semblait avoir été épargnée par le soleil. Elle était bien en chair, par-devant comme par-derrière. Elle le savait, et elle savait aussi que tous les yeux étaient à cet instant rivés sur ses appâts. De la louche qu'elle tenait, elle menaça la première main qui s'aventura à proximité de ses fesses généreuses. La main se retira. Candy sourit gentiment et se mit à circuler parmi les tables, s'arrêtant ici ou là pour bavarder avec les clients. De toute évidence, ces hommes solitaires ne venaient pas ici uniquement pour manger, mais aussi pour le plaisir de la voir et de lui parler. Ils la regardaient goulûment, souriant béatement lorsqu'elle venait leur dire quelques mots.

Quand elle parvint à leur table, Sean et Duff se levèrent respectueusement. Candy en tressaillit de surprise.

— Asseyez-vous, je vous en prie.

L'hommage l'avait touchée.

— Vous êtes nouveaux par ici ?

— Nous sommes arrivés hier, fit Duff en lui décochant un sourire, mais ici j'ai déjà l'impression d'être un peu chez moi...

— D'où êtes-vous ?

Candy les regardait avec un intérêt qui n'était peut-être pas uniquement professionnel.

— Nous arrivons du Natal. Voici M. Courteney, qui cherche de nouveaux investissements pour ses capitaux et s'intéresse à ces gisements miniers dont on parle.

Sean réussit à refermer à temps sa bouche qui commençait à béer de surprise, et à prendre l'attitude légèrement distante qui convenait à un gros financier.

— Quant à moi, poursuivit Duff, je m'appelle Charleywood, et je suis le conseiller technique de M. Courteney.

— Enchantée, dit la jeune femme. Je m'appelle Candy Rautenbach.

Elle était visiblement impressionnée.

— Voudriez-vous nous faire l'honneur de vous joindre à nous, madame Rautenbach ?

Duff lui tendait une chaise. Candy hésita.

— J'ai encore à faire aux cuisines. Il faut que je les surveille, vous savez... Tout à l'heure, peut-être.

Lorsque la jeune femme se fut éloignée, Sean, admiratif, se pencha vers Duff.

— Vous mentez toujours avec autant d'aplomb ? demanda-t-il.

— Je n'ai rien dit de faux ! protesta Duff.

— Non, mais vous avez une façon de dire la vérité ! Comment diable vais-je bien pouvoir jouer le rôle que vous m'avez attribué ?

— Ne vous en faites pas, tout s'apprend. Prenez l'air intelligent, et ne dites rien... A propos, que pensez-vous de Candy ?

— Succulente, répondit Sean.

— Un morceau de roi, vraiment, renchérit Duff.

Lorsque Candy revint, Duff s'arrangea pour maintenir la conversation dans les généralités, au moins pendant un temps. Mais Candy se mit à poser des questions fort pertinentes, et il parut tout de suite évident que ses connaissances en géologie et en exploitation minière étaient nettement au-dessus de la moyenne. Duff lui en fit la remarque.

— Oui. Mon mari était du métier, et j'ai appris beaucoup de choses grâce à lui.

Elle fouilla dans une des poches de sa jupe à pois blancs

et bleus, en tira une poignée d'échantillons de roches et les posa devant Duff.

— Pouvez-vous m'identifier ces différents spécimens ? demanda-t-elle.

Elle le mettait à l'épreuve, nettement, sans détours.

— Kimberlite. Ophite. Feldspath.

Duff écarta les pierres d'un revers de main. Candy se détendit visiblement.

— Il se trouve, dit-elle, que je possède un certain nombre de terrains le long du filon d'Heidelberg. M. Courteney aimerait peut-être les voir. Mais en fait, j'ai déjà engagé des pourparlers avec la Société Minière et Foncière Sud-Africaine, qui s'y intéresse vivement.

Sean plaça son mot, et il porta.

— Ah oui, fit-il en approuvant d'un air doctoral. Ce bon vieux Norman !

Candy fut très impressionnée : peu de gens pouvaient se permettre d'appeler M. Hradsky par son prénom.

— Demain matin, cela vous conviendrait-il ? demanda-t-elle.

5

Cet après-midi-là, les deux amis achetèrent une tente à un pauvre bougre qui avait abandonné sa place aux Chemins de Fer du Natal pour entreprendre le pèlerinage au Witwatersrand, et qui, ayant perdu toutes ses illusions, avait besoin d'argent pour rentrer au pays.

Ils plantèrent la tente au voisinage de l'hôtel, et descendirent jusqu'au bord de la rivière pour prendre un bain dont le besoin se faisait sentir depuis longtemps. Le soir, ils fêtèrent leur arrivée en liquidant la demi-bouteille de cognac que Duff sortit de sa sacoche de selle, et le lendemain matin Candy les emmena jusqu'à ses concessions. Elle en avait vingt soigneusement piquetées le long de la Banquette, et elle les conduisit en un lieu où le filon affleurait.

— Je vais vous laisser maintenant. Jetez-y un coup d'œil, et si cela vous intéresse, nous pourrons toujours en parler après. Moi, il faut que je rentre, j'ai une centaine de bouches à nourrir.

Duff escorta Candy jusqu'à son cheval. Il lui offrit son bras, car le sol était inégal, et l'aida à monter en selle d'une manière qu'il avait dû emprunter au seizième baron Roxby, son père. Il la regarda s'éloigner, puis revint vers Sean. Il était aux anges.

— Glissez, mortel, n'appuyez pas, car ce que vous foulez aux pieds, monsieur Courteney, c'est notre fortune !

Ils arpentèrent le terrain en tous sens. Duff tournait et retournait inlassablement, et Sean le suivait comme un toutou. Ils examinèrent les écriteaux fixés aux limites de la concession, remplirent leurs poches de morceaux de roches et retournèrent à leur tente. Duff alla chercher son mortier, son pilon et sa batée, et ils descendirent au bord du Natal, où ils passèrent tout l'après-midi à broyer la roche et à la laver. Lorsque le dernier échantillon eut été examiné, Duff rendit son jugement.

— Eh bien, il y a de l'or. C'est exploitable. Oh, bien sûr, pas autant que dans le fragment que nous avons eu entre les mains à Dundee, mais celui-là, ça devait être une pièce rare en provenance du Filon Maître !

Il se tut et regarda Sean d'un air grave.

— Je pense que ça vaut le coup d'essayer. S'il y a un Filon Maître, on le trouvera, et en attendant, on pourra toujours exploiter le filon principal ; on n'y perdra pas.

Sean ramassa un caillou et le jeta dans la rivière. Il connaissait pour la première fois les alternatives d'espoir et de découragement que donne la fièvre de l'or : une exaltation insensée, et, l'instant d'après, les affres du désespoir. Les petites paillettes jaunes au fond de la batée lui avaient paru pitoyables.

— Supposons que vous ayez raison, et que nous puissions convaincre Candy de nous vendre sa concession. Et après ? Ce moulin à bocards que nous avons vu me paraît une machine horriblement compliquée, et je doute qu'on puisse en acheter un dans une factorerie des environs.

Duff lui envoya une bourrade et eut un sourire en coin.

— Ne vous en faites pas, Tonton Duff est là qui veille ! Candy vendra sa concession. Je n'ai qu'à la toucher pour qu'elle se mette à trembler : dans deux ou trois jours elle viendra manger dans ma main. Quant au moulin... Lorsque je suis arrivé dans ce pays, j'ai fait la connaissance d'un riche fermier du Cap, qui avait toute sa vie nourri l'ambition de posséder une mine d'or. Avec son infaillible instinct de vigneron, il fit choix d'un endroit idéal selon lui pour une telle mine. Il me chargea de l'exploiter pour son compte, acheta un moulin du modèle le plus récent et le plus coûteux, et se prépara à inonder d'or le marché mondial. Au bout de six mois, nous avions traité d'immenses quantités de quartz, de schiste et de terre, et récolté assez d'or pour remplir l'oreille d'une souris sans en toucher les bords. C'est alors que l'enthousiasme de mon patron se refroidit singulièrement ; il se priva donc de mes inestimables services et ferma boutique. Je partis pour les mines de diamants, mais à ma connaissance le fameux moulin est toujours là-bas, et je crois qu'avec deux cents livres on en verrait la farce.

Duff se leva, et tous deux se dirigèrent vers la tente.

— Cependant, procédons par ordre. Etes-vous d'accord pour que je poursuive les négociations avec Mme Rautenbach ?

— Je suppose.

Sean se sentait à nouveau plus optimiste.

— Mais êtes-vous bien sûr, poursuivit-il, que votre intérêt pour Mme Rautenbach soit strictement professionnel ?

Duff parut choqué.

— Ne croyez pas une seconde que j'aie d'autre but que de travailler au succès de notre commune entreprise. Vous ne pensez tout de même pas que mes appétits bestiaux puissent entrer en ligne de compte dans ce que j'ai l'intention de faire ?

— Non, bien sûr que non, assura Sean. J'espère simplement que vous aurez assez de force d'âme pour surmonter l'épreuve.

Duff se mit à rire.

— Puisque nous abordons la question, je crois qu'il serait bon que vous ayez quelques maux d'estomac et que vous regagniez votre lit. A partir de maintenant, et jusqu'à ce que l'accord soit conclu, votre charme juvénile ne sera pas d'un grand poids dans la balance. Je vais donc dire à Candy que vous m'avez donné tous pouvoirs pour agir en votre nom.

Duff donna un coup de peigne à ses boucles, mit les vêtements que Mbejane avait lavés à son intention et disparut en direction de l'Hôtel Candy. Le temps passa lentement pour Sean ; il bavarda avec Mbejane, but un peu de café et se retira sous la tente. A la lueur de la lampe-tempête, il essaya de lire un des livres de Duff, mais il n'arrivait pas à se concentrer. Son esprit ne cessait de vagabonder et de rêver à des cheveux blonds. Lorsqu'on gratta soudain à la porte de toile, Sean bondit, avec le vague et fol espoir que Candy se fût décidée à venir traiter l'affaire directement avec lui. Hélas ! ce n'était que la serveuse noire de l'hôtel, et ses cheveux crépus étaient l'antithèse même de son rêve.

— Madame est au regret d'apprendre que vous êtes malade, et elle vous fait dire de prendre deux cuillerées de ceci, dit la fille en tendant à Sean une bouteille d'huile de ricin.

— Dis à ta maîtresse que je la remercie.

Sean prit le flacon et se prépara à rentrer sous sa tente.

— Madame m'a dit de rester pour vérifier que vous en preniez bien deux cuillerées — il faut que je lui rapporte la bouteille pour la lui montrer.

Sean sentit son estomac se contracter. Il regarda la fille plantée résolument devant lui, et décidée à s'acquitter de sa mission. Il songea au pauvre Duff qui faisait son devoir... Il ne pouvait pas faire moins. Les yeux fermés, il avala le liquide gluant et retourna à sa lecture. Il dormit mal, se réveillant souvent pour trouver le lit voisin toujours vide. A deux heures et demie du matin, l'effet de la purge commença à se faire sentir, et il dut sortir dans le froid. Mbejane était pelotonné près du feu, et Sean le regarda d'un œil mauvais : son ronflement régulier et satisfait lui semblait une véritable provocation. Là-haut, vers le sommet des collines, un chacal jappa douloureusement, et son cri semblait exprimer les sentiments de Sean lui-même, dont les fesses nues étaient fouettées par le vent.

Duff rentra aux premières lueurs de l'aube. Sean était parfaitement éveillé.

— Eh bien, que s'est-il passé ? demanda-t-il.

Duff bâilla.

— Il y a eu un moment où j'ai vraiment douté d'être vraiment un homme. Heureusement, tout s'est finalement déroulé à la satisfaction générale. Mais quelle femme !

Il ôta sa chemise, et Sean aperçut les égratignures qui lui zébraient le dos.

— Vous a-t-elle aussi donné de l'huile de ricin ? demanda-t-il d'un ton amer.

— Oh, je suis désolé pour cette histoire, fit Duff en souriant d'un air de grande sympathie. J'ai essayé de l'en dissuader, vraiment. Mais c'est une personne extrêmement maternelle, et fort soucieuse de votre santé.

— Vous n'avez toujours pas répondu à ma question. Qu'avez-vous décidé pour la concession ?

— Oh, ça ?

Duff remonta les couvertures jusqu'à son menton.

— Tout a été réglé dès le début. On lui versera dix livres par parcelle pour obtenir l'option, avec possibilité d'acheter le tout dans les deux ans qui suivent pour la somme de dix mille livres. Nous avons mis cela au point pendant le dîner. La suite n'a été qu'une façon comme une autre de toper pour sceller notre accord. Demain après-midi — cet après-midi, plutôt —, vous et moi nous irons à Pretoria pour faire préparer les papiers par un homme de loi. En attendant, je vais faire un somme. Réveillez-moi pour déjeuner. Bonne nuit, mon garçon.

Duff et Sean ramenèrent l'acte de cession le lendemain soir. C'était un imposant document de quatre pages rempli d'« attendu que » et de « parties contractantes ». Candy les fit entrer dans sa chambre, et ils attendirent, un peu inquiets, tandis qu'elle lisait et relisait le document.

Elle leva enfin la tête et dit :

— Tout semble en règle. Seulement voilà...

Le cœur de Sean lui manqua, et le sourire de Duff lui-même se mit à ressembler à une grimace. Tout avait été trop beau jusqu'à présent...

Candy hésita, et Sean s'aperçut avec étonnement qu'elle rougissait. C'était surprenant et encourageant à la fois, et les deux amis respirèrent plus librement.

— Je voudrais que la mine porte mon nom, dit enfin Candy.

Ils en crièrent presque de soulagement.

— Bonne idée ! Vive la mine Rautenbach !

Elle secoua négativement la tête.

— J'aimerais mieux ne pas mêler à tout cela le souvenir de mon mari, dit-elle. Oublions-le.

— Très bien. Qu'est-ce que vous diriez alors de la Fosse Candy ? C'est peut-être un peu prématuré étant donné qu'on en est encore au niveau du sol, mais un peu d'optimisme n'a jamais fait de mal à personne.

— Merveilleux ! cria Candy enthousiaste, et rougissant encore, mais de plaisir cette fois.

Elle apposa sa signature au bas du document, tandis que

Sean faisait sauter le bouchon de la bouteille de champagne que Duff avait achetée à Pretoria. Ils trinquèrent, et Duff porta un toast :

— A Candy, et à la Fosse Candy — que l'une s'élève dans le monde et que l'autre s'enfonce dans la terre à mesure que les jours passeront !

6

Le lendemain matin, tandis que les deux hommes prenaient leur petit déjeuner devant la tente, Duff dit à Sean :

— Nous aurons besoin de main-d'œuvre, au moins dix indigènes pour commencer. Ce sera à vous de résoudre ce problème.

Sean approuva d'un signe de tête, mais attendit pour répondre d'avoir avalé son bacon.

— Je vais tout de suite charger Mbejane du recrutement. Il nous trouvera des Zoulous, soyez sans crainte, même s'il doit nous les ramener sous la menace de sa sagaie !

— Fort bien. Pendant ce temps, nous pourrons retourner à Pretoria pour acheter l'équipement de première nécessité : pioches, pelles, dynamite et tout le saint-frusquin.

Duff s'essuya la bouche et remplit sa tasse de café.

— Je vous montrerai comment pratiquer la découverte et entasser le minerai en haldes. Nous choisirons un emplacement pour le moulin, et ensuite je vous laisserai vous débrouiller tout seul pendant que j'irai au Cap voir mon ami le fermier. Si Dieu et le temps le permettent, nous aurons le second moulin à bocards de toute la contrée.

Ils ramenèrent leurs achats de Pretoria dans un petit char à bœufs. Mbejane n'avait pas perdu son temps : une douzaine de Zoulous prêts à l'inspection étaient alignés devant la tente sous sa garde vigilante. Il était heureux et frétillant comme un chien de berger. Sean passa les hommes en revue, s'arrêtant devant chacun d'eux pour lui demander son nom et plaisanter avec lui dans sa propre langue. Il parvint ainsi au dernier de la rangée.

— Comment t'appelles-tu ?

— Mon nom est Hlubi, N'kosi.

Sean montra du doigt le ventre de Hlubi, qui débordait généreusement de son pagne.

— Si tu viens travailler pour moi, ta grossesse sera brève.

Tous éclatèrent de rire, ravis de la plaisanterie. Sean leur sourit gentiment : peuple fier et simple, grand et fort, totalement désarmé devant une plaisanterie bien sentie. Soudain, sa mémoire lui restitua l'image d'une colline du Zoulouland, un champ de bataille, les mouches grouillant dans un corps éventré. Il effaça vivement ce souvenir de son esprit.

— Alors, d'accord ? cria-t-il pour couvrir leurs rires. Six pence par jour, bien nourris. Voulez-vous signer un engagement avec moi ?

Ils approuvèrent tous en chœur et grimpèrent à l'arrière du char. Tout au long du chemin qui menait à la Fosse Candy, ils bavardèrent et rirent comme des enfants partant à un pique-nique.

Il fallut encore une semaine à Duff pour apprendre à Sean comment utiliser la dynamite, comment creuser les premières tranchées et préparer l'installation du moulin et de la halde. Ils transportèrent leur tente près de la mine et travaillèrent au rythme de douze heures par jour. Le soir, ils allaient faire un solide repas à l'Hôtel Candy, et puis Sean revenait seul. Il était si fatigué lorsque tombait la nuit qu'il enviait à peine Duff de partager le lit de Candy. Par contre, il admirait sans réserve son ami pour ses ressources apparemment inépuisables. Chaque matin, il guettait chez Duff des signes de fatigue, mais en vain : si le visage était toujours aussi maigre et osseux, les yeux restaient clairs, et l'habituel petit sourire en coin gardait la même jovialité.

— Je n'arrive pas à comprendre comment vous faites, ça me dépasse ! lui dit Sean, le jour où ils terminèrent de préparer l'emplacement du moulin.

Duff lui adressa un clin d'œil.

— Des années d'entraînement, mon cher ! Mais, entre nous, le voyage au Cap sera un repos pour moi...

— Quand partez-vous ? demanda Sean.

— En toute franchise, je crois que chaque jour que je passe ici augmente les risques de voir quelqu'un nous devancer. Le matériel minier va faire prime désormais. D'autre part, vous commencez à bien vous débrouiller... Alors, qu'est-ce que vous en dites ?

— Je n'étais pas loin d'avoir la même opinion, répondit Sean.

Ils rentrèrent à la tente et s'installèrent dans leurs fauteuils pliants. De l'endroit où ils se trouvaient, ils pouvaient apercevoir toute la vallée. Une semaine plus tôt, il y avait deux douzaines de chariots campés près de l'Hôtel Candy, mais maintenant ils étaient plus de deux cents, et huit ou neuf autres campements s'éparpillaient dans la vallée, dont certains plus importants encore. Peu à peu, des bâtisses de bois et de tôle remplaçaient les tentes de toile, et tout le *veld* était sillonné de routes de terre où chariots et cavaliers allaient et venaient sans but apparent.

L'agitation perpétuelle, les nuages de poussière soulevés par les bêtes et les gens, les explosions de dynamite le long de la Banquette — tout cela contribuait à créer une atmosphère de surexcitation et d'attente fiévreuse qui baignait la vallée tout entière.

— Je partirai demain à l'aube, annonça Duff. Dix jours de cheval jusqu'à Colesberg, le terminus du chemin de fer, et quatre jours de train jusqu'au Cap. Avec un peu de chance, je serai de retour avant deux mois.

Il se tourna sur sa chaise et regarda Sean bien en face.

— Avec les deux cents livres que j'ai versées à Candy et ce que j'ai dépensé à Pretoria, il ne me reste plus que cent cinquante livres. Une fois là-bas, il me faudra payer le moulin — trois ou quatre cents livres —, et puis louer vingt ou trente chariots pour le ramener ici en pièces détachées. En tout, disons huit cents livres pour être au large.

Sean le regarda. Il ne connaissait cet homme que depuis quelques semaines. Huit cents livres, c'était ce qu'un homme gagnait en moyenne en trois ans. L'Afrique était vaste, il était facile de disparaître à jamais. Sean détacha sa ceinture, la posa sur la table et ouvrit sa bourse.

— Aide-moi à compter, dit-il.

— Merci, fit Duff.

Il ne songeait pas aux huit cents livres en disant cela, mais à ce tutoiement soudain, à cette confiance totale demandée et accordée avec la même spontanéité : les dernières réserves qui pouvaient encore entacher leur amitié disparurent du même coup.

7

Une fois Duff parti, Sean et ses hommes travaillèrent d'arrache-pied. Ils dégagèrent le filon des morts-terrains sur toute la longueur de la concession de Candy, puis firent sauter la roche et commencèrent à entasser les déblais du tir à proximité de l'emplacement du futur moulin. Au rythme de douze heures de travail par jour, la halde ne tarda pas à prendre des dimensions imposantes. Il n'y avait toujours pas trace du Filon Maître, mais Sean n'avait guère le temps de s'en soucier. Le soir, il s'effondrait sur son lit, recru de fatigue, pour recommencer à l'aube une nouvelle journée de labeur.

Le dimanche, il allait retrouver François dans sa tente, et là, ils parlaient mine et médecine. François possédait un coffre rempli de spécialités pharmaceutiques, ainsi qu'un gros volume intitulé *La Médecine chez soi.* Sa santé était son violon d'Ingres, et il se soignait simultanément pour trois affections différentes, dont la plus importante était le diabète. Les pages de *La Médecine chez soi* qui traitaient de cette dernière maladie étaient chiffonnées et crasseuses à force d'avoir été feuilletées par ses doigts sales. François était capable de réciter par cœur les symptômes du diabète, et il les avait tous. Une autre de ses maladies favorites était la tuberculose osseuse : le mal se déplaçait avec une rapidité alarmante, n'abandonnant la hanche que pour attaquer le poignet une semaine plus tard. Malgré sa santé défaillante, François était un expert en technique minière, et Sean exploitait ses connaissances sans la moindre vergogne. Le diabète de François ne l'empêchait pas de vider une bouteille de cognac en compagnie de Sean, le dimanche soir.

Sean préférait se tenir à l'écart de l'Hôtel Candy : les cheveux blonds et la peau de pêche de la patronne étaient une tentation à laquelle il lui aurait été difficile de résister. Ce n'était pas le moment de détruire par quelque liaison inconsidérée l'amitié toute nouvelle qui l'unissait à Duff : une expérience lui suffisait. C'est pourquoi il usait son trop-plein d'énergie dans les tranchées de la Fosse Candy.

Chaque matin, il assignait à ses Zoulous une tâche nouvelle, toujours un petit peu plus importante que la veille. Les hommes travaillaient en chantant, et il était bien rare que la tâche ne fût pas terminée à la tombée de la nuit. Les jours passaient rapidement, les semaines s'ajoutaient aux semaines. Sean finit par imaginer que Duff était en train de faire la noce au Cap avec ses huit cents livres. Un soir, il partit à cheval vers le sud et parcourut ainsi des kilomètres, s'arrêtant pour interroger tous ceux qu'il rencontrait. Finalement, il dut faire demi-tour et rentra à la mine. Il alla droit à l'une des cantines et chercha la bagarre. Il tomba sur un grand Allemand blond qui voulut bien lui rendre ce service. Ils sortirent dans la nuit froide et se battirent sous le ciel étoilé, au milieu d'un cercle de spectateurs enthousiastes. Au bout d'une heure, ils rentrèrent, serrèrent leurs mains sanglantes et burent ensemble à l'amitié, après quoi Sean rentra à la Fosse Candy, ses démons provisoirement exorcisés.

Le lendemain, dans l'après-midi, Sean travaillait à la limite nord de la concession. Dans ce secteur, on avait dû creuser à cinq mètres de profondeur pour garder le contact avec le filon. Sean venait de procéder au marquage des trous de mine pour le prochain tir, et les Zoulous, autour de lui, prenaient une prise ou crachaient dans leurs mains avant de s'attaquer à nouveau à la roche.

— Dites donc, bande de fumistes, c'est comme ça qu'on travaille ? Vous tenez une réunion syndicale, ou quoi ?

La voix familière venait d'en haut.

Sean se hissa tant bien que mal jusqu'au bord de la tranchée et étreignit Duff avec violence. Son ami avait maigri, ses joues étaient envahies de barbe, et ses cheveux ondulés disparaissaient sous une couche de poussière blanche. Lorsque l'émotion des retrouvailles se fut un peu dissipée, Sean demanda :

— Bon, et où est-il, ce petit cadeau que tu devais me rapporter ?

Duff se mit à rire.

— Pas loin d'ici, dans les vingt-cinq chariots qui me suivent.

— Tu l'as, alors ? rugit Sean.

— Eh bien, et comment que je l'ai ! Viens voir, je vais te montrer.

Le convoi s'étirait dans le *veld* sur plus de six kilomètres, et la plupart des attelages avaient été doublés pour pouvoir tirer l'énorme poids de toute cette machinerie. Duff désigna du doigt un énorme cylindre zébré de rouille qui emplissait totalement l'un des chariots de tête.

— Cette chaudière, c'est ma croix ! Sept tonnes de ferraille la plus entêtée, la plus vindicative. la plus diabolique qui existe au monde ! Depuis qu'on a quitté Colesberg, si elle n'a pas brisé l'essieu du chariot une douzaine de fois, c'est qu'elle ne l'a pas fait une ! Sans compter que cette fichue chaudière nous a fait capoter à deux reprises, dont une au beau milieu d'une rivière.

A cheval, les deux amis remontèrent la longue file des chariots.

— Grand Dieu ! murmura Sean en secouant la tête comme s'il n'était pas encore convaincu. Je n'aurais jamais cru que cela pouvait être aussi encombrant ! Es-tu sûr de savoir remonter toutes les pièces ?

— Fais confiance à l'oncle Duff. Bien sûr, il va y avoir du travail : tout ça est resté à l'abandon pendant plus de deux ans, et c'est passablement rouillé. Mais grâce à une utilisation rationnelle de graisse, de peinture et de petites cellules grises Charleywood, la Fosse Candy, dans un mois, crachera de l'or par tous les pores !

Duff s'interrompit et fit un signe de la main à un cavalier qui arrivait.

— Je te présente l'entrepreneur de roulage, Frikkie Malan. M. Courteney, mon associé.

L'homme s'arrêta près d'eux et les salua, puis s'essuya le visage d'un revers de manche.

— *Gott*, monsieur Charleywood, j'aime autant vous dire que je n'ai jamais autant mérité l'argent que je gagne. Je n'ai rien contre vous, notez bien, mais, bon sang, je ne suis pas fâché de voir la fin de cette balade !

8

DUFF se trompait : il fallut plus d'un mois. La rouille avait déjà attaqué profondément certaines pièces, et chaque boulon qu'ils dévissaient était rongé par ce cancer. Leurs journées de douze heures, ils les consacrèrent à frotter et à gratter, à limer et à graisser, déchirant leurs doigts aux arêtes de l'acier, et faisant éclater leurs paumes boursouflées d'ampoules.

Et puis un jour, comme par miracle, tout fut terminé. Au bord de la Fosse Candy, les pièces du moulin, toutes pleines de graisse et fleurant bon la peinture fraîche, n'attendaient plus que le moment d'être assemblées.

— Combien de temps nous a-t-il fallu ? demanda Duff.

— Des siècles, apparemment.

— Pas plus ? fit Duff feignant l'étonnement. En ce cas, je t'annonce deux jours de congé — que je vais consacrer à la méditation.

— Médite à ton aise, mon vieux. Moi, je vais faire la bringue !

— Dans le fond, l'idée n'est pas mauvaise. Allons-y !

Ils commencèrent par aller chez Candy, mais elle les fit jeter dehors après la troisième bagarre. Il leur restait encore une douzaine de lieux où ils pouvaient boire, et ils les essayèrent tous. D'autres qu'eux festoyaient également, car la veille, le vieux président Krüger avait reconnu officiellement l'existence des champs aurifères. La seule conséquence, c'était, en fait, que désormais les versements pour obtenir des autorisations d'exploitation tomberaient, non plus dans les poches des fermiers, mais dans les caisses de l'Etat. Cependant personne ne s'en souciait, sauf peut-être les fermiers. Seulement c'était une excellente occasion de faire la noce, et les cantines étaient bourrées d'hommes qui buvaient, suaient et juraient. Duff et Sean se joignirent à eux.

Les tables de *Crown and Anchor*[1] étaient prises d'assaut, et les hommes qui se pressaient autour étaient les nouveaux habitants du Witwatersrand : prospecteurs nus jusqu'à la ceinture, dont la poitrine était couverte d'une croûte de poussière ; colporteurs aux vêtements criards et à la voix plus criarde encore, qui proposaient n'importe quoi, depuis la dynamite jusqu'aux remèdes contre la dysenterie ; un évangéliste vendant le salut à bon compte ; des joueurs habiles à vider les poches ; des messieurs qui s'efforçaient d'éviter les giclées de jus de chique pleuvant sur leurs bottes ; de petits jeunes gens à peine envolés du nid et qui n'aspiraient qu'à y retourner ; Boers enfin, barbus et vêtus de toile grise, buvant peu mais observant beaucoup, de leur regard impénétrable, les envahisseurs de leur pays. Et puis il y avait tous les autres, employés et fermiers, chenapans et pourvoyeurs, écoutant avec avidité ces hommes dont l'unique sujet de conversation était l'or...

Dans l'après-midi du second jour, Martha, la serveuse noire de l'Hôtel Candy, découvrit Duff dans une hutte de pisé baptisée *Taverne de l'Ange flamboyant.* Duff était en train d'exécuter un numéro inédit avec une chaise, tandis que Sean et la cinquantaine de clients qui emplissaient la cabane battaient la mesure sur le comptoir avec des verres et des bouteilles vides.

Martha se fraya un chemin vers Sean, non sans distribuer au passage quelques taloches à ceux qui essayaient de glisser

1. Jeu qui se pratique avec trois dés, dont les points sont remplacés par des symboles : trèfle, carreau, cœur, pique, *couronne et ancre,* d'où le nom.

la main sous ses jupes, et pousser des cris aigus lorsque quelqu'un réussissait à lui pincer les fesses. Elle parvint enfin près de Sean. Elle était hors d'haleine.

— Madame demande que vous veniez tout de suite, hoqueta-t-elle. Il y a du grabuge.

Elle repartit courageusement malgré les assauts qui fusaient de toutes parts. Quelqu'un réussit à lui soulever sa robe par-derrière, et l'assistance découvrit avec un rugissement de satisfaction qu'elle ne portait rien sous ses jupons.

Duff dansait toujours avec sa chaise. Il était si absorbé que Sean dut littéralement le soulever de terre et le porter au-dehors pour lui fourrer la tête dans l'abreuvoir. Alors Duff reprit conscience des réalités.

— Pourquoi as-tu fait ça, nom de Dieu ? bredouilla-t-il.

Et il lança un crochet du gauche à la face de Sean, lequel esquiva, puis saisit son ami à bras-le-corps pour l'empêcher de tomber à la renverse.

— Candy veut nous voir tout de suite. Il paraît qu'il y a du grabuge.

Duff réfléchit pendant quelques instants, le front plissé par la concentration, puis, rejetant la tête en arrière, il se mit à chanter sur l'air de « Londres brûle » :

Candy nous veut, Candy nous veut,
Nous on n'veut pas de Candy,
On veut du brandy.

Il se dégagea de l'étreinte de Sean et voulut retourner au bar, mais Sean le rattrapa et le remit dans le droit chemin.

Candy était dans sa chambre. Elle leva les yeux vers eux et les contempla : ils se tenaient par le bras et oscillaient de-ci de-là sur le seuil.

— Alors, demanda-t-elle doucement, vous vous êtes bien amusés, bande d'ivrognes ?

Duff grommela quelque chose et, en voulant remettre de l'ordre dans ses vêtements se mit à danser une gigue involontaire. Sean s'efforça de le maintenir en équilibre.

— Qu'est-ce que vous avez à l'œil ? lui demanda Candy.

Sean se mit à palper tendrement son œil enflé, qui

prenait des colorations bleutées. Mais Candy, sans attendre la réponse, poursuivit de la même voix tranquille :

— Ecoutez-moi, tous les deux. Si vous voulez rester propriétaires de votre mine, mes cocos, vous auriez intérêt à vous dessoûler, et vite.

Ils la regardèrent soudain avec des grands yeux. Sean prit la parole posément, mais les mots étaient indistincts.

— Hé, qu'est-ce qui se passe ?

— Il y a que les mineurs des camps volants vont vous piquer vos concessions, voilà ce qui se passe. La proclamation de Krüger leur fournit l'occasion qu'ils attendaient. Il y en a une centaine qui ont formé un syndicat ; ils affirment que les anciens titres de propriété n'ont plus de valeur légale. Ils vont arracher les piquets et mettre les leurs à la place.

Duff se dirigea d'un pas relativement ferme vers la table de toilette près du lit de Candy, s'aspergea le visage et s'essuya avec vigueur.

— Merci, chérie, dit-il en se baissant pour l'embrasser.

— Duff, sois prudent ! cria-t-elle, tandis qu'ils s'éloignaient.

— Voyons si nous pouvons recruter quelques mercenaires, suggéra Sean.

— Bonne idée. Il nous faudrait des gars pas trop soûls. Il doit y en avoir quelques-uns dans la salle à manger de l'hôtel.

En revenant à la mine, ils firent un détour et s'arrêtèrent à la tente de François. Il faisait déjà nuit, et le petit homme sortit en chemise de nuit toute fraîche repassée. Ses sourcils se soulevèrent lorsqu'il aperçut les cinq hommes armés jusqu'aux dents qui accompagnaient Duff et Sean.

— Vous allez à la chasse ? demanda-t-il.

Duff lui conta brièvement l'affaire. Avant même qu'il eût terminé, François était déjà agité de soubresauts.

— Me voler ma concession, les salauds !

Il se précipita sous la tente et en ressortit, tenant un fusil de chasse à canons jumelés.

— On va voir, les gars, on va voir un peu de quoi ils auront l'air quand ils seront truffés de chevrotines !

— Ecoutez-moi, François, cria Sean pour le calmer. On ne sait pas par quelle concession ils vont commencer, alors tenez-vous prêt avec vos gars, et si vous entendez des coups de feu, venez nous donner un coup de main. On vous rendra la pareille en cas de besoin.

— *Ja, ja,* d'accord. Ah, les salauds !

François s'éloigna pour battre le rappel de ses hommes, sa chemise de nuit voletant autour de ses jambes.

Mbejane et les autres Zoulous préparaient le repas du soir, accroupis autour de la marmite. Sean vint à eux.

— Allez chercher vos lances, leur dit-il.

Ils se ruèrent vers leurs huttes et revinrent presque aussitôt se grouper autour de lui.

— Où est-ce qu'on se bat, N'kosi ? demandèrent-ils, oubliant leur repas.

— Venez, je vous montrerai.

Ils disposèrent les mercenaires parmi les pièces du moulin : ainsi, ils pourraient surveiller la piste qui conduisait à la mine. Ils dissimulèrent les Zoulous dans une des tranchées de prospection. Au cas où la bataille dégénérerait en corps à corps, le syndicat aurait des surprises. Duff et Sean redescendirent un peu plus bas au flanc de la colline pour vérifier que leurs hommes étaient bien cachés.

— Quelle quantité de dynamite avons-nous ? demanda pensivement Sean.

Duff le regarda fixement pendant un instant, puis eut un sourire.

— Suffisamment, je pense. Tu es plein d'excellentes idées, ce soir.

Duff en tête, ils allèrent à la baraque qui leur servait d'entrepôt.

Quelques centaines de mètres plus bas, ils enterrèrent au beau milieu de la piste une pleine caisse d'explosifs, et placèrent dessus une vieille boîte de conserves pour repérer l'endroit. De retour à la baraque, ils passèrent une heure à fabriquer, avec des paquets de bâtons de dynamite, des grenades munies d'un détonateur et d'une très courte mèche. Puis ils se pelotonnèrent dans leurs manteaux en peau de mouton et attendirent, le fusil sur les genoux.

De leur poste, ils pouvaient apercevoir, disséminés dans la vallée, les lumières des campements. De temps à autre, un chant s'élevait des cantines, mais, sous le clair de lune, la route qui montait à la mine demeurait déserte. Sean et

Duff étaient assis côte à côte, le dos appuyé à la chaudière repeinte à neuf.

— Je me demande comment Candy a appris tout ça ? fit Sean.

— Elle sait tout. Son hôtel est au centre des champs aurifères et ce qui s'y raconte ne tombe jamais dans l'oreille d'une sourde...

Ils se turent un instant puis Sean reprit :

— C'est une sacrée fille, cette Candy !

— Oui, reconnut Duff.

— Est-ce que tu vas l'épouser ?

— Grand Dieu !

Duff se raidit comme si quelqu'un l'avait frappé d'un coup de couteau.

— Tu es fou, mon vieux, ou alors, si c'était une plaisanterie, je la trouve de fort mauvais goût !

— Hé, mais elle t'a dans la peau, et si je comprends bien tu es favorablement disposé à son égard !

Sean était soulagé de la violente réaction de Duff. Il était jaloux, mais pas de la femme.

— Oui, bien sûr, nous avons un point commun, je ne le nie pas, mais... le mariage !

Duff frissonna légèrement, et ce n'était pas de froid.

— Seul un imbécile commet deux fois la même erreur.

Sean, surpris, se tourna vers son ami.

— Tu as déjà été marié ?

— Oui, avec une furie, mi-espagnole, mi-norvégienne : une espèce de mélange détonant, flammes froides et glace brûlante.

Duff prit un ton rêveur.

— Maintenant, le souvenir s'en est suffisamment estompé pour que je puisse y repenser avec un brin de mélancolie.

— Qu'est-ce qui s'est passé ?

— Je l'ai quittée.

— Pourquoi ?

— Il n'y avait que deux choses que nous faisions bien ensemble, et l'une c'était se battre. En fermant les yeux, je revois sa moue adorable, et ses lèvres qui s'approchaient de mon oreille pour me susurrer un mot particulièrement grossier. Et après ça, hop, on allait au plumard se réconcilier !

— Peut-être es-tu mal tombé. Si on regarde autour de soi, il y a des tas de couples heureux.

— Cite-m'en un ! lança Duff.

Le silence s'appesantit : Sean réfléchissait.

Duff poursuivit :

— Il n'y a qu'une raison valable pour se marier : les gosses.

— Et puis une femme, c'est une compagnie, ajouta Sean. En voilà une autre bonne raison !

— Une compagnie ? répéta Duff incrédule. Autant dire que l'ail est un parfum ! Mais les femmes sont incapables d'être des compagnes, des amies. Elles apprennent cela de leurs mères, qui sont des femmes après tout. Comment être l'ami d'un être qui soupçonne le moindre de vos actes en le pesant sur la balance «il m'aime - il ne m'aime pas» ?

Duff secoua la tête d'un air malheureux.

— Comment une amitié peut-elle vivre lorsqu'on doit la nourrir toutes les heures de déclarations d'amour ? Le catéchisme du mariage : « M'aimes-tu, chéri ? » — « Oui, bien sûr que je t'aime, mon trésor! ». Et il faut dire cela à chaque fois d'un ton convaincu, sinon ce sont des larmes !

Sean eut un petit rire.

— Ah oui, c'est drôle, fit Duff d'un air lugubre. C'est très drôle tant qu'on n'est pas dans le coup. As-tu jamais essayé de parler à une femme d'autre chose que d'amour ? Tout ce qui t'intéresse la laisse de glace. Ça fait un choc, la première fois : on parle d'un sujet sérieux, et puis tout d'un coup on s'aperçoit qu'elle pense à autre chose, parce qu'il y a dans ses yeux une petite lueur un peu trop fixe. Elle est en train de se demander s'il faut inviter Mme Van Den Hum, ou bien quelle robe elle va mettre ce soir-là. Alors tu t'interromps. Autre faute ! C'est un signe, et le mariage est plein de signes que seule une femme peut comprendre.

— Je ne cherche pas à défendre les femmes, Duff, mais tu ne crois pas que tu es un peu injuste de les juger d'après ta seule expérience ?

— Prends-en une au hasard, passe-lui l'alliance au doigt, et c'est fini. D'abord tu pénètres dans son petit corps doux et chaud, et ça c'est très agréable; et puis après elle essaie de te faire pénétrer dans sa petite âme douce et chaude, et alors c'est beaucoup moins drôle ! Une femme ne partage pas, elle possède, elle étouffe, elle dévore. Les relations entre les deux sexes sont sans intérêt, parce qu'elles sont toujours identiques dans leur évolution. La nature l'a voulu ainsi : il s'agit de perpétuer l'espèce, bon ! Mais le résultat, c'est que tout couple, même Roméo et Juliette, même Bonaparte et Joséphine, en arrive toujours à ceci : l'accomplissement en commun d'une simple fonction biologique, et c'est une si petite chose, une expérience si brève et si banale ! Et cela mis à part, que reste-t-il ? Des êtres qui pensent différemment, sentent différemment et ont des intérêts différents. C'est ça que tu appelles l'amitié ?

— Certes non, mais le tableau est-il exact? Est-ce là tout ce qui peut rapprocher l'homme et la femme ?

— Tu verras. Dans sa préoccupation suprême : la reproduction de l'espèce, la nature a placé en l'homme des barrières. Elle l'a vacciné contre les conseils et l'expérience de ses congénères. Quand l'heure aura sonné pour toi, tu monteras à l'échafaud le sourire aux lèvres.

— Tu m'effraies.

— Moi, c'est l'effarante monotonie du scénario qui m'accable : l'histoire se répète éternellement.

Duff s'agita, puis se cala à nouveau, le dos contre la chaudière.

— Ce qu'il y a d'intéressant dans les relations humaines, ce sont celles où le sexe, ce niveleur, n'a pas de rôle à jouer — frères, ennemis, patron et domestique, père et fils, homme et homme.

— L'homosexualité?

— Mais non, car cela, ce n'est jamais qu'une variante des relations homme-femme. Non, je parle d'une amitié, une vraie. Lorsqu'un homme choisit son ami, il le fait librement, sans y être poussé par quelque impulsion irraisonnée. Chaque amitié est différente, elle se termine différemment... ou dure toute la vie. Aucune chaîne ne la lie, aucun contrat écrit ou rituel. Il n'est pas question de délaisser le reste du monde, et on peut n'en jamais parler — se taire et en goûter tout le charme, simplement...

Duff se mit debout avec quelque raideur.

— L'amitié, c'est une des choses agréables de la vie. Quelle heure est-il ?

Sean tira sa montre et l'orienta de façon que le clair de lune éclairât le cadran.

— Minuit passé. Peut-être ne viendront-ils pas...

— Ils viendront : il y a de l'or ici, ils viendront. Autre impulsion irraisonnée... La question est de savoir quand.

Une à une, les lampes s'éteignirent dans la vallée. La mélopée que les Zoulous avaient entonnée dans la tranchée se tut. Un petit vent froid se leva, faisant onduler l'herbe, près de la Fosse Candy. Duff et Sean attendirent toute la nuit, tantôt somnolant un peu, tantôt bavardant pour se tenir éveillés.

Le ciel pâlit, puis prit de jolis tons roses. Là-bas, du côté d'Hospital Hill, un chien se mit à aboyer, et un autre lui répondit. Sean se leva, s'étira, et jeta un coup d'œil vers la vallée du côté de Ferrieras Camp. C'est alors qu'il les aperçut : un solide parti de cavaliers avançait sur la route sans soulever de poussière, car la terre était humide de rosée. Les hommes se déployèrent pour traverser le Natal, puis se regroupèrent sur l'autre rive.

— Monsieur Charleywood, nous avons de la visite.

Duff se dressa d'un bond.

— Peut-être vont-ils nous éviter et continuer vers le *Jack and Whistle*...

— On verra ça quand ils arriveront à la fourche. En attendant, préparons-nous. Mbejane !

La tête du Zoulou émergea de la tranchée.

— N'kosi ?

— Vous êtes tous éveillés ? Les voilà qui arrivent.

Le visage noir se fendit d'un sourire éclatant.

— Nous sommes éveillés.

— Bon, alors cachez-vous, et ne vous montrez que lorsque j'en donnerai l'ordre !

Les cinq mercenaires étaient à plat ventre dans l'herbe, et chacun avait à portée de la main le paquet de cartouches qu'il venait d'ouvrir. Sean revint en hâte près de Duff, et ils s'accroupirent derrière la chaudière.

— La boîte de conserves est là bien en vue. Tu crois que tu pourras l'atteindre ?

— Les yeux fermés, répondit Sean.

Les cavaliers, qui avaient atteint la fourche, se dirigèrent sans hésiter vers la Fosse Candy, et le pas des chevaux se fit plus court tandis qu'ils commençaient à escalader la colline. Sean appuya son arme sur le dessus de la chaudière et visa soigneusement la petite tache brillante sur le chemin.

— Légalement, Duff, quelle est notre position ? fit-il entre ses dents.

— Ils viennent d'entrer dans notre concession, c'est une violation de propriété, prononça Duff avec solennité.

L'un des chevaux qui venaient en tête fit rouler la boîte d'un coup de sabot, mais Sean connaissait l'emplacement exact de la caisse d'explosifs, et il fit feu. Le coup claqua très fort, presque incongru au milieu de ce silence. Les hommes du syndicat, inquiets, levèrent les yeux vers le haut de la colline, et, au même instant, la terre parut exploser sous leurs pas. Lorsque le nuage de fumée brune se fut dissipé, Sean et Duff discernèrent un affreux mélange d'hommes et de chevaux qui se débattaient et criaient.

— Mon Dieu, murmura Sean, effrayé par l'importance du carnage.

— A nous maintenant, patron ? demanda l'un des mercenaires.

— Non, répondit vivement Duff. Je crois qu'ils ont leur compte.

Les assaillants refluaient en désordre. Cavaliers, hommes sans monture et chevaux démontés redescendaient vers la vallée, et Sean fut soulagé de voir qu'ils ne laissaient finalement qu'une demi-douzaine d'hommes et quelques chevaux sur le terrain.

— Eh bien, dit Duff à l'un des mercenaires, voilà cinq livres facilement gagnées. Je crois que vous pourrez rentrer chez vous et prendre un bon *breakfast*.

— Attends, Duff.

Les rescapés avaient atteint la fourche, mais deux cavaliers tentaient de les arrêter.

— Ils essaient de les rallier.

— On va leur faire passer le goût de revenir : ils sont encore à portée de fusil.

— Oui, mais ils ne sont plus dans notre concession, objecta Sean. Tu veux donc te faire offrir un collier de chanvre ?

Ils continuèrent à observer la scène. Certains membres

du syndicat devaient trouver l'expérience suffisante, car ils disparurent bientôt sur la route qui menait aux camps. Les autres se groupèrent en rangs serrés.

— On aurait dû les descendre tout à l'heure, grommela un des mercenaires avec inquiétude. Maintenant ils vont revenir à l'assaut. Regardez-moi un peu ce salaud-là qui les excite !

Les hommes descendirent de cheval, se déployèrent en tirailleurs et se mirent à monter la côte avec circonspection. Ils marquèrent un instant d'hésitation en atteignant la limite de la concession, puis arrachèrent les piquets et reprirent leur progression.

— Tous ensemble, messieurs, s'il vous plaît, commanda Duff avec cérémonie.

Les sept fusils firent feu. Les assaillants — ils pouvaient être une trentaine — se baissèrent et avancèrent en zigzaguant. Ils étaient loin encore, et au début les salves eurent peu d'effet. Mais lorsqu'ils se rapprochèrent, les hommes se mirent à tomber.

Un *donga*, ravin peu profond, balafrait en diagonale le flanc de la colline. Les attaquants s'y précipitèrent l'un après l'autre, et, ainsi à couvert, répliquèrent vigoureusement au tir de Sean et de ses compagnons. Des balles ricochèrent sur le métal des machines, griffant la peinture de petites égratignures brillantes.

La voix des Zoulous de Mbejane ajouta à la confusion.

— N'kosi, laisse-nous les attaquer !

— Ils sont tout près, on peut y aller maintenant !

— Du calme ! grogna Sean avec impatience. Ce serait de la folie. Vous n'iriez pas bien loin sous le feu de leurs fusils.

— Sean, chuchota Duff, couvre-moi. Je vais essayer de les prendre à revers et de balancer dans ce *donga* quelques bâtons de dynamite.

Sean lui saisit le bras, et ses doigts s'y enfoncèrent avec tant de violence que Duff grimaça de douleur.

— Si tu fais un pas, je te casse ma crosse sur la tête ! Ma parole, tu es aussi fou que ces Noirs ! Continue à tirer et laisse-moi réfléchir.

Sean passa la tête au-dessus de la chaudière, mais la rentra bien vite, car une balle ricocha contre la paroi, à quelques centimètres de son oreille. Le nez contre la peinture toute fraîche, il eut soudain une idée. Il donna un coup d'épaule : la chaudière bougea légèrement. Duff le regardait.

— On va y aller tous les deux leur balancer de la dynamite. Mbejane et ses païens assoiffés de sang vont nous faire rouler la chaudière devant nous, pendant que ces messieurs couvriront notre attaque. Il faut faire cela selon les règles de l'art.

Sean fit venir les Zoulous et leur exposa son plan, qu'ils approuvèrent en chœur avec enthousiasme, tout en se bousculant pour trouver une place. Sean et Duff remplirent leur chemise de grenades de dynamite et allumèrent chacun une courte mèche de cordage goudronné.

Sean fit un signe de tête à Mbejane.

— Où sont les enfants des Zoulous ? chanta Mbejane d'une voix aiguë, selon la tradition ancestrale.

— Nous voici ! répondirent ses guerriers arc-boutés contre la paroi de la chaudière.

— Où sont les lances des Zoulous ?

— Les voici !

— Comment sont les lances des Zoulous ?

— Plus brillantes que le soleil !

— Ont-elles faim, les lances des Zoulous ?

— Elles sont plus affamées que les sauterelles.

— Alors emmenons-les au festin !

— *Yeh-bo !*

A ce cri, les dos se tendirent, et la chaudière pivota lentement.

— *Yeh-bo !*

Un premier tour hésitant.

— *Yeh-bo !*

La chaudière commençait à rouler.

— *Yeh-bo !*

Entraînée par son poids, elle se mit à dévaler la pente, suivie au pas de course par Sean et ses compagnons. Une grêle de balles vint cogner contre l'énorme cylindre de métal. Le chant des Zoulous changea de rythme, s'amplifia, devint cri de haine et de vengeance, hurlement insensé. Sean en avait la chair de poule, cela lui rappelait des souvenirs douloureux et terribles, mais enflammait son courage aussi. Il ouvrit la bouche et se mit à hurler avec les Zoulous. Avec sa mèche allumée, il mit le feu à sa première grenade et la lança. Elle décrivit en crachotant une longue courbe étincelante et explosa au-dessus du *donga.* Sean en jeta une autre, puis une autre encore. Duff, de son côté, lançait grenade sur grenade. La chaudière culbuta par-dessus le bord du petit ravin et s'immobilisa dans un nuage de poussière. Les Zoulous sautèrent à leur tour dans le *donga* tout en poussant leur cri, et leurs sagaies s'abattirent. Les hommes blancs, pris de panique, s'agrippèrent comme des fous au rebord du ravin et s'enfuirent à toutes jambes, poursuivis par les Zoulous qui les taillèrent en pièces.

Lorsque François arriva avec une cinquantaine d'hommes en armes, le combat était terminé.

— Allez vers les camps, ordonna Duff, et ratissez-moi tout le secteur. Il faut rattraper tous ceux qui ont fui. Il est grand temps qu'on remette un peu d'ordre ici, et qu'on fasse respecter la loi.

— Comment savoir ceux qui ont participé au coup de main ? demanda François.

— Tu les reconnaîtras facilement, répliqua Duff, à leur visage blême et à leur chemise trempée de sueur.

François et ses hommes partirent en chasse, laissant Sean et Duff nettoyer le champ de bataille. Ce n'était pas un joli spectacle — à cause des sagaies, surtout. Ils achevèrent les chevaux que l'explosion n'avait que blessés, et ramassèrent dans le ravin et au flanc de la colline une bonne douzaine de cadavres, dont deux Zoulous. Quant aux blessés, qui étaient nombreux, ils les entassèrent sur un chariot et les emmenèrent à l'Hôtel Candy.

Il était midi passé lorqu'ils arrivèrent. Le chariot dut se frayer un chemin dans la foule qui entourait l'hôtel. On eût dit que toute la population du Witwatersrand s'était réunie là, autour du petit espace libre où François avait placé ses prisonniers.

Le petit homme était tellement surexcité qu'il semblait au bord de l'hystérie. Tout en haranguant la foule, il décrivait de dangereux moulinets avec son fusil, puis, brusquement, faisait un bond en arrière et venait caresser les côtes d'un de ses prisonniers du bout de ses canons jumelés.

— Bande de salauds ! s'écria-t-il. Ah, vous vouliez venir nous voler nos concessions !

Il aperçut soudain Duff et Sean qui fendaient la cohue avec leur chariot.

— Duff, Duff ! On les a eus ! On les a tous ramassés !

La foule recula prudemment, car le fusil recommençait à tourner de façon inquiétante, et Sean lui-même sentit un petit frisson lorsque, l'espace d'un instant, les canons se pointèrent vers lui.

— Je vois, je vois, François, dit Duff. Pour ce qui est de les avoir, tu les as eus !

Les prisonniers étaient si bien ligotés qu'ils ne pouvaient bouger que la tête. Pour plus de sûreté encore, un mineur armé d'un fusil veillait sur chacun d'eux. Duff sauta à terre.

— Tu ne crois pas que tu devrais desserrer un peu leurs liens ? demanda Duff d'un air de doute.

— Pour qu'ils prennent la poudre d'escampette ! s'écria François avec indignation.

— Tu crois qu'ils pourraient aller bien loin ?

— Non, évidemment.

— Dans une demi-heure, ils auront tous la gangrène. Regarde la main de celui-ci, elle a déjà une jolie teinte bleue.

François se laissa convaincre non sans réticence, et ordonna à ses hommes de détacher les prisonniers.

Duff se fraya un chemin parmi la foule, escalada le perron de l'hôtel, et leva les mains pour réclamer le silence.

— Il y a eu pas mal de tués aujourd'hui, et nous ne voulons pas que ça se reproduise. Un des moyens d'empêcher le retour de pareils événements, c'est de faire subir aux prisonniers le châtiment qu'ils méritent.

Des acclamations éclatèrent, François criant plus fort que tout le monde.

— Mais il faut faire cela dans les règles. Je propose que nous élisions un comité qui se chargera de cette affaire, et de tous les problèmes qui pourront se présenter à l'avenir. Disons dix membres, plus le président.

Nouveaux applaudissements.

— Appelons-le le Comité d'Action des Chercheurs d'Or ! hurla quelqu'un, et la foule manifesta son enthousiasme.

— Très bien, le nom est adopté. Maintenant, il nous faut un président. Vous avez des suggestions à faire ?

— M. Charleywood ! cria François.

— Oui, oui, Duff ! C'est lui qu'il nous faut !

— Oui, Duff Charleywood !

— Un autre nom à proposer ?

— Non ! rugit la foule.

— Merci, messieurs.

Duff sourit.

— Je suis sensible à cet honneur. Et maintenant dix membres.

— Jock et Trevor Heyns.

— Karl Lochtkamper.

— François du Toit.

— Sean Courteney.

Cinquante noms furent proposés. Duff se refusa à compter les voix, aussi les membres du Comité d'Action furent-ils nommés par acclamation. Duff appelait les noms un à un, et estimait au jugé le volume des applaudissements. Sean et François furent parmi les élus. On amena sous la véranda une table et des chaises, et Duff prit place au fauteuil présidentiel. Il réclama le silence en frappant sur une cruche, déclara ouverte la première session du Comité d'Action des Chercheurs d'Or, et infligea immédiatement dix livres d'amende chacun à trois membres de l'assistance pour avoir déchargé une arme à feu pendant une réunion, crime de lèse-majesté envers le Comité. Les amendes furent payées séance tenante, et les membres prirent un air solennel.

— Je demanderai à M. Courteney de bien vouloir ouvrir le dossier de l'accusation.

Sean se leva et décrivit brièvement les événements de la matinée.

— Vous étiez présent, Votre Honneur, conclut-il, vous connaissez donc également les faits.

— C'est exact. Je vous remercie, monsieur Courteney. Vous avez brossé de l'affaire un tableau particulièrement clair. Et maintenant, ajouta Duff en se tournant vers les prisonniers, quel est votre porte-parole ?

Il y eut quelques instants d'agitation et de murmures, puis l'un d'eux fut poussé au premier rang, enleva son chapeau et devint écarlate.

— Votre Honneur, commença-t-il.
Puis il se tut et se trémoussa, visiblement mal à l'aise.
— Votre Honneur...
— Vous l'avez déjà dit.
— Je ne sais trop par où commencer, monsieur Charleywood — pardon, monsieur, je veux dire Votre Honneur.
Duff regarda à nouveau les prisonniers.
— Vous pourriez peut-être en choisir un autre, suggéra-t-il.
Le premier porte-parole se retira, désavoué par ses compagnons, et un nouveau se présenta. Celui-ci avait plus de mordant.
— Espèce de salauds, commença-t-il, vous n'avez pas le droit...
— Dix livres d'amende pour injure envers le Comité, coupa Duff.
L'autre dut s'exécuter, et reprit avec plus de circonspection :
— Votre Honneur, vous n'avez pas le droit de nous juger. Nous avions la loi pour nous : avec cette proclamation de Krüger, les anciens titres de propriété n'avaient plus de valeur légale, vous comprenez ? Nous sommes arrivés sans songer à mal : nous en avions le droit, nous pouvions prendre possession des terrains. Et voilà que cette bande de... Pardon, Votre Honneur. Bref, nous avons été attaqués à la dynamite, et nous n'allions pas nous laisser faire, non ?
— Brillante défense, commenta Duff, habilement menée. Vos compagnons pourront vous en savoir gré.
Puis, se tournant vers le Comité, il demanda :
— Eh bien, messieurs, qu'en dites-vous ? Coupables ou non coupables ?
— Coupables ! s'écrièrent-ils d'une seule voix.
Et François crut bon de surenchérir :
— Les salauds !
— Examinons maintenant la sentence.
— Pendez-les ! cria quelqu'un.
Aussitôt l'atmosphère changea. La foule gronda, sinistre.
— Je suis charpentier. En moins de rien je peux vous dresser un beau gibet !
— Pas de gaspillage. Un arbre, ça suffira !

— Allons chercher des cordes !

— Pendez-les !

La foule se rapprocha, prête à lyncher les prisonniers. Sean empoigna le fusil de François et bondit sur la table.

— Dieu m'est témoin que je brûle la cervelle au premier qui met la main sur eux avant que l'arrêt soit rendu.

Les gens hésitèrent, et Sean en profita pour ajouter :

— A cette distance, je ne le raterai pas. Allons, avancez. Il y a là deux charges de chevrotines capables de fendre un bonhomme en deux. Pas d'amateurs ?

Ils reculèrent, toujours grondant.

— Puis-je vous rappeler qu'il existe une force de police dans ce pays, et qu'une loi interdit de tuer ? Si vous les pendez aujourd'hui, demain ce sera votre tour.

— Vous avez raison, monsieur Courteney, dit l'homme d'un ton larmoyant, ce serait un meurtre, un meurtre cruel et sans pitié.

— Tais-toi donc, imbécile, glapit Duff.

Dans la foule, quelqu'un se mit à rire et d'autres suivirent son exemple. Duff soupira en silence : ils l'avaient échappé belle.

— Les plumes et le goudron, comme au bon vieux temps!

Duff eut un sourire.

— Ah, voilà qui est plus raisonnable. Qui a des barils de goudron à vendre ?

Il jeta un coup d'œil circulaire.

— Comment, personne ? Alors il faudra trouver autre chose !

— Moi, j'ai dix tonnelets de peinture rouge, qualité exportation, à trente shillings pièce.

Duff reconnut celui qui venait de parler : c'était un colporteur qui venait d'ouvrir une factorerie à Ferrieras Camp.

— M. Tarry suggère de la peinture. Qu'en pensez-vous ?

— Non, ça s'en va trop facilement...

— Pas de peinture !

— Je vous la cède à vingt-cinq shillings le tonnelet !

— Non ! Va te faire foutre avec ta peinture ! cria-t-on.

— La roue du diable, alors ! suggéra une autre voix, et la foule approuva bruyamment.

— C'est ça, la roue !

— Satan la fait tourner, tourner — bien malin qui peut l'arrêter ! cria un mineur à la barbe noire perché sur une cahute en face de l'hôtel.

Tout le monde se mit à hurler.

Sean regarda Duff, dont le sourire avait disparu. Il devait peser le pour et le contre. S'il voulait à nouveau calmer la foule, peut-être perdrait-elle toute patience et affronterait-elle le fusil de Sean. Il ne pouvait courir ce risque.

— Très bien, fit Duff, puisque c'est ça que vous voulez...

Il se tourna à nouveau vers le groupe des prisonniers glacés de terreur.

— Voici donc la sentence de la Cour : une heure de roue du diable, après quoi vous quitterez la région. Si on vous repince dans le secteur, vous aurez droit à une autre heure de réjouissance. Pour les blessés, nous accordons le bénéfice du sursis, car je pense qu'ils ont eu leur compte pour aujourd'hui. M. du Toit veillera à l'exécution de la sentence.

— Nous préférerions la peinture, gémit le porte-parole.

— Je comprends ça, fit Duff d'une voix douce.

Mais déjà la foule emmenait les prisonniers vers le *veld* derrière l'hôtel. La plupart de ces gens possédaient eux-mêmes des concessions et n'aimaient guère ceux qui cherchaient à s'en emparer par la force ou par la ruse.

Sean sauta à terre.

— Allons boire un coup, lui dit Duff.

— Tu ne vas pas assister à la séance ?

— J'ai déjà vu ça une fois au Cap, et ça m'a suffi.

— En quoi ça consiste ?

— Va voir toi-même. Je t'attendrai à l'*Ange flamboyant*. Ça m'étonnerait que tu tiennes jusqu'au bout.

Lorsque Sean rejoignit la foule, on avait déjà été chercher les chariots et on les avait alignés. Les hommes s'affairaient à glisser des crics sous les essieux de façon à décoller de terre les roues arrière. Puis les prisonniers furent amenés, soulevés, attachés à chaque roue par les chevilles et les poignets. Ainsi écartelés sur le moyeu, ils avaient l'air de grandes étoiles de mer échouées sur une plage. François courait de l'un à l'autre, vérifiait la solidité des liens, plaçait quatre mineurs à chaque roue, qui devaient se relayer deux par deux. Il parvint à l'extrémité de la rangée, revint se porter au centre, tira sa montre de sa poche, regarda l'heure, et cria :

— Allez-y !

Les roues se mirent à tourner, lentement d'abord, puis de plus en plus vite, au point que les corps des suppliciés devenaient indistincts.

— Et Satan la fait tourner, tourner, tourner, chantait gaiement l'assistance.

Au bout de quelques minutes, il y eut un éclat de rire, là-bas au bout de la rangée. Un des prisonniers s'était mis à vomir, et cela jaillissait comme les étincelles d'un tourniquet de feu d'artifice. L'un après l'autre, tous subirent le même sort. Sean pouvait les entendre hoqueter, tandis que la force centrifuge leur faisait sortir les vomissures par le nez. Il attendit encore quelques minutes, puis mit la main sur sa bouche et se précipita vers l'*Ange flamboyant*.

— Alors, ça t'a plu ? demanda Duff.

— Donne-moi un cognac, répondit Sean.

9

MAINTENANT que le Comité d'Action des Chercheurs d'Or exerçait sa justice sommaire, un semblant d'ordre régna sur les camps. Le président Krüger ne se souciait guère de faire la police parmi les ruffians et les coupe-jarrets qui grouillaient à deux pas de sa capitale. Il se contentait d'y mêler ses propres espions et de les laisser se débrouiller tout seuls. Après tout, il n'était pas dit que le gisement valût la peine, et il y avait des chances pour que dans un an le *veld* redevînt aussi désert qu'il l'avait été quelque neuf mois plus tôt. Le président pouvait se permettre d'attendre. Dans l'intervalle, le Comité d'Action des Chercheurs d'Or avait sa tacite approbation.

Pendant que les fourmis travaillaient au filon à coups de pioches et de dynamite, les cigales attendaient la suite des événements dans les bars des environs. Jusqu'à présent, seul le moulin de la Société Minière et Foncière Sud-Africaine produisait de l'or, et il n'y avait que Hradsky et du Toit à savoir combien. Hradsky était toujours au Cap en train de récolter des capitaux, et François ne pipait mot à personne, pas même à Duff.

Les rumeurs passaient comme du sable entraîné dans un tourbillon. Un jour, on prétendait que le filon avait affleuré à quinze mètres de profondeur, et le lendemain, le bruit courait dans les cantines que les frères Heyns avaient creusé jusqu'à trente mètres, et qu'ils sortaient des pépites grosses comme des balles de mousquet. Personne ne savait rien, mais tout le monde devinait tout.

Là-haut à la Fosse Candy, Duff et Sean travaillaient sans relâche. Sur son socle de ciment, le moulin commençait à prendre forme, et ses mâchoires ouvertes étaient prêtes à broyer la roche. En chantant, vingt Zoulous luisants de sueur placèrent sur son berceau l'énorme chaudière. Les tables de cuivre furent installées, prêtes à être recouvertes de vif-argent.

Les deux amis n'avaient pas le temps de se poser des questions concernant le filon, ni même de se préoccuper de l'amenuisement des réserves financières cachées dans la ceinture de Sean. Ils travaillaient, ils dormaient — c'était tout. Duff vint partager la tente de Sean, et Candy eut à nouveau son lit de plumes pour elle toute seule.

Le 12 novembre, ils mirent en marche la chaudière pour la première fois. Fatigués, amaigris, mais trempés par les épreuves, ils surveillèrent tous deux l'aiguille du manomètre, jusqu'à ce qu'elle atteignît la ligne rouge.

— Bon, enfin nous avons de l'énergie à notre service ! grommela Duff.

Et il ajouta, avec une bourrade :

— Eh bien, qu'est-ce que tu attends ? Tu te crois en vacances ? Il y a du boulot à faire, mon gars.

Le 2 décembre, ils purent enfin alimenter le moulin et voir la roche réduite en bouillie se déverser sur les tables à amalgame. Sean, dans un élan d'affection, passa les bras autour du cou de Duff et lui porta un simple Nelson[1], à quoi Duff répliqua par un crochet à l'estomac et lui enfonça son chapeau sur les yeux. Au dîner, ils burent chacun un verre de cognac et rirent un peu, et ce fut tout. Ils étaient trop las pour avoir la force de fêter l'événement.

Désormais, il y en eut toujours un des deux de veille auprès du monstre de fer. Ce fut Duff qui prit le premier quart, et quand Sean arriva au moulin, le lendemain matin, il le trouva debout, titubant de fatigue, les yeux creux.

1. Prise de lutte.

— D'après mes calculs, on a déjà malaxé dans les dix tonnes de roche. Il est temps de nettoyer les tables et de voir quelle quantité d'or on a récolté.

— Va te coucher d'abord, fit Sean.

Mais Duff fit la sourde oreille.

— Mbejane, amène-nous deux de tes sauvages, on va changer de table.

— Ecoute, Duff, ça peut attendre une heure ou deux. Va te reposer !

— Assez radoté ! Tu es pire qu'une femme, ma parole.

Sean haussa les épaules.

— Comme tu veux. Montre-moi comment on fait, alors.

Ils dirigèrent le flot de roche pulvérulente sur la seconde table déjà dressée. Ensuite, à l'aide d'une large spatule de bois, Duff racla le mercure qui se trouvait sur la première table et en recueillit une boule de la grosseur d'une noix de coco. Puis il exprima :

— Les petites parcelles d'or se collent au mercure pendant que la poudre de roche se déverse sur la halde. Bien sûr, il y a toujours un peu d'or qui se perd.

— Comment sépare-t-on l'or du mercure ?

— On place le tout dans une cornue, et on distille. L'or reste au fond.

— Et le mercure, on ne peut pas le récupérer ?

— Si, après condensation, et on le réutilise. Viens, je vais te montrer.

Duff emporta la boule d'amalgame dans l'appentis, la plaça dans la cornue et alluma la lampe à braser. Sous l'effet de la chaleur, la boule finit par se dissoudre et se mit à bouillonner. Fascinés, ils regardaient. Le niveau baissa dans la cornue.

— Où est l'or ? demanda enfin Sean.

— Oh, la ferme ! éclata Duff.

Puis, soudain repentant, il ajouta :

— Pardon, vieux, je me sens un peu flapi ce matin...

Les dernières gouttes de mercure s'évaporèrent. Au fond du récipient de verre, il restait de l'or fondu, une gouttelette jaune, grosse comme un pois. Duff éteignit la lampe. Les deux hommes se taisaient.

Puis Sean demanda :

— C'est tout ?

— Eh oui ! fit Duff d'une voix lasse. C'est tout. Qu'est-ce que tu veux en faire ? Tu n'as pas une dent à faire plomber ?

Son grand corps s'affaissa, et il se dirigea vers la porte.

— Continue à faire marcher le moulin. Si on coule, ce sera pavillon haut.

10

Ce fut un bien triste réveillon de Noël qu'ils passèrent à l'Hôtel Candy, où on leur faisait crédit. Candy offrit à Duff une chevalière en or, et à Sean une boîte de cigares. Sean n'avait encore jamais fumé, mais le picotement que cela causait dans ses poumons lui donna un certain plaisir masochiste. La salle à manger retentissait des vociférations des clients et du cliquetis des couverts; l'air était épais, lourd des relents de cuisine et de la fumée du tabac. Dans un coin, isolés comme des naufragés, Sean, Duff et Candy mangeaient d'un air lugubre.

Sean leva son verre et, d'une voix d'employé des pompes funèbres, dit à Duff :

— Joyeux Noël !

Les lèvres de Duff se retroussèrent en un sourire qui évoquait une tête de mort, et il répondit :

— A toi de même.

Ils burent, puis Duff se secoua et prit la parole :

— Dis-moi encore, combien nous reste-t-il ? J'aime à te l'entendre dire. Tu as une jolie voix, tu devrais jouer du Shakespeare.

— Trois livres seize shillings.

— Oui, oui, cette fois c'est parfait — trois livres seize shillings. Et maintenant, pour que je me sente vraiment dans l'ambiance de Noël, dis-moi le montant de nos dettes.

Sean fit dévier la conversation.
— Encore un verre ? demanda-t-il.
— Bonne idée ! Merci.
— Dites donc, vous deux, supplia Candy, vous ne pourriez pas laisser tomber vos ennuis, au moins pour ce soir ? Je m'étais fait une telle fête de ce réveillon... Regardez, voilà François. Hé, François, par ici !
Le petit du Toit se faufila jusqu'à leur table.
— Joyeux Noël, *kerels* [1], je vous offre un pot.
— Ça me fait plaisir de te voir, fit Candy en l'embrassant. Comment vas-tu ? Tu as l'air en pleine forme.
François, du coup, se rembrunit.
— C'est bizarre que tu dises ça, Candy, parce qu'en fait j'ai des ennuis.
Il se tapota la poitrine et se laissa tomber sur une chaise.
— C'est mon cœur, tu sais... Je m'y attendais d'ailleurs. Et voilà qu'hier, comme j'étais au moulin, je me sens la poitrine comme serrée dans un étau. Je ne pouvais plus respirer — enfin, presque plus. Alors naturellement j'ai filé dans ma tente et j'ai regardé dans mon bouquin. Page 83. Maladies de cœur.
Il secoua tristement la tête.
— Tout cela est très inquiétant. Vous savez que j'étais déjà mal en point, mais ce coup-là...
— Oh non ! gémit Candy. Tu ne vas pas t'y mettre, toi aussi ! Je ne peux pas supporter ça...
— Pardon, mais... qu'est-ce que j'ai dit de mal ?
— Tu es tout à fait dans la note. Regarde un peu la gaieté qui règne à cette table !
Elle montra Duff et Sean.
— Vise-moi ces bonnes figures réjouies ! Vous m'excuserez, je vais jeter un coup d'œil aux cuisines.
Elle s'éloigna.
— Qu'est-ce qu'il y a qui ne va pas, mon vieux Duff ?
Duff adressa à Sean son sourire tête de mort.
— Ce type veut savoir ce qui ne va pas. Dis-lui, toi.
— Trois livres seize, dit Sean.
François eut l'air perplexe.
— Je ne comprends pas.

1. Les amis.

— Il veut dire qu'on est fauché. Fauché comme les blés.

— *Gott*, je suis navré, Duff, moi qui croyais que tout marchait bien. J'ai entendu votre moulin tourner pendant des semaines. Je pensais que vous étiez riches à l'heure qu'il est !

— Oh, le moulin a marché, c'est vrai, et on a recueilli de l'or... de quoi boucher le cul d'une puce.

— Comment ça se fait, vieux ? Vous êtes bien sur le Filon Maître, pourtant ?

— Ton Filon Maître, je commence à croire que c'est une histoire à dormir debout !

François considéra pensivement son verre.

— A quelle profondeur vous êtes ?

— On a un puits oblique qui fait quinze mètres.

— Et pas trace du Maître ?

Duff secoua la tête, et François poursuivit :

— La première fois que je t'en ai parlé, tu te souviens, je t'ai dit ce qu'on espérait.

Duff fit signe que oui.

— Bon, eh bien maintenant, j'en sais davantage. Ce que je vais vous dire, c'est entre nous, hein ? Parce que si ça vient à se savoir, moi je perds ma place, vous comprenez ?

Duff approuva à nouveau.

— Jusqu'à présent, on n'a trouvé le Filon Maître qu'en deux endroits : chez nous, d'abord, au *Jack and Whistle*, et puis aussi chez les frères Heyns, à la *Mine du Cousin Jock*. Attendez voir que je vous explique.

Il prit un couteau et se mit à dessiner dans la sauce qui restait au fond de l'assiette de Sean.

— Ça, c'est le Filon Principal qui va à peu près droit. Moi, je suis ici, et vous, vous êtes là, entre moi et le *Cousin Jock*. Heyns et nous, on a trouvé le Maître, et vous pas. A mon avis, il y est pourtant — c'est parce que vous n'avez pas bien cherché.

« A l'extrémité du *Jack and Whistle*, le Filon Principal et le Maître sont parallèles, à moins d'un mètre l'un de l'autre, mais quand ils arrivent près de votre concession, ils s'écartent de près de vingt mètres. Et de l'autre côté, chez le *Cousin Jock*, les voilà qui se retrouvent à quelque chose comme quinze mètres. Donc, pour moi, les deux filons ont un peu la forme d'un arc, vous voyez...

Il traça deux lignes dans l'assiette.

— La corde de l'arc, c'est le Filon Principal, et le bois, c'est le Maître. Moi je te le dis, Duff, si tu creuses une tranchée à angle droit avec le Filon Principal, tu trouveras le Maître — et ce jour-là tu pourras me payer un gobelet.

Les deux amis écoutaient gravement les explications de François. Lorsqu'il eut fini, Duff se laissa aller en arrière sur sa chaise.

— Si seulement on avait su ça un mois plus tôt ! Comment va-t-on faire maintenant pour ouvrir cette nouvelle tranchée et continuer à faire tourner le moulin ?

— On pourrait vendre un peu de matériel, suggéra Sean.

— Mais on en a besoin, tout est utile ! D'ailleurs, si jamais on vendait seulement une pelle, tous les créanciers nous tomberaient sur le dos comme une meute de chiens enragés !

— Si j'avais l'argent, je vous le prêterais bien... Mais avec ce que M. Hradsky me paie !

François haussa les épaules.

— Il nous faut au moins deux cents livres, et je ne les ai pas.

Candy revint à leur table. Elle avait entendu la dernière phrase.

— De quoi parlez-vous ?

— Je peux lui dire, François ?

— Si tu crois que ça peut être utile.

Candy écouta sans mot dire, puis réfléchit.

— Malheureusement, fit-elle enfin, je viens d'acheter dix lots de terrain à Johannesburg, ce nouveau village que le gouvernement fait édifier dans la vallée, si bien que je suis plutôt à sec aussi. Mais si ça peut vous rendre service, je peux vous prêter cinquante livres.

— Je n'ai jamais emprunté d'argent à une femme. Ce sera une expérience nouvelle. Candy, je t'adore.

— Si seulement c'était vrai, soupira Candy.

Mais heureusement pour Duff ses tympans se bouchèrent à ce moment précis, et il poursuivit vivement :

— Il nous faut encore cent cinquante livres. Messieurs, j'attends vos suggestions.

Il y eut un long silence, puis Duff sourit tout en regardant Sean.

— Ne me dis rien, fit ce dernier, laisse-moi deviner. Tu vas louer mes services comme étalon ?

— Ce n'est pas tout à fait ça, mais tu brûles. Comment te sens-tu, vieux ?

— Très bien, merci.

— Solide au poste ?

— Oui.

— Brave ?

— Allez, Duff, accouche. Tu commences à m'inquiéter.

Duff sortit un carnet de sa poche et se mit à griffonner quelque chose avec un bout de crayon, puis il déchira la page et la tendit à Sean.

— On va afficher ça dans toutes les cantines du secteur.

Sean lut :

LE 1er JANVIER, M. SEAN COURTENEY, CHAMPION DE LA RÉPUBLIQUE DU TRANSVAAL, CATÉGORIE POIDS LOURD, LANCERA UN DÉFI A TOUS LES BOXEURS AMATEURS — L'ENJEU SERA UNE BOURSE DE 50 LIVRES POUR CHAQUE COMBAT.

Prix d'entrée : 2 shillings
Venez nombreux.

Candy lut par-dessus son épaule et poussa de petits cris aigus.

— C'est formidable ! Il va falloir que j'engage des extras pour servir à boire, et que j'installe un buffet. Je suppose que je peux demander deux shillings par tête ?

— Moi, je collerai les affiches, annonça François pour ne pas être en reste, et j'enverrai deux de mes gars pour installer le ring.

— On va stopper le moulin cette semaine, fit Duff. Il faut que Sean se repose. Entraînement léger, pas d'alcool, évidemment, et beaucoup de sommeil.

— Alors, comme ça tout est arrangé ? demanda Sean. Tout ce que j'ai à faire dans l'histoire, moi, c'est d'aller me faire casser la gueule ?

— Nous faisons ça dans ton intérêt, mon cher, pour que tu deviennes riche et célèbre.

— Merci, merci beaucoup.

— Tu aimes te battre, non ?

— Quand je m'en ressens.

— Ne t'en fais pas, je m'en vais tâcher de trouver quelques bonnes insultes, tu seras gonflé à bloc en moins de rien !

11

POUR la sixième fois ce matin-là, Duff demanda à Sean :

— Comment te sens-tu ?

— Aucun changement depuis cinq minutes, rassure-toi.

Duff tira sa montre, la regarda fixement, la porta à son oreille et parut surpris de constater qu'elle marchait encore.

— Les *challengers* sont alignés sous la véranda. J'ai dit à Candy de leur servir à boire à l'œil — et à volonté. Chaque minute qui passe est une minute de gagnée : pendant ce temps-là, ils s'imbibent encore un peu plus d'alcool. François récolte la recette dans mon sac de voyage : il y fourrera aussi les enjeux si tu gagnes. Mbejane est posté à l'entrée du passage qui sc trouve à côté de l'hôtel. En cas de bagarre, on lui lance le sac, et il prend la tangente.

Sean était étendu sur le lit de Candy, les mains croisées derrière la tête. Il se mit à rire.

— Ton plan me paraît très au point. Seulement, de grâce, calme-toi un peu, tu vas finir par me rendre nerveux.

La porte s'ouvrit brusquement, et Duff jaillit de sa chaise. C'était François : appuyé contre le chambranle, il tenait sa poitrine à deux mains.

— Mon cœur, haleta-t-il. C'est pas bon pour mon cœur, tout ça...

— Qu'est-ce qui se passe ? demanda Duff.

— On a déjà récolté pour cinquante livres d'entrées. Il y a des resquilleurs sur le toit ; chaque fois que je m'approche, ils me lancent des bouteilles.

François pencha la tête.

— Ecoutez-les...

Le tumulte traversait facilement les parois légères de l'Hôtel.

— Ils commencent à s'impatienter ferme. Sean ferait mieux d'y aller avant qu'ils se mettent à sa recherche.

Sean se leva.

— Je suis prêt.

François hésita.

— Duff, tu te souviens de Fernandes, ce Portugais de Kimberley ?

— Non, s'exclama Duff, ne me dis pas qu'il est ici !

François hocha la tête.

— Je n'ai pas voulu t'inquiéter, mais il y a des gars qui se sont cotisés et qui lui ont télégraphié. Il a débarqué il y a une demi-heure de la voiture des messageries. J'avais espéré qu'il arriverait trop tard, mais...

Il haussa les épaules.

Duff regarda tristement Sean.

— Un sale coup, vieux...

François essaya de lui remonter le moral.

— Je lui ai dit : premier venu premier moulu... Il est sixième sur la liste. Sean peut ramasser deux cents livres. Après, on dira que ça suffit pour aujourd'hui et on arrêtera les frais.

Sean écoutait avec intérêt.

— Il est dangereux, ce Fernandes ?

— Dangereux ? C'est à lui qu'on devait penser quand on a inventé ce mot-là !

— Allons voir comment il est fait.

Sean sortit dans le couloir.

— As-tu une bascule pour les peser ? demanda Duff à François tout en se précipitant sur les talons de Sean.

— Non, dans tout le secteur il n'y en a pas une qui dépasse soixante-quinze kilos... Mais j'ai amené Gédéon Barnard.

— Je ne vois pas le rapport.
— C'est un marchand de bestiaux, il a passé sa vie à évaluer le bétail sur pied. Il nous donnera le poids à quelques kilos près.
Duff gloussa.
— Bon, ça ira. De toute façon, ce n'est pas un championnat du monde.
Ils débouchèrent sous la véranda, ahuris par la clarté aveuglante du soleil et le vacarme de la foule.
— Lequel est le Portugais ? chuchota Sean.
Question inutile : l'homme avait l'air d'un gorille égaré dans une cage de ouistitis. Une toison de poils broussailleux recouvrait ses épaules, dissimulant ses mamelons et exagérant encore l'énorme protubérance de son ventre.
Sean et Duff se frayèrent un chemin parmi l'assistance. Des mains, au passage, tapotèrent l'épaule de Sean, mais les souhaits de bonne chance étaient noyés dans le grondement de cette mer humaine. C'était Jock Heyns l'arbitre. Il aida Sean à franchir les cordes, puis lui tâta les poches.
— Simple vérification, dit-il pour s'excuser. Tout objet métallique est interdit dans le ring.
Il fit signe à un grand escogriffe au teint basané qui mâchait du tabac tout en s'appuyant aux cordes.
— Voici M. Barnard, notre commissaire à la pesée. Eh bien, Gédéon, qu'est-ce que tu en dis ?
Gédéon cracha du coin de la bouche un jet de salive brunâtre.
— Quatre-vingt-quinze.
— Merci.
Jock leva les mains, et, au bout de quelques minutes, fut récompensé par un silence relatif.
— Mesdames et messieurs...
— A qui tu causes, hé, vieux frère ?
— Nous avons le privilège d'avoir aujourd'hui parmi nous M. Sean Courteney...
— Tu rêves, dis, ça fait des mois qu'il est ici !
— ... le champion poids lourd de la République du Transvaal...
— Pourquoi pas du monde, pendant que tu y es !
— ... qui disputera six combats...
— S'il tient jusqu'au bout !

— ... pour le titre, une bourse de cinquante livres étant mise en jeu à chaque fois !

Acclamations prolongées.

— Le premier *challenger*, à quatre-vingt-quinze kilos, est M. Anthony...

— Hé là, cria Sean, qui a dit que c'était lui le premier ?

Jock Heyns, qui avait pris une profonde aspiration pour beugler le nom, laissa échapper l'air en un long sifflement.

— C'est M. du Toit qui...

— Si c'est moi qui me bats, c'est à moi de les choisir. Je prends le Portu...

La main de Duff se plaqua sur la bouche de Sean, et il murmura avec désespoir :

— Ne fais pas l'andouille, prends d'abord les plus faciles. Réfléchis un peu. On ne fait pas ça pour rigoler, il s'agit de renflouer notre mine, rappelle-toi.

Sean se dégagea d'un revers de main.

— Je prends le Portugais, cria-t-il.

— Il plaisante, fit Duff à l'adresse de la foule.

Puis, se retournant brusquement vers Sean, il lui dit :

— Tu n'es pas fou ? Ce métèque est un monstre ; tu nous fais perdre cinquante livres avant même d'avoir commencé.

— Je prends le Portugais, répéta Sean avec la logique obstinée d'un petit garçon qui veut qu'on lui achète le jouet le plus cher de toute la boutique.

— S'il veut boxer le métèque d'abord, ça le regarde ! crièrent les resquilleurs grimpés sur le toit.

Il était clair qu'ils n'allaient pas tarder à intervenir dans la discussion à coups de bouteilles bien dirigées, et Jock Heyns se sentit nerveux.

— Fort bien, fort bien, approuva-t-il vivement. Le premier *challenger*, à... (il jeta un coup d'œil à Barnard et répéta après lui)... à cent quinze kilos, M. Felezardo da Silva Fernandes.

Au milieu d'un tohu-bohu de sifflets et d'applaudissements, le Portugais s'avança et pénétra sur le ring. Sean avait aperçu Candy à la fenêtre du restaurant et lui fit un signe. Elle lui répondit en lui envoyant des baisers des deux mains. Au même instant, Trevor Heyns, le chronométreur, frappa le seau qui lui servait de gong, et Sean entendit Duff lui crier un avertissement. Instinctivement, il voulut esquiver, mais déjà son crâne éclatait en un terrible feu d'artifice, et il se retrouva aux pieds du premier rang des spectateurs.

— Ce salaud-là m'a frappé ! se plaignit-il à haute voix. Il secoua la tête et fut surpris de constater qu'elle tenait encore au reste de son corps. Quelqu'un lui jeta un verre de bière à la figure, et cela lui fit du bien. Il sentit la colère monter en lui.

— Six, compta Jock Heyns.

Le Portugais était debout contre les cordes.

— Viens ici, chiffe molle, criait-il, si tu en veux encore tu vas être servi !

La colère de Sean le prit à la gorge.

— Sept... Huit...

Sean s'affermit sur ses jambes.

Fernandes plissa les lèvres et esquissa un baiser.

— Ta mère, je l'embrasse. Quant à ta sœur...

Geste à l'appui.

Sean chargea la bête. De toutes ses forces, il catapulta son poing dans la bouche du Portugais, puis les cordes le renvoyèrent en arrière, et il retomba parmi la foule.

— T'avais pas le droit de le frapper, t'étais même pas dans le ring ! protesta un des spectateurs qui avait contribué à amortir la chute de Sean.

Il avait parié pour Fernandes.

— Vraiment ? fit Sean en pivotant sur lui-même d'un air engageant.

L'homme se rassit lourdement et se tint coi. Sean franchit les cordes d'un bond. Jock Heyns s'était remis à compter, pour le Portugais cette fois. Sean l'interrompit, souleva le gorille en le saisissant par les cheveux, le mit debout, tout vacillant sur ses jambes, et le frappa à nouveau.

— Un... Deux... Trois...

Résigné, Jock Heyns recommença à compter, et cette fois il alla jusqu'à dix.

Un hurlement de protestation monta de la foule, et Jock Heyns eut bien du mal à se faire entendre.

— Quelqu'un a-t-il une objection ?

Plusieurs spectateurs en avaient apparemment à formuler.

— Très bien, alors venez sur le ring. Je n'accepte pas de discuter avec des braillards.

L'attitude de Jock était bien compréhensible : il perdrait

gros si sa décision était annulée. Mais Sean arpentait le ring comme un fauve en cage. Jock accorda à ses détracteurs un délai raisonnable, puis, ne voyant rien venir, leva le bras droit de Sean.

— Sean Courteney, vainqueur ! Dix minutes d'entracte pour se rafraîchir avant le prochain combat. Que les soigneurs veuillent bien venir rechercher ce qui leur appartient ! ajouta-t-il en désignant d'un geste le Portugais effondré.

Duff prit le bras de Sean et l'entraîna sous la véranda.

— Bien joué, mon vieux... Pas très orthodoxe peut-être, mais bien joli à voir !

Sean s'assit sur une chaise.

— Encore trois comme ça, et l'affaire sera dans le sac, fit Duff.

Il lui tendit un verre.

— Qu'est-ce que c'est ?

— Du jus d'orange.

— J'aimerais mieux quelque chose d'un peu plus fort.

— Plus tard, vieux.

Duff récolta les cinquante livres du Portugais et les versa dans son sac, tandis que les soigneurs de Fernandes l'emportaient hors du ring et l'installaient confortablement à l'autre bout de la véranda.

Le suivant était M. Anthony Blair. Il n'avait guère le cœur au combat. Son jeu de jambes était assez remarquable, mais il manœuvrait toujours pour rester hors de portée des poings de Sean.

— C'est un champion de course à pied, ce gars-là !

— Fais gaffe, Courteney, il t'aura au souffle !

— Dernier tour, Blair, avant l'arrivée du 5 000 !

La poursuite se termina enfin lorsque Sean, qui transpirait passablement, réussit à acculer son adversaire dans un coin du ring et l'expédia au tapis pour le compte.

Entre temps, le troisième *challenger* s'était senti pris de douleurs dans la poitrine.

— Ça me fait mal, c'est pas croyable, murmura-t-il en grinçant des dents.

— Est-ce que ça gargouille quand vous respirez ? demanda François.

— Oui, exactement. Ça gargouille que c'est pas croyable.

— Pleurésie, diagnostiqua François avec un soupçon d'envie dans la voix.

— C'est grave ? demanda l'homme avec inquiétude.

— Et comment. Page 116. Le traitement consiste...

— Alors je ne vais pas pouvoir boxer. Mince, ce n'est pas de pot.

Il avait l'air tout réjoui pourtant.

— Non, reconnut Duff, ce n'est pas de chance, parce que vous êtes obligé d'abandonner votre bourse.

— Vous n'allez tout de même pas profiter de ce que je suis malade... ?

— C'est à choisir, dit Duff d'un ton guilleret. La bourse... ou la vie !

Le quatrième était un grand Allemand blond au visage épanoui. Il trébucha trois ou quatre fois avant de parvenir jusqu'au ring, se prit les pieds dans les cordes et rampa jusqu'à son coin sur les mains et les genoux. Là, il réussit à se mettre debout avec l'aide du poteau. Lorsque Jock s'approcha pour sentir son haleine, l'Allemand le saisit dans ses bras et l'entraîna dans une valse. La foule trouva cela très drôle et ne fit aucune objection lorsque, la danse finie, Jock déclara Sean vainqueur par K.O. technique. En fait, la décision aurait dû aller à Candy, qui avait offert à boire.

— On peut en rester là si tu veux, mon gars, fit Duff. Avec ce que tu as gagné, il y a de quoi remettre à flot la mine pendant deux bons mois.

— Jusqu'ici, ça n'a pas été très drôle, répliqua Sean. Mais le dernier, là-bas, il me plaît. Les autres, c'était pour de l'argent, celui-ci, je le prends pour l'amour de l'art.

— D'accord, fit Duff. Tu as été épatant, tu mérites bien de t'amuser un peu.

— M. Martin Curtis, champion poids lourd de l'Etat de Georgie, U.S.A. ! annonça Jock.

Gédéon Barnard évalua le poids du dernier *challenger* à quatre-vingt-quinze kilos, le même que celui de Sean. Celui-ci lui serra la main, et, rien qu'à sa poigne, il sut qu'il ne serait pas déçu.

— Enchanté de vous connaître.

La voix de l'Américain était aussi douce que son étreinte était rude.

— Serviteur, monsieur, répondit Sean.

Et il frappa l'air à l'endroit où la tête de Martin Curtis se trouvait l'instant d'avant. Un poing atterrit sur sa poitrine, juste sous son bras droit levé. Il grogna, et recula prudemment.

Un léger soupir monta de la foule qui s'installa plus commodément : enfin, on avait droit au spectacle pour lequel on était venu.

Le sang ne tarda pas à jaillir en petites gouttelettes, à chaque fois qu'un poing atteignait son but. Les deux hommes tournaient lentement dans le quadrilatère d'herbe foulée. Au martèlement des os sur la chair et les muscles répondaient les cris de la foule, et, entre deux assauts, l'air résonnait du halètement des boxeurs et du frottement de leurs pieds.

— Yââââ !

Au milieu du silence relatif, le rugissement s'éleva comme le cri d'une corne de brume frappée à mort. Sean et l'Américain firent un saut en arrière, et chacun tourna son regard vers la façade de l'hôtel. Fernandes avait recouvré ses esprits : sa vaste silhouette velue semblait emplir toute la véranda. Il saisit une table dans ses mains et, la tenant contre sa poitrine, en arracha deux pieds avec la même facilité que s'il se fût agi des ailes d'un poulet rôti.

— François, le sac ! cria Sean.

François empoigna le sac de voyage et le lança très haut par-dessus la foule. Sean retint son souffle et suivit des yeux la trajectoire, puis soupira en apercevant Mbejane s'engouffrer dans le passage et disparaître au coin de l'hôtel.

— Yââââ ! cria de nouveau Fernandes.

Un pied de table dans chaque main, il fonça vers Sean, et l'assistance se dispersa devant lui.

— Si ça ne vous fait rien, nous pourrions terminer ceci une autre fois, suggéra Sean à l'Américain.

— Tout à fait d'accord. J'allais vous le proposer.

Duff passa la main à travers les cordes et saisit le bras de Sean.

— Dis donc, il y a quelqu'un qui te cherche. Tu n'avais pas remarqué ?

— C'est peut-être sa façon à lui de me témoigner de l'affection...

— A ta place, je ne m'y fierais pas. Tu viens ?

Fernandes s'arrêta en grondant, banda ses muscles, et détendit le bras. Le pied de table froufrouta comme un faisan qui s'envole, et passa à quelques centimètres de la tête de Sean, qui sentit le vent ébouriffer ses cheveux.

— En avant, Duff !

Sean eut la désagréable sensation de voir Fernandes foncer à nouveau vers lui en faisant des moulinets avec sa massue improvisée. Trois malheureuses cordes le séparaient seules de la brute. La vitesse à laquelle Sean et Duff tournèrent les talons fit, par comparaison, paraître l'exhibition de M. Blair extrêmement statique. Fernandes, handicapé par son poids, ne put rien contre eux.

Un peu après midi, François monta à la Fosse Candy pour annoncer à ses amis que le Portugais, après avoir assommé trois de ses supporters, avait repris la diligence pour Kimberley.

Duff désarma son fusil.

— Merci, Franz. On l'attendait pour déjeuner : on pensait qu'il viendrait peut-être nous faire une petite visite.

— As-tu compté la recette ?

— Oui. Ta commission est là sur la table, dans le sac en papier.

— Merci, vieux. Allons fêter ça !

— Vas-y tout seul, mon gars.

— Comment, Duff ? s'exclama Sean. Mais tu avais pourtant promis...

— J'ai dit : plus tard. Dans quinze jours trois semaines. Pour l'instant, il y a encore une ou deux petites choses à faire : par exemple, creuser une tranchée de quinze mètres de profondeur et de trois cents mètres de long.

— On pourrait s'y mettre demain.

— Tu veux être riche, non ? demanda Duff.

— Bien sûr, mais...

— Tu veux pouvoir te payer de jolies choses, de beaux complets, du champagne de France, des...

— Oui, mais...

— Alors, ne discute pas, soulève tes grosses fesses, et viens avec moi.

12

Les Chinois font partir des pétards pour éloigner les démons. Duff et Sean appliquèrent le même principe : tant que leur moulin ferait retentir la vallée de son grincement familier, les créanciers se tiendraient tranquilles et tout irait bien. Tout le monde était persuadé qu'ils exploitaient un filon rentable, et on les laissait en paix, mais l'argent qu'ils engouffraient dans leur moulin avait déjà perdu la moitié de sa valeur lorsque ressortaient à l'autre bout les minables petites parcelles jaunâtres.

En attendant, ils creusaient toujours, luttant éperdument contre la montre à l'approche du jour du terme. Ils faisaient sauter la roche à la dynamite, et le dernier bloc était à peine retombé qu'ils se précipitaient, dans la fumée qui les faisait tousser, pour évacuer les déblais et creuser les prochains trous de mines. C'était l'été austral, les jours étaient longs, et ils travaillaient jusqu'à la tombée de la nuit. Il leur arrivait même d'allumer leurs dernières mèches à la lueur des lanternes.

Le temps passait trop vite à leur gré, et l'argent leur filait entre les doigts. Le 15 février, Duff se rasa, changea de chemise et alla trouver Candy pour lui demander un nouveau prêt. Il partit à pied, car ils avaient dû vendre leurs chevaux la semaine précédente. Sean le suivit des yeux, et formula tout bas une petite prière — la première depuis des années.

Duff revint au petit matin. Debout au bord de la tranchée, il regarda Sean bourrer les fourneaux de mine pour le prochain abattage. Le dos de Sean luisait de sueur, et chaque muscle jouait sous la peau au moindre de ses mouvements.

— Très bien, vieux, continue !

Sean leva vers Duff des yeux rougis par la poussière.

— Combien ? demanda-t-il.

— Encore cinquante, et ce sont les derniers. Du moins, c'est ce qu'elle a dit.

Le regard de Sean vint se poser sur le paquet que Duff portait sous le bras.

— Qu'est-ce que c'est que ça ?

Des taches perçaient le papier, et l'eau lui vint à la bouche.

— De l'entrecôte, première qualité. Pas de porridge à l'eau, ce midi, fit Duff avec un sourire.

— De la viande... murmura Sean d'une voix caressante. Saignante — avec un peu d'ail et de sel...

— Et toi et moi, seuls face à l'immensité ! Bon. Laissons la poésie de côté. Fais partir ces pétards, et allons manger.

Une heure plus tard, ils longeaient la tranchée, suivis par Mbejane et ses Zoulous.

Sean éructa.

— Ah, doux souvenir ! Jamais plus je ne pourrai regarder en face du porridge à l'eau !

Ils atteignirent l'extrémité de la tranchée, là où s'accumulaient les déblais de la dernière explosion. Sean sentit un frisson lui monter le long des bras, et le souffle lui manqua. Les doigts de Duff s'enfoncèrent dans son épaule : ils tremblaient.

On eût dit un serpent, un gros python gris qui s'enfonçait sous le tas de débris et réapparaissait de l'autre côté.

Ce fut Duff qui bougea le premier. Il s'agenouilla, ramassa

un morceau du précieux filon, une grosse motte grise, et y déposa un baiser.

— C'est lui, hein, Duff ! C'est le Filon Maître ?

— C'est le pied de l'arc-en-ciel [1].

— Plus de porridge à l'eau, murmura Sean.

Duff se mit à rire, Sean rit à son tour. Sauvagement, follement, ils hurlèrent leur joie.

1. Allusion à la vieille croyance populaire selon laquelle on trouvait des trésors au pied des arcs-en-ciel.

13

— PASSE-LE-MOI encore, demanda Sean.

Duff le lui passa.

— Bon sang, c'est lourd !

— Rien n'est plus lourd, reconnut Duff.

— Ça doit faire vingt kilos comme rien !

Sean tenait le lingot à deux mains : il avait la taille d'une boîte à cigares.

— Plus que ça !

— En deux jours de travail, on a refait toutes nos pertes !

— On a même pris un peu d'avance, je crois bien.

Sean posa le lingot sur la table, entre eux deux. A la lueur de la lampe, il brillait doucement. Duff se pencha en avant et le palpa : la surface en était rugueuse, car il avait été grossièrement moulé.

— Je ne peux pas m'empêcher de le caresser, confessa-t-il d'un air gêné, c'est plus fort que moi.

— Et moi donc ! s'exclama Sean. On va pouvoir payer Candy d'ici une semaine ou deux.

Duff sursauta.

— Qu'est-ce que tu dis ?

— Je dis qu'on va pouvoir régler nos comptes avec Candy.

— Je pensais bien n'avoir pas rêvé. Ecoute, vieux, fit

Duff en tapotant le bras de Sean avec indulgence. Je vais essayer d'être clair. Quelle est la durée de notre option sur ces terrains ?

— Trois ans.

— Exact. Autre question : quels sont les gens qui ont de l'argent dans le secteur ?

Sean parut abasourdi.

— Eh bien, à part nous... heu...

— Personne, jusqu'à ce que Hradsky revienne.

— Et les frères Heyns ? Ils ont attaqué le Filon Maître, eux aussi !

— Bien sûr, mais tant que leurs machines ne seront pas arrivées d'Angleterre, ça ne leur fera ni chaud ni froid !

— Continue.

Sean ne comprenait pas encore très bien où Duff voulait en venir.

— Au lieu de payer Candy tout de suite, nous allons utiliser ce lingot (il le tapota affectueusement) et tous ses petits frères à venir pour acheter toutes les concessions valables sur lesquelles nous pourrons mettre la main. Et pour commencer, celle du Dr. Sutherland, entre le *Jack and Whistle* et nous. Ensuite, nous ferons venir deux gros moulins à dix bocards, et quand ils se mettront à cracher de l'or à leur tour, nous achèterons des terrains, nous créerons des briqueteries, des ateliers mécaniques, des compagnies de transport et tout et tout. Je t'ai déjà expliqué qu'il y avait pour trouver de l'or d'autres moyens que de creuser la terre.

Sean le regardait fixement et ne disait mot.

— As-tu la tête solide ? demanda Duff.

Sean fit signe que oui.

— Tu vas en avoir besoin, parce qu'on va atteindre des hauteurs vertigineuses. Tu vas participer à la plus vaste opération financière qu'on ait jamais vue dans ce pays !

Sean alluma un des cigares que Candy lui avait offerts. Sa main tremblait encore un peu.

— Tu ne crois pas qu'il vaudrait mieux... heu... essayer de ne pas aller trop vite ? Enfin, bon sang, ça ne fait jamais que deux jours qu'on a attaqué le filon...

— ... et on a déjà gagné un millier de livres, coupa Duff. Ecoute-moi, Sean, toute ma vie j'ai attendu une occasion comme celle-là. Nous sommes les premiers à réussir ici ; la fortune s'offre à nous, les jambes écartées comme une putain. On ne va tout de même pas laisser passer ça ?

Le lendemain matin, Duff eut la chance de rencontrer le Dr. Sutherland assez tôt pour qu'il fût encore à jeun, et par conséquent capable de parler affaires. Une heure plus tard, toute discussion eût été impossible. En fait, le toubib renversa quand même son verre et tomba de sa chaise avant de signer l'acte de vente. L'encre était à peine sèche que Duff se précipitait à bride abattue vers le camp Ferrieras, et se mettait en quête de Ted Reynecke, le propriétaire des concessions qui se trouvaient de l'autre côté de la mine du *Cousin Jock*. Pendant ce temps, Sean surveillait le moulin et se rongeait les poings.

En une semaine, Duff avait acheté plus de cent concessions et fait quarante mille livres de dettes.

— Duff, tu es devenu fou, se lamentait Sean. On va tout perdre à nouveau !

— Combien avons-nous retiré de la Fosse Candy jusqu'à présent ?

— Il y en a pour quatre mille livres sterling.

— Dix pour cent de ce que nous devons, cela en dix jours — et encore, avec un malheureux moulin de rien du tout ! Tiens-toi bien, vieux, demain je vais signer l'acte pour les quarante concessions qui sont de l'autre côté du *Jack and Whistle*. Ça aurait pu être fait dès aujourd'hui, mais ce damné Grec ne veut pas les lâcher à moins de mille livres chacune. Il va falloir que j'en passe par ses exigences, je le crains.

Sean se prit la tête dans les mains.

— Duff, mon vieux, je t'en supplie ! Nous avons déjà des dettes jusqu'au cou...

— T'occupe pas, gars, et laisse faire le vieux sorcier.

— Je vais me coucher. Je suppose qu'il faudra que je te remplace demain, puisque tu as l'intention de passer ta matinée à nous ruiner un peu plus.

— Inutile, j'ai loué les services de l'Américain. Tu sais, Curtis, ton dernier *challenger*. J'ai appris qu'il était mineur, et tout prêt à travailler pour nous à trente livres par mois. Ça fait que tu peux venir en ville avec moi et admirer la manière dont je m'y prends pour faire fortune. J'ai rendez-vous avec le Grec à neuf heures à l'Hôtel Candy.

14

A neuf heures, Duff bavardait tout seul, et Sean l'écoutait, assis sur le bord de sa chaise. A dix heures, le Grec n'était toujours pas là. Duff était morose ; Sean exultait et, soulagé, devenait loquace à son tour. A onze heures, il voulut repartir vers la mine.

— C'est un présage, Duff. Dieu nous a vus ; il a compris que nous allions commettre une erreur terrible. Alors il s'est dit : « Non, je ne peux pas les laisser faire une chose pareille, des petits gars si gentils. Alors je vais m'arranger pour que le Grec se casse une jambe. »

— Tu devrais entrer à la Trappe, toi, tu as des dispositions !

Duff regarda sa montre une fois de plus.

— Viens, on y va !

— Tout de suite.

Sean se leva vivement.

— On arrivera à temps pour nettoyer les tables avant déjeuner.

— On ne rentre pas à la mine, on va chercher le Grec.

— Ecoute-moi, Duff...

— Je t'écouterai plus tard. Allons, viens.

Ils se dirigèrent vers l'*Ange Flamboyant*, laissèrent leurs chevaux à la porte et entrèrent ensemble.

Après la clarté aveuglante du soleil, l'intérieur leur parut fort sombre ; cependant, dans cette obscurité, un groupe attira tout de suite leur attention. Le Grec leur tournait le dos. La raie qui partageait ses cheveux huileux semblait avoir été tracée à la règle. Le regard de Sean se porta sur les deux hommes qui faisaient face au Grec : des Juifs sans nul doute, mais là s'arrêtait la ressemblance. Le plus jeune était mince ; il avait la peau olivâtre, les pommettes saillantes, les lèvres très rouges, et ses yeux bruns, très doux, étaient ombragés de longs cils féminins. Son voisin paraissait avoir été moulé dans de la cire qu'on aurait trop approché d'une flamme : un corps en forme de poire, et des épaules rondes, presque difformes, qui semblaient supporter avec peine l'énorme tête bombée. Il était coiffé à la façon de Frère Tuck [1], avec des cheveux longs sur les oreilles. Le personnage aurait pu être comique, sans le regard clignotant de ses yeux jaunes.

— Hradsky, murmura Duff d'une voix sifflante.

Puis l'expression de son visage changea, et il s'avança vers la table en souriant.

— Salut, Nikky. Je croyais qu'on avait rendez-vous.

Le Grec se tortilla sur sa chaise.

— Monsieur Charleywood, je suis désolé, j'ai été retenu.

— C'est ce que je vois. Les truands sont de sortie aujourd'hui.

Sean vit une rougeur envahir le cou de M. Hradsky, puis disparaître à nouveau.

— Vous avez vendu ? demanda Duff.

— Je regrette, monsieur Charleywood, mais M. Hradsky m'a payé sans discuter le prix que je demandais — et comptant, encore.

Le regard de Duff se porta de l'autre côté de la table.

— Salut, Norman. Comment va votre fille ?

Cette fois, la rougeur monta jusqu'au visage de Hradsky. Il ouvrit la bouche, fit claquer sa langue à deux reprises, mais ne prononça pas un mot.

Duff, tout souriant, regarda le voisin de Hradsky.

— Dis-le à sa place, Max.

---

1. Compagnon de Robin des Bois, qui avait reçu la tonsure.

Les yeux couleur de caramel s'abaissèrent vers la table.
— La fille de M. Hradsky va très bien.
— Je crois qu'elle s'est mariée peu après mon départ involontaire de Kimberley.
— C'est exact.
— Bien joué, Norman. Beaucoup plus astucieux que de me faire expulser de la ville par vos voyous. Ce n'était pas très élégant de votre part.
Silence.
— Il faudra qu'on se rencontre un de ces quatre, pour bavarder du bon vieux temps. En att-en att-en, atten-dant, sa-sa-salut !
Sur le chemin du retour, Sean demanda :
— Il a une fille ? Si elle lui ressemble, tu as eu de la chance de lui échapper !
— Pas du tout. C'était une fille splendide : une grappe de raisins bien mûrs... et la fleur avec.
— C'est à peine croyable.
— Je ne le croyais pas non plus. La seule conclusion à laquelle je sois arrivé, c'est que Max devait y être pour quelque chose.
— Qui est ce Max ?
— C'est le bouffon du roi. On dit que c'est Hradsky qui pend les tapis, mais que c'est Max qui les bat.
Sean se mit à rire et Duff poursuivit :
— Mais il ne faut pas sous-estimer Hradsky. Son bégaiement est sa seule faiblesse, et comme il a Max pour porte-parole, le remède est à côté du mal. Sous ce crâne monumental se cache un cerveau aussi prompt et aussi impitoyable qu'une guillotine. Maintenant qu'il est là, il va y avoir du mouvement par ici. Il faudra foncer pour pouvoir soutenir le rythme.
Sean réfléchit quelques instants.
— A propos, Duff, puisque les concessions du Grec nous ont passé sous le nez et que par conséquent nous avons de l'argent liquide disponible, si nous commandions du matériel pour mettre en valeur les terrains que nous avons déjà ?
Duff lui sourit.
— J'ai télégraphié à Londres la semaine dernière, répondit-il. Avant la fin de ce mois, on nous expédie par mer deux moulins à dix bocards, flambant neufs !

— Nom d'une pipe, pourquoi ne me l'avais-tu pas dit ?

— Tu te faisais assez de cheveux comme ça ; je ne voulais pas te porter un coup fatal !

Sean ouvrit la bouche, prêt à le couvrir d'injures, mais Duff lui fit un clin d'œil avant qu'il ne pût dire un mot. Les lèvres de Sean se mirent à trembler, et une terrible envie de rire le saisit : il voulut lutter, mais ce fut plus fort que lui.

— Combien ça va nous coûter ? cria-t-il entre deux éclats de rire.

— Ne t'avise pas de me poser encore pareille question, sinon je t'étrangle ! répliqua Duff. Contente-toi de savoir que, si nous voulons régler les factures lorsque ces moulins débarqueront à Port-Natal, il va falloir extraire une montagne de déblais dans les semaines qui viennent.

— Et pour payer les nouvelles concessions ?

— Ça, c'est mon affaire. Je m'en charge, ne te fais pas de bile pour ça.

Ainsi se précisa peu à peu le rôle de chacun dans l'association ; Duff, avec sa faconde et son sourire charmeur, était chargé d'apaiser les tempêtes soulevées par les créanciers impatients. Il possédait d'inépuisables réserves de connaissances techniques auxquelles Sean faisait appel journellement. C'était lui aussi qui avait les idées, les unes brillantes, les autres chimériques. Mais il était instable, lunatique, incapable souvent de mettre ses projets à exécution. Son intérêt s'émoussait vite, et c'était finalement Sean qui devait faire un choix entre les différents plans issus du cerveau fécond de Duff Charleywood. Ceux qui avaient retenu son approbation, il les soutenait comme s'il en avait été lui-même l'auteur. Duff était le théoricien, Sean le praticien. Sean comprenait maintenant pourquoi Duff n'avait jusqu'à présent jamais réussi, mais il reconnaissait en même temps que sans Duff il eût été également désarmé. Il admirait la façon dont son ami, avec le peu d'or qu'ils extrayaient de la Fosse Candy, réussissait à faire tourner le moulin, à payer les fournisseurs, à régler les créances et à économiser cependant assez pour pouvoir acheter le nouveau matériel. Il était comme un homme qui jongle avec des charbons ardents : qu'il en garde un trop longtemps et il se brûle, qu'il en lâche un et tout s'écroule. Mais Duff, le brillant, l'incertain Duff, savait où s'appuyer, sur qui se reposer. Sa confiance, son amitié pour Sean ne s'exprimaient jamais par des mots, mais par un simple regard. Parfois, il se sentait bien petit, bien faible auprès de Sean, de sa force, de son obstination. Cependant c'était une sensation plutôt agréable, comme de se sentir protégé par de solides remparts.

Ils édifièrent d'autres bâtiments autour du moulin : des entrepôts, une fonderie, des cases pour Sean et Curtis. Duff passait à nouveau ses nuits à l'hôtel. Le camp des indigènes se déplaçait à flanc de colline à mesure que grandissait la halde. La vallée tout entière se transformait. Les nouveaux moulins de Hradsky se dressèrent un beau jour dans le ciel, énormes, magnifiques, et pourtant bientôt écrasés par la taille des haldes qui les entouraient. Johannesburg, d'abord simple damier de concessions aurifères, s'organisa peu à peu, et les campements éparpillés s'ordonnèrent le long des rues nouvelles.

Les membres du Comité d'Action des Chercheurs d'Or, las de devoir gratter leurs bottes à chaque fois qu'ils devaient rentrer quelque part, ordonnèrent la construction de latrines publiques. Puis, tout en s'effarant de leur propre audace, ils jetèrent un pont sur le Natal, firent l'acquisition d'une arroseuse pour lutter contre la poussière dans les rues de Johannesburg, et prirent un arrêté interdisant d'enterrer les morts dans un rayon d'un kilomètre autour du centre de la ville. En tant que membres du Comité d'Action, Sean et Duff crurent de leur devoir de prouver leur confiance dans l'avenir de la région en achetant vingt-cinq lots de terrain, à cinq livres chacun, payables dans les six mois. Candy fit appel à tous ses clients, et en un seul week-end d'efforts prodigieux, ils démolirent entièrement l'hôtel, chargèrent leurs chariots jusqu'à la dernière planche et la dernière tôle, emmenèrent le tout quinze cents mètres plus loin et le reconstruisirent sur le terrain que Candy possédait au centre de la commune. Au cours de la réception qu'elle donna le dimanche soir pour les remercier, ils faillirent démanteler l'hôtel une seconde fois.

Chaque jour, les routes venant de Natal et du Cap déversaient dans le Witwatersrand de nouveaux contingents d'hommes et de chariots. Duff suggéra de percevoir une guinée par tête auprès des nouveaux arrivants afin de faciliter le financement des travaux publics, mais cette proposition fut repoussée de mauvaise grâce : chacun pensait que, si cette mesure devait entraîner un semblant de guerre civile, les membres du Comité d'Action seraient très inférieurs en nombre aux nouveaux venus — et personne ne se souciait d'être dans le camp des vaincus.

Un matin, en venant à la mine, Duff apporta un télégramme et le tendit à Sean sans mot dire. Sean le parcourut : le matériel était arrivé.

— Bon sang, il est en avance de trois semaines !

— On aurait dû s'en douter, murmura Duff. Ça descend tout le temps pour venir d'Angleterre...

— Est-ce que nous avons de quoi payer la facture ? demanda Sean.

— Non.

— Qu'est-ce qu'on va faire ?

— Je vais aller voir le petit type de la banque.

— Il te fichera à la porte.

— Il faut qu'il nous fasse un prêt sur la valeur des concessions.

— Comment diable t'y prendras-tu ? Nous ne les avons pas encore payées !

— C'est ça, le génie des affaires, mon vieux. Je vais simplement lui faire remarquer qu'elles valent au moins cinq fois leur prix d'achat !

Duff sourit.

— Peux-tu te débrouiller seul avec Curtis pendant que j'essaie d'arranger ça ?

— Si tu réussis, je t'offrirai volontiers un mois de congé !

Lorsque Duff revint dans l'après-midi, il tenait un papier à la main. Un papier orné d'un gros cachet de cire rouge, intitulé « Lettre de Crédit », et au milieu duquel, se détachant d'un fouillis de petits caractères, s'étalait fièrement un chiffre suivi d'un nombre respectable de zéros.

— Tu es une crapule de génie, dit Sean.

— N'est-ce pas ? répondit Duff.

15

Le matériel des frères Heyns se trouvait sur le même bateau. Jock et Duff partirent ensemble pour Port-Natal, louèrent une centaine de chariots et ramenèrent tout en bloc.

— Je vais te proposer quelque chose, Jock. Je te parie que nos moulins commenceront à tourner avant les tiens. Le perdant paiera le transport de tout le matériel.

Ils étaient de retour à Johannesburg, au nouveau bar de Candy, et se rinçaient le gosier desséché par la poussière.

— Tope là !

— J'irai plus loin, je te parie cinq cents livres par-dessus le marché !

Sean envoya à Duff un coup de coude dans les côtes.

— Doucement, Duff, murmura-t-il. On n'a pas les moyens de...

Mais Jock tenait déjà son pari.

— Qu'est-ce que tu me racontes ? chuchota Duff à Sean. Il nous reste encore quinze cents livres sur la lettre de crédit.

Sean secoua la tête.

— Non, tu te trompes.

Duff tira le précieux document de sa poche intérieure et le brandit sous le nez de Sean.

— Tiens, regarde. Lis toi-même.

Sean lui prit le papier des mains.

— Merci, vieux frère, maintenant je vais pouvoir payer le bonhomme.

— Quel bonhomme ?

— Celui des chariots.

— Quels chariots ?

— Les chariots que Jock et toi avez loués à Port-Natal. Je viens de les acheter.

— Qu'est-ce que c'est que cette histoire ?

— C'est toi qui as eu l'idée de monter une entreprise de transports, non ? Dès qu'ils seront déchargés, ils repartiront chercher du charbon à Dundee.

Duff lui fit un sourire.

— Toi, quand tu t'es mis une idée en tête... Très bien, vieux, vas-y. Il faudra s'arranger pour gagner le pari, c'est tout.

Ils installèrent un des moulins à la Fosse Candy, l'autre sur la nouvelle concession, de l'autre côté du *Cousin Jock*, et recrutèrent deux équipes parmi les chômeurs de Johannesburg. Curtis surveillait l'une, Sean dirigeait l'autre, et Duff faisait la navette entre les deux. A chaque fois qu'il passait devant le *Cousin Jock*, il s'arrêtait quelques instants pour surveiller les progrès de Trevor et de Jock.

— Ils nous gagnent de vitesse, Sean, annonça-t-il un jour d'un ton maussade. Leurs chaudières sont installées, et elles tiennent déjà la pression.

Le lendemain, cependant, il avait retrouvé le sourire.

— Ils n'ont pas mis assez de ciment pour faire leur socle, il s'est affaissé dès qu'ils ont voulu poser le concasseur. Il va falloir qu'ils recommencent : ça leur fait perdre trois ou quatre jours.

Dans les cantines, les paris allaient bon train, et les cotes fluctuaient à chaque nouvel incident. Un samedi après-midi, François monta à la Fosse Candy. Il regarda ses amis travailler, émit une ou deux suggestions, puis remarqua :

— A l'*Ange Flamboyant*, on vous prend à trois contre un. Les gars pensent que Heyns aura tout fini pour la fin de la semaine prochaine.

— Va mettre encore cinq cents livres pour moi, lui dit Duff.

Sean secoua la tête d'un air catastrophé.

— Ne t'inquiète donc pas, vieux. On ne peut plus perdre maintenant. Jock Heyns n'est qu'un minable petit amateur : il a monté les mâchoires de son concasseur à l'envers. Je ne m'en suis aperçu que ce matin. Lorsqu'il va vouloir mettre son engin en marche, il va avoir une petite surprise : il va falloir qu'il démonte tout.

Duff avait parfaitement raison : leurs moulins commencèrent à fonctionner quinze bonnes heures avant ceux des frères Heyns. Jock arriva bientôt, la tête basse.

— Félicitations !

— Merci. Tu as apporté ton carnet de chèques ?

— C'est pour ça que je suis venu. Tu peux m'accorder un petit délai ?

— Je te fais confiance, répondit Sean. Viens boire un coup... Tu ne veux pas de charbon par hasard ?

— Ah oui, j'ai appris que tes chariots étaient arrivés ce matin. Quel est ton prix ?

— Quinze livres le sac de cinquante kilos.

— Bon sang ! Tu es un sacré voleur, je parie que ça ne te revient pas à plus de cinq shillings.

— Il faut bien faire son petit bénéfice, répliqua Sean.

Ainsi, l'ascension avait été difficile, mais Sean et Duff étaient enfin parvenus au sommet. Maintenant, tout serait facile. L'argent se mit à couler à flots.

Le caprice géologique qui avait incurvé le Filon Maître en forme d'arc au milieu de la Fosse Candy l'avait en même temps enrichi de façon prodigieuse. Un soir, François se trouvait là au moment où Sean et Duff plaçaient la boule d'amalgame dans la cornue. A mesure que le mercure s'évaporait, les yeux de François se dilataient ; il regardait l'or apparaître comme il aurait regardé une femme se déshabiller.

— *Gott !* Va falloir que je vous appelle « Monsieur », maintenant.

— As-tu déjà vu un filon aussi riche, François ? demanda Duff qui savourait son triomphe.

François secoua lentement la tête.

— Vous connaissez ma théorie, vous deux. D'après moi, le filon c'est le fond d'un ancien lac. Eh bien, ce que je viens de voir, ça confirme le topo. Dans votre coin, il a dû y avoir au fond du lac une profonde fissure qui a joué le rôle d'un piège naturel, et l'or s'est déposé dedans au cours des âges. Bon sang, quel pot ! Les yeux fermés, vous avez mis dans le mille ! Au *Jack and Whistle*, on ne sort pas la moitié de ce que vous tirez de votre filon !

Leur découvert à la banque dégringola comme un baromètre à l'approche d'un typhon. Les commerçants les accueillaient avec le sourire, maintenant. Ils remirent au docteur Sutherland un chèque qui lui aurait permis de se constituer un stock de whisky pour une bonne centaine d'années. Candy les embrassa lorsqu'ils vinrent lui rembourser tout ce qu'ils lui devaient, plus sept pour cent d'intérêts. Elle fit alors construire un nouvel hôtel à deux étages, avec un lustre de cristal dans la salle à manger, et, au second, un magnifique appartement rouge sombre et or qu'elle loua immédiatement à Duff et Sean, mais à condition expresse que, au cas où la reine Victoria viendrait à visiter Johannesburg, ils l'autoriseraient à y loger. En attendant ce grand jour, Candy baptisa l'appartement la Suite Royale.

François finit par se laisser convaincre de venir s'occuper de la bonne marche de la Fosse Candy, et déménagea un beau jour du *Jack and Whistle*, emportant avec lui un coffre de vêtements et quatre de médicaments. Martin Curtiss fut chargé du moulin installé sur les nouvelles concessions, qu'on appela *La Petite Sœur*. Bien qu'elle fût loin d'être aussi riche que la Fosse Candy, la *Petite Sœur* produisait chaque mois une petite fortune, car Curtiss était aussi bon travailleur qu'habile boxeur.

A la fin du mois d'août, Sean et Duff n'avaient plus de créanciers : les concessions étaient bien à eux, les moulins aussi, et il leur restait de l'argent à investir.

— Il nous faudrait un bureau en ville, fit remarquer Sean. Nous ne pouvons plus diriger cette affaire de notre chambre à coucher !

— Très juste, fit Duff. On va construire quelque chose sur le terrain qui se trouve à l'angle de la place du marché.

Le modeste bâtiment de quatre pièces des premiers projets devint finalement un immeuble de deux étages, parquet d'oréodaphné, lambris de chêne, en tout vingt pièces : ils louèrent celles dont ils ne se servaient pas.

— Le prix du terrain a triplé en trois mois, dit Sean, et il continue à grimper.

— Tu as raison. C'est le moment d'acheter, reconnut Duff. Tu commences à comprendre, on dirait.

— Je ne fais que suivre ton idée.

— Vraiment ?

Duff paraissait surpris.

— Tu ne te rappelles pas ton petit discours à propos de « hauteurs vertigineuses » ?

— Tu n'oublies donc jamais rien ? demanda Duff.

Ils achetèrent de nouveaux terrains : quatre cents hectares du côté de l'Orangerie, et autant près de Hospital Hill. Leurs chariots — ils en avaient maintenant plus de trois cent cinquante — arrivaient quotidiennement de Port-Natal et de Lourenço Marques. Leurs briqueteries travaillaient vingt-quatre heures sur vingt-quatre, sept jours par semaine, pour essayer de faire face à la demande de matériaux de construction.

Il fallut à Sean plus d'une semaine pour arriver à dissuader Duff de bâtir un Opéra. Au lieu de cela, ils s'associèrent à d'autres membres du Comité pour financer un établissement artistique d'un tout autre genre, qu'ils baptisèrent « *l'Opéra* », pour faire plaisir à Duff. Ils recrutèrent leurs artistes, non parmi les grandes compagnies européennes, mais dans les quartiers des docks du Cap et de Port-Natal, et mirent à la tête de la troupe une Française de grande expérience appelée « Blue Bessie » — Bessie la Bleue — à cause de la couleur de ses cheveux.

L'Opéra offrit des plaisirs de deux sortes. Aux membres du Comité, et aux autres possesseurs de fortunes naissantes, était réservée une discrète entrée par où l'on accédait à un salon somptueusement meublé. On pouvait y sabler le meilleur champagne, et y discuter tranquillement des fluctuations de la Bourse de Kimberley — ou bien gagner un des cabinets particuliers décorés avec goût. Le commun des mortels devait faire la queue dans un couloir dénudé, n'avait pas le choix des partenaires, et n'avait droit qu'à cinq minutes, pas une de plus. En un mois, *l'Opéra* rapporta davantage que la mine *Jack and Whistle.*

Dès le mois de décembre, il y avait plusieurs millionnaires [1] à Johannesburg : Hradsky, les frères Heyns, Karl Lochtkamper, Duff Charleywood, Sean Courteney, et une douzaine d'autres. Ils possédaient les mines, les terrains, les immeubles et la cité : c'était l'aristocratie du Witwatersrand, anoblie par l'argent et consacrée par l'or.

Une semaine avant Noël, Hradsky, leur souverain contesté mais indiscutable, les convoqua à une réunion qui devait se tenir dans un des salons privés de l'Hôtel Candy.

— Pour qui il se prend ? grogna Jock Heyns. Il nous donne des ordres comme à des domestiques zoulous !

— *Verdammt Juden !* s'exclama Lochtkamper.

Mais ils vinrent tous, car tout ce que Hradsky entreprenait fleurait l'argent, et ils ne pouvaient pas davantage y résister qu'un chien à l'odeur d'une femelle, à la saison des amours.

Duff et Sean arrivèrent les derniers. L'atmosphère était déjà embrumée par la fumée des cigares, et lourde d'expectative. Hradsky était affalé dans un des fauteuils de cuir, son fidèle Max à ses côtés. Lorsque Duff entra, les yeux de Hradsky papillotèrent mais son visage resta impassible. Quand tout le monde fut installé, Max se leva.

— Messieurs, commença-t-il, M. Hradsky vous a fait venir pour vous demander d'examiner une proposition.

Chacun se pencha en avant, avec dans le regard cette petite lueur du chien de meute débûchant un cerf.

— Il arrive que des hommes dans votre situation aient besoin d'un capital pour financer de nouvelles entreprises et pour consolider les gains récents. Par ailleurs, ceux d'entre nous qui possèdent de l'argent improductif aimeraient pouvoir trouver de nouveaux débouchés pour des investissements.

Max s'éclaircit la gorge et les regarda de ses yeux bruns un peu tristes.

— Jusqu'à présent, pour nous permettre de satisfaire à ces nécessités, nous ne disposions d'aucun de ces lieux de rencontre et d'échanges comme il en existe dans la

1. Il s'agit de millionnaires en livres sterlings...

plupart des grandes capitales financières du monde moderne. A l'heure actuelle, nous n'avons que la Bourse de Kimberley qui est, vous en conviendrez, trop éloignée de Johannesburg pour nous être de quelque utilité. M. Hradsky vous a donc convoqués pour examiner la possibilité de fonder notre propre Bourse des Valeurs et, au cas où vous accepteriez, pour procéder dès maintenant à la nomination d'un conseil d'administration et de son président.

Max se rassit. Dans le silence qui suivit, chacun considéra l'idée, chercha à l'adapter à son propre mode de réflexion, et surtout à la juger selon le critère : « Qu'est-ce que cela me rapportera ? »

— *Ja*, c'est une rudement bonne idée, dit enfin Lochtkamper.

— Oui, c'est ça qu'il nous faut.

— J'en suis.

Tandis qu'ils discutaient, proposaient et marchandaient, Sean observait leurs visages, les uns amers, les autres satisfaits, celui-ci paisible, celui-là exaspéré, mais tous, tous avec quelque chose en commun : la petite lueur dans les yeux. Il était minuit passé lorsqu'ils en vinrent à un accord.

Max se leva à nouveau.

— Messieurs, M. Hradsky aimerait que vous buviez avec lui une coupe de champagne pour célébrer la fondation de notre nouvelle entreprise.

— Ça, s'exclama Duff, je n'en crois pas un mot. La dernière fois qu'il a réglé une addition, ce devait être dans les années 60 ! Vite, quelqu'un ! Trouvez-moi un garçon avant que M. Hradsky ne change d'avis.

Hradsky baissa les paupières, pour qu'on ne vît pas la haine qui emplissait ses yeux.

16

Avec sa Bourse et son bordel, Johannesburg devint une véritable ville. Krüger lui-même admit le fait : il fit dissoudre le Comité d'Action, dépêcha ses propres forces de police, distribua les monopoles essentiels de fournitures de matériel à sa famille et aux membres de son gouvernement, et se mit en devoir de réétudier ses lois fiscales en accordant une attention toute particulière aux bénéfices miniers. En dépit des efforts de Krüger pour tuer la poule aux œufs d'or, Johannesburg continua à se développer, déborda des limites assignées par le gouvernement et se répandit bruyamment dans le *veld.*

Sean et Duff prospéraient au même rythme. Leur vie se modifia rapidement. Leurs visites à la mine s'espacèrent, devinrent bientôt une simple inspection hebdomadaire : ils se déchargeaient des soucis sur leurs subordonnés. Un fleuve d'or se mit à couler dans leurs bureaux d'Eloff Street, car ceux qu'ils employaient étaient les plus chers qu'on pût trouver sur place, mais aussi les meilleurs.

Leur horizon se limita bientôt aux lambris de la Suite Royale et de la Bourse des Valeurs ; cependant, dans cet univers clos, Sean connaissait des sensations nouvelles dont il n'avait jamais soupçonné l'existence. Il n'avait guère eu le temps d'y songer, au début, dans la fièvre des premiers mois. Son énergie, son temps avaient été si totalement absorbés par son travail qu'il n'avait eu conscience de rien d'autre.

Et puis un jour, il avait demandé à la banque un titre de propriété dont il avait besoin. Il s'attendait à voir arriver quelque sous-fifre, mais c'est le directeur-adjoint en personne, accompagné d'un chef de service, qui était entré respectueusement dans son bureau. Il en ressentit un choc presque physique, et cela éveilla son attention. Il remarqua la manière dont les gens le regardaient quand il passait dans la rue, et se rendit soudain compte que quinze cents personnes au moins dépendaient de lui pour leur subsistance.

C'était pour Sean et Duff une agréable sensation que de voir la foule s'écarter sur leur passage lorsque, chaque matin, à la Bourse, ils allaient prendre place dans les fauteuils de cuir du salon privé. Lorsque les deux amis se penchaient l'un vers l'autre et se mettaient à bavarder tranquillement avant l'ouverture de la séance, tous avaient les yeux fixés sur eux, même les gros pontes : Hradsky et son regard farouche dissimulé derrière ses paupières lourdes, Jock et Trevor Heyns, Karl Lochtkamper, chacun aurait donné la totalité de sa production de la journée pour entendre leur conversation.

— Achète ! disait Sean.

— J'achète ! J'achète ! J'achète ! disait la meute.

Et les prix montaient à mesure, avant de s'effondrer brusquement, lorsque l'argent allait se placer ailleurs.

Un beau matin de mars 1886, la petite sensation agréable devint presque un orgasme. Max se leva de la chaise qu'il occupait près de Hradsky et traversa le salon pour venir à leur rencontre. Il s'arrêta devant eux, leva ses yeux tristes du tapis où ils étaient rivés et, en s'excusant presque, leur tendit une liasse de papiers.

— Bonjour, monsieur Courteney. Bonjour monsieur Charleywood. M. Hradsky m'a prié de porter à votre connaissance cette nouvelle émission d'actions. Peut-être voudriez-vous jeter un coup d'œil sur ces rapports qui sont bien entendu confidentiels, mais dont M. Hradsky pense qu'ils sont susceptibles de vous intéresser.

Lorsqu'un homme qui vous déteste vient vous demander une faveur c'est bon signe. Après cette première ouverture dont Hradsky avait pris l'initiative, ils travaillèrent souvent ensemble. Jamais, pourtant, Hradsky ne prononça un mot, ni eut un regard qui pût laisser croire qu'il avait conscience de leur existence. Tous les matins, Duff le saluait d'un bout à l'autre du salon en criant : « Salut, moulin à paroles ! », ou bien : « Chantez-nous quelque chose, Norman ! ».

Alors les yeux de Hradsky clignotaient, et il s'enfonçait un peu plus dans son fauteuil. Cependant, avant que la cloche n'annonçât l'ouverture des cours, Max se levait et venait vers eux, laissant son maître contempler fixement la cheminée vide. Puis après avoir échangé avec Sean et Duff quelques phrases à voix basse, Max revenait s'asseoir auprès de Hradsky.

Leurs fortunes associées devenait une force irrésistible : en une seule et folle matinée, ils ajoutèrent cinquante mille livres à leur compte en banque.

Un jeune garçon ignorant manie son premier fusil comme un jouet. Sean avait vingt-deux ans maintenant, et la puissance qu'il détenait était une arme plus meurtrière que tous les fusils du monde, et beaucoup plus agréable à utiliser. Au début, c'était un jeu sur l'échiquier du Witwatersrand, avec pour pièces les hommes et l'or. Un simple mot, une signature au bas d'un morceau de papier, et l'or tintait, et les hommes se hâtaient. Les conséquences étaient lointaines. Ce qui comptait, c'était le score qui s'inscrivait en chiffres noirs sur les relevés de compte de la banque.

Et puis, en ce même mois de mars 1886, Sean comprit qu'un homme pouvait être retiré du jeu avec moins de ménagements qu'un pion ou qu'un cavalier de bois.

Karl Lochtkamper, le gros Allemand jovial, commit l'imprudence de prêter le flanc aux attaques. Il avait besoin d'argent pour mettre en valeur une nouvelle propriété qu'il avait achetée près de la bordure orientale du Rand. Il emprunta donc, et signa des billets à court terme, certain de pouvoir les faire renouveler si c'était nécessaire. Il emprunta de l'argent en secret à des hommes sur qui il croyait pouvoir compter. Il était vulnérable, et les requins flairèrent leur proie de loin.

— Où est-ce que Lochtkamper a trouvé cet argent ? demanda Max.

— Vous le savez ? fit Sean.

— Non, mais je le devine.

Le lendemain, Max vint les trouver.

— Il a huit billets à ordre en circulation. En voici la liste, murmura-t-il de son éternelle voix triste. M. Hradsky va racheter ceux qui sont marqués d'une croix. Pouvez-vous vous charger des autres ?

— Oui, répondit Sean.

Ils fondirent sur Karl le jour du terme, réclamant remboursement sous vingt-quatre heures. Karl se rendit successivement dans les trois banques de la ville.

— Je regrette, monsieur Lochtkamper, nous avons dépassé nos possibilités de prêt pour ce trimestre.

— C'est M. Hradsky qui a racheté vos billets à ordre. Je suis désolé.

— Navré, monsieur Lochtkamper, M. Charleywood est un de nos administrateurs.

Karl Lochtkamper revint à la Bourse, et pénétra pour la dernière fois dans les salons privés. Debout au milieu de la pièce, le visage gris, la voix brisée, il leur parla :

— Que Dieu aie pitié de vous quand votre tour viendra ! Mes amis, mes amis ! Sean, combien de fois avons-nous trinqué ensemble ? Et toi, Duff, hier encore tu me serrais la main !

Il repartit. Son appartement au Grand Hôtel n'était qu'à une cinquantaine de mètres de la Bourse. Du salon, on entendit très nettement le coup de feu.

Cette nuit-là, Sean et Duff se soûlèrent tous les deux, seuls dans leur Suite Royale.

— Pourquoi a-t-il fait ça ? Pourquoi s'est-il tué ?

— C'était un dégonflé, répondit Duff.

— Si j'avais su ça, bon sang, si seulement j'avais su ça !

— Ecoute, vieux, il a pris ses risques et il a perdu. C'est pas notre faute. Il nous aurait fait le même coup.

— Je n'aime pas ça. C'est une saloperie. Allons-nous en d'ici, Duff.

— Sous prétexte que quelqu'un se fait piétiner par la foule, tu cries « assez » !

— Ce n'est plus comme avant. Au début, c'était autre chose...

— Oui, et demain aussi se sera différent. Allez, viens, mon gars, je sais ce qu'il te faut.

— Où allons-nous ?

— A *l'Opéra.*

— Qu'est-ce que Candy va dire ?

— Elle n'a pas besoin de savoir.

Duff avait raison. Le lendemain, tout était différent : Sean fut repris par le rythme trépidant du bureau et par l'activité intense de la Bourse. Il pensa une seule fois à Karl dans le courant de la journée, et sa mort lui sembla déjà avoir moins d'importance. Ils envoyèrent une belle couronne.

Il s'était trouvé face à face avec la réalité du jeu auquel il jouait. Il avait envisagé la possibilité de laisser tout tomber et de se retirer avec la fortune qu'il avait amassée : mais c'eût été renoncer en même temps au pouvoir qu'il détenait. Il était déjà intoxiqué, il le savait. Son subconscient, peu à peu, engourdissait sa conscience ; parfois, celle-ci se réveillait, mais elle luttait avec de moins en moins de vigueur. Duff le réconfortait : ses paroles étaient un baume qui l'aidait à surmonter les tiraillements qu'il subissait. Il ne savait pas encore que ce que Duff disait, ce qu'il faisait, n'étaient pas forcément ce qu'il croyait.

Jouer le jeu sans pitié, jouer pour gagner.

17

DANS le bureau de Sean, Duff, le dos tourné à la cheminée, fumait un manille en attendant la voiture qui devait les amener à la Bourse. Derrière lui, le feu dessinait en silhouette ses jambes minces aux mollets gainés de cuir noir. Il faisait froid en ce matin d'hiver, et il avait gardé son pardessus, dont le col ouvert laissait entrevoir l'éclat d'un diamant monté en épingle de cravate.

— ... on finit par s'habituer, disait-il. Cela fait quatre ans que je connais Candy, et j'ai l'impression d'avoir toujours vécu avec elle.

— C'est une chic fille, approuva Sean d'un air absent tout en trempant sa plume dans l'encrier et en signant le document qu'il avait devant lui.

— J'ai trente-cinq ans maintenant, poursuivit Duff. Si je dois un jour avoir un fils...

Sean posa lentement son porte-plume et leva les yeux. Un sourire se dessina sur ses lèvres.

— J'ai connu quelqu'un qui me répétait toujours : « La femme ne partage pas, elle possède, elle étouffe, elle dévore ». Voilà donc maintenant un nouveau refrain ?

Duff, gêné, changea de position et s'appuya sur son autre jambe.

— Tout change, fit-il. J'ai trente-cinq ans...

— Tu te répètes, coupa Sean.

Duff eut un faible sourire.

— Eh bien, la vérité c'est que...

Il ne termina pas sa phrase : dans la rue, un cheval arrivait au galop. Sean et Duff tournèrent machinalement la tête.

— Qui dit presse dit détresse ! s'exclama Sean en allant à la fenêtre. Tiens, c'est Curtis. Si j'en juge par la tête qu'il fait, ce ne sont pas de bonnes nouvelles qu'il nous apporte.

Dans le couloir, des voix s'élevèrent, suivies d'un bruit de pas précipités, et Martin Curtis fit irruption dans le bureau.

— C'est grave ? aboya Duff.

— Plutôt. Tout est inondé jusqu'au niveau 8.

— Bon sang, il va y en avoir pour deux mois avant de pouvoir déblayer toute cette saloperie ! s'exclama Sean. Est-ce que quelqu'un d'autre est au courant, en ville ? Tu n'en as parlé à personne ?

— A personne. Je suis venu directement ici. Quand ça a claqué, il y avait Cronje et cinq autres gars au front de taille.

— Retourne là-bas immédiatement, ordonna Sean, mais sans te presser : ce n'est pas la peine que tout le monde sache que nous avons des ennuis. Que personne ne quitte la concession. Il faut nous laisser le temps de réaliser nos actions.

— Entendu, monsieur Courteney.

Curtis hésita.

— Cronje et les cinq autres types y sont restés. Faut-il que je prévienne les familles.

— Est-ce que tu comprends ce que je te dis ? Pas un mot de cette histoire jusqu'à dix heures. Laisse-nous le temps de nous retourner.

— Mais, monsieur Courteney...

Curtis était consterné. Il regardait fixement Sean, qui se sentit coupable : six hommes noyés dans la boue gluante... Sean eut un geste indécis.

— On ne peut pas...

Mais Duff lui coupa la parole.

— Ils sont morts maintenant, et ils ne le seront pas davantage à dix heures quand on préviendra leurs familles. Retourne là-bas, Curtis.

Une heure après l'ouverture, ils vendirent leurs actions de la *Petite Sœur*, pour les racheter la semaine suivante à moitié prix. Deux mois plus tard, la *Petite Sœur* avait retrouvé son rythme normal de production.

18

Ils morcelèrent les terrains qu'ils possédaient à l'Orangerie et vendirent tous les lots, sauf une parcelle de quarante hectares sur laquelle ils entreprirent la construction d'une maison. Pour en tracer les plans, ils firent appel à toutes les ressources de leur imagination. Grâce à des arguments sonnants et trébuchants, Duff débaucha l'architecte-paysagiste du Jardin botanique du Cap et le fit venir par la malle-poste. On lui montra le terrain.

— Dessinez-moi un parc, lui dit Duff.

— Sur les quarante hectares ?

— Oui.

— Ça ne sera pas donné.

— Ça m'est égal.

Les tapis vinrent de Perse, les bois des forêts de Knysna, le marbre d'Italie. Sur les grilles de l'entrée d'honneur, ils firent graver ces mots :

A Xanadu, Kubla Khan fit édifier
un splendide palais [1]

1. Extrait du poème inachevé de S.T. Coleridge, *Kubla Khan* (écrit en 1797, publié en 1816) dans lequel l'auteur décrit la vision qu'il a eue du palais de Kubla Khan. Xanadu est l'archétype de la demeure fastueuse, symbole du pouvoir et de la réussite (cf. le film d'Orson Welles, *Citizen Kane*).

Ainsi que le maître ès-jardins l'avait prédit, cela ne fut pas donné. Tous les après-midi, après la clôture de la Bourse, Sean et Duff venaient surveiller les travaux. Un jour, ils amenèrent Candy avec eux et lui firent visiter la maison : on eût dit deux petits garçons montrant leurs plus beaux jouets.

— Ici, ce sera la salle de bal, annonça Sean.

Il s'inclina devant elle.

— Me ferez-vous l'honneur de m'accorder cette danse ?

— Volontiers, monsieur.

Elle fit une révérence, puis tournoya dans ses bras, balayant de sa robe le parquet qui attendait encore d'être poncé.

— Là, fit Duff, nous aurons l'escalier de marbre noir et blanc, et sur le palier, dans une vitrine, la tête de Hradsky avec une pomme entre les dents.

Ils montèrent en riant le plan incliné de ciment brut.

— Et voici la chambre de Sean. Le lit est en chêne, en chêne massif bien entendu, pour résister au poids...

Bras dessus, bras dessous, ils avancèrent dans le couloir.

— Là, c'est ma chambre. J'avais pensé à une baignoire en or, mais l'entrepreneur prétend que c'est trop lourd, et Sean que cela fait trop vulgaire. Regarde la vue qu'on a d'ici : on découvre toute la vallée. Le matin, je pourrai rester couché : de mon lit, je lirai les cotes de la Bourse au télescope.

— C'est très joli, fit Candy d'un ton rêveur.

— Ça te plaît ?

— Oh, oui !

— Ça pourrait être ta chambre aussi.

Candy rougit, puis prit un air agacé.

— Sean avait raison : tu es vulgaire.

Elle se dirigea vivement vers la porte, et Sean chercha un cigare dans sa poche pour cacher son embarras. En deux pas, Duff rattrapa Candy et la força à se retourner vers lui.

— Tu es bête... C'était une demande en mariage.

— Lâche-moi, fit-elle en se débattant.

Elle était au bord des larmes.

— Lâche-moi. Tu n'es pas drôle, tu sais.

— Mais, Candy, je suis sérieux ! Veux-tu m'épouser ?

Sean laissa échapper son cigare, mais la rattrapa à temps. Candy se tenait toute droite, immobile, les yeux rivés sur le visage de Duff.

— Oui, ou non, veux-tu être ma femme?

Elle fit oui de la tête, lentement, puis deux fois encore, plus vite.

Duff jeta un coup d'œil par-dessus son épaule.

— Tu peux nous laisser, vieux ?

Lorsqu'ils revinrent en ville, Candy avait retrouvé sa voix. Elle bavardait, heureuse, et Duff lui répondait avec son éternel petit sourire en coin. Sean, morose, s'était calé dans un angle de la voiture, son cigare brûlait mal :

— J'espère que je pourrai conserver la Suite Royale, Candy ? demanda-t-il.

Il y eut un silence.

— Qu'est-ce que tu veux dire ? fit Duff.

— A deux on s'amuse, à trois on s'ennuie, répondit Sean.

— Oh, non ! s'exclama Candy.

— Xanadu, c'est aussi ta maison, dit Duff d'une voix coupante.

— Je te la laisse — c'est mon cadeau de noces.

— Ferme-la ! fit Duff. Elle est assez grande pour nous trois, non ?

Candy se glissa près de Sean et lui posa la main sur l'épaule.

— Je t'en prie. Cela fait si longtemps que nous nous connaissons, tous les trois. On s'ennuierait, sans toi !

Sean grogna.

— Je t'en prie !

— Il viendra, affirma Duff.

— Je t'en prie !

— C'est bon, c'est bon..., fit Sean de mauvaise grâce.

19

Ils allèrent aux courses de Milnerton. Candy portait un chapeau avec des plumes d'autruche, Sean et Duff des hauts-de-forme gris perle et des cannes à pommeau d'or.

— Si tu veux te payer une belle robe de mariée, mets cinquante guinées sur *Trade Wind !* Il ne peut pas perdre.

— Et la jument de M. Hradsky ? demanda Candy. On en dit beaucoup de bien.

Duff fronça le sourcil.

— Tu veux donc passer à l'ennemi ?

— Je croyais que Hradsky et vous, vous étiez presque associés ?

Candy fit tournoyer son ombrelle.

— A en croire les rumeurs, ajouta-t-elle, vous travaillez presque toujours ensemble.

Mbejane calma l'ardeur des chevaux, car ils approchaient de l'entrée du champ de courses, et la foule des piétons et des voitures devenait plus dense.

— Eh bien ! il ne faut pas croire les rumeurs. D'abord, *Sun Dancer* ne tiendra pas la distance devant *Trade Wind*, elle a les jambes trop fragiles. C'est une pouliche d'origine française : au bout de quinze cents mètres, elle faiblira, c'est couru... Quant à notre « associé » Hradsky, on lui jette un os de temps en temps, voilà tout... N'est-ce pas, Sean ?

Sean contemplait le dos nu de Mbejane. Le Zoulou, vêtu d'un simple pagne, avait posé à ses pieds ses fidèles sagaies. Il commandait à ses chevaux avec une remarquable aisance, et les bêtes dressaient les oreilles au son de sa voix douce et grave.

— N'est-ce pas, Sean ? répéta Duff.

— Bien sûr, répondit Sean évasivement. Tu sais... Je crois que je vais acheter une livrée à Mbejane. Il a l'air un peu déplacé avec son pagne...

Candy poursuivait son idée, elle aussi.

— Il y a pourtant eu plusieurs chevaux de l'écurie Hradsky qui avaient du fond. Regarde *Sun Honey*, il a gagné deux fois le Derby du Cap, et *Eclipse* a dominé l'élevage anglais l'année dernière au Grand Handicap.

— Bah ! fit Duff avec un sourire supérieur. Je te garantis que *Trade Wind* va se promener aujourd'hui, et qu'il sera rentré au paddock avant que *Sun Dancer* ne passe le poteau !

— Rouge foncé et or, comme nos couleurs, murmura pensivement Sean. Ça irait très bien avec sa peau noire, avec peut-être un turban et une plume d'autruche...

— De quoi parles-tu donc ? demanda Duff un peu agacé.

— Je pensais à la livrée de Mbejane.

Ils laissèrent leur voiture dans l'enceinte réservée et s'en furent vers la tribune d'honneur, Candy escortée de ses deux chevaliers servants.

— Mon cher Duff, proclama Sean, nous avons avec nous la reine de la fête !

— Merci, fit Candy qui adressa à Sean son plus beau sourire.

— C'est pour ça que tu n'arrêtes pas de reluquer son corsage ? demanda Duff d'un ton agressif.

— Tu me dégoûtes avec ton esprit mal tourné !

Sean était vraiment choqué.

— Allons, ne dis pas le contraire, fit Candy pour le taquiner. D'ailleurs, je suis très flattée... Tu peux continuer !

Ils se frayèrent un chemin parmi les jaquettes et les

robes multicolores, et furent accueillis par des murmures flatteurs.

— Bonjour, monsieur Courteney. Il va bien, votre *Trade Wind ?*

— Vous pouvez miser jusqu'à votre chemise ! affirma Sean.

— Salut, Duff, félicitations pour tes fiançailles.

— Merci, Jock... Il serait temps que tu sautes le pas, toi aussi !

Ils étaient riches, ils étaient jeunes, ils étaient beaux et le monde les admirait. Sean se sentait bien, avec une jolie fille à son bras et un ami fidèle à ses côtés.

— Tiens, voilà Hradsky, annonça Duff. Si on allait l'asticoter un peu ?

— Pourquoi le détestes-tu à ce point ? demanda Candy d'une voix douce.

— Regarde-le et tu comprendras. As-tu jamais vu un être plus répugnant ?

— Laisse-le tranquille, Duff, ne gâche pas notre journée. Allons au paddock.

— Non, venez !

Duff les entraîna vers le bord de la piste, où Hradsky et Max, un peu à l'écart, étaient accoudés à la barrière.

— Salut, Norman, et paix à toi, Maximilien.

Hradsky inclina la tête, et Max murmura quelque chose d'un air triste. Il battit des paupières, et ses longs cils vinrent caresser ses joues.

— Je vous ai vus bavarder tous les deux, continua Duff, et j'ai eu envie de profiter de l'occasion pour prêter l'oreille à vos spirituelles reparties.

Comme les autres se taisaient, il continua :

— J'ai vu s'entraîner votre nouvelle pouliche, hier soir, et je me suis dit : Norman a une petite amie, mais oui, et il lui a acheté un canasson. Mais voilà qu'on m'annonce que ce cheval va courir ! Allons, allons, Norman, vous devriez venir me demander conseil avant de faire de pareilles bourdes ! Savez-vous que vous êtes une sacrée tête de linotte, quelquefois !

— M. Hradsky est persuadé que *Sun Dancer* fera une excellente sortie aujourd'hui, murmura Max.

— J'étais prêt à parier avec vous, mais comme je suis

un noble cœur, je ne voudrais pas profiter déloyalement de ma supériorité !

Un petit groupe s'était formé autour d'eux, impatient de savoir comment cela allait tourner. Candy tira doucement Duff par le coude pour essayer de l'entraîner.

— Je pensais que cinq cents guinées, par exemple..., commença Duff.

Il haussa les épaules.

— N'en parlons plus.

Hradsky fit un geste vif avec sa main, et Max traduisit :

— M. Hradsky propose mille guinées.

— Imprudent, Norman, très imprudent, soupira Duff. Mais je dois m'incliner : vos désirs sont des ordres.

Les trois amis se rendirent au bar. Candy garda le silence pendant quelques instants, puis elle dit :

— Un ennemi comme M. Hradsky, c'est un luxe que même des demi-dieux tels que vous ne peuvent se permettre. Pourquoi ne le laissez-vous pas tranquille ?

— C'est une marotte chez Duff, expliqua Sean tandis qu'ils s'asseyaient à une table. Garçon ! Une bouteille de Pol Roger !

Un peu avant la grande épreuve, ils se rendirent au pesage. Un des commissaires leur ouvrit la barrière, et ils s'avancèrent vers les chevaux qui tournaient en rond. Un petit homme en casaque de soie rouge foncé et or vint à leur rencontre et porta un doigt à sa toque, puis resta devant eux, tripotant gauchement sa cravache.

— Il a l'air bien ce matin, monsieur, dit le jockey en désignant *Trade Wind* d'un signe de tête.

L'encolure du cheval était humide de sueur. L'animal, qui piaffait et rongeait son mors, renâcla bruyamment, tout en roulant des yeux et en feignant la terreur.

— Il est affûté, monsieur, si vous voyez ce que je veux dire..

— Harry, il faut qu'il gagne, dit Duff.

— Je voudrais bien, monsieur. Je ferai de mon mieux.

— Il y a mille guinées pour vous en cas de victoire.

— Mille guinées..., suffoqua Harry, éberlué.

Duff jeta un coup d'œil vers Hradsky et Max qui parlaient avec leur entraîneur, et son regard rencontra celui de Hradsky.

Duff se détourna vers la pouliche, la contempla d'un air entendu et secoua la tête avec commisération.

— Il faut gagner, Harry, dit-il doucement.

— Certainement, monsieur.

Le lad leur amena le grand étalon, et Sean aida le jockey à se mettre en selle.

— Bonne chance.

Harry affermit sa toque sur son crâne et prit les rênes en main, puis son petit visage de gnome s'éclaira d'un sourire, et il cligna de l'œil à l'adresse de Sean.

— Avec mille guinées au bout, ça tient lieu de chance, si vous voyez ce que je veux dire, monsieur.

— Viens, fit Duff en prenant Candy par le bras. Allons nous installer près de la barrière.

Ils sortirent du pesage et se précipitèrent vers la pelouse. La foule était dense, mais elle s'écarta respectueusement, et personne ne les bouscula.

— Je n'arrive pas à vous comprendre, tous les deux ! s'exclama Candy encore tout essoufflée. Vous tenez un pari extravagant, et ensuite vous vous arrangez pour ne pas toucher un penny !

— Ce n'est pas une question d'argent, assura Duff.

— Il m'a gagné la même somme hier soir au klabejas [1], dit Sean. Si *Trade Wind* bat la pouliche, la récompense de Duff ce sera la tête de Hradsky : perdre mille guinées, cela lui fera le même effet qu'un coup de pied au bon endroit !

Les chevaux passèrent devant eux, tenus par les lads, puis, libérés, se lancèrent en pleine piste pour un dernier canter. Certains galopaient un peu de biais, la tête haute. Le soleil faisait briller les casaques de soie et les croupes luisantes.

Les chevaux prirent le tournant et s'éloignèrent vers le départ, tandis qu'un long murmure montait de la foule fébrile.

Les cris d'un bookmaker dominèrent le brouhaha.

— Le deux à vingt contre un ! *Sun Dancer* à cinq contre un ! *Trade Wind* à égalité !

Duff sourit de toutes ses dents.

— Tu vois, personne ne s'y trompe.

---

1. Jeu de cartes.

Candy tortillait nerveusement ses gants. Elle leva les yeux vers Sean, qui la dominait de toute sa haute taille.

— Dis-moi, toi qui es au premier balcon, peux-tu voir ce qu'ils font ?

— Ils sont en ligne, ils reviennent. Je pense qu'ils ne vont pas tarder à partir.

Sean avait les yeux rivés aux jumelles.

— Ça y est, les voilà partis !

— Raconte-moi, raconte-moi, ordonna Candy en bourrant de coups de poing l'épaule de Sean.

— Harry est déjà passé au commandement... Tu vois la pouliche, Duff ?

— J'ai vu un éclair vert dans le paquet. Oui, la voilà, elle est en six ou septième position.

— Quel est le cheval qui suit *Trade Wind* ?

— C'est le hongre d'Hamilton. Ne t'en fais pas, il ne tiendra pas la distance.

Encadrés par la barrière et par les grandes haldes blanches qui se dressaient derrière le champ de course, les chevaux formaient une frise vivante. Les têtes s'abaissaient et s'élevaient en cadence au milieu d'un léger nuage de poussière.

Le peloton s'étira, prit le tournant et se regroupa à l'entrée de la dernière ligne droite.

— *Trade Wind* est toujours là, il va bien. Le hongre a cédé, et je ne vois pas arriver la pouliche.

— Si ! La voilà, Duff, en pleine piste. Elle remonte.

— Allez, mon grand ! murmura Duff. C'est le moment de lui en mettre plein la vue.

— Elle se détache du lot, Duff, la voilà, elle vient vite !

— Allez, *Trade Wind*, ne te laisse pas faire, supplia Duff. Résiste mon gars, résiste !

Ils entendaient le martèlement des sabots, maintenant, un bruit sourd comme le grondement de la mer, et qui se rapprochait très vite. Ils distinguèrent les couleurs, le vert émeraude sur la pouliche fauve, le rouge foncé et or sur le bai.

— *Trade Wind!* allez, *Trade Wind!* cria Candy.

Elle dansait sur place, et dans le mouvement qu'elle fit, son chapeau lui vint sur les yeux. Elle l'enleva d'un geste brusque, et ses longs cheveux se déroulèrent sur ses épaules.

— Elle le rattrape, Duff !

— A la cravache, nom de Dieu ! hurla Duff, à la cravache !

Le bras d'Harry se leva et s'abattit, vif comme un cobra qui attaque. Ils entendirent claquer les coups de cravache, malgré les cris de la foule, malgré le martèlement des sabots. Le grand cheval bai, à l'arraché, passa le poteau sur la même ligne que la pouliche.

— Qui a gagné ? demanda Candy d'une voix éteinte.

— Je n'en sais fichtre rien, répondit Duff.

— Ni moi non plus...

Sean sortit son mouchoir et s'épongea le front.

— Ce n'est pas bon pour mon cœur, ce genre d'émotions... comme dirait François. Un cigare, Duff ?

— Ça oui, volontiers. Merci.

Tous les regards se tournaient vers le tableau d'affichage au-dessus de la cabine des juges. Un silence crispé plana sur la foule.

— Pourquoi mettent-ils si longtemps à se décider ? se lamenta Candy. Je suis tellement énervée, je ne peux plus tenir : il va falloir que j'aille aux toilettes !

— Ça y est, ils affichent les résultats, cria Sean.

— Qui a gagné ?

Candy sauta pour essayer d'apercevoir le tableau par-dessus les têtes des spectateurs, mais elle s'arrêta brusquement, l'air anxieux.

— Le seize ! braillèrent Sean et Duff d'une même voix. C'est *Trade Wind* !

Sean expédia son poing dans la poitrine de Duff, qui répliqua en lui arrachant la moitié de son cigare, puis ils saisirent tous deux Candy à bras-le-corps. Mais elle poussa un petit cri et s'arracha à leur étreinte.

— Excusez-moi, fit-elle, et elle s'éloigna vivement.

— Allons prendre un pot, proposa Sean en rallumant le reste de son cigare.

— Oui, mais c'est moi qui offre. Si, si, j'insiste.

Duff lui prit le bras, et ils se dirigèrent vers le bar en arborant un large sourire. Hradsky était assis avec Max à l'une des tables. Duff se glissa derrière le gros homme, lui souleva son haut-de-forme d'une main et, de l'autre, ébouriffa les quelques cheveux qui lui restaient.

— Ne vous en faites pas, Norman, on ne peut pas toujours gagner.

Hradsky se retourna lentement. Il récupéra son chapeau et se lissa les cheveux. Ses yeux jaunes étincelaient.

— Il va parler, chuchota Duff avec émotion.

— Je suis d'accord avec vous, monsieur Charleywood, on ne peut pas toujours gagner, dit Norman Hradsky.

Il avait prononcé très distinctement sa phrase, en accrochant seulement un peu sur les « p », avec lesquels il avait toujours maille à partir. Sur quoi il se leva, remit son chapeau et s'en fut.

— Vous aurez le chèque à votre bureau dès lundi matin, fit doucement Max sans quitter la table des yeux.

Puis il se leva et suivit Hradsky.

20

La barbe en désordre, Sean sortit de la salle de bains, avec autour des reins une serviette en guise de pagne.

Le célèbre duc d'York,
Il avait dix mille hommes.
Ils ont monté la côte,
Ils sont redescendus, lanturlu.

chantonnait-il. Il prit un flacon de cristal taillé, se versa un peu de rhum dans le creux de la main et s'en frotta les cheveux. Duff l'observait, assis sur une des chaises dorées. Sean se peigna soigneusement devant la glace et sourit à son image.

— Magnifique créature, dit-il.

— Tu engraisses, grommela Duff.

Sean parut vexé.

— Pas du tout, c'est du muscle.

— Tu as des fesses d'hippopotame !

Sean dénoua sa serviette, tourna le dos au miroir et s'examina d'un œil critique.

— Il faut un gros marteau pour enfoncer un long clou, dit-il.

— Oh, non, je t'en prie ! protesta Duff. Ce genre d'esprit, si tôt le matin, c'est trop lourd à digérer !

Sean prit dans son tiroir une chemise de soie, la tint comme un torero sa cape, fit deux passes et termina par une *demi-véronique.*

— Olé ! applaudit Duff avec un sourire en coin.

Sean enfila son pantalon et s'assit pour mettre ses bottes.

— Tu as l'air de bizarre humeur ce matin, fit-il.

— Je viens de passer à travers un ouragan d'émotions.

— Qu'est-ce qui ne va pas ?

— Candy veut se marier à l'église.

— Et alors ?

— Alors, c'est embêtant.

— Pourquoi ?

— Aurais-tu la mémoire courte, tout d'un coup ?

— Ah, tu veux parler de ta première femme ?

— Exactement. Ma première femme.

— Tu l'as dit à Candy ?

— Tu es fou !

Duff avait l'air horrifié.

— Oui, je vois le problème. Mais... et le mari de Candy ? Vous êtes à égalité, je crois.

— Lui, c'est différent, il a quitté cette vallée de larmes.

— Evidemment, ça simplifie. Est-ce que quelqu'un d'autre sait que tu as déjà été marié ?

Duff fit non de la tête.

— Tu ne l'as pas dit à François ?

— Non, jamais.

— Eh bien, mais alors, il n'y a pas de problème. Epouse-la à l'église !

Duff sembla mal à l'aise.

— Me remarier civilement, ça m'est égal, je ne roulerais jamais que deux ou trois vieux Hollandais naïfs. Mais à l'église...

Duff secoua la tête.

— Je serai le seul à le savoir, dit Sean.

— Le seul... avec le Patron, là-haut.

— Duff ! s'écria Sean, rayonnant. Duff, mon vieux. Des scrupules, toi ! Voilà qui est époustouflant !

Duff se tortilla sur sa chaise.

— Laisse-moi réfléchir.

Sean se prit la tête entre les mains, d'un geste théâtral.
— Oui, oui, ça vient... J'ai trouvé.
— Dis-moi vite.
Duff s'assit sur le bord de sa chaise.
— Va dire à Candy que tout est arrangé, que non seulement le mariage se fera à l'église, mais encore que tu vas la construire toi-même, ton église.
— Prodigieux, murmura Duff d'un ton sarcastique, voilà qui arrange tout, en effet !
— Laisse-moi finir.
Sean se mit à remplir de cigares son étui d'argent.
— Tu vas lui dire aussi que tu veux également un mariage civil — même les rois y ont droit. Ça la décidera sûrement !
— Je ne te suis toujours pas.
— Tu fais construire une chapelle à Xanadu. On trouve un type à l'air distingué, on lui met un faux-col et on lui apprend ce qu'il faut dire. Avec ça, Candy sera heureuse. Immédiatement après la cérémonie, on met le bonhomme dans la diligence du Cap, et fouette cocher ! Tu vas te marier à la mairie, et tout le monde sera content.
Duff eut l'air éberlué, mais peu à peu son visage s'épanouit en un large sourire.
— Du génie ! C'est du génie à l'état pur !
Sean boutonna son gilet.
— Ne t'en fais pas. Et maintenant, si tu veux bien m'excuser, je vais aller travailler. Il faut bien que l'un de nous le fasse, pour te permettre de t'adonner à tes étranges lubies.
Sean enfila sa veste, prit sa canne à lourd pommeau d'or et la fit tournoyer dans sa main.
Sean se sentait bien : le contact de la soie sur sa peau était agréable, comme ce parfum de rhum qui flottait autour de lui. Il descendit. Mbejane l'attendait avec la voiture dans la cour de l'hôtel. Sous le poids de Sean, les ressorts s'affaissèrent légèrement, et il s'installa confortablement sur les moelleux coussins de cuir. Il alluma son premier cigare de la journée, et Mbejane lui sourit.
— Je te vois, N'kosi.
— Je te vois aussi, Mbejane. Qu'est-ce que c'est que cette bosse que tu as sur le crâne ?
— N'kosi, j'étais un peu soûl, sans ça jamais ce grand singe de Bassouto ne m'aurait touché avec son bâton.

Mbejane excita ses chevaux et la voiture, sans une secousse, sortit de la cour et se trouva dans la rue.

— Pourquoi t'es-tu battu ?

Mbejane haussa les épaules.

— Il faut une raison ?

— C'est l'habitude.

— Dans mon souvenir, il y avait une femme, dit Mbejane.

— Ça aussi, c'est habituel. Qui a gagné ?

— L'homme saignait un peu, ses amis l'ont emmené. Quand je suis parti, la femme souriait dans son sommeil.

Sean se mit à rire, puis ses yeux parcoururent les vallonnements du dos nu de Mbejane. Non, décidément, cela jurait. Pourvu que son secrétaire ait pensé à parler à son tailleur !

Ils stoppèrent devant les bureaux. Un des employés se précipita pour ouvrir la portière.

— Bonjour, monsieur Courteney.

Sean monta les marches du perron. L'homme le suivait comme un toutou.

— Bonjour, monsieur Courteney, fit le chœur derrière l'alignement des pupitres.

Sean répondit en agitant sa canne et entra dans son bureau. Son propre portrait, accroché au-dessus de la cheminée, semblait le lorgner d'un air amusé. Il lui décocha un clin d'œil.

— Qu'est-ce que nous avons ce matin, Johnson ?

— Ces demandes de matériel, monsieur, et les chèques pour la paye des ouvriers, monsieur, et puis aussi le rapport des ingénieurs sur les possibilités d'expansion, monsieur, et...

Johnson était un petit homme aux cheveux gras, vêtu d'une redingote d'alpaga plus que douteuse, et qui accompagnait chaque « monsieur » d'une courbette obséquieuse. Il était fort compétent, et c'est pourquoi Sean l'avait embauché, mais cela ne voulait pas dire qu'il lui était sympathique.

— Vous avez mal à l'estomac, Johnson ?

— Non, monsieur.

— Alors, pour l'amour du Ciel, tenez-vous droit, mon vieux.

Johnson se mit au garde-à-vous.

— Bon, et maintenant, procédons par ordre.

Sean se laissa tomber sur sa chaise. C'était le plus mauvais moment de la journée, cela : le train-train quotidien, la paperasserie, tout ce qu'il détestait mais dont il s'acquittait pourtant avec beaucoup d'application. Il vérifia au hasard des colonnes de chiffres, chercha à retrouver le visage derrière chaque nom qu'il rencontrait, discuta longuement des demandes de matériel qui lui semblaient exorbitantes. Enfin, il apposa sa signature au bas du dernier des documents soigneusement annotés par Johnson et lança son porte-plume sur le bureau.

— Quoi d'autre ?

— Un rendez-vous à midi trente avec M. Maxwell, le banquier, monsieur...

— Et puis ?

— L'agent des Frères Brooke à une heure, et aussitôt après M. Mac Dougal, monsieur... Ensuite vous êtes attendu à la Fosse Candy.

— Merci, Johnson. Je serai à la Bourse comme d'habitude. Vous pourriez toujours m'y joindre, au cas où il y aurait quelque imprévu.

— Très bien, monsieur Courteney. Ah ! autre chose encore. Votre tailleur a apporté ceci.

Johnson désignait un paquet brun posé sur le canapé.

— Ah ! s'exclama Sean avec un sourire. Faites venir mon serviteur.

Il traversa la pièce et ouvrit le paquet. Au bout d'un instant, les épaules de Mbejane s'encadrèrent dans la porte.

— N'kosi ?

— Mbejane, ton nouvel uniforme.

Sean montrait du doigt la livrée étalée sur le canapé. Les yeux de Mbejane se posèrent sur les fanfreluches rouges et or, mais son visage resta de bois.

— Mets-le, que je voie de quoi tu as l'air avec.

Mbejane s'avança et prit la veste.

— C'est pour moi ?

— Oui, dit Sean en riant. Allez, vas-y.

Mbejane hésita, puis fit lentement glisser son pagne. Impatient, Sean le regarda enfiler le pantalon et boutonner la veste, puis tourna autour de lui, pour l'examiner d'un œil critique.

— Pas mal, murmura-t-il.

Et il ajouta, en zoulou :

— Ce n'est pas beau, ça ?

Mbejane remua les épaules : le contact du drap sur sa peau lui était peu familier. Il se taisait toujours.

— Eh bien, Mbejane, ça te plaît ?

— Quand j'étais petit, mon père m'a emmené une fois à Port-Natal pour acheter du bétail. Il y avait un homme qui parcourait la ville avec un singe au bout d'une chaîne. Le singe dansait, les gens riaient et lui lançaient des pièces. Il était habillé comme ça, N'kosi, et je crois bien qu'il n'était pas très heureux.

Le sourire de Sean s'effaça.

— Tu aimes mieux porter tes frusques ?

— Ce que je porte, c'est le costume des guerriers zoulous !

Le visage de Mbejane était toujours impassible. Sean ouvrit la bouche pour discuter, mais avant même d'avoir pu dire un mot la colère l'avait saisi.

— Tu mettras cet uniforme ! cria-t-il. Tu porteras ce que je te dirai de porter, et avec le sourire, tu m'entends ?

— Je t'entends, N'kosi.

Mbejane ramassa son pagne en peau de léopard et quitta le bureau. Lorsque Sean sortit à son tour pour aller à la Bourse, Mbejane, en livrée, était prêt à partir. Tout le long du chemin, il se tint très droit sur son siège, et Sean et lui n'échangèrent pas un mot.

Sean jeta un regard furibond au portier de la Bourse, but quatre cognacs dans sa matinée, revint à son bureau à midi, se renfrogna devant l'attitude de Mbejane dont le dos se raidissait toujours en une muette protestation, s'emporta contre Johnson, rembarra le directeur de banque, mit en déroute le représentant des Frères Brooke, et partit pour la Fosse Candy dans un état de fureur remarquable.

Mais le silence de Mbejane était impénétrable, et Sean, par orgueil, ne voulait pas s'abaisser à reprendre la discussion. Il pénétra en coup de vent dans le nouvel immeuble administratif de la Fosse Candy et mit le personnel en émoi.

— Où est M. du Toit ? rugit-il.

— Il est au puits numéro 3, monsieur.

— Qu'est-ce qu'il fiche là-bas, nom d'un chien ? C'est ici qu'il devrait être !

— Il ne vous attendait que dans une heure, monsieur.

— Très bien. Ne restez pas planté comme une souche, donnez-moi un bleu et un casque.

Il enfonça d'un geste sec le casque sur sa tête et partit à grandes enjambées vers le numéro 3. La benne le descendit sans à-coups à cent cinquante mètres sous terre, et il s'arrêta au niveau 10.

— Où est M. du Toit ? demanda-t-il au chef d'équipe.

— Il est au front de taille, monsieur.

Le sol de la galerie était inégal et boueux, et les bottes de caoutchouc de Sean produisaient un curieux bruit de succion. Sa lampe à acétylène jetait sur les parois tourmentées une petite lueur blanche. Il commençait à transpirer.

Deux indigènes qui poussaient un wagonnet l'obligèrent à s'aplatir contre la muraille. Il fouilla dans son bleu pour prendre son étui à cigares, qui lui échappa des mains et tomba dans la boue. Le wagonnet s'éloigna. Sean se baissa pour ramasser son étui, et dans le mouvement qu'il fit, son oreille frôla presque la paroi. Sur son visage, la contrariété fit place à l'étonnement : la roche crissait.

Sean y colla son oreille. On aurait dit que quelqu'un grinçait des dents. Il écouta longtemps, cherchant à deviner l'origine de ce bruit mystérieux : ce n'était pas l'écho des pelles et des foreuses, ce n'était pas non plus le ruissellement de l'eau. Il se releva, parcourut une trentaine de mètres et prêta à nouveau l'oreille. Le bruit était moins fort à cet endroit, mais il s'y ajoutait de temps à autre un bref claquement métallique semblable à celui d'une lame de couteau qui se brise. Bizarre, très bizarre. Jamais Sean n'avait encore entendu cela. Il rencontra François un peu avant de parvenir au front de taille.

— Bonjour, monsieur Courteney.

Sean avait depuis longtemps abandonné l'espoir de dissuader François de l'appeler ainsi.

— *Gott*, je suis désolé de vous avoir manqué, mais je ne vous attendais qu'à trois heures.

— Ça ne fait rien, François. Comment ça va ?

— Mes rhumatismes m'en font voir de dures, monsieur Courteney, mais, à part ça, tout va bien. Et M. Charleywood ?

— Il va bien aussi.

Sean ne put cacher plus longtemps ce qui l'intriguait.

— Dites-moi, Franz, je viens de coller mon oreille à la paroi de la galerie, et j'ai entendu un bruit étrange. Je me demande ce que ça peut être.

— Quel genre de bruit ?

— Une sorte de grincement comme... comme...

Ce n'était pas facile à décrire.

— ... comme si on frottait deux morceaux de verre l'un contre l'autre.

François écarquilla les yeux, et son teint vira au gris sale. Il saisit le bras de Sean.

— Où cela ?

— Un peu plus loin dans la galerie.

Une boule dans la gorge, François balbutia, tout en secouant avec violence le bras de Sean :

— Un éboulement !

Il répéta d'une voix rauque :

— Un éboulement !

Il se mit à courir, mais Sean le rattrapa par la manche.

— François, combien d'hommes y a-t-il au front ?

François se débattait.

— Ça va s'effondrer ! cria-t-il d'une voix aiguë, hystérique. Ça va s'effondrer !

Il s'arracha à l'étreinte de Sean et se précipita vers le puits. La boue giclait de ses bottes. Sa terreur était contagieuse, car Sean se mit à courir lui aussi, et ne s'arrêta qu'après avoir parcouru une dizaine de mètres. Pendant de longues et précieuses secondes, il hésita. L'angoisse lui nouait l'estomac. Retourner prévenir les autres, c'était risquer la mort ; suivre François, c'était se sauver, vivre. Mais la peur trouva en face d'elle un adversaire aussi visqueux, aussi froid : la honte, et ce fut la honte qui poussa Sean à rebrousser chemin.

Il y avait cinq Noirs et un Blanc au front de taille, tous torse nu et luisants de sueur. Il leur cria les mots tragiques, et ils réagirent comme des baigneurs qui entendent soudain quelqu'un hurler « Les requins ! ». La même horreur qui, l'espace d'un instant vous cloue sur place, et puis la panique. Ils se ruèrent dans la galerie, et Sean avec eux. La boue faisait ventouse, et ses jambes avaient perdu leur force depuis qu'il menait grande vie et roulait voiture. Un à un, les hommes le dépassèrent.

— Attendez-moi ! voulut-il crier. Attendez-moi !

Il glissa sur le sol gluant et tomba, non sans se raboter l'épaule contre le roc. Il se remit tant bien que mal sur pied. Sa barbe était pleine de boue, et le sang lui battait à grands coups dans les oreilles. Il repartit.

Avec un claquement sec comme un coup de fusil, un des gros madriers se rompit sous la pression de la roche, et de la poussière retomba du toit de la galerie. Sean poursuivit sa marche en titubant. Tout autour de lui, la terre gémissait, protestait, poussait de petits cris étouffés. Les étais joignirent au tumulte leurs grincements et leurs craquements. Lentement, comme le rideau d'un théâtre, la roche s'affaissait au-dessus de sa tête. Une poussière opaque avait envahi le tunnel, lui irritant la gorge et rendant sa lampe inutile. Il savait qu'il était trop tard, mais il continua cependant à courir tandis que des morceaux de rocher commençaient à se détacher de la voûte. L'un d'eux heurta son casque, et il faillit tomber. Aveuglé par les tourbillons de poussière, il vint donner en plein dans la berline abandonnée qui obstruait la galerie et s'écroula, les cuisses meurtries par le choc.

— Je suis fichu, se dit-il.

Pourtant, il se releva encore et se mit à avancer à tâtons pour essayer de contourner le wagonnet. Dans un grondement effroyable, le tunnel s'effondra juste devant lui. Il tomba à genoux, se glissa entre les roues et rampa sous la benne au moment où la voûte qui était au-dessus de lui s'écroulait à son tour. Le vacarme finit par s'apaiser, et le silence ne fut plus troublé que par des bruissements et des grincements légers. Sean avait perdu sa lampe, et l'obscurité l'enveloppait, oppressante comme la terre elle-même. L'air était chargé de poussière, et cela le fit tousser ; il finit par en avoir mal dans la poitrine, et sentit dans sa bouche le goût du sang. Il avait à peine la place de se mouvoir, car la paroi d'acier du wagonnet n'était guère qu'à une quinzaine de centimètres au-dessus de sa tête. Il réussit cependant à ouvrir le haut de sa salopette et à déchirer un pan de sa chemise de soie, qu'il tint sur sa bouche en guise de masque respiratoire. C'était mieux ainsi. La poussière finit par retomber lentement, et sa toux s'arrêta. Tout surpris d'être encore vivant, il se mit à explorer son réduit. Ses pieds rencontrèrent tout de suite la roche lorsqu'il voulut étendre les jambes. Ses mains tâtonnèrent dans l'obscurité : quinze centimètres au-dessus de sa tête, peut-être le double de chaque côté ; sous son corps, une boue tiède, tout autour, du roc et de l'acier. Il enleva son casque et s'en servit comme d'un oreiller. Il était enseveli dans un cercueil d'acier, à cent cinquante mètres sous terre. Il ressentit un début de panique.

— Il faut penser à quelque chose, se dit-il. Penser à n'importe quoi, sauf à ce qui m'entoure. Si je faisais le compte de mes richesses ?

Il se mit à explorer ses poches, ne pouvant remuer qu'avec beaucoup de difficulté dans un espace aussi réduit.

— Un étui à cigares en argent, avec deux havanes.

Il le posa près de lui.

— Une boîte d'allumettes, mouillée.

Il la plaça sur l'étui.

— Une montre de gousset.

— Un mouchoir en fil d'Irlande, marqué à mon chiffre.

— Un peigne en écaille... On juge l'homme à son apparence.

Il se mit à se peigner la barbe, mais se rendit compte que, si cela occupait ses mains, son esprit par contre pouvait se remettre à vagabonder. Il posa donc son peigne à côté de ses allumettes.

— Vingt-cinq livres en souverains d'or...

Il les compta soigneusement.

— Oui, vingt-cinq. Je vais commander une bonne bouteille de champagne.

La poussière lui collait au palais. Il se hâta de poursuivre :

— ... et une petite Malaise de *l'Opéra*. Non, pourquoi être mesquin ? Dix Malaises. Elles danseront pour moi, ça fera passer le temps. Je leur promettrai un souverain à chacune, cela aiguillonnera leur enthousiasme.

Il continua ses recherches, mais ne trouva plus rien.

— Bottes en caoutchouc, chaussettes, pantalon, du bon faiseur, chemise, déchirée je le crains, salopette, casque de mineur. C'est tout.

Une fois ses menues richesses rangées près de lui, une fois son réduit exploré, il fallut bien qu'il se mît à réfléchir. Il pensa d'abord à sa soif. La boue dans laquelle il était allongé était trop épaisse pour receler de l'eau : il essaya en vain d'en presser un peu dans un pan de sa chemise. Alors il songea à l'air qu'il respirait : il ne semblait pas se raréfier, et Sean en conclut qu'il devait en filtrer un peu parmi les éboulis, et que cela suffirait peut-être à le maintenir en vie. En vie — jusqu'à ce qu'il mourût de soif, recroquevillé comme un foetus dans le sein tiède de la terre. Il se mit à rire. Ce rire, c'était déjà un début de panique. Il se fourra le poing dans la bouche et se mordit les doigts pour se calmer. Tout était tranquille maintenant. Les derniers craquements s'étaient tus.

— Combien de temps cela va-t-il durer ? Dites-moi, docteur, j'en ai pour longtemps ?

Il fit les demandes et les réponses.

— Vous transpirez. Vous allez vous déshydrater très rapidement. Mettons trois ou quatre jours.

— Et la faim, docteur ?

— Ne vous tracassez pas pour ça. Vous aurez faim, bien sûr, mais c'est de soif que vous mourrez.

— Et la typhoïde — ou le typhus, je ne me rappelle jamais —, vous ne pensez pas que... ?

— S'il y avait d'autres hommes emmurés avec vous, peut-être, mais vous êtes seul, ne l'oubliez pas.

— Pensez-vous que je risque de devenir fou, docteur ? Pas tout de suite, bien sûr, mais d'ici quelques jours ?

— Oui, vous deviendrez fou.

— Ça ne m'est jamais arrivé — du moins à ma connaissance — mais ne croyez-vous pas qu'il vaudrait mieux que je le devienne tout de suite ?

— Si vous voulez dire que ça pourrait adoucir votre sort, franchement, je n'en sais rien.

— Ah, voilà que vous devenez obscur, mais ça ne fait rien, je vous suis très bien. Vous pensez sans doute aux rêves qui pourraient me visiter dans le sommeil de ma folie ? Vous vous demandez si la folie serait alors plus réelle que la réalité ? Mourir fou serait-il pire que mourir de soif ? Mais peut-être rien de cela n'arrivera-t-il ? Supposez que le wagonnet soit écrasé sous la masse, cela n'aurait rien d'étonnant, il doit y avoir des tonnes et des tonnes de rocher qui pèsent dessus. Voilà qui serait une fin plus élégante et moins pénible. En tant que médecin, vous devriez apprécier. Notre mère la terre a été sauvée, mais hélas ! l'enfant était mort-né ; il a été étouffé dans le ventre de sa mère...

Sean parlait tout haut. Il se sentit soudain tout bête. Il ramassa une pierre et se mit à en frapper le wagonnet.

— Ça m'a l'air solide. Un son bien agréable à entendre, en vérité.

Il cogna plus fort — un, deux, trois, un, deux, trois —, puis lâcha la pierre. Très loin, très faible, l'écho lui répondit. Mais non, ce n'était pas l'écho... Il se raidit soudain, puis se mit à trembler d'émotion. Il saisit la pierre et frappa à trois reprises. A trois reprises, la réponse lui parvint.

— Ils m'ont entendu, Christ miséricordieux, ils m'ont entendu !

Il éclata d'un rire haletant.

— Notre mère la Terre, ne m'écrase pas sous ton poids, ne m'étouffe pas dans ton sein. Sois patiente. Dans quelques jours, ils tenteront une césarienne et ton fils sera sauvé !

Mbejane attendit que Sean eût disparu dans le puits numéro 3 pour retirer sa veste, qu'il plia soigneusement avant de la poser sur le siège à côté de lui. Il savoura pendant un moment la chaude caresse du soleil sur sa peau nue, puis sauta à terre et s'occupa de ses chevaux. Il les emmena un à un à l'abreuvoir, puis les remit au harnais en les attachant assez lâche.

Ses sagaies étaient rangées comme d'habitude sur le repose-pied. Il les ramassa et alla s'installer sur la pelouse près du bâtiment administratif, où il se mit à affûter les lames tout en fredonnant une mélopée. Lorsqu'il eut terminé, il en caressa le fil d'un pouce expert, grogna, se trancha deux ou trois poils sur son avant-bras, sourit d'un air satisfait et posa ses armes près de lui, sur l'herbe. Après quoi il s'allongea sur le dos et s'endormit au soleil.

Ce furent les cris qui l'éveillèrent. Il se dressa sur son séant et, machinalement, vérifia la hauteur du soleil. Il avait dormi au moins une heure. C'était Duff qui criait. François, couvert de boue, lui répondait d'un air effrayé. Ils étaient tous deux devant le bâtiment administratif. Le cheval de Duff ruisselait de sueur.

Mbejane se mit debout et s'approcha. Il essayait de comprendre, mais ils parlaient trop vite pour lui. Quelque chose n'allait pas, cela, c'était sûr.

— Tout s'est effondré au niveau 10, presque jusqu'à la cage d'extraction, disait François.

— Tu l'as laissé tomber ! accusait Duff.

— J'ai cru qu'il était derrière moi, mais il a fait demi-tour.

— Pourquoi a-t-il fait demi-tour ?

— Pour aller prévenir les autres...

— Vous avez commencé à déblayer la galerie ?

— Non, je t'attendais.

— Espèce d'andouille, triple buse ! Il est peut-être encore vivant... chaque minute est précieuse.

— Mais il n'a pas une chance sur un million de s'en tirer, voyons. Il est certainement mort.

— Boucle-la, maudit imbécile !

Duff se détourna et se mit à courir vers le puits. Il y avait toute une foule de gens rassemblés autour du chevalement. Soudain, Mbejane devina qu'il s'agissait de Sean. Il rattrapa Duff au moment où il parvenait au puits.

— C'est le N'kosi ?

— Oui.

— Qu'est-ce qui lui est arrivé ?

— La roche s'est éboulée sur lui.

Mbejane monta dans la benne avec Duff, et ils n'échangèrent pas un mot jusqu'au niveau 10. Ils s'avancèrent dans la galerie, mais n'allèrent pas bien loin : elle était tout de suite obstruée. Il y avait là des hommes armés de barres à mine et de pelles, l'air indécis : ils attendaient les ordres. Duff et Mbejane se frayèrent un chemin jusqu'aux premiers éboulis. Le silence retomba. Puis Duff se tourna vers le chef d'équipe blanc.

— Vous étiez au front de taille ?

— Oui, monsieur.

— Il est revenu vous avertir, n'est-ce pas ?

— Oui, monsieur.

— Et vous l'avez laissé derrière ?

L'homme ne put supporter le regard de Duff.

— J'ai cru qu'il nous suivait, murmura-t-il.

— Vous n'avez pensé qu'à sauver votre misérable peau ! éclata Duff. Espèce de sale lâche, espèce de petit...

Mbejane saisit Duff par le bras, et Duff s'arrêta net. Ils l'entendirent tous cette fois : ping, ping, ping.

— C'est lui, murmura Duff, c'est sûrement lui. Il est vivant !

Il empoigna la barre que tenait l'un des indigènes et donna des coups contre la paroi. Ils attendirent, dans le silence à peine troublé par leur respiration. La réponse leur parvint enfin, plus forte et plus aiguë. Mbejane prit à son tour la barre à mine des mains de Duff, l'enfonça dans une fissure, et les muscles de son dos se tendirent. La barre se tordit comme un bâton de réglisse. Mbejane la jeta et se mit à attaquer la roche avec ses mains nues.

— Vous ! aboya Duff à l'adresse du chef d'équipe. Allez me chercher des étais, on va en avoir besoin pour consolider la galerie au fur et à mesure.

Il se tourna vers les indigènes.

— Quatre d'entre vous vont se mettre au front, les autres évacueront les déblais.

— Vous voulez de la dynamite ? demanda le chef d'équipe.

— Pour provoquer un second éboulement ? Réfléchissez un peu, mon vieux ! Allez plutôt me chercher le bois en vitesse, et pendant que vous y serez, demandez à M. du Toit de descendre.

Au bout de quatre heures ils avaient dégagé quatre à cinq mètres en brisant les roches à coups de masse et en soulevant les morceaux à l'aide de leviers. Duff dut se reposer un moment, car tout son corps lui faisait mal, et ses mains étaient à vif.

Il revint vers la cage d'extraction, près de laquelle il trouva des couvertures, et une immense soupière pleine à ras bord.

— D'où cela vient-il ?

— De l'Hôtel Candy, monsieur. La moitié de la population de Johannesburg est là-haut près du chevalement.

Duff s'enroula dans une couverture et avala un peu de soupe.

— Où est du Toit ?

— Je n'ai pas pu le trouver, monsieur.

Dans la galerie, Mbejane continuait à travailler avec le même acharnement. La première équipe alla prendre un peu de repos et fut remplacée par quatre hommes frais. Mbejane dirigeait les opérations, grognait un ordre à l'occasion, mais préférait réserver ses forces pour livrer bataille aux rochers. Duff se reposa une heure. Lorsqu'il revint, Mbejane était toujours là. Duff le regarda enserrer dans ses bras un bloc de rocher de la taille d'un tonnelet de bière, bander ses muscles et l'arracher de la masse des éboulis. De la terre et des cailloux s'écroulèrent sur Mbejane, qui fut enseveli jusqu'aux genoux. Duff se précipita pour l'aider à se tirer de là.

Au bout de deux heures, Duff dut s'arrêter à nouveau. Cette fois il força Mbejane à venir avec lui, lui passa une couverture et lui fit manger un peu de soupe, puis ils s'assirent l'un à côté de l'autre, adossés à la paroi. Le chef d'équipe s'avança vers Duff.

— Mme Rautenbach m'a prié de vous remettre ceci.

C'était une demi-bouteille de cognac.

— Vous la remercierez de ma part.

Duff déboucha la bouteille avec ses dents et avala deux longues gorgées d'alcool qui lui firent venir les larmes aux yeux, puis il en offrit à Mbejane.

— Ce n'est pas convenable, fit Mbejane.

— Bois.

Mbejane but, essuya soigneusement le goulot avec la couverture, et rendit la bouteille à Duff. Celui-ci but encore une gorgée et en offrit à nouveau à Mbejane, mais le Zoulou secoua la tête.

— Un peu d'alcool donne des forces, beaucoup, cela coupe bras et jambes. Il y a encore du travail à faire.

Duff remit le bouchon.

— Combien de temps avant de pouvoir arriver jusqu'à lui ? demanda Mbejane.

— Un jour encore, deux peut-être.

— En deux jours, on peut mourir.

— Pas quand on a un corps de taureau et une âme de démon ! assura Duff.

Mbejane sourit, et Duff poursuivit, tout en cherchant ses mots en zoulou :

— Tu l'aimes, n'est-ce pas ?

— Aimer, c'est un mot de femme.

Mbejane examina son pouce, dont l'ongle retourné ne tenait que par un côté. Il le saisit entre ses dents, l'arracha d'un coup sec et le cracha sur le sol. Duff frissonna.

— Ces singes-là ne travaillent pas si on n'est pas derrière eux, fit Mbejane qui se levait déjà. Vous êtes reposé ?

— Oui, mentit Duff.

Ils revinrent travailler.

Sean était allongé dans la boue, la tête sur un dur oreiller : son casque. L'obscurité l'enveloppait, aussi impénétrable que la roche elle-même. Il essaya d'imaginer où finissait l'une et où commençait l'autre, ce qui lui permit d'oublier un moment la soif qui le tenaillait. Il entendait les coups de masse qui sonnaient sur le roc, et le fracas des pierres qui s'éboulaient, mais le bruit n'avait pas l'air de se rapprocher. Tout un côté de son corps était engourdi et douloureux, mais il ne pouvait pas se retourner, car ses genoux restaient à chaque fois coincés sous le wagonnet ; d'ailleurs, l'air qu'il respirait se viciait peu à peu, et sa tête lui faisait mal. Il s'agita à nouveau, et sa main toucha la pile de souverains. Il donna un coup dedans et les éparpilla dans la boue. Ces pièces d'or avaient été l'appât, et il était pris au piège. Maintenant, il les eût données volontiers, avec des millions d'autres, rien que pour pouvoir sentir à nouveau le vent dans sa barbe et le soleil sur son visage. L'obscurité l'enserrait, épaisse et gluante, elle pénétrait dans son nez, dans sa gorge, dans ses yeux, l'étouffait lentement. A tâtons, il saisit sa boîte d'allumettes. Pour quelques secondes de lumière, il brûlerait une partie de sa précieuse réserve d'oxygène ; pourtant, cela en valait la peine. Il frotta les allumettes l'une après l'autre, mais toutes étaient mouillées. Alors il les jeta et ferma les yeux de toutes ses forces, pour chasser l'obscurité. De brillantes taches de couleur apparurent sous ses paupières closes, se déformèrent et recomposèrent soudain avec une étonnante netteté l'image du visage de Garrick. Cela faisait des mois qu'il n'avait pas songé à sa famille, entraîné qu'il avait été dans le tourbillon de l'or, mais les souvenirs lui revenaient en foule. Il avait oublié tant de choses ! Comparé à la puissance et à la richesse, tout le reste était devenu insignifiant à ses yeux : même la vie des hommes n'avait plus de sens. Mais, maintenant, c'était sa propre vie qui était en jeu.

Le bruit des masses cognant sur le roc brisa le fil de ses pensées. De l'autre côté du tunnel, il y avait des hommes qui luttaient pour le sauver et pénétraient centimètre par centimètre dans l'amas d'éboulis qui pouvait à tout moment les ensevelir à leur tour. Les hommes valaient plus que le vénéneux métal, que ces petits disques d'or éparpillés dans la boue près de lui.

Sean songea à Garry, infirme à cause de lui, et dont le

fils était le bâtard qu'il avait engendré — il songea à Ada, qu'il avait quittée sans un mot d'adieu, à Karl Lochtkamper dont la cervelle avait éclaboussé le mur de sa chambre, à d'autres encore, êtres anonymes tués ou brisés par sa faute.

Sean se passa la langue sur les lèvres. Les marteaux se rapprochaient maintenant, il en était sûr.

— Si je sors d'ici, ce sera différent, je le jure.

Mbejane, en trente-six heures, se reposa quatre. Ruisselant de sueur, il fondait littéralement à vue d'œil, et se tuait à la tâche. Duff, pour sa part, était à bout de forces ; il ne pouvait plus travailler de ses mains, mais dirigeait encore les équipes qui se succédaient dans la galerie. Le soir du second jour, ils avaient progressé d'une trentaine de mètres. Duff compta ses pas et vint retrouver Mbejane.

— Il y a longtemps que tu as communiqué avec lui ?

Mbejane recula un peu. Il tenait dans ses mains déchirées une masse dont le manche était gluant de sang coagulé.

— Il y a une heure, répondit-il, et j'ai eu l'impression qu'il n'y avait pas plus de la longueur d'une lance entre nous.

Duff prit une barre des mains d'un indigène et en frappa le roc. La réponse leur parvint immédiatement.

— Il tape sur quelque chose de métallique, fit Duff. On dirait qu'il est tout près, en effet. Mbejane, fais-toi remplacer par ces hommes. Tu peux rester si tu veux, mais il faut que tu te reposes maintenant.

Pour toute réponse, Mbejane souleva sa masse et l'abattit sur un bloc de rocher qui fut ébranlé. Deux indigènes armés de leviers s'avancèrent pour le dégager de la masse des éboulis. Un trou apparut, et Duff distingua un des angles de la berline.

— Sean, Sean, tu m'entends ?

— Ne crie pas si fort, et tire-moi de là.

La voix de Sean était rauque et étouffée.

— Il est sous le wagonnet !

— C'est lui.

— N'kosi, ça va bien ?

— On l'a trouvé !

Les cris se répercutèrent dans la galerie, et le mot passa de l'un à l'autre.

— On l'a trouvé — il vit — on l'a trouvé !

Duff et Mbejane se précipitèrent, oubliant soudain toute leur fatigue. Ils déblayèrent les derniers quartiers de roche et, épaule contre épaule, s'agenouillèrent pour essayer d'apercevoir Sean coincé sous la berline.

— N'kosi, je te vois.

— Je te vois aussi, Mbejane. Pourquoi as-tu été si long ?

— N'kosi, il y avait quelques petits cailloux sur le chemin.

Mbejane allongea les bras, saisit Sean sous les aisselles et le tira au-dehors.

— Drôle d'endroit que tu as choisi pour te terrer, vieux frère. Comment te sens-tu ?

— Donne-moi à boire, et tout ira bien.

— De l'eau ! cria Duff. Apportez-lui de l'eau.

Sean voulut boire toute la tasse d'un coup, mais il s'étrangla et le liquide lui sortit par le nez.

— Doucement, vieux, doucement.

Duff tapota le dos de Sean, qui but plus lentement cette fois, et finit sa tasse en haletant sous l'effort.

— C'était bon.

— Allons, viens, il y a un médecin qui t'attend là-haut.

Duff lui entoura les épaules d'une couverture, et Mbejane souleva Sean dans ses bras.

— Veux-tu me lâcher, toi ! Je sais encore marcher, tout de même !

Mbejane le reposa doucement à terre, mais les jambes de Sean fléchirent sous lui comme celles d'un convalescent relevant d'une longue maladie, et il dut s'agripper à Mbejane, qui le reprit dans ses bras. Ils retournèrent ainsi jusqu'à la cage d'extraction, puis remontèrent vers la surface.

— La lune brille. Et les étoiles... mon Dieu, que c'est beau !

Il y avait de l'émerveillement dans sa voix. Il aspira profondément l'air de la nuit, mais il était trop riche pour lui, et il se remit à tousser. Des gens attendaient, massés près du chevalement. Ils se précipitèrent.

— Comment va-t-il ?

— Tout va bien, Sean ?

— Le docteur Symmonds vous attend au bureau.

— Vite, Mbejane, dit Duff, que Sean ne prenne pas froid.

A eux deux, ils le portèrent au bâtiment administratif et l'étendirent sur le canapé, dans le bureau de François. Symmonds l'examina avec soin, regarda dans sa gorge et prit son pouls.

— Vous avez une voiture fermée ?

— Oui, répondit Duff.

— Bon. Couvrez-le bien et ramenez-le chez lui. Qu'il garde le lit. Avec la poussière et l'air vicié qu'il a respiré, il y a des risques de pneumonie. Je vais venir avec vous pour lui administrer un calmant.

— Je n'en ai pas besoin, toubib, fit Sean avec un sourire.

— Je sais mieux que vous ce qu'il vous faut, monsieur Courteney.

Le docteur Symmonds était un homme jeune, très en vogue parmi la classe possédante de Johannesburg, et il se prenait très au sérieux.

— Et maintenant, si vous le voulez bien, nous allons vous conduire à votre hôtel.

Il se mit à ranger ses instruments dans son sac.

— D'accord, fit Sean, mais avant de partir, jetez donc un coup d'œil aux mains de mon serviteur. Elles sont dans un état épouvantable, c'est à peine s'il reste de la chair dessus.

Le docteur Symmonds ne leva pas les yeux et continua à ranger ses affaires.

— Je ne soigne pas les indigènes, monsieur Courteney. Je suis sûr que vous trouverez quelqu'un en ville qui voudra bien s'occuper de lui.

Sean se mit lentement debout. La couverture glissa de ses épaules. Il marcha droit sur le docteur Symmonds et, le saisissant par la gorge, lui plaqua la tête contre le mur. Le médecin possédait une fort belle paire de moustaches soigneusement cirées. Sean prit une des pointes entre le pouce et l'index de sa main libre et l'arracha d'un coup sec, comme il aurait plumé un poulet. Le docteur Symmonds poussa un cri aigu.

— A partir de maintenant, docteur, vous soignez les indigènes, dit Sean.

Il tira la pochette de Symmonds et tamponna les petites gouttes de sang qui perlaient au-dessus de la lèvre du médecin.

— Soyez gentil. Examinez mon serviteur.

21

Lorsque Sean s'éveilla le lendemain, la grande horloge de la chambre indiquait tout près de midi. Candy était en train d'ouvrir les rideaux, et deux serviteurs venaient d'entrer, portant chacun un plateau bien garni.

— Bonjour. Comment va notre héros ce matin ?

Les domestiques se retirèrent après avoir posé leurs plateaux, et Candy s'approcha du lit.

Sean cligna des paupières pour chasser le sommeil qui les engourdissait encore.

— Hum, fit Sean, ma gorge me fait mal : j'ai l'impression d'avoir avalé du verre pilé.

— C'est la poussière, dit Candy tout en tâtant le front de Sean.

La main de Sean se glissa derrière Candy et la pinça. Elle poussa un petit cri et s'écarta. Tout en se frottant la fesse, elle lui dit avec une grimace :

— Je vois que ça va beaucoup mieux !

— Parfait. Alors je vais me lever.

Sean se mit à rejeter les couvertures.

— Pas avant que le docteur ne t'ait examiné.

— Candy, si jamais ce salaud-là franchit la porte de cette chambre, je lui fais avaler toutes ses dents à coups de poing !

Candy se détourna pour cacher son sourire.

— En voilà des manières ! Mais tranquillise-toi, ce n'est pas le docteur Symmonds.

— Où est Duff ? demanda Sean.

— Il prend son bain. Quand il aura fini, il viendra déjeuner avec toi.

— Je vais l'attendre. Pour l'instant, donne-moi toujours une tasse de café, tu seras un amour.

Elle la lui apporta.

— Depuis ce matin, ton sauvage est sans cesse fourré dans mes jupes. Il veut te voir. C'est tout juste si je n'ai pas dû mettre des gardes à ta porte pour l'empêcher d'entrer.

Sean se mit à rire.

— Fais-le venir, Candy, s'il te plaît.

Elle alla jusqu'à la porte et s'arrêta, une main sur la poignée.

— Cela fait plaisir de te revoir, Sean. Alors, ne nous refais jamais un coup pareil, hein ?

— C'est promis.

Mbejane ne tarda pas à arriver, et s'immobilisa sur le seuil.

— N'kosi, est-ce que tout va bien ?

Sean ne répondit pas. Il regardait les pansements tachés de teinture d'iode qui enveloppaient les mains de Mbejane, et sa livrée rouge foncé et or.

Sean se retourna sur le dos et fixa le plafond.

— J'ai demandé à mon serviteur de venir, dit-il enfin, et à sa place je vois apparaître un singe au bout d'une chaîne...

Mbejane ne bougea pas, et son visage resta impassible, sauf ses yeux qui trahirent sa peine.

— Va ! Va trouver mon serviteur. Tu le reconnaîtras facilement, il porte le costume des guerriers zoulous !

Une seconde s'écoula, et puis Mbejane éclata d'un rire sonore qui lui secouait les épaules et creusait les coins de sa bouche. Il referma doucement la porte derrière lui. Lorsqu'il revint, vêtu de son pagne en peau de léopard, Sean lui sourit.

— Ah ! Je te vois, Mbejane.

— Je te vois aussi, N'kosi.

Mbejane s'approcha et resta debout près du lit. Ils bavardèrent, mais parlèrent peu de l'accident, et point du tout de la part que Mbejane avait prise au sauvetage. Ils se comprenaient, les mots ne pouvaient qu'abîmer leurs sentiments. Plus tard, peut-être, ils en parleraient, mais pas maintenant.

— Demain, tu auras besoin de la voiture ? demanda enfin Mbejane.

— Oui ! Va, maintenant. Mange et dors.

Sean se pencha et posa la main sur le bras de Mbejane : un simple geste, à peine esquissé. Mbejane s'en alla.

Puis Duff arriva, enveloppé dans une robe de chambre en soie. Ils mangèrent des œufs et un steak, et Duff fit monter une bouteille de vin, pour bien se rincer la gorge et se débarrasser de toute cette poussière.

— On vient de me dire que François est toujours à l'*Ange Flamboyant*. Il n'a pas dessoûlé depuis qu'il est sorti de la mine. Quand il sera à jeun, il pourra venir au bureau se faire régler.

Sean s'assit sur son lit.

— Tu vas le congédier ?

— Je vais le foutre dehors à coups de pied, oui ! Il ne pourra pas s'asseoir pendant huit jours !

— Et pour quelle raison ? demanda Sean.

— Pour quelle raison ? répéta Duff. Pour avoir couru trop vite.

— Duff, il s'est trouvé pris dans un éboulement à Kimberley, n'est-ce pas ?

— Oui.

— Tu ne m'as pas dit qu'il avait eu les deux jambes brisées ?

— Si.

— Veux-tu que je te dise ? Si jamais ça m'arrivait encore, je ficherais le camp, moi aussi.

Duff remplit son verre, mais ne répondit pas.

— Envoie quelqu'un à l'*Ange Flamboyant*, fais-lui dire que l'alcool, c'est mauvais pour le foie — ça le dessoûlera — et que, si demain matin il n'est pas à son travail, on lui retiendra sur sa paye.

Duff regardait Sean d'un œil étonné.

— Qu'est-ce qui te prend ?

— J'ai eu tout le temps de réfléchir pendant que j'étais dans mon trou. Je crois que pour parvenir à son but il n'est pas nécessaire d'écraser tout le monde.

— Ah, je comprends, fit Duff avec son sourire en coin. Voilà une bonne résolution : c'est Noël au mois d'août ! N'importe. Tu m'as fait peur, j'ai cru que tu avais reçu un rocher sur la tête. Moi aussi, je prends de bonnes résolutions.

— Duff, je ne veux pas qu'on renvoie François.

— Très bien, très bien. Il restera. Si tu veux, on peut ouvrir une soupe populaire à la place des bureaux, et transformer Xanadu en hospice de vieillards.

— Oh, va te faire foutre ! Je pense seulement qu'il n'est pas nécessaire de mettre François à la porte, voilà tout.

— Qui prétend le contraire ? Je t'ai dit que j'étais d'accord. J'ai un profond respect pour les bonnes résolutions : j'en prends moi-même constamment.

Duff approcha sa chaise du lit.

— Tout à fait par hasard, il se trouve que j'ai un jeu de cartes sur moi.

Il les sortit de la poche de sa robe de chambre.

— Veux-tu faire une partie de *klabejas* ?

Sean perdit cinquante livres, et fut sauvé d'une déconfiture plus grande par l'arrivée du médecin. Celui-ci l'ausculta, fit tsitt-tsitt, examina sa gorge, refit tsitt-tsitt, rédigea une ordonnance et enjoignit au malade de garder le lit jusqu'au lendemain. Jock et Trevor Heyns arrivèrent au moment où il s'en allait. Jock portait un bouquet de fleurs qu'il offrit à Sean avec quelque embarras.

Puis la chambre s'emplit tout de bon : les habitués de la Bourse étaient là. Quelqu'un avait apporté une caisse de champagne. Une partie de poker s'organisa dans un coin tandis qu'une réunion politique se tenait dans un autre.

— Pour qui se prend-il, ce Krüger, pour le bon Dieu ou bien quoi ? Savez-vous ce qu'il a dit, la dernière fois que nous sommes allés le trouver pour demander le droit de vote ? Il a dit : « Protestez, protestez toujours ! C'est moi qui ai les canons, pas vous ! »

— Brelan de rois... Dis donc, mais tu as tout en main !

— ... attendez un peu. Les Witts consolidés vont monter à trente shillings d'ici à la fin du mois.

— Et les impôts, donc ! Ils vont mettre une nouvelle taxe de vingt pour cent sur la dynamite !

— ... une petite à *l'Opéra*, Jock doit avoir un abonnement : personne d'autre n'a pu encore se la payer.

— Hé là, vous deux, arrêtez ! Si vous voulez vous bagarrer, allez dehors. Vous êtes dans une chambre de malade, ici.

— La bouteille est vide. Ouvres-en une autre, Duff !

Sean perdit encore cent livres. Un peu après cinq heures, Candy revint et poussa les hauts cris.

— Sortez d'ici, tous tant que vous êtes ! Allez, ouste !

La chambre se vida aussi vite qu'elle s'était remplie, et Candy se mit en devoir de ramasser les mégots et les verres vides éparpillés dans toute la pièce.

— Les vandales ! Quelqu'un a fait un trou dans le tapis avec son cigare. Et regardez-moi ça ! Ils ont renversé plein de champagne sur la table...

Duff toussa et se versa à boire.

— Tu ne trouves pas que tu as assez bu comme ça, Dufford ?

Duff reposa son verre.

— D'ailleurs il est temps d'aller te changer pour dîner.

Duff adressa à Sean un clin d'œil un peu gêné, puis sortit sans piper mot.

Il revint après le dîner en compagnie de Candy, et ils prirent une liqueur tous les trois.

— Et maintenant, dodo, ordonna Candy en allant tirer les rideaux.

— Il est trop tôt, protesta Sean.

Mais Candy fit la sourde oreille et éteignit la lampe.

Sean n'était pas fatigué : il était resté couché toute la journée, et son cerveau, maintenant, débordait de vitalité. Sean alluma un cigare et écouta les bruits de la rue sous sa fenêtre. Il était plus de minuit lorsqu'il perdit conscience.

En pleine nuit, il se réveilla et se mit à crier : l'obscurité l'enveloppait à nouveau, et les couvertures l'étouffaient. Il les rejeta loin de lui et se leva à tâtons : il avait besoin d'air, de lumière. Il heurta les lourds rideaux de velours, qui enserrèrent son visage. Il se dégagea avec violence, ouvrit les portes-fenêtres d'un coup d'épaule, et se retrouva sur le balcon. L'air était froid, la lune jaune et plate.

Peu à peu, la respiration haletante de Sean s'apaisa. Il rentra et alluma la lampe, puis passa dans la chambre de Duff. Elle était vide. Il prit sur la table de chevet un exemplaire de la *Douzième Nuit*[1] et revint se coucher. Il se força à lire, bien que peu à peu les mots imprimés perdissent de leur sens. Il demeura ainsi jusqu'à l'aube, puis reposa le livre, se rasa, s'habilla et descendit dans la cour. Mbejane était à l'écurie.

— Selle le gris.

— Où vas-tu, N'kosi ?

— Tuer des démons.

— Alors je vais avec toi.

— Non. Je serai de retour avant midi.

Il galopa jusqu'à la Fosse Candy et attacha son cheval près des bâtiments administratifs. Un employé somnolait à demi dans les bureaux encore déserts.

— Bonjour, monsieur Courteney. Puis-je vous être utile ?

— Oui. Trouvez-moi un bleu et un casque.

Sean se rendit au puits numéro 3. Le sol était couvert d'une mince pellicule de givre qui craquait sous ses pas. Au moment où il arrivait au chevalement, le soleil apparut au-dessus de la crête orientale du Rand.

Sean s'adressa à l'homme de service aux bennes.

— La relève est-elle faite ?

— Depuis une demi-heure, monsieur, répondit l'autre, manifestement étonné de le voir là. L'équipe de nuit a fini les tirs à cinq heures.

— Bon. Faites-moi descendre au niveau 14.

— Le 14 est abandonné, monsieur, personne n'y travaille plus.

— Oui, je sais.

Sean alluma sa lampe à acétylène et, en attendant la benne, jeta un regard vers la vallée. Les ombres étaient longues. Dans l'air transparent, tout se découpait avec un relief saisissant. Cela faisait des mois que Sean ne s'était pas levé si tôt, et il avait presque oublié la fraîcheur, la délicatesse de coloris qui accompagnaient la naissance du jour.

La benne s'arrêta devant lui. Il y prit place après avoir inspiré profondément. Lorsqu'il atteignit le niveau 14, il tira le signal de rappel et se retrouva seul dans les entrailles de la terre.

1. Une des meilleures comédies de Shakespeare.

Sean s'engagea dans le tunnel, suivi par l'écho de son pas. Il transpirait ; un des muscles de sa joue se mit à se contracter spasmodiquement.

Il atteignit le front de taille, posa sa lampe sur une saillie de la roche et vérifia qu'il avait bien ses allumettes dans sa poche. Après quoi il éteignit la lampe. L'obscurité l'enveloppa. La première demi-heure fut la plus dure. Par deux fois, il prit la boîte d'allumettes dans sa main, mais résista à l'envie d'en craquer une. La sueur faisait sous ses aisselles des auréoles froides.

L'obscurité emplissait sa bouche, lui causait une sensation d'étouffement. Il dut lutter pour chaque bouffée d'air, l'aspirer, la retenir, l'exhaler. Peu à peu, sa respiration redevint régulière, son esprit s'apaisa : il sut alors qu'il avait gagné. Il attendit encore dix minutes, assis tranquillement contre la paroi, puis ralluma la lampe.

Lorsqu'il atteignit la cage d'extraction et actionna le signal, il souriait. En retrouvant la surface, il fit quelques pas, alluma un cigare, et jeta l'allumette dans le puits.

— Voilà une affaire réglée, petit trou, murmura-t-il.

Il revint vers le bâtiment administratif. Il ne pouvait pas deviner qu'un jour le puits 3 de la Fosse Candy lui enlèverait quelque chose d'aussi précieux que son courage, et qu'il ne le lui rendrait jamais.

Mais cela ne devait se passer que bien des années après.

22

Au mois d'octobre, Xanadu était presque achevé. Les trois inséparables s'y rendirent, comme d'habitude, un samedi après-midi.

— L'entrepreneur n'a que six mois de retard sur les prévisions, remarqua Sean. Il m'annonce maintenant que ce sera terminé pour Noël. Je n'ai pas eu le courage de lui demander de quel Noël il voulait parler.

— C'est à cause de Candy, fit Duff. Avec toutes les transformations qu'elle lui a demandées, le pauvre bonhomme ne sait plus du tout où il en est.

— N'empêche que si vous m'aviez demandé conseil au début, ça vous aurait évité bien des pépins, répliqua Candy.

La voiture pénétra dans le parc par l'entrée de marbre. Ils jetèrent un regard autour d'eux. Les pelouses étaient déjà vertes et lisses, et les jacarandas qui bordaient l'allée avaient un bon mètre cinquante de haut.

— Je pense que la propriété méritera bien son nom, fit Sean avec satisfaction. Ce jardinier fait vraiment du bon boulot.

— Ne t'avise pas de prononcer ce mot-là devant lui, sinon c'est une grève en perspective. Il n'est pas jardinier, il est architecte-paysagiste.

— A propos de nom, intervint Candy, vous ne trouvez pas que Xanadu ça fait un peu... — comment dire ? — un peu incongru ?

— Pas du tout, rétorqua Sean. Je l'ai choisi moi-même, et je le trouve rudement bien.

— Ça ne fait pas très sérieux. Pourquoi pas « Les Grands Chênes », plutôt ?

— Premièrement, parce qu'il n'y a pas un seul chêne à cent kilomètres à la ronde, et deuxièmement parce que ça s'appelle déjà Xanadu.

— Ne t'énerve pas. Ce n'était qu'une suggestion.

Ils trouvèrent l'entrepreneur au bout de l'allée et décidèrent de faire le tour du propriétaire qui dura bien une heure ; après quoi ils prirent congé et se promenèrent dans le parc. Ils trouvèrent l'architecte-paysagiste avec une équipe d'indigènes près du mur nord.

— Comment cela marche-t-il, Joubert ? demanda Duff.

— Pas mal, monsieur Charleywood, mais il faut du temps, vous savez.

— Vous avez déjà fait du bon travail.

— Je vous remercie, monsieur.

— Et ce labyrinthe, c'est pour quand ?

L'homme eut l'air surpris, regarda Candy, ouvrit la bouche, puis la referma et regarda à nouveau Candy.

— Oh, j'ai demandé à Joubert de ne pas s'en occuper, dit-elle enfin.

— Mais pourquoi ? Je veux un labyrinthe, moi. Depuis que j'ai visité Hampton Court[1] quand j'étais gosse, j'ai toujours eu envie d'en avoir un !

— Ça ne tient pas debout, dit Candy d'un ton ferme. Un labyrinthe, ça prend beaucoup de place, et ce n'est même pas joli à voir.

Sean s'attendait à ce que Duff continuât à discuter, mais il n'en fut rien. Ils bavardèrent encore un peu avec le « jardinier », puis revinrent vers la chapelle en traversant les pelouses.

— Dufford, j'ai laissé mon ombrelle dans la voiture, veux-tu aller me la chercher ?

Lorsque Duff fut parti, Candy prit le bras de Sean.

1. Château des environs de Londres qui fut pendant deux siècles la résidence préférée des souverains anglais. Son labyrinthe est célèbre.

— Cela va être une très jolie demeure. Nous allons y être très heureux, dit-elle.

— Vous avez fixé la date ? demanda Sean.

— Il faut d'abord que la maison soit terminée, pour qu'on puisse s'y installer tout de suite. Je pense que nous ferons ça vers le mois de février.

Ils s'arrêtèrent devant la chapelle.

— C'est une jolie petite église, fit Candy d'un ton rêveur. Quelle merveilleuse idée a eue Duff : une chapelle pour nous seuls...

Sean s'agita, mal à l'aise.

— Oui, admit-il, c'est une idée très romanesque...

Il jeta un coup d'œil par-dessus son épaule et aperçut Duff qui arrivait avec le parasol.

— Candy, cela ne me regarde pas, mais... Je ne connais rien aux histoires de mariage, seulement, je sais dresser les chevaux : on les accoutume au licou avant de leur mettre une selle.

— Je ne te comprends pas, fit Candy intriguée. Qu'est-ce que tu veux dire ?

— Rien. Mettons que je n'ai rien dit. Voilà Duff.

En rentrant à l'hôtel, Sean trouva un mot pour lui à la réception. Ils entrèrent au salon, et Candy les quitta pour aller surveiller la préparation du menu du soir. Sean ouvrit l'enveloppe et lut ceci :

> *J'aimerais vous voir ainsi que M. Charleywood pour que nous discutions ensemble d'une importante affaire. Je serai à mon hôtel ce soir après le dîner, et j'espère que vous voudrez bien venir m'y retrouver.*
>
> NORMAN HRADSKY.

Sean tendit le mot à Duff.

— Que crois-tu qu'il nous veut ?

— Il a entendu dire que tu étais terriblement fort au *klabejas*, répondit Duff, et il voudrait que tu lui donnes des leçons.

— On ira ?

— Evidemment. Tu sais que je ne peux pas résister au plaisir capiteux que me procure la présence de Hradsky.

Ce fut un dîner remarquable. La langouste, conservée dans

de la glace, était venue du Cap par la voiture des messageries.

— Candy, annonça Duff lorsqu'ils eurent terminé, Sean et moi nous allons voir Hradsky ce soir. Il est possible que nous rentrions assez tard.

— Tant que ce n'est que Hradsky..., dit Candy en souriant. Ne vous perdez pas en route : j'ai mes espions à *l'Opéra*, vous savez.

— On prend la voiture ? demanda Duff.

Sean remarqua que Duff n'avait pas ri à la petite plaisanterie de Candy.

— C'est à deux rues d'ici, allons-y à pied.

Ils marchèrent sans mot dire. Sean se sentait repu. Il éructa doucement, et tira une bouffée de son cigare. Juste avant d'arriver au Grand Hôtel National, Duff rompit le silence.

— Sean...

Il hésita.

— Oui ?

— A propos de Candy...

Il hésita encore.

D'un ton encourageant, Sean dit :

— C'est une chic fille.

— Oui, c'est une chic fille.

— C'est tout ce que tu voulais dire ?

— Eh bien... oh, peu importe ! Allons voir ce que nous veulent Saül et David.

Max vint leur ouvrir la porte de l'appartement de Hradsky.

— Bonsoir, messieurs. Je suis heureux que vous ayez pu venir.

— Salut, Max.

Duff passa le premier et s'avança vers Hradsky debout devant la cheminée.

— Norman, cher ami, comment allez-vous ?

Norman Hradsky répondit par un signe de tête. Duff saisit les revers du veston de Hradsky et les lissa de la main, puis balaya d'une chiquenaude un duvet imaginaire.

— Vous avez le chic pour vous habiller, Norman. N'est-ce pas qu'il a le chic, Sean ? Je ne connais personne d'autre au monde capable de porter un complet de vingt guinées et d'avoir l'air d'un sac de pommes de terre à moitié vide.

Il tapota affectueusement l'épaule de Hradsky.

— Oui, merci, je boirais bien quelque chose.

Il alla au bar et se servit lui-même.

— Et maintenant, messieurs, qu'est-ce que vous nous proposez de beau ?

Max jeta un coup d'œil vers Hradsky, et ce dernier approuva d'un signe de tête.

— J'irai droit au but, dit Max. Nos deux groupes sont les plus puissants du Witwatersrand...

Duff posa son verre sur le bar, et son sourire s'effaça. Sean se carra dans un des fauteuils et écouta avec attention. Tous deux devinaient ce qui allait suivre.

— Dans le passé, poursuivit Max, nous avons travaillé ensemble en de fréquentes occasions, et nous en avons tous retiré un bénéfice. Il est donc logique d'envisager un nouveau pas en avant, et de prévoir d'unir nos ressources financières et notre puissance pour atteindre à de nouveaux sommets.

— Si je comprends bien, vous nous proposez une fusion ?

— Exactement, monsieur Courteney, une fusion de nos deux puissantes entreprises.

Sean se laissa aller au fond de son fauteuil et se mit à siffloter doucement. Duff reprit son verre et but une gorgée.

— Eh bien, messieurs, quel est votre sentiment ?

— Avez-vous des propositions concrètes, Max, quelque chose de précis sur lequel nous pourrions réfléchir ?

— Bien sûr, monsieur Courteney.

Max alla au bureau d'oréodaphné qui encombrait l'un des coins de la pièce et y prit un dossier qu'il tendit à Sean.

Sean le parcourut rapidement.

— C'est un travail considérable que vous avez fait là, Max. Il va nous falloir un jour ou deux pour y voir un peu clair dans vos propositions.

— J'en suis convaincu, monsieur Courteney. Prenez tout le temps qu'il faudra. Nous avons travaillé pendant un mois pour rédiger ce projet, et j'espère que notre peine n'aura pas été vaine. Je crois que vous trouverez notre offre très généreuse.

Sean se leva.

— Nous vous contacterons à nouveau d'ici quelques jours, Max. Tu viens, Duff ?

Duff vida son verre.

— Bonne nuit, Max ; veille bien sur Norman. Il nous est très cher, tu sais.

Ils allèrent à Eloff Street, dans l'immeuble de la Société, et passèrent par une porte de service. Sean alluma les lampes dans son bureau tandis que Duff approchait sa chaise. A deux heures du matin, ils avaient saisi l'essentiel des offres de Hradsky. Sean se leva et alla ouvrir une fenêtre, car l'air de la pièce était lourd de la fumée des cigares. Puis il revint s'affaler sur le canapé, installa un coussin sous sa tête et regarda Duff.

— Alors, qu'est-ce que tu en penses ?

Duff tapota ses dents avec un crayon tout en cherchant ses mots.

— Il faut d'abord savoir si on veut vraiment s'associer à lui.

— Si ça en vaut la peine, oui, fit Sean.

— D'accord, mais seulement dans ce cas.

Duff se renversa en arrière sur sa chaise.

— Et maintenant, vieux frère, dis-moi un peu ce qui te frappe en premier lieu dans ce projet ?

— Nous avons des titres ronflants, nous sommes grassement payés, mais c'est Hradsky qui dirige l'affaire.

— Tu as mis le doigt dessus — Norman veut diriger tout. Cela l'intéresse plus que l'argent lui-même. Alors il pourra regarder tout le monde d'un air méprisant et dire : « Qu'est-ce que ça peut vous foutre si je bégaie, bande de minables ? »

Duff se leva, contourna le bureau et vint se planter devant Sean.

— Autre question : lui laissons-nous la gestion de l'affaire ?

— S'il paie le prix qu'on lui demandera, oui, répondit Sean.

Duff s'approcha de la fenêtre ouverte.

— Sais-tu bien que ça ne me déplairait pas non plus d'être le grand patron ? dit-il pensivement.

— Ecoute, Duff, on est venu ici pour faire de l'argent. Si nous nous associons avec Hradsky, on en gagnera encore plus.

— Mon vieux, on est assez riche en ce moment pour remplir cette pièce de souverains. On a plus de fric qu'on ne pourra jamais en dépenser, et moi, ça me plairait d'être le grand patron.

— Hradsky est plus puissant que nous, il faut regarder les choses en face : il a aussi des tas d'intérêts dans les mines de diamants. Donc, de toute façon, ce n'est pas toi le roi ! Si on accepte sa proposition, tu ne le seras pas davantage, mais tu deviendras encore plus riche que tu ne l'es.

— Logique inattaquable, approuva Duff. Je suis d'accord là-dessus. Hradsky dirigera, mais il faut qu'il casque : on le fera passer à l'essoreuse jusqu'à ce qu'il soit complètement sec.

Sean fit pivoter ses jambes et s'appprêta à se lever.

— Approuvé. Maintenant, reprenons son projet, mettons-le en morceaux et reconstruisons quelque chose qui nous soit plus favorable.

Duff regarda sa montre.

— Il est deux heures passées. Laissons cela de côté pour le moment, et allons dormir. On reprendra ça demain matin, on sera plus frais.

Le lendemain, on leur servit le déjeuner dans le bureau. Ils avaient dépêché Johnson à la Bourse avec mission de surveiller les cours et de les prévenir au cas où le moindre incident se produirait. Johnson vint faire son rapport après la clôture.

— Cela a été très calme aujourd'hui, monsieur. Il y a des rumeurs qui circulent. Il paraît qu'on a vu de la lumière dans votre bureau, ce matin vers deux heures. Et puis, vous n'êtes pas venus à la Bourse aujourd'hui, et on s'est demandé pourquoi vous m'aviez envoyé à votre place. Croyez-moi, on a beaucoup jasé.

Johnson hésita un instant, puis sa curiosité l'emporta.

— Puis-je vous aider, monsieur ?

Il fit un pas de côté vers le bureau.

— Non, merci, nous nous débrouillerons bien tout seuls, je pense. Fermez la porte en sortant, je vous prie.

A sept heures et demie, ils trouvèrent qu'ils en avaient assez fait pour la journée et rentrèrent à leur hôtel. En entrant dans le hall, Sean aperçut Trevor Heyns qui disparaissait vers le salon, et il l'entendit dire :

— Les voilà !

Presque aussitôt, Trevor réapparut avec son frère.
— Bonjour, les amis !
Jock semblait surpris de les voir.
— Qu'est-ce que vous faites ici ?
— Mais nous habitons cet hôtel, répondit Duff.
— Oh oui, bien sûr ! Eh bien, venez boire un pot avec nous.
Jock souriait de toutes ses dents.
— Et comme ça, suggéra Duff, vous pourrez en profiter pour essayer de nous tirer les vers du nez.
Jock parut gêné.
— Je ne sais pas ce que tu veux dire. Je pensais simplement qu'on pouvait boire un coup ensemble, c'est tout.
— Merci tout de même, Jock, mais on a eu une rude journée. Je crois qu'on va monter se coucher tout de suite.
Ils se dirigèrent vers l'escalier, et puis Duff s'arrêta et se tourna vers les deux frères qui n'avaient pas bougé.
— Je vais vous dire quelque chose, fit-il sur le ton de la confidence. C'est un truc énorme, si énorme qu'il faut du temps avant de tout saisir. Quand vous vous rendrez compte que ça s'est passé juste sous votre nez, vous vous en mordrez les doigts.
Ils laissèrent les frères Heyns en proie à la plus profonde perplexité.
— Ce n'était pas très chic, dit Sean en riant. Ils ne vont pas en dormir pendant huit jours.

23

Le lendemain matin, Sean et Duff ne se firent pas voir à la Bourse. Des rumeurs coururent dans le grand salon privé, et les cours présentèrent tous les signes de la folie. Des informations dignes de foi, selon lesquelles Sean et Duff avaient découvert un riche gisement aurifère quelque part dans le *vaal*, firent monter les prix en flèche. Vingt minutes plus tard, la nouvelle était démentie, et les actions Courteney-Charleywood perdaient quinze points. Pendant toute la matinée, Johnson fit la navette entre la Bourse et les bureaux. A onze heures, il était si fatigué que c'est à peine s'il pouvait parler.

— Ne vous faites de souci, Johnson, lui dit Sean. Tenez, voici un souverain. Allez prendre un verre au Grand Hôtel, vous avez déjà eu une rude journée.

Un des hommes de Jock Heyns, qui avait mission de surveiller les bureaux Courteney-Charleywood, suivit Johnson jusqu'à l'hôtel et l'entendit passer commande au barman. Aussitôt, il revint en courant prévenir Jock, qui se trouvait à la Bourse.

— Leur commis principal vient de se commander une bouteille de champagne, haleta-t-il. Du vrai, du français !

— Bon Dieu !

Jock jaillit de son fauteuil. A côté de lui, Trevor faisait des signes frénétiques à son employé, qui arriva en trombe.

— Achetez, chuchota Trevor, achetez tout ce qui vous tombera sous la main.

A l'autre bout du salon, Hradsky s'installa plus commodément dans son fauteuil, croisa les mains sur son ventre d'un air satisfait, et ses lèvres allèrent jusqu'à ébaucher un sourire.

Vers minuit, Sean et Duff étaient enfin venus à bout de leur contre-projet.

— Comment crois-tu que Hradsky va réagir ? demanda Sean.

— J'espère que son cœur est assez solide pour supporter le choc, fit Duff avec un sourire. De toute façon, s'il en perd la parole, ça ne changera pas grand-chose !

— On va lui montrer ça tout de suite ? proposa Sean.

— Allons, allons, vieux frère, dit Duff en secouant tristement la tête. Après le temps que j'ai passé à faire ton éducation, tu n'as pas encore compris ?

— Qu'est ce qu'on fait alors ?

— On le fait venir, vieux. C'est à lui de se déranger. Nous serons sur notre terrain.

— En quoi ça peut-il être un avantage ?

— Ça le met en état d'infériorité, en lui rappelant que c'est lui qui est venu nous chercher, et non pas l'inverse.

Hradsky vint les voir le lendemain matin à dix heures. Il arriva en grande pompe dans un *mail-coach*, escorté de Max et de deux secrétaires. Johnson, qui les attendait à l'entrée, les introduisit dans le bureau de Sean.

— Norman, mon cher Norman, je suis ravi de vous voir, s'exclama Duff.

Et il lui fourra un cigare entre les lèvres, sachant fort bien que Hradsky ne fumait jamais. Lorsque tout le monde fut assis, Sean ouvrit la séance.

— Messieurs, nous avons longuement examiné votre proposition, et dans l'ensemble nous la trouvons juste et équitable.

— Très bien, très bien ! approuva Duff d'un ton poli.

— Je tiens à préciser dès l'abord, poursuivit Sean, que M. Charleywood et moi-même avons la conviction profonde que la fusion de nos deux entreprises est souhaitable — que dis-je souhaitable ? nécessaire ! Si vous voulez bien me pardonner cette citation, *ex unitate vires.*

— Très bien, très bien.

Duff alluma un cigare.

— Comme je le disais en commençant, nous avons examiné votre proposition, et nous l'acceptons volontiers, à l'exception de quelques détails secondaires que nous avons relevés.

Sean prit une pile de papiers sur le bureau.

— Peut-être voudriez-vous y jeter un coup d'œil, et nous pourrions ensuite passer à la rédaction du texte définitif.

Max prit délicatement la liasse des mains de Sean.

— Si vous désirez en discuter en privé, le bureau de M. Charleywood est à votre disposition.

Hradsky emmena sa clique dans la pièce voisine. Lorsqu'ils revinrent, ils arboraient tous les quatre une tête d'enterrement. Max, au bord des larmes, essaya de faire passer la boule qui lui serrait la gorge.

— Je crois que nous allons devoir examiner chaque article séparément, dit-il tristement.

Trois jours après, ils concluaient l'accord.

Duff versa à boire et offrit un verre à chacun.

— A la nouvelle société, à la *Central Rand Consolidée.* L'accouchement a été pénible, messieurs, mais nous avons donné naissance à un enfant dont nous pouvons être fiers.

Hradsky avait l'affaire en main, mais cela lui avait coûté cher.

Le baptême de la *Central Rand Consolidée* eut lieu au parquet de la Bourse de Johannesburg : dix pour cent des actions furent mis en vente au public. Avant même l'ouverture, la foule avait envahi l'immeuble de la Bourse ainsi que toutes les rues avoisinantes. Le président de séance lut le communiqué de la société dans un silence de cathédrale. Chacun de ses mots porta, et parvint jusqu'au salon privé. La cloche retentit, et le silence persista. Alors le fondé de pouvoirs de Hradsky prononça d'une voix timide :

— Je vends du *C.R.C.*

Ce fut presque un massacre. Deux cents personnes se précipitèrent en même temps sur le pauvre homme pour lui acheter des actions. Des mains avides se tendirent, lui arrachèrent par lambeaux son veston et sa chemise. Il perdit ses lunettes, qui furent immédiatement piétinées et réduites en miettes. Dix minutes plus tard, il réussit à s'arracher à l'étreinte de la foule et à venir rendre compte à ses patrons.

— J'ai pu vendre, messieurs.

Sean et Duff éclatèrent de rire.

Ils avaient de bonnes raisons de rire, car en dix minutes les trente pour cent de parts qu'ils détenaient à la *C.R.C.* avaient monté de près d'un demi-million de livres sterling.

24

Cette année-là, le réveillon de Noël à l'Hôtel Candy fut incomparablement plus gai que celui qui s'était déroulé cinq ans plus tôt. Plus gai, et plus imposant aussi, car soixante-quinze personnes y prirent part, dont la moitié seulement put se remettre debout lorsque la fête se termina, vers les trois heures du matin.

Sean dut se cramponner à la rampe pour gagner les étages. Parvenu sur le palier, il déclara solennellement à Duff et à Candy :

— Je vous aime. Je vous aime tous les deux, mais il faut que je dorme.

Il s'éloigna et s'engagea dans le couloir, en rebondissant d'un mur à l'autre comme une boule de billard jouée par la bande, pour finir par ricocher dans son appartement.

— Dufford, tâche de voir si tout va bien.

— Faudrait savoir lequel est le plus soûl des deux, grogna Duff d'une voix pâteuse.

Et il s'avança à son tour dans le couloir en jouant également la bande. Sean était assis au bord de son lit et se débattait avec une de ses chaussures.

— Qu'est-ce que tu fais, vieux frère, tu essaies de te fracturer la cheville ?

Sean leva la tête et sourit d'un air béat.

— Entrez tous les quatre. Vous prendrez bien quelque chose ?

— Merci, j'ai apporté du ravitaillement.

Duff ferma la porte derrière lui avec des mines de conspirateur et sortit une bouteille de dessous son veston.

— Elle ne m'a pas vu... Elle ne savait pas que son cher petit Dufford avait une belle bouteille dans sa poche !

— Tu ne voudrais pas m'aider à enlever cette foutue godasse ? demanda Sean.

— Très pertinente question, répondit Duff avec sérieux tout en partant à la recherche d'un fauteuil. Je suis heureux que tu l'aies posée.

Il atteignit le fauteuil et s'y affala.

— Bien entendu, ma réponse est : non ! Je ne veux pas.

Sean lâcha son pied et s'allongea sur le lit.

— Vieux frère, j'ai à te causer, fit Duff.

— Te gêne pas, c'est gratuit.

— Sean, qu'est-ce que tu penses de Candy ?

— Jolie paire de nichons, opina Sean.

— D'accord, mais on ne vit pas que de ça.

— Non, fit Sean d'une voix somnolente. Mais je suppose qu'elle a tout l'équipement de base nécessaire.

— Ecoute, vieux, je parle sérieusement. Il faut que tu m'aides. Est-ce que tu ne crois pas que je vais faire une boulette — en me mariant, je veux dire ?

— Je ne connais rien au mariage, répondit Sean en se retournant sur le ventre.

— Elle m'appelle déjà Dufford — tu as remarqué, vieux ? C'est un signe, ça, un signe avant-coureur de très sinistre augure. As-tu remarqué, dis ?

Duff attendit une réponse qui ne vint pas

— C'est comme ça que l'autre m'appelait : « Dufford », elle me disait — il me semble que je l'entends encore —, « Dufford, tu es une ordure ».

Duff regarda Sean.

— Tu m'écoutes ?

Pas de réponse.

— Sean, mon vieux, j'ai besoin de ton avis.

Sean ronflait doucement.

— Oh, toi, espèce de poivrot...

Duff se sentit très malheureux.

25

XANADU fut terminé à la fin de janvier, et le mariage fut fixé au 20 février. Duff envoya des invitations à toute la police de Johannesburg : en échange, les policiers montèrent la garde vingt-quatre heures sur vingt-quatre dans la salle de bal de Xanadu où les cadeaux de mariage avaient été exposés sur de longues tables à tréteaux. Dans l'après-midi du 10 février, Sean, Duff et Candy se rendirent à Xanadu « pour faire l'inventaire du butin », selon l'expression de Duff. Sean offrit un cigare à l'agent de service, et ils pénétrèrent dans la salle de bal.

— Regardez, regardez ! s'extasia Candy. Il y a une foule de nouveaux cadeaux !

— Celui-ci vient de Jock et Trevor, dit Sean après avoir lu la carte de visite.

— Ouvre vite, Dufford, je veux voir ce qu'ils ont envoyé.

Duff força le couvercle avec un levier, et Sean siffla doucement.

— Un service de table en or massif, balbutia Candy.

Elle prit une assiette et la serra sur sa poitrine.

— Oh, je ne trouve pas de mots...

Sean examinait les autres paquets.

— Dis donc, Duff, voilà qui va te faire plaisir tout particulièrement plaisir : « Meilleurs vœux, signé : Norman Hradsky »

— Il faut que je voie ça, s'exclama Duff avec un enthousiasme comme il n'en avait pas montré depuis des semaines.

Il défit le paquet.

— Une douzaine ! cria-t-il joyeusement. Une douzaine de torchons ! Cher Norman, impayable petit juif !

— C'est l'intention qui compte, dit Sean en riant.

— Ce cher Norman, comme il a dû souffrir en réglant la facture ! Je lui demanderai de me les dédicacer, et je les ferai encadrer pour les exposer dans le hall d'entrée.

Ils laissèrent Candy disposer les cadeaux et sortirent dans le parc.

— Et ce faux prêtre, demanda Duff, tu l'as déniché ?

— Oui, il est dans un hôtel de Pretoria. Il s'entraîne ferme. Dans dix jours, il sera fin prêt, et capable de mener toute la cérémonie aussi bien qu'un vieux chanoine.

— Tu ne crois pas que faire le simulacre, c'est aussi moche que de se marier pour de bon ?

— Il est un peu tard pour penser à ça, dit Sean.

— Ça, c'est vrai.

— Où allez-vous en voyage de noces ?

— On va descendre jusqu'au Cap par la diligence, ensuite on prendra le bateau pour Londres et on passera un mois en Europe. Je pense qu'on sera de retour en juin.

— Tu vas te payer du bon temps.

— Pourquoi ne te maries-tu pas, toi aussi ?

— Moi ?

Sean parut surpris.

— Pourquoi faire ?

— Tu n'as pas l'impression de trahir un peu notre vieille association, en me laissant sauter le pas tout seul ?

— Pas du tout, répondit Sean. D'ailleurs, qui voudrais-tu que j'épouse ?

— Et cette petite que tu as emmenée aux courses l'autre semaine ? C'est un joli brin de fille...

Sean souleva un sourcil.

— Tu as entendu son rire ?

— Oui, admit Duff. Il était difficile de ne pas le remarquer.

— Tu t'imagines entendre ce rire idiot tous les matins au petit déjeuner ?

Duff frissonna.

— Je comprends ton point de vue. Mais dès que nous serons rentrés, je demanderai à Candy de te chercher une fiancée acceptable.

— J'ai une meilleure idée : que Candy s'occupe d'organiser ta vie, moi je me débrouillerai tout seul de mon côté.

— Je crains bien que ce ne soit effectivement ce qui nous attend, vieux frère.

Hradsky finit par accepter, non sans réticence, que toutes les firmes du groupe *C.R.C.* — mines, ateliers, transports — fussent fermées le 20 février pour permettre aux employés d'assister au mariage. Cela signifiait, en fait, qu'une bonne moitié des activités du Witwatersrand allaient être paralysées. En conséquence, presque toutes les sociétés indépendantes décidèrent de fermer également. Le 18, des chariots transportant du ravitaillement solide et liquide commencèrent à affluer à Xanadu. Dans un bel élan philantrophique, Sean alla ce soir-là jusqu'à inviter au mariage toutes ces dames de *l'Opéra*. Le lendemain matin, il n'avait plus qu'un vague souvenir de ce qui s'était passé, mais lorsqu'il voulut annuler l'invitation, Blue Bessie lui annonça que la plupart de ses pensionnaires étaient déjà sorties en ville pour s'acheter des robes neuves.

— Eh bien, tant pis, alors. Qu'elles viennent ! Espérons seulement que Candy ne devinera pas leur identité !

Le 19 au soir, Candy leur laissa la libre disposition du restaurant et des salons pour que Duff pût enterrer dignement sa vie de garçon. François arriva porteur d'un chef-d'œuvre réalisé dans les ateliers de la mine : un énorme boulet terminé par une chaîne. Le boulet fut symboliquement rivé autour de la cheville de Duff, et la soirée put commencer.

Par la suite, une certaine école de pensée prétendit que l'entrepreneur chargé de la réparation des dégâts était un filou, et que présenter une telle note — tout près de mille livres sterling — était tout simplement du vol qualifié. Cependant, personne ne pouvait nier qu'une centaine d'hommes jouant au *bok-bok*[1] dans la salle à manger avaient dû causer certains dégâts au mobilier et au matériel — ni que le grand lustre n'avait pu supporter le poids de M. Courteney, et qu'après s'être balancé deux ou trois fois, ce dernier l'avait arraché du plafond, non sans y creuser un trou de dimensions respectables. Personne non plus ne nia que, pendant une demi-heure, Jock Heynes avait en vain essayé de faire tomber un verre placé sur la tête de son frère en faisant partir des bouchons de champagne. Le résultat, c'est qu'il y avait eu dans l'un des salons un lac de dix centimètres de profondeur, et que le parquet devait être refait. N'importe, mille livres sterling, c'était un peu raide. Tout le monde, cependant, était d'accord sur un point : cela avait été une soirée mémorable.

Au début, Sean avait regretté que Duff n'eût vraiment pas le cœur à s'amuser : il était debout près du bar, tenant son boulet sous le bras, et, son éternel sourire au coin des lèvres, écoutait sans plaisir les commentaires égrillards. Au bout de sept ou huit verres, Sean avait cessé de se faire du tracas et s'était plus particulièrement intéressé au lustre. Vers minuit, Duff avait demandé à François de le délivrer de sa chaîne et de son boulet et s'était éclipsé. Mais personne — Sean moins que quiconque — n'avait remarqué son départ.

Jamais Sean ne put se rappeler comment il avait fini par atterrir dans son lit ce soir-là. Le lendemain matin, un serviteur le réveilla discrètement en lui apportant sur un plateau du café et un petit mot.

— Quelle heure est-il ? demanda Sean tout en ouvrant l'enveloppe.

— Huit heures, *baas*.

— Pas la peine de crier, murmura Sean.

Il eut du mal à lire, car sa tête lui faisait si mal qu'il avait l'impression que ses yeux allaient lui sortir des orbites.

1. Jeu assez rude pratiqué en Afrique du Sud et dans lequel on s'efforce de former une pyramide humaine en s'entassant sur les membres de l'équipe adverse.

Cher garçon d'honneur.

Je me permets de te rappeler que Duff et toi avez un rendez-vous à onze heures. Je compte sur toi pour le traîner là-bas, en entier ou par pièces détachées.

Affectueusement,

CANDY.

Les vapeurs du cognac avaient un arrière-goût de chloroforme. Il avala son café pour faire passer le tout, et alluma un cigare qui le fit tousser. A chaque nouvelle quinte, il croyait que son crâne allait exploser. Finalement, il éteignit son cigare en l'écrasant dans le cendrier, et passa dans la salle de bains.

Une demi-heure plus tard, il se sentit de force à réveiller Duff et, traversant le salon, il poussa la porte de sa chambre. Les rideaux étaient encore tirés. Il les ouvrit. Aveuglé par la clarté soudaine, il se retourna et fronça les sourcils.

Lentement, il s'avança et vint s'asseoir sur le rebord du lit vide.

— Il a dû coucher avec Candy, murmura-t-il en contemplant l'oreiller intact et les couvertures bien tirées.

Il lui fallut quelques secondes pour découvrir la faille dans son raisonnement.

— Alors, pourquoi aurait-elle écrit ce mot ?

Il se dressa, soudain inquiet. Il imagina Duff, ivre-mort, effondré dans la cour ou assommé par quelque rôdeur. Traversant la chambre en trois enjambées, il se rua dans le salon, mais, avant d'avoir atteint la porte, il s'arrêta net : une enveloppe était posée sur la cheminée, bien en vue.

— Qu'est-ce que c'est que ça ? murmura-t-il. Une réunion de la Société des auteurs ? Il y a des lettres dans tous les coins ici.

Le papier craqua sous ses doigts. Il reconnut l'écriture renversée de Duff.

Le premier essai, c'est le pire, mais le second ne vaut pas mieux. Je n'ai pas le courage de tenter à nouveau l'expérience. Tu es garçon d'honneur, excuse-moi auprès de tous. Je reviendrai quand ce sera un peu oublié.

D.

Sean se laissa tomber dans un fauteuil et relut deux fois la lettre, puis explosa.

— Va te faire foutre, Charleywood ! « Excuse-moi », ah oui, tiens ! Sacré petit salaud, tu fous le camp et tu me laisses me dépêtrer tout seul...

Il se précipita au-dehors. Sa robe de chambre lui battait les mollets.

— Je t'en ficherai des excuses, moi ! Tu vas venir les faire toi-même, quitte à ce que je te ramène au bout d'une corde !

Sean descendit quatre à quatre l'escalier de service. Mbejane était près des écuries et bavardait avec les palefreniers.

— Où est N'kosi Duff ? rugit Sean.

Ils lui jetèrent un regard inexpressif.

— Où est-il ?

La barbe de Sean se hérissait de colère.

— Le *baas* a pris son cheval et est parti se promener, répondit un des palefreniers d'une voix tremblante

— Quand ça ? beugla Sean.

— Cette nuit. Il y a de cela sept ou huit heures. Il ne devrait pas tarder à revenir.

Sean regarda l'homme et respira très fort.

— Par où est-il allé ?

— *Baas*, il n'a pas dit.

Huit heures — il était peut-être à quatre-vingts kilomètres, maintenant. Sean remonta dans sa chambre, se jeta sur le lit et se versa une autre tasse de café.

— Ça va lui briser le cœur, la pauvre gosse...

Il imagina les larmes, la détresse de Candy.

— Oh, merde ! Charleywood, tu es un salaud !

Il but son café et songea soudain à partir lui aussi — à prendre un cheval et à s'en aller loin, très loin.

— Après tout, ce n'est pas ma faute, tout ce gâchis qui arrive. Je ne veux pas m'en mêler.

Il termina son café et s'habilla. Tout en se coiffant devant son miroir, il imagina Candy, seule dans la chapelle, et le silence qui peu à peu devenait murmure, se transformait en rires.

— Charleywood, espèce d'ordure ! Je ne peux pas laisser Candy aller là-bas, ce sera déjà assez dur sans ça. Il faut que j'aille la prévenir.

Il prit sa montre sur la coiffeuse. Il était neuf heures passées.

— Que le diable t'emporte, Charleywood !

Il sortit dans le couloir. Derrière la porte de l'appartement de Candy, il entendit des voix. Il frappa et entra. C'étaient deux amies de Candy, et Martha, la servante noire. Elles le regardèrent éberluées.

— Où est Candy ?

— Dans sa chambre. Mais il ne faut pas y aller, ça porterait malheur.

Il frappa à la porte de la chambre.

— Qui est là ?

— Sean.

— On n'entre pas. Qu'est-ce que tu veux ?

— Tu es en tenue décente ?

— Oui, mais n'entre pas.

Il ouvrit la porte, accueilli par des cris aigus.

— Sortez de là, ordonna-t-il rudement aux femmes qui entouraient Candy, il faut que je lui parle.

Elles s'enfuirent, et Sean referma la porte derrière elle. Candy était en déshabillé, les cheveux dénoués rejetés sur les épaules. *Elle est belle*, songea soudain Sean. Il jeta un regard vers la mousse légère de sa robe de mariée posée sur le lit.

— Mauvaises nouvelles, Candy. Auras-tu la force de m'écouter ?

Sa voix était brève, presque rude. Tout cela était extrêmement pénible. Il vit les couleurs se retirer lentement du visage de Candy, et elle se tint toute droite, immobile et pâle.

— Il est parti, dit Sean. Parti.

Candy prit une brosse sur sa coiffeuse et se mit à se brosser les cheveux d'un air absent. Tout était silence dans la pièce.

— Je suis navré, Candy.

Elle hocha la tête. Elle regardait dans le vide, entrevoyant sans doute un long avenir désormais solitaire. Cette acceptation silencieuse, c'était pire que les larmes, bien pire. Sean se gratta le nez.

— Je suis navré. Je voudrais pouvoir faire quelque chose.

Il se dirigea vers la porte.

— Sean, merci d'être venu me prévenir.

Il n'y avait pas la moindre trace d'émotion dans sa voix, pas plus que sur son visage.

— Je t'en prie, répondit Sean d'une voix bourrue.

Il monta à cheval et partit pour Xanadu. Sur les pelouses, la foule se pressait autour des buffets dressés sous les tentes, et les rires étaient déjà un peu éméchés. Le soleil brillait, mais point encore trop chaudement; l'orchestre jouait sous la véranda, et les robes des femmes tranchaient gaiement sur le vert sombre du gazon. Les drapeaux qui claquaient au vent, les rires qui fusaient de partout, semblaient crier : « C'est jour de liesse ! »

Sean remonta l'allée, répondant de la main aux salutations qui l'accueillaient. Du haut de son cheval, il aperçut enfin François et Curtis qui, verre en main, bavardaient près de la maison avec deux filles de *l'Opéra*. Sean confia son cheval à un des palefreniers indigènes et se dirigea vers eux à grandes enjambées.

— Salut, patron, fit Curtis. Faut pas avoir l'air triste comme ça, c'est pas vous qui vous mariez !

Ils éclatèrent de rire.

— François, Martin, venez avec moi, je vous prie.

— Des ennuis, monsieur Courteney ? demanda François tandis que Sean les entraînait à l'écart.

— La fête est finie, fit tristement Sean. Il n'y aura pas de mariage.

Les deux hommes en restèrent bouche bée.

— Allez le dire autour de vous. Faites savoir qu'on rendra les cadeaux.

Il s'apprêtait à les quitter.

— Qu'est-ce qui s'est passé, patron ? demanda Curtis.

— Annoncez-leur que Candy et Duff ont changé d'avis, c'est tout.

— Voulez-vous qu'on les renvoie chez eux ?

Sean hésita.

— Oh, et puis zut après tout ! Qu'ils restent jusqu'à ce

qu'ils soient tous fin soûls. Prévenez-les simplement qu'il n'y aura pas de mariage.

Il entra dans la maison. Le pseudo-prêtre, nerveux, attendait dans le bureau du rez-de-chaussée. Sa pomme d'Adam était tout écorchée par le faux-col empesé.

— On n'a plus besoin de vous, lui dit Sean.

Il sortit son carnet de chèques et s'assit à la table de travail.

— Tenez, voici pour le dérangement. Et maintenant, quittez la ville.

— Merci, monsieur Courteney, merci beaucoup.

L'homme avait l'air soulagé d'un grand poids. Il se dirigea vivement vers la porte.

— Mon ami, dit Sean en l'arrêtant au passage, si jamais vous révélez un mot de ce qui devait se passer ici aujourd'hui, je vous tue comme un lapin. C'est bien compris ?

Sean passa dans la salle de bal, et glissa quelques pièces d'or dans la main de l'agent de police.

— Faites-moi sortir tout ce monde-là, dit-il en désignant d'un signe de tête la foule qui circulait entre les tables et contemplait les présents. Ensuite, vous fermerez les portes à clé.

Il trouva le chef dans ses cuisines.

— Prenez toutes ces victuailles et dressez les buffets dehors, après quoi vous bouclerez tout.

Il fit une ronde dans toute la maison, ferma les portes et tira les rideaux. En repassant dans le bureau il découvrit un couple sur le grand divan de cuir. L'homme avait glissé la main sous les jupes de la fille qui poussait de petits rires effarouchés.

— Ce n'est pas un bordel ici ! cria Sean.

Ils s'enfuirent sans demander leur reste. Sean se laissa tomber dans un des fauteuils. Les cris et les rires lui parvenaient du dehors, où l'orchestre jouait une valse de Strauss. Cela l'irrita, et il regarda avec colère la haute cheminée de marbre. Sa tête lui faisait mal à nouveau, et il sentait la peau de son visage toute desséchée, toute raide après les excès de la nuit.

— Quel gâchis, quel foutu gâchis ! dit-il tout haut.

Au bout d'une heure, il s'en alla, sauta en selle et prit la route de Pretoria. Une fois qu'il eut dépassé les dernières maisons de Johannesburg, il quitta la route et s'enfonça dans le *veld*. Il galopa ainsi longtemps dans l'herbe haute, le chapeau rejeté sur la nuque pour que le vent et le soleil vinssent lui frapper le visage. Puis, un peu détendu, il laissa son cheval aller à sa guise. L'après-midi était déjà bien avancé lorsqu'il revint à Johannesburg et laissa son cheval aux soins de Mbejane.

Il se sentait mieux : l'exercice, le grand air lui avaient éclairci les idées, l'avaient aidé à voir les choses sous un jour plus réaliste. Il se prépara un bain très chaud. Une fois dans l'eau, le reste de sa colère se dissipa ; il reprit le total contrôle de lui-même. En sortant du bain, il s'épongea, enfila son peignoir et revint dans sa chambre. Candy était assise sur le lit.

— Bonsoir, Sean.

Elle lui sourit, mais ce sourire était fragile, hésitant. Ses cheveux étaient un peu en désordre maintenant, son visage pâle, sans trace de maquillage. Elle portait toujours le déshabillé que Sean lui avait vu le matin.

— Bonsoir, Candy.

Il prit le flacon de cristal taillé et se passa du rhum sur les cheveux et sur la barbe.

— Ça ne t'ennuie pas que je vienne te voir ?

— Pas du tout, au contraire.

Il se mit à se peigner.

— D'ailleurs, j'étais moi-même sur le point de te rendre visite.

Elle ramena ses jambes sous elle, comme seules les femmes savent le faire.

— Je peux avoir quelque chose à boire, s'il te plaît ?

— Excuse-moi. Je croyais que tu ne buvais jamais.

— Oh, aujourd'hui, c'est différent, fit-elle avec un rire forcé. C'est le jour de mon mariage, tu sais.

Il lui versa du cognac sans oser la regarder. Il détestait la voir souffrir, et sa colère contre Duff revint. Candy prit le verre et se mit à boire à petites gorgées. Elle fit la grimace.

— C'est fort.

— Ça va te faire du bien.

— A la mariée, fit-elle, et elle vida son verre.

— Un autre ? demanda Sean.

— Non, merci.

Elle se leva et s'approcha de la fenêtre.

— Il commence à faire sombre. J'ai horreur de l'obscurité, cela déforme tout. Ce qui est dur en plein jour est insupportable la nuit.

— Je suis navré, Candy. Je voudrais pouvoir t'aider.

Elle se retourna brusquement et vint se jeter contre lui. Les bras autour de son cou, elle appuya sur sa poitrine son visage pâle et terrifié.

— Oh, Sean, serre-moi fort, j'ai si peur !

Il la prit maladroitement dans ses bras.

— Je ne veux pas y penser, chuchota-t-elle, pas maintenant. Pas dans l'obscurité. Aide-moi, je t'en prie, aide-moi à ne pas y penser.

— Je vais rester avec toi. Ne te laisse pas abattre. Viens t'asseoir, je vais te préparer à boire.

— Non, non.

Elle se cramponnait à lui, désespérément.

— Je ne veux pas rester seule. Je ne veux pas penser. Je t'en prie, aide-moi.

— Je ne peux pas t'aider... Je vais rester avec toi, c'est tout ce que je peux faire.

La colère et la pitié se mêlaient en Sean. Ses doigts se resserrèrent sur les épaules de Candy et s'enfoncèrent dans la chair.

— Oh, oui, fais-moi mal. Comme ça j'oublierai un peu. Prends-moi dans ton lit et fais-moi mal, Sean, fais-moi très mal.

Sean sursauta.

— Tu ne sais pas ce que tu dis, voyons, c'est fou...

— C'est ce que je veux — oublier un peu. Je t'en prie, Sean, je t'en prie.

— Je ne peux pas, Candy, Duff est mon ami.

— C'est fini entre lui et moi. Je suis ton amie aussi. Oh, mon Dieu, je suis si seule. Aide-moi, Sean, je t'en supplie, aide-moi.

Sean sentit sa colère l'abandonner. Son sexe se dressa, et elle s'en aperçut.

— Oh, oui, je t'en supplie. Oui.

Il la prit dans ses bras, la porta sur le lit, et enleva son peignoir. Elle se déshabilla et s'étendit, offerte. Il pénétra en elle avec violence. Ce n'était pas vraiment du désir, mais quelque chose de plus cruel et de plus sauvage. Pour lui, c'était de la colère et de la pitié tout à la fois, pour elle, un acte de renonciation. Il la prit par trois fois. Les reins de Sean finirent par saigner sous les doigts de Candy, marquant les draps de petites taches brunes. Ils demeurèrent enlacés, meurtris et moites. Dans le calme retrouvé, Sean parla doucement :

— Cela n'a pas changé grand-chose, n'est-ce pas ?

— Mais si.

L'épuisement eut raison de la contrainte que Candy avait réussi à s'imposer jusque-là. Sans cesser de se serrer contre lui, elle se mit à pleurer.

Un réverbère dessinait au plafond de la chambre un rectangle de lumière argentée, que Sean, allongé sur le dos, se mit à contempler. Les sanglots de Candy atteignirent leur paroxysme, et puis, lentement, se calmèrent, et le silence retomba. Alors ils s'endormirent, pour ne se réveiller tous les deux ensemble qu'un peu avant l'aube.

— Tu es le seul qui puisse l'aider maintenant, dit Candy.

— L'aider à quoi faire ? demanda Sean.

— A trouver ce qu'il cherche. La paix, ou lui-même — peu importe le nom. Il est perdu, tu sais. Perdu et seul, presque aussi seul que moi. J'aurais pu l'aider, oui, je suis sûre que j'aurais pu.

— Duff, perdu ? fit Sean d'un ton cynique. Tu dois être folle !

— Ne sois pas aveugle, Sean, ne te laisse pas prendre à ses grands mots et à ses grands airs ! Regarde le reste.

— Quoi, par exemple ? demanda-t-il.

Elle garda un moment le silence.

— Il haïssait son père, tu sais.

— C'est ce que j'ai cru comprendre, d'après le peu qu'il a pu me raconter.

— Et puis regarde comme il est rebelle à toute discipline, regarde son attitude envers Hradsky, envers les femmes, envers la vie. Réfléchis, Sean, et dis-moi s'il se comporte comme un homme heureux.

— Hradsky lui a fait une saloperie un jour, il se venge, c'est tout.

— Oh, non, ce n'est pas aussi simple que ça. D'une certaine manière, Hradsky lui rappelle son père. Au fond de lui-même, Duff est terriblement désaxé, tu sais, c'est pour cela qu'il se raccroche à toi. Tu peux l'aider.

Sean partit d'un franc éclat de rire.

— Candy, ma chérie, entre Duff et moi il n'y a rien qu'une amitié très normale, aucun mobile sinistre et caché. Ne te mets pas à devenir jalouse de moi !

Candy se dressa dans le lit, et les draps glissèrent de ses épaules. Elle se pencha, et ses seins vinrent tout près du visage de Sean, des seins ronds, lourds, qui, dans la pénombre, prenaient des reflets nacrés.

— Il y a en toi une force, Sean, une solidité dont tu n'as pas encore pris conscience. Duff a su la découvrir, lui, et d'autres en feront un jour autant, s'ils sont dans la peine. Il a besoin de toi, désespérément. Veille sur lui, fais cela pour moi. Aide-le à trouver ce qu'il cherche.

— Ça ne tient pas debout, Candy, murmura Sean avec embarras.

— Promets-moi que tu l'aideras.

— Il est temps que tu regagnes ta chambre, fit Sean, autrement les gens vont jaser.

— Promets-moi, Sean.

— Très bien, je te le promets.

Candy se glissa hors du lit et s'habilla à la hâte.

— Merci, Sean. Bonne nuit.

26

SANS Duff, Johannesburg parut bien vide aux yeux de Sean : les rues n'avaient pas la même animation, le Club était moins gai, la Bourse moins passionnante. Cependant, Sean ne manquait pas de travail : celui de Duff en plus du sien propre.

Chaque soir, il avait une conférence avec Hradsky et Max, et il rentrait fort tard à l'hôtel. Après l'agitation de la journée, il avait le cerveau engourdi, les yeux brûlants ; il ne lui restait même plus la force de se livrer au regret. Pourtant, il se sentait seul, terriblement seul.

Une nuit, il alla à *l'Opéra* et but du champagne en joyeuse compagnie. Une des filles dansa le French Cancan sur la table, puis vint s'arrêter juste devant Sean et Trevor Heyns, jupons relevés, tête touchant le genou. Trevor arracha le pantalon de la fille, et Sean ne broncha pas. Huit jours plus tôt, il aurait boxé Trevor plutôt que de lui laisser ce privilège. Tout cela ne l'amusait plus guère. Il rentra tôt.

Le samedi suivant, à midi, Curtis et François vinrent au bureau pour assister à la réunion hebdomadaire. Lorsque la séance fut levée et que Hradsky fut parti, Sean suggéra :

— Venez avec moi, on va aller prendre un pot au Grand Hôtel pour bien commencer le week-end.

Curtis et François se trémoussèrent sur leur chaise.

— On avait rendez-vous avec des copains à l'*Ange Flamboyant*, patron.

— Très bien, alors je viens avec vous, fit Sean avec vivacité.

La perspective de se retrouver avec des gens du commun lui était soudain très agréable. Il en avait plus qu'assez de ne fréquenter que « l'élite », de serrer des mains et de faire des sourires à des hommes qui n'attendaient qu'une occasion pour le démolir. Cela lui ferait du bien de suivre François et Curtis et de parler mines et filons et non plus actions et dividendes, de rire en compagnie de gaillards qui se moquaient éperdument de savoir si la *C.R.C.* coterait soixante shillings le lundi suivant. Il se soûlerait avec les autres ; peut-être même se paierait-il une bonne petite bagarre — saine, rude, à la loyale. Bon sang, oui, ce serait bon de se retrouver avec des gars honnêtes, propres — même s'ils avaient de la crasse sous les ongles et si leur chemise était tachée de sueur.

Curtis lança un rapide coup d'œil à François.

— Il va y avoir une bande de fortes têtes là-bas, patron, tous les chercheurs d'or y viennent le samedi.

— Tant mieux, répondit Sean. Allons-y.

Il se leva et boutonna sa jaquette gorge-de-pigeon, dont les revers gansés de soie noire s'harmonisaient avec la perle noire de son épingle de cravate.

— Partons, dit-il en prenant sa canne posée sur le bureau.

Le bruit qui provenait de l'*Ange Flamboyant* s'entendait à un pâté de maisons de distance. Sean sourit et hâta le pas, comme un vieux chien d'arrêt qui retrouve la senteur familière du gibier. François et Curtis durent courir pour se maintenir à sa hauteur.

Lorsqu'ils entrèrent, il y avait un colosse debout sur le comptoir. Sean le reconnut : c'était un des mineurs de la mine de *la Petite Sœur*. Le corps rejeté en arrière pour faire équilibre à la dame-jeanne qu'il portait à ses lèvres, l'homme buvait à longues goulées. Tout autour de lui, les autres chantaient :

— Cul-sec, cul-sec, cul-sec !

Lorsqu'il eut fini, le mineur jeta la dame-jeanne contre le mur et éructa comme un geyser sur le point de jaillir. Les applaudissements éclatèrent. Il salua, et aperçut Sean debout sur le seuil. Gêné, il s'essuya la bouche d'un revers de main et sauta à terre. Les autres consommateurs, en se retournant, découvrirent Sean à leur tour, et le tumulte s'apaisa. Ils reprirent leur place en silence.

Sean entra, suivi de François et de Martin Curtis, et plaça une pile de souverains sur le comptoir.

— Soignez ces messieurs, barman, et prenez les commandes. Aujourd'hui, c'est samedi, il faut se distraire.

— A votre santé, monsieur Courteney.

— A la vôtre, monsieur.

— *Gezondheid,* monsieur Courteney.

Ils parlaient à mi-voix, d'un ton plein de déférence.

— Buvez, les amis, la source n'est pas tarie.

Sean resta debout au bar en compagnie de François et de Martin, qui rirent de bon cœur à ses plaisanteries. Sean parlait fort, heureux d'être avec eux. Son visage était rayonnant. Il offrit une autre tournée.

Au bout d'un moment, pris d'un besoin impérieux, il se dirigea vers les toilettes. Au moment de pousser la porte, il entendit des voix à l'intérieur et s'arrêta net.

— ... pourquoi qu'il est venu, hein ? C'est pas leur saloperie de *Rand Club,* ici !

— Chut ! Tais-toi, mon gars, il pourrait t'entendre. Tu veux donc perdre ta place ?

— Je m'en fous. Pour qui il se prend ? « Buvez, les amis, la source n'est pas tarie. Je suis le patron, les gars, faites ce que je vous dis, les gars, venez lécher mon cul, les gars ! »

Sean était pétrifié.

— Ferme-la, Frank. Il va pas tarder à se tirer.

— Eh bien, le plus tôt sera le mieux, moi je te le dis. Qu'il retourne d'où il vient, c't'espèce de gandin avec ses godasses à dix guinées et sa canne en or !

— T'es soûl, vieux. Ne crie donc pas si fort !

— Bien sûr que j'suis soûl, assez soûl pour aller lui dire en face que je...

Sean battit en retraite et vint rejoindre François et Martin.

— Vous m'excuserez, j'espère. Je viens de me rappeler que j'ai un travail important à faire cet après-midi.

— Dommage, patron.

Mais Martin Curtis avait l'air soulagé.

— Une autre fois, peut-être, hein ?

— Oui, une autre fois.

Lorsqu'il entra au *Rand Club*, on lui fit fête, et trois hommes faillirent se battre pour lui offrir à boire.

27

Ce soir-là, il dîna avec Candy. Au moment des liqueurs, il lui raconta toute l'histoire. Elle le laissa parler sans l'interrompre.

— Ils ne voulaient pas de moi. Mais qu'est-ce que je leur ai fait pour qu'ils me détestent à ce point ?

— Ça te tracasse ? demanda-t-elle.

— Oui, ça me tracasse. Jamais personne ne m'avait traité ainsi.

— Je suis heureuse que tu t'en préoccupes, fit-elle avec un doux sourire. Un jour, tu deviendras quelqu'un de vraiment très bien.

Mais Sean avait de la suite dans les idées.

— Pourquoi me détestent-ils ?

— Ils sont jaloux de toi. « Des godasses à dix guinées et une canne en or », voilà toute l'affaire. Tu es différent des autres, maintenant : tu es riche. Tu ne peux pas t'attendre à ce qu'ils acceptent cela sans renâcler.

— Mais je ne leur ai jamais rien fait ! protesta-t-il.

— Qu'importe ! Il y a une chose que j'ai découverte, c'est que dans cette vie tout se paye. Eh bien, voilà le prix dont tu payes ta réussite.

— Bon sang, je voudrais que Duff soit là ! dit Sean.

— Il t'expliquerait sans doute que cela n'a aucune importance, n'est-ce pas ? dit Candy.

Elle imita le ton de la voix de Duff :

— « Qui se soucie de ce troupeau minable, vieux frère ? Laisse donc ces gens-là à leur crasse ! »

Sean se gratta le nez et baissa les yeux vers la table.

— Je t'en prie, Sean, n'écoute jamais Duff quand il te dira que les gens ne comptent pas. Il ne le croit pas lui-même... mais il est tellement convaincant. Les gens ont de l'importance, au contraire, plus que l'or, que les places que l'on convoite, que... plus que tout, Sean.

Sean releva la tête.

— J'ai compris ça un jour : la fois où je suis resté sous l'éboulement dans la Fosse Candy. J'étais tout seul dans le noir et dans la boue, et j'ai pris une résolution.

Il eut un sourire embarrassé.

— Je me suis dit que jamais plus je ne ferais souffrir quelqu'un si je pouvais l'éviter. Je le pensais vraiment, Candy, de toutes mes forces. Mais...

— Oui, je crois que je comprends. C'est une résolution difficile à prendre, et encore plus difficile à tenir. Je ne crois pas qu'une seule épreuve suffise à changer un être du tout au tout, et surtout pas sa façon de penser. C'est comme un mur qu'on a construit brique à brique, il ne monte que lentement. Je te l'ai déjà dit, Sean, il y a une force en toi. Un jour, je pense que tu finiras d'élever ton mur — et alors, il sera solide.

28

Le mardi suivant, Sean monta à Xanadu ; c'était la première fois qu'il y retournait depuis le départ de Duff. Dans la salle de bal, Johnson et quatre autres de ses commis s'affairaient à empaqueter et à étiqueter les cadeaux de mariage.

— Bientôt fini, Johnson ?

— Presque, monsieur. Demain matin, j'enverrai des chariots pour faire prendre le tout.

— Très bien. Je ne veux pas que cela reste ici plus longtemps.

Il monta l'escalier de marbre et fit halte sur le palier. La maison était comme morte : elle n'attendait qu'une présence humaine pour vivre enfin. Sean s'engagea dans le couloir, jetant au passage un coup d'œil sur les tableaux qui en ornaient les murs. C'était Candy qui les avait choisis : des tons pastels, très féminins.

— Il faudra en changer. Moi, je veux quelque chose d'ardent : du rouge, du noir, du bleu éclatant.

Il ouvrit la porte de sa chambre. C'était déjà mieux : tapis persans aux vives couleurs, lambris de bois satiné, et un lit vaste comme un terrain de polo. Il s'y étendit et contempla longuement les arabesques du plafond.

— Je voudrais bien que Duff revienne — on pourrait enfin y vivre, dans cette maison.

Il redescendit. Johnson l'attendait au pied de l'escalier.

— Tout est terminé, monsieur.

— Très bien. Vous pouvez disposer.

Sean entra dans le bureau et décrocha du râtelier un fusil de chasse, un Purdley qui fleurait bon l'huile. Tout excité par cette senteur qui faisait monter en lui bien des souvenirs, Sean alla jusqu'à la porte-fenêtre pour examiner l'arme plus commodément. Il épaula, heureux de sentir à nouveau dans ses mains une arme bien équilibrée, et fit décrire au canon un large arc de cercle, comme s'il suivait la trajectoire d'un oiseau imaginaire. Soudain, le visage de Duff se trouva dans sa ligne de tir. Sean fut tellement surpris qu'il garda le fusil braqué sur son ami.

— Ne tire pas, fit Duff d'un air solennel, je me rends sans combattre.

Sean abaissa son arme et se dirigea vers le râtelier.

— Salut.

— Salut, répondit Duff, qui resta sur le seuil de la porte.

Tout en remettant le fusil en place, Sean affecta de tourner le dos à Duff.

— Comment vas-tu, vieux frère ?

— Bien, bien.

— Et comment va tout le monde ?

— A qui fais-tu allusion en particulier ? demanda Sean.

— A Candy, entre autres.

Sean ne répondit pas tout de suite.

— Eh bien, ça aurait pu être pire si tu l'avais jetée dans un de nos moulins.

— Un sale coup, hein ?

— Oui, un sale coup.

Ils gardèrent un moment le silence.

— Si je comprends bien, dit enfin Duff, tu n'es pas tellement bien disposé envers moi non plus.

Sean haussa les épaules et vint s'adosser à la cheminée.

— Dufford, tu es un salaud, fit-il sur le ton de la conversation.

Duff grimaça.

— Eh bien, j'ai été très heureux de faire ta connaissance,

vieux frère. Je suppose qu'à partir de maintenant nos chemins ne se rencontrent plus ?

— Ne dis pas de sottises, Duff, tu perds ton temps. Verse-nous à boire, tu pourras me raconter quel effet ça fait d'être un salaud. Et puis, je voudrais aussi qu'on discute de ces tableaux que Candy a fait mettre dans le couloir là-haut : j'hésite entre les brûler ou en faire cadeau à quelqu'un.

Duff, qui était appuyé contre l'encadrement de la porte, se redressa soudain. Il essaya de dissimuler son soulagement, mais Sean poursuivit :

— Avant d'en terminer avec cette affaire, Duff, je tiens à te dire ceci : je trouve assez moche ce que tu as fait. Je comprends pourquoi tu t'es conduit ainsi, mais je trouve ça moche. Voilà ce que j'avais à te dire. As-tu quelque chose à ajouter ?

— Non, répondit Duff.

— Très bien. Tu trouveras une bouteille de Courvoisier dans le meuble-bar, juste derrière la carafe de whisky.

Ce soir-là, Sean alla à l'hôtel et trouva Candy dans son bureau.

— Il est revenu, Candy.

— Oh !

Elle eut un sursaut.

— Comment est-il, Sean ?

— Un peu assagi, sans plus.

— Ce n'est pas ça que je voulais dire. Va-t-il bien ?

— Aussi bien qu'avant. Il a eu la bonté de me demander de tes nouvelles.

— Que lui as-tu dit ?

Sean haussa les épaules, s'assit sur une chaise près du bureau, et regarda les grands tas de pièces d'or que Candy était en train de compter.

— Ce sont les recettes de la journée ? fit-il pour détourner la conversation.

— Oui, répondit-elle d'un air absent.

— Tu es riche, dit-il en souriant. Veux-tu m'épouser ?

Candy se leva et s'approcha de la fenêtre.

— Je suppose que vous allez vous installer à Xanadu tous les deux, maintenant, fit-elle.

Sean grommela une réponse indistincte. Elle poursuivit :

— Ce sont les frères Heyns qui vont prendre la Suite Royale, ils m'en ont déjà parlé. Ne te fais donc pas de bile pour ça. Vous vous amuserez bien, là-haut, tous les deux. Je suis sûre que vous donnerez des réceptions tous les soirs... Ça m'est égal, je me suis déjà faite à cette idée.

Sean s'approcha d'elle et la prit doucement par le coude pour l'obliger à tourner son visage vers lui. Sans un mot, il lui tendit son mouchoir.

— Est-ce que tu veux le revoir, Candy ? demanda-t-il enfin.

Elle fit seulement non de la tête, craignant que sa voix ne la trahît.

— Je veillerai sur lui comme je te l'ai promis.

Il la serra dans ses bras, puis s'apprêta à sortir.

— Sean, appela-t-elle.

Il tourna la tête.

— Tu viendras me voir quelquefois, dis ? On pourra dîner ensemble et bavarder un peu... On sera toujours amis, n'est-ce pas ?

— Bien sûr, Candy, bien sûr, chérie.

Elle eut un sourire ému.

— Tu prépareras tes affaires et celles de Duff. Je les ferai envoyer à Xanadu.

29

De l'autre côté de la table du conseil d'administration, Sean jeta un regard vers Duff pour quêter son appui. Mais Duff tira une bouffée de son cigare et exhala un rond de fumée, qui tournoya et s'agrandit comme une ride sur l'eau d'un étang avant de se dissiper dans l'air. Sean se rendait compte avec amertume que Duff n'avait pas l'intention de le soutenir. La veille, ils avaient passé la moitié de la nuit à discuter. Sean avait espéré que Duff finirait par changer d'avis, mais maintenant il savait qu'il n'en ferait rien. Il tenta cependant un ultime effort.

— Cette augmentation de dix pour cent, je la crois nécessaire, dit-il. Les prix ont monté en flèche à Johannesburg, alors que les salaires n'ont pas bougé. Messieurs, ces hommes ont des femmes et des enfants, cela ne compte-t-il pas ?

Duff fit un autre rond de fumée, tandis que Hradsky tirait sa montre de son gousset et la regardait avec affectation. Max toussota et interrompit Sean.

— Monsieur Courteney, je crois que nous avons déjà longuement discuté de ce problème. Ne pourrions-nous pas voter, maintenant ?

La proposition de Sean fut donc mise aux voix. Contre ? la main de Hradsky se leva. Sean n'osait pas regarder Duff ;

le voir voter comme Hradsky, voilà qui était trop pour lui. Il se força pourtant à tourner la tête : Duff avait les mains sur la table et s'amusait à suivre du regard un nouveau rond de fumée.

— Ceux qui sont en faveur de la motion ? demanda Max.

Duff et Sean levèrent en même temps la main droite. Sean sentit soudain ce que cela aurait signifié pour lui, si Duff avait voté contre. Duff lui adressa un clin d'œil, auquel il ne put s'empêcher de répondre par un sourire.

— Trente voix pour, soixante-dix voix contre, annonça Max. La motion de M. Courteney est donc rejetée. J'informerai le Syndicat des Mineurs de la décision. Pas d'autre problème à examiner avant de lever la séance ?

Sean et Duff se dirigèrent vers leur immeuble administratif.

— Si j'ai voté comme toi, plaisanta Duff, c'est parce que je savais que Hradsky gagnerait de toute façon.

Sean renifla bruyamment.

— Il a raison, naturellement, poursuivit Duff imperturbable, tout en s'effaçant pour laisser entrer Sean. Dix pour cent d'augmentation de salaires, ça porterait les frais généraux à dix mille livres par mois.

Sean ferma la porte d'un coup de pied et ne répondit rien.

— Pour l'amour du ciel, Sean, ne pousse pas la philanthropie jusqu'à l'absurdité. Hradsky a raison. Krüger peut nous flanquer une nouvelle taxe sur le dos, et nous devons financer l'expansion du secteur est du Rand. Si les frais d'exploitation augmentaient maintenant, ce serait catastrophique.

— Très bien, dit Sean d'un ton bourru, la question est réglée, n'en parlons plus. J'espère simplement que nous n'allons pas avoir une grève sur les bras.

— Une grève, ça peut se mater. Hradsky a la police pour nous, et on peut faire venir deux cents hommes de Kimberley en moins de temps qu'il n'en faut pour le dire.

— Bon sang, Duff, explosa Sean, c'est ignoble et tu le sais, et cet espèce de bouddha grotesque avec ses yeux jaunes, il le sait aussi. Mais qu'est-ce que je peux faire, nom de Dieu, qu'est-ce que je peux faire ? Je me sens complètement inutile.

— Dis donc, c'est toi qui as voulu que Hradsky prenne la

direction des affaires ! s'exclama Duff en ricanant. N'essaie donc pas de changer le monde. Rentrons chez nous, ça vaudra mieux.

Max les attendait dans l'entrée. Il paraissait nerveux.

— Pardonnez-moi, puis-je vous dire un mot ?

— Qui est-ce qui parle ainsi, demanda Sean d'un ton cassant, c'est Hradsky ou vous ?

— Il s'agit d'une affaire purement privée, fit Max en baissant la voix.

— Ça ne peut pas attendre jusqu'à demain ?

Sean passa devant lui et se dirigea vers la porte.

— Je vous en prie, monsieur Courteney. C'est de la plus grande importance.

Max se pendait au bras de Sean.

— Qu'est-ce qui se passe, Max ? demanda Duff.

— Il faut que je vous parle, seul.

Max baissa encore la voix et regarda la porte d'entrée d'un air malheureux.

— Eh bien, parle donc. Nous sommes seuls.

— Pas ici. Pouvons-nous nous retrouver plus tard ?

Les sourcils de Duff se soulevèrent.

— Dis donc, Maximilien, ne viens pas me raconter que tu vends des photos cochonnes, maintenant !

— M. Hradsky m'attend à l'hôtel. Je lui ait dit que j'allais chercher des documents, il aura des soupçons si je ne reviens pas immédiatement.

Max était au bord des larmes ; sa pomme d'Adam jouait à cache-cache avec son col à manger de la tarte, apparaissant et disparaissant par intermittence. Duff, soudain, s'intéressa à ce que Max avait à leur dire.

— Tu ne veux pas que Hradsky le sache ? demanda-t-il.

— Grand Dieu, non !

Max faillit pleurer pour de bon, cette fois.

— Quand veux-tu qu'on se voie ?

— Ce soir, après dix heures, quand M. Hradsky sera allé se coucher.

— Et le lieu de rendez-vous ? demanda Duff.

— Il y a une petite route qui fait le tour de la halde, du côté est de *la Petite Sœur*. Elle est désaffectée maintenant.

— Je la connais, dit Duff. On ira y faire un tour à cheval, vers les dix heures et demie.

— Merci, monsieur Charleywood, vous ne le regretterez pas.

Max se précipita vers la porte et disparut.

Duff inclina son chapeau en poil de castor selon l'angle idéal, puis piqua du bout de sa canne le ventre de Sean.

— Tu ne sens pas ? fit-il.

Il renifla avec affectation, et Sean fit de même.

— Non, quoi donc ?

— L'air en est empesté, expliqua Duff. C'est le doux parfum de la trahison.

Ils quittèrent Xanadu un peu après neuf heures et demie. Duff insista pour s'envelopper dans une longue cape noire.

— L'atmosphère, c'est essentiel, vieux frère. On ne peut pas aller à un tel rendez-vous en pantalon kaki et en *veldschoen*. Cela gâcherait tout.

— Eh bien, que je sois damné si j'y vais en tenue de fantaisie, moi ! Ce costume est très convenable, non ? Il faudra t'y résigner.

— Puis-je tenter de te persuader de porter un pistolet à la ceinture ? demanda Duff d'un air songeur.

— Ne te fatigue pas, va, fit Sean en riant.

— Mon vieux, décréta Duff en secouant tristement la tête, tu es un barbare. Tu n'as aucun goût, voilà ce qui te tue.

Ils évitèrent les rues fréquentées et rejoignirent la route du Cap à un kilomètre de la ville. Dans le ciel noir, seul un mince quartier de lune demeurait suspendu, mais, à la lueur des étoiles, les hautes silhouettes des haldes se découpaient comme autant d'énormes pustules.

Malgré lui, Sean se sentait tout de même un peu surexcité : l'entrain de Duff était toujours contagieux. Ils galopaient botte à botte : la cape de Duff flottait derrière lui tandis que, attisé par le vent de la vitesse, le cigare de Sean rougeoyait furieusement.

— Pas si vite, Duff. Le carrefour doit se trouver quelque part dans ce coin. Comme le chemin doit être envahi d'herbe, on risque de le manquer.

Ils mirent leurs bêtes au pas.

— Quelle heure est-il ? demanda Duff.

Sean tira sur son cigare et approcha sa montre de la petite lueur rouge.

— Dix heures et quart. Nous sommes en avance.

— Qu'est-ce que tu paries que Max sera là avant nous ? Ah, voilà la route.

Duff fit tourner son cheval, et Sean le suivit. La halde de la mine se dressait tout près d'eux, haute silhouette blanchâtre à la lueur des étoiles. Ils la contournèrent, mais son ombre s'allongeait sur le chemin, et les chevaux prirent peur : celui de Duff renâcla et se déroba, tandis que Sean serrait les genoux pour calmer le sien qui dansait de côté.

Max émergea d'un buisson rabougri qui se dessinait au bord de la route.

— Très romantique, cette rencontre au clair de lune, fit Duff.

— Ne laissez pas vos chevaux sur le chemin, messieurs, supplia Max qui continuait à donner des signes d'agitation.

Ils attachèrent leurs chevaux aux buissons près de celui de Max, et vinrent rejoindre le petit homme.

— Eh bien, Max, quoi de neuf ? Comment va la famille ? demanda Duff.

— Avant d'aller plus loin, messieurs, je vous demanderai de me donner votre parole d'honneur que, quoi qu'il advienne, vous ne soufflerez mot à âme qui vive de ce que je vais vous dire.

Il est bien pâle, pensa Sean. Ou bien peut-être était-ce seulement à cause de la clarté laiteuse des étoiles ?

— Parole, fit Sean.

— Croix de bois, croix de fer, dit Duff.

Max entrouvrit sa jaquette et en sortit une longue enveloppe.

— Je crois qu'il faut d'abord que je vous montre ceci, il me sera plus facile ensuite de vous exposer ma proposition.

Sean lui prit l'enveloppe des mains.

— Qu'est-ce que c'est, Max ?

— Les derniers relevés de M. Hradsky, dans les quatre banques où il possède un compte.

— Une allumette, Sean, qu'on y voie clair, demanda Duff avec impatience.

— J'ai apporté une lanterne, fit Max.

Il s'agenouilla à terre pour l'allumer. Sean et Duff s'accroupirent près de lui, éparpillèrent les relevés de comptes dans le cercle de lumière jaunâtre, et les examinèrent en silence. Puis Sean bascula sur ses talons et alluma un nouveau cigare.

— Eh bien, annonça Sean, je suis bien aise de ne pas devoir autant d'argent.

Il replia soigneusement les papiers et les remit en place, puis fit claquer l'enveloppe dans la paume de sa main tout en ricanant. Max tendit le bras, reprit l'enveloppe et la replaça avec précaution dans la poche intérieure de sa jaquette.

— Très bien, Max, dit Sean. Et maintenant, expliquez-nous un peu votre affaire.

Max se pencha et éteignit la lanterne. Ce qu'il avait à dire, il le dirait mieux dans l'obscurité.

— Les fortes sommes que M. Hradsky a dû vous verser en numéraire, et la limitation de la production de diamant après les nouvelles décisions du cartel des mines diamantifères, ont obligé M. Hradsky à contracter de lourds emprunts auprès des banques.

Max s'interrompit pour s'éclaircir la gorge.

— Vous avez pu constater vous-mêmes l'importance de ces emprunts. Bien entendu, les banques ont demandé des garanties, et M. Hradsky a dû leur céder tout son portefeuille d'actions de la *C.R.C.*, à une valeur plancher de 35 shillings par action. Comme vous le savez, elles sont actuellement au cours de 90 shillings, ce qui laisse une large marge de sécurité. Mais si par hasard les cours devaient s'effondrer et tomber à 35 shillings, les banques vendraient, et jetteraient sur le marché toutes les actions de la *C.R.C.* que M. Hradsky possède actuellement.

— Continue, Max, fit Duff. Je commence à aimer le son de ta voix.

— Il m'est venu à l'idée que si M. Hradsky était momentanément absent de Johannesburg — à l'occasion d'un voyage en Angleterre, par exemple, en vue d'un achat de matériel ou autre — si donc M. Hradsky était absent, il vous serait possible de faire tomber les cours à 35 shillings. Si la chose était bien menée, cela pourrait se faire en trois ou quatre jours. Vous pourriez par exemple vendre à découvert et propager des rumeurs selon lesquelles le Filon Maître se rétrécit en profondeur, ou quelque chose de ce genre. M. Hradsky ne serait pas là pour défendre ses intérêts, et dès que les cours atteindraient le plancher de 35 shillings, les banques écouleraient ses actions. Les prix dégringoleraient, et vous, avec du numéraire disponible, vous pourriez racheter ses parts à une fraction de leur valeur réelle. Il n'y a aucune raison pour que vous ne puissiez pas finir par contrôler l'ensemble du groupe et faire par-dessus le marché quelque deux millions de livres de bénéfice.

Il y eut un autre silence, un très long silence que Sean finit par rompre :

— Qu'est-ce que vous gagnez dans cette affaire, Max ? demanda-t-il.

— Un chèque de cent mille livres sterling que vous voudrez bien me signer, monsieur Courteney.

— Les salaires grimpent, remarqua Sean. Je croyais que la récompense habituelle, pour ce genre de choses, était de trente deniers. Le tarif, d'ailleurs, a été établi par un de vos congénères, je crois.

— Tais-toi, coupa Duff.

Puis, avec plus de douceur, il ajouta à l'adresse de Max :

— M. Courteney aime plaisanter, Max. Dis-moi, est-ce là bien tout ce que tu veux — l'argent, seulement l'argent ? Je vais être franc avec toi — cela sonne faux. Tu dois déjà avoir une belle aisance, non ?

Max se leva brusquement et se dirigea vers les chevaux ; pourtant il n'avait pas fait dix pas qu'il se retourna tout d'une pièce pour leur crier — et sa voix dépouillée était plus convaincante que ne l'eût été son visage plongé dans l'ombre :

— Croyez-vous que je ne sais pas comment on m'appelle ? Le bouffon du roi, le lèche-cul... Croyez-vous que cela me fasse plaisir ? Croyez-vous que j'aime à ramper devant lui à chaque instant de ma vie ? Je veux redevenir libre. Je veux redevenir un homme !

Sa voix se brisa. Il se couvrit le visage de ses mains et se mit à sangloter. Sean ne put supporter de le regarder, et Duff lui-même, gêné, baissa la tête. Lorsque Max parla à nouveau, il avait retrouvé sa voix normale, douce et triste comme à l'accoutumée.

— Monsieur Courteney, si demain à votre bureau vous portez votre gilet jaune, cela signifiera que vous voulez bien suivre ma suggestion et que ma proposition vous agrée.

Je m'arrangerai alors pour trouver un moyen d'éloigner M. Hradsky pour un temps.

Il détacha son cheval, monta en selle et s'éloigna vers la route du Cap. Ni Sean ni Duff n'avaient bougé. Les pas du cheval décrûrent dans la nuit, puis Duff prit la parole.

— Ces relevés de comptes étaient authentiques : j'ai vérifié les cachets.

— Et l'émotion de Max aussi était authentique.

D'une chiquenaude, Sean jeta son cigare dans les buissons.

— Personne n'aurait pu jouer la comédie de la sorte, continua-t-il. J'en étais malade de l'entendre. Nom d'un chien, comment un homme peut-il trahir si froidement la confiance qu'on a mise en lui ?

— Vieux frère, on ne va pas se mettre à discuter de morale maintenant. Occupons-nous des faits. Norman nous est livré pieds et poings liés, assaisonné d'ail, avec un brin de persil derrière chaque oreille. Moi, je dis : faisons-le cuire et mangeons-le.

Sean lui sourit.

— Donne-moi de bonnes raisons. Je veux que tu essaies de me persuader. D'ailleurs, après ce qui s'est passé cet après-midi à la réunion, Hradsky me dégoûte encore plus, et je crois bien que tu n'auras pas grand mal à me convaincre.

— Premièrement, fit Duff en levant un doigt, Norman le mérite.

Sean approuva d'un signe de tête.

— Deuxièmement, poursuivit Duff en levant un second doigt, si c'est nous qui prenons la direction de l'affaire, nous pourrons la gérer comme bon nous semble. Toi, tu pourras donner libre cours à tes généreuses résolutions et augmenter les salaires, et moi je deviendrai enfin le grand patron.

— Oui !

Sean tiraillait pensivement sa moustache.

— Troisièmement : nous sommes venus ici pour gagner de l'argent, et jamais nous ne retrouverons une occasion semblable. Quant à mon dernier argument — de loin le plus convaincant —, c'est que tu es superbe avec ce gilet jaune. Je ne voudrais pas manquer l'occasion de te voir avec, dès demain matin, non, pas pour mille actions de la *C.R.C.*

— Il est assez élégant, reconnut Sean. Mais écoute, Duff,

je ne veux pas que ça recommence comme avec Lochtkamper. Ce n'était pas joli joli.

Duff se leva.

— Norman est un grand garçon ; il ne ferait jamais une chose pareille. D'ailleurs, il sera encore riche : il a ses mines de diamant. Nous ne ferons que le décharger de ses responsabilités au Witwatersrand.

Ils se dirigèrent vers les chevaux. Sean avait déjà un pied à l'étrier lorsqu'il se raidit soudain et s'écria :

— Mon Dieu, c'est impossible ! Tout est fichu !

— Pourquoi ? fit Duff d'une voix angoissée.

— J'ai renversé de la sauce sur le gilet jaune. Je ne peux pas le mettre demain : mon tailleur me tuerait !

30

Il fut assez facile d'éloigner Hradsky : quelqu'un devait se rendre à Londres pour acheter du matériel destiné aux nouvelles concessions de la bordure est du Rand, et pour choisir deux ingénieurs parmi la centaine de ceux qui avaient posé leur candidature en Angleterre. Sans trop de mauvaise grâce, Hradsky consentit à se charger de cette mission.

— On va organiser en son honneur un dîner d'adieu, suggéra Duff. Ou plutôt non, pas un dîner d'adieu — une veillée mortuaire !

Sean se mit à siffler « La Marche Funèbre », et Duff l'accompagna en tapotant sur la table avec le manche de son couteau.

— On fera ça à l'Hôtel Can...

Duff s'arrêta net.

— On fera ça ici, reprit-il. Il faudra vraiment mettre le paquet, hein ! Comme ça, le pauvre Norman pourra toujours dire après : « Ces petits salauds-là m'ont peut-être liquidé, mais au moins ils m'ont offert une grande soirée d'adieu ! »

— Il n'aime pas les réceptions, dit Sean.

— Excellente raison pour lui en donner une, répliqua Duff.

Une semaine plus tard, lorsque Hradsky et Max quittèrent

Johannesburg pour Port-Natal par la diligence du matin, il y eut une cinquantaine de membres de la Bourse, encore en frac, pour venir leur dire au revoir. Duff prononça un touchant petit discours, encore qu'assez bredouillé, et offrit à Hradsky un bouquet de roses. Rendus nerveux par tout ce monde qui se pressait autour d'eux, les chevaux s'emballèrent lorsque le cocher fit claquer son fouet, et Max et Hradsky furent projetés sur le siège arrière en un amas confus qui manquait de dignité. La foule les acclama jusqu'à ce qu'ils fussent hors de vue, après quoi chacun se dispersa. Sean entoura de son bras l'épaule de Duff, le conduisit jusqu'au bureau — il n'y avait heureusement que la rue à traverser — et le déposa dans un des profonds fauteuils de cuir.

— Es-tu assez sobre pour parler affaires ? demanda Sean d'un air de doute.

— Bien sûr. Toujours à votre service, comme disait la fille à son client.

— J'ai pu échanger quelques mots avec Max hier soir, lui dit Sean. Il nous enverra un télégramme de Port-Natal quand lui et Hradsky seront en sûreté sur le paquebot-poste. On ne bougera pas avant de l'avoir reçu.

— Très sage, fit Duff en arborant un sourire épanoui. Tu es l'homme le plus avisé que je connaisse.

— Tu ferais mieux d'aller te coucher, dit Sean.

— Trop loin, grommela Duff. Je vais dormir ici.

Le télégramme de Max arriva dix jours plus tard. Sean et Duff déjeunaient au *Rand Club* lorsqu'on le leur apporta. Sean fendit l'enveloppe et lut le message à Duff.

— *Bateau appareille quatre heures cet après-midi. Bonne chance. Max.*

— Je bois au succès, fit Duff en levant son verre.

— Demain, dit Sean, je vais aller à la Fosse Candy et je vais dire à François de retirer les équipes de fond. Personne ne sera autorisé à descendre.

— Mets une garde au niveau 14, ça fera plus d'effet, suggéra Duff.

— Bonne idée.

Il leva machinalement la tête au moment où quelqu'un passait près de leur table, et son visage s'éclaira soudain d'un sourire.

— Duff, sais-tu qui c'est ?

— De qui parles-tu ?

Duff avait l'air ahuri.

— Le type qui vient de passer — tiens, le voilà qui va aux toilettes.

— Ce n'est pas Elliott, le journaliste ?

— Si, c'est le rédacteur en chef du *Rand Mail.* Viens avec moi, Duff.

— Où vas-tu ?

— Faire de la publicité gratuite.

Duff suivit Sean qui sortit de la salle à manger, traversa le salon et se dirigea vers les toilettes. La porte d'un des W.-C. était fermée. Sean adressa un clin d'œil à Duff et s'approcha de l'urinoir.

— Le seul espoir qui nous reste, dit-il, c'est que Norman réussisse le miracle en Angleterre, sinon...

Il haussa les épaules. Duff lui donna la réplique :

— C'est trop risqué, je trouve. Moi, je t'assure qu'on devrait vendre. La *C.R.C.* était encore à 91 shillings ce matin, ça prouve que rien n'a transpiré. Mais quand ça se saura, tu pourras toujours essayer de les bazarder, tes actions ! Je te dis qu'il faut se tirer de là avant que tout ne s'écroule.

— Non, répliqua Sean. Attendons des nouvelles de Norman d'abord. Je sais que c'est risqué, mais on a quand même des responsabilités vis-à-vis de tous les gars qui travaillent avec nous...

Sean prit Duff par le bras et l'entraîna vers la sortie. Au moment où il allait passer la porte, il ajouta une dernière touche au tableau :

— Si la *C.R.C.* s'effondre, ça va faire des milliers de types en chômage, tu te rends compte ?

Sean referma la porte derrière lui, et les deux amis sourirent d'un air ravi.

— Tu es un génie, vieux frère, chuchota Duff.

— Je suis heureux de te dire que je suis pleinement d'accord avec toi, rétorqua Sean sur le même ton.

Le lendemain matin, Sean s'éveilla avec la conviction qu'il allait se passer quelque chose de passionnant. Allongé sur le dos, il savoura d'abord la sensation elle-même avant de rassembler ses esprits : alors il se rappela soudain de quoi il s'agissait, se dressa sur son séant et saisit le journal posé près de son lit sur le plateau du petit déjeuner. Il le déplia vivement et n'eut pas longtemps à chercher. Un gros titre s'étalait sur la première page : *LA CENTRAL RAND CONSOLIDEE BATTRAIT-ELLE DE L'AILE ? Mystérieux voyage de Norman Hradsky*. L'article lui-même était un chef-d'œuvre d'habileté journalistique. Rarement Sean avait lu texte plus convaincant, rédigé par quelqu'un qui ne connaissait pas le premier mot de la question. « On pense... », « D'après les milieux généralement bien informés... », « Il y a tout lieu de croire... », — tous les clichés y étaient. Sean enfila à tâtons ses pantoufles, se précipita dans le couloir et entra dans la chambre de Duff.

Duff monopolisait toutes les couvertures et une grande partie du lit, dont la fille, recroquevillée comme un petit anchois rose, n'occupait que l'extrême bord. Duff ronflait, et la fille geignait un peu dans son sommeil. Sean chatouilla les lèvres de Duff avec le pompon de la ceinture de sa robe de chambre. Le nez de Duff tressaillit, et ses ronflements moururent en un gargouillis étouffé. La fille se dressa et regarda Sean avec de grands yeux endormis.

— Vite, fuyez, lui cria Sean, voilà les rebelles !

Elle fit un bond et atterrit sur la descente de lit. Elle tremblait de peur. Sean l'examina d'un œil critique. *Une jolie petite pouliche*, conclut-il. Il se dit qu'il faudrait qu'il l'emmène faire un petit temps de galop, lorsque Duff l'aurait ramenée au pâturage.

— Du calme, fit-il d'une voix rassurante. Ils sont partis maintenant.

Elle se rendit compte soudain qu'elle était nue, et que Sean avait l'air d'apprécier la chose. Elle essaya en vain de couvrir sa nudité de ses mains. Sean ramassa la robe de chambre de Duff jetée au pied du lit et la lui tendit.

— Tenez, allez donc prendre un bain, chérie, j'ai à parler à M. Charleywood.

Une fois enveloppée dans la robe de chambre, elle retrouva son sang-froid et dit sévèrement :

— J'étais toute nue, monsieur Courteney.

— Je ne m'en serais pas douté, dit poliment Sean.

— Ce n'est pas beau...

— Vous êtes trop modeste. Si, si, je vous donnerais largement la moyenne. Et maintenant, filez, soyez gentille.

Avec un mouvement de tête mutin, elle disparut dans la salle de bains, et Sean reporta toute son attention sur Duff. Celui-ci, pendant l'entrevue, s'était raccroché avec acharnement aux dernières bribes du sommeil ; mais il dut lâcher prise lorsque Sean se mit à lui cingler le postérieur avec le journal plié en huit. Comme une tortue qui sort de sa carapace, la tête de Duff émergea des couvertures. Sean lui tendit le journal et s'assit sur le rebord du lit. Lentement, le visage de Duff s'épanouit en un large sourire.

— Tu vas aller trouver le rédacteur en chef, dit alors Sean, et tu vas pousser une gueulante, rien que pour confirmer ses soupçons. Pendant ce temps-là, moi j'irai à la Fosse Candy et je ferai fermer les niveaux inférieurs. On se retrouvera à l'ouverture de la Bourse. Surtout, tâche de ne pas balader ce sourire béat à travers la ville. Essaie d'avoir l'air hagard, ça ne devrait pas être tellement difficile...

Lorsque Sean arriva à la Bourse, la foule débordait déjà dans la rue. Mbejane ralentit, et les gens s'écartèrent pour laisser passer le landau. Sean, le front barré, regardait droit devant lui, sourd aux questions qui fusaient autour de lui. Mbejane s'arrêta devant l'entrée principale, et quatre agents de police continrent la populace, pendant que Sean descendait de voiture et franchissait en trombe les doubles portes. Duff était déjà là, au milieu d'un groupe bruyant de membres et d'agents de change. En apercevant Sean, il lui adressa des gestes frénétiques par-dessus la tête de ses inquisiteurs. Cela suffit pour détourner l'attention vers Sean, et ils se précipitèrent tous sur lui. En un instant, il se trouva entouré d'un cercle de visages inquiets et furieux. Dans la cohue, quelqu'un lui enfonça son chapeau sur les yeux, et un autre lui fit sauter un bouton en l'agrippant par son revers.

— Parlez, dites quelque chose, dit l'homme en lui postillonnant en pleine figure. Nous avons le droit de savoir !

Sean brandit sa canne au-dessus de lui et l'abattit sur la tête de l'importun, qui s'effondra dans les bras de ceux qui l'entouraient.

— Arrière, bande d'abrutis ! cria-t-il.

Et, sous la menace de sa canne, tantôt de pointe et tantôt de flanc, il les fit reculer à distance respectueuse.

— Je ferai une déclaration ultérieurement, dit-il en les regardant d'un œil sombre. En attendant, tenez-vous tranquilles !

Il ajusta son chapeau, arracha le fil qui pendait à sa jaquette et rejoignit Duff à grandes enjambées. Les lèvres de Duff commencèrent à se retrousser pour un sourire, et Sean l'avertit d'un regard. L'air lugubre, ils pénétrèrent tous deux dans le salon privé.

— Comment ça s'est passé de ton côté ? demanda Duff à mi-voix.

— On ne pouvait pas rêver mieux, répondit Sean, qui se composa un masque tourmenté. J'ai mis des hommes en armes pour garder le niveau 14. Quand la meute va savoir ça, ils vont tous se mettre à écumer !

— Lorsque tu feras ta déclaration, conseilla Duff, tâche d'avoir l'air faussement confiant. Si ça continue comme ça, les cours vont tomber à 35 shillings en moins d'une heure !

Cinq minutes avant l'ouverture de la séance, Sean s'installa au fauteuil présidentiel et fit la communication attendue. Duff l'écouta avec une admiration grandissante. La façon dont Sean s'y prit pour rassurer ses auditeurs et louvoyer entre les écueils était suffisante pour semer la consternation dans le cœur des optimistes les plus invétérés. Sean termina son exposé et descendit de l'estrade au milieu d'un pesant silence.

La cloche sonna. Les agents de change étaient dispersés au parquet, seuls ou en petits groupes maussades. Une première ouverture fut faite.

— Je vends de la *C.R.C.*

Mais personne ne se précipita pour acheter. Dix minutes plus tard, le premier cours s'inscrivait à 85 shillings, soit 6 points de moins que le cours de clôture de la veille. Duff se pencha vers Sean.

— Il va falloir qu'on vende quelques actions pour faire bouger la cote, sans ça on risque d'attendre longtemps.

— Tu as raison, fit Sean. On les rachètera plus tard au quart de leur valeur. Mais attendons d'abord qu'ils soient informés de ce qui s'est passé à la Fosse Candy.

La nouvelle parvint à la Bourse un peu avant dix heures. La réaction en baisse fut brutale. D'un seul coup, les cours tombèrent à 60 shillings, mais s'y maintinrent ensuite, hésitants, tandis que le parquet passait par des alternatives d'espoir et d'inquiétude.

— C'est le moment de vendre, chuchota Duff, ils sont à court de valeurs. Si on ne lance pas nos actions sur le marché, la cote va en rester là.

Les mains de Sean se mirent à trembler ; il serra les poings et les enfouit dans ses poches. Duff montrait aussi des signes de nervosité : un muscle de sa joue tressautait spasmodiquement, et ses yeux semblaient soudain plus creux. C'est qu'ils jouaient gros jeu cette fois.

— Pas de zèle. Vendons-en trente mille.

Sous le choc, la cote de la *C.R.C.* tomba encore pour s'établir à 45 shillings, puis ne bougea plus pendant l'heure qui suivit. Sean était contracté, tendu ; une sueur froide mouillait sa chemise.

— Vendez encore trente mille, ordonna-t-il à son commis.

Le son de sa propre voix lui parut étouffé. Il éteignit son cigare dans le cendrier de cuivre déjà à moitié plein. Ils n'avaient plus besoin de feindre l'inquiétude, tous les deux. Cette fois, la *C.R.C.* baissa à 40 shillings et la vente de soixante mille actions supplémentaires ne fit tomber la cote que de quelques points.

— Il doit y avoir quelqu'un qui les rachète en sous-main, murmura Sean avec inquiétude.

— On dirait, oui. Je parierais que c'est ce maudit Grec, Efthyvoulos. Il va falloir qu'on arrose encore, si on veut descendre à 35 shillings.

A la clôture, Sean et Duff avaient vendu les trois quarts de leurs parts, et pourtant le cours de la *C.R.C.* s'obstinait à ne pas descendre au-dessous de 37 shillings 6 pence. Il était là tout près, fascinant, ce chiffre fatidique de 35 shillings qui déclencherait soudain l'inondation du marché médusé sous un flot d'actions nouvelles. Mais voilà qu'il ne leur restait plus grand-chose en portefeuille pour pouvoir forcer les cours à baisser d'encore 2 shillings 6 pence...

Après la clôture, Duff et Sean restèrent effondrés dans leurs fauteuils, brisés, épuisés comme des boxeurs à la fin du quinzième round. Lentement, la salle se vida autour d'eux. Enfin, Sean se pencha vers Duff et lui mit la main sur l'épaule.

— Tout ira bien, dit-il. Demain, tout ira bien.

Ils se regardèrent, chacun puisant des forces nouvelles dans l'encouragement de l'autre. Ils sourirent.

— Viens, rentrons, dit Sean en se levant.

Ce soir-là, Sean alla se coucher de bonne heure, et seul. Bien qu'il se sentît vidé de toute énergie, il fut long à trouver le sommeil, un sommeil d'ailleurs plein de rêves confus et entrecoupé de détentes spasmodiques qui le réveillaient brutalement. Il trouva presque du soulagement à voir poindre l'aube derrière ses fenêtres et se terminer une nuit qui n'avait pas su lui apporter le repos. Au *breakfast*, il se contenta d'une tasse de café, car son estomac, déjà noué par l'énervement et l'appréhension, était incapable d'accepter le steak et les œufs qu'on lui avait préparés. Duff était aussi énervé et avait l'air aussi épuisé que lui. Ils n'échangèrent que quelques mots pendant le repas, et restèrent muets tout le long du chemin de Xanadu à la Bourse.

Comme la veille, la foule débordait tout autour de l'immeuble. Sean et Duff se frayèrent un chemin vers l'entrée principale et allèrent prendre leurs places dans le salon privé. Sean parcourut du regard le cercle des visages qui les entouraient : partout, les mêmes traces d'inquiétude, les mêmes yeux cernés, la même nervosité dans les gestes. Jock Heyns se mit à bâiller comme un forcené, et Sean, par contagion, en fit autant. En portant la main à sa bouche, il s'aperçut qu'elle tremblait ; il la reposa précipitamment sur le bras de son fauteuil et ne la bougea plus. A l'autre bout de la pièce, le regard de Bonzo Barnes rencontra le sien, puis se détourna vivement. A son tour, Barnes laissa échapper un formidable bâillement. C'était la tension nerveuse. Quelques années plus tard, Sean devait voir des hommes bâiller ainsi, en attendant l'aube pour monter à l'assaut de l'artillerie boer.

Duff se pencha vers lui et brisa le fil de ses pensées.

— Dès l'ouverture, on vend. Il faut essayer de leur flanquer la trouille. D'accord ?

Sean approuva d'un signe de tête.

— Mort instantanée, dit-il.

D'ailleurs, il n'aurait pas pu supporter une autre journée de semblables tortures morales.

— On ne pourrait pas proposer nos actions à 32 shillings 6 et en finir tout de suite ? demanda-t-il.

Duff ébaucha un sourire.

— Ce serait cousu de fil blanc. Non, il faut continuer à les proposer au mieux et laisser les cours s'effriter d'eux-mêmes.

— Je suppose que tu as raison. Mais ce sont nos dernières cartouches qu'on joue maintenant. Enfin... Si on bazarde tout ce qui nous reste, dès l'ouverture, je ne vois pas comment la cote pourrait tenir le coup...

Duff hocha la tête, et fit signe à leur commis qui attendait à la porte. Lorsque l'homme fut près de lui, Duff lui chuchota :

— Vendez cent mille *C.R.C.* au mieux.

L'autre cligna des yeux comme s'il avait reçu une gifle, mais il griffonna l'ordre sur son calepin et s'éloigna vers la corbeille où se pressaient déjà les courtiers : la cloche allait tinter dans quelques minutes.

— Et si jamais ça ne réussissait pas ? demanda Sean.

Cette boule qu'il avait au creux de l'estomac lui donnait la nausée.

— Ça marchera, murmura Duff, moins à l'adresse de Sean qu'à lui-même. Il faut que ça marche.

Il crispait les doigts sur le pommeau de sa canne, et se mordait l'intérieur des joues pour se forcer à desserrer les dents.

Ils restèrent assis, immobiles, attendant la cloche. Lorsqu'elle retentit, Sean sursauta, puis, gêné, fouilla dans sa poche pour prendre son étui à cigares. La voix de leur commis s'éleva, aiguë :

— Je vends des *C.R.C.* !

Les transactions commencèrent dans un murmure confus de voix. Par la porte du salon, Sean vit qu'on affichait le premier cours : 37 shillings.

Il tira avec vigueur sur son cigare et se laissa aller en arrière sur son siège pour se forcer à se décontracter. Il essayait de ne pas entendre les doigts de Duff qui n'arrêtaient pas de tambouriner sur le bras du fauteuil. Le premier chiffre fut effacé, remplacé par un autre : 36 shillings.

Sean exhala une longue bouffée de fumée.

— Ça bouge, murmura-t-il.

La main de Duff se crispa, et ses jointures devinrent toutes blanches.

— 35 !

Enfin, ce nombre insaisissable ! Sean entendit Duff pousser un long soupir.

— Regarde bien, vieux frère. Les banques ne vont pas tarder à montrer le bout du nez. Tiens-toi prêt !

« 34 shillings 6 », afficha-t-on bientôt.

— Maintenant, fit Duff, les banques devraient entrer en lice. Prépare-toi à devenir riche, vieux frère !

Leur commis revenait de la corbeille.

— J'ai réussi à tout vendre, dit-il en arrivant près d'eux.

— Déjà ? demanda Sean en se dressant vivement.

— Oui, monsieur. En trois fois, je me suis débarrassé du tout. Malheureusement, les dernières ont été vendues à 34 shillings 6.

Sean regarda à nouveau le tableau qui affichait toujours ce même cours.

— Duff, il y a quelque chose qui ne tourne pas rond. Comment se fait-il que les banques ne vendent pas ?

— On les y forcera ! fit Duff d'une voix rauque que Sean ne lui connaissait pas. Il faudra bien qu'ils se décident, tous ces salauds-là !

Il se dressa à demi sur son fauteuil et gronda :

— Vendez-en encore cent mille, à 30 shillings pièce !

Sous l'effet de la surprise, le visage de l'homme se décomposa.

— Allez, mais allez donc ! Qu'est-ce que vous attendez ?

Le commis recula brusquement, puis tourna les talons et se rua vers la corbeille. Sean secoua Duff par le bras.

— Pour l'amour du Ciel, Duff, es-tu devenu fou ?

— On les aura, murmura Duff. Il faut que les banques abattent leurs cartes !

— Mais c'est du vent, ces cent mille actions ! hurla Sean qui se dressa soudain. Il faut que je l'empêche de vendre !

Il se précipita vers la porte et s'arrêta net : la vente était déjà affichée à 30 shillings. Sean se fraya un passage parmi la cohue et s'approcha de son commis.

— Ne vendez plus ! chuchota-t-il.

L'homme parut surpris.

— J'ai déjà tout écoulé, monsieur.

— Les cent mille actions ?

La voix de Sean était un mélange d'horreur et d'incrédulité.

— Oui, monsieur, quelqu'un a tout acheté d'un coup.

Sean revint vers le salon. Il marchait dans une espèce de brouillard.

— Tout est vendu, fit-il en s'effondrant dans son fauteuil.

Il ne semblait pas encore y croire.

— Il faut qu'elles y passent, ces maudites banques, murmura Duff à nouveau.

Sean, inquiet, se tourna vers Duff : la sueur perlait à son front et ses yeux avaient un éclat anormal.

— Duff, pour l'amour du ciel, calme-toi.

Sean sentait tous les regards braqués sur eux. Il se retourna : le visage de tous ces gens lui semblait énorme, et le murmure de leurs voix résonnait étrangement dans sa tête. C'était bizarre : on aurait dit que tout se passait au ralenti, comme dans un mauvais rêve. Il regarda le tableau d'affichage où le cours de 30 shillings continuait à s'étaler en face des trois lettres *C.R.C.* Où étaient donc les banques ? Pourquoi ne vendaient-elles pas ?

— On va les y forcer, ces salauds-là, dit encore Duff.

Sean voulait lui répondre, mais les mots ne venaient pas. Il jeta un coup d'œil vers le parquet et sut que tout cela n'était en effet qu'un mauvais rêve, car voilà que Hradsky et Max arrivaient à leur tour. La foule se précipitait vers eux, mais Hradsky, tout souriant, levait les mains comme pour repousser d'avance toutes les questions.

Hradsky entra dans le salon et vint prendre sa place près de la cheminée : il s'affala dans son fauteuil, ses épaules s'affaissèrent et son gilet se tendit sur son ventre énorme. Il souriait toujours, et ce sourire était quelque chose d'effrayant et de fascinant à la fois : Sean en avait la chair de poule, et Duff, à côté de lui, était frappé de stupeur. Max échangea quelques mots avec Hradsky, puis se leva et traversa la pièce pour venir jusqu'à eux.

— On m'informe que vous vous êtes engagés à vendre à M. Hradsky cinq cent mille actions à un taux moyen de 36 shillings.

Les paupières de Max se fermèrent tristement et ses cils vinrent lui effleurer les joues.

— Vous n'ignorez pas que la *C.R.C.* a émis au total un million d'actions. Au cours des deux derniers jours, M. Hradsky a pu acheter par ailleurs soixante-quinze mille parts en plus de celles que vous lui avez vendues. Cela lui fait donc en tout près de six cent mille actions dans la *C.R.C.* Il semble donc que vous ayez vendu des actions inexistantes. M. Hradsky craint que vous n'éprouviez quelque difficulté à remplir votre contrat.

Sean et Duff n'avaient pas cessé une seconde de le regarder. Il s'apprêtait à les quitter, lorsque Duff réussit à articuler :

— Mais les banques... Pourquoi les banques n'ont-elles pas vendu ?

Max arbora un petit sourire lugubre.

— Le jour de son arrivée à Port-Natal, M. Hradsky a viré les disponibilités qu'il avait là-bas à ses différents comptes de Johannesburg, de façon à résorber ses découverts. Ensuite, il vous a envoyé le télégramme, et il est revenu immédiatement. Nous sommes arrivés il y a une heure.

— Mais... mais tu nous a menti ! Tu nous as trahis !

Max inclina la tête.

— Monsieur Charleywood, je ne discute pas de morale avec quelqu'un qui ne connaît même pas le sens de ce mot.

Il revint auprès de Hradsky. Tout le monde, dans le salon, avait entendu la conversation. Tandis que Duff et Sean restaient écroulés au milieu des ruines de leur fortune, il y eut une ruée vers la corbeille, chacun voulant acheter des *C.R.C.* En cinq minutes, les cours étaient remontés à 90 shillings et continuaient en hausse. Lorsque la cote atteignit 100 shillings, Sean toucha le bras de Duff.

— Allons-nous-en.

Ils se levèrent en même temps et se dirigèrent vers la porte. Quand ils passèrent devant lui, M. Hradsky dit :

— Hé oui, monsieur Charleywood, on ne peut pas toujours gagner...

Il avait prononcé très distinctement sa phrase, en accrochant seulement un peu sur les « p » — il avait toujours eu maille à partir avec les « p ».

Duff s'arrêta, se tourna vers Hradsky, puis remua les lèvres, cherchant désespérément une réplique qui ne vint pas. Ses épaules s'affaissèrent. Il secoua la tête et s'éloigna. Il trébucha en sortant du salon, mais Sean le soutint et le guida parmi la cohue des agents de change qui ne firent d'ailleurs absolument pas attention à eux. Ballottés, bousculés, ils finirent par se retrouver sur le trottoir. Sean fit signe à Mbejane qui approcha la voiture. Ils y grimpèrent et s'éloignèrent vers Xanadu.

— Donne-moi à boire, Sean, demanda Duff lorsqu'ils entrèrent au salon.

Le visage de Duff était grisâtre, et comme ratatiné. Sean remplit à demi deux gobelets de cognac et en apporta un à Duff, qui but d'un trait et resta immobile à contempler son verre vide.

— Je suis désolé. J'ai perdu la tête. J'ai cru que nous pourrions racheter ces actions pour trois fois rien, une fois que les banques auraient commencé à vendre.

— Ça ne fait rien, dit Sean d'une voix lasse. On a été ratissé avant, c'est tout. Mais bon sang, on s'est bien fait posséder !

— On ne pouvait pas savoir. C'était si diabolique, on n'aurait jamais pu deviner, pas vrai, Sean ?

Duff se cherchait des excuses.

Sean enleva ses chaussures d'un coup de talon et déboutonna son col.

— Le soir du rendez-vous près de la mine... j'aurais mis ma main au feu que Max disait la vérité.

Sean s'enfonça dans son fauteuil et agita son cognac d'un geste circulaire de la main.

— Mon Dieu, comme ils ont dû rire en nous voyant foncer dans le piège la tête la première !

— Mais rien n'est fini, hein, Sean, rien n'est fini ?

Duff semblait le supplier de lui tendre la perche, de lui offrir un dernier espoir auquel se raccrocher.

— On s'en sortira, tu sais. On mettra de côté de quoi repartir, et on recommencera, pas vrai, Sean ?

— Bien sûr, dit Sean avec un sourire brutal. Tu peux retrouver du boulot à *l'Ange Flamboyant*, ils ont besoin de quelqu'un pour nettoyer les crachoirs. Et moi, je jouerai du piano à *l'Opéra*.

— Mais... mais, il nous reste quelque chose. Deux mille livres au moins. Et puis on peut vendre Xanadu.

— Ne te berce pas d'illusions, Duff. Cette maison appartient à Hradsky maintenant. Tout lui appartient.

D'un geste vif, Sean avala le reste de son cognac, puis se leva et s'approcha du meuble-bar.

— Je vais t'expliquer. Nous devons à Hradsky cent mille actions qui n'existent pas. La seule façon de nous en tirer, c'est de les lui acheter d'abord, et il peut fixer le prix qui lui plaira. Non, Duff, nous sommes fichus, tu entends ? Fichus ! Ratissés ! Liquidés !

Sean se servit un cognac et en renversa un peu sur le meuble.

— Tu veux un autre cognac ? Profites-en ! C'est celui de Hradsky maintenant !

Sean désigna d'un geste large le riche mobilier et les lourds rideaux.

— Jette un dernier regard sur notre ancien empire. Demain, le shérif viendra faire une saisie-arrêt, et tout cela sera transféré à son légitime propriétaire, M. Norman Hradsky, selon le processus légal.

Sean, qui revenait vers son fauteuil, s'arrêta net.

— Le processus légal, répéta-t-il doucement. Je me demande... Oui, ça pourrait marcher.

Duff se dressa, plein d'un ardeur soudaine.

— Tu as une idée ?

Sean fit un signe de tête.

— Une moitié d'idée, tout au plus. Ecoute, Duff, si j'arrive à récupérer deux mille livres sterling de toute cette affaire, es-tu d'accord pour qu'on quitte le pays ?

— Pour aller où ?

— Quand je t'ai rencontré, j'allais vers le nord. Pourquoi ne pas continuer dans la même direction ? On dit qu'au-delà du Limpopo il y a de l'ivoire et de l'or pour ceux qui savent chercher.

— Mais pourquoi ne pas rester ici ? On pourrait faire des coups en Bourse.

Duff avait l'air hésitant, apeuré presque.

— Bon sang, tu ne comprends donc pas qu'on est fichus ici ? Jouer à la Bourse quand on paie soi-même les musiciens et qu'on choisit son morceau, d'accord — mais avec mille malheureuses livres sterling, on en serait réduits à se battre avec les autres pour ramasser les miettes sous la table de

Hradsky. Non, il faut s'en aller d'ici et recommencer à zéro. Nous partirons vers le nord, nous chasserons l'ivoire et nous chercherons un nouveau filon. Avec deux chariots, nous pouvons refaire fortune. Je parie que tu as oublié ce qu'on éprouve quand on est à cheval et qu'on tient un fusil à la main, quand le vent te fouette le visage, et qu'il n'y a pas une seule putain ni un seul agent de change à cinq cents kilomètres à la ronde.

— Mais il faudrait donc abandonner tout? gémit Duff.

— Dieu miséricordieux ! Es-tu aveugle, Duff, ou simplement idiot? On ne possède rien, alors comment pourrait-on abandonner quelque chose qu'on n'a pas? Je vais voir Hradsky et essayer de lui proposer un marché. Tu viens avec moi?

Duff le regarda sans le voir. Ses lèvres tremblaient, sa tête remuait doucement : il comprenait enfin dans quelle situation ils se trouvaient, et le choc le laissait abasourdi. Plus haute est la faveur et plus dure est la chute.

— Très bien, fit Sean. Attends-moi là, alors.

L'appartement de Hradsky était encombré de monde. Tous ces gens bavardaient et riaient, et Sean reconnut parmi eux les courtisans qui, naguère encore, avaient entouré le trône où Duff et lui s'étaient assis. Le Roi est mort, vive le Roi ! Ils aperçurent Sean figé sur le seuil; les conversations et les rires se turent. Max fit deux pas vers le bureau, ouvrit le tiroir du haut et y plongea la main. Un à un, les courtisans prirent leur canne et leur chapeau et sortirent précipitamment. Quelques-uns murmuraient un salut gêné en passant auprès de Sean. Bientôt ils ne furent que trois : Sean, toujours debout sur le seuil de la pièce, Max, dont la main n'avait pas quitté le tiroir, et Hradsky, assis dans son fauteuil près de la cheminée, qui observait la scène de ses yeux jaunes à moitié cachés derrière ses paupières.

— Vous ne m'invitez pas à entrer, Max ? demanda Sean.

Max jeta un rapide regard vers Hradsky, vit son imperceptible signe de tête et se tourna à nouveau vers Sean.

— Entrez, je vous prie, monsieur Courteney.

Sean referma la porte derrière lui.

— Laissez donc ce pistolet tranquille, Max, la partie est terminée.

— Et le score est en notre faveur, n'est-ce pas, monsieur Courteney ?

Sean approuva d'un signe de tête.

— Oui, vous avez gagné. Nous sommes prêts à vous céder toutes les actions de la *C.R.C.* que nous détenons.

Max secoua la tête d'un air triste.

— Je crains que ce ne soit pas aussi simple que cela. Vous vous êtes engagés à nous vendre un certain nombre d'actions, et nous tenons à ce que ces conditions soient dûment respectées.

— Où nous suggérez-vous d'acquérir ces titres ? demanda Sean.

— Vous pourriez en acheter en Bourse.

— Acheter les vôtres ?

Max haussa les épaules mais ne répondit pas.

— Vous tenez à retourner le couteau dans la plaie, si je comprends bien.

— Vous vous exprimez de façon fort poétique, monsieur Courteney.

— Avez-vous envisagé ce qu'il adviendrait au cas où vous nous aculeriez à la banqueroute ?

— Je vous dirai franchement que les conséquences d'une telle éventualité ne nous concernent pas.

Sean sourit.

— Ce n'est pas très aimable, ce que vous me dites là, Max. Mais je parlais de votre point de vue et non du mien. Mises sous séquestre, convocation des créanciers... Soyez assurés que le liquidateur appointé, sera un membre du *Volksraad* [1] ou quelqu'un de ses proches. Il y aura des actions en justice, des délais, des jugements exécutoires, des ventes forcées, des frais à payer. Un liquidateur doué d'un peu de bon sens fera traîner l'affaire trois ou quatre ans pour continuer à toucher ses commissions le plus longtemps possible. Avez-vous songé à cela, Max ?

Il n'avait pas dû y songer, car il cligna soudain des paupières et jeta vers Hradsky un regard inquiet qui réconforta un peu Sean.

— Voici donc ce que je vous suggère : nous tirons dix mille livres à la banque, et vous nous laissez prendre nos

1. « Conseil du Peuple », c'est-à-dire une sorte d'Assemblée Nationale.

chevaux et toutes nos affaires personnelles. En échange, nous vous cédons tout le reste, actions, comptes bancaires, biens meubles et immeubles, tout. Vous n'en récupérerez jamais autant si vous nous acculez à la banqueroute.

Hradsky adressa à Max un message selon leur code facial habituel, et Max traduisit :

— Je vous demanderai de bien vouloir attendre dehors tandis que nous discuterons votre offre.

— Je vais prendre quelque chose au bar, fit Sean.

Il tira sa montre de son gousset.

— Vingt minutes, cela ira-t-il ?

— Ce sera amplement suffisant; merci, monsieur Courteney.

Sean descendit donc et but tout seul, bien que le bar fût loin d'être désert. Il ne recherchait pas spécialement la solitude, mais il arborait le pavillon de la déconfiture et on le mettait en quarantaine. Personne ne jeta un regard vers lui, et les conversations évitèrent soigneusement de prononcer son nom ou de faire allusion aux événements récents. Tandis qu'il attendait ainsi que les vingt minutes fussent écoulées, il s'amusa à imaginer les réactions de ses anciens amis s'il s'avisait soudain de leur demander de lui prêter de l'argent. Cela contribua à adoucir un peu la morsure de l'humiliation, mais la douleur était cependant bien cuisante encore.

Il regarda de nouveau sa montre : les vingt minutes étaient écoulées. Sean longea le comptoir et se dirigea vers la porte. Jock et Trevor Heyns le virent arriver du coin de l'œil, se détournèrent brusquement et s'absorbèrent soudain dans la contemplation des bouteilles alignées sur les étagères derrière le bar. Sean s'arrêta à la hauteur de Jock et toussota avec déférence.

— Jock, peux-tu m'accorder une minute ?

Jock se retourna lentement.

— Ah, Sean ! Oui, qu'est-ce qu'il y a ?

— Duff et moi nous quittons le Rand. J'ai quelque chose pour toi, quelque chose qui sera un souvenir de nous. Je sais que Duff est d'accord pour te le donner.

Jock, gêné, s'empourpra.

— C'est inutile, dit-il, et il s'apprêta à se réinstaller devant son verre.

— Je t'en prie, Jock.

— Oh, bon, bon, fit l'autre d'une voix irritée. Qu'est-ce que c'est ?

— Ceci, répondit Sean.

Et il fit un pas en avant, en mettant dans son poing tout le poids de son corps. Le grand nez violacé de Jock était une cible idéale. Bien que Sean fût à court d'entraînement et qu'il eût mieux fait autrefois, le coup fut suffisant pour envoyer Jock exécuter un spectaculaire saut périlleux arrière par-dessus le comptoir. D'un air rêveur, Sean prit le verre de Jock et le vida sur la tête de Trevor.

— La prochaine fois qu'on se rencontrera, tâche de sourire et de me dire bonjour poliment, dit-il à Trevor. En attendant... tiens-toi à carreau.

Il se sentait de meilleure humeur en remontant chez Hradsky. Ils l'attendaient.

— Le mot de passe, Max, fit Sean d'un ton presque guilleret.

— M. Hradsky a très généreusement...

— Combien ? coupa Sean.

— M. Hradsky vous autorise à emporter quinze cents livres et vos affaires personnelles. En contre partie vous vous engagerez, vous et M. Charleywood, à ne pas fonder de nouvelles entreprises au Witwatersrand d'ici à trois ans.

— Il n'y a pas de danger ! s'exclama Sean. Disons deux milles livres et l'affaire est conclue.

— Notre offre est à prendre ou à laisser.

Sean vit bien qu'il n'y avait rien à faire : ce n'était pas un marché qu'ils proposaient mais un jugement qu'ils rendaient.

— Très bien, j'accepte.

— M. Hradsky a convoqué son homme de loi pour rédiger la convention. Cela vous ennuie-t-il d'attendre, monsieur Courtency ?

— Pas du tout, Max. Vous oubliez que je vis de mes rentes, maintenant.

31

Sean, en rentrant à Xanadu, trouva Duff assis dans le fauteuil où il l'avait laissé ; il serrait dans sa main une bouteille vide et paraissait inconscient. Il avait renversé du cognac sur le devant de son gilet, dont trois boutons étaient défaits. Pelotonné dans le grand fauteuil, il avait l'air plus petit, et ses cheveux ondulés qui pendaient sur son front adoucissaient un peu les contours anguleux de son visage. Sean détacha les doigts de Duff du goulot de la bouteille, et Duff se mit à s'agiter, à marmonner et à secouer la tête.

— C'est l'heure d'aller se coucher pour les petits garçons, fit Sean.

Il extirpa Duff de son fauteuil et le souleva sur son épaule. Duff se mit à vomir copieusement.

— Bravo, montre un peu à Hradsky le cas que tu fais de sa saleté de tapis. Vas-y encore, mais pas sur mes chaussures,

Duff ne se fit pas prier. Tout en ricanant, Sean le porta jusqu'au premier étage. Sur le palier, il s'arrêta pour reprendre haleine. Tenant toujours Duff sur son épaule, Sean chercha à analyser ses propres sentiments. Bon sang, il se sentait heureux : n'était-ce pas ridicule au milieu d'un pareil désastre ? Tout en continuant à s'interroger, il porta Duff dans sa chambre, le déposa sur son lit et le déshabilla, puis le roula sous les couvertures et déposa près du lit une cuvette émaillée.

— Tu pourrais en avoir besoin.. Dors bien. Demain, nous avons une longue route à faire.

Il revint sur le palier et s'arrêta à nouveau. Son regard parcourut la courbe majestueuse de l'escalier de marbre pour finir sur la splendeur du hall d'entrée. Il allait quitter toutes ces merveilles, et il n'y avait pas là de quoi se réjouir. Pourtant, il éclata de rire. Peut-être était-ce parce qu'il avait d'abord cru à une annihilation totale et qu'au dernier moment, en évitant le pire, il avait transformé sa défaite en victoire. Une pathétique petite victoire, certes, mais au moins ils n'étaient pas plus mal en point maintenant qu'ils ne l'avaient été en arrivant au Rand. Etait-ce là la seule raison ? En y réfléchissant, Sean comprit qu'il y avait autre chose encore. Il ressentait comme un soulagement, en même temps que l'appel de l'inconnu : ils allaient repartir à l'aventure, vers le nord — vers de nouveaux paysages.

— Pas une putain ni un agent de change à cinq cents kilomètres à la ronde ! dit tout haut Sean, et il sourit.

Il renonça à trouver des mots pour exprimer ce qu'il ressentait. Les émotions étaient tellement insaisissables : lorsqu'on croyait les avoir cernées, elles changeaient de forme, et le réseau de mots dont on s'apprêtait à les envelopper ne servait plus à rien. Il fallait les accepter telles quelles sans chercher à les analyser, à les comprendre.

Il descendit, traversa les cuisines et se retrouva près des écuries.

— Mbejane ! cria-t-il. Où es-tu, bon sang ?

Dans le pavillon des domestiques, un tabouret fut renversé, et la porte s'ouvrit brusquement.

— N'kosi... Qu'y a-t-il ?

Les appels pressants de Sean avaient inquiété Mbejane.

— Quels sont les six meilleurs chevaux que nous ayons ?

Mbejane les nomma, sans chercher à cacher sa curiosité.

— Ils sont tous immunisés contre la *nagana* [1] ?

— Tous, N'kosi.

1. La *nagana* est la maladie du sommeil. L'immunisation consistait à exposer les bêtes à la morsure de la *tsé-tsé*. Celles qui en réchappaient étaient désormais réfractaires à la maladie. (Note de l'auteur.)

— Bien. Qu'ils soient prêts demain avant l'aube. Deux sellés, les autres porteront les bagages.

Mbejane sourit.

— Serait-ce que nous partons à la chasse, N'kosi ?

— Cela se pourrait, répondit Sean.

— Combien de temps resterons-nous partis, N'kosi ?

— Pour très longtemps, Mbejane, pour toujours peut-être. Prends congé de tes femmes, emporte ton *kaross* et tes sagaies, et nous verrons où la route nous mène.

Sean retourna dans sa chambre. Il lui fallut une demi-heure pour préparer ses bagages. Les vêtements qu'il renonçait à emporter s'entassaient peu à peu au centre de la pièce ; il fourra le reste dans deux valises de cuir. Au fond d'un des placards, il découvrit son vieux manteau de peau de mouton et le jeta sur une chaise à côté de ses culottes de cuir et de son grand sombrero, prêts pour le lendemain matin. Dans le bureau, il fit son choix au râtelier ; laissant de côté les armes à canons jumelés, trop luxueuses, et les calibres peu usités, il prit deux fusils de chasse et quatre *Mannlicher* [1].

Puis il alla dire au revoir à Candy. Elle était chez elle et lui ouvrit aussitôt.

— Tu es au courant ? demanda-t-il.

— Oui, toute la ville le sait. Oh ! Sean, je suis tellement désolée. Entre, je t'en prie.

Elle lui tint la porte.

— Comment va Duff ?

— Ça ira mieux demain. Pour l'instant, il est fin soûl et il dort.

— Je vais aller le retrouver, dit-elle vivement. Il va avoir besoin de moi maintenant.

Pour toute réponse, Sean haussa les sourcils et la regarda bien en face. Elle finit par baisser les yeux.

— Non, bien sûr, tu as raison. Plus tard, peut-être, quand il se sera un peu remis du choc.

Elle releva la tête et sourit à Sean.

— Tu veux boire quelque chose ? Cela a dû être terrible pour toi aussi...

Elle alla au bar. Sa robe bleue lui moulait les hanches

1. Fusil de guerre de fabrication autrichienne.

et laissait entrevoir la naissance de ses seins. Sean la regarda tandis qu'elle lui versait à boire et revenait vers lui.

Elle est ravissante, songea-t-il.

— A notre prochaine rencontre, Candy, dit-il en levant son verre.

Les yeux bleus de Candy s'agrandirent soudain.

— Je ne comprends pas. Pourquoi dis-tu cela ?

— Nous partons, Candy. Nous partons demain matin à l'aube.

— Oh, non, Sean. Tu dis cela pour rire ?

Mais elle savait bien qu'il ne plaisantait pas.

Ils ne trouvèrent plus grand-chose à se dire. Sean but, se leva et l'embrassa.

— Sois heureuse. C'est un ordre.

— J'essaierai. Reviens vite.

— Seulement si tu me promets de m'épouser, fit-il en souriant.

Elle le saisit par la barbe et lui secoua la tête de côté et d'autre.

— Va-t-en avant que je ne te l'arrache !

Il la quitta très vite, car il savait qu'elle allait pleurer et préférait ne pas voir cela.

Le lendemain matin, Duff fit ses paquets sous la direction de Sean. Il suivit ses instructions avec une soumission un peu hébétée, ne répondant aux questions de Sean que pour se retrancher ensuite dans une carapace de silence. Lorsqu'il en eut terminé, Sean lui fit ramasser ses sacs de voyage et descendit avec lui dans la cour, où les chevaux attendaient déjà dans la pénombre glacée du petit matin. En apercevant quatre silhouettes à côté des chevaux, Sean hésita.

— Mbejane ! appela-t-il. Qui sont ces gens-là ?

Les quatre hommes s'avancèrent dans la lumière qui émanait du couloir. Sean gloussa de satisfaction.

— Mbejane, je te vois. Hlubi à la noble panse ! Nonga ! Et c'est bien toi, Kandhla ?

Ces hommes avaient travaillé à ses côtés dans les tranchées de la Fosse Candy, découvert avec lui le premier filon, mis en fuite les assaillants de leur concession. Heureux qu'il les eût reconnus — car bien des années avaient passé depuis —, ils se serraient autour de lui, souriant de toutes leurs dents comme seuls savent le faire les Zoulous.

— Bande de filous, qu'est-ce qui vous prend de venir ici à une heure pareille ?

Hlubi répondit pour eux tous.

— N'kosi, nous avons entendu parler d'un *trek*, et nos pieds nous ont démangé. Nous avons entendu parler d'une chasse, et nous n'avons pas pu trouver le sommeil.

— Je n'ai pas d'argent pour vous payer, fit Sean d'un ton bourru pour cacher son émotion.

— Nous n'avons pas parlé d'argent, répondit Hlubi avec dignité.

Sean hocha la tête : c'était la réponse qu'il attendait. Il s'éclaircit la gorge et poursuivit :

— Vous viendriez avec moi, sachant que j'ai le *tagathi* ?

C'était le mot zoulou pour désigner le mauvais œil.

— Vous me suivriez quand même, sachant que je laisse derrière moi un sillage de mort et de tristesse ?

— N'kosi, répondit gravement Hlubi, quand le lion part en chasse, c'est la mort qui l'accompagne, et pourtant il y a toujours à manger pour ceux qui le suivent.

— Vous bavardez comme un troupeau de vieilles femmes autour d'un pot de bière, coupa sèchement Mbejane. Assez parlé. Les chevaux s'impatientent.

Ils descendirent la grande allée de Xanadu, entre les jacarandas et les vastes pelouses. Derrière eux, la demeure se dressait, grise et silencieuse dans la pénombre. Ils prirent la route de Pretoria, montèrent la longue côte et firent halte sur la crête. La vallée était encore noyée de brume, d'où émergeaient seuls les chevalements des puits de mine. Les premiers rayons du soleil ourlèrent la brume d'une frange dorée, et une sirène se mit à hurler sinistrement.

— Si nous restions seulement une semaine encore ? demanda doucement Duff. Nous pourrions peut-être mettre quelque chose sur pied...

Sean ne répondit pas. Il regardait la brume dorée, si belle : elle cachait au regard les blessures de la terre, elle enveloppait dans son manteau miséricordieux les laideurs de cette ville démoniaque.

Sean tourna son cheval vers Pretoria et lui cingla l'encolure d'un coup de ses rênes.

TROISIÈME PARTIE

LE VELD

1

Ils restèrent cinq jours à Pretoria, le temps d'acheter des chariots et des bœufs. Le matin du sixième jour, ils quittèrent la ville et repartirent vers le nord par la route des chasseurs. Les chariots s'étiraient en colonne, escortés par les Zoulous et par une douzaine de nouveaux serviteurs que Sean avaient engagés. Derrière eux galopait un troupeau de gamins, blancs et noirs, et de chiens errants. Les hommes leur criaient bonne chance et les femmes, depuis les vérandas, leur faisaient des signes de la main. Et puis la ville fut loin et ils s'engagèrent dans le *veld,* encore suivis par une douzaine de chiens bâtards plus audacieux que les autres.

Le premier jour, ils parcoururent vingt-cinq kilomètres et campèrent auprès d'une petite rivière, à proximité d'un gué. Sean avait mal dans le dos et dans les jambes : cela faisait cinq ans qu'il n'avait pas passé une journée entière à cheval. Ils burent un peu de cognac et mangèrent des steaks grillés sur des braises, puis ils laissèrent mourir le feu et contemplèrent la nuit. Le ciel était un rideau sur lequel on avait tiré à mitraille : les étoiles brillaient par les trous de l'étoffe. Les voix des serviteurs bourdonnaient dans l'ombre et composaient un fond sonore sur lequel se détachait de temps à autre le cri lugubre d'un chacal. Ils ne tardèrent pas à regagner le chariot qui leur servait de roulotte. Malgré la dureté du matelas de paille, malgré le contact rugueux des couvertures — ah, les draps de soie de Xanadu ! — Sean ne fut pas long à s'endormir.

Ils repartirent de bonne heure le lendemain matin et parcoururent trente kilomètres avant la nuit, et trente encore le jour suivant. Dans le Rand, Sean avait pris l'habitude de « foncer » : chaque minute, alors, était vitale, et la perte d'une journée de travail était catastrophique. Ces habitudes, il les avait conservées, et il entraînait la caravane vers le nord avec la même ardeur dont il avait fait preuve autrefois pour exhorter ses hommes à creuser la tranchée, à la rencontre du Filon Maître.

Et puis, un matin à l'aube, alors qu'ils attelaient les bœufs, Mbejane lui demanda :

— Est-ce qu'on poursuit quelqu'un, N'kosi ?

— Non. Pourquoi demandes-tu ça ?

— Quand on va vite, c'est qu'il y a une raison. Je me demandais pourquoi tant de hâte.

— C'est parce que...

Sean s'interrompit, sembla chercher autour de lui une raison valable, puis s'éclaircit la gorge et se gratta le nez.

— Tu les dételleras une heure avant que le soleil ne soit en haut de sa course, dit-il brusquement.

Et il se dirigea vers son cheval.

Ce jour-là, Duff et lui prirent les devants et laissèrent la colonne à deux ou trois kilomètres derrière eux. Puis, au lieu de rester sur la piste ou de revenir vers la caravane, Sean proposa :

— Si nous allions jusqu'à ce *kopje*, là-bas ? On pourrait laisser les chevaux en bas et grimper jusqu'au sommet.

— Pour quoi faire ? demanda Duff.

— Comme ça, pour rien. Allons, viens.

Ils entravèrent leurs chevaux et se mirent à escalader le *kopje*, sautant de rocher en rocher au milieu de l'enchevêtrement des troncs. Lorsqu'ils arrivèrent en haut, ils ruisselaient de sueur et étaient hors d'haleine. Ils découvrirent un coin d'ombre, avec une roche plate sur laquelle on pouvait s'asseoir. Sean offrit un manille à Duff et, tout en fumant, ils contemplèrent le paysage qui s'étalait à leurs pieds.

Ici la savane des hauts plateaux se mêlait déjà aux forêts et au relief plus tourmenté du *bush*. Là, des *vleis* vastes comme des champs de blé se terminaient brusquement au pied d'une colline, à moins qu'ils ne fussent bordés par de grands arbres épars. De la hauteur à laquelle ils se trouvaient, Duff et Sean pouvaient suivre à la trace le cours des rivières souterraines, car là où elles passaient les arbres étaient plus verts et plus élevés. Partout ailleurs, c'était la couleur de l'Afrique — le brun, mille nuances différentes de brun : de l'herbe brun clair sur le brun rouge du sol, des troncs tordus, couleur de chocolat, agitant au vent leurs feuilles brunes. Parmi les arbres, et sur les pentes dénudées des collines brunes, des troupeaux de springboks paissaient, mouvantes masses brunes, et la terre brune s'étendait à perte de vue, inviolée par l'homme, noble et paisible dans son immensité.

— Je me sens tout petit, fit Duff, mais en même temps il me semble que je suis en sécurité... comme si personne ne pouvait me retrouver ici.

Il eut un rire gêné.

— Je comprends ce que tu veux dire, fit Sean.

Pour la première fois depuis qu'ils avaient quitté le Rand, le visage de Duff paraissait détendu. Ils se sourirent et s'adossèrent au rocher. Très loin, à leurs pieds, Mbejane avait rangé les chariots en cercle pour former un *laager* [1], tandis que les bêtes, détachées, paissaient alentour. Le soleil descendit vers l'horizon. Les ombres s'allongèrent.

Ils retournèrent vers leurs chevaux.

Cette nuit-là, ils veillèrent plus longtemps près du feu, et s'ils parlèrent peu ils retrouvèrent la vieille amitié qui les avait unis. Ils avaient découvert un nouveau filon, qui recélait ces deux trésors : l'espace et le temps. Il y avait là plus qu'il n'en fallait à un homme pour vivre une douzaine de vies. De l'espace pour galoper à cheval, pour tirer au fusil, un espace que le soleil et le vent, l'herbe et les arbres ne remplissaient pas tout entier. Il y avait aussi le temps : c'était ici qu'il prenait sa source, ce fleuve sans cesse changeant et cependant immuable. On pouvait y puiser sans jamais le tarir. Le temps était rythmé par les saisons, mais non point limité par elles, car l'été qui se refusait encore à céder sa place à l'automne était le même que celui qui avait flamboyé, un millier d'années plus tôt, le même que

1. C'est le camp rond des Boers, formé précisément par les chariots disposés en cercle.

celui qui brillerait encore dans un autre millier d'années. Face à l'immensité de l'espace et du temps, toute lutte semblait futile.

Désormais, leur vie suivit le rythme paisible des roues de leurs chariots. Les yeux de Sean, si longtemps fixés droit devant lui, s'ouvraient aussi à ce qui l'entourait. Chaque matin, Duff et lui quittaient la caravane pour vagabonder en brousse. Parfois ils passaient la journée à laver à la batée les sables d'un ruisseau, parfois ils suivaient les traces d'un éléphant. Mais le plus souvent ils se contentaient de galoper ensemble, de bavarder, ou bien de se tenir à l'affût des troupeaux de bêtes sauvages, dont le nombre augmentait à mesure qu'il remontaient vers le nord. Ils tuaient juste de quoi se nourrir, eux, leurs serviteurs et leurs chiens — cette meute qui les suivait depuis Pretoria. Ils dépassèrent la petite colonie boer de Pietersburg, et bientôt le Zoutpansberg se dressa à l'horizon, avec ses flancs sombres et abrupts couverts de végétation tropicale. Là, au pied de la montagne, ils passèrent une semaine à Louis Trichardt, le poste le plus septentrional où se fussent installés des hommes blancs.

Ils conversèrent avec des Boers qui avaient chassé au nord des montagnes, au-delà du Limpopo. C'étaient des hommes rudes, solides, taciturnes, avec une peau tannée, une barbe tachée de tabac, et, dans leurs yeux clairs, toute la paix de la brousse. Ils s'exprimaient posément, avec courtoisie, et Sean décelait sous leurs mots simples un grand amour des animaux qu'ils chassaient et de la terre où ils vivaient. Ils étaient différents des Afrikanders du Natal et de ceux que Sean avait rencontrés au Witwatersrand, et il conçut pour eux un respect qui ne cessa de grandir, même lorsque, bien des années plus tard, il eut à les combattre.

On ne pouvait pas franchir la montagne, lui dirent-ils, mais la contourner. Le passage ouest longeait l'extrémité du désert du Kalahari ; la terre y était hostile, car les roues des chariots s'enfonçaient dans le sable, et les points d'eau se faisaient de plus en plus rares. Vers l'est s'étendaient au contraire de riches forêts, bien arrosées, au gibier abondant : un pays plat, plus chaud à mesure qu'on se rapprochait de la côte, un vrai pays à éléphant.

Duff et Sean prirent donc par l'est, et, restant toujours à vue des montagnes, s'engagèrent dans la solitude.

2

Au bout d'une semaine, ils rencontrèrent les traces du passage des éléphants : des arbres brisés dépouillés de leur écorce. Bien que la piste datât sans doute de plusieurs mois — les arbres étaient totalement desséchés —, Sean ressentit un frisson d'excitation et, cette nuit-là, passa une heure à nettoyer et à huiler les fusils. La forêt s'épaississait, et les chariots devaient maintenant serpenter entre les arbres. Mais il y avait aussi des clairières, de larges *vleis* herbeux où les buffles paissaient tranquillement comme des troupeaux dans un pré, tandis que les pique-bœufs blancs voletaient en piaillant autour d'eux. La région était arrosée de nombreux cours d'eau, aussi charmants et aussi limpides qu'un ruisseau à truites écossais, mais dont l'eau était tiède, et les rives encombrées de broussailles. C'est le long de ces rivières, en forêt comme en clairière. que se rencontrait le gibier : impalas bondissant à la première alerte, leurs longues cornes rejetées en arrière ; koudous aux doux yeux et aux grandes oreilles ; égocères noirs au poitrail blanc dont les cornes étaient recourbées comme un sabre d'abordage ; zèbres trottant avec dignité comme des poneys grassouillets ; et autour d'eux gambadaient leurs compagnons : les gnous, les kobs, les nyalas, les hippotragues, et — enfin — les éléphants.

Sean et Mbejane, partis en éclaireurs en avant de la colonne, découvrirent soudain les foulées. Elles étaient toutes fraîches, si fraîches que la sève suintait encore d'un *mahobahoba* dont l'écorce avait été arrachée d'un coup de défense et laissait voir la blancheur du bois.

— Trois mâles, dit Mbejane, dont un très gros.

— Attends ici.

Sean partit au galop pour rejoindre la colonne. Duff était allongé sur le siège du cocher, dans le premier chariot. Les mains derrière la tête, le chapeau sur la figure, il se laissait bercer au rythme de la marche.

— Des éléphants, Duff ! hurla Sean. A une heure d'ici. En selle, vieux !

Duff fut prêt en cinq minutes. Mbejane les attendait. Il avait déjà commencé à repérer les traces sur quelque distance. Sean et Duff le suivirent, chevauchant botte à botte.

— Tu as déjà chassé l'éléphant, vieux frère ? demanda Duff.

— Jamais ! dit Sean.

— Nom d'un chien ! s'exclama Duff qui parut inquiet. Moi qui pensais que tu étais un expert... Je crois que je vais retourner continuer ma sieste. Tu m'appelleras quand tu auras un peu plus d'expérience.

— Ne t'en fais pas, fit Sean avec un rire un peu tendu. Je suis très au courant : quand j'étais petit, on me lisait des histoires d'éléphant pour m'endormir.

— Ça me rassure, murmura Duff d'un ton sarcastique.

Mbejane jeta vers eux un coup d'œil par-dessus son épaule, sans chercher à dissimuler son irritation.

— N'kosi, ce n'est pas prudent de parler, nous sommes tout près d'eux maintenant.

Ils suivirent donc en silence les larges empreintes ovales marquées dans la poussière et les branches arrachées qui jalonnaient la piste. Une fois, ils passèrent près d'un grand tas de crottin jaune : on aurait dit des fibres de coco vidées d'un vieux matelas.

Ce fut une expérience passionnante que cette première chasse. Une petite brise régulière leur soufflait au visage. Les traces étaient toutes chaudes et bien lisibles. Ils se rapprochaient de plus en plus du troupeau, et chaque minute accroissait leurs chances de pouvoir abattre leurs proies.

Sean, assis très droit, se tenait sur le qui-vive, le fusil en travers de la selle, les yeux fouillant sans cesse les alentours. Soudain, Mbejane s'arrêta, puis revint près de Sean.

— Ils se sont arrêtés ici pour la première fois. Le soleil est chaud maintenant, et ils veulent se reposer, mais l'endroit ne leur convenait pas et ils sont repartis. On ne va pas tarder à les trouver.

— Ça devient vraiment trop touffu, grommela Sean.

Il examina d'un œil critique l'enchevêtrement de broussailles où les avait menés leur poursuite.

— On va laisser les chevaux ici, à la garde de Hlubi, et continuer à pied.

— Vieux frère, protesta Duff, je vais plus vite à cheval, moi.

— Pied à terre ! ordonna Sean, et il fit signe à Mbejane de prendre la tête.

Ils repartirent. Sean transpirait ; les gouttes de sueur s'accumulaient dans ses sourcils, dégoulinaient le long de ses joues. Il les essuya d'un revers de manche. La surexcitation lui nouait l'estomac et lui desséchait la gorge.

A côté de lui, Duff, un petit sourire aux lèvres, marchait d'un air désinvolte, mais sa respiration était haletante. Mbejane les alerta soudain d'un geste. Ils s'arrêtèrent net. Les minutes s'écoulèrent lentement, puis la main de Mbejane s'agita de nouveau, et sa paume rose était pleine d'éloquence.

— Ce n'était rien, disait-elle. Suivez-moi.

Ils repartirent.

Des mouches grouillaient au coin des yeux de Sean, attirées par la sueur. Il cligna des paupières pour les chasser. Leur bourdonnement était si fort qu'il pensa que les éléphants eux-mêmes devaient les entendre. Tous ses sens étaient exacerbés : il percevait le moindre bruit, sa vue était perçante, et son odorat si subtil qu'il décelait la légère senteur de pourriture qui montait du sol, le parfum d'une fleur sauvage au passage, et l'odeur un peu musquée de Mbejane.

Soudain, ce dernier s'arrêta. A nouveau sa main s'agita doucement.

— Ils sont là, disait-elle cette fois.

Sean et Duff s'accroupirent derrière lui, mais ils n'apercevaient que des buissons brunâtres et des ombres grises. Leur respiration se fit plus rauque. Duff ne souriait plus.

La main de Mbejane se leva lentement et désigna la masse de végétation qui se dressait devant eux. Les secondes continuaient à s'égrener, mais ils n'apercevaient toujours rien.

Une vaste oreille s'agita paresseusement. Alors, brusquement dans le fouillis de la végétation, ils discernèrent la bête : un grand mâle, tout près d'eux, gris parmi les ombres grises.

Sean toucha le bras de Mbejane pour lui faire comprendre qu'il l'avait vu. Lentement, la main de Mbejane décrivit un arc de cercle et désigna un autre point. A nouveau l'attente, les secondes qui s'écoulent, les yeux qui fouillent en vain la brousse inextricable.

Un ventre gargouilla, un gros ventre gris plein de feuilles à demi-digérées : c'était un borborygme sonore, un bruit si ridicule, si incongru dans ce silence que Sean eut envie de rire. Il aperçut le second mâle, porteur de longues pointes jaunes, qui somnolait dans l'ombre, les yeux fermés. Sean colla ses lèvres à l'oreille de Duff.

— Le premier est pour toi, chuchota-t-il. Attends que j'aille me mettre en position pour le second.

Il se glissa sous le couvert. Peu à peu, en contournant la bête, il vint se placer de telle sorte que l'épaule lui apparût. Il put bientôt repérer la pointe du coude, sous la peau flasque et ridée. L'angle de tir était bon : de l'endroit où il se trouvait, il pouvait atteindre le cœur. Il fit un signe de tête à Duff et leva son fusil. Penché légèrement en avant pour compenser le recul, il visa au défaut de l'épaule et fit feu.

Le coup claqua, étonnamment sonore sous cette voûte de feuillage. Un peu de poussière jaillit de l'épaule de la bête, qui vacilla sous le choc. Derrière, le troisième éléphant, tiré de son sommeil, s'apprêtait à fuir. Avec des gestes précis, Sean éjecta la douille, rechargea son fusil, épaula et fit feu sur lui. Il vit l'impact de la balle et sut que la blessure était mortelle. Les deux mâles se mirent à courir ; la brousse s'ouvrit sur leur passage et se referma derrière eux. Sean se rua à leur suite, guidé par le craquement des branches et les barrissements de douleur. Dans sa surexcitation, il ne sentait même pas la griffure des épines.

— Par ici, N'kosi, cria Mbejane. Vite, sinon on va perdre leur trace.

Ils se précipitèrent. Cent mètres, deux cents mètres... Ils haletaient déjà, ruisselants de sueur. Un peu plus loin, la jungle s'interrompait brusquement, et ils débouchèrent sur une large vallée aux rives escarpées. Un mince ruisselet courait au milieu du lit de sable aveuglant de blancheur. Un des éléphants, foudroyé, s'était effondré dans l'eau qui se teintait de rouge sombre. L'autre animal essayait d'escalader la rive, mais elle était trop abrupte pour ses forces déclinantes, et il retombait à chaque fois. Le sang coulait de sa trompe. Au bruit que firent Sean et Mbejane, il se retourna, dressa les oreilles d'un air de défi et se mit à charger, mais ses pattes enfonçaient dans le sable mou.

Sean le regarda venir et leva son fusil. Il y avait de la tristesse dans ses yeux, cette tristesse que l'on éprouve en face du courage inutile. Sean tira en pleine tête et le tua net.

Ils descendirent dans le lit de la rivière et s'approchèrent de l'animal : les pattes repliées sous lui, il était tombé en avant, et, dans sa chute, ses défenses s'étaient enfoncées profondément dans le sable. Les mouches s'agglutinaient déjà autour des petits trous rouges faits par les balles. Mbejane tâta une des pointes et leva la tête vers Sean.

— C'est un bel éléphant.

Il n'en dit pas davantage : l'heure n'était pas aux bavardages. Sean posa son fusil contre l'épaule de la bête, fouilla dans sa poche et en sortit un cigare qu'il serra entre ses dents sans l'allumer. Il tuerait d'autres éléphants, sans doute, mais c'est de celui-ci qu'il se souviendrait toujours. De la main, il caressa la peau rugueuse et les poils raides.

— Où est N'kosi Duff ? demanda-t-il brusquement. A-t-il abattu son éléphant, lui aussi ?

— Il n'a pas tiré, répondit Mbejane.

— Comment ?

Sean se retourna vivement.

— Mais pourquoi ?

Mbejane prit une pincée de tabac et la renifla, puis haussa les épaules.

— C'est un bel éléphant, répéta-t-il en regardant l'animal abattu.

— Il faut retrouver Duff, fit Sean.

Il reprit son fusil, et Mbejane le suivit. Ils trouvèrent Duff assis dans l'herbe ; il avait posé son fusil à côté de lui et buvait à une gourde. Lorsque Sean s'approcha, il l'écarta de ses lèvres et lui fit signe avec.

— Salut au héros conquérant !

Il y avait dans ses yeux quelque chose d'indéchiffrable.

— Tu as raté le tien ? demanda Sean.

— Oui, fit Duff, j'ai raté le mien.

Il leva la gourde et but à nouveau. Soudain, Sean ressentit une espèce de honte qui lui souleva le cœur. Il baissa les yeux, comme s'il refusait de regarder en face cette évidence : Duff était un lâche.

— Retournons aux chariots, dit-il. Mbejane viendra chercher les défenses avec les chevaux de bât.

Sur le chemin du retour, ils évitèrent de se trouver côte à côte.

3

IL faisait presque nuit lorsqu'ils rejoignirent le *laager*. Laissant leurs chevaux aux soins d'un des serviteurs, ils se lavèrent dans la cuvette que Kandhla avait préparée pour eux, puis vinrent s'asseoir près du feu. Sean versa à boire, le nez baissé pour éviter de regarder Duff. Il se sentait mal à l'aise. Il voulait aborder le sujet, mais se creusait en vain l'esprit, ne sachant par quel bout le prendre. Duff avait été poltron, et Sean se mit à lui chercher des excuses — peut-être son arme s'était-elle enrayée, ou bien avait-il été gêné par les coups de feu de Sean. Quoi qu'il en fût, ce dernier était décidé à tirer l'affaire au clair : ils videraient l'abcès tous les deux, et tout serait bientôt oublié. Il tendit un verre à Duff et lui sourit.

— Très bien, fit Duff, tu peux toujours essayer de t'en sortir par une pirouette.

Il leva son verre.

— A notre grand chasseur devant l'Eternel. Bon sang, vieux, comment peux-tu faire des choses pareilles ?

Sean regardait Duff avec des yeux ronds.

— Qu'est-ce que tu veux dire ?

— Tu sais très bien de quoi je parle. La preuve, tu te sens tellement dans tes petits souliers que tu n'oses même pas me regarder en face depuis tout à l'heure. Comment as-tu pu tuer ces pauvres bêtes, comment surtout as-tu pu y prendre du plaisir, car c'est bien ça, hein ?

Sean, soudain sans force, s'effondra sur sa chaise. Il n'aurait pu dire lequel était le plus fort, de son soulagement ou de sa surprise.

— Je sais ce que tu vas me dire, poursuivit Duff avec vivacité. Tes arguments, je les ai déjà entendus — dans la bouche de mon cher père. Il me les a tous sortis, un jour que nous avions forcé un renard. Quand je dis « nous », j'entends vingt cavaliers et quarante chiens de meute.

Sean n'était pas encore tout à fait revenu de sa surprise : voilà qu'il se trouvait sur le banc des prévenus après s'être préparé à jouer les accusateurs !

— Tu n'aimes donc pas chasser ? demanda-t-il du même ton incrédule qu'il aurait eu pour dire : « Tu n'aimes donc pas manger ? »

— J'avais oublié ce que c'était. Au début, je me suis laissé prendre par ton entrain, mais quand tu t'es mis à tuer, tout m'est revenu d'un seul coup.

Duff avala une gorgée de cognac et regarda fixement le feu.

— Jamais ces pauvres bêtes n'ont eu la moindre chance de s'en tirer. Elles étaient en train de dormir, et, l'instant d'après, tes balles les déchiraient comme les chiens faisaient du renard. Non, elles n'avaient pas la moindre chance.

— Mais, Duff, il ne s'agissait pas d'une joute ou d'un tournoi !

— Oui, je sais, mon père me l'a expliqué. C'est un rite — culte rendu à Diane ! Mais au renard aussi il aurait dû expliquer ça !

Sean commençait à s'énerver.

— C'est pour chasser l'ivoire qu'on est venu ici, je chasse donc l'ivoire !

— Ne viens pas me raconter que tu as tué ces éléphants uniquement pour leurs défenses, vieux, je ne te croirai pas. Tu jouissais, oui ! Bon sang, si tu avais vu ta tête, et celle de tous tes sauvages !

— Parfaitement, j'aime la chasse, lui cria Sean, et parmi tous ceux que j'ai connus, le seul qui ne l'aimait pas était un lâche !

Duff pâlit et leva les yeux vers Sean.

— Qu'est-ce que tu insinues ? murmura-t-il.

Ils se regardèrent en silence. Les mots se pressaient dans la bouche de Sean, et s'il les laissait sortir, s'il se laissait dominer par sa colère, c'en était fait de son amitié avec Duff. Il se força à détacher ses mains crispées sur les bras de son fauteuil.

— Ce n'est pas cela que je voulais dire, fit-il.

— Je l'espère bien.

Un sourire encore incertain revint sur son visage.

— Dis-moi pourquoi tu aimes ça, vieux frère. J'essaierai de comprendre, mais ne compte pas sur moi pour te suivre désormais dans tes chasses.

Décrire le plaisir de la chasse à celui qui n'est pas lui-même un chasseur-né, c'est expliquer les couleurs à un aveugle. Duff écouta dans un silence pesant. Sean essaya de trouver les mots qu'il fallait pour peindre l'excitation qui s'empare de l'homme tout entier, aiguise ses sens et le livre à une émotion aussi ancienne que l'instinct de reproduction. Il essaya de montrer que plus noble et plus belle est la proie, plus fort le désir de chasser et de tuer, non point par cruauté inconsciente, mais bien plutôt par amour, un amour farouche, possessif, un amour dévorant qui cherche son couronnement dans l'acte de mort. En détruisant un être, une chose, l'homme se l'approprie à jamais : instinct égoïste peut-être, mais l'instinct ignore la morale. Tout était si simple, si clair aux yeux de Sean qu'il n'avait jamais essayé de l'exprimer auparavant. Et voici que maintenant il butait sur les mots, faisait de grands gestes, balbutiait et se répétait. Lorsqu'il eut fini, il se sentit malheureux, car l'expression de Duff disait assez qu'il était rien moins que convaincu.

— Et c'est toi qui t'es dressé contre Hradsky au nom des droits de l'homme ! fit doucement Duff. Toi qui ne voulais pas faire souffrir les gens !

Sean ouvrit la bouche pour protester, mais Duff continua :

— Toi, tu chercheras de l'ivoire, et moi de l'or — chacun son métier. Je te pardonne tes éléphants comme tu m'as pardonné ma Candy, comme ça nous sommes quittes. D'accord ?

Sean approuva de la tête, et Duff lui tendit son verre.

— Il est vide, dit-il. Fais-moi plaisir, veux-tu ? Remplis-le moi.

4

LEURS disputes ne laissaient jamais de séquelles ; il n'en demeurait ni rancœur, ni regret, ni doute. Ils jouissaient de tout ce qu'ils avaient en commun et acceptaient simplement ce qui les opposait. Aussi, lorsqu'après une chasse les chevaux de bât revenaient avec leur cargaison d'ivoire, le visage de Duff n'exprimait-il pas le moindre blâme ; il était seulement tout à la joie de voir revenir Sean. Parfois, la chance favorisait Sean, et il pouvait, dans la même journée, relever une piste, la suivre, abattre son éléphant et être de retour au *laager* le soir même. Mais le plus souvent, quand la harde se déplaçait trop vite, quand le sol était trop dur pour garder les empreintes, quand Sean ne pouvait tenter sa chance, dès les premières approches, alors il restait parti une semaine ou davantage. A son retour, c'était fête ; ils buvaient et riaient tard dans la nuit, faisaient la grasse matinée, jouaient au *klabejas* entre leurs paillasses, sur le plancher du chariot, ou lisaient à haute voix les livres que Duff avait apportés de Pretoria. Et puis, le lendemain ou le surlendemain, Sean repartait avec ses pisteurs et ses chiens.

Ce n'était plus le même Sean que celui qui courait les prostituées de l'*Opéra* de Johannesburg ou siégeait dans les bureaux lambrissés d'Eloff Street. Sa barbe, que nul coiffeur ne taillait plus, s'étalait en longues boucles sur sa poitrine. Le soleil avait doré à point son visage et ses bras blêmes. Son pantalon, naguère tendu à craquer sur ses fesses rebondies, flottait désormais sans contrainte. Ses bras étaient plus forts, et les bourrelets de graisse avaient fait place à des paquets de muscles durs et gonflés. Il marchait plus droit, se déplaçait plus vite et riait plus facilement.

Chez Duff, le changement était moins frappant. Il était toujours aussi maigre, et son visage aussi osseux, mais il n'y avait plus dans son regard la même nervosité que naguère. Ses mouvements étaient plus mesurés, sa parole plus lente, et la barbe dorée qu'il se laissait pousser avait pour conséquence inattendue de le faire paraître plus jeune. Chaque matin, il quittait le camp avec un des serviteurs et vagabondait dans la brousse, s'arrêtant près d'un affleurement de roche pour en détacher quelques fragments à l'aide de son marteau de prospecteur, ou bien s'accroupissant au bord d'une rivière pour laver le sable dans sa batée. Chaque soir, il revenait au camp et analysait les échantillons récoltés au cours de la journée. Puis il les jetait, se lavait et plaçait sur la table, près du feu, une bouteille et deux verres. Tout en dînant, il écoutait, guettant un aboiement de chien, le pas d'un cheval, la voix de Sean. Si la nuit restait silencieuse, alors il rangeait la bouteille et grimpait dans le chariot. Il se sentait seul ; ce n'était point une solitude désespérée, mais il en émanait assez de tristesse pour ajouter de la saveur au retour de Sean.

Ils poursuivirent leur route vers l'est. Graduellement, la haute silhouette du Zoutpansberg s'estompa à l'horizon, tandis que la chaîne s'abaissait et devenait moins abrupte. En explorant les contreforts du massif, Sean découvrit un col par lequel les chariots purent s'engager pour déboucher, sur l'autre versant, dans la vallée du Limpopo. Le paysage n'était plus le même de ce côté de la montagne : il était plat, et couvert d'épineux dont la monotonie n'était rompue que par quelques baobabs dont les grands troncs boursouflés se couronnaient d'un réseau de branches semblables à des racines. L'eau se faisait rare et, avant de lever le camp, Sean partait en reconnaissance pour découvrir un nouveau marigot.

Cependant, la chasse était bonne, car le gibier était concentré autour des rares points d'eau ; ils n'étaient pas encore à mi-chemin du Limpopo que Sean avait déjà rempli d'ivoire un nouveau chariot.

— On reviendra par le même chemin, je suppose ? demanda Duff.

— Je suppose, oui, répondit Sean.

— Alors, pourquoi trimbaler avec nous une tonne d'ivoire ? Enterrons-le, on le reprendra au retour.

Sean regarda pensivement son ami.

— De temps en temps, il t'arrive d'avoir une bonne idée ! C'est exactement ce que nous allons faire.

Le camp suivant leur parut favorable. Il y avait de l'eau : une mare boueuse, moins imbibée d'urine d'éléphant que de coutume. Un bouquet de figuiers sauvages offrait un peu d'ombre aux hommes et aux bêtes, et les pâturages étaient suffisants pour redonner des forces aux bœufs fatigués par les dernières marches. Ils décidèrent d'y rester quelque temps : les serviteurs et les bêtes avaient besoin de repos, il y avait des réparations à faire sur les chariots, et puis il fallait enterrer l'ivoire. Leur première tâche fut donc de creuser une fosse assez vaste pour contenir la centaine de défenses qu'ils avaient accumulées. Ils n'eurent terminé que le soir du troisième jour.

5

SEAN et Duff, assis au milieu du cercle des chariots, regardaient le soleil se coucher dans un dernier rougeoiment. Quand il eut disparu derrière l'horizon, le bref crépuscule teinta les nuages de turquoise et de lilas, et tout fut nuit.

Kandhla jeta du bois sur le feu, et les flammes montèrent plus haut et plus dru. Ils mangèrent du foie de koudou grillé, et des steaks enrobés de graisse jaune, puis burent du cognac avec leur café. La conversation mourut peu à peu, et le silence retomba, car ils étaient fatigués tous deux. Ils restaient ainsi, contemplant les flammes, trop las pour faire l'effort de se lever. Sean regardait les fantômes du feu, ces silhouettes ondulantes et changeantes, vite apparues et tôt évanouies. Il vit les colonnes d'un temple miniature, ébranlées par quelque Samson, s'écrouler dans une gerbe d'étincelles — il vit un cheval flamboyant se changer en un dragon bleuâtre.

Un peu ébloui par la lueur dansante du feu, il détourna les yeux un instant. Lorsqu'il regarda à nouveau, il aperçut un petit scorpion noir qui sortait de sous l'écorce d'une grosse bûche. Sa queue était levée comme le bras d'un danseur de flamenco, et les flammes qui l'encerclaient faisaient briller sa carapace luisante. Duff, les coudes sur les genoux, observait aussi la scène.

— Va-t-il se piquer à mort avant que les flammes ne l'atteignent ? demanda-t-il d'une voix douce. J'ai entendu dire que le scorpion se suicide lorsqu'il est entouré d'un cercle de feu.

— Non, dit Sean.

— Pourquoi pas ?

— Il n'y a que l'homme qui ait assez d'intelligence pour savoir hâter la fin lorsqu'elle est inévitable. Chez toutes les autres créatures vivantes, l'instinct de conservation est le plus fort.

Le scorpion s'écarta des flammes en marchant de côté à la manière des crabes, puis s'arrêta de nouveau. Son dard était agité de légères secousses.

— D'ailleurs, il n'a pas le choix, ajouta Sean, car il est immunisé contre son propre venin.

— Il pourrait sauter dans le feu et en finir tout de suite, murmura Duff, fasciné par ce drame en miniature.

L'animal tenta un dernier effort et chercha une issue, mais le feu gagnait sur lui. Sa queue s'abaissa lentement, et ses pattes agrippèrent maladroitement l'écorce rugueuse. Il se recroquevillait sous la chaleur, et son dard continuait à trembler. Soudain de petites flammes jaunes léchèrent son corps luisant et l'immobilisèrent dans la mort. La bûche bascula, et il n'y eut plus rien.

— Et toi ? demanda Sean. Tu aurais sauté ?

Duff poussa un soupir.

— Je ne sais pas, fit-il.

Il se leva.

— Je vais aller vider mes ballasts et me mettre au lit, annonça-t-il.

Il s'éloigna et alla se planter à la limite du cercle de lumière.

Depuis qu'ils avaient quitté Pretoria, les chacals avaient rôdé chaque soir autour des campements. Leurs jappements faisaient tellement partie du décor de la nuit africaine qu'ils n'y prêtaient pas attention. Mais cette fois, c'était différent : le chacal qu'on entendait avait un cri aigu, tremblant, un cri douloureux, presque hystérique, qui donna à Sean la chair de poule. Il se dressa brusquement et fouilla du regard l'obscurité qui les encerclait. Le chacal s'approchait du camp, très vite — et soudain Sean comprit le danger.

— Duff ! cria-t-il. Reviens ! Cours, Duff, cours !

Duff regarda Sean. Réduit à l'immobilité, il continuait à uriner, et le jet traçait dans la nuit un arc de lumière argentée.

— Duff ! hurla Sean. C'est un chacal enragé ! Ne reste pas là, nom de Dieu !

L'animal était tout près maintenant. Duff se mit enfin à courir. Il était encore à mi-chemin du feu lorsqu'il trébucha soudain, et roula dans la poussière. Il ramena ses jambes sous lui pour se relever, face à la nuit. C'est alors que Sean aperçut le chacal. Il jaillit de l'ombre comme une boule grise et alla droit vers Duff encore agenouillé. Sean vit son ami tenter de se protéger le visage de ses mains au moment où le chacal bondissait sur lui. Un des chiens que tenait Mbejane lui échappa brusquement en frôlant au passage la jambe de Sean. Celui-ci empoigna une bûche et se précipita, mais Duff était déjà tombé à la renverse, et ses bras battaient l'air dans un effort désespéré pour écarter le chacal qui lui déchirait le visage et les mains. Le chien saisit la bête dans sa gueule, la tira en arrière et la secoua de côté et d'autre tout en grondant à travers ses mâchoires serrées. Sean frappa le chacal de sa massue improvisée et lui brisa l'échine, mais il continua à taper jusqu'à ce qu'il ne fût plus qu'un tas informe dans la poussière. Alors il revint vers Duff, qui s'était remis debout : il avait défait l'écharpe qu'il avait autour du cou et en épongeait son visage, mais le sang dégoulinait de son menton et tachait le devant de sa chemise. Ses mains tremblaient. Sean le conduisit près du feu, découvrit doucement son visage et examina les morsures. Duff avait le côté du nez à moitié arraché et une joue en lambeaux.

— Assieds-toi !

Duff obéit, et porta à nouveau l'écharpe à son visage. Sean s'approcha vivement du feu, fit un petit tas de cendres à l'aide d'un bâton, puis sortit son couteau de chasse et plongea la lame dans les braises.

— Mbejane ! dit-il sans quitter le couteau des yeux. Jette cè chacal dans le feu, mais sans le toucher avec tes mains, et mets du bois dessus. Après tu attacheras ce chien et tu le mettras à l'écart des autres.

Sean retourna le couteau.

— Duff, bois autant de cognac que tu pourras.

— Qu'est-ce que tu vas faire ?

— Tu le sais très bien.

— Il m'a mordu au poignet aussi.

Duff tendit le bras, et Sean examina les petits trous noirs d'où le sang continuait à sourdre lentement.

— Bois, dit Sean en désignant la bouteille.

Un instant, leurs regards se rencontrèrent, et Sean vit l'horreur envahir les yeux de Duff à la pensée de la lame brûlante, et des terribles germes que le chacal avait introduits dans son corps. Ces microbes, il fallait les détruire avant qu'ils pussent se répandre dans son sang, pénétrer dans son cerveau et l'entraîner dans une mort horrible.

— Bois, répéta Sean.

Duff prit la bouteille et la porta à ses lèvres. Sean se pencha, retira le couteau du feu, et tint la lame à quelques centimètres du dos de sa main. Elle n'était pas encore assez chaude. Il l'enfonça à nouveau dans les cendres brûlantes.

— Mbejane, Hlubi, mettez-vous de chaque côté de la chaise du N'kosi, et apprêtez-vous à le tenir.

Sean dégrafa sa ceinture, la replia en deux épaisseurs et la tendit à Duff.

— Mords là-dedans.

Il se tourna vers le feu. Cette fois, la lame était rose pâle.

— Tu es prêt ?

— Ce que tu vas faire va briser le cœur d'un million de jeunes filles, fit Duff d'une voix rauque, en un pathétique effort pour plaisanter encore.

— Tenez-le bon, fit Sean.

Au contact de la lame, Duff eut un hoquet de douleur. Un grand frisson le secoua, et son dos se cambra, mais les deux Zoulous, impitoyables, le maintirent assis. Sean enfonça un peu plus le couteau ; les lèvres de la plaie noircirent et grésillèrent. L'odeur de la chair brûlée donnait la nausée à Sean. Il serra les dents. Lorsqu'il se redressa, Duff était affalé sur sa chaise ; sa chemise, ses cheveux même étaient inondés de sueur.

Sean fit à nouveau chauffer la lame et charcuta le poignet de Duff, pendant que ce dernier gémissait et s'agitait faiblement sur son siège. Après quoi, Sean prit de la graisse dont ils se servaient pour les moyeux des chariots et en passa sur les brûlures, puis entoura le poignet de Duff d'un morceau de tissu arraché à sa propre chemise. Ils portèrent Duff dans le chariot et l'étendirent sur sa paillasse.

Sean alla ensuite examiner le chien que Mbejane avait attaché, et découvrit des égratignures à l'épaule, cachées sous le poil. Ils mirent un sac sur la tête du chien pour l'empêcher de mordre, et Sean cautérisa également ses blessures.

— Attache-le au chariot le plus éloigné, dit-il à Mbejane, ne laisse pas les autres chiens approcher, et veille à ce qu'il ait de quoi manger et de quoi boire.

Puis il revint près de Duff, qui délirait sous l'effet conjugué de la douleur et du cognac. Duff ne dormit pas de la nuit, et Sean le veilla jusqu'au matin.

6

A une cinquantaine de mètres du *laager*, sous l'un des figuiers sauvages, les serviteurs bâtirent une hutte pour Duff. Ils dressèrent des pieux en guise de charpente et y tendirent une bâche, puis fabriquèrent un lit et apportèrent le matelas et les couvertures de Duff. Sean prit quatre chaînes à l'arrière des chariots et les réunit en une seule, en forgeant de nouveaux maillons qu'il referma ensuite à grands coups de marteau. Puis il passa une des extrémités de la chaîne autour du pied de l'arbre et la riva sur elle-même. Assis à l'ombre d'un chariot, Duff le regardait faire, sa main blessée en écharpe. Il avait le visage enflé, et des boursouflures rougeâtres entouraient ses blessures qui commençaient à se couvrir de croûtes.

Lorsqu'il eut terminé d'installer la chaîne, Sean s'approcha de Duff

— Je te demande pardon, Duff, mais il le faut.

— L'esclavage a été aboli il y a déjà longtemps, je te le signale au cas où tu ne le saurais pas.

Duff esquissa un sourire avec son visage déformé, puis se leva et suivit Sean jusqu'à la hutte. Sean passa l'autre extrémité de la chaîne autour de la taille de Duff, la fixa par un boulon qu'il introduisit dans deux maillons, puis écrasa à coups de marteau les têtes de ce rivet improvisé.

— Ça devrait tenir.

— Ça me va à ravir, fit Duff. Et maintenant, inspectons mon nouvel appartement.

Sean le suivit dans la hutte. Duff s'allongea sur le lit. Il paraissait très las et très désabusé.

— Au bout de combien de temps saura-t-on ? demanda-t-il doucement.

Sean secoua la tête.

— Je ne sais pas au juste. Je pense qu'il faudra que tu restes ici un bon mois avant qu'on te laisse réintégrer la société.

— Un mois ! Ça va être gai : s'attendre, d'une minute à l'autre, à ce que je me mette à aboyer et à lever la patte contre un arbre !

Sean ne rit pas.

— J'ai fait du bon boulot avec le couteau. Il y a neuf cent quatre-vingt-dix-neuf chances sur mille pour que tout se passe bien. Ceci n'est qu'une simple précaution.

— Les paris sont ouverts. Je mets cinq livres, fit Duff.

Il croisa les chevilles et s'absorba dans la contemplation de la bâche qui lui tenait lieu de toit. Sean s'assit sur le rebord du lit. Un long moment s'écoula avant que Duff ne se décidât à rompre le silence.

— Comment ça se passera, Sean ? As-tu déjà vu quelqu'un qui avait la rage ?

— Non.

— Mais tu en as entendu parler, hein ? insista Duff. Dis-moi, dis-moi ce qu'on t'a raconté.

— Pour l'amour du ciel, Duff, qu'est-ce que ça peut faire, puisque tu ne l'auras pas ?

— Dis-moi, Sean, dis-moi tout ce que tu sais.

Duff s'assit sur son lit et saisit le bras de Sean. Celui-ci soutint son regard, mais fut un long moment avant de répondre.

— Tu as vu ce chacal comme moi, n'est-ce pas ?

Duff retomba sur son oreiller.

— Oh, mon Dieu ! murmura-t-il.

Alors commença la longue attente.

Ils installèrent une sorte d'auvent avec une autre bâche,

près de la hutte, et y passèrent ensemble les jours qui suivirent.

Ce fut très dur, au début. Sean essaya bien de tirer Duff du sombre désespoir dans lequel il était plongé, mais Duff restait assis pendant des heures à regarder fixement la brousse, tandis que sa main tripotait inlassablement les croûtes de ses blessures. De temps à autre, seulement, un léger sourire éclairait son visage en entendant une des nombreuses histoires que Sean lui contait.

Mais les efforts de Sean finirent par être récompensés, et Duff parla enfin. Il évoqua des souvenirs auxquels il n'avait jamais fait allusion auparavant, et Sean en apprit bientôt plus sur lui que pendant les cinq années qui venaient de s'écouler. Parfois, Duff marchait de long en large devant Sean, et sa chaîne pendait derrière lui comme une queue. Parfois aussi, il restait tranquillement assis, et sa voix trahissait son regret de n'avoir jamais connu sa mère.

— ... il y avait un portrait d'elle dans la galerie du premier étage. Je passais des après-midi entiers à le contempler. C'était le visage le plus doux que j'aie jamais vu...

Puis sa voix se durcissait à nouveau lorsqu'il évoquait son père, « ce vieux salopard ».

Il parlait de sa fille :

— Elle avait un petit rire comme un gazouillis d'oiseau : ça t'aurait brisé le cœur. Quand il y avait de la neige, sa tombe ressemblait à un gros gâteau couvert de sucre glacé. Elle aurait aimé cela...

Quelquefois, il revoyait un de ses actes passés, et sa voix devenait hésitante — ou bien furieuse, s'il se remémorait soudain une erreur, ou une occasion manquée. Alors, il s'interrompait et souriait d'un air gêné.

— Dis donc, je crois que je radote...

Sur son visage, les croûtes commençaient à se dessécher et à tomber. Il retrouvait plus facilement son ancienne gaieté, maintenant.

Il se fit un calendrier en taillant chaque jour une encoche dans l'un des piquets qui soutenaient la bâche. Cela devint une sorte de cérémonie rituelle. Il s'y adonnait avec la concentration d'un sculpteur travaillant le marbre ; lorsqu'il avait terminé, il se reculait d'un pas ou deux et comptait les entailles à haute voix, comme pour forcer le sort et atteindre trente, le chiffre fatidique qui ferait tomber ses chaînes.

Le jour où le chien devint enragé, il y avait déjà dix-huit marques sur le piquet. Cela se passa dans l'après-midi. Ils étaient en train de jouer au *klabejas*, et Sean venait de distribuer les cartes, lorsque le chien se mit à hurler. Sean, dans la hâte, renversa sa chaise, saisit son fusil posé contre le mur et courut vers le *laager*. Duff le vit disparaître derrière le chariot auquel le chien était attaché et, presque aussitôt après, entendit claquer le coup de feu. Dans le silence total qui suivit, Duff, lentement, laissa tomber son visage dans ses mains.

Sean ne revint que près d'une heure plus tard. Il ramassa sa chaise, la remit en place et s'assit.

— C'est à toi d'appeler, fit-il en ramassant ses cartes. Tu tiens ou tu passes ?

Ils jouèrent sans conviction, en essayant de ne penser qu'aux cartes, mais ils savaient tous deux que quelqu'un d'autre, maintenant, était assis à leur table.

— Promets-moi que tu ne me feras jamais ça, dit brusquement Duff après un très long silence.

Sean leva les yeux vers lui.

— Que je ne te ferai jamais quoi ?

— Ce que tu as fait au chien.

Le chien, le maudit chien ! Sean aurait mieux fait de ne pas prendre de risques et de l'abattre le soir même du drame.

— Ce n'est pas parce que le chien est devenu enragé que tu...

— Jure-le moi ! coupa Duff d'une voix farouche. Jure que tu ne tireras pas sur moi.

— Duff, tu ne sais pas ce que tu me demandes. Une fois qu'on l'a...

Il se tut, car les mots ne faisaient que tout aggraver.

— Promets-moi, répéta Duff.

— Bon, bon, je te le promets.

7

CELA fut pire encore que dans les premiers temps. Duff abandonna son calendrier, et avec lui l'espoir qui jusque-là avait grandi de jour en jour.

Si les journées étaient pénibles, le soir ramenait l'enfer. Duff avait un cauchemar, toujours le même, qui lui revenait parfois plusieurs fois par nuit. Lorsque Sean se retirait, il essayait de rester éveillé en lisant à la lueur de sa lanterne, ou bien il s'allongeait et écoutait les bruits de la nuit : un buffle qui s'ébrouait et buvait au marigot, le gazouillis limpide des oiseaux, le grondement profond d'un lion. Mais il finissait toujours par s'endormir, et alors il rêvait.

Il était à cheval et galopait dans une vaste plaine brunâtre : pas de collines, pas d'arbres, rien qu'une herbe rase à perte de vue. Son cheval ne faisait pas d'ombre sur le sol. Duff cherchait en vain cette ombre, et s'inquiétait de ne point la trouver. Et puis il arrivait à l'étang — une eau claire, bleutée, étrangement brillante, qui lui faisait peur. Mais il ne pouvait s'empêcher de s'en approcher, s'agenouillait tout au bord et contemplait, fasciné, la surface de l'eau lisse. Et c'était son propre visage qu'il apercevait, un visage au mufle bestial, hirsute, avec des dents de loup, longues et blanches. Alors il s'éveillait, mais l'horreur de ce monstrueux visage entrevu dans l'étang le poursuivait jusqu'au matin.

Sean se désespérait de ne pouvoir rien faire pour Duff. Après toutes ces années où ils avaient été si proches l'un de l'autre, Sean souffrait avec Duff. Il essayait de repousser cette angoisse, et il y réussissait parfois pendant une heure, ou même une partie de la matinée, et puis tout lui revenait avec une soudaineté qui lui donnait la nausée. Duff allait mourir — mourir d'une mort atroce, indicible. Etait-ce une faute que de laisser un autre être devenir si intime avec soi-même qu'on devait partager ses angoisses jusqu'au plus infime, au plus atroce détail ? N'avait-on pas assez de ses propres tourments sans devoir vivre encore ceux des autres ?

Déjà les vents d'octobre commençaient à souffler, annonciateurs de pluies : des vents chauds chargés de poussière, des vents qui séchaient la sueur sur la peau, des vents qui altéraient les bêtes sauvages au point de les pousser en plein jour au bord du marigot, juste en vue du camp.

Sean gardait sous sa paillasse une petite réserve de vin. Un soir, il mit quatre bouteilles à rafraîchir en les enveloppant de linges mouillés, puis les apporta dans la hutte de Duff et les posa sur la table. Duff le regardait faire. Les blessures de son visage étaient presque cicatrisées maintenant, et faisaient des traces rougeâtres sur sa peau pâle.

— Château Olivier, annonça Sean, et Duff approuva de la tête.

— C'est un bon vin, mais il ne supporte sans doute pas les voyages.

— Si tu n'en veux pas, je vais le remporter, dit Sean.

— Excuse-moi, vieux frère, fit vivement Duff, je ne voulais pas me montrer ingrat. Ce vin convient à mon humeur de ce soir. Savais-tu que le vin est une boisson triste ?

— Quelle blague ! dit Sean en enfonçant son tire-bouchon. Le vin est gai, au contraire !

Il en versa dans le verre de Duff, qui le prit et le tint de façon que le feu chatoyât à travers.

— Tu ne vois que l'aspect superficiel des choses, Sean. Un bon vin contient tous les éléments d'une tragédie. Meilleur est le vin, et plus triste il est.

Sean renifla.

— Explique-toi, dit-il.

Duff reposa son verre sur la table et le regarda fixement.

— Combien de temps crois-tu qu'il a fallu à ce vin pour atteindre à sa perfection présente ?

— Dix ou quinze ans, je suppose, répondit Sean.

Duff approuva d'un signe de tête.

— Et maintenant, que nous reste-t-il à faire ? A le boire. Des années de lente maturation détruites en quelques instants ! Tu ne trouves pas ça triste ?

— Mon Dieu, Duff, ne sois pas aussi morbide, nom d'une pipe !

Mais Duff ne l'écoutait pas.

— Le vin et l'homme ont ceci de commun : il leur faut une vie entière pour rechercher la perfection, et lorsqu'ils l'atteignent enfin, c'est pour être anéantis !

— Tu penses donc que si un homme vit assez vieux, il peut atteindre la perfection ? demanda Sean d'un air de défi.

Duff lui répondit sans quitter son verre des yeux.

— Il y a des raisins qui poussent dans de mauvais terrains, d'autres qui sont détruits par la maladie avant de connaître le pressoir, d'autres encore qui sont gâchés par un vigneron maladroit — tous les raisins ne donnent pas du bon vin.

Duff prit son verre et but une gorgée, puis il continua :

— Pour un homme, cela prend plus de temps, et cela ne se passe pas au fond d'une barrique, mais dans le chaudron de la vie. Sa tragédie n'en est que plus grande.

— Oui, mais on ne vit pas éternellement ! protesta Sean.

— Et alors ? Est-ce moins triste pour cela ?

Duff secoua la tête.

— Tu te trompes. Cela ne change rien au problème, mais lui donne plus de prix. Si seulement il y avait une solution, un moyen de préserver ce qui est bon, au lieu de cette impuissance totale qui est nôtre !

Duff s'adressa à sa chaise. Son visage était plus pâle, plus osseux que jamais.

— Même cela, j'aurais pu l'accepter, si j'avais eu plus de temps à vivre !

— Assez de bêtises ! fit Sean d'un ton bourru. Parlons d'autre chose. Je ne sais pas pourquoi tu te fais du souci. Tu as encore vingt ou trente bonnes années devant toi !

Duff leva la tête, et, pour la première fois, regarda Sean bien en face.

— Crois-tu, Sean ? demanda-t-il.

Ce fut Sean qui détourna les yeux. Il savait que Duff allait mourir.

Duff eut son petit sourire en coin, puis regarda à nouveau son verre. Le sourire s'effaça lentement.

— Si seulement j'avais eu plus de temps, j'aurais pu réussir. J'aurais pu trouver les points faibles et les fortifier. J'aurais pu trouver les réponses !

Sa voix monta.

— J'aurais pu, je sais que j'aurais pu ! Oh, mon Dieu, je ne suis pas encore prêt. Il me faut encore du temps !

Les yeux hagards, il cria d'une voix aiguë :

— C'est trop tôt, c'est trop tôt !

Incapable d'en supporter davantage, Sean bondit et secoua Duff par les épaules.

— Tu vas la fermer, nom de Dieu, tu vas la fermer !

Duff haletait, et ses lèvres entrouvertes étaient agitées de tremblements. Il les toucha du bout des doigts, comme pour les empêcher de remuer encore.

— Je regrette de m'être laissé aller comme ça, vieux frère.

Sean laissa retomber ses mains.

— On est énervés tous les deux, voilà tout, répondit-il. Tout ira bien, tu vas voir.

— Oui... Tout ira bien.

Duff se passa la main dans les cheveux et les rejeta en arrière.

— Ouvre une autre bouteille, vieux frère.

8

CETTE nuit-là, une fois que Sean fut allé se coucher, Duff eut à nouveau son rêve. Le vin qu'il avait bu l'engourdissait un peu : il ne put se réveiller tout à fait. Pris au piège de son propre cauchemar, il se débattait pour retrouver le réel, mais s'enfonçait à nouveau avant d'avoir atteint la surface.

De bonne heure, le lendemain matin, Sean se dirigea vers la hutte de Duff. La fraîcheur de la nuit rôdait encore sous les figuiers sauvages, mais la journée promettait d'être chaude. Le vent brûlant n'allait pas tarder à se lever. Les bœufs de *trek* étaient dispersés parmi les arbres, et un petit troupeau d'élans du Cap s'éloignait du marigot. Le mâle, reconnaissable à ses cornes courtes et épaisses et à sa touffe de poils noirs au milieu du front, conduisait ses femelles vers quelque coin d'ombre.

Sean se tint immobile sur le seuil de la hutte, attendant que ses yeux fussent habitués à la pénombre qui y régnait. Duff était éveillé.

— Sors du lit, sinon tu vas avoir des escarres pour ajouter à ton bonheur !

Duff pivota sur sa paillasse et posa les pieds à terre.

— Qu'est-ce que tu avais mis dans le vin hier soir ? gémit-il en se massant doucement les tempes. J'ai là sous mon crâne une centaine de farfadets qui exécutent une danse cosaque !

Sean ressentit un petit pincement au cœur. Inquiet, il posa la main sur l'épaule de Duff, mais celui-ci n'avait pas de fièvre. Sean se rasséréna.

— Le petit déjeuner est servi, dit-il.

Duff goûta son porridge du bout des lèvres et toucha à peine au foie d'élan grillé. Il ne cessait de plisser les yeux à cause de la réverbération. Lorsqu'ils eurent terminé leur café, Duff repoussa sa chaise.

— Je crois que je vais aller poser mes boucles blondes sur mon cher oreiller.

— Bon, dit Sean en se levant. Comme nous sommes un peu à court de viande fraîche, moi je vais voir si je peux me payer une antilope.

— Non, fit vivement Duff. Reste, et parle-moi. On pourrait faire une partie de cartes.

Cela faisait des jours qu'ils n'avaient pas joué : Sean accepta volontiers et s'assit sur le bord du lit. Au bout d'une demi-heure, il avait gagné vingt-quatre livres.

— Un de ces jours, il faudra que je t'apprenne à jouer, fit-il avec un sourire satisfait.

Duff jeta ses cartes avec irritation.

— Je n'ai plus envie de jouer.

Il passa ses doigts sur ses paupières.

— Je n'arrive pas à me concentrer avec cette foutue migraine.

— Tu veux dormir ?

Sean ramassa les cartes et les remit dans leur boîte.

— Non. Si tu me lisais quelque chose ?

Duff prit un exemplaire relié en cuir de *Bleak House* [1] sur la table à côté du lit et le lança sur les genoux de Sean.

— Où est-ce que je commence ? demanda Sean.

— Ça n'a pas d'importance, je le sais presque par cœur.

Duff s'allongea et ferma les yeux.

Sean se mit à faire la lecture à haute voix. Il continua ainsi tant bien que mal pendant une demi-heure : il n'arrivait pas à suivre le rythme des mots. Une ou deux fois, il jeta un coup d'œil furtif vers Duff, mais celui-ci respirait réguliè-

1. Roman de Charles Dickens.

rement et ne bougeait pas. Une légère moiteur faisait briller son visage, et ses cicatrices étaient plus visibles.

Dickens est un puissant somnifère par une matinée chaude, et les paupières de Sean s'alourdirent peu à peu. Sa voix ralentit, puis se tut. Le livre glissa de ses mains.

Ce fut le léger tintement de la chaîne qui le tira de sa torpeur. Il se réveilla et jeta un regard vers le lit. Duff était accroupi à la manière d'un singe. Ses joues se contractaient nerveusement, et ses yeux brûlaient de fièvre. Une écume jaunâtre recouvrait ses dents et bordait ses lèvres d'une fine ligne mousseuse.

Duff se jeta en avant, les doigts recroquevillés, en poussant un cri qui n'avait déjà plus rien d'humain — un cri qui glaça Sean d'épouvante et lui coupa littéralement les jambes.

— Non ! hurla Sean.

La chaîne s'accrocha à l'un des piliers du lit, rejetant Duff en arrière au moment où il allait planter ses crocs dans le corps pétrifié de Sean.

Ce dernier, brusquement, se mit à courir Il sortit de la hutte et s'enfuit dans la brousse. Ses jambes s'entrechoquaient, la terreur lui étranglait la gorge. Son cœur battait au rythme de sa course, ses poumons affolés manquaient d'air. Une branche lui cingla la joue, et la douleur cuisante l'aida à se reprendre. Il s'arrêta, haletant, et tourna la tête vers le camp. Il attendit que tout son être se fût un peu calmé, et dompta sa terreur jusqu'à ce qu'elle ne fût plus qu'une boule nauséeuse au creux de son estomac. Alors, il décrivit un grand cercle au milieu des broussailles et s'avança vers le *laager* du côté le plus éloigné de la hutte de Duff.

Le camp était vide : les serviteurs s'étaient enfuis, saisis de la même terreur. Sean se souvint que son fusil était resté dans la hutte, à côté du lit de Duff. Il se glissa dans son chariot et ouvrit le coffre contenant les armes de réserve. Ses mains tremblaient en défaisant les verrous : il craignait que la chaîne de Duff ne résistât point, et s'attendait à chaque instant à entendre derrière lui le cri inhumain. Sa cartouchière était suspendue au pied de son lit ; il chargea son fusil et l'arma. Cela le réconforta un peu de sentir dans ses mains la masse rassurante de bois et d'acier : il se sentait redevenir un homme.

Il sauta du chariot et, l'arme prête, sortit avec précaution du *laager*. La chaîne avait tenu bon : Duff était en train de tirer dessus, debout à l'ombre du figuier, tout en geignant comme un chiot nouveau-né. Il était nu, et ses vêtements arrachés étaient éparpillés autour de lui. Il tournait le dos à Sean, et ce dernier s'avança lentement vers lui pour s'arrêter juste hors de sa portée.

— Duff ! appela-t-il d'une voix incertaine.

Duff se retourna et s'accroupit. De l'écume souillait sa barbe blonde. Il regarda Sean et découvrit les dents, puis s'élança soudain en poussant un cri. La chaîne le rejeta brutalement en arrière, et il tomba à la renverse. Il se remit debout et secoua furieusement sa chaîne, sans cesser de regarder Sean avec des yeux avides. Sean recula, épaula, et visa Duff au front.

Jure-le-moi. Jure que tu ne tireras pas sur moi.

Le canon du fusil vacilla. Sean recula encore. Duff saignait maintenant : les maillons d'acier avaient déchiré la peau de ses hanches, mais il continuait à essayer d'arracher sa chaîne pour se jeter sur Sean. Et Sean, entravé lui aussi par son serment, ne pouvait se résoudre à tirer. Il abaissa son arme et resta là, impuissant, soulevé de pitié.

Mbejane s'approcha enfin.

— Viens, N'kosi. Si tu ne veux pas l'achever, viens. Il n'a plus besoin de toi, et ta vue le rend furieux.

Duff s'acharnait toujours sur sa chaîne en poussant de longs cris. Le sang ruisselait sur son ventre et collait aux poils de ses jambes, visqueux comme du chocolat fondu. A chaque fois qu'il secouait la tête, de la bave jaillissait de sa bouche et éclaboussait sa poitrine et ses bras.

Mbejane ramena Sean au *laager*. Les autres serviteurs étaient là, et Sean sortit de son apathie pour donner des ordres.

— Je veux que tout le monde s'en aille d'ici. Prenez des couvertures et de quoi manger, et allez camper de l'autre côté du marigot. Je vous ferai venir quand tout sera fini.

Il attendit que tous eussent pris leurs affaires. Tandis qu'ils s'éloignaient, Sean demanda à Mbejane :

— Que faut-il faire ?

Mbejane répondit à la question par une autre question :

— Que fait-on si un cheval se casse une jambe ?

— Je lui ai donné ma parole, fit Sean en secouant la tête avec désespoir.

Il regardait encore du côté de Duff, qui continuait à hurler.

— Seuls les crapules et les braves peuvent faillir à leurs serments, dit simplement Mbejane. Nous t'attendrons.

Il s'en alla rejoindre les autres. Lorsqu'ils furent tous partis, Sean se cacha dans l'un des chariots et observa Duff par une déchirure de la toile. Il le vit branler la tête d'un air dément, il le vit marcher au bout de sa chaîne d'un pas traînant. Il le vit se rouler par terre de souffrance, et s'arracher des poignées de cheveux, et se mettre le visage en sang avec ses ongles. Il entendit ses cris, ses beuglements éperdus de douleur, ses gloussements insensés, et surtout ce grognement, ce terrible grognement.

Dix fois, Sean épaula et visa Duff ; dix fois, la sueur lui emplit les yeux, et il dut se détourner et reposer son fusil.

Là, devant lui, au bout de sa chaîne, la peau nue déjà rougie par le soleil, une partie de son être était en train de mourir : oui, c'était un peu de sa jeunesse, de son rire, de son insouciant amour de la vie, et il ne pouvait pas s'arracher au terrible spectacle.

Le soleil atteignit le sommet de sa course, puis recommença à baisser. La créature attachée à la chaîne s'affaiblissait. Elle tomba, et rampa longtemps sur les mains et les genoux avant de se redresser à nouveau.

Une heure avant le coucher du soleil, Duff eut sa première convulsion. Il était debout, face au chariot de Sean, et balançait sa tête de côté et d'autre tout en tordant silencieusement la bouche. Brusquement, il se raidit ; ses lèvres découvrirent ses dents, ses yeux roulèrent dans leurs orbites et devinrent tout blancs, et il commença à se cambrer. Ce beau corps, encore mince comme celui d'un adolescent avec ses longues jambes fuselées, s'arqua jusqu'à ce que la colonne vertébrale se brisât avec un claquement sec. Il tomba dans la poussière et se mit à se tordre en gémissant doucement. Son tronc faisait avec son bassin un angle impossible.

Sean bondit hors du chariot, courut vers Duff et lui tira une balle dans la tête, puis il tourna les talons et jeta son fusil qui claqua sur la terre durcie.

Sean s'en fut prendre une couverture sur la paillasse de

Duff et revint l'en envelopper, en détournant les yeux du visage mutilé. Il porta son ami dans la hutte et l'étendit sur le lit. La couverture se teignait peu à peu de sang, comme un buvard sur lequel on a renversé de l'encre. Sean s'effondra sur la chaise.

Au-dehors, l'ombre s'épaississait. La nuit tombée, une hyène s'approcha et vint renifler le sang à travers la hutte, puis s'en alla. Une troupe de lions chassait dans la brousse, de l'autre côté du marigot ; ils trouvèrent une proie deux heures avant le lever du soleil, et Sean, assis dans le noir, écouta leurs rugissements de triomphe.

A l'aube, Sean se leva avec raideur et retourna vers les chariots. Mbejane attendait près du feu.

— Où sont les autres ? demanda Sean.

Mbejane se mit debout.

— Ils attendent, là où tu leur as dit d'aller. Moi, je suis venu, parce que je savais que tu aurais besoin de moi.

— Oui, dit Sean. Va chercher deux haches dans le chariot.

Ils coupèrent du bois, beaucoup de bois sec qu'ils entassèrent autour du lit de Duff, puis Sean y mit le feu. Mbejane sella un cheval pour Sean, qui monta et regarda le Zoulou.

— Conduis les chariots jusqu'au prochain point d'eau. Je t'y rejoindrai.

Sean s'éloigna du *laager*. Il ne se retourna qu'une fois. La fumée du bûcher, poussée par le vent, s'étirait sur plus d'un kilomètre, et s'enroulait en volutes noirâtres autour des buissons d'épineux.

9

COMME un abcès purulent à la racine d'une dent, le chagrin et le remords empoisonnèrent l'esprit de Sean.

Son remords était double : il avait trahi la confiance de Duff, et il n'avait pas eu le courage d'aller jusqu'au bout de sa trahison. Il avait trop attendu. Il aurait dû tuer Duff tout de suite, ou bien ne rien faire. De toutes ses forces, il aurait voulu revenir en arrière, pour que lui fût donnée l'occasion de se racheter ; il aurait volontiers consenti à revivre ces instants d'horreur pour pouvoir libérer sa conscience et effacer cette tache qui souillait leur amitié.

Son chagrin était un néant, un vide immense et douloureux où il se dissolvait. A la place du rire de Duff, de son petit sourire en coin, de son entrain communicatif, il n'y avait plus rien, que grisaille et silence où toutes les formes se dérobaient au regard et où le soleil ne pénétrait plus.

Le point d'eau suivant était un creux à peine accusé au milieu d'une étendue de boue desséchée de la taille d'un terrain de polo. Les craquelures dessinaient d'étranges réseaux de briquettes irrégulières, grandes comme la main. Le marigot était si rabougri qu'un homme aurait pu le franchir d'un bond sans même se mouiller les pieds. Les abords étaient souillés des excréments des bêtes qui étaient venues y boire, et quelques plumes flottaient à la surface, changeant de direction au gré du vent. L'eau était sale et saumâtre : ce n'était pas un bon campement.

Le troisième jour, Mbejane vint voir Sean dans son chariot. Il était allongé sur sa paillasse. Il ne s'était pas changé depuis la mort de Duff. Sous la bâche régnait une chaleur d'étuve ; les poils de la barbe de Sean restaient collés ensemble, poisseux de sueur.

— N'kosi, veux-tu venir voir l'eau ? Je crois qu'on ne devrait pas rester ici.

— Qu'est-ce qu'elle a, cette eau ? demanda Sean d'une voix indifférente.

— Elle est sale, je crois qu'on ferait mieux de descendre vers le fleuve.

— Fais comme bon te semble, répondit Sean, qui se remua sur sa couche et lui tourna le dos.

Mbejane conduisit donc le convoi vers le Limpopo. Sean resta dans son chariot pendant tout le *trek*, ballotté, secoué, ruisselant de sueur, mais insensible à l'inconfort. Ce fut au bout de deux jours de marche qu'ils arrivèrent en vue du rideau d'arbres verdoyants qui bordait le fleuve. Mbejane disposa les chariots en *laager*, non loin de la rive, et tous attendirent que Sean reprît goût à la vie. Le soir, autour du feu, ils en parlaient tristement, et jetaient souvent un regard vers le chariot de Sean, sombre et sinistre comme son occupant lui-même.

Tel un ours qui sort de sa tanière à la fin de l'hiver, Sean réapparut enfin à la lumière. Ses vêtements étaient sales. Les chiens se précipitèrent autour de lui pour lui faire fête, mais il n'y prêta même pas attention. Répondant d'un air absent au salut des serviteurs, il descendit vers la rive.

L'été avait réduit le Limpopo à un chapelet de mares vert sombre au milieu du sable éclatant de blancheur, et les blocs de pierre, que contournait l'eau lente, étaient noirs et polis. Le lit du fleuve faisait peut-être huit cents mètres de large, et les deux rives étaient bordées d'un rideau d'arbres. Sean s'avança sur le sable en enfonçant jusqu'aux chevilles.

Il vint s'asseoir au bord d'un des marigots, et trempa sa main dedans : l'eau lui parut tiède comme du sang. Près de lui, une longue traînée rayait le sable : la trace d'un crocodile. Là-bas, sur la rive opposée, des singes secouaient les branches d'un arbre et jacassaient, excités par sa présence. Deux des chiens de Sean traversèrent dans un jaillissement d'écume le maigre filet d'eau qui ruisselait entre deux marigots. La langue pendante, ils s'élancèrent pour donner la chasse aux singes, sans trop de conviction cependant, car il faisait très chaud avec la réverbération du soleil sur le sable blanc. Sean regardait l'eau verte. Il se sentait abandonné, avec son chagrin et son remords pour seuls compagnons.

Un des chiens qui étaient restés près de lui posa son nez froid contre sa joue. Sean lui passa le bras autour du cou, et l'animal se serra contre lui.

Sean entendit soudain des pas sur le sable. Il se retourna et leva les yeux : c'était Mbejane.

— N'kosi, Hlubi a trouvé des éléphants à une heure de marche d'ici, en remontant le fleuve. Il en a compté vingt, avec de belles pointes.

Le regard de Sean revint au marigot.

— Va-t'en, dit-il.

Mbejane s'accroupit près de lui, les coudes sur les genoux.

— Sur qui pleures-tu ? demanda-t-il.

— Va-t'en, Mbejane, laisse-moi seul.

— N'kosi Duff n'a pas besoin de tristesse ; alors je pense que c'est sur toi que tu pleures.

Mbejane ramassa un caillou et le lança dans le marigot.

— Quand un voyageur s'enfonce une épine dans le pied, poursuivit doucement Mbejane, s'il est sage, il se l'enlève tout de suite — fou celui qui la laisse et se dit : « Je vais garder cette épine, ainsi la douleur me rappellera toujours la route où je l'ai attrapée. » N'kosi, il vaut mieux se souvenir du bonheur que de la peine.

Mbejane jeta un autre caillou, puis se leva et rentra au campement. Dix minutes plus tard, lorsque Sean arriva à son tour, il trouva son cheval sellé et son fusil dans l'étui d'arçon. Mbejane et Hlubi l'attendaient, armés de leurs lances. Kandhla lui tendit son chapeau. Il le prit par le rebord, le fit tourner entre ses doigts, puis le mit sur sa tête d'un geste brusque et sauta en selle.

— Montrez-moi le chemin, dit-il.

Au cours des semaines qui suivirent, Sean chassa l'éléphant avec un acharnement qui ne lui laissait pas le temps de broyer du noir. Il ne faisait au camp que de brèves et irrégulières apparitions, et seulement pour y apporter l'ivoire et changer de cheval. A la fin de ses brèves visites, et alors qu'il allait repartir en chasse, Mbejane lui-même se permit de protester :

— N'kosi, il y a de meilleures façons de se tuer que de travailler trop !

— Tu as l'air en pleine forme, rétorqua Sean.

Mais Mbejane était maintenant aussi maigre qu'un lévrier, et sa peau luisait comme de l'anthracite lavé.

— Peut-être que les gens ont toujours l'air en forme quand on les voit du haut d'un cheval, suggéra Mbejane.

Sean, qui était déjà monté à l'étrier, s'arrêta net. Il regarda pensivement le Zoulou, puis remit pied à terre.

— Maintenant, Mbejane, nous chasserons à pied, et le premier qui criera grâce méritera d'être traité de femmelette par l'autre !

Mbejane sourit : le défi était à son goût. Ils traversèrent le fleuve et découvrirent des traces, avant midi : c'était un petit troupeau de jeunes mâles. Ils le suivirent jusqu'à la tombée de la nuit, dormirent pelotonnés l'un contre l'autre sous la même couverture, puis reprirent la poursuite le lendemain matin. Le troisième jour, ils perdirent la piste sur un sol rocailleux et durent revenir vers le fleuve. A quinze kilomètres du *laager*, ils tombèrent sur un autre troupeau, le poursuivirent, et tuèrent trois mâles, ce soir-là — trois beaux mâles dont aucune des défenses ne devait peser moins de vingt kilos. Ils marchèrent toute la nuit pour regagner le camp, dormirent quatre heures et repartirent. Sean boitait un peu. Le second jour, au cours d'une de leurs rares haltes, il retira sa botte. L'ampoule qu'il avait au talon avait éclaté, et sa chaussette était raide de sang séché. Mbejane le regardait d'un air indifférent.

— A quelle distance sommes-nous du *laager* ? demanda Sean.

— On peut être rentrés avant la nuit, N'kosi.

Mbejane, pour le retour, porta le fusil de Sean, sans se départir une seule fois de son masque solennel. Au camp, Kandhla apporta une cuvette d'eau chaude et la déposa devant la chaise de Sean. Pendant que ce dernier y trempait ses pieds, tous les Zoulous firent cercle autour de lui. Sur chaque visage se lisait la même inquiétude affectée, et le silence n'était rompu que par les petits gloussements par lesquels les Zoulous expriment leur sympathie. Ils jouissaient de la scène, et Mbejane, en comédien consommé, jouait pour son public et retardait le moment crucial. Sean tirait de toutes ses forces sur son cigare et fronçait les sourcils pour essayer de garder son sérieux.

Mbejane s'éclaircit la gorge et cracha dans le feu. Tous les yeux étaient tournés vers lui, dans l'attente fiévreuse de ce qu'il allait dire.

— N'kosi, fit Mbejane, je fixerais ta dot à cinquante têtes de bétail... si tu étais ma fille [1].

Le silence plana encore un instant, puis ce fut une explosion de rires. Sean se joignit à eux, au début. Mais lorsque Hlubi, à bout de forces, faillit s'écrouler dans le feu, et que Nonga, le visage ruisselant de larmes, se mit à sangloter contre l'épaule de Mbejane, le rire de Sean s'arrêta net : ce n'était tout de même pas drôle *à ce point.*

Il les regarda avec aigreur, il regarda leurs vastes bouches roses et leurs dents blanches, leurs épaules et leurs poitrines secouées de convulsions, et il comprit soudain : ce n'était plus de lui qu'ils riaient ; ils étaient tout simplement heureux de vivre. Sean sentit sa gorge le chatouiller. Il lutta un instant, mais un éclat de rire fusa, et puis un autre. Alors il se renversa en arrière sur sa chaise et se laissa aller à la joie : après tout, nom d'une pipe, il était vivant, lui aussi !

Le lendemain matin, lorsqu'il sortit de son chariot et s'approcha en boitillant pour voir ce que Joseph avait préparé pour le *breakfast*, il ressentit à nouveau une légère excitation, se demandant de quoi ce jour serait fait. Il se sentait bien. Le souvenir de Duff était toujours en lui, il ne le quitterait jamais, mais ce n'était plus la souffrance écœurante de naguère.

Il avait arraché son épine.

---

1. On sait qu'en Afrique la dot est une compensation en nature ou en espèces offerte aux parents de la jeune fille, et qu'elle varie naturellement selon l'âge, le rang, les qualités de la future épousée.

10

Au cours du mois de novembre, ils changèrent trois fois de camp, en remontant le cours du Limpopo le long de la rive méridionale. Peu à peu, les chariots qu'ils avaient vidés près du point d'eau se remplirent à nouveau, car le gibier était concentré aux abords du fleuve. La terre était sèche, mais chaque jour apportait la promesse d'un renouveau.

Les nuages, naguère encore légère fumée éparpillée dans le ciel, s'accumulèrent bientôt en lourdes masses noirâtres annonciatrices d'orage. Tout dans la nature semblait leur accorder un respect grandissant : le soir, le soleil les drapait de pourpre royal, et dans la journée les tourbillons de vent jouaient aux derviches tourneurs pour les divertir. Les pluies approchaient. Il fallait prendre une décision : ou bien traverser le Limpopo avant les crues, ou bien rester de ce côté du fleuve et abandonner l'espoir d'explorer l'autre rive. Sean n'hésita pas longtemps : ils découvrirent un endroit où la berge était moins escarpée, déchargèrent le premier chariot et en doublèrent l'attelage. Puis, encouragés par leurs cris, les bœufs s'élancèrent. Le chariot dévala la pente, s'engagea dans le lit du fleuve, tangua et brinquebala, puis s'arrêta soudain en donnant de la gîte, les roues enfoncées dans le sable jusqu'au moyeu.

— Tout le monde aux rayons ! cria Sean.

Ils s'arc-boutèrent, luttèrent pour arracher les roues à l'enlisement, mais la moitié des bœufs étaient déjà à genoux, incapables du moindre effort dans ce terrain mouvant.

— Nom de Dieu !

Sean jeta vers le chariot un regard noir.

— Dételez les bœufs et ramenez-les sur la berge. Et allez me chercher des haches !

Il leur fallut trois jours pour jeter à travers le fleuve une sorte de chaussée faite de fascines, et deux autres pour faire passer tous les chariots et tout l'ivoire sur l'autre rive. Lorsque le dernier véhicule eut enfin pris sa place dans le nouveau *laager*, Sean décréta qu'ils en avaient assez fait, et tout le monde dans le camp fit la grasse matinée.

Le soleil était haut dans le ciel lorsque Sean sortit de son chariot. Il se sentait un peu brouillé, un peu lourd d'avoir tant dormi. Il laissa échapper un bâillement sonore et s'étira de tous ses membres, puis explora sa bouche avec sa langue et grimaça : c'était amer ! Il se gratta la poitrine, et les poils crissèrent sous ses ongles.

— Kandhla, et le café ? Ça t'est donc égal que je sois presque mort de soif ?

— L'eau va bientôt bouillir, N'kosi.

Sean grogna et s'approcha de Mbejane, accroupi près du feu avec les autres serviteurs. Tous regardaient Kandhla.

— C'est un bon camp ici, Mbejane, fit Sean.

Sean leva les yeux. Sous la voûte de feuilles qui dispensait une ombre verte, il faisait frais malgré la chaleur de cette fin de matinée. Dans les branches écartelées sous le soleil, des insectes stridulaient.

— Il y a de bons pâturages pour le bétail, approuva Mbejane.

Il tendit la main vers Sean.

— J'ai trouvé ceci dans l'herbe : quelqu'un a campé ici avant nous.

Sean prit l'objet et l'examina ; c'était un morceau de porcelaine orné d'un motif en forme de feuille de figuier. Sean ressentit comme un choc à tenir dans sa main ce petit fragment de civilisation au milieu du désert ; il le tournait et le retournait entre ses doigts. Mbejane poursuivit :

— Il y a les cendres d'un ancien foyer là-bas près de

l'arbre, et j'ai trouvé des traces de roues : ils ont dû faire passer leurs chariots au même endroit que nous.

— Il y a longtemps ?

Mbejane haussa les épaules.

— Peut-être un an. L'herbe a poussé dans les ornières.

Sean s'assit sur sa chaise. Il se sentait troublé. A y bien réfléchir, il s'aperçut qu'il était jaloux, et cela le fit sourire. Ainsi, il y avait des étrangers qui foulaient cette terre qu'il en était venu à considérer comme sienne ! Ces traces vieilles d'un an lui donnaient l'impression de se trouver soudain parmi une foule. Et par ailleurs, il ressentait en même temps un besoin d'échapper à la solitude, le désir sournois de revoir des Blancs. C'était bizarre de souhaiter et de redouter quelque chose tout à la fois.

— Kandhla, ce café, c'est pour aujourd'hui ou pour demain ?

— Il est prêt, N'kosi, il est prêt.

Joseph versa un peu de sucre roux, le remua avec un bâton et lui tendit le bol. Sean le tint entre ses deux paumes, souffla sur le café pour le refroidir, et but à petites gorgées. Les Zoulous bavardaient, assis en cercle, tandis que circulaient les tabatières. Chaque remarque digne d'intérêt était accueillie par de solennels « C'est bien vrai, c'est bien vrai » prononcés en chœur, puis l'on prenait une nouvelle prise. De petites discussions s'élevèrent, pour retomber ensuite dans le tranquille courant de la conversation. Sean les écoutait, disait parfois son mot, contait une histoire.

Bientôt cependant, son estomac cria famine. Kandhla se mit à préparer le déjeuner, surveillé d'un œil critique et encouragé par les conseils des autres Zoulous, que l'oisiveté rendait volontiers loquaces. Il fit rôtir une pintade à la satisfaction générale — bien que Mbejane trouvât qu'il aurait pu y ajouter encore un peu de sel. Nonga, qui était assis en face de lui de l'autre côté du feu, bondit soudain sur ses pieds et tendit le doigt en direction du nord. Sean mit sa main en visière et regarda.

— Bon sang, murmura-t-il.

— Ah ! Ah ! Ah ! dirent les Zoulous.

Un Blanc à cheval venait vers eux parmi les arbres, montant long et galopant avec nonchalance. Il fut bientôt assez près pour que Sean pût distinguer la grande barbe rousse qui lui cachait tout le bas du visage. C'était un garçon solide, dont les manches retroussées laissaient voir des bras puissants.

— Salut ! cria Sean qui s'avança vivement à sa rencontre.

Le cavalier arrêta son cheval à l'entrée du *laager*, sauta lourdement à terre et saisit la main de Sean, qui sentit ses doigts craquer sous l'étreinte.

— Salut ! Comment va ?

L'homme s'exprimait en *afrikaans*. Sa voix sonore était à la mesure de son physique, et ses yeux arrivaient juste au niveau de ceux de Sean. Ils se secouèrent la main avec vigueur. Ils riaient, heureux, teintant de sincérité l'habituelle banalité des salutations.

— Joseph, sors-moi la bouteille de cognac ! fit Sean pardessus son épaule.

Puis il ajouta à l'adresse du Boer :

— Venez, vous arrivez juste à temps pour déjeuner. On va prendre un verre pour fêter ça. Nom d'une pipe, ça fait plaisir de revoir un Blanc.

— Vous êtes tout seul, donc ?

— Oui. Venez, mon vieux, asseyez-vous.

Sean versa à boire, et le Boer leva son verre.

— Comment vous appelle-t-on ? demanda-t-il.

— Courteney, Sean Courteney.

— Moi, je m'appelle Jan Paulus Leroux. Heureux de vous connaître, *meneer*.

— A votre santé, *meneer*, répondit Sean.

Ils burent. Jan essuya ses moustaches sur la paume de sa main et souffla bruyamment, comme pour faire revenir dans sa bouche la saveur du cognac.

— C'était bon, dit-il.

Et il tendit son bol.

Ils bavardèrent avec passion : leurs langues longtemps silencieuses pouvaient enfin se délier. Ils auraient voulu tout dire, et poser mille questions à la fois : c'est toujours ainsi lors des rencontres en pleine brousse. Pendant ce temps, le niveau baissait régulièrement dans la bouteille.

— Dites-moi, fit soudain Sean, où sont donc vos chariots ?

— A une heure ou deux d'ici. Je suis parti en avant-garde pour trouver le fleuve.

— Vous êtes plusieurs ? demanda Sean pour le plaisir de dire quelque chose.

— Il y a papa et maman, ma petite sœur et ma femme... A propos, il faudrait que vous enleviez vos chariots d'ici.

— Comment ?

Sean eut l'air interloqué.

— C'est mon camp, expliqua le Boer. Regardez, voilà les traces de mon feu. Je suis chez moi ici.

Le sourire de Sean s'effaça, et sa voix se fit plus dure.

— Regardez autour de vous, Boer : vous avez toute l'Afrique. Faites votre choix — n'importe où, sauf là où je suis assis.

— Mais je vous dis que c'est mon camp ! insista Jan Paulus dont le teint se colora quelque peu. C'est toujours ici que je m'installe après les chasses.

En quelques secondes, l'atmosphère s'était tendue. Jan Paulus se leva brusquement et se dirigea vers son cheval. Il se baissa et resserra la sangle avec tant de violence que le cheval faillit perdre l'équilibre et chancela.

Le Boer sauta en selle et regarda Sean de tout son haut.

— Déplacez vos chariots, dit-il. Je campe ici ce soir.

— Qu'est-ce que vous pariez que non ? rétorqua Sean d'une voix rude.

— On verra ! répliqua Jan Paulus.

— C'est tout vu.

Jan Paulus Leroux fit faire demi-tour à son cheval et repartit au galop. Sean le regarda s'éloigner parmi les arbres, et ce ne fut que lorsque le Boer eut disparu que Sean laissa éclater sa colère. Il se mit à arpenter le *laager* dans tous les sens, et sa fureur allait croissant. De temps en temps, il s'arrêtait pour jeter un regard chargé de haine dans la direction d'où devaient arriver les chariots de Jan Paulus. Mais, sous ses dehors indignés, Sean frémissait d'impatience à la pensée du combat qui se préparait. Joseph voulut lui apporter à manger et, son assiette à la main, s'acharnait à le suivre dans ses allées et venues. Sean l'écarta d'un geste d'impatience et continua à faire les cent pas pour entretenir son humeur batailleuse.

Enfin, un fouet claqua au loin, un bœuf mugit faiblement. Ceux de Sean répondirent, et les chiens se mirent à aboyer.

Sean s'avança du côté nord du *laager* et s'appuya à l'un des chariots avec une nonchalance étudiée.

Le long convoi des Boers apparut parmi les arbres. Sean aperçut des taches de couleur sur le siège du chariot de tête : des robes de femme ! En temps ordinaire, les narines de Sean auraient frémi comme celles d'un étalon, mais cette fois toute son attention se reportait sur le plus grand des deux cavaliers. Jan Paulus galopait en tête, et Sean, les poings serrés, le regardait approcher, tout droit sur sa selle. Jan Paulus arrêta son cheval à douze pas de Sean et, d'un pouce aussi gros et aussi coloré qu'une saucisse bien cuite, rejeta son chapeau en arrière. Il excita un peu son cheval pour le faire danser et demanda, d'un ton de feinte surprise :

— Comment, *Rooi Nek* [1], encore ici ?

Les chiens de Sean s'étaient précipités vers leurs congénères, et maintenant ils tournaient tous en rond en se flairant, tout frétillants d'excitation.

— Pourquoi ne grimpez-vous pas dans un arbre ? suggéra Sean d'une voix douce. Vous vous sentiriez davantage dans votre milieu naturel...

— Ah oui ?

Jan Paulus se dressa sur ses étriers, dégagea sa jambe droite et s'apprêta à mettre pied à terre. C'est le moment que choisit Sean pour bondir sur lui. Le cheval apeuré fit un écart et son cavalier, perdant l'équilibre, s'agrippa à la selle. Sean empoigna à pleines mains la barbe rousse du Boer et tira de toutes ses forces. Jan Paulus partit à la renverse en battant l'air de ses bras et resta suspendu comme un hamac, un pied coincé dans l'étrier et le menton fermement tenu par Sean qui, bien planté sur ses jambes, s'amusait des beuglements du Boer.

Galvanisés par l'exemple de Sean, les chiens coupèrent court aux cérémonies protocolaires et se ruèrent au carnage dans un concert de grognements et de coups de dents. Les poils jaillirent bientôt de toutes parts, comme des feuilles arrachées par la tempête.

Le cheval continuant à ruer et à se cabrer, l'étrivière finit

1. « *Cou rouge* », terme peu flatteur utilisé pour qualifier les nouveaux venus en Afrique, dont la peau trop blanche était rougie par le soleil.

par craquer. Sean tomba à la renverse et se releva juste à temps pour affronter la charge de Jan Paulus. Il amortit le coup que le Boer lui lança à toute volée, mais la puissance du choc le laissa pantois. Puis ils se retrouvèrent face à face, poitrine contre poitrine, et aucun des deux ne céda d'un pouce. Sean se pencha soudain de côté et essaya de faire tomber son adversaire, mais, vif comme un danseur, Jan Paulus riposta aussitôt et tint bon. Ensuite, ce fut au tour du Boer d'essayer de faire tournoyer Sean, dont les efforts qu'il fit pour résister lui arrachèrent des gémissements.

Oupa Leroux arrivait. Le cheval mit les chiens en déroute, et le vieux Boer, le *sjambok* levé, entra dans la danse.

— Arrêtez, espèce de voyous ! Hé là, vous entendez ? Arrêtez !

Sean cria de douleur, car la lanière de cuir d'hippopotame venait de lui cingler le dos, et tout de suite après ce fut au tour de Jan Paulus de hurler. Ils se lâchèrent et, tout en se massant l'échine, reculèrent devant le vieillard maigre à barbe blanche qui continuait à les menacer du haut de son cheval.

Le chariot de tête arrivait à son tour. Deux cents livres de chair, d'un seul tenant, se retournèrent sur le siège du cocher, et une voix féminine cria :

— Pourquoi te mêles-tu de ça, Oupa ?

— Tu ne veux tout de même pas que je les laisse s'entretuer ?

— Tu n'as pas honte, de leur gâcher leur plaisir ? Tu ne te souviens plus comme tu aimais ça, toi aussi ? Es-tu donc trop vieux pour te rappeler les plaisirs de la jeunesse ? Allons, laisse-les tranquilles !

Oupa hésita. Il continuait à balancer son *sjambok*, et son regard allait de Sean à Jan Paulus.

— Tire-toi de là, vieux touche-à-tout ! ordonna sa femme.

Elle était aussi massive qu'un *kopje* de granit, avec un corsage bien rempli et des bras bruns et solides comme ceux d'un homme. Sous le large bonnet, Sean devina un visage rose et rond, le genre de visage mieux fait pour le sourire que pour le froncement de sourcils. Il y avait deux jeunes filles assises à côté d'elle sur le siège, mais Sean n'eut pas le loisir de les contempler, car Oupa avait fait reculer son cheval, et Jan Paulus s'avançait, menaçant.

Sean se mit sur la pointe des pieds, le buste un peu courbé ; l'avant-goût que le Boer lui avait donné de sa force le préoccupait un peu, car c'est maintenant que les choses allaient devenir sérieuses, et il n'était pas du tout certain de pouvoir être à la hauteur.

Jan Paulus tâta le terrain avec un direct du droit au visage que Sean esquiva en partie : le coup fut amorti par l'épaisseur de la barbe. Il répliqua aussitôt par un crochet du gauche qui toucha Jan Paulus sous son bras levé. L'autre grogna et rompit.

Oubliant tous ses scrupules, Oupa Leroux suivait les échanges avec un plaisir grandissant. Cela promettait d'être un beau combat, bien équilibré : les deux hommes étaient grands, solides, dans la force de l'âge, ils étaient vifs et adroits. Tous deux étaient des boxeurs éprouvés, cela se voyait à la manière dont chacun tâtait l'adversaire, manœuvrant pour rester hors de portée, offrant soudain une ouverture dont un homme moins expérimenté aurait profité pour s'en repentir amèrement quelques fractions de seconde plus tard.

Puis les évolutions des deux hommes, de lentes et félines qu'elles étaient, devinrent soudain rapides et brutales. Jan Paulus se jeta en avant, lança son gauche en piston, puis, changeant brusquement de direction comme une lanière de fouet qui claque, frappa du droit. Sean esquiva, mais se découvrit un peu, et Jan Paulus en profita pour placer son gauche. Sean vacilla et fit un pas en arrière. Sa joue se mit à saigner. Jan Paulus suivit son action, cherchant toujours l'ouverture. Sean continua à esquiver, jouant instinctivement des jambes jusqu'à ce qu'il eût totalement récupéré et qu'il sentît les forces lui revenir dans les bras.

Jan Paulus avançait sur lui. Sean feignit de n'être pas encore très ferme sur ses jambes, baissa un peu les bras et attendit que le Boer s'engageât. Jan Paulus vit trop tard la petite lueur rusée dans les yeux de Sean : avant qu'il pût échapper au piège, un poing dur lui martela le visage. Il tituba sous le choc, et se mit à saigner à son tour.

Le combat continua entre les chariots, chacun des adversaires prenant tour à tour l'avantage. Ils se battirent en corps à corps, à coups de tête et de genou, puis rompirent et cognèrent à nouveau avec leurs poings. Revenus en corps à corps, ils dévalèrent ensemble la rive escarpée et continuèrent à se battre dans le lit du Limpopo. Ils s'enfonçaient dans le sable qui emplissait leur bouche, se collait à leurs cheveux et à leur barbe comme du sucre glacé. Ils basculèrent dans l'un des marigots au milieu d'une gerbe d'écume, se battirent dans l'eau qui pénétrait dans leurs poumons et les faisait tousser. Ils se débattaient et pataugeaient comme des hippopotames. Peu à peu, leurs mouvements se ralentirent et ils se retrouvèrent face à face, à genoux tous deux, incapables de se relever. Ils ruisselaient, et aspiraient l'air avec peine.

Sans trop se rendre compte si l'obscurité qui les entourait était bien réelle ou n'était qu'un produit de son imagination et de son épuisement — mais en vérité le soleil était déjà couché —, Sean regarda Jan Paulus qui commençait à avoir des haut-le-cœur et finit par vomir un peu de bile après des efforts déchirants. Sean rampa jusqu'au bord du marigot et resta étendu, le visage contre le sable. Des voix retentirent à ses oreilles, et la lueur d'une lampe filtra à travers ses paupières, rouges du sang qui y ruisselait encore. Ses serviteurs le soulevèrent, mais il s'en aperçut à peine. La lumière et les voix s'éteignirent. Il avait perdu connaissance.

Ce fut la brûlure de la teinture d'iode qui le fit revenir à lui. Il voulut s'asseoir, mais des mains l'obligèrent à s'allonger de nouveau.

— Doucement, doucement, le combat est terminé.

Sean, de son œil valide, chercha d'où venait la voix. Le visage rose d'Ouma Leroux était penché sur lui, et ses mains, à nouveau, le touchaient. Sous la morsure de l'antiseptique, ses lèvres boursouflées laissèrent échapper un cri.

— C'est bien ça les hommes ! gloussa Ouma. Ils se font défoncer le crâne sans un murmure, mais au moindre petit médicament les voilà qui crient comme des bébés !

La langue de Sean explora sa bouche : une dent branlante, les autres miraculeusement intactes. Il leva la main pour tâter son œil poché, mais Ouma lui donna une tape et continua à le soigner.

— Dieu du ciel, quel combat ! soupira-t-elle en secouant la tête d'un air ravi. Vous avez été très bien, *kerel,* très bien.

Derrière Ouma, Sean aperçut la jeune fille. Elle était debout dans l'ombre, simple silhouette découpée sur la toile claire. Elle tenait une cuvette à la main. Ouma se tourna pour y tremper un linge et rincer le sang qui l'imprégnait.

Le chariot pencha sous son poids, et la lanterne suspendue à l'un des arceaux de la bâche se mit à se balancer, éclairant un côté du visage de la jeune fille. Les jambes de Sean se raidirent sur sa paillasse, et il tourna légèrement la tête pour mieux la voir.

— Tenez-vous tranquille, *jong*, ordonna Ouma.

Sean regardait toujours la jeune fille, le dessin tranquille de ses lèvres, la courbe de sa joue. Ses cheveux s'élevaient en un aimable désordre pour retomber, soudain domptés, en une longue natte grosse comme le poignet qui lui descendait jusqu'aux reins.

— Katrina, crois-tu donc que je vais me déranger à chaque fois que j'aurai besoin de la cuvette ? Approche-toi un peu, ma fille.

Katrina fit un pas en avant, vint dans la lumière et regarda Sean. Elle avait les yeux verts, rieurs, pétillants. Elle les baissa soudain et regarda fixement la cuvette. Sean ne la quittait pas du regard, attendant le moment où elle relèverait la tête.

— En voilà un malappris ! fit Ouma d'une voix faussement courroucée. Il nous vole notre campement, il se bat avec mon fils, et maintenant le voilà qui fait de l'œil à ma fille ! Si vous continuez comme ça, jeune homme, c'est moi qui vous ferai passer le goût du pain ! Dieu du ciel, c'est que vous êtes un danger public ! Katrina, tu ferais mieux de retourner à nos chariots et d'aider Henrietta à soigner ton frère. Laisse la cuvette ici sur le coffre.

Katrina jeta un dernier regard à Sean avant de sortir. Il y avait dans le vert de ses yeux des ombres secrètes — elle n'avait pas besoin de sourire avec sa bouche.

11

SEAN s'éveilla avec l'impression que quelque chose n'allait pas. Il voulut s'asseoir, mais la douleur l'arrêta net : ses muscles meurtris étaient raides et durs, et ses croûtes à moitié desséchées le tiraillaient. Il poussa un gémissement, et cela lui fit mal aux lèvres. Lentement, il fit glisser ses jambes de côté et s'assit sur sa paillasse pour inspecter les dégâts. Sur sa poitrine s'inscrivait parmi les poils l'empreinte noire du talon de Jan Paulus. Sean promena tout autour un doigt circonspect, craignant de découvrir une côte cassée. Puis, satisfait de l'état de ce secteur, il examina la longue balafre qui remontait vers son dos ; le bras gauche levé, il scruta minutieusement la peau éclatée, et retira de la plaie un duvet qui devait provenir de son couvre-pieds.

Il se leva. Un coup de poignard à l'épaule le cloua sur place : c'était un muscle déchiré qui le rappelait à l'ordre. Il se mit à jurer tout bas avec constance tout en sortant péniblement de son chariot.

Toute sa suite le regardait faire. Même les chiens avaient l'air soucieux. Sean posa le pied à terre et hurla :

— Nom de Dieu...

Il s'interrompit soudain, car sa lèvre venait de se rouvrir et recommençait à saigner.

— Nom de Dieu, répéta-t-il, les dents serrées, est-ce que par hasard vous auriez l'intention de rester là, assis en rond comme de vieilles femmes autour d'un pot de bière ? Vous n'avez donc rien à faire ? Hlubi, je croyais t'avoir envoyé à la recherche des éléphants !

Hlubi s'éloigna vivement.

— Kandhla, le déjeuner ! Mbejane, va me chercher une cuvette et une glace.

Sean s'assit sur sa chaise et inspecta mélancoliquement son visage dans le miroir.

— Si je m'étais fait piétiner par un troupeau de buffles, ce ne serait pas pire, dit-il enfin.

— N'kosi, assura Mbejane, ce n'est rien à côté de sa figure *à lui.*

— Il y a du dégât ? demanda Sean en levant vivement la tête.

— J'ai parlé à un de ses serviteurs. Il est toujours couché, et il gémit, tel un lion blessé au fond d'un hallier ; mais ses yeux sont fermés comme ceux d'un lionceau nouveau-né.

— Dis-moi encore, Mbejane. Parle franc : est-ce que ça a été un beau combat ?

Mbejane s'accroupit près de la chaise de Sean. Il resta silencieux un moment, tandis qu'il cherchait ses mots.

— Quand le ciel, dit-il enfin, envoie ses *impis* contre le Drakensberg avec ses nuages d'orage et ses lances de foudre, il y a de quoi effrayer un homme. Quand deux éléphants mâles luttent à mort, il n'y a pas de plus farouche spectacle dans le *veld*, n'est-ce pas ?

Sean approuva, les yeux brillants.

— N'kosi, crois-moi quand je te dis pourtant que tout cela n'est que jeu d'enfants à côté de ce combat.

Sean écoutait les louanges. Mbejane était très versé dans cet art, le plus ancien du Zoulouland. Lorsqu'il eut fini, il releva la tête et regarda Sean, qui avait l'air heureux. Mbejane sourit et sortit de sous son pagne une feuille de papier.

— Un serviteur de l'autre camp a apporté ceci pendant que tu dormais.

Sean lut le billet, rédigé en haut-allemand d'une main d'écolière appliquée, une grande écriture ronde qui lui plut tout de suite. C'était une invitation à dîner.

— Kandhla, va me chercher mon costume et mes bottes du dimanche !

Il reprit le miroir. Il n'y avait pas grand-chose à faire pour l'instant : tailler un peu la barbe, peut-être, et c'était tout. Il reposa le miroir et leva les yeux vers le camp des Leroux dont les chariots étaient à demi cachés par les arbres.

Mbejane marchait en tête, portant une lanterne. Il n'allait pas vite, pour permettre à Sean de le suivre en boitillant avec toute la dignité requise. Lorsqu'ils atteignirent le *laager* des Leroux, Jan Paulus se leva avec raideur et adressa à Sean un salut empreint d'une égale raideur.

Mbejane avait menti : le visage de Jan Paulus n'était pas plus abîmé que celui de Sean, sauf tout de même qu'il lui manquait une dent. Oupa donna à Sean une grande bourrade et lui fourra dans la main un gobelet de cognac.

Oupa était un homme de belle taille, mais vingt mille soleils avaient cuit et recuit sa chair, au point de ne lui laisser que de longs muscles filandreux ; ils avaient délavé ses yeux verts et donné à sa chair la consistance rugueuse d'un cou de dindon. Sa barbe avait pris une nuance blanc jaunâtre avec encore quelques touches de roux autour de la bouche. Il posa à Sean trois questions, sans seulement lui laisser le temps de répondre à la première, puis le fit asseoir.

Oupa parlait, Sean écoutait et Jan Paulus boudait. Oupa parlait de bétail, de chasse, évoquait les territoires du nord. Au bout de quelques minutes, Sean comprit qu'il n'était pas question, pour lui, de se mêler à la conversation ; les quelques timides efforts qu'il fit furent promptement engloutis sous l'avalanche verbale d'Oupa Leroux. Alors Sean, tout en continuant à lui prêter une oreille distraite, écouta les murmures de voix féminines qui venaient des feux en plein air. Une fois, il l'entendit rire. Il sut que c'était elle, car son rire avait la même richesse, la même plénitude que son regard.

Finalement, leur travail terminé, les femmes revinrent, Ouma en tête. Sean se leva et vit que Katrina était grande, avec des épaules de petit garçon. Tandis qu'elle s'avançait, sa jupe se plaquait contre ses jambes, qu'elle avait longues, mais avec de petits pieds. Ses cheveux acajou étaient noués derrière sa tête en un énorme chignon.

— Ah, mon cher ours, fit Ouma en prenant le bras de Sean, que je vous présente ma bru. Henrietta, voici l'homme qui a failli tuer votre mari.

Jan Paulus renifla depuis sa chaise, et Ouma se mit à rire, sa vaste poitrine agitée de tremblements. Henrietta était une petite femme aux yeux sombres. *Elle ne m'aime pas*, devina aussitôt Sean. Il s'inclina légèrement et lui prit la main. Elle la retira.

— Et voici ma fille Katrina, que vous avez vue hier soir.

Elle m'aime. Il lui tint la main, sentit la pression de ses doigts longs, carrés du bout. Sean risqua un sourire malgré ses lèvres meurtries.

— Sans ses soins j'aurais pu être saigné à blanc, dit-il.

Elle lui rendit son sourire, mais avec ses yeux seulement.

— Vous portez vaillamment vos blessures, *meneer*, et l'œil au beurre noir vous donne une certaine distinction.

— Assez, fillette, coupa sèchement Oupa Leroux. Va t'asseoir près de ta mère.

Il se retourna vers Sean :

— Pour en revenir à l'histoire du cheval, je dis donc au type : « Laissez-moi rire avec vos quinze livres, il n'en vaut même pas cinq. Regardez-moi ces jarrets, c'est gros comme une allumette ! » Alors il essaye de détourner la conversation, vous comprenez, et il me dit : « Venez donc un peu voir la selle. » Mais moi je me doute bien que ça l'embête et alors...

Sous la mince étoffe du corsage les seins de la jeune fille se gonflaient avec impudeur ; Sean n'avait jamais rien vu d'aussi charmant.

Une grande table à tréteaux avait été dressée près du foyer. Ils s'y rassemblèrent enfin. Oupa prononça le *Benedicite*. Sean l'observait à travers ses cils baissés. Oupa agitait vigoureusement sa barbe ; à un moment donné, il frappa même du poing sur la table pour ponctuer son appel au Tout-Puissant. Son *amen* fut lancé avec tant de détermination que Sean dut se retenir pour ne pas applaudir. Oupa retomba sur sa chaise, à bout de souffle.

— *Amen*, répondit Ouma.

Elle plongea une louche dans une marmite vaste comme un tonneau et se mit en devoir de servir le ragoût. Henrietta y ajouta des beignets de courge et Katrina empila sur chaque assiette des tranches de pain de maïs frais.

Un long silence plana alors sur la table, troublé seulement par le cliquetis des couverts et par la respiration bruyante d'Oupa.

— *Mevrouw* Leroux, cela fait longtemps que je ne me suis pas délecté de la sorte, dit enfin Sean en sauçant son assiette avec un morceau de pain.

Ouma était rayonnante.

— Il y en a encore plein, *meneer*. J'aime voir un homme qui mange. Dans le temps, Oupa était une bonne fourchette. Mon père a dû hâter notre mariage, il n'avait plus les moyens de le nourrir quand il venait faire sa cour !

Elle prit l'assiette de Sean et la lui remplit.

— Vous me paraissez doué d'un solide appétit, vous aussi.

— Je crois que je sais tenir ma place, oui, admit Sean.

— Ah ah ? fit Jan Paulus qui n'avait encore rien dit jusque-là.

Il tendit son assiette à Ouma.

— Remplis-la, mère, j'ai faim ce soir.

Sean plissa les paupières et attendit que l'assiette de Jan Paulus fût pleine, puis, délibérément, il leva sa fourchette. Jan Paulus en fit autant.

— Dieu du ciel ! s'exclama Ouma d'un air extasié. Les voilà qui recommencent ! Oupa, tu vas peut-être être obligé d'aller tirer un ou deux buffles avant que le dîner ne soit fini !

— Je parie un souverain sur Jan Paulus, proposa Oupa à sa femme. A lui seul, il vaut une armée de termites. S'il n'avait plus rien à se mettre sous la dent, il trouverait encore le moyen de manger les bâches de nos chariots !

— Pari tenu, dit Ouma. Je n'ai encore jamais vu manger l'Ours, mais j'ai l'impression qu'il a du coffre.

— Ton châle en laine contre mon bonnet vert que Jan Paulus cale le premier, chuchota Katrina à sa belle-sœur.

— Peuh ! gloussa Henrietta. Une fois que Jannie aura fini le ragoût, il mangera l'Anglais lui-même ! Mais ton bonnet est joli. Je tiens le pari.

Assiettée après assiettée, ils luttèrent à qui mangerait le plus. Ouma mesurait chaque louchée avec la plus grande impartialité.

Peu à peu, la conversation s'apaisa puis se tut.

— Encore ? demandait Ouma lorsque les assiettes étaient vides.

Et chaque fois Sean et Jan Paulus se regardaient et faisaient oui de la tête. A la fin la louche racla le fond de la marmite.

— Il n'y en a plus, mes enfants, fit Ouma. Je crois bien que c'est encore un match nul.

Elle se tut, et le silence se prolongea. Sean et Jan Paulus se tenaient très droit, immobiles, chacun contemplant son assiette vide.

Jan Paulus hoqueta et il changea de visage. Se levant brusquement, il se précipita vers l'obscurité.

— Ah ! Ecoutez ! triompha Ouma.

Ils attendirent un instant, puis elle éclata de rire.

— L'ingrat, voilà donc ce qu'il fait de ce que je lui donne à manger ! Allons, Oupa, j'attends ton souverain !

— Eh, pas si vite, vieille goulue. Le match n'est pas terminé !

Il se retourna vers Sean.

— J'ai l'impression que vous aussi vous avez votre compte !

Sean ferma les yeux. Il n'entendait que trop clairement les haut-le-cœur de Jan Paulus.

— Je vous remercie pour...

Il n'eut pas le temps de finir. Il voulait s'éloigner assez pour que Katrina ne l'entendît point.

12

Le lendemain matin, pendant le petit déjeuner, Sean réfléchit à ce qu'il allait pouvoir faire maintenant : il rédigerait une invitation à dîner et la porterait lui-même. Ils lui demanderaient de rester pour prendre le café et alors, à condition d'être patient, il aurait peut-être sa chance. Oupa lui-même devait bien cesser de bavarder de temps à autre, et Ouma finirait par relâcher sa surveillance. Il en était convaincu, l'occasion se présenterait sûrement de parler à Katrina. Il ne savait pas trop encore ce qu'il lui dirait, mais il serait toujours temps de s'en préoccuper le moment venu.

Sean grimpa dans son chariot, trouva dans son coffre de quoi écrire et revint à sa table. Tout en mordillant le bout de son crayon, il regardait dans le vague. Soudain, quelque chose bougea derrière les arbres. Sean reposa son crayon et se leva. Les chiens se mirent à aboyer, puis se turent en reconnaissant Hlubi, qui arrivait au petit trot. Il devait ramener des nouvelles : Sean attendit.

— Une grande harde d'éléphants, N'kosi, avec beaucoup d'ivoire. Je les ai vus boire au fleuve et retourner manger tranquillement dans la brousse.

— Quand cela ? demanda Sean pour gagner du temps.

Il cherchait une excuse valable pour ne pas quitter le

camp : il faudrait qu'elle fût assez plausible pour satisfaire Mbejane, qui sellait déjà l'un des chevaux.

— Ce matin, avant le lever du soleil, répondit Hlubi.

Sean essayait de se rappeler quelle était l'épaule qui lui faisait mal : on ne peut pas chasser avec une épaule meurtrie. Mbejane amenait le cheval dans le *laager*. Sean se gratta le nez et toussota.

— Le pisteur des Leroux me suit de très près, N'kosi. Lui aussi a vu la harde, et il va prévenir son maître. Mais moi, qui suis plus rapide qu'un springbok à la course, je l'ai devancé, conclut-il modestement.

— Vraiment ?

Voilà qui changeait tout : Sean ne pouvait laisser la harde tomber entre les mains de ce Hollandais rouquin ! Il se rua vers le chariot et saisit à la volée la cartouchière qui était au pied de son lit. Quant à son fusil, Mbejane l'avait déjà placé dans l'étui d'arçon.

— Es-tu fatigué, Hlubi ? demanda Sean tout en bouclant le lourd ceinturon.

La sueur ruisselait sur le corps du Zoulou, dont la respiration était brève et saccadée.

— Non, N'kosi, répondit-il.

— Eh bien alors, conduis-moi à tes éléphants, ô springbok aux pieds rapides !

Sean sauta en selle et jeta un regard par-dessus son épaule : *elle* serait encore là quand il rentrerait.

Sean devait régler son allure sur le pas de Hlubi, alors que les Leroux n'avaient qu'à galoper sur leurs traces. Ils n'avaient pas fait trois kilomètres que les deux Boers les rattrapèrent.

— Bonjour, fit Oupa en mettant son cheval au pas. Alors, on part faire une petite promenade matinale, à ce que je vois ?

Sean fit contre mauvaise fortune bon cœur.

— Si nous allons tous chasser, autant chasser ensemble, dit-il avec un sourire. Etes-vous d'accord ?

— Bien entendu, *meneer*.

— Et on doit partager le tableau par parts égales, un tiers à chacun.

— C'est l'usage, approuva Oupa.

— D'accord ? demanda Sean en se tournant vers Jan Paulus.

Jan Paulus grogna une acceptation. Depuis qu'il lui manquait une dent, il était moins enclin à ouvrir la bouche.

Il ne leur fallut pas plus d'une heure pour retrouver la piste des éléphants, qui s'étaient frayés un chemin à travers l'épaisse végétation qui bordait le fleuve. Ils avaient arraché l'écorce des baliveaux, les avaient laissés tout nus et tout saignants. Ils avaient abattu des arbres plus importants pour pouvoir atteindre les jeunes feuilles du sommet, plus tendres. Dans l'herbe, de grands tas de crottin jalonnaient leur passage.

— Pas besoin de pisteurs pour suivre de pareilles traces ! lança Jan Paulus, le premier à s'exciter.

Sean le regarda. Combien d'éléphants avait-il tués ? Un millier, peut-être, et pourtant la passion le reprenait, une fois encore.

— Dites à votre serviteur de nous suivre. Nous allons prendre la tête. Dans une heure, nous leur tomberons dessus.

Il adressa à Sean un sourire ébréché, et Sean, surexcité à son tour, sentit se hérisser les poils de ses avant-bras. Il rendit son sourire à Jan Paulus.

Ils avancèrent de front, les rênes lâches pour laisser aux chevaux le soin de trouver leur chemin au milieu des arbres abattus. La forêt-galerie s'éclaircissait à mesure qu'ils remontaient vers le nord, et bientôt ils retrouvèrent la savane. L'herbe leur venait aux étriers, et le sol était ferme et lisse.

Ils allaient en silence, penchés en avant sur leurs selles. Le martèlement régulier des sabots résonnait comme un tambour de guerre. Les doigts de Sean caressèrent machinalement la rangée de balles qu'il portait en bandoulière, puis il tira son fusil, vérifia qu'il était chargé et le replaça dans son étui.

— Là-bas ! s'exclama Oupa.

Sean aperçut la harde massée parmi un bosquet d'arbres à fièvre, à quelque quatre cents mètres de distance.

— Nom de nom, siffla Paulus. Il doit y en avoir au moins deux cents !

Sean entendit le premier cri d'alarme, vit des oreilles se dresser et des trompes se lever, puis le troupeau se regroupa et s'ébranla dans un grand nuage de poussière.

— Paulus, occupe-toi du flanc droit, cria Oupa. Vous, *meneer*, au milieu, et moi à gauche !

Sean enfonça son chapeau jusqu'aux oreilles et éperonna son cheval qui bondit en avant. Les trois cavaliers fonçaient sur la harde comme un trident lancé d'une main sûre. A travers le rideau de poussière, Sean repéra une vieille femelle au milieu de la masse mouvante. Il pressa l'allure et vint si près de la bête qu'il put distinguer les poils qui garnissaient la touffe de sa queue et les rides de sa peau toute plissée, toute usée. Il toucha de la main l'encolure de son cheval qui se cabra brusquement et s'arrêta pile. Sean dégagea ses pieds des étriers et toucha terre, genoux souples pour amortir le choc. L'échine de la femelle formait une ligne montueuse sous la peau grise : Sean la brisa avec sa première balle, et la bête s'écroula, se traînant sur son arrière-train comme un chien qui a des vers.

Le cheval se releva avant que Sean ne fût remis en selle. Tout devint mouvement et bruit, poussière et odeur de poudre brûlée. La poursuite à nouveau, la poussière qui fait tousser. L'approche, et puis on saute à terre. Un coup de feu qui claque. Du sang rouge sur la peau grise. Clac, clac, la culasse, brûlante. De la sueur dans les yeux, cuisante. A cheval, de nouveau. D'autres coups de feu. Deux bêtes abattues, encore, clouées au sol par leur arrière-train paralysé. La culasse qu'on recharge, la poursuite qui recommence, le bruit creux des balles frappant la chair épaisse...

Et puis, à la fin, le cheval à bout de forces ne put plus suivre la harde, et Sean dut se résoudre à la laisser partir. Il tenait son cheval par la bride. Ses mains tremblaient, son épaule lui faisait mal à nouveau. La poussière nouait sa gorge desséchée, il ne pouvait même plus déglutir. Il défit son écharpe de soie, s'essuya le visage et se moucha violemment, puis but à sa gourde quelques gorgées d'eau qui lui parurent sucrées.

La poursuite avait entraîné Sean loin de la savane. Il se trouvait maintenant au milieu d'une broussaille extrêmement dense de *mopanis* dont les feuilles luisantes pendaient jusqu'à terre. L'air était immobile et chaud.

Sean rebroussa chemin, se guidant sur les barrissements plaintifs que poussaient les éléphants blessés. Lorsqu'ils le voyaient arriver, ils essayaient de charger, se traînant sur leurs pattes de devant et s'aidant de leur trompe. Un coup dans la tête mettait fin à leurs souffrances. C'était le moment le plus pénible pour Sean, et il tâchait de faire vite.

Dans la forêt autour de lui, d'autres fusils claquèrent. En arrivant dans une grande clairière, Sean aperçut Jan Paulus qui venait à sa rencontre, tenant son cheval par la bride.

— Combien ? cria Sean.

— *Gott !* Je n'ai pas compté, mon vieux. Quelle chasse, hein ? Avez-vous quelque chose à boire ? J'ai dû laisser tomber ma gourde quelque part...

Le fusil de Jan Paulus était dans son étui d'arçon. Il avait négligemment jeté les rênes par-dessus son épaule et son cheval le suivait, tête basse, épuisé. La clairière était entourée de *mopanis* touffus. Un éléphant blessé déboucha soudain et les chargea. Il devait être blessé au poumon, car ses flancs étaient couverts d'une mousse rosâtre, et, lorsqu'il poussa son barrissement, du sang jaillit de l'extrémité de sa trompe. Les oreilles dressées, il fonçait droit sur Jan Paulus, dont le cheval se cabra, lui échappa et s'enfuit au galop, le laissant seul face au mastodonte. Sean sauta en selle sans toucher les étriers. Son cheval se débattit, dansa en rond, mais Sean réussit à le reprendre en main et le lança en avant pour tâcher de détourner la charge de l'éléphant.

— Ne courez pas, pour l'amour du Ciel, ne courez pas ! cria-t-il tout en retirant son fusil de l'étui d'arçon.

Jan Paulus l'entendit et s'immobilisa, bras et jambes écartés, tous muscles bandés. L'éléphant aussi avait entendu le cri de Sean. Il tourna la tête, et Sean sentit qu'il hésitait un peu. Il tira sans presque viser, dans le seul espoir de détourner l'attention de l'animal. La balle frappa l'éléphant avec un bruit de serviette mouillée que l'on claque contre un mur. Sean rassembla son cheval et partit au galop. L'éléphant se lança à sa poursuite.

Sean eut du mal à recharger son arme : ses mains étaient trempées de sueur. Une des balles de cuivre lui échappa des doigts et tomba dans l'herbe sous les sabots de son cheval. L'éléphant gagnait sur lui.

Sean détacha son sac de couchage et le jeta derrière lui. Parfois, un éléphant furieux s'arrête pour piétiner un simple chapeau — mais pas celui-ci.

Sean se retourna sur sa selle et fit feu. L'animal barrit

à nouveau, si près de lui qu'il lui éclaboussa le visage de sang. Sean sentait les jambes de son cheval fléchir à chaque pas : la pauvre bête était épuisée, et ils arrivaient au bout de la clairière, fonçant droit sur l'inextricable muraille des *mopanis.* Sean fourra une autre balle dans la chambre et se retourna encore. Il glissa et se retrouva à terre, faillit tomber en avant, lutta pour retrouver son équilibre, et ses talons sonnèrent sur le sol.

Alors il s'arrêta pour assurer son coup. L'éléphant arrivait sur lui, le dominant de toute sa masse, la trompe repliée sur son poitrail, les défenses haut levées.

C'est trop près, beaucoup trop près. Je ne peux pas le toucher au cerveau à cette distance.

Il visa le creux du crâne, juste au-dessus des yeux. Le coup partit, et les pattes de l'animal se replièrent brusquement sous lui : le cerveau avait éclaté comme une tomate trop mûre.

Sean fit un saut de côté pour éviter d'être écrasé sous la masse de l'éléphant, mais il fut quand même heurté par une des pattes et projeté à plat ventre dans l'herbe. Il y resta un moment, immobile, avec en lui la peur qui continuait à monter comme une nausée.

Enfin il se mit sur son séant et regarda l'éléphant : une des défenses avait craqué net au ras de la gencive.

Jan Paulus arriva hors d'haleine, s'arrêta près de la bête et tâta la blessure mortelle, puis s'essuya les mains sur sa chemise.

— Ça va, vieux ?

Il prit Sean par le bras et l'aida à se relever, puis ramassa le chapeau de Sean et l'épousseta avec soin avant de le lui tendre.

13

Ils passèrent la nuit dans l'abri formé par le ventre et les pattes de l'éléphant mort. Adossés à la peau rugueuse — Sean entre le père et le fils Leroux — ils burent leur café de compagnie. Au-dessus d'eux, les vautours perchés sur les branches donnaient aux arbres d'étranges formes mouvantes qui se découpaient sur le ciel, et l'obscurité était pleine de l'horrible gloussement des hyènes : les chasseurs avaient préparé pour les nécrophages un festin royal.

Ils parlèrent peu, car ils étaient las : mais Sean sentit que ses compagnons lui étaient reconnaissants. Avant de s'enrouler dans sa couverture, Jan Paulus lui dit d'une voix bourrue :

— Merci, *kerel.*

— Un jour, vous me rendrez peut-être la pareille.

— J'espère bien, *ja*, j'espère bien !

Le lendemain matin, Oupa dit :

— Il va nous falloir trois ou quatre jours pour récupérer tout cet ivoire...

Il leva la tête.

— Je n'aime pas ces nuages. L'un de nous ferait bien de retourner au camp pour chercher du renfort et quelques chariots.

— J'y vais, fit Sean en se levant vivement.

— Je comptais y aller moi-même, dit Oupa.

Mais Sean demandait déjà à Mbejane de lui seller son cheval et, après ce qui s'était passé la veille, Oupa aurait eu mauvaise grâce à discuter.

— Bon, fit-il. Vous direz à Ouma de traverser le Limpopo avec les chariots. Je ne veux pas rester bloqué de ce côté-ci du fleuve au moment des crues. Vous pourriez même lui donner un coup de main, si ça ne vous fait rien.

— Avec plaisir, répondit Sean.

Son cheval était encore fatigué par la poursuite de la veille, et il lui fallut trois heures pour atteindre le fleuve. Après avoir attaché son cheval, il descendit vers l'un des marigots, se déshabilla et se baigna. Il se frotta avec des poignées de gros sable. Lorsqu'il sortit de l'eau pour se sécher, sa peau le cuisait. Il remonta en selle et se mit à longer la berge, résistant avec peine à la tentation de lancer son cheval au galop. Il se mit à rire tout seul.

— La voie est presque libre, se dit-il, encore que ce vieux Boer soupçonneux serait bien capable de m'avoir suivi !

Il rit encore et songea à la couleur des yeux de Katrina — verts comme de la menthe dans un verre de cristal —, et à la courbe de ses seins. Les muscles de ses jambes se raidirent, et son cheval accéléra l'allure pour répondre à la pression de ses genoux.

— Eh bien, va ! lui dit Sean. Après tout, ça n'est pas pour me déplaire !

Il alla d'abord à son propre camp, changea de chemise — la sienne était trempée de sueur —, remplaça sa culotte de peau par un pantalon de coton et ses bottes éraflées par des chaussures de cuir bien cirées. Après s'être frotté les dents avec du sel et passé un peigne dans les cheveux et la barbe, il put constater dans son miroir que les traces du combat avec Jan Paulus commençaient à s'estomper.

— Comment pourrait-elle te résister ? demanda-t-il en clignant de l'œil à son image.

Il retroussa une dernière fois sa moustache, sauta de son chariot et ressentit immédiatement une désagréable sensation au creux de l'estomac. Intrigué, il s'avança lentement vers le *laager* des Leroux. La clarté se fit brusquement en lui : c'était la même inquiétude larvée qu'il connaissait jadis lorsque Waite Courteney le faisait venir dans son bureau pour le punir de quelque sottise.

— C'est bizarre, murmura-t-il. Qu'est-ce qui m'arrive ?

Sa belle confiance envolée, il s'arrêta net.

— Je me demande si je n'ai pas mauvaise haleine... Je crois que je vais retourner chercher quelques clous de girofle à sucer.

Soudain soulagé, il fit demi-tour. Mais il sut tout de suite que c'était par lâcheté, et il s'arrêta de nouveau.

— Allons, mon vieux Sean, reprends-toi. Ce n'est qu'une toute jeune fille, une petite Hollandaise de rien du tout. Tu en as connu cinquante qui la valaient bien.

— Nomme-m'en deux ! rétorqua-t-il en lui-même.

— Eh bien par exemple, heu... Oh, et puis zut, allons-y !

Résolument, il se remit en marche en direction du camp des Leroux.

Elle était assise au soleil, sur un pliant au milieu du cercle des chariots. Penchée en avant, elle brossait ses cheveux frais lavés qui tombaient sur son visage en lourdes cascades et touchaient presque terre. A chaque coup de brosse, ils tressaillaient comme une chose vivante, et le soleil y allumait des reflets dorés. Sean avait envie de les toucher, de les enrouler autour de ses poings, d'y enfouir son visage : ils devaient être tièdes et sentir un peu le lait, comme le pelage d'un petit chien.

Il avança lentement vers elle, mais, avant qu'il l'eût atteinte, elle souleva de ses deux mains la lourde masse chatoyante et la rejeta sur ses épaules. Un éclair d'effroi dans ses yeux verts, elle s'écria d'une voix plaintive :

— Oh non ! Dans quel état je suis !

Elle se leva brusquement en renversant le pliant et s'enfuit dans un tourbillon de jupes. Sean se gratta le nez et resta là, un peu embarrassé.

— Comment se fait-il que vous soyez revenu si vite, *meneer* ? demanda Katrina de derrière la bâche de son chariot. Où sont les autres ? Il n'y a pas d'ennuis ?

— Non, non, tout va bien. Je les ai laissés là-bas, et je suis revenu chercher des chariots pour rapporter l'ivoire.

— Oh, tant mieux...

Sean essaya d'interpréter les inflexions de sa voix : avait-elle voulu dire *tant mieux* parce que tout allait bien, ou parce qu'il était revenu seul ? Jusqu'ici les indices étaient favorables : la confusion de Katrina à son approche était de bon augure.

— Qu'est-ce qui se passe ? mugit Ouma de l'un des chariots. Oupa n'est pas là? Ne me dites pas qu'il lui est arrivé quelque chose !

Le chariot tangua fortement, et le visage rose encore tout froissé de sommeil apparut par l'ouverture de la bâche. Les paroles rassurantes de Sean furent couvertes par le tonnerre de sa voix :

— Oh, je le savais bien ! cria-t-elle. J'avais un pressentiment, je n'aurais jamais dû le laisser partir !

— Paulus, oh, Jan Paulus ! Je veux le voir ! Où est-il !

Henrietta arrivait en courant. Les chiens se mirent à aboyer, et les serviteurs, par leurs bavardages, ajoutèrent encore à la confusion. Sean essayait de calmer tout le monde, sans perdre de l'œil Katrina qui sortait au même moment de son chariot. Elle avait mis un grand nœud vert dans ses cheveux qui retombaient maintenant sagement sur ses épaules. En riant, elle aida Sean à rassurer Ouma et Henrietta.

On apporta du café, et elles s'assirent autour de lui pour écouter le récit de la chasse. Sean donna des détails sur l'incident qui avait failli coûter la vie de Jan Paulus et fut récompensé par une expression moins hostile dans le regard d'Henrietta. Lorsque Sean eut terminé son histoire, il était trop tard pour faire traverser les chariots, aussi continua-t-il à bavarder. C'était bien agréable d'avoir pour auditoire trois femmes attentives.

Après le dîner, Ouma et Henrietta se retirèrent de bonne heure avec un tact un peu ostentatoire, et Sean et Katrina restèrent seuls près du feu. A intervalles minutieusement calculés, le chariot d'Ouma résonnait d'une toux théâtrale, pour leur rappeler qu'ils n'étaient pas seuls au monde.

Sean alluma un manille. Le front plissé, les yeux fixés sur le feu, il cherchait désespérément quelque chose d'intelligent à dire, mais ne put trouver que ceci :

— Dieu merci, Oupa n'est pas là.

Il coula un regard vers Katrina qui contemplait le feu,

elle aussi. Elle se mit à rougir, et Sean sentit ses propres joues s'enflammer. Il ouvrit la bouche pour parler et ne réussit qu'à émettre un couac.

— Nous pouvons parler anglais si vous voulez, *meneer.*

— Vous parlez anglais ?

La surprise lui avait fait retrouver sa voix.

— J'étudie tous les soirs. Je lis à haute voix.

Sean eut un sourire ravi : c'était soudain très important qu'elle connût sa langue. La digue qui retenait toutes les questions qu'il voulait poser — et toutes les choses qu'ils avaient à se dire — se rompit brusquement, et les mots se précipitèrent. Katrina agitait la main lorsqu'elle ne trouvait pas celui qu'elle voulait, et expliquait en *afrikaans.* Pour briser les rares instants de silence, ils se mettaient à parler tous les deux en même temps et, confus, éclataient de rire. Assis sur le bord de leurs chaises, ils se regardaient. La lune monta dans le ciel, une lune annonciatrice de pluie, et le feu ne fut plus que cendres.

— Katrina, il y a longtemps que les chrétiens sont couchés ! Je suis sûre que *meneer* Courteney est fatigué.

Ils baissèrent la voix, pour essayer de prolonger encore la soirée de quelques précieux instants.

— Dans une minute, ma fille, je vais te chercher pour te mettre au lit !

Sean accompagna Katrina jusqu'à son chariot : à chaque pas, la jupe de la jeune fille caressait sa jambe. Elle s'arrêta, une main sur le marchepied. Elle n'était pas aussi grande qu'il l'avait imaginé : elle lui venait tout juste au menton. Les secondes passaient. Il hésitait, n'osant pas la toucher, craignant de briser les liens encore ténus qu'ils avaient tissés ensemble. Lentement, il se pencha vers elle, et son cœur bondit dans sa poitrine en voyant Katrina baisser les yeux et lui tendre les lèvres.

— Bonne nuit, *meneer* Courteney.

C'était la voix d'Ouma, sonore, légèrement menaçante. Sean sursauta, pris en flagrant délit.

— Bonne nuit, *mevrouw.*

Katrina posa sa main sur son coude, et ses doigts étaient tièdes.

— Bonne nuit, *meneer*. A demain.

Elle monta le marchepied dans un froufrou et se glissa à l'intérieur par l'ouverture de la bâche.

Sean adressa une grimace au chariot d'Ouma.

— Merci beaucoup. Et si je peux vous être utile en quoi que ce soit, n'hésitez pas.

14

De bonne heure le lendemain matin, ils entreprirent le transbordement. Il fallut réatteler les bêtes et, un à un, amener les chariots sur la chaussée de fascines. Sean n'eut pas le temps de parler à Katrina : il passa presque toute la matinée dans le lit du fleuve. Le sable blanc réverbérait la chaleur. Sean enleva sa chemise, transpirant comme un lutteur de foire. Lorsque le chariot de Katrina traversa à son tour, Sean se mit à trotter pour se maintenir à sa hauteur. Elle vit son torse et ses bras nus, rougit sous son bonnet et ne leva plus les yeux vers lui.

Quand tous les chariots eurent traversé le fleuve sans encombre, sauf les deux qui devaient retourner chercher l'ivoire, Sean put enfin se détendre un peu. Il se lava dans un des marigots, remit sa chemise et se dirigea vers la rive sud, se réjouissant à l'avance à l'idée de passer un long après-midi en compagnie de Katrina.

Ce fut Ouma qui vint à sa rencontre.

— Merci, cher Ours ! Les filles vous ont préparé du café et de la viande froide pour que vous puissiez manger en route.

La figure de Sean s'allongea. Il avait complètement oublié

ce maudit ivoire : s'il n'avait tenu qu'à lui, il aurait volontiers abandonné sa part !

— Ne vous tracassez pas pour nous maintenant, *meneer*. Je sais ce que c'est que les hommes : quand il y a du travail à faire, tout le reste peut attendre !

Katrina lui tendit le paquet. Sean guettait un signe : oui, un signe d'elle, et il défierait Ouma elle-même !

— Ne soyez pas trop long, chuchota-t-elle.

La pensée qu'il aurait pu échapper à la corvée n'avait même pas effleuré Katrina ; Sean fut bien aise de ne pas en avoir parlé.

Il mit du temps à rejoindre les chasseurs.

— Vous avez lambiné, dites donc, fit remarquer Oupa d'un ton soupçonneux. Vous feriez bien de vous y mettre tout de suite si vous voulez conserver votre part.

Ce ne fut pas une petite affaire que d'extraire les défenses : un coup de hache maladroit pouvait ébrécher l'ivoire et réduire sa valeur de moitié. Il faisait chaud. Des nuées de mouches tourbillonnaient autour d'eux, se posaient sur leurs lèvres, pénétraient dans leurs narines ou dans leurs yeux. Les carcasses commençaient à se décomposer, et les ventres gonflés laissaient parfois échapper leurs gaz. Les hommes ruisselaient de sueur, et leurs avant-bras étaient couverts de sang, mais il vinrent à bout de leur tâche en trois jours. Sean évalua sa part à cinq cent cinquante kilos, l'équivalent d'une bonne journée à la Bourse de Johannesburg.

Il était de bonne humeur lorsqu'ils repartirent le lendemain matin pour regagner le camp, mais les choses se gâtèrent dans la journée, tandis qu'ils avançaient péniblement avec leurs chariots lourdement chargés. Les nuages s'accumulaient dans le ciel, emprisonnant la chaleur sous un couvercle de plomb : les hommes haletaient, les bœufs meuglaient lugubrement. Vers le milieu de l'après-midi, ils entendirent au loin le premier coup de tonnerre.

— La tornade va être sur nous avant qu'on ne traverse le fleuve, s'inquiéta Oupa. Essayez d'activer un peu les bêtes.

Ils parvinrent au camp de Sean une heure avant le coucher du soleil et se hâtèrent de décharger sa part d'ivoire, puis traversèrent le fleuve.

— Ma mère aura préparé quelque chose, cria Jan Paulus

à Sean qui s'en retournait. Quand vous serez lavé, venez dîner avec nous !

Sean dîna donc avec les Leroux, mais ses tentatives pour rester seul avec Katrina furent nettement contrées par Oupa dont les soupçons étaient désormais confirmés. Le vieil homme joua son atout maître immédiatement après le repas en ordonnant à sa fille d'aller se coucher. Sean, impuissant, ne put que hausser les épaules en réponse au regard implorant de Katrina. Lorsqu'elle se fut retirée, Sean rentra au *laager*. Il tombait de fatigue et s'endormit tout habillé.

Les pluies ouvrirent les hostilités au beau milieu de la nuit par une solide préparation d'artillerie qui fit se lever Sean avant même d'être tout à fait réveillé. Il ouvrit la bâche et entendit le vent qui arrivait.

— Mbejane, fais rentrer les bêtes dans le *laager*, et vérifie que toutes les bâches sont bien arrimées.

— C'est déjà fait, N'kosi. J'ai attaché les chariots ensemble pour empêcher que les bêtes ne s'enfuient, et j'ai...

Le vent emporta le reste.

Il arriva de l'est, fouetta les arbres affolés, fit claquer les bâches, tourbillonner la poussière et les feuilles sèches. Les bœufs inquiets tournaient en rond dans le *laager*. Et puis vint la pluie, cinglante comme de la grêle, qui apaisa le vent et changea l'air en eau. Malgré la pente, le terrain devint marécage. Aveuglé, assourdi, Sean revint se coucher et remonta les couvertures jusqu'au menton. Il écouta la pluie sauvage, dont le vacarme finit par l'assoupir.

En s'éveillant le lendemain matin, Sean fouilla dans son coffre pour en sortir son ciré encore tout craquant de sécheresse, et descendit du chariot. A force de tourner en rond, les bêtes avaient transformé le *laager* en un cercle de boue où l'on s'enfonçait jusqu'à la cheville. Il était impossible d'allumer un feu pour préparer le *breakfast*, car la pluie tombait toujours, quoique avec moins de violence que le bruit n'aurait pu le laisser supposer. Sean s'arrêta soudain : ce n'était pas la pluie qu'il entendait, c'était le fleuve ! Pataugeant et glissant dans la boue, il sortit du *laager* et courut jusqu'à la rive. Les eaux du Limpopo étaient si boueuses qu'elles semblaient solides, et elles coulaient si vite qu'elles en paraissaient immobiles. Elles bondissaient par-dessus les rochers immergés, ravinaient les profondeurs et déferlaient en sifflant sur les hauts-fonds. Les branches et les troncs d'arbres qu'elles emportaient dans leur course folle passaient trop rapidement pour dissiper l'illusion : le Limpopo semblait un fleuve figé dans les convulsions.

Comme à regret, Sean leva les yeux vers la rive opposée. Les chariots étaient partis.

— Katrina, dit-il avec mélancolie, songeant à ce qui aurait pu être.

— Katrina, répéta-t-il soudain d'une voix où la colère se mêlait à l'angoisse de perdre à tout jamais la jeune fille. Il sut alors que le besoin qu'il avait d'elle n'était pas de ceux qui s'oublient aisément, aussi vite qu'ils sont venus. C'était quelque chose d'autre, de plus profond, quelque chose qui le prenait à la gorge, qui envahissait sa tête et son cœur. Il ne pouvait pas la laisser partir ainsi.

Il retourna en courant vers son chariot et se mit à se déshabiller.

— Je l'épouserai, dit-il, et les mots mêmes le firent tressaillir.

Il jeta ses derniers vêtements sur sa paillasse et resta immobile, avec une expression inquiète sur son visage.

— Je l'épouserai, répéta-t-il.

L'idée était nouvelle et l'effrayait un peu. Il sortit de son coffre un short qu'il enfila prestement et se mit à boutonner.

— Je veux bien être pendu si je ne l'épouse pas ! s'exclama-t-il, souriant de sa propre audace.

Il boucla sa ceinture, laça ses *veldschoen* et sauta à terre. La pluie était froide sur son dos nu. Il frissonna. Mbejane sortait d'un des chariots, et Sean se mit à courir.

— N'kosi, N'kosi, qu'est-ce que tu fais ?

Sean baissa la tête et accéléra l'allure, poursuivi par Mbejane.

— C'est de la folie, N'kosi ! cria le Zoulou. Attends-moi, qu'on en discute d'abord. Je t'en supplie, N'kosi !

Sean glissa sur la berge et roula jusqu'en bas. Mbejane bondit derrière lui et le ceintura au moment où il entrait dans l'eau. Mais la boue dont il était couvert rendait Sean insaisissable : il glissa entre les bras de Mbejane, se jeta à l'eau et se mit à nager sur le dos pour essayer d'éviter les courants de fond. Le fleuve l'emporta. Il reçut une vague en plein visage et se mit à tousser, soudain plié en deux. Le

Limpopo le prit par les talons et le fit couler. Il revint à la surface, aspira une goulée d'air, fut pris dans un tourbillon et disparut à nouveau. Il émergea encore et battit des bras, mais une trombe d'eau s'abattit sur lui, et il sentit qu'il se noyait. Le courant l'emporta comme un fétu au milieu des rochers, mais cela n'avait plus beaucoup d'importance : il était trop las. Quelque chose lui racla la poitrine et il tendit machinalement la main pour se protéger : ses doigts se refermèrent sur une branche, et sa tête émergea enfin. Il aspira à fond, toujours cramponné à la branche. Il vivait encore. Il voulait vivre. Il se mit à battre furieusement des jambes pour essayer de prendre le courant de biais.

Un remous lança son tronc d'arbre vers la rive sud. Il s'agrippa à des branches qui surplombaient le fleuve et se hissa sur la berge. Agenouillé dans la boue, il rejeta de l'eau par le nez et par la bouche. Il avait perdu ses *veldschoen*. Il éructa douloureusement et regarda le fleuve. Quelle était la vitesse du courant ? Combien de temps était-il resté dans l'eau ? Il devait avoir descendu le Limpopo sur au moins vingt-cinq kilomètres... Il s'essuya le visage avec sa main. Il pleuvait toujours. Il se mit debout avec peine et se dirigea vers l'amont.

Il lui fallut trois heures pour parvenir à la hauteur de son propre camp. En le voyant, Mbejane et les autres se mirent à faire des gestes frénétiques, mais le vent, la pluie, le fleuve, emportèrent leurs cris. Sean avait froid et ses pieds lui faisaient mal. Les traces des chariots étaient à peine visibles déjà. Il les suivit. Soudain, il ne sentit plus sa souffrance ; il venait d'apercevoir devant lui, à travers le rideau de pluie, l'éclair blanc d'une bâche.

— Nom de nom, cria Jan Paulus, comment avez-vous fait pour traverser le fleuve ?

— Je me suis envolé, bien sûr, fit Sean. Où est Katrina ?

Paulus se mit à rire, renversé en arrière sur sa selle.

— C'est donc cela ! Moi qui croyais que vous aviez fait tout ce chemin pour me dire au revoir !

Sean rougit.

— Ça va, vous n'êtes pas drôle aujourd'hui ! Où est-elle ?

Oupa arrivait au galop. Il posa sa première question alors qu'il était encore à cinquante mètres, et sa cinquième en s'arrêtant près de Sean. Par expérience, ce dernier savait qu'il n'était pas question de lui répondre. Son regard quitta les deux hommes, et il la vit venir. Elle arrivait en courant du chariot de tête, tenant ses jupes à deux mains. Son bonnet lui ballottait dans le dos, retenu au cou par le ruban, et ses cheveux flottaient au vent. Elle avait les joues rouges, et ses yeux étaient très verts.

Sean se glissa sous l'encolure du cheval d'Oupa et, tout mouillé, tout boueux, s'avança à la rencontre de Katrina.

Mais la timidité les empêcha de se jeter dans les bras l'un de l'autre, et ils restèrent face à face, séparés par quelques pas.

— Katrina, voulez-vous m'épouser ?

Elle pâlit, le regarda, puis se détourna soudain et se mit à pleurer. Sean sentit la terre se dérober.

— Non ! cria Oupa avec fureur. Elle ne veut pas vous épouser. Laissez-la tranquille, espèce de grand singe ! Vous l'avez fait pleurer. Allez-vous en ! Ce n'est qu'une enfant... Allez-vous-en, vous dis-je !

Il fit avancer son cheval entre Katrina et Sean.

— Tais-toi, vieux touche-à-tout ! haleta Ouma qui arrivait pour prendre part à la discussion. Tu n'y connais rien ! Ce n'est pas parce qu'elle pleure qu'elle n'en veut pas !

— Je croyais qu'il m'avait laissé partir, sanglota Katrina, je croyais qu'il ne voulait pas de moi !

Sean poussa un « youpi ! » retentissant et voulut se glisser derrière le cheval d'Oupa.

— Laissez-la tranquille ! cria désespérément Oupa, tout en manœuvrant pour l'empêcher de passer. Vous l'avez fait pleurer ! Je vous dis qu'elle pleure !

Katrina pleurait, indubitablement. Elle essayait aussi de se faufiler de l'autre côté du cheval de son père.

— *Vat haar !* cria Jan Paulus. Allez-y, mon garçon, allez-y !

Ouma saisit le cheval par la bride et le tira : c'était une forte femme. Sean et Katrina se précipitèrent l'un vers l'autre, et il la prit dans ses bras.

— Et voilà, bravo, mon garçon !

Jan Paulus sauta de cheval et vint assener à Sean quelques bourrades qui le firent trébucher.

Beaucoup plus tard, Oupa marmonna d'un ton maussade :

— Elle aura deux chariots pour dot.
— Trois ! dit Katrina.
— Quatre ! dit Ouma.
— Très bien, quatre. Cesse de le tripoter, fillette. N'as-tu point honte ?

Katrina, vivement, retira son bras de la taille de Sean, qui avait emprunté un costume à Jan Paulus.

Ils étaient tous debout autour du feu. La pluie avait cessé, mais les nuages bas avaient hâté la venue de la nuit.

— Et quatre chevaux, ajouta Ouma.
— Femme, as-tu donc juré de me mettre sur la paille ?
— Quatre chevaux, répéta Ouma.
— Bon, bon... Quatre chevaux.

Oupa leva vers Katrina des yeux pleins de tristesse.

— Ce n'est qu'une enfant, fit-il, elle n'a que quinze ans.
— Seize, dit Ouma.
— Presque dix-sept, fit Katrina. Et puis, tu as promis, p'pa, tu ne peux pas revenir sur ta parole.

Oupa soupira, puis regarda Sean, et son visage se durcit.

— Paulus, va me chercher ma Bible qui est dans mon chariot. Ce grand singe-là va prêter serment !

Jan Paulus posa la Bible sur le rayon du chariot. C'était un gros livre relié de cuir noir, tout passé à force d'avoir servi.

— Venez ici, dit Oupa à Sean. Posez votre main sur le livre. Ne me regardez pas. Levez les yeux, mon garçon, allons, levez les yeux. Et maintenant, répétez après moi : « Je jure solennellement de veiller sur cette femme... » — n'avalez pas les mots, parlez plus lentement — « ... jusqu'à ce que je trouve un prêtre pour nous marier. Si je manque à ma parole, je Te demande, ô Dieu, de me frapper de la foudre, de me faire mordre par les serpents, de me brûler du feu éternel... »

Oupa ajouta encore quelques atrocités à la liste, puis poussa un grognement de satisfaction et fourra la Bible sous son bras.

— Dieu n'aura pas l'occasion de vous faire subir tout ça... Je vous descendrai avant.

Cette nuit-là, Sean partagea le chariot de Jan Paulus ; il n'avait pas l'esprit à dormir, et puis Jan Paulus ronflait.

Le lendemain matin, il pleuvait à nouveau : triste temps

pour les adieux. Jan Paulus rit, Henrietta pleura, Ouma rit et pleura à la fois. Oupa embrassa sa fille.

— Sois une femme digne de ta mère, lui dit-il.

Puis il regarda Sean et se renfrogna.

— Rappelez-vous bien votre serment, vous, hein !

Sean et Katrina attendirent, la main dans la main, que le convoi eût disparu derrière les arbres, englouti par la pluie. Sean devina la tristesse de Katrina et mit la main autour de sa taille. Sa robe était trempée et froide.

Ils étaient seuls sur une terre aussi vaste que la solitude. Katrina frissonna et leva les yeux vers l'homme qui se tenait près d'elle. Il était si grand, si fort — mais elle le connaissait si peu aussi. Elle eut peur soudain. Elle eut envie d'entendre à nouveau le rire de sa mère, de voir à nouveau son père et son frère galoper près de son chariot, comme cela avait toujours été.

— Oh, je vous en prie, je voudrais...

Elle se dégagea de son étreinte. Mais jamais elle ne termina sa phrase, car elle regardait sa bouche brûlée par le soleil — sa bouche qui souriait. Et ses yeux souriaient aussi. Alors sa peur s'évanouit.

Avec ce regard qui veillait sur elle, elle n'aurait plus jamais peur, sauf tout à fait à la fin, beaucoup plus tard... Elle pénétrait dans son amour à lui, un amour solide comme une forteresse, où personne d'autre n'entrerait, et cette sensation était si forte que, enfin rassérénée, elle se laissa envelopper par la chaleur de sa tendresse.

15

Ce soir-là, ils dételèrent les chariots de Katrina et campèrent sur la rive sud du Limpopo. Il pleuvait toujours, Les serviteurs de Sean les accueillirent de loin avec de grands gestes, mais les eaux brunâtres continuaient à rouler en mugissant, emportant leurs paroles et leurs espoirs de pouvoir traverser.

Katrina regarda le fleuve.

— Vous avez vraiment traversé à la nage, *meneer ?*

— Si vite que j'ai à peine eu le temps de me mouiller,

— Merci, dit-elle.

Malgré la pluie, malgré le feu qui fumait, Katrina servit un repas aussi succulent que ceux d'Ouma. Ils dînèrent à l'abri d'une bâche tendue près de son chariot. Le vent aspergeait de pluie la lampe-tempête, faisait claquer la toile et projetait sur Sean et Katrina une bruine froide. C'était si peu confortable que Katrina hésita à peine quand Sean proposa de monter dans le chariot. Elle s'assit sur son lit, et Sean sur le coffre en face d'elle. Après quelques phrases gênées, la conversation s'écoula bientôt aussi vite que le fleuve en crue.

— Mes cheveux sont encore mouillés, s'exclama enfin

Katrina. Cela ne vous fait rien si je les sèche en continuant à parler ?

— Pas du tout.

— Alors, voulez-vous me passer ma serviette qui est dans le coffre ?

Ils se levèrent tous les deux en même temps. Il y avait très peu de place pour se remuer dans le chariot. Ils se touchèrent, s'assirent sur le lit. Le mouvement des lèvres de Sean, la chaleur de sa bouche contre la sienne, la pression de ses doigts sur sa nuque le long de son dos — tout cela était si étrange, si troublant. Elle répondit, lentement d'abord, puis plus vite avec des mouvements maladroits, des étreintes des bras et des épaules. Elle ne comprenait pas et cela lui était égal. Le trouble gagna tout son corps, et elle ne pouvait pas l'en empêcher, et elle ne le voulait pas. Ses mains montèrent vers le cou de Sean, vers ses cheveux, et elle attira son visage vers le sien. Les dents de Sean meurtrirent ses lèvres, excitante souffrance. La main de Sean glissa sous son bras, enferma son sein rond et ferme. A travers la mince étoffe de coton, il saisit le tétin et le fit rouler doucement entre ses doigts.

Elle réagit comme une pouliche qui connaît le fouet pour la première fois. Elle demeura une seconde sous le coup de la surprise, puis eut un haut-le-corps qui prit Sean au dépourvu : il tomba à la renverse, et sa tête heurta le coffre de bois. Il s'assit par terre, et la regarda, trop abasourdi pour même songer à se frotter le crâne. Katrina, le visage en feu, rejeta ses cheveux en arrière. Elle était haletante, secouant la tête avec violence dans ses efforts pour rassembler ses mots :

— Il faut que vous partiez maintenant, *meneer*. Les serviteurs vous ont préparé un lit dans un des chariots.

Sean se remit péniblement debout.

— Mais je pensais... Nous sommes tout de même... enfin, je veux dire...

— Ne m'approchez pas, prévint-elle d'une voix angoissée. Si vous me touchez, je... je vous mords.

— Mais Katrina, voyons, je ne peux pas dormir dans l'autre chariot !

Cette pensée l'atterrait.

— Je vous ferai la cuisine, je préparerai vos vêtements, tout ! Mais, jusqu'à ce que vous trouviez un prêtre...

Elle se tut, mais Sean avait compris. Il se mit à discuter. Peine perdue. C'est ainsi qu'il fit connaissance avec l'entêtement boer.

Il lui fallut bien regagner son lit. Un des chiens de Katrina l'y avait précédé — un jeune braque tavelé. Les efforts que Sean déploya pour essayer de le convaincre eurent aussi peu de succès que les arguments qu'il avait présentés à Katrina. Ils partagèrent donc la même couche. Au cours de la nuit, un différend surgit entre eux concernant le partage des couvertures. Ce fut en souvenir de cet incident que le chien fut baptisé Filou.

16

Sean était décidé à montrer à Katrina combien son attitude l'irritait : il serait poli, mais distant. Le lendemain matin, au petit déjeuner, cette résolution tint cinq bonnes minutes, après quoi il ne put détacher son regard du visage de Katrina, et bavarda tellement que le repas dura plus d'une heure.

La pluie tomba sans discontinuer pendant trois jours, puis s'arrêta, et le soleil revint, accueilli comme un vieil ami retrouvé. Mais il fallut dix jours encore pour que le Limpopo retrouvât son calme. Le temps, la pluie, le fleuve, ils s'en souciaient bien tous les deux... Ils se promenaient en brousse pour ramasser des champignons, ou bien restaient au camp, et lorsque Katrina travaillait, Sean la suivait partout. Et puis, bien sûr, ils bavardaient. Katrina l'écoutait parler, riant ou frémissant au moment opportun : elle était bon public. Quant à Sean, Katrina eût-elle répété indéfiniment le même mot, le son de sa voix aurait suffi à le tenir en extase.

Les soirées étaient moins agréables. Sean commençait à s'agiter, saisissant le moindre prétexte pour caresser Katrina. Elle le désirait, mais, en même temps, elle se souvenait du trouble auquel elle avait failli céder le premier soir. Aussi édicta-t-elle une série de lois qu'elle lui soumit.

— Promettez-vous de ne jamais aller plus loin qu'un baiser ?

— D'accord, sauf si vous me dites de continuer, fit vivement Sean

Elle sentit le traquenard.

— Non, dit-elle.

— Comment, non ? Vous voulez dire que je ne dois jamais que vous embrasser, même si vous m'autorisez à aller plus loin ?

Elle rougit.

— Si je vous le disais dans la journée, ce serait différent... Mais, le soir, ce que dis ne compte pas, et si vous trahissez votre promesse, jamais plus vous ne me toucherez.

Ainsi allèrent les choses. Bientôt, le niveau des eaux du Limpopo baissa assez pour permettre aux chariots de passer. Les pluies n'avaient pas repris, mais cela n'aurait su tarder : elles reviendraient, plus violentes que jamais. Le fleuve était encore en crue, mais il n'était plus dangereux : le moment était donc venu. Sean fit d'abord traverser les bœufs à la nage, et les suivit en se laissant remorquer par le dernier du troupeau, qu'il tenait par la queue. Lorsqu'il atteignit la rive nord, un accueil chaleureux l'attendait.

Ils prirent six rouleaux de cordage neuf dans le chariot aux réserves et les attachèrent bout à bout. Sean en enroula l'extrémité autour de sa taille et se fit tirer à nouveau, cette fois par un de ses chevaux, tandis que Mbejane laissait filer la corde à mesure. Une fois revenu sur la rive sud, Sean fit vider tous les tonneaux d'eau douce pour les fixer en guise de flotteurs aux flancs du premier chariot. Ils le mirent à l'eau, attachèrent le câble et équilibrèrent les tonneaux ; après quoi Sean fit signe à Mbejane, qui arrima solidement l'autre extrémité du cordage à un arbre de la rive opposée. Alors ils poussèrent le chariot dans le courant et le suivirent anxieusement des yeux. Le câble se tendit, mais tint bon, et le chariot toucha sans encombre la rive nord, aux acclamations des serviteurs de Katrina. Mbejane et les autres avaient un attelage de bœufs tout prêts, et ils ramenèrent ainsi le chariot au camp, tandis que Sean traversait une fois de plus le fleuve pour récupérer la corde.

Sean, Katrina et les domestiques furent du dernier voyage. Sean était debout derrière Katrina et lui tenait la taille, apparemment pour l'empêcher de perdre l'équilibre. Quant aux serviteurs, ils criaient et bavardaient comme des gosses partant en pique-nique.

L'eau bouillonnait autour d'eux, boueuse, et le chariot roulait et tanguait. Il prit le courant par le travers et fendit les flots à une allure impressionnante, puis vint aborder brutalement sur la rive opposée. Sous le choc, ils culbutèrent tous par-dessus bord, mais il n'y avait heureusement guère plus de cinquante centimètres d'eau près de la berge, qu'ils regagnèrent en pataugeant. La robe, les cheveux de Katrina étaient ruisselants; elle avait de la boue sur la joue et s'étranglait de rire. Ses jupons trempés collaient à ses jambes et la faisaient trébucher. Sean la prit dans ses bras et la porta jusqu'à son *laager*, aux encouragements bruyants de ses serviteurs. Katrina poussait de petits cris et demandait à Sean de la reposer à terre, mais elle serrait ferme les bras autour de son cou.

17

Maintenant que les pluies avaient transformé en marigot la moindre inégalité de terrain et fait surgir de l'herbe verte là où il n'y avait auparavant que poussière et terre desséchée, le gibier déserta le fleuve. Régulièrement, les pisteurs de Sean revenaient bredouilles : Sean partageait leurs doléances, puis ils repartaient. En fait, il était ravi, car il avait maintenant une autre proie à conquérir, plus insaisissable, donc plus passionnante à traquer qu'un vieux mâle avec cent cinquante livres d'ivoire de chaque côté de la mâchoire. Et pourtant, appeler Katrina sa proie, ce n'était pas exact : elle était bien plus que cela.

Elle était à elle seule un monde nouveau — un lieu de mystères infinis et de délices inattendues, un mélange envoûtant de féminité et d'enfantillage. Elle dirigeait les travaux ménagers avec une parfaite compétence. Désormais, les vêtements de Sean furent toujours propres, et il n'y manqua jamais le moindre bouton ; l'amoncellement de chaussures, de livres et de chaussettes sales disparut comme par enchantement de son chariot. Il y eut toujours du pain frais et des confitures sur la table ; les éternelles grillades de Kandhla cédèrent la place à une grande variété de menus. Chaque jour, elle révélait quelque nouveau talent. Elle savait monter à cheval comme un homme, mais Sean devait détourner les yeux lorsqu'elle sautait en selle ou qu'elle mettait pied à terre. Elle coupait les cheveux de Sean et s'en tirait aussi bien que le coiffeur qu'il avait eu à Johannesburg. Dans son chariot, elle avait une caissette de médicaments qui lui permettait de soigner bêtes et gens. Elle tirait au fusil tout comme un homme, savait démonter et nettoyer le *Mannlicher* de Sean. Elle l'aidait à préparer les cartouches et évaluait les quantités de poudre d'un œil exercé. Elle pouvait discuter de naissance et de procréation avec une objectivité toute clinique, ce qui ne l'empêchait pas, une minute après, de rougir sous le regard passionné de Sean. Elle était entêtée comme une mule, et savait se montrer tantôt hautaine, tantôt sereine et impénétrable. Parfois aussi, elle se comportait comme une petite fille : elle fourrait une poignée d'herbe dans le dos de Sean et s'enfuyait en riant, souriait toute seule à quelque secrète pensée, se complaisait à de longs jeux d'imagination dans lesquels les chiens étaient ses enfants auxquels elle parlait, et qui lui répondaient. Elle était parfois si naïve qu'il arrivait à Sean de croire qu'elle plaisantait, jusqu'à ce qu'il se rappelât son extrême jeunesse. Elle pouvait, en l'espace d'une heure, le faire passer du bonheur paisible à la colère la plus noire, et puis le ramener à la sérénité. Mais, une fois qu'il eut gagné sa confiance et qu'elle sut qu'il respecterait les « lois », elle répondit à ses caresses avec une violence qui les surprit tous deux. Sean se consacrait tout entier à elle. Elle était l'être le plus merveilleux qu'il eût jamais rencontré. Il pouvait tout lui dire. Un jour, elle remarqua la seconde paillasse de son chariot, et découvrit des vêtements d'homme qui étaient de toute évidence trop petits pour lui. Alors, elle posa des questions. Il raconta toute l'histoire de Duff, et elle comprit.

Les jours passèrent, devinrent des semaines. Les bêtes engraissèrent, leur peau se tendit, leur pelage redevint luisant. Katrina entretint un petit jardin potager et y fit pousser des légumes. Noël arriva, et elle fit un gâteau. Sean lui fit cadeau d'un *kaross* de peaux de singes que Mbejane avait préparé en secret. Quant à Katrina, elle offrit à Sean des chemises qu'elle avait confectionnées elle-même et sur lesquelles elle avait brodé ses initiales — et elle assouplit un peu ses « lois ».

1892 fit place à 1893. Depuis six semaines, Sean n'avait pas tué un seul éléphant. Mbejane conduisit auprès de lui une délégation dont le problème, bien que posé en termes adroitement déguisés, se résumait à ceci : « Etait-on venu ici pour chasser l'éléphant, oui ou non ? »

Ils levèrent le camp et repartirent vers le nord. La tension finit par avoir raison de Sean. Il essayait de tromper son énervement en chassant jusqu'à l'épuisement, mais les circonstances étaient si détestables qu'elles ne faisaient qu'ajouter à son irritabilité. En bien des endroits, l'herbe était plus haute qu'un homme à cheval, et les tiges en étaient fort coupantes. Mais les graines étaient pires encore : longues d'un bon centimètre, elles étaient agrémentées de barbelures et se glissaient facilement sous les vêtements ou sous la peau. Avec la chaleur humide qui régnait, les petites écorchures qu'elles causaient s'envenimaient immédiatement. Et puis, il y avait les mouches. Mouches à buffles, mouches vertes, mouches de sable, elles avaient toutes ceci en commun : elles piquaient, de préférence la peau tendre, juste derrière les oreilles. Elles se posaient si légèrement que Sean ne les sentait même pas, et tout à coup, c'était la petite pointe de feu.

Toujours trempé de sueur ou de pluie, Sean en venait tôt ou tard à affronter la harde. Il entendait les éléphants bouger autour de lui dans l'herbe haute, apercevait les grands envols d'aigrettes juste au-dessus d'eux, mais il était rare qu'il eût l'occasion de tirer, sinon en se risquant au milieu de la cohue de ces grands corps maladroits. Souvent aussi, Sean se désintéressait de la chasse après avoir longtemps suivi le troupeau, et ils rentraient tous au camp. Il ne pouvait rester loin de Katrina.

Il était malheureux, ses serviteurs aussi, mais Katrina était gaie comme un pinson : elle avait un homme, une maisonnée à diriger, et — ses sens n'étant pas aiguisés comme ceux de Sean — elle était physiquement satisfaite. Bien que Sean s'en tînt strictement aux « lois » qu'elle avait édictées, les soirées se terminaient pour elle par un soupir et un frisson, et elle allait se coucher avec des rêves plein les yeux, laissant Sean rongé par son démon intérieur. Le seul à qui il pût confier ses tourments, c'était Filou. Le chien, bien enveloppé dans la couverture, fourrait son museau sous son aisselle et l'écoutait en silence.

Les Zoulous voyaient bien ce qui se passait, mais ils ne comprenaient pas. Ils n'en parlaient pas ouvertement, bien sûr, mais si l'un d'eux écartait les bras d'un air entendu ou toussotait d'une certaine manière, les autres savaient ce qu'il voulait dire. Mbejane, lui, alla jusqu'à mentionner la chose sous forme de parabole. Un jour, Sean fit toute une histoire pour une hache disparue et voulut connaître le coupable. Il les fit tous aligner, exprima des doutes quant à leurs ancêtres, leur moralité actuelle et leur sort futur, puis s'éloigna furieux et alla s'enfermer dans son chariot.

Il y eut un long silence, puis Hlubi offrit une prise à Mbejane, qui saisit une pincée de tabac et dit :

— Il est bien à plaindre, l'étalon qui ne sait pas renverser une barrière.

— C'est bien vrai, c'est bien vrai, approuvèrent-ils en chœur, et l'affaire en resta là.

18

Une semaine plus tard, ils atteignirent la rivière Sabi, qui était en crue et charriait de la boue. Sur l'autre rive, une chaîne de montagnes se dressait au loin, gris-bleu à travers la brume.

Le lendemain matin, l'air était frais et léger grâce aux pluies de la nuit. Le camp sentait le feu de bois, le bétail et le mimosa sauvage. Avec l'un des œufs d'autruche que Mbejane avait trouvés la veille, Katrina fit une omelette de la taille d'une assiette à soupe, assaisonnée avec de la muscade et des champignons coupés en dés — une belle omelette jaune et onctueuse. Le *breakfast* fut complété par des *scones* [1] et du miel sauvage, du café — et un manille pour Sean.

— Vous partez, aujourd'hui ? demanda Katrina.

— Mm, mm.

— Oh !

— Vous ne voulez pas ?

— Cela fait une semaine que vous êtes par monts et par vaux.

— Vous ne voulez pas que je reparte ?

Elle se leva vivement et se mit à débarrasser la table.

1. Pain au lait cuit en galettes.

— De toute façon, vous ne trouverez pas d'éléphant... Vous n'en avez pas rencontré un seul depuis des éternités.

— Vous voulez que je reste ?

— Il fait si beau.

Elle fit signe à Kandhla d'emporter les assiettes.

— Si vous voulez que je reste, demandez-le-moi vraiment.

— On pourrait aller aux champignons.

— Dites-le.

— Eh bien, restez, là !

— Mbejane ! desselle mon cheval, je ne monterai pas aujourd'hui.

Katrina se mit à rire, et courut à son chariot dans un froufrou de jupes tout en appelant les chiens. Quand elle revint, elle avait son bonnet et portait un panier au bras ; les chiens bondissaient et aboyaient tout autour d'elle.

— Allez ! Cherche, cherche ! cria Sean.

Les chiens les précédèrent, se poursuivant, revenant parfois à toute allure en jappant de plus belle. Sean et Katrina se tenaient par la main. Le bonnet de Katrina faisait de l'ombre sur son visage, mais lorsqu'elle levait la tête, ses yeux étaient brillants. Ils cueillirent les champignons nouveaux, ronds et drus, bruns, un peu collants sur le dessus, avec au-dessous du chapeau de fines lamelles qui faisaient songer à un éventail. Au bout d'une heure, ils eurent rempli leur panier.

Ils vinrent se reposer à l'ombre d'un arbre. Sean s'allongea sur le dos. Katrina cueillit un brin d'herbe et se mit à lui chatouiller le visage. Il finit par lui saisir le poignet et l'attira contre lui. Les chiens les regardaient, assis en rond, la langue pendante.

— Je connais un endroit près de Paarl[1], dit Katrina. Il y a une rivière surplombée par la montagne... l'eau y est très claire, on voit les poissons qui dorment au fond.

Elle avait posé son oreille contre la poitrine de Sean, et elle écoutait battre son cœur.

— Est-ce que vous m'achèterez un jour une ferme là-bas ?

— Oui, répondit Sean.

— On construira une maison avec une grande véranda, et

1. Petite ville fondée dès 1687, à une soixantaine de kilomètres au nord-est du Cap.

le dimanche on ira à l'église avec les filles et les bébés à l'arrière du boguet, et les garçons nous suivront à cheval.

— Combien en aurons-nous ? demanda Sean.

Il souleva un côté du bonnet de Katrina et regarda son oreille. C'était une très jolie oreille ; sur le lobe, le duvet brillait dans un rayon de soleil.

— Oh, beaucoup... Des garçons surtout, mais aussi quelques filles.

— Dix ? suggéra Sean.

— Davantage.

— Quinze ?

— Oui, quinze.

Ils réfléchirent. Quinze, oui, cela semblait un nombre raisonnable.

— Et j'aurai des poulets. Je veux des tas de poulets.

— Très bien, dit Sean.

— Ça ne vous ennuie pas ?

— Non, pourquoi ?

— Il y a des gens qui ne peuvent pas souffrir les poulets, répondit Katrina. Je suis heureuse que vous les aimiez. J'ai toujours rêvé d'en avoir.

Avec précaution, Sean avança sa bouche vers l'oreille de Katrina, mais elle devina son mouvement et s'assit brusquement.

— Qu'est-ce que vous faites ?

— Ceci, répondit Sean en allongeant le bras.

— Non, Sean, ils nous regardent...

Elle montrait les chiens.

— Ils comprendront, eux, dit Sean.

Ils restèrent étendus, silencieux, pendant très longtemps. Des aboiements furieux éclatèrent. Katrina se dressa ; Sean tourna la tête et vit le léopard à cinquante mètres de l'endroit où ils se trouvaient, près des épaisses broussailles qui bordaient la rivière. Il était arrêté, élégant et racé dans son beau pelage noir et or, et les regardait. Soudain, il s'éloigna à longues foulées, touchant à peine terre, telle une hirondelle qui effleure l'eau pour boire en plein vol. Les chiens se lancèrent à sa poursuite, Filou en tête, la voix cassée par la surexcitation.

— Ici, ici ! cria Sean. Laisse-le ! Filou, bon sang, viens ici !

— Arrêtez-les, Sean, empêchez-les de le pourchasser, sinon nous allons les perdre tous.

— Attendez-moi ici, dit Sean.

Il suivit les chiens en se guidant au son. Il ne criait pas, préférant garder son souffle. Il savait ce qui allait se passer, et tendait l'oreille. Les cris de la meute étaient différents maintenant, plus aigus. Sean s'arrêta, haletant. Les aboiements ne décroissaient plus.

— Le léopard s'est arrêté, songea Sean. Il va attaquer.

Il se remit à courir ; presque aussitôt, il entendit le premier hurlement. Il trouva le chien là où le fauve l'avait jeté — c'était la vieille chienne aux oreilles blanches, elle avait le ventre ouvert. Sean continua sa course. Un autre chien éventré, le noir et feu, vivait encore et se traînait vers lui. Il le dépassa. Il n'apercevait toujours pas la meute.

Il n'avait pas le temps de s'arrêter, et la plupart des chiens mutilés par le léopard étaient déjà morts. Sa salive s'épaississait, son cœur cognait dans sa poitrine, et il commençait à tituber.

Soudain il déboucha en terrain découvert, et aperçut la meute, ou plutôt ce qu'il en restait : ils étaient trois, dont Filou. Ils tournaient autour du léopard, bondissaient vers ses pattes de derrière qu'ils cherchaient à saisir d'un coup de dents, puis faisaient un écart en arrière lorsque le fauve pivotait brusquement en grondant. Dans cette clairière, l'herbe était rase et verte. Le soleil était au zénith, écrasant tout d'une lumière implacable, sans ombre.

Sean voulut crier, mais sa gorge n'émit pas le moindre son. Le léopard se retourna sur le dos et s'étira avec la grâce d'un chat, les pattes écartées, le ventre en l'air. Les chiens hésitèrent. Sean cria encore, mais sa voix ne portait pas. Ce ventre jaune, doux et soyeux, était une trop grande tentation. Un des chiens bondit, tête baissée, gueule ouverte. Le léopard se referma sur lui comme un piège à ressort, le saisit entre ses pattes de devant, et ses pattes de derrière furent promptes. La pauvre bête hurla puis retomba, perdant ses entrailles.

A nouveau, le léopard se roula sur le dos. Sean était tout près maintenant, et cette fois les deux chiens entendirent son appel. Le léopard aussi : il se dressa brusquement et voulut s'enfuir, mais déjà Filou attaquait, le forçant à se retourner.

— Ici, Filou, ici !

Filou prit le cri de Sean pour un encouragement. Il dansait autour du léopard, l'énervant par ses jappements aigus, restant juste hors de portée de ses pattes. La lutte était plus équilibrée désormais. Sean savait que s'il pouvait rappeler les chiens, le léopard s'enfuirait. Il fit un pas en avant et se baissa pour ramasser une pierre qu'il voulait jeter à Filou. Ce fut ce mouvement qui rompit l'équilibre : lorsqu'il se releva, c'était lui que le léopard observait maintenant, et il sentit le petit serpent de la peur se tordre dans son ventre. Le fauve allait l'attaquer, il le devinait à la manière dont ses oreilles se rabattaient et dont ses épaules se bandaient comme des ressorts. Sean lâcha la pierre et saisit son couteau.

Le léopard retroussa ses babines sur ses dents jaunes. Avec ses oreilles rabattues, sa tête ressemblait à celle d'un serpent. Il écarta les chiens d'un coup de patte et s'avança à longues foulées souples, le ventre rasant l'herbe, puis bondit très haut et très vite, sans un bruit. Sean sentit le choc et la douleur en même temps. Il tomba à la renverse, et la souffrance lui coupa le souffle. Les griffes du fauve s'enfonçaient dans sa poitrine, il les sentait racler ses côtes. Il se protégea avec son avant-bras, cherchant à écarter la gueule de l'animal qui lui soufflait au visage son haleine chaude et pestilentielle.

Ils roulèrent tous deux dans l'herbe, les griffes du léopard toujours plantées dans sa poitrine. Les pattes de derrière du fauve remontèrent, cherchant à déchirer le ventre. Sean se tortilla pour éviter le coup, et enfonça la lame de son couteau dans le dos de l'animal qui se mit à hurler. A nouveau, les pattes de derrière se dressèrent. Sean sentit les griffes s'enfoncer dans sa hanche et lui déchirer la cuisse. La douleur était violente, profonde, et Sean sut qu'il était gravement touché. Une fois encore, les terribles pattes se relevèrent pour frapper. C'était la fin.

Mais Filou planta ses dents dans la patte du léopard juste au moment où les griffes allaient s'enfoncer dans le ventre de Sean, et il se mit à tirer, arc-bouté sur ses pattes de devant. Sean ne voyait plus que des taches claires au milieu de la nuit. A tâtons, il enfonça le couteau près de la colonne vertébrale, cherchant le passage entre deux côtes. Le léopard poussa un nouveau hurlement ; son corps fut parcouru d'un long frisson, et ses griffes fouillèrent spasmodiquement la chair de Sean. Alors celui-ci frappa encore et encore, de toutes les forces qui lui restaient. Le sang du fauve coulait à flots et se mêlait au sien. Ivre de souffrance, il s'écarta de la bête dans un dernier sursaut.

Les chiens tournaient autour du léopard en grondant, mais il était mort. Sean lâcha son couteau et tâta sa jambe. Le sang coulait épais, noir, gluant. Sean l'apercevait là-bas, tout au fond d'un couloir d'ombre. La jambe était très loin, et ce n'était pas — non, ce n'était pas sa jambe.

— Garry, murmura-t-il. Oh, mon Dieu, je n'ai pas fait exprès, Garry. J'ai glissé, je te jure, j'ai glissé.

Le couloir ne fut plus que nuit, et la jambe disparut. Le temps devenait liquide, l'univers entier était liquide et noir, le soleil aussi était noir. Seule la souffrance était dure, ferme comme un rocher au milieu de cet océan d'ombre. Il vit le visage de Katrina, indistinct, il voulut lui dire combien il regrettait, il voulut lui expliquer que c'était un accident, mais les mots s'étranglaient dans sa gorge. Elle pleurait. Il savait qu'elle comprendrait, et il retourna dans l'océan obscur. Les flots se mirent à bouillir, et Sean étouffait, mais il y avait toujours ce rocher de souffrance auquel se raccrocher. La vapeur qui montait de l'océan en lentes volutes prit peu à peu la forme d'une femme. Il crut que c'était Katrina, mais la tête était celle d'un léopard et lui soufflait au visage son haleine pestilentielle, son odeur de jambe gangrenée.

— Je ne veux pas de toi, cria-t-il. Je sais qui tu es. Je ne veux pas de toi. Ce n'est pas mon enfant !

La chose redevint fumée, se tordit dans l'air, puis se lança vers lui en poussant des sons inarticulés, retenue au bout d'une chaîne qui cliquetait, et de la bave jaune coulait de la bouche de vapeur grise. Hurlant de terreur, Sean se couvrit le visage de ses mains et se rejeta vers la douleur, la seule chose qui fût réelle et à laquelle il pût se raccrocher.

Et puis, après des siècles et des siècles, l'océan gela, à perte de vue. La banquise était déserte, et il soufflait un petit vent froid qui hurlait lugubrement. Sean tenait toujours sa souffrance bien serrée contre lui. Autour de lui, d'autres silhouettes apparurent sur la banquise, se pressant toutes dans la même direction, le bousculant, l'entraînant avec elles, et il perdit sa souffrance, il la perdit dans cette cohue insensée. Les silhouettes n'avaient pas de visage, mais certaines pleuraient et d'autres riaient tout en continuant à courir. Une crevasse s'ouvrit sous leurs pas dans la banquise, large et profonde ; les parois, blanches d'abord, devenaient turquoise, puis s'assombrissaient peu à peu jusqu'à devenir plus noires que la nuit. Certaines des silhouettes se jetaient en chantant dans la crevasse ; d'autres s'agrippaient au rebord, leurs visages sans forme remplis de terreur ; d'autres enfin enjambaient le vide, comme des voyageurs à bout de forces, et tombaient dans l'abîme.

Lorsque Sean aperçut la crevasse, il se débattit, essaya de résister à la pression de la foule, mais elle le poussait toujours en avant, et ses pieds glissèrent au bord du gouffre. Alors il enfonça ses ongles dans la glace, lutta et cria, car l'ombre terrible l'aspirait par les pieds.

Soudain il se retrouva allongé tranquillement. La crevasse s'était refermée. Il était seul. Il se sentait épuisé, terriblement vidé. Il ferma les yeux, et la douleur revint, tenaillant sa jambe.

Il ouvrit les yeux et vit le visage de Katrina. Elle était pâle, ses yeux étaient immenses et soulignés de cernes bleuâtres. Il voulut lever la main pour lui caresser le visage, mais il était incapable de bouger.

— Katrina, dit-il.

Le regard de Katrina brilla de surprise et de bonheur.

— Vous êtes revenu... Grâce à Dieu, vous êtes revenu...

Sean tourna la tête et regarda la bâche de son chariot.

— Depuis... combien de temps ? demanda-t-il.

Sa voix n'était qu'un souffle.

— Cinq jours... Ne parlez pas, je vous en prie, ne parlez pas.

Sean ferma les yeux. Il était très fatigué. Il s'endormit.

19

A son réveil, Katrina le soigna. Mbejane aida la jeune femme à le soulever et à le retourner sur le ventre, et ses mains noires aux paumes roses étaient très douces et très légères. Ils changèrent ses pansements et le lavèrent pour faire disparaître l'odeur de fièvre qui collait à sa peau. Sean regardait faire Katrina. A chaque fois qu'elle levait la tête, ils se souriaient.

Il trouva assez de force pour demander à Mbejane :

— Où étais-tu quand j'avais besoin de toi ?

— Je dormais au soleil, N'kosi, comme une vieille femme, s'excusa Mbejane en riant.

Katrina apporta son déjeuner à Sean, et l'odeur lui donna faim. Il mangea tout, puis dormit encore.

Mbejane construisit une hutte ouverte avec un toit de chaume, dans un coin d'ombre au bord de la Sabi, puis fabriqua un lit avec des pieux et des lanières de cuir entrecroisées. Les serviteurs y transportèrent Sean, sous la direction de Katrina qui s'affairait autour d'eux. Elle repartit chercher les oreillers dans le chariot. Lorsqu'elle revint, elle trouva Sean et Filou confortablement installés.

— Sean, chassez-moi cette sale bête de votre lit ! Les couvertures viennent d'être lavées.

Filou s'aplatit et cacha sa tête sous l'aisselle de Sean.
— Il peut rester, il est bien propre, fit Sean.
— Il sent.
— Mais non.
Sean renifla Filou.
— Enfin, pas tellement.
— Vous deux, alors !
Elle glissa les oreillers sous la tête de Sean et tâta sa jambe.
— Comment va-t-elle ?
— Bien, dit Sean.
Filou, en progressant centimètre par centimètre, vint poser sa tête sur l'oreiller.

Les jours passèrent lentement. Les blessures de Sean se refermèrent, les forces lui revinrent. L'air qui circulait sans cesse sous sa hutte hâta la chute des croûtes, mais il conserverait des cicatrices sur la poitrine et sur la jambe.

Le matin, après le petit déjeuner, Sean, allongé sur sa couche, recevait ses sujets. Katrina s'asseyait au pied du lit et les serviteurs s'accroupissaient tout autour. Ils abordaient les problèmes domestiques — la santé des bœufs, par exemple, qu'ils désignaient par leur nom ; ils discutaient de l'état de leurs yeux, de leurs sabots ou de leur estomac. La bâche d'un des chariots était déchirée. La seule chienne qui restait était en chaleur : Filou se montrerait-il à la hauteur de sa tâche ? On manquait de viande fraîche ; la N'kosikazi pourrait peut-être partir chasser vers la fin de l'après-midi ? Hlubi avait pris dans sa nasse quatre barbeaux de taille moyenne. Et puis la conversation déviait : on parlait de ce qui se passait en brousse. Un lion avait tué un buffle, au-delà du coude de la rivière : on voyait tournoyer les vautours. Au cours de la nuit, un troupeau d'éléphants était venu boire, à quinze cents mètres en amont du camp.

Chaque sujet était discuté par tous, chacun étant libre d'émettre son opinion ou de critiquer celle des autres. Lorsque tout avait été dit, Sean distribuait les tâches de la journée, et les Zoulous se dispersaient, le laissant seul avec Katrina.

De la hutte, ils apercevaient la courbe de la rivière, avec

les crocodiles endormis sur les bancs de sable blanc, et les martins-pêcheurs qui se laissaient tomber dans les eaux brunes. Katrina et Sean, assis l'un près de l'autre, évoquaient la ferme qu'ils auraient un jour : Sean cultiverait la vigne et aurait des chevaux, tandis que Katrina élèverait des poulets. A la prochaine saison des pluies, tous leurs chariots seraient remplis d'ivoire. Encore une autre expédition comme celle-là, et ils auraient de quoi acheter leur ferme.

Katrina l'obligea à garder le lit plus longtemps qu'il n'était nécessaire. Elle avait pour lui des attentions maternelles, et il aimait cela. Sans vergogne, en bon mâle qu'il était, il se laissa faire et alla même jusqu'à jouer un peu la comédie de la souffrance. Enfin, non sans hésitation, Katrina le laissa se lever. Il resta au camp encore une bonne semaine, jusqu'à ce que ses jambes fussent affermies, puis, un soir, il prit son fusil et partit avec Mbejane en quête d'un peu de viande fraîche. Ils marchaient lentement, car Sean ménageait sa jambe. Il tua un élan du Cap pas bien loin du *laager*. Pendant que Mbejane retournait chercher de l'aide, Sean s'adossa à un arbre et alluma un manille.

Il regarda les Zoulous dépecer l'animal. Les quartiers de viande striés de graisse blanchâtre furent suspendus à de longues perches que les serviteurs portèrent deux à deux sur le chemin du retour.

En rentrant au camp, Sean trouva Katrina d'humeur bizarre, insaisissable. Pendant le dîner, elle lui répondit d'un air lointain ; lorsque le repas fut fini et qu'ils vinrent s'asseoir près du feu, elle se tint à distance. Elle était particulièrement jolie ce soir-là, et Sean se sentait à la fois intrigué et irrité. Il finit par se lever.

— Il est temps d'aller se coucher. Je vous accompagne jusqu'à votre chariot ?

— Non, merci. Je reste encore un peu.

Sean hésita.

— Qu'est-ce qu'il y a ? Ai-je fait quelque chose de mal ?

— Non, fit-elle vivement. Tout va bien. Allez vous coucher.

Il l'embrassa sur la joue.

— Si vous avez besoin de moi, je ne suis pas loin. Bonne nuit, dormez bien.

Il se redressa.

— Viens, Filou. Au lit !

— Oh, laissez-moi Filou, je vous en prie.

Katrina prit le chien par la peau du cou et le tira à elle.

— Pourquoi ?

— Pour rien. J'ai envie d'avoir un peu de compagnie.

— Eh bien, mais je peux rester aussi...

Sean s'apprêtait à se rasseoir.

— Non, non, allez vous coucher.

Elle avait l'air un peu perdu, et Sean fronça les sourcils.

— Vous êtes sûre que tout va bien ?

— Mais oui. Maintenant allez-vous-en.

Il se retourna avant de grimper dans son chariot. Elle était assise très droite, tenant toujours Filou par la peau du cou. En pénétrant dans le chariot, il eut un choc. La lampe était allumée, et, au lieu des couvertures rugueuses qu'il s'attendait à trouver, il y avait des draps sur son lit, des draps frais repassés. Il s'assit et commença à enlever ses bottes, puis déboutonna sa chemise et la jeta sur le coffre.

— Il se passe des choses bizarres, fit-il tout haut en s'allongeant sur son lit et en contemplant la lampe.

— Sean...

Sa voix, au-dehors... Sean bondit et entrouvrit la bâche.

— Puis-je entrer ?

— Oui, bien sûr.

Il lui tendit la main et l'aida à monter. Elle semblait effrayée.

— Que se passe-t-il ?

— Rien, rien. Ne me touchez pas. J'ai quelque chose à vous dire. Asseyez-vous.

Sean scruta son visage. Il n'était pas rassuré.

— J'ai cru que je vous aimais quand j'ai quitté ma famille pour vous suivre. J'ai cru que nous resterions toujours l'un près de l'autre.

Elle avala péniblement sa salive.

— Et puis je vous ai trouvé dans l'herbe — mutilé, mort... Vous étiez mort avant que nous ayons commencé à vivre ensemble...

Sean vit l'angoisse embuer les yeux de Katrina : elle revivait les terribles moments qu'elle avait connus. Il tendit la main vers elle, mais elle retint son poignet.

— Non, je vous en prie... Laissez-moi finir. Il faut que je vous explique. C'est très important.

Sean laissa retomber sa main, et Katrina continua, très vite :

— Vous étiez mort, et moi, j'étais comme morte aussi. Je me sentais vide. Il ne me restait rien. Rien... Juste ce néant au-dedans de moi, et cette mort. J'ai touché votre visage, et vous m'avez regardée. Alors j'ai prié, Sean, et j'ai continué à prier pendant tous ces jours où vous avez lutté contre la gangrène.

Elle s'agenouilla devant lui et passa son bras autour de sa taille.

— Maintenant, vous êtes vivant et nous sommes à nouveau réunis, mais je sais que cela ne durera pas toujours. Un jour, une année... Vingt ans, si nous avons de la chance, mais pas toujours. J'ai été sotte, mesquine... Sean, aujourd'hui je veux être votre femme.

Il se pencha vivement, mais elle fut plus prompte que lui et se dressa. Elle se déshabilla, dénoua ses cheveux qui tombèrent en cascade sur son corps tout blanc.

— Regarde-moi, Sean, je veux que tu me regardes. Je te donne mon amour, et mon corps... Est-ce assez ?

Tout était tendresse et passion, peau douce sous la douce lueur de la lampe, cheveux de feu sombre ruisselant sur ses épaules rondes... La rougeur de ses joues gagnait jusqu'à ses seins parfaits, timides et fiers à la fois. Sean attira Katrina près de lui et couvrit sa nudité de son grand corps. Elle tremblait. Il lui parla doucement, tendrement, jusqu'à ce qu'elle cessât de trembler. Alors elle se serra contre lui, le visage contre son cou.

— Montre-moi... Je veux tout te donner, murmura-t-elle. Montre-moi...

Alors leurs deux corps se cherchèrent et s'unirent dans la nuit pleine de mystère, de joie et de paix.

20

Le lendemain matin, elle lui apporta sa Bible.

— Hé là, hé là, protesta Sean. J'ai déjà prêté serment !

Elle se mit à rire, heureuse, en songeant aux souvenirs de la nuit, et ouvrit le livre à la page de garde.

— Il faut que tu écrives ton nom dedans... Ici, à côté du mien.

Elle le regardait faire, debout près de lui, la hanche contre son épaule.

— Et ta date de naissance, dit-elle.

Sean écrivit : 9 janvier 1862. Puis il dit :

— Et la date de décès, il faut l'inscrire aussi ?

— Ne parle pas ainsi, fit-elle vivement.

Et elle toucha le bois de la table.

Sean, gêné de sa macabre plaisanterie, chercha à se rattraper :

— Il n'y a de la place que pour six enfants !

— Nous pourrons inscrire les autres dans la marge, dit-elle. C'est ce que maman faisait... Elle, ça déborde même jusqu'à la première page de la Genèse ! Crois-tu que nous irons jusque-là, Sean ?

Sean lui sourit.

— Je me sens de taille à aller jusqu'au Nouveau Testament !

Ils avaient bien commencé, en tout cas. Lorsqu'au mois de juin les pluies cessèrent, Katrina marchait les épaules en arrière pour équilibrer son fardeau. Au camp, l'atmosphère était à l'optimisme. Katrina était plus femme qu'enfant désormais. Elle était forte et rayonnante, heureuse de l'inquiétude que son état inspirait à Sean. Elle chantait souvent toute seule. Le soir, elle laissait Sean retrousser sa chemise de nuit et poser son oreille tout contre son ventre tendu, veiné de bleu. Il écoutait les faibles gargouillis, sentait les mouvements contre sa joue. Lorsqu'il se relevait, ses yeux étaient remplis d'émerveillement. Alors elle lui souriait avec fierté, attirait sa tête contre son épaule, et ils restaient là serrés l'un contre l'autre, tranquilles, heureux. Dans la journée, tout se passait très bien aussi. Sean plaisantait avec les serviteurs, et chassait sans faire montre de l'énervement de naguère.

Ils remontèrent la Sabi vers le nord. Parfois, ils restaient un mois au même endroit. A mesure que le *veld* se desséchait, le gibier se rapprochait des rivières, et l'ivoire ne tarda pas à s'entasser de nouveau dans les chariots.

Un après-midi de septembre, Sean et Katrina quittèrent le camp et allèrent se promener le long de la Sabi. La terre était brune et sentait l'herbe sèche, et la rivière n'était plus qu'un chapelet de marigots au milieu du sable blanc.

— Bon sang, ce qu'il fait chaud !

Sean enleva son chapeau et s'épongea le front.

— Tu dois cuire avec tout ce que tu as sur toi !

— Non, je me sens bien.

Elle lui tenait le bras.

— Si on se baignait ?

Katrina parut choquée.

— Tout nus, tu veux dire ?

— Oui, pourquoi pas ?

— Ce n'est pas bien.

— Allons, viens.

Il la fit descendre malgré ses protestations, et, à l'abri derrière des rochers, lui enleva sa robe. Elle riait, suffoquait et rougissait tout à la fois. Il la prit dans ses bras et la porta dans le marigot le plus proche, où elle fut soulagée de pouvoir s'asseoir avec de l'eau jusqu'au menton.

— Tu te sens bien ? demanda Sean.

Elle dénoua ses cheveux qui s'étalèrent autour d'elle et remua ses doigts de pied dans le sable. Dans l'eau, son ventre avait l'air d'une baleine blanche.

— C'est agréable, reconnut-elle. J'ai l'impression d'avoir des dessous en soie.

Sean était debout près d'elle, vêtu de son seul chapeau. Elle leva la tête.

— Assieds-toi, dit-elle d'un air gêné.

Et elle détourna les yeux.

— Pourquoi ? demanda-t-il.

— Tu sais bien... C'est... Tu n'es pas décent.

Sean s'assit près d'elle.

— Tu devrais t'habituer à moi, maintenant !

— Eh bien non, toujours pas.

Sean l'entoura de ses bras, sous l'eau.

— Tu es ravissante, dit-il, et je t'aime.

Elle le laissa lui embrasser l'oreille.

— Qu'est-ce que ce sera ? demanda-t-il en touchant son ventre gonflé. Fille ou garçon ?

C'était là leur sujet de conversation favori.

— Garçon, répondit-elle sans hésitation.

— Comment l'appellerons-nous ?

— Si tu ne trouves pas bientôt un *predikant* [1], il portera le nom que tu donnes parfois aux serviteurs.

Sean la regarda d'un air étonné.

— Que veux-tu dire ?

— Tu sais bien comment tu les appelles lorsque tu es en colère...

— Bâtard, murmura Sean.

Puis, soudain préoccupé :

— Bon sang, je n'avais pas pensé à ça ! Il va falloir que je trouve un prêtre. Mon fils ne sera pas un bâtard ! On va retourner à Louis Trichardt.

— Il ne nous reste guère qu'un mois, fit remarquer Katrina.

— Sapristi, jamais on n'arrivera à temps. On a trop attendu...

Sean était tout pâle.

---

1. Ministre protestant, en Afrique du Sud.

— Attends, j'ai une idée, fit-il. Il y a des colons portugais sur la côte, de l'autre côté des montagnes.

— Oh, Sean, mais ce sont des catholiques !

— Ils travaillent pour le même patron.

— Combien de temps faudra-t-il pour arriver là-bas ? demanda Katrina d'un ton peu convaincu.

— Je ne sais pas. A cheval, quinze jours, à peu près.

— A cheval ? fit Katrina moins convaincue encore.

— Oh, c'est vrai... Tu ne peux plus monter à cheval, maintenant !

Sean se gratta le nez.

— Il faudra que j'y aille seul. Tu crois que tu pourras rester ici ? Je te laisserai Mbejane, il veillera sur toi.

— Oui, oui, tout ira bien.

— Je ne partirai pas si tu as peur de rester seule. Ce n'est pas tellement important, après tout.

— Mais si, c'est important, et tu le sais parfaitement. Tout se passera bien, j'en suis sûre.

Le lendemain matin, avant de partir, Sean prit Mbejane à part.

— Tu sais pourquoi tu ne viens pas avec moi, n'est-ce pas ?

Mbejane fit oui de la tête, mais Sean tint à répondre à sa propre question :

— Parce que tu as ici un travail plus important à faire.

— La nuit, dit Mbejane, je dormirai sous le chariot de la N'kosikasi.

— Tu *dormiras* ? demanda Sean d'un ton menaçant.

— Seulement de temps en temps, ajouta Mbejane en souriant, et d'un œil.

— Voilà qui est mieux, approuva Sean.

21

SEAN dit au revoir à Katrina. Il n'y eut pas de larmes. Elle comprenait la nécessité de ce voyage, et elle aida Sean à l'entreprendre sans inquiétude. Ils restèrent longtemps serrés l'un contre l'autre, leurs lèvres se touchant presque, et se murmurèrent mille choses, puis Sean demanda son cheval.

Il traversa la Sabi, suivi de Hlubi qui conduisait le cheval de bât. Lorsqu'ils atteignirent l'autre rive, Sean se retourna. Katrina n'avait pas bougé : elle était toujours debout près du chariot, et Mbejane s'affairait derrière elle. Avec son bonnet et sa robe verte, elle paraissait très jeune. Sean agita son chapeau au-dessus de sa tête, puis s'éloigna vers les montagnes.

Peu à peu, la forêt fit place à la savane à mesure qu'ils s'élevaient en altitude, et les nuits devinrent plus fraîches. Puis, à son tour, la savane disparut, et ce furent les pentes raides couvertes d'herbe rase, et les gorges embrumées des contreforts de la chaîne. Sean et Hlubi progressaient lentement ; ils suivaient les traces du gibier, les perdaient, faisaient demi-tour devant des parois infranchissables, partaient à la recherche d'un passage, et finissaient par se glisser avec leurs chevaux le long d'à-pics impressionnants. Le soir, ils se serraient près du feu et écoutaient les babouins aboyer alentour.

Enfin, un beau matin étincelant comme un diamant, ils parvinrent au sommet. Vers l'ouest, la terre se déployait comme une carte de géographie. Comme elle leur parut faible, la distance qu'ils avaient parcourue en une semaine ! En regardant bien — et avec un peu d'imagination — Sean crut distinguer la vallée de la Sabi avec sa longue bande de végétation vert-sombre. Vers l'est, la terre se confondait avec un bleu qui n'était pas celui du ciel. Sean mit quelques instants à comprendre ce que c'était. Puis il s'écria :

— La mer !

Hlubi joignit au sien son rire triomphant, car il y avait quelque chose de surhumain à se sentir ainsi dominer le monde. Pour redescendre, ils découvrirent un chemin relativement aisé qu'ils suivirent en direction de la plaine côtière. Au pied de la montagne, ils découvrirent un village indigène. Cela causa un petit choc à Sean de retrouver des habitations et des champs cultivés, car il avait fini par croire que lui et son petit monde étaient les seuls êtres humains à la surface de la terre.

Toute la population du village s'enfuit à leur approche. Les mères affolées saisirent un enfant sous chaque bras et coururent aussi vite que les hommes : le souvenir des marchands d'esclaves était encore vivace dans cette région de l'Afrique. Au bout de quelques instants, Sean put se croire à nouveau seul au monde. Avec le mépris habituel des Zoulous pour les autres peuplades africaines, Hlubi secoua tristement la tête.

— Des singes, dit-il.

Ils mirent pied à terre et attachèrent leurs chevaux sous le grand arbre qui se dressait au centre du village, puis ils s'assirent à l'ombre et attendirent. Entre les huttes de paille en forme de ruches aux toits noircis par la fumée, des poulets picoraient et grattaient la terre sèche. Au bout d'une demi-heure, Sean aperçut dans la brousse un visage noir qui l'observait de loin. Il fit semblant de ne pas le voir. Lentement, le visage émergea, suivi de près par un corps hésitant. Avec une brindille, Sean se mit à dessiner dans la poussière, tout en suivant du coin de l'œil la précautionneuse approche. C'était un vieil homme aux jambes de héron et dont un œil n'était plus qu'une gelée blanche à la suite de quelque ophtalmie tropicale. Sean en conclut que ses congénères l'avaient choisi comme ambassadeur en se disant que de toute façon la perte ne serait pas considérable.

Sean leva la tête et lui adressa son plus radieux sourire. Le vieillard s'immobilisa, puis ses lèvres ébauchèrent un pâle rictus de soulagement. Sean se mit debout, essuya ses mains sur sa culotte et vint lui serrer la main. Aussitôt, la brousse environnante s'anima, et toute la population revint vers le village au milieu des jacassements et des rires. Tout le monde entourait Sean, tâtait ses vêtements, regardait curieusement son visage et poussait des exclamations ravies : la plupart d'entre eux ne devaient encore jamais avoir vu de Blanc.

Sean essayait de se débarrasser de N'a-qu'un-Œil, qui lui tenait toujours la main, tandis que Hlubi, dédaigneusement appuyé à l'arbre, se tenait à l'écart de la manifestation. N'a-qu'un-Œil mit fin à la confusion en criant d'une voix rouillée par l'âge. Le courage dont il avait fait preuve lui valait maintenant la considération générale : à son commandement, une douzaine de jeunes femmes s'éclipsèrent pour revenir peu après avec un tabouret de bois sculpté et six cruchons de bière indigène. N'a-qu'un-Œil conduisit Sean par la main, qu'il n'avait toujours pas lâchée, et le fit asseoir. Les villageois s'accroupirent en cercle autour d'eux, et une des femmes tendit à Sean le plus grand des cruchons. La bière était jaune et glougloutait sinistrement. L'estomac de Sean se contracta. Il jeta un coup d'œil vers le vieillard qui l'observait avec inquiétude. Alors il leva le récipient, avala une gorgée, et sourit d'un air surpris : la bière était crémeuse, agréablement acidulée.

— C'est bon, fit-il.

— Bon, dit le chœur des villageois.

— A votre santé, dit Sean.

— 'anté, répondit le village comme un seul homme.

Sean but longuement. Une des jeunes filles s'approcha de Hlubi, s'agenouilla devant lui et, timidement, lui tendit un autre pot de bière. Elle portait autour des reins une ceinture à laquelle pendait, sur le devant, une sorte de petit jupon de paille tressée, mais sa poitrine était nue et ses seins avaient la forme et la taille d'un melon mûr. Hlubi les regarda jusqu'à ce que la jeune fille baissât la tête, puis prit le cruchon et but.

Sean voulait un guide pour se rendre à l'établissement portugais le plus proche. Il regarda N'a-qu'un-Œil et lui dit :

— Ville ? Portugais ?

N'a-qu'un-Œil, bouleversé que Sean lui accordât une telle attention, lui saisit à nouveau la main et la lui secoua avec vigueur.

— Arrête donc, idiot ! lança Sean d'un ton irrité.

Mais le vieux sourit et hocha la tête, puis, sans lâcher la main de Sean, se tourna vers les villageois et leur adressa un discours enflammé. Pendant ce temps, Sean fouillait les recoins de sa mémoire pour retrouver le nom d'un des ports de la côte.

— Nova Sofala ! cria-t-il dès que le nom lui revint.

N'a-qu'un-Œil interrompit brusquement son discours et regarda Sean d'un air surpris.

— Nova Sofala, répéta Sean en désignant vaguement la direction de l'est.

Le vieux retroussa les lèvres et lui adressa son plus beau sourire.

— Nova Sofala, approuva-t-il en désignant avec autorité un point précis de l'espace.

Désormais, il ne fallut que quelques minutes pour lui faire comprendre que Sean désirait l'avoir pour guide. Hlubi sella les chevaux tandis que N'a-qu'un-Œil allait chercher une natte et une hache d'armes dans l'une des huttes. Sean sauta en selle et attendit que Hlubi en fît autant. Mais Hlubi se comportait étrangement.

— Eh bien, soupira Sean résigné, qu'y a-t-il donc ?

— N'kosi...

Hlubi regardait les branches de l'arbre.

— N'kosi, N'a-qu'un-Œil pourrait conduire le cheval de bât.

— Vous vous relaierez, dit Sean.

Hlubi toussota et reporta toute son attention sur les ongles de sa main gauche.

— N'kosi, repasseras-tu par ce village en revenant de la côte ?

— Oui, bien sûr, répondit Sean. Il faudra bien ramener le vieux jusqu'ici. Pourquoi ?

— N'kosi, j'ai une épine dans le pied qui me fait mal. Si tu n'as pas vraiment besoin de moi, je t'attendrai ici. La blessure sera peut-être guérie quand tu reviendras...

Hlubi leva à nouveau les yeux vers l'arbre et remua les pieds dans la poussière d'un air embarrassé. Sean n'avait pas remarqué qu'il boitait, et il se demanda pourquoi il choisissait ce moment pour se faire porter malade. Mais Hlubi ne put s'empêcher de jeter un coup d'œil furtif vers le cercle des villageois. La jeune fille était toujours là. Son jupon était vraiment très court et laissait les cuisses à découvert.

Sean eut un petit rire.

— L'épine qui te blesse est douloureuse, Hlubi, mais elle n'est pas dans ton pied.

Hlubi remua les orteils.

— Tu as dit que ces gens étaient des singes... As-tu changé d'avis ?

— N'kosi, ce sont vraiment des singes, soupira Hlubi, mais des singes très sympathiques.

— Bon, eh bien reste... Mais garde quand même des forces : il y aura encore des montagnes à franchir au retour.

22

N'A-QU'UN-ŒIL conduisait le cheval de bât, et il n'était pas peu fier. Ils traversèrent une savane d'herbes hautes, puis des marais à palétuviers et une jungle épaisse, avant de parvenir enfin à la côte bordée de sable corallien et de palmiers. Nova Sofala était un fort, doté de canons de bronze derrière ses épaisses murailles. La mer était brune, car les eaux boueuses de l'estuaire se déversaient tout à côté.

Lorsqu'elle aperçut Sean, la sentinelle s'exclama « *Madre de Dio* » et l'emmena chez le commandant. Ce dernier était un petit homme au visage jauni par les fièvres, vêtu d'une tunique usagée et tachée de sueur. « *Madre de Dio* », fit-il à son tour, et il repoussa violemment sa chaise. Il lui fallut quelques instants pour s'assurer que, contrairement aux apparences, ce géant sale et barbu n'était pas dangereux. Le commandant parlait anglais, et Sean put lui exposer son problème.

Bien sûr, il pouvait l'aider. Trois Jésuites venaient justement d'arriver par le dernier bateau, et ils ne demandaient qu'à se rendre utiles. Sean n'aurait que l'embarras du choix, mais auparavant il lui fallait absolument prendre un bain et dîner avec le commandant : il goûterait les vins qui venaient d'arriver au fort par le même bateau que les missionnaires. Sean pensa que c'était une excellente idée.

Au dîner, il fit la connaissance des Jésuites. C'étaient de jeunes hommes au visage rose, car l'Afrique n'avait pas encore eu le temps de les marquer. Tous trois étaient fort désireux de suivre Sean, qui choisit le plus jeune — non pour son allure, mais plutôt pour son nom : le père Alphonso, cela sonnait bien. Les missionnaires allèrent se coucher de bonne heure et laissèrent le commandant, les quatre officiers subalternes et Sean en tête à tête avec le porto. Ils portèrent des toasts à la reine Victoria et à sa famille, au président du Portugal et à sa famille, ce qui leur donna soif. Ils burent donc aux amis absents, puis à eux-mêmes. Le commandant et Sean se jurèrent mutuellement amitié et fidélité, ce qui rendit le commandant très triste. Il se mit à pleurer ; Sean dut lui tapoter l'épaule pour le consoler, et lui offrit de lui danser le *Dashing White Sergeant*. Le commandant répondit que c'était un grand honneur qu'il lui faisait et qu'il en serait ravi. Il ne connaissait pas cette danse, mais peut-être Sean pourrait-il lui enseigner les pas ? Ils dansèrent sur la table. Le commandant s'en tira fort bien, mais, dans le feu de l'action, il se méprit sur les dimensions exactes de la table. Sean aida les officiers subalternes à porter le commandant jusqu'à son lit. Le lendemain matin, Sean, le père Alphonso et N'a-qu'un-Œil repartirent vers les montagnes.

Sean redoutait maintenant le moindre retard : il avait hâte de retrouver Katrina. L'anglais du père Alphonso valait bien le portugais de Sean, ce qui rendait les entretiens difficiles. Alphonso résolut le problème en faisant tous les frais de la conversation. Au début, Sean essayait de comprendre, mais lorsqu'il se rendit compte que le bon père essayait de le convertir, il n'écouta plus. Alphonso ne se laissa pas démonter pour autant : il continua à parler, cramponné des deux mains à son cheval, tandis que sa soutane flottait contre ses jambes et que son visage ruisselait de sueur sous son chapeau aux larges bords. N'a-qu'un-Œil suivait à pied, l'air d'un vieux héron déplumé.

Il leur fallut deux jours pour regagner son village, où ils firent une entrée triomphale. Le visage du père Alphonso s'illumina à la vue de tous ces futurs catéchumènes. Sean sentit qu'il se frottait mentalement les mains de satisfaction, et il n'eut de cesse de repartir, de peur que le Jésuite n'oubliât le but premier de leur voyage. Sean donna à N'a-qu'un-Œil un couteau de chasse pour le récompenser de ses bons et loyaux services. Le vieux s'assit sous l'arbre, serrant le couteau sur son cœur : ses jambes ne semblaient pas pouvoir supporter ce poids supplémentaire.

— Hlubi, c'est fini ? Viens, maintenant !

Sean n'était pas descendu de cheval ; il attendait impatiemment que Hlubi eût fait ses adieux à trois des jeunes filles du village. Hlubi avait fait montre du penchant traditionnel des Zoulous pour les jeunes personnes abondamment pourvues de rondeurs, par-devant comme par-derrière.

Elles pleuraient toutes les trois.

— Allons, Hlubi ! Qu'est-ce qui se passe donc ?

— N'kosi, elles croient que je les ai choisies pour femmes.

— Qu'est-ce qui a bien pu leur faire croire une chose pareille ?

— Je ne sais pas, N'kosi.

Hlubi se dégagea de l'étreinte de la plus jeune, qui était aussi la plus dodue, ramassa ses sagaies et s'enfuit. Sean et Alphonso le suivirent au galop. Les villageois poussèrent des cris d'adieu. Lorsque Sean se retourna une dernière fois, N'a-qu'un-Œil était toujours assis au pied de l'arbre.

L'allure soutenue par Sean commençait à éprouver Alphonso, dont les flots d'éloquence tarirent peu à peu. Il montrait une certaine répugnance à poser son postérieur sur la selle et se cramponnait à l'encolure de son cheval, les fesses en l'air.

Ils franchirent les montagnes et redescendirent sur l'autre versant. La pente s'adoucit, et ils pénétrèrent à nouveau dans la forêt. Le neuvième jour de leur départ de Nova Sofala, en fin d'après-midi, ils atteignirent enfin la Sabi. Dérangées dans leur approche, des nuées de pintades qui buvaient dans le lit de la rivière s'envolèrent dans un grand froufrou d'ailes. Tandis que les chevaux s'abreuvaient, Sean échangea quelques mots avec Hlubi.

— Reconnais-tu cette partie de la rivière ?

— Oui, N'kosi. Nous sommes à deux heures de marche du camp... On a dévié trop au nord en traversant la forêt.

Sean regarda le soleil, qui effleurait déjà la cime des arbres.

— Dans une demi-heure, il sera couché... et il n'y a pas de lune cette nuit.

— On pourrait peut-être attendre à demain, suggéra Hlubi.

Sean fit la sourde oreille et invita Alphonso à se remettre en selle. Comme ce dernier se préparait à discuter de l'opportunité de cette mesure. Sean l'empoigna par la soutane et le hissa sur son cheval.

23

La lampe qui brûlait dans le chariot de Katrina rougeoyait à travers la bâche : elle les guida dans la nuit pendant le dernier kilomètre. Filou leur souhaita la bienvenue par un récital d'aboiements, et Mbejane vint au-devant d'eux en courant, suivi par les autres serviteurs. Sa voix était chargée d'inquiétude et de soulagement à la fois.

— N'kosi, il reste peu de temps.. Ça a commencé.

Sean sauta à terre, se précipita vers le chariot et entrouvrit la bâche.

— Sean !

Elle s'assit sur son lit. A la lueur de la lanterne, ses yeux étaient très verts et cernés de noir.

— Dieu soit loué, tu es revenu !

Sean s'agenouilla près d'elle et la prit dans ses bras. Il lui parla tout bas tandis qu'elle se serrait contre lui et effleurait son visage de ses lèvres. Autour d'eux, le monde n'existait plus.

Soudain, elle se raidit dans ses bras et laissa échapper un gémissement. Sean se sentit tout à coup dérouté, maladroit, et ses grandes mains ne savaient plus que lui caresser gauchement l'épaule.

— Qu'est-ce que je peux faire, mon amour ? Je peux t'aider en quelque chose ?

Le corps de Katrina se détendit lentement, et elle murmura :

— As-tu trouvé un prêtre ?

— Le prêtre !

Sean l'avait oublié. Sans lâcher Katrina, il tourna la tête et appela d'une voix tonnante :

— Alphonso ! Alphonso ! Vite, mon vieux.

Le visage du père Alphonso apparut par l'ouverture de la bâche : il était pâle de fatigue et couvert de poussière.

— Mariez-nous, dit Sean. Vite, nous marier... Compris ?

Alphonso monta dans le chariot. Les pans de sa soutane étaient déchirés, et ses genoux blancs, osseux, apparaissaient par les trous de l'étoffe. Il se tint debout devant eux et ouvrit son livre.

— Anneau ? demanda-t-il en portugais.

— Amen, dit Sean.

— Non, non ! Anneau !

Alphonso tendit le doigt et fit tourner son index autour.

— Je crois qu'il veut une alliance, murmura Katrina.

— Oh, mon Dieu, j'avais oublié !

Sean chercha désespérément autour de lui.

— Qu'est-ce qu'on pourrait prendre ? Tu n'en as pas une dans ton coffre, ou quelque chose d'approchant ?

Katrina secoua la tête, ouvrit la bouche pour répondre, mais elle fut prise d'une nouvelle douleur. Sean la tint dans ses bras puis, lorsque ce fut passé, il jeta un coup d'œil furieux vers Alphonso.

— Mariez-nous, bon sang ! Vous ne voyez donc pas qu'on n'a pas le temps d'entrer dans les détails ?

— Anneau ? répéta Alphonso.

Il avait l'air très malheureux.

— Très bien, je vais t'en fabriquer un, moi !

Sean sauta du chariot et appela Mbejane.

— Mon fusil, vite !

Si Sean voulait abattre le Portugais, cela le regardait ; le devoir de Mbejane était d'aider son maître en toutes circonstances. Il apporta donc son arme à Sean, qui tira un souverain de sa ceinture, le jeta à terre et y plaça la gueule du fusil. La balle fit un trou aux bords déchiquetés. Sean jeta le fusil dans les mains de Mbejane, ramassa le petit anneau d'or et se précipita à l'intérieur du chariot.

Trois fois, au cours de la cérémonie, Katrina fut prise de douleurs. Sean la serrait très fort, tandis que le père Alphonso accélérait son débit. A la fin, Sean passa le souverain troué au doigt de Katrina et l'embrassa. Alphonso baragouina la dernière phrase de latin, et Katrina dit :

— Oh, Sean, ça vient...

— Sortez ! fit Sean avec un geste significatif.

Alphonso fut bien aise d'obtempérer.

Cela ne dura pas bien longtemps, mais pour Sean ce fut une éternité — comme la fois où on avait coupé la jambe de Garrick. Et puis soudain tout fut fini. Près de Katrina, très calme, très pâle, un petit être était allongé, encore lié à sa mère, un petit être violacé et gluant qui était leur enfant.

— Il est mort, fit Sean d'une voix cassée.

Ruisselant de sueur, il s'était adossé contre la paroi du chariot.

— Non, dit farouchement Katrina en essayant de se redresser, non, il n'est pas mort... Sean, il faut que tu m'aides.

Elle lui indiqua ce qu'il fallait faire, et à la fin le bébé se mit à crier.

— C'est un garçon, dit-elle doucement. Oh, Sean, c'est un garçon...

Elle était belle ; pâle et épuisée, mais plus belle que jamais.

24

Les protestations de Sean n'y changèrent rien : Katrina se leva le lendemain matin et s'efforça d'entrer dans une de ses vieilles robes. Sean s'affairait autour d'elle et du bébé.

— Je suis encore si grosse, se lamentait-elle.

— Chérie, je t'en supplie, reste couchée un jour ou deux !

Elle lui fit une grimace et se débattit avec le laçage de son corsage.

— Qui s'occuperait du bébé ?

— Moi ! affirma Sean avec ardeur. Tu n'auras qu'à me dire ce qu'il faut faire.

Discuter avec Katrina, c'était essayer de saisir du vif-argent entre les doigts : peine perdue. Elle finit de s'habiller et prit l'enfant dans ses bras.

— Tu peux m'aider à descendre le marchepied, fit-elle en souriant.

Sean et Alphonso lui installèrent une chaise à l'ombre des grands arbres. Les serviteurs vinrent voir le bébé que Katrina tenait dans ses bras. Sean n'avait pas encore très bien conscience de sa paternité : tout cela s'était déroulé trop vite et lui semblait un peu irréel... Il souriait d'un air ahuri aux commentaires incessants des Zoulous, et son bras était endolori à force d'avoir serré la main du père Alphonso, au moins vingt fois depuis le matin.

— Prends ton fils, N'kosi... Nous voulons le voir dans tes bras, dit Mbejane, et les autres surenchérirent.

Lentement, le sourire de Sean fit place à l'inquiétude.

— Allons, N'kosi, prends-le !

Katrina lui tendit le petit ; une lueur d'égarement apparut dans les yeux de Sean.

— N'aie pas peur, N'kosi, il n'a pas de dents, il ne te mordra pas, fit Hlubi d'un ton encourageant.

Sean prit gauchement son fils dans ses bras et adopta l'attitude traditionnelle de l'heureux père face aux félicitations. Les Zoulous l'acclamèrent, et son visage se rasséréna.

— Mbejane, demanda-t-il avec un sourire plein de fierté, n'est-il pas beau ?

— Aussi beau que son père, répondit Mbejane.

— Voilà un compliment à deux tranchants, dit Sean en riant.

Il examina son fils, ses cheveux bruns, ses yeux d'un bleu laiteux, son nez aplati. Les jambes étaient longues, maigres, rougeâtres.

— Comment le nommeras-tu ? demanda Mbejane.

Sean regarda Katrina.

— Dis-le-leur, toi.

— On l'appellera Dirk, dit-elle en zoulou.

— Qu'est-ce que ça veut dire ? demanda Hlubi.

Ce fut Sean qui répondit :

— *Dirk*, c'est une dague... un poignard effilé.

Les serviteurs approuvèrent aussitôt d'un signe de tête. Hlubi sortit sa tabatière et la fit circuler. Mbejane prit une pincée de tabac et dit :

— C'est bien choisi.

25

La paternité, ce subtil alchimiste, transforma en quelques heures l'attitude de Sean en face de la vie. Jamais un être n'avait dépendu plus entièrement de lui, n'avait été plus vulnérable. Le premier soir, dans le chariot, Sean contempla Katrina qui, assise en tailleur sur le lit, donnait le sein à son fils. Ses cheveux retombaient en ondes souples sur son visage plus épanoui, plus mûr. Elle leva les yeux vers lui et sourit. Le bébé tirailla son sein de ses petits poings et avança une bouche vorace.

Sean vint s'asseoir près de Katrina et serra contre lui la mère et l'enfant. Katrina frotta sa joue contre sa poitrine ; une bonne odeur saine montait de ses cheveux. Le bébé continuait à téter bruyamment. Sean se sentait vaguement excité, comme s'il était sur le point de partir pour une nouvelle aventure.

Une semaine plus tard, lorsque les premiers nuages de pluie s'amoncelèrent dans le ciel, Sean fit traverser la Sabi à ses chariots et s'éleva au flanc de la montagne pour échapper à la chaleur étouffante de la plaine. Au cours de son expédition jusqu'à la côte, en compagnie de Hlubi, il avait remarqué au passage une vallée tapissée d'herbe tendre où un torrent d'eau claire ruisselait entre les cèdres. C'est là qu'il fit installer le camp.

Ils pourraient y attendre tranquillement la fin de la saison des pluies : le bébé serait alors assez grand déjà pour supporter le long voyage de retour vers Pretoria. L'endroit était fort agréable. Les bœufs s'égaillaient dans la vallée qu'ils remplissaient de leurs meuglements satisfaits. La bonne humeur régnait au *laager*, et la nuit, lorsque la brume descendait de la montagne, le feu de camp était accueillant et les flammes montaient haut et clair.

Le père Alphonso resta avec eux près d'une quinzaine. C'était un homme sympathique, et bien que Sean et lui fussent incapables de comprendre ce qu'ils se disaient, ils se débrouillaient assez bien par signes. Lorsqu'il partit, Hlubi et un autre serviteur l'escortèrent par-delà les montagnes. Avant son départ, il réussit à remplir Sean de confusion en l'embrassant pour lui dire au revoir. Sean et Katrina le regrettèrent : il était devenu un ami pour eux, et Katrina avait même fini par lui pardonner d'être papiste.

Les pluies vinrent avec leur violence coutumière. Les semaines, les mois passèrent, des mois de bonheur pendant lesquels le berceau de Dirk fut le centre du monde. C'était Mbejane qui l'avait fabriqué avec du bois de cèdre, et Katrina avait dans ses coffres tout ce qu'il fallait pour ne pas manquer de draps et de couvre-pieds. L'enfant poussait bien : chaque jour il semblait remplir davantage son berceau. Ses petites jambes grossirent, sa peau perdit son aspect violacé, et ses yeux, de bleu laiteux qu'ils étaient, prirent bientôt la même couleur verte que ceux de sa mère.

Pour occuper les longues journées d'inaction, Sean entreprit de construire une cabane près du torrent. Les Zoulous se mirent de la partie, et la modeste hutte que Sean avait d'abord prévue finit par devenir une robuste construction avec des murs enduits de plâtre, un beau toit de chaume et une cheminée de pierre. Lorsqu'elle fut terminée, Sean et Katrina y emménagèrent. Après leur chariot aux parois de toile, la cabane donna à leur amour un sentiment de sécurité, de solidité. Un soir que la pluie sifflait au-dehors et que le vent gémissait à la porte comme un chien qui veut qu'on lui ouvre, ils étendirent un matelas devant l'âtre et là, à la lueur mouvante du feu de bois, ils conçurent leur second bébé.

Noël vint, puis le Nouvel An. Les pluies s'espacèrent, puis s'arrêtèrent tout à fait. Ils n'avaient pas tellement envie de quitter leur vallée, mais ils durent s'y résigner, car les réserves de base — poudre à fusil, sel, médicaments, tissus — s'épuisaient rapidement. Ils chargèrent donc les chariots, attelèrent les bœufs et, de bon matin, redescendirent vers la plaine.

Katrina, tenant Dirk dans ses bras, était assise dans le chariot de tête ; Sean chevauchait à ses côtés. Elle se retourna. A travers les branches des cèdres, le toit de leur cabane émergeait encore, triste et abandonné.

— Il faudra revenir ici un jour, dit doucement Katrina. Nous y avons été tellement heureux...

Sean se rapprocha vers elle et lui posa la main sur le bras.

— Le bonheur n'est pas ici ou ailleurs, mon amour. Nous ne le laissons pas dans cette cabane, nous l'emportons avec nous.

Elle lui sourit. Déjà son ventre était gonflé de la promesse de leur second enfant.

26

Vers la fin du mois de juillet, ils atteignirent le Limpopo et trouvèrent un passage possible. Il leur fallut trois jours pour vider les chariots, leur faire traverser les bancs de sable meuble et transporter ensuite sur l'autre rive l'ivoire et le reste du chargement. Lorsqu'ils eurent terminé, dans l'après-midi du troisième jour, tout le monde était épuisé. Ils dînèrent tôt. Une heure après le coucher du soleil, les Zoulous étaient enroulés dans leurs couvertures, et Sean et Katrina dormaient dans le chariot, serrés l'un contre l'autre.

Le lendemain matin, Katrina était calme, un peu pâle. Sean ne s'en aperçut pas sur le moment, mais lorsqu'elle lui dit qu'elle se sentait fatiguée et qu'elle allait s'étendre un peu, il s'inquiéta tout de suite. Il l'aida à remonter dans le chariot et lui arrangea les oreillers sous la tête.

— Tu es sûre que tu te sens bien ? demandait-il sans arrêt.

— Mais oui... Ce n'est rien. Je suis seulement un peu fatiguée. Ça va se passer.

Elle était touchée par sa sollicitude, mais fut cependant soulagée lorsqu'il sortit surveiller le chargement des chariots : les attentions de Sean étaient toujours un peu maladroites, et elle voulait rester seule. Elle se sentait lasse et elle avait froid.

Vers midi, le chargement terminé, Sean revint voir Katrina. Il souleva doucement un coin de la bâche et jeta un coup d'œil à l'intérieur, s'attendant à la trouver endormie. Les yeux grands ouverts, elle était allongée sur son lit, enroulée dans les deux épaisses couvertures grises. Elle était pâle comme une morte. Sean, brusquement alarmé, bondit dans le chariot.

— Ma chérie, tu es blême. Es-tu malade ?

Il lui posa la main sur l'épaule. Elle frissonnait. Elle ne lui répondit pas, mais ses yeux s'abaissèrent vers le pied de son lit. Sean suivit son regard. Le luxe de Katrina, c'était son pot de chambre : un vase de porcelaine, massif, orné de roses rouges peintes à la main. Il plaisait beaucoup à Katrina, et Sean l'avait plus d'une fois taquinée à ce sujet. Or ce pot était au pied du lit, et Sean sursauta lorsqu'il vit ce qu'il contenait : un liquide couleur de bière brune.

— Oh, mon Dieu, murmura-t-il.

Il resta figé sur place. Les paroles d'une chanson lui revenaient en mémoire et trottaient dans sa tête, une macabre chanson qu'il avait entendue dans les cantines du Witwatersrand :

Si tu pisses ton sang
Noir comme la nuit,
T'en fais pas, l'ami

On va t'mettre au lit,
Te bourrer d'whisky,
Te donner de la quinine

Mais nous on sait bien
Qu'pour toi c'est la fin.
Dommage, car on t'aimait bien...

Il releva la tête et regarda Katrina, s'attendant à lire de la peur dans ses yeux, mais elle soutint son regard.

— Sean, c'est l'hématurie.

— Oui, je sais, répondit simplement Sean.

Il ne chercha pas à nier, ni à évoquer d'impossibles espoirs. C'était l'hématurie, la complication la plus grave du paludisme, qui attaque les reins et les transforme en de fragiles sacs de sang noir que le moindre mouvement peut rompre.

Sean s'agenouilla près du lit.

— Il faut que tu restes allongée sans bouger.

Il effleura son front du bout des doigts : il était brûlant.

— Oui, murmura-t-elle.

Mais déjà ses yeux devenaient hagards, et le délire la secouait de mouvements convulsifs. Sean posa son bras en travers de sa poitrine pour l'empêcher de trop s'agiter.

A la tombée de la nuit, Katrina était en plein cauchemar : elle riait, criait de terreur, secouait la tête et se débattait lorsque Sean voulait la faire boire. Pourtant, il le fallait, c'était sa seule chance de survie : débloquer ses reins. Sean lui tint la tête et la fit boire de force.

Dirk se mit à pleurer, de faim et de peur.

— Mbejane ! cria Sean d'une voix que le désespoir rendait plus aiguë.

Mbejane avait attendu tout l'après-midi près du chariot.

— N'kosi, que puis-je faire ?

— L'enfant... Peux-tu t'en occuper ?

Mbejane souleva le berceau.

— Ne te tracasse plus pour lui. Je vais l'installer dans l'autre chariot.

Sean reporta toute son attention sur Katrina. La fièvre montait toujours. Son corps était une fournaise, sa peau se desséchait, et, d'heure en heure, ses mouvements devenaient plus spasmodiques.

Une heure après le coucher du soleil, Kandhla apporta un pot de liquide brûlant. Sean plissa le nez en sentant l'odeur qui s'en dégageait.

— Qu'est-ce que c'est que ça ?

— J'ai fait bouillir de l'écorce de « l'arbre aux seins de jeune fille... » La N'kosikazi doit en boire.

Cela avait la même odeur de moisi que du houblon que l'on a fait bouillir. Sean hésitait. Il connaissait l'arbre, qui poussait généralement en altitude ; son tronc d'aspect maladif se couvrait d'une écorce boursouflée dont chaque protubérance avait la taille et la forme d'un sein surmonté d'une épine.

— Où en avez-vous trouvé ? Je n'en ai pas vu à proximité de la rivière.

Sean essayait de gagner du temps, car il hésitait encore :

il connaissait les remèdes zoulous, qui guérissaient parfois ceux qu'ils ne tuaient pas.

— Hlubi est retourné dans les collines où nous avons campé il y a quatre jours... Il est rentré il y a une heure.

Cinquante kilomètres aller et retour en moins de six heures... Malgré sa détresse, Sean trouva la force de sourire.

— Dis à Hlubi que la N'kosikazi va boire son remède.

Kandhla soutint la tête de Katrina, tandis que Sean introduisait de force entre ses lèvres le liquide nauséabond. Il lui fit boire tout le contenu du pot.

Le remède sembla décongestionner les reins de Katrina. Quatre fois au cours de la nuit, elle urina ce même liquide noirâtre : Sean la soutenait, veillant à lui éviter le moindre mouvement brusque qui aurait pu la tuer. Peu à peu, son délire devint coma. Elle resta pelotonnée sur le lit, immobile, seulement secouée de temps à autre par un bref accès de frissons. A l'aube, lorsque le soleil éclaira par transparence l'intérieur du chariot, Sean regarda le visage de Katrina et sut qu'elle allait mourir. Sa peau avait pris un ton opaque d'un blanc jaunâtre ; ses cheveux avaient perdu leur éclat et pendaient inertes comme de l'herbe sèche. Kandhla apporta un autre pot rempli de remède et ils le lui administrèrent. Lorsque le récipient fut vide, Kandhla suggéra :

— N'kosi, laisse-moi étendre un matelas par terre près du lit de la N'kosikazi. Il faut que tu dormes. Moi je resterai ici, et si elle bouge je te réveillerai.

Sean le regarda avec des yeux hagards.

— J'aurai tout le temps de dormir après, mon vieux.

Il baissa la tête vers Katrina et ajouta d'une voix douce :

— Bientôt peut-être, j'aurai tout le temps...

Soudain, le corps de Katrina se raidit. Sean se laissa tomber à genoux près d'elle, et Kandhla se pencha, anxieux. Il fallut à Sean quelques instants pour comprendre ce qui se passait.

— Va-t-en ! Va-t-en vite ! dit-il.

Il y avait dans sa voix une telle souffrance que Kandhla, sans se poser de questions, sortit en titubant. Le second fils de Sean vint au monde ce matin-là, et, tandis que Kandhla veillait sur Katrina, Sean enveloppa le corps du bébé dans une couverture et alla l'enterrer dans le *veld*. Puis il revint au chevet de Katrina et passa près d'elle des jours et des nuits d'intolérable angoisse. Si Katrina faillit mourir, Sean fut bien près de sombrer dans la folie. Il ne quitta pas le chariot un seul instant. Accroupi sur un matelas, il essuyait la sueur du front de Katrina, portait une tasse à ses lèvres ou restait là simplement à la veiller. Il avait perdu son enfant, et sous ses yeux le corps de sa femme se transformait peu à peu en un squelette jaunâtre.

Dirk sauva sans doute Sean de la folie. Mbejane lui amena l'enfant qui s'ébattit sur le matelas, grimpa sur les genoux de Sean et lui tira la barbe. Ce fut la seule lueur au milieu de cette longue nuit.

27

KATRINA survécut. Elle sortit lentement du coma, et sa résurrection ramena l'espoir au cœur de Sean. Son urine n'était plus noire, mais rose foncé, et chargée de sédiments.

Katrina prit à nouveau conscience de la présence de Sean : bien qu'elle fût encore trop faible pour pouvoir soulever la tête de son oreiller, elle suivait Sean des yeux lorsqu'il se déplaçait à l'intérieur du chariot. Ce ne fut qu'au bout d'une semaine qu'elle lui demanda d'une voix lasse ce qui s'était passé. Avec toute la délicatesse dont il était capable, Sean lui apprit la mort du bébé. Elle n'eut même pas la force de manifester vraiment de l'émotion : immobile sur son lit, elle regardait fixement la toile au-dessus de sa tête, et les larmes roulaient sur ses joues décharnées

La fièvre l'avait minée à un point incroyable. Ses membres étaient si amaigris que Sean pouvait entourer sa cuisse avec une seule main. Sa peau jaunâtre pendait en plis flasques sur son visage et tout son corps, et elle urinait encore un peu de sang. En outre, le mal avait épuisé l'esprit comme le corps, et il ne lui restait plus de forces pour résister au chagrin causé par la mort de l'enfant. Elle s'était enfermée dans un univers où ni Sean ni Dirk n'avaient accès. Sean menait une lutte de tous les instants pour essayer de la ramener à la raison et à la vie.

Lui et ses serviteurs battirent la brousse à cinquante kilomètres à la ronde pour trouver des friandises susceptibles de la tenter : fruits sauvages, miel, moelle de girafe, cœur d'éléphant, foie de *duiker*, iguane rôti blanc et tendre comme du poulet, filets de brème pêchée dans le fleuve. Katrina en prenait un morceau d'un air absent, puis se détournait et contemplait fixement la bâche au-dessus de son lit.

Sean s'asseyait près d'elle et lui parlait de la ferme qu'ils achèteraient, essayant vainement de la faire discuter de la maison qu'ils feraient construire. Il lui faisait la lecture, mais sa seule réaction était un léger tremblement des lèvres lorsqu'il prononçait les mots « mort » ou « enfant ». Il lui contait sa vie au Witwatersrand, fouillait sa mémoire pour retrouver des histoires qui pourraient l'amuser. Il lui amenait Dirk et le laissait jouer dans le chariot. L'enfant marchait maintenant : ses cheveux bruns commençaient à onduler, et ses yeux étaient du plus beau vert. Dirk, cependant, ne pouvait supporter de rester bien longtemps enfermé dans le chariot : il avait tant à faire, tant à explorer ! A bout d'un moment, il allait jusqu'à l'entrée d'un pas encore malhabile et appelait d'un ton impérieux :

— Bejaan ! Bejaan !

Le visage de Mbejane apparaissait presque instantanément par l'ouverture de la bâche, et il jetait un regard implorant vers son maître.

— C'est bon, disait Sean, emmène-le dehors... Mais dis à Kandhla de ne pas le gaver de nourriture.

Vivement, avant que Sean ne pût changer d'avis, Mbejane prenait Dirk dans ses bras et s'éloignait avec lui. Dirk avait autour de lui deux douzaines de Zoulous pour le gâter. Ils rivalisaient d'ardeur pour conquérir son affection, et aucun effort ne leur paraissait trop grand : le digne Mbejane luimême se mettait à quatre pattes et caracolait entre les chariots, monté par son jeune cavalier ; Hlubi présentait son fameux numéro d'imitation du babouin, se grattait sous les bras et poussait des cris inarticulés, à la grande joie de Dirk ; Kandhla dévastait les réserves de confiture de Katrina pour être sûr que Dirk ne manquât de rien ; quant aux autres, ils se tenaient dans l'ombre, prêts à adorer l'enfant, mais redoutant d'aiguiser la jalousie des trois grands. Sean n'ignorait pas ce qui se passait, mais il était désarmé, consacrant tout son temps à Katrina.

Pour la première fois de sa vie, Sean donnait à un autre être plus qu'une part superficielle de lui-même Et ce n'était pas un sacrifice passager : cela continua pendant les mois que mit Katrina à recouvrer assez de forces pour pouvoir s'asseoir seule dans son lit, et pendant les mois qui s'écoulèrent encore avant que Sean jugeât possible de reprendre le *trek* vers le sud.

Ils fabriquèrent pour Katrina une sorte de litière, car Sean ne voulait pas qu'elle risquât d'être secouée dans le chariot. Quatre serviteurs portaient le palanquin sur leurs épaules ; Katrina y reposait, protégée du soleil par un dais tendu au-dessus d'elle. Malgré les précautions prises par les Zoulous pour éviter la moindre secousse, Katrina, au bout de deux heures, était déjà épuisée. Son dos la faisait souffrir, et des gouttelettes de sueur perlaient sur sa peau jaunie. Pendant toute la semaine qui suivit, ils ne dépassèrent pas deux heures de voyage par jour, avant d'augmenter ensuite graduellement la dose journalière.

Un soir, alors qu'ils campaient près d'un point d'eau boueux au milieu des épineux, à mi-chemin du Magaliesberg, Mbejane vint trouver Sean.

— Il y a un chariot vide, N'kosi.

— Les autres sont remplis d'ivoire, fit remarquer Sean.

— A quatre heures d'ici, il y a assez d'ivoire enterré pour remplir tous ces chariots.

La bouche de Sean se contracta. Il se détourna, laissa errer son regard très loin vers le sud-est, et dit doucement :

— Mbejane, je suis encore jeune, et pourtant j'ai déjà assez de souvenirs pour attrister ma vieillesse. Voudrais-tu qu'après avoir tué mon ami je lui vole aussi sa part d'ivoire ?

Mbejane secoua la tête.

— J'ai demandé, c'est tout.

— Et j'ai répondu, Mbejane... Cet ivoire lui appartient. qu'il repose en paix.

28

ILS franchirent le Magaliesberg et longèrent la chaîne en direction de l'ouest. Deux mois après avoir quitté les bords du Limpopo, ils atteignirent la colonie boer de Louis Trichardt, Sean laissa Mbejane s'occuper de dételer les bœufs sur la place de l'église et se mit en quête d'un médecin. Il n'y en avait qu'un dans toute la région ; Sean le trouva à son cabinet, au-dessus de la factorerie, et l'emmena voir Katrina. Il lui porta son sac, mais le docteur, qui n'était plus tout jeune eut du mal à le suivre : quand ils arrivèrent, le pauvre homme haletait, et transpirait à grosses gouttes. Sean attendit dehors pendant qu'il examinait la malade.

Lorsque le médecin redescendit du chariot, Sean se précipita.

— Alors, docteur, qu'en pensez-vous ?

— Je pense, *meneer*, que vous pouvez remercier le Créateur.

Il secouait la tête d'un air stupéfait.

— Il semble à peine croyable que votre femme ait pu survivre à la fois à l'hématurie et à la mort de l'enfant.

— Elle est donc hors de danger maintenant, il n'y a plus de rechute possible ?

— Elle est hors de danger... mais elle n'est pas guérie pour autant. Il faudra peut-être encore un an avant qu'elle ne reprenne vraiment le dessus. Il n'existe pas de médicaments pour cela : évitez-lui les émotions, nourrissez-la bien et laissez faire le temps.

Il hésita.

— Il y a autre chose..., fit-il en se tapotant le front de son index. Le chagrin l'a beaucoup ébranlée. Elle aura besoin de beaucoup de tendresse, de beaucoup d'amour, et, dans six mois, d'un autre bébé pour remplir le vide laissé par celui qu'elle a perdu. Donnez-lui ces trois choses, *meneer*, mais avant tout beaucoup d'amour.

Il tira sa montre de son gousset.

— Que le temps passe vite ! Il faut que je m'en aille maintenant, j'ai d'autres malades à voir. Que Dieu soit avec vous, *meneer*.

Il tendit la main à Sean qui la serra vigoureusement.

— Combien vous dois-je, docteur ?

L'autre sourit. Il avait des yeux bleu pâle dans un visage hâlé, et lorsqu'il souriait, il avait l'air d'un petit garçon.

— Je ne fais pas payer les conseils, *meneer*. J'aurais voulu pouvoir faire davantage pour elle et pour vous...

Il s'éloigna rapidement. Sa démarche contredisait son sourire : c'était déjà un vieillard.

— Mbejane, dit Sean, va chercher une belle défense dans le chariot, et porte-la chez le docteur, au-dessus de la factorerie.

Le lendemain, Katrina et Sean allèrent à l'église et assistèrent au service. Katrina ne put rester debout pendant les hymnes. Elle s'assit sur son banc, immobile, les yeux fixés sur l'autel. Ses lèvres remuaient silencieusement, et son regard était noyé de tristesse.

A Louis Trichardt, on les accueillit partout avec sympathie. Les hommes venaient admirer leur ivoire et prenaient le café avec eux, les femmes leur apportaient des œufs et des légumes frais. Mais Sean était impatient de poursuivre sa route. Le troisième jour, ils repartirent donc pour la dernière étape de leur *trek*.

Katrina, désormais, recouvra rapidement ses forces. Elle s'occupa de l'éducation de son fils, à la déconvenue mal dissimulée des serviteurs. Bientôt elle put abandonner son palanquin et retrouver sa place habituelle dans le chariot de tête. Peu à peu, elle reprit du poids, et quelques couleurs apparurent même sous son teint jaunâtre. Cependant, malgré l'amélioration de son état physique, elle était toujours aussi abattue, et il n'y avait rien que Sean pût faire pour lui remonter le moral.

Un mois avant la Noël 1895, les chariots franchirent enfin les collines qui dominent Pretoria. Dans les jardins, les jacarandas étaient en fleurs, et les rues animées témoignaient de la prospérité de la République du Transvaal. Sean décida de camper aux abords de la ville. Dès que les bœufs eurent été dételés et que Sean fut certain que Katrina n'avait pas besoin de lui, il mit son unique costume et demanda qu'on lui amenât son cheval. Ce costume n'était plus tout à fait à la mode, et il avait été coupé à ses mesures du temps de sa splendeur : maintenant qu'il avait perdu son ventre, le tissu pendait en plis le long de son corps ; par contre, les manches étaient tendues à craquer sur ses bras robustes. Le visage de Sean était tanné par le soleil, et sa barbe s'étalait en broussaille sur sa poitrine, dissimulant le col de sa chemise qu'il ne pouvait plus boutonner. Le cuir de ses chaussures était éraflé, déformé, et n'avait pas connu le cirage depuis bien longtemps. La sueur avait traversé son chapeau autour du ruban et y avait laissé de larges taches graisseuses ; les rebords pendaient lamentablement, si bien que Sean devait le porter rejeté sur la nuque pour l'empêcher de lui tomber sur les yeux.

Les personnes qui, cet après-midi-là, le suivirent du regard avec étonnement étaient donc excusables, d'autant qu'il descendait Church Street en étrange équipage : un solide gaillard à demi-nu trottinait d'un côté, tandis qu'un grand flandrin de chien tavelé galopait de l'autre.

Ils se frayèrent ainsi un chemin au milieu de la cohue des chariots, passèrent devant le *Raadsaal* du Parlement de la République, admirèrent au passage les maisons qui, un peu en retrait, se dissimulaient au milieu des grands jardins fleuris, et parvinrent enfin dans le quartier commerçant de la ville, aux alentours de la gare. Là, Sean se dirigea vers une factorerie où Duff et lui faisaient autrefois leurs achats. Le magasin n'avait guère changé. L'enseigne était un peu passée, mais elle proclamait toujours que I. Goldberg, Import-Export, Négociant en matériel destiné à l'industrie minière, Gros et Détail, était également acheteur d'or, de pierres précieuses, de cuirs et peaux, d'ivoire et autres richesses naturelles.

Sean sauta à terre et tendit les rênes à Mbejane.

— Tu peux le desseller, Mbejane. Je vais sans doute en avoir pour un bout de temps.

Sean monta sur le trottoir, souleva son chapeau pour saluer deux dames qui passaient, et pénétra dans l'immeuble où M. Goldberg exerçait ses diverses activités. Un des vendeurs se précipita vers lui, mais Sean fit non de la tête, et l'autre retourna à son comptoir. Sean avait en effet aperçu M. Goldberg avec deux clients à l'autre bout du magasin, et il préférait attendre. Il flâna donc parmi les rayons, tâta une chemise pour juger la qualité de l'étoffe, renifla une boîte de cigares, examina une hache, décrocha un fusil du râtelier et visa une tache sur le mur.

M. Goldberg, après avoir salué ses deux clients, s'avança vers lui. C'était un petit homme grassouillet, aux cheveux en brosse, dont le cou débordait par-dessus le col de sa chemise. Il considéra Sean d'un œil inexpressif tandis qu'il fouillait dans le fichier de sa mémoire, à la recherche d'un nom. Soudain, son visage s'épanouit.

— Monsieur Courteney, n'est-ce pas ?

Sean sourit.

— Exact. Comment ça va, Izzy ?

Ils se serrèrent la main.

— Et les affaires ?

M. Goldberg se renfrogna instantanément.

— Terribles, terribles, monsieur Courteney. Les soucis me rongent.

— On ne dirait pas, fit Sean en lui tapotant le ventre. Vous avez grossi.

— Je n'ai pas le cœur à rire, monsieur Courteney. Je vous assure, c'est terrible, avec les impôts et les soucis de toute sorte, sans compter que maintenant, avec ces bruits de guerre...

— Comment ? fit Sean en fronçant les sourcils.

— La guerre, monsieur Courteney, la guerre entre la Grande-Bretagne et le Transvaal !

Le front de Sean se dérida.

— Qu'est-ce que vous me chantez là ? fit-il en riant. Même Krüger ne serait pas bête à ce point ! Allons, offrez-moi donc une tasse de café et un cigare, et nous pourrons parler affaires dans votre bureau.

Le visage de M. Goldberg perdit toute expression, et ses paupières retombèrent : on aurait dit qu'il allait s'endormir.

— Parler affaires, monsieur Courteney ?

— Exactement, Izzy, mais cette fois-ci c'est moi qui vends et vous qui achetez.

— Qu'est-ce que vous avez à vendre, monsieur Courteney ?

— De l'ivoire !

— De l'ivoire ?

— Douze chariots pleins.

M. Goldberg soupira tristement.

— L'ivoire est difficile à écouler maintenant, le marché s'est effondré. Vous aurez du mal à vous en défaire.

Il jouait bien la comédie. Si Sean ne s'était pas renseigné auparavant sur les cours, il aurait pu s'y laisser prendre.

— Voilà de mauvaises nouvelles, dit-il. Eh bien, puisque cela ne vous intéresse pas, je vais chercher ailleurs.

— Venez quand même dans mon bureau, on pourra toujours en discuter. Ça ne coûte rien de bavarder un peu.

Deux jours après, ils en « bavardaient » toujours. Sean était allé chercher ses chariots, et avait déchargé l'ivoire dans l'arrière-cour du magasin. M. Goldberg avait procédé en personne à la pesée de chaque défense et inscrit les chiffres sur une feuille de papier. Sean et lui avaient fait les totaux et s'étaient mis d'accord sur les résultats. Restait à se mettre d'accord sur les prix.

Sean grommelait.

— Izzy, nous avons déjà perdu deux jours en palabres. C'est un bon prix que je vous propose, et vous le savez... Alors, c'est dit ?

— J'y perdrais, protesta M. Goldberg. Il faut bien vivre, tout le monde a le droit de vivre.

— Allons, fit Sean en tendant la main droite. Topez-là, marché conclu.

M. Goldberg hésita encore une seconde, puis il mit enfin sa main replète dans celle de Sean, et tous deux sourirent d'un air satisfait. Un des employés de M. Goldberg compta les souverains en les alignant sur le comptoir par piles de cinquante, puis Sean et M. Goldberg vérifièrent le total et tombèrent une fois de plus d'accord. Sean remplit d'or les deux sacs qu'il avait apportés, donna une bourrade dans le dos de M. Goldberg, prit d'autorité un autre cigare, puis s'éloigna en direction de la banque, chargé comme un mulet.

— Quand retournez-vous en brousse ? lui cria M. Goldberg.

— Bientôt !

— N'oubliez pas que je suis toujours acheteur !

— Je n'oublierai pas, assura Sean.

Mbejane prit un sac et Sean l'autre. Sean souriait et soufflait d'un air satisfait des bouffées de son cigare : qui porte un sac d'or se sent souvent plus léger.

Cette nuit-là, tandis qu'ils étaient allongés l'un près de l'autre dans l'obscurité, Katrina demanda :

— Sean, avons-nous assez d'argent pour acheter notre ferme ?

— Oui, répondit Sean, assez pour acheter le plus beau domaine de toute la province du Cap... Encore une expédition comme celle-là, et on pourra se faire bâtir une maison et des granges, acheter le bétail, planter les vignes, et il nous restera encore de quoi vivre !

— Nous retournons donc dans le *veld* ?

— Un seul voyage, dit Sean, Encore deux ans, et puis ce sera le Cap !

Il la serra dans ses bras.

— Ça ne t'ennuie pas, dis-moi ?

— Non, non, au contraire. Quand repartons-nous ?

— Attends un peu ! fit Sean en riant. On va d'abord se donner un peu de bon temps.

Il la serra à nouveau contre lui. Elle était encore très maigre : ses hanches lui rentraient dans la chair.

— Quelques jolies robes pour toi, mon amour, et pour moi un complet qui n'ait pas l'air d'un déguisement pour carnaval, et alors on verra un peu ce que ce patelin peut nous offrir en guise de distractions.

Il s'interrompit brusquement, car une idée venait de jaillir dans sa tête.

— Bon sang ! Je sais ce que nous allons faire ! On va louer une voiture et on va aller à Jo'burg. On prendra un appartement au Grand-Hôtel, et on va s'en payer ! On se baignera dans une baignoire de porcelaine, on dormira dans un vrai lit ; tu iras te faire coiffer, moi je me ferai tailler la barbe. On mangera de la langouste et des œufs de pingouin... et du mouton, du porc ; j'en ai presque oublié le goût ! Et on fera descendre tout ça avec du champagne, et on valsera au son d'un bon orchestre...

Sean reprit haleine, et Katrina en profita pour demander d'une voix douce :

— Est-ce que la valse n'est pas un plaisir coupable, Sean ?

Sean sourit dans l'ombre.

— Mais certainement !

— J'aimerais bien essayer, juste une fois... Pas trop, simplement pour voir quel effet ça fait.

— D'accord, dit Sean. Nous ferons des orgies de valses !

29

Le lendemain, Sean conduisit Katrina dans le magasin le plus luxueux de Pretoria et choisit des tissus pour lui faire faire une demi-douzaine de robes. L'une d'elles devait être une robe de bal en soie jaune canari. C'était une folie et il le savait, mais il n'en eut cure lorsqu'il vit les joues de Katrina s'empourprer de plaisir et qu'il retrouva dans ses yeux un peu de l'éclat de naguère. Pour la première fois depuis sa maladie, elle revivait vraiment. Il dépensait donc ses souverains sans le moindre remords, et les vendeuses s'empressaient autour de lui, les bras chargés d'articles féminins.

— Une douzaine, disait Sean. Et puis ça aussi.

Soudain, une tache verte attira son regard, sur une étagère au fond du magasin — c'était le vert des yeux de Katrina.

— Qu'est-ce que c'est ? demanda-t-il, en désignant l'objet.

Dans leur empressement, deux vendeuses se bousculèrent. La plus prompte revint triomphante, tenant un châle que Sean plaça sur les épaules de Katrina. Il était magnifique.

— Nous le prenons aussi, dit Sean.

Les lèvres de Katrina se mirent à trembler, et elle éclata en sanglots : c'était trop d'émotions à la fois. La consternation régna aussitôt parmi les vendeuses, qui se trémoussaient autour de Sean comme des poules à l'heure de la pâtée. Sean prit Katrina dans ses bras et la porta jusqu'à la voiture. Arrivé à la porte, il lança par-dessus son épaule :

— Je veux que ces robes soient finies demain soir. C'est possible ?

— Elles seront prêtes, monsieur Courteney ; même si tout le monde doit y passer la nuit.

Il ramena Katrina au *laager* et l'étendit sur son lit.

— Pardonne-moi, Sean ; jamais encore ça ne m'était arrivé.

— Ce n'est rien, chérie. Je comprends. Dors maintenant.

Le lendemain, Katrina resta au camp à se reposer, tandis que Sean retournait voir M. Goldberg et achetait les provisions et le matériel nécessaires à la prochaine expédition. Il fallut deux journées pleines avant que tout ne fût terminé. Katrina semblait être suffisamment remise pour affronter le voyage à Johannesburg.

Ils partirent en début d'après-midi. C'était Mbejane qui conduisait, tandis que Sean et Katrina, assis à l'arrière, se tenaient les mains sous la couverture. Quant à Dirk, il bondissait à l'intérieur de la voiture, ne s'arrêtant que de loin en loin pour coller son visage à la portière et laisser échapper un commentaire en un mélange d'anglais, de hollandais, et de zoulou que Sean appelait du « dirkien ».

Ils atteignirent Johannesburg beaucoup plus tôt que Sean ne l'avait prévu : c'est qu'en quatre ans la ville avait doublé de superficie ; elle s'étendait maintenant assez loin dans le *veld*. Ils traversèrent les faubourgs et arrivèrent dans le centre. Là aussi, il y avait du changement, mais cela ressemblait tout de même en gros à ses souvenirs. Ils avancèrent lentement au milieu des encombrements d'Eloff Street. Les fantômes du passé se mêlaient à la foule qui se pressait sur les trottoirs. Sean entendit le rire de Duff et se retourna vivement : dans une voiture qui passait, un dandy en canotier rit à nouveau, découvrant une rangée de dents en or. Ce n'était pas le rire de Duff, mais cela y ressemblait tout de même. Et tout était ainsi, apparemment identique, mais pourtant subtilement différent. Le passé était mort, et Sean comprit alors qu'on ne revient jamais en arrière. Rien n'est jamais semblable ; la réalité est unique dans le temps et l'espace. Lorsqu'elle a disparu, c'est en d'autres époques, en d'autres lieux qu'il faut la rechercher...

Ils prirent un appartement au Grand Hôtel : un salon, deux chambres à coucher, une salle de bains privée et un balcon qui surplombait la rue. Au-delà des toits de la ville, on apercevait les chevalements et les haldes des mines toutes proches. Katrina était à bout de forces. Ils se firent servir à souper de bonne heure dans leur appartement, et Katrina alla se coucher tout de suite après. Sean descendit seul au bar. Il y avait beaucoup de monde. Sean réussit pourtant à trouver une place dans un coin, et écouta distraitement les conversations. Il y avait pris part, autrefois, mais maintenant il n'était qu'un étranger ici.

On avait changé la gravure qui était au-dessus du bar. Au lieu de la scène de chasse que Sean avait connue, il y avait maintenant un tableau représentant un général en tunique rouge, abondamment éclaboussé de sang, faisant ses adieux à son état-major sur le champ de bataille. Les officiers avaient l'air de s'ennuyer prodigieusement.

Sean laissa errer son regard sur les lambris, qui lui rappelaient tant de souvenirs. Il battit des paupières : près de la porte latérale, un des panneaux de bois était défoncé, et le trou avait la forme d'une étoile. Sean sourit, posa son verre et se massa les jointures : si Oakie Henderson n'avait pas baissé la tête devant ce coup de poing, ce jour-là, il serait tombé raide...

Sean appela le barman.

— Un autre cognac, s'il vous plaît.

Pendant que l'homme le servait, il demanda :

— Qu'est-ce qui est arrivé au panneau qui est près de la porte ?

Le barman leva les yeux, puis les rabaissa aussitôt.

— C'est un type qui l'a défoncé d'un coup de poing, dans le temps jadis. Le patron ne veut pas qu'on le répare. C'est comme qui dirait un souvenir, vous comprenez ?

— Ça devait être un rude gaillard, dit Sean. Le bois fait plus de deux centimètres d'épaisseur. Qui était-ce ?

L'autre haussa les épaules.

— Un des mineurs. Des gars qui viennent, qui se gagnent quelques livres, qui les boivent et qui repartent comme ils sont venus.

Il regarda Sean avec des yeux las.

— Ça fait une demi-couronne.

Sean but lentement son cognac, tournant son verre dans ses doigts entre chaque gorgée.

Un panneau défoncé dans un bar, la seule trace de son passage à Johannesburg... *Allons nous coucher*, se dit-il. *Je n'appartiens plus à ce monde-là.* Son univers à lui, il était en haut — en train de dormir, du moins l'espérait-il. Il sourit tout seul et avala le reste de son cognac.

— Sean !

Une voix à son oreille, une main sur son épaule au moment où il allait se lever.

— Bon sang, Sean, est-ce bien toi ?

Sean regarda l'homme debout à côté de lui. Il ne reconnaissait pas la barbe bien taillée, le grand nez brûlé par le soleil, un peu pelé, mais les yeux, oui, les yeux...

— Dennis, vieux sacripant ! Car c'est bien toi, Dennis Petersen, de Ladyburg ?

— Tu ne m'avais pas reconnu ! s'écria Dennis. La voilà bien l'amitié ! Tu disparais pendant dix ans, et quand tu reviens tu ne me reconnais même plus !

Ils s'esclaffèrent.

— Je pensais qu'on t'avait pendu haut et court depuis longtemps ! expliqua Sean. Que diable fais-tu à Johannesburg ?

— Je vends de la viande de bœuf. Je fais partie du Comité de l'Association des Eleveurs, ajouta Dennis avec un rien de fierté dans la voix. Je suis venu ici pour négocier le renouvellement de nos contrats.

— Quand est-ce que tu t'en retournes ?

— Mon train part dans une heure.

— Bon, alors on a encore le temps de boire un verre ensemble. Qu'est-ce que tu prends ?

— Eh bien, pour moi ce sera un petit cognac.

Sean passa la commande au barman. Ils prirent leurs verres en main et se trouvèrent soudain un peu bêtes, conscients, après dix ans, de ne plus pouvoir retrouver leur belle entente d'autrefois.

— Et toi, qu'est-ce que tu deviens ? demanda Dennis pour rompre le silence.

— Oh, pas grand-chose — j'ai tâté un peu de la mine, maintenant j'arrive de brousse. Rien de bien excitant.

— En tout cas, ça fait plaisir de te revoir. A ta santé !

— A la tienne, dit Sean.

Il songea soudain que par Dennis il pourrait avoir des nouvelles de sa famille, de ses amis...

— Comment ça va, à Ladyburg ? Tes sœurs ?

— Mariées toutes les deux. Et moi aussi. J'ai quatre fils.

A nouveau la pointe de fierté dans sa voix.

— Avec qui ? Je connais ?

— Avec Audrey, tu sais, la fille du vieux Pye.

— Pas possible ! laissa échapper Sean.

Puis, se reprenant aussitôt :

— Félicitations, Dennis. Je suis content pour toi. C'était une fille épatante.

— La plus chic de toutes, approuva Dennis avec complaisance.

Il avait le côté bien soigné, bien nourri de l'homme marié ; son visage s'était rempli, et il commençait à avoir un peu de bedaine. *Je me demande si j'en ai aussi*, pensa Sean.

— Evidemment, le vieux Pye est mort depuis : cette créance-là, il n'a pas pu la racheter. C'est Ronnie qui a repris la banque et le magasin.

— Cette espèce de rat crevé ? s'écria Sean.

Il comprit tout de suite qu'il avait gaffé. Dennis fronça les sourcils.

— Sean, je suis de la famille maintenant. Ronnie est un charmant garçon, et un homme d'affaires remarquable.

— Excuse-moi, je plaisantais. Et comment va Ada ?

Pour changer de sujet de conversation, Sean avait posé la question qui lui brûlait les lèvres depuis le début — et il avait visé juste, car l'expression de Dennis se rasséréna immédiatement, et une lueur affectueuse apparut dans ses yeux.

— Elle n'a pas changé. Elle a monté un magasin de modes, juste à côté de chez Ronnie. C'est une mine d'or ! Personne ne songerait à acheter quelque chose ailleurs que chez Tante Ada ! C'est la marraine de mes deux aînés. D'ailleurs je crois bien qu'elle est la marraine de la moitié des mioches du pays !

A nouveau, ses traits se durcirent.

— Tu aurais quand même pu lui écrire de temps en temps, Sean. Tu ne peux pas imaginer la peine que tu lui as faite.

— Les circonstances..., commença Sean en baissant le nez vers son verre.

— Ce n'est pas une excuse. Tu avais des devoirs, et tu y as failli. Tu es impardonnable.

Petit crétin... Sean leva la tête et regarda Dennis sans chercher à cacher son mépris. *Petit minable, la bouche pleine de prêchi-prêcha, mais incapable de regarder le monde autrement que par le trou de serrure de ta suffisance...*

Dennis n'avait rien remarqué et poursuivait :

— C'est la leçon qu'on doit apprendre avant de devenir adulte : nous avons tous nos responsabilités et nos devoirs. Un homme n'est vraiment un homme que lorsqu'il fait front, lorsqu'il accepte le fardeau que la société lui impose. Prends mon cas, par exemple : malgré le travail considérable que représentent mes fermes (je possède aussi *Mahobos Kloof*, maintenant), et malgré les sollicitations de ma famille, j'ai tout de même le temps de représenter le district au Comité de l'Association des Eleveurs ; je fais partie du conseil de paroisse et du conseil municipal, et j'ai tout lieu de croire qu'on me proposera le mois prochain d'accepter la charge de premier magistrat de la ville.

Il leva les yeux et regarda Sean d'un air sévère.

— Et toi, qu'as-tu fait de ta vie ?

— Je l'ai vécue, répondit Sean.

Dennis resta un instant abasourdi, puis se reprit :

— Es-tu marié ?

— Je l'ai été. Mais j'ai vendu ma femme aux marchands d'esclaves arabes, tout là-haut dans le nord.

— Quoi ?

— Bah, fit Sean avec un sourire, elle était vieille et on m'en offrait un bon prix.

— C'est une blague, hein ? Ha, ha !

Ah, on ne la faisait pas à ce bon vieux Dennis... Sean éclata de rire. *Impayable petit crétin !*

— Encore un verre, Dennis ?

— Merci, Sean, mais deux, c'est un maximum pour moi.

Dennis tira de son gousset une montre savonnette en or.

— Il est temps que je m'en aille, je le crains. A une autre fois.

— Eh, attends ! fit Sean. Et mon frère... Comment va Garry ?

— Ah, ce pauvre vieux Garry, dit Dennis en secouant la tête d'un air solennel.

— Que lui est-il arrivé ? demanda Sean d'une voix que l'inquiétude rendait plus aiguë.

— Oh, rien, rien du tout..., s'empressa de dire Dennis. Enfin, rien de pire qu'avant.

— Pourquoi as-tu dit « ce pauvre vieux Garry », alors ?

— Je ne sais pas, je ne sais vraiment pas. Tout le monde dit cela, par habitude, je suppose. Garry est de ceux de qui on ne peut pas s'empêcher de dire : « le pauvre vieux ».

Sean domina son irritation. Il voulait savoir.

— Tu ne m'as pas répondu. Comment va-t-il ?

Dennis eut un geste significatif.

— Il caresse un peu trop la bouteille ces temps-ci, je trouve... Oh, je ne le blâme pas ! Avec la femme qu'il a épousée... Tu t'en es sorti à temps, si je peux dire, Sean.

— Tu peux, fit Sean. Alors, comment vont les affaires à Theunis Kraal ?

— On a tous été plus ou moins touchés par la peste bovine, mais Garry, lui, a perdu la moitié de son bétail. Ce pauvre vieux Garry, ça n'arrive qu'à lui !

— Mon Dieu ! Cinquante pour cent...

— Hé oui... Heureusement, Ronnie a pu l'aider : il a pris une hypothèque sur la ferme pour le remettre à flot.

— Theunis Kraal hypothéqué à nouveau, gémit Sean. Oh, Garry, Garry...

— Hé oui... Bon, fit Dennis en toussotant d'un air gêné, il faut que je m'en aille. *Totsiens*, Sean.

Il lui tendit la main.

— Est-ce que je peux dire qu'on s'est rencontrés ?

— Non, fit vivement Sean. Je préfère pas.

— A ton aise.

Dennis hésita.

— Tout va bien, Sean ? Heu...

Il toussota encore.

— Je veux dire, heu... au point de vue argent ?

Sean sentit sa tristesse de dissiper un peu : voilà que ce prétentieux petit crétin allait lui proposer de lui prêter de l'argent !

— C'est très gentil à toi, Dennis, mais j'ai un peu d'argent de côté, fit Sean avec beaucoup de sérieux. De quoi manger pendant quelques jours...

— Ah bon, tant mieux, dit Dennis visiblement soulagé. Parfait, parfait. *Totsiens*, Sean.

Il tourna les talons et sortit vivement du bar. Sean l'oublia aussitôt, car il pensait à Garrick.

Je retournerai à Ladyburg lorsque la prochaine expédition sera terminée, décida-t-il brusquement. La ferme de leurs rêves ne perdrait rien à être transplantée au Natal. Il ressentit l'envie subite de se retrouver à Theunis Kraal dans le grand bureau lambrissé — de voir la brume froide descendre lentement du plateau, à l'aube, et l'écume blanche rejaillir des chutes d'eau. Il voulait entendre encore la voix d'Ada, et tout lui expliquer, sûr qu'elle comprendrait et qu'elle pardonnerait.

Mais surtout, surtout, il y avait Garry — ce pauvre vieux Garry. *Il faut que je le revoie.* Dix ans, c'était long, il ne devait plus avoir gardé d'amertume... *Il faut que j'y retourne, dans son intérêt et celui de Theunis Kraal.* Sa décision prise, Sean vida son verre et monta à son appartement.

Katrina respirait doucement dans son sommeil ; la lourde masse de ses cheveux était étalée sur l'oreiller. Il la regarda tout en se déshabillant, et lentement sa mélancolie se dissipa. Au moment où il entrouvrait les draps pour se glisser dans le lit, Dirk se mit à geindre dans la chambre voisine. Sean se précipita.

— Eh bien, eh bien, qu'est-ce qu'il y a donc ?

Dirk cligna des yeux d'un air solennel et chercha une raison. Il en trouva une vieille comme le monde, et son visage s'éclaira.

— Je veux à boire, dit-il.

Dirk profita du répit pour rallier ses troupes, et il passa à l'offensive dès que son père revint de la salle de bains.

— Raconte-moi une histoire, papa.

Il était assis dans son lit, bien réveillé maintenant.

— Je vais te raconter celle de Jack et du...

— Oh, non, pas celle-là ! protesta Dirk.

L'histoire de Jack et de son frère durait cinq secondes, et Dirk le savait. Sean s'assit au bord du lit et lui tendit le verre.

— Alors celle-ci... Il y avait une fois un roi qui possédait tout au monde... Mais quand il perdit tout, il s'aperçut qu'il n'avait jamais rien eu et qu'il possédait maintenant bien plus que tout ce qu'il avait eu avant.

Dirk eut l'air stupéfié.

— Elle n'est pas très bien, ton histoire, dit-il enfin.

— Non ? dit Sean. Peut-être bien, après tout. Mais il faut être charitable : étant donné l'heure qu'il est, moi je la trouve pas mal du tout.

30

Lorsqu'il s'éveilla, Sean se sentit heureux. Katrina, assise dans son lit, tenait à la main un pot d'étain et versait du café dans les tasses, tandis que Dirk tambourinait à la porte.

Katrina sourit à son mari.

— Bonjour, *meneer*.

Sean se dressa et l'embrassa.

— Comment as-tu dormi, chérie ?

— Très bien, merci.

Mais elle avait de grands cernes sombres sous les yeux. Sean se leva et alla ouvrir la porte de la chambre.

— Prépare-toi à affronter la cavalerie, dit-il.

La charge de Dirk l'amena jusqu'au lit. Sean lui plongea dans les jambes. Après un moment de confusion, Dirk se retrouva à califourchon sur la poitrine de son père qui demandait grâce.

Après le petit déjeuner, Mbejane arrêta la voiture devant l'hôtel, et ils s'y installèrent tous les trois. Sean ouvrit la petite fenêtre qui se trouvait derrière le siège du cocher et dit à Mbejane :

— Au bureau d'abord. Ensuite, il faut que je sois à dix heures à la Bourse.

Mbejane sourit.

— Oui, N'kosi, et après, déjeuner à la grande maison.

Le Zoulou n'avait jamais pu prononcer le nom de Xanadu.

Ils revirent les lieux familiers. Sean et Mbejane riaient et rappelaient leurs souvenirs.

Il y avait un début de panique à la Bourse, les gens étaient massés sur les trottoirs environnants. La façade des bureaux d'Eloff Street avait été refaite, et une grande plaque de cuivre, près de la porte, portait la liste des filiales de la *Central Rand Consolidée.* Mbejane arrêta la voiture devant l'entrée, et Sean conta à Katrina ses fastes passés. Elle l'écouta en silence, se sentant soudain écrasée par cet homme qui avait été un personnage aussi considérable. Elle se méprit sur son enthousiasme et crut qu'il regrettait le passé.

— Mbejane, conduis-nous à la Fosse Candy, ordonna-t-il enfin. Je veux voir ce que c'est devenu.

Sur les cinq cents derniers mètres, la route était envahie par la végétation et truffée de nids-de-poule. Les bâtiments administratifs avaient été démolis, et l'herbe poussait dru sur les fondations. De nouveaux immeubles, de nouveaux chevalements s'élevaient à un kilomètre de là, mais ici, le filon avait été abandonné. Mbejane arrêta la voiture dans l'allée circulaire devant laquelle les bureaux se trouvaient autrefois. Il sauta à terre et maintint les chevaux tandis que Sean aidait Katrina à descendre. Sean souleva Dirk et l'assit sur son épaule, puis, au milieu des tas de briques et des détritus que l'herbe haute envahissait, ils s'avancèrent vers le puits numéro 3.

Les grands blocs de béton qui avaient servi de socle aux machines dessinaient encore sur le sol des formes géométriques. Derrière se dressait la grande halde blanche. Parmi la roche broyée, quelque chose avait coulé en longues traînées jaunâtres. Cela arrivait parfois, et Sean se rappelait que Duff avait fait identifier le minerai en question, qui n'avait que peu de valeur commerciale et n'était utilisé qu'occasionnellement dans l'industrie de la céramique. Sean, par contre, ne pouvait se souvenir du nom — cela ressemblait à un nom d'étoile ou de planète : Uranius ou quelque chose d'approchant.

Ils arrivèrent au puits : les bords s'étaient effondrés, et l'herbe poussait au-dessus du gouffre comme une moustache hirsute sur une bouche édentée. Il n'y avait plus de chevalement, et seule une clôture de barbelé rouillé entourait le puits. En se tenant très raide — car il portait toujours Dirk sur l'épaule —, Sean plia les genoux, ramassa une pierre grosse comme un poing d'homme et la jeta dans le trou. Ils l'entendirent rebondir contre les parois, puis, au bout d'un long moment, l'écho répercuta un bruit sourd : elle avait heurté le fond à quelque trois cents mètres plus bas.

— Encore ! ordonna Dirk.

Mais Katrina intervint.

— Non, Sean. Allons-nous-en. Je n'aime pas cet endroit.

Elle frissonna légèrement.

— Cela fait penser à une tombe.

— Ça a failli en être une, en effet, répondit Sean en se rappelant qu'il y avait été emmuré sous des tonnes de roches.

— Allons-nous-en, répéta-t-elle.

Et ils retournèrent vers Mbejane, qui attendait avec la voiture.

Au déjeuner, Sean fut très gai et but une bouteille de vin. Katrina, elle, était fatiguée, et plus déprimée qu'elle n'avait jamais été depuis leur départ de Louis Trichardt. Elle comprenait peu à peu quel genre de vie Sean avait menée avant de la connaître, et elle craignait maintenant qu'il ne voulût y revenir. Elle qui n'avait jamais connu que l'existence errante des Boers nomades, elle savait qu'elle ne pourrait pas s'habituer à une autre vie. Elle regardait Sean rire et plaisanter, elle admirait l'assurance avec laquelle il donnait des ordres au maître d'hôtel blanc, son aisance à se servir des couverts disposés devant eux de chaque côté de leur assiette. A la fin, elle n'y tint plus :

— Allons-nous-en, Sean, retournons en brousse.

Sean resta bouche bée, la fourchette en l'air.

— Comment ?

— Je t'en supplie, Sean. Plus tôt nous repartirons, plus tôt nous pourrons acheter notre ferme.

Sean eut un petit rire.

— Un jour ou deux de plus ici, quelle différence cela fait-il ? On commence à s'amuser. Ce soir, je t'emmène danser — une orgie de valses, tu te rappelles ?

— Qui s'occupera de Dirk ? demanda-t-elle faiblement.

— Mbejane.

Il la regarda attentivement.

— Cet après-midi, tu vas faire une bonne sieste, et ce soir, on va s'envoyer en l'air !

Il sourit aux souvenirs que cette expression évoquait.

Lorsque Katrina s'éveilla de sa sieste cet après-midi-là, elle découvrit une autre raison qui pouvait expliquer son abattement : pour la première fois depuis sa grossesse, ses règles étaient revenues. Son corps et son esprit étaient au plus bas. Elle ne dit rien à Sean, se baigna et mit la robe jaune. Elle se brossa avec acharnement au point que le cuir chevelu lui fit mal, mais ses cheveux restèrent inertes, éteints comme les yeux qui la regardaient dans son miroir.

Sean s'approcha par-derrière et se pencha pour l'embrasser sur la joue.

— Tu es resplendissante, dit-il. Un vrai lingot d'or !

Mais il se rendait compte qu'il avait fait une erreur en choisissant cette couleur pour la robe : elle n'était que trop bien assortie à son teint.

Mbejane attendait dans le salon.

— Nous rentrerons peut-être tard, lui dit Sean.

— Ça ne fait rien, N'kosi.

Le visage de Mbejane était impassible comme toujours, mais Sean aperçut une lueur d'impatience dans ses yeux et devina qu'il lui tardait d'avoir enfin Dirk à lui tout seul.

— Tu ne dois pas entrer dans sa chambre, menaça Sean.

— Et s'il pleure, N'kosi ?

— Il ne pleurera pas... mais si jamais cela se produisait, viens voir ce qu'il veut, donne-le-lui et laisse-le se rendormir.

Le visage de Mbejane émit une muette protestation.

— Je t'avertis, Mbejane, si en rentrant je te trouve en train de jouer au cheval à travers la pièce, je t'écorche vif !

— Son sommeil ne sera pas troublé, mentit Mbejane.

Dans le hall de l'hôtel, Sean s'adressa à la réception.

— Quel est le meilleur restaurant de la ville ? demanda-t-il.

— C'est « A la Guinée d'Or », à deux rues d'ici, monsieur. Vous ne pouvez pas vous tromper.

Sean n'était pas convaincu.

— « A la Guinée d'Or »..., grommela-t-il. C'est un nom pour bistrot mal famé.

— Je vous assure, monsieur, vous ne vous en plaindrez pas. Le Tout-Johannesburg y dîne. M. Rhodes lui-même y vient quand il est là, et puis M. Barnato, M. Hradsky...

— Dick Turpin [1], César Borgia, Benedict Arnold [2]..., continua Sean. Très bien, vous m'avez convaincu. Je prends le risque d'aller dans ce coupe-gorge.

Il sortit avec Katrina à son bras. La splendeur de « La Guinée d'Or » impressionna un peu Sean lui-même. Un garçon en uniforme de général de brigade leur fit descendre un escalier de marbre et traverser la salle pour les conduire à une table qui, malgré les éclairages tamisés, étincelait de tous ses feux de cristal et d'argent. Le sol était recouvert d'un immense tapis, de précieux lustres pendaient aux voûtes, l'orchestre était excellent, et l'air sentait le parfum et le cigare de prix.

Katrina, bouche bée, contemplait le menu, et il fallut que Sean vînt à son aide. Il passa commande avec un accent français qui impressionna Katrina, mais non pas le garçon. Avec le vin, Sean retrouva sa bonne humeur et sa gaieté. Assise en face de lui, Katrina l'écoutait en silence. Elle cherchait quelque chose de spirituel à lui répondre ; dans leur chariot, seuls dans la brousse, ils pouvaient bavarder des heures, mais ici, elle était muette.

Sean se pencha au-dessus de la table et lui prit la main.

— On danse ?

Elle secoua la tête.

— Non, Sean, je ne pourrais pas, avec tous ces gens qui regardent. Je serais ridicule.

— Mais non, viens, je vais te montrer... C'est facile.

— Non, je ne veux pas, je ne veux pas.

En lui-même, Sean dut reconnaître que la piste de danse de « La Guinée d'Or » un samedi soir, ce n'était pas l'endroit idéal pour une leçon de valse. Il se consacra donc au contenu de son assiette, et ne parla plus que par monosyllabes. Katrina le regardait. Elle ne faisait que grignoter, intensément consciente des rires et des voix qui l'entouraient, et se sentait dépaysée, et affreusement malheureuse.

---

1. Célèbre bandit de grand chemin anglais du XVIIIe siècle.

2. Officier américain qui trahit sa patrie et passa aux Anglais au cours de la Guerre d'Indépendance.

— Allons, Katrina, fit Sean avec un sourire. Tu n'as même pas touché à ton verre. Bois un peu, ça te donnera des forces.

Obéissante, elle avala une gorgée de champagne, qu'elle n'aimait pas. Sean termina sa langouste Thermidor et se renversa en arrière sur sa chaise : le bon vin et la bonne chère le rendaient euphorique.

— Sapristi, fit-il, je ne souhaite qu'une chose, c'est que le chef puisse maintenir le reste du dîner à ce niveau.

Il éructa doucement derrière ses doigts et parcourut la salle d'un regard satisfait.

— Duff disait toujours qu'une langouste bien préparée, c'était...

Il s'interrompit brusquement. En haut du grand escalier de marbre, un groupe venait d'apparaître. Deux hommes en habit escortaient une femme blonde, et la femme était Candy Rautenbach : Candy avec ses cheveux relevés au-dessus de la tête, Candy avec des diamants aux oreilles et au cou, Candy dont la poitrine débordait presque de sa robe blanche, Candy avec ses yeux brillants et sa bouche rouge, Candy plus sûre d'elle et plus ravissante que jamais.

Tout en riant, elle parcourait la salle des yeux, et son regard rencontra celui de Sean. Incrédule, elle le dévisagea, et son rire se figea sur ses lèvres. Puis, laissant là toute dignité, elle releva ses jupes jusqu'aux genoux, descendit l'escalier en courant, suivie par ses chevaliers servants ahuris. Les garçons s'écartèrent, et toutes les têtes se tournèrent vers elle. Sean s'était levé. Candy se précipita vers lui et lui jeta les bras autour du cou. Il y eut un long échange de paroles incohérentes, après quoi Sean se dégagea des bras de Candy et se tourna vers Katrina. Candy était rouge, et haletait d'émotion au point qu'on pouvait craindre à tout moment de voir ses seins jaillir de son corsage.

— Candy, je te présente ma femme, Katrina. Ma chérie, voici Candy Rautenbach.

— Comment allez-vous ?

Katrina eut un sourire contraint, et Candy commit la gaffe :

— Sean, tu plaisantes ? Toi, marié !

Le sourire de Katrina s'évanouit. Candy s'en aperçut et se hâta d'enchaîner :

— Mais j'applaudis ton choix ! Katrina, je suis charmée de vous connaître. Il faudra qu'on se voie un de ces jours, pour que je vous raconte le terrible passé de Sean !

Candy n'avait pas toujours lâché le bras de Sean. Katrina regardait sa main, ses longs doigts fuselés crispés sur la manche de son mari. Ce dernier suivit son regard et voulut discrètement se dégager, mais Candy tenait bon.

— Sean, voici mes deux prétendants les plus assidus...

Ils se tenaient derrière ses talons comme de bons chiens de chasse.

— Ils sont si gentils tous les deux, poursuivit Candy, que je ne peux pas arriver à me décider. Harry Lategaan... Derek Goodman... Mes amis, voici Sean Courteney, dont vous avez beaucoup entendu parler.

Tout le monde se serra la main.

— Cela ne vous dérange pas qu'on se joigne à vous ? demanda Derek Goodman.

— C'est le contraire qui me vexerait ! s'exclama Sean.

Les hommes s'éloignèrent pour demander des chaises, tandis que Candy et Katrina se mesuraient du regard.

— C'est la première fois que vous venez à Johannesburg, madame Courteney ? demanda Candy avec un charmant sourire.

Je me demande où Sean l'a dégottée. C'est un vrai manche à balai et, ma parole, elle est jaune comme un citron ! Et quel accent... Tout de même, il aurait pu choisir mieux que ça.

— Oui, c'est la première fois. D'ailleurs nous repartons très prochainement.

C'est une prostituée, sûrement, rien qu'à voir sa poitrine à demi-nue, et tout ce maquillage qu'elle a sur la figure, et la façon dont elle tripote Sean. Elle a dû être sa maîtresse. Si elle le touche encore, je... je la tue.

Sean revint avec une chaise et fit asseoir Candy.

— Candy est une de mes vieilles amies, chérie. Je suis sûr que vous vous entendrez très bien toutes les deux.

— J'en suis persuadée, dit Candy.

Mais Katrina ne répondit pas, et Candy se tourna vers Sean.

— Sean, c'est merveilleux de te retrouver ainsi. Tu as l'air en pleine forme... aussi hâlé, aussi beau garçon que lorsque je t'ai vu pour la première fois. Tu te rappelles, le jour où vous êtes venus déjeuner à l'hôtel, Duff et toi ?

Une ombre passa sur le visage de Sean.

— Oui, je me souviens.

Il tourna la tête et fit claquer ses doigts pour appeler le garçon.

— Si nous prenions un peu de champagne ?

— J'y vais ! s'écrièrent en même temps les deux chevaliers servants, qui se mirent à se chamailler amicalement pour savoir de qui c'était le tour.

— Duff n'est pas avec toi ce soir ? demanda Candy.

— Candy, n'est-ce pas que c'est Derek qui a été chercher à boire la dernière fois ? fit Harry d'un ton suppliant. C'est mon tour aujourd'hui !

Candy fit la sourde oreille et attendit la réponse de Sean, mais celui-ci contourna la table et vint s'asseoir près de Katrina.

— Dites-moi, chère amie, dit Derek, vous m'accorderez votre première danse ?

— On va faire ça à pile ou face, suggéra Harry. Le gagnant paie et obtient la première danse.

— Ça me va !

— Sean, répéta Candy, Duff n'est pas avec toi ?

— Non, il n'est pas là... Dites donc, vous autres, enchaîna vivement Sean en détournant les yeux, pourquoi est-ce que je ne serais pas dans le coup, moi aussi ?

Il mêla sa voix à la discussion entre Harry et Derek, tandis que Candy se mordait les lèvres. Elle voulait avoir des nouvelles de Duff. Soudain son sourire reparut. Elle n'allait tout de même pas supplier Sean !

— Qu'est-ce à dire ? fit-elle en donnant un coup d'éventail sur l'épaule d'Harry. Voilà que je deviens le premier prix d'une tombola, maintenant ! C'est Derek qui paiera le champagne, et Sean qui aura la première danse.

— Dites-moi, chère amie, je trouve ça un peu raide...

Mais Candy se levait déjà.

— Viens, Sean, que je voie si tu es encore capable de suivre la mesure...

Sean jeta un coup d'œil vers Katrina.

— Tu ne m'en veux pas, hein ? Juste une danse...

Katrina secoua la tête.

Je la déteste. C'est une prostituée. Katrina n'avait jamais prononcé le mot tout haut, elle l'avait seulement lu dans la Bible — et maintenant elle éprouvait une amère jouissance à le redire mentalement.

Elle observa Sean et Candy, qui s'éloignaient en se tenant par le bras.

— Voulez-vous m'accorder cette danse, madame Courteney ? demanda Derek.

Katrina secoua de nouveau la tête, sans même le regarder. Ses yeux étaient rivés sur la piste. Lorsque Sean prit Candy dans ses bras, Katrina sentit quelque chose de glacé lui nouer l'estomac. Candy regardait Sean et riait, une main sur son épaule, et l'autre dans la sienne.

C'est une prostituée. Katrina était au bord des larmes, mais remâcher ce mot l'empêcha de pleurer. Elle se raidit sur sa chaise, et ses mains se crispèrent sur ses genoux : Sean et Candy tournoyaient, leurs jambes se touchaient ; Candy légèrement cambrée, pressait ses cuisses contre celles de Sean. Katrina suffoqua : la jalousie serrait sa poitrine comme un étau.

Je pourrais aller l'arracher des bras de cette fille, pensa-t-elle. *Je pourrais l'empêcher de faire ça. Il n'a pas le droit. C'est comme s'ils le faisaient ensemble. Je sais qu'ils l'ont déjà fait avant, j'en suis sûre maintenant. Oh, mon Dieu, faites qu'ils s'arrêtent, je vous en supplie...*

Sean et Candy revinrent enfin à leur table ; ils riaient. Sean posa sa main sur l'épaule de Katrina ; elle se dégagea, mais il ne parut pas s'en apercevoir. Tout le monde s'amusait bien, tout le monde sauf Katrina. Harry et Derek se bagarraient pour avoir la meilleure place. Sean éclatait de son grand rire sonore, et Candy étincelait comme ses diamants. De temps en temps, Sean se retournait vers Katrina pour l'encourager à se joindre à la conversation, mais elle s'y refusait obstinément. Elle les détestait tous, oui tous, même Sean : elle n'avait plus confiance en lui, elle était jalouse, elle avait peur.

Elle regarda ses mains posées sur la nappe, des mains osseuses, crevassées et rougies par le soleil et le vent — si laides, comparées à celles de Candy... Elle les glissa vivement sous la table, et se tourna vers Sean.

— Je t'en prie, je voudrais retourner à l'hôtel. Je ne me sens pas bien.

Sean s'interrompit au beau milieu d'une histoire et la regarda avec un mélange d'inquiétude et d'effarement. Il n'avait pas envie de s'en aller, et pourtant il savait qu'elle était encore malade. Il hésita une seconde, puis :

— Bien sûr, chérie. Je suis désolé, je ne me rendais pas compte...

Il se tourna vers les autres.

— Vous nous excuserez. Il faut que nous rentrions... Ma femme n'est pas encore très solide, elle vient de faire une terrible crise d'hématurie...

— Oh, Sean, quel dommage !

Candy ne cachait pas sa déception.

— Nous avions encore tant de choses à nous raconter !

— C'est vrai... Eh bien, ce sera pour une autre fois.

— Oui, fit vivement Katrina, quand nous reviendrons à Johannesburg.

— Oh, je ne sais pas..., dit Sean. Peut-être avant notre départ. Un soir de la semaine prochaine, lundi par exemple ?

Mais avant que Candy eût pu répondre, Katrina intervint :

— Je t'en prie, Sean, allons-nous-en. Je suis si fatiguée...

Elle s'éloignait déjà. Au pied de l'escalier, elle se retourna : Candy avait pris Sean par le bras et lui parlait à l'oreille. Sean lui répondit brièvement, puis Candy revint s'asseoir à la table.

Lorsqu'ils furent dehors, Katrina demanda :

— Que t'a-t-elle dit ?

— Elle m'a dit au revoir, c'est tout, marmonna Sean.

Il mentait, elle en était sûre. Ils ne prononcèrent plus un mot jusqu'à l'hôtel. Katrina était rongée par la jalousie. Quant à Sean, il pensait à ce que Candy lui avait demandé et à ce qu'il avait répondu :

— Sean, où est Duff ? Il faut me le dire.

— Duff est mort, Candy.

Juste comme elle se retournait, Sean avait vu l'éclair de ses yeux.

31

SEAN se réveilla avec la migraine, et comme Dirk s'amusait à lui sauter sur la poitrine, cela ne contribua pas à atténuer le mal. Sean dut s'en débarrasser en lui promettant des bonbons. Dirk, sentant qu'il avait la partie belle, fit monter les enchères jusqu'à un paquet de boules à la menthe et deux sucettes — celles avec des rayures rouges — avant de se laisser conduire dans la salle de bains. Sean soupira et se replongea sous les draps. La douleur se déplaça et vint s'installer juste derrière les yeux. Son haleine sentait le champagne éventé, et sa peau la fumée de cigare. Il retomba dans un demi-sommeil, et le mal de tête diminua un peu.

— Sean, c'est dimanche aujourd'hui, tu sais, dit froidement Katrina. Tu viens à l'église ?

Sean ferma plus fort ses paupières.

— Sean !

Pas de réponse.

— Sean !

Il ouvrit un œil.

— Tu te lèves ?

— Je ne me sens pas très bien, dit-il d'une voix rauque. Je crois que j'ai un peu de palu.

— Tu viens ? demanda Katrina, impitoyable.

La nuit n'avait pas apaisé sa rancœur.

— Je ne me sens pas en forme ce matin, vraiment pas. Je suis sûr que le Bon Dieu me pardonnera.

— Tu n'invoqueras pas en vain le nom du Seigneur, dit Katrina d'un ton glacial.

— Désolé...

Sean remonta ses draps jusqu'au menton en un geste de protection.

— Vraiment, chérie, si je me lève avant une heure ou deux, ma tête va éclater.

Katrina lui tourna le dos et rejoignit Dirk dans le salon. Elle s'adressa à son fils, suffisamment fort pour que Sean pût entendre :

— Ton père ne vient pas avec nous. Nous descendrons prendre le petit déjeuner tous les deux, et puis nous irons seuls à l'église.

— Mais, fit remarquer Dirk, il doit m'acheter un paquet de bonbons à la menthe, et *deux* sucettes avec des rayures rouges.

Dans l'esprit de Dirk, ceci compensait cela.

Sean entendit se refermer la porte de l'appartement, et la voix de Dirk s'éloigna dans le couloir.

Sean retrouva le calme et attendit que la migraine voulût bien le laisser tranquille. Au bout d'un moment, il s'aperçut qu'il y avait un plateau posé sur la table de chevet. Il délibéra longuement pour savoir si la douleur supplémentaire que lui causerait l'effort de s'asseoir dans son lit pourrait être compensée, et au-delà, par l'effet bénéfique qu'une tasse de café ne manquerait pas d'avoir sur son organisme. La décision était difficile. Finalement, il se dressa avec précaution et se servit une grande tasse, puis prit le petit pot de crème fraîche.

Il s'apprêtait à en verser dans son café lorsqu'on frappa à la porte du salon.

— Entrez ! cria Sean, pensant que c'était le garçon d'étage qui revenait prendre le plateau.

Il chercha dans sa tête quelque cinglante réplique pour le renvoyer d'où il venait. La porte du salon s'ouvrit.

— Qui est là ? demanda-t-il.

Il entendit des pas pressés.

— Candy !

La surprise le fit sursauter, si violemment qu'il renversa de la crème sur sa chemise de nuit et sur les draps.

— Sapristi, Candy, tu n'aurais pas dû venir !

Sean, très agité, reposa le petit pot sur le plateau et essuya maladroitement la crème sur sa chemise de nuit.

— Si jamais ma femme... Est-ce qu'on t'a vue ? Il ne faut pas que tu restes ici. Si Katrina apprend que tu es venue, elle... enfin, je veux dire, elle ne comprendra pas.

Les yeux de Candy étaient gonflés et bordés de rouge : elle n'avait pas dû dormir beaucoup.

— Ne t'inquiète pas, Sean. J'ai attendu que ta femme sorte. Un de mes serviteurs l'a suivie pour savoir où elle allait. Elle est à l'église hollandaise dans Commissioner Street, et l'office y dure toujours une éternité !

Elle entra dans la chambre et vint s'asseoir sur le lit.

— Il fallait que je te parle, seul à seul. Je ne pouvais pas te laisser partir sans savoir ce qui était arrivé à Duff. Je veux que tu me racontes... que tu me dises tout. Je te promets de ne pas pleurer ; je sais que tu as horreur de ça.

— Candy, il ne faut pas se torturer ainsi. Il est mort. Souvenons-nous de lui tel qu'il était de son vivant.

Il avait oublié son mal de tête, pris qu'il était entre sa pitié pour Candy et son inquiétude devant la situation où elle l'avait mis.

— Dis-moi tout, je t'en supplie. Il faut que je sache ; je n'aurai pas de repos avant de tout savoir.

— Candy, ne vois-tu pas que tout cela n'a pas d'importance ? Qu'est-ce que ça peut te faire de savoir comment il est parti ? Il est mort, c'est tout.

La voix de Sean se fit plus sourde, et il continua, comme s'il se parlait à lui-même :

— Il est mort, c'est la seule chose qui compte... Il est mort en nous laissant un peu plus riches parce que nous l'avons connu, et un peu plus pauvres parce que nous l'avons perdu.

— Dis-moi tout, répéta-t-elle.

Ils se regardèrent, cachant leur émotion derrière un masque d'impassibilité. Alors Sean commença son récit, d'une voix hésitante d'abord, puis plus rapide et plus ferme à mesure que l'horreur resurgissait dans sa mémoire. Une fois qu'il eut fini, elle garda le silence, contemplant d'un œil fixe les dessins du tapis. Sean se rapprocha d'elle et la serra contre lui.

— Il n'y a rien que l'on puisse faire. C'est ça la mort, on est impuissant, totalement impuissant devant elle.

Elle se laissa aller dans ses bras, réconfortée malgré tout par le contact de ce grand corps solide et amical. Et puis, brusquement, elle se dégagea et lui sourit.

— Et maintenant, raconte-moi ta vie. Es-tu heureux ? C'était ton fils, le petit garçon qui était avec Katrina ? Il est mignon.

Sean abandonna avec soulagement les souvenirs qui l'obsédaient. Ils bavardèrent donc, se contant l'un l'autre ce qu'ils étaient devenus depuis leur séparation.

Soudain, Sean sursauta.

— Grand Dieu, Candy, il est tard ! Katrina va rentrer d'un moment à l'autre. File vite !

A la porte, elle se retourna, empoigna la barbe de Sean et lui secoua la tête.

— Si jamais Katrina te fiche à la porte, gros monstre, je connais quelqu'un qui pourra toujours te faire une place...

Elle se dressa sur la pointe des pieds et l'embrassa.

— Sois heureux, dit-elle.

Et la porte se referma doucement derrière elle.

Sean se frotta le menton, enleva sa chemise de nuit, la roula en boule, la jeta dans la chambre et alla dans la salle de bains. Il était en train de s'essuyer, tout en sifflotant la valse que l'orchestre avait jouée la veille au soir, lorsqu'il entendit la porte de l'appartement s'ouvrir.

— C'est toi, chérie ?

— Papa, papa ! Maman m'a acheté des bonbons.

Dirk tambourinait à la porte. Sean se ceignit les reins de sa serviette avant d'ouvrir.

— Regarde, regarde tous les bonbons ! cria Dirk. T'en veux un ?

— Merci, Dirk.

Sean fourra dans sa bouche un énorme bonbon à la menthe, le glissa contre sa joue et réussit à articuler :

— Où est maman ?

— Là.

Dirk désignait la chambre. Il referma soigneusement son sac de bonbons.

— Il faut que j'en garde pour Bejaan, annonça-t-il.

— Tu as raison, il les aime bien, dit Sean en se dirigeant vers la chambre.

Katrina était allongée sur le lit. Dès qu'il la vit, il sentit qu'il se passait quelque chose d'anormal. Elle regardait fixement le plafond avec des yeux qui semblaient ne rien voir, et son visage était celui d'une morte.

En deux bonds, Sean fut auprès d'elle et lui toucha la joue. Son angoisse augmenta.

— Katrina !

Pas de réponse. Pas la moindre lueur dans ses yeux vides. Sean sortit comme un fou et se rua dans le couloir jusqu'en haut de l'escalier. Il y avait du monde dans le hall, et Sean hurla à l'adresse de l'employé de la réception :

— Allez chercher un médecin, vite... Ma femme est mourante !

L'homme leva la tête et le regarda d'un air hébété. Il avait un cou trop maigre pour son col amidonné, et ses cheveux noirs, partagés par une raie au milieu, étaient plaqués sur son crâne à force de brillantine.

— Dépêchez-vous donc, imbécile ! rugit Sean.

Dans le hall, tout le monde regardait Sean : il n'était toujours vêtu que de sa serviette autour des reins, et ses cheveux mouillés retombaient sur son front.

— Mais allez donc !

Sean trépignait d'impatience. Il saisit un lourd vase de pierre sur le balustre et le souleva d'un air menaçant. L'employé, brusquement tiré de sa léthargie se précipita vers la porte. Sean revint vers la chambre en courant.

Dirk était debout près du lit de sa mère, la joue déformée par le bonbon qu'il mastiquait, les yeux agrandis par la curiosité. Sean l'empoigna à bras-le-corps, le porta dans l'autre chambre et l'enferma à double tour en dépit de ses hurlements : il n'avait pas l'habitude d'être traité de la sorte.

Sean revint s'agenouiller près de Katrina. Lorsque le médecin arriva, Sean n'avait pas bougé. Brièvement, il raconta ce qui s'était passé et évoqua la crise d'hématurie dont Katrina avait souffert.

Le docteur écouta attentivement, puis le pria d'attendre au salon. Il ne revint qu'un long moment après, et Sean sentit que, malgré son impassibilité professionnelle, l'homme devait être intrigué.

— Est-ce une rechute ? demanda Sean.

— Non, je ne pense pas. Je lui ai administré un sédatif.

— Qu'est-ce qu'elle a, alors ? insista Sean.

Le médecin ne répondit pas directement.

— Est-ce que votre femme pourrait avoir subi un choc moral... de mauvaises nouvelles, quelque chose qui aurait pu l'alarmer ? A-t-elle été récemment surmenée du point de vue nerveux ?

— Non, pas du tout... Elle revenait de l'église. Pourquoi ? Qu'est-ce qui se passe ?

Dans son inquiétude, Sean avait pris le docteur par les revers de son veston et le secouait.

— Il semble que ce soit une sorte de paralysie d'origine hystérique. Je lui ai donné du laudanum. Maintenant elle va dormir. Je reviendrai la voir ce soir.

Il essayait de se dégager. Sean lâcha ses revers et se précipita dans la chambre.

Le médecin revint juste avant la nuit. Sean avait déshabillé Katrina et l'avait remise au lit, mais aucun changement n'était intervenu. Sa respiration était faible et rapide malgré le sédatif administré. Cela intrigua le docteur.

— Je ne comprends pas, monsieur Courteney. Je ne trouve absolument rien d'anormal à part son état de faiblesse générale. Je crois que le mieux est d'attendre une évolution du mal. Je ne veux pas risquer de lui donner d'autres médicaments pour le moment.

Sean comprit que le médecin ne pouvait pas lui être d'un grand secours, aussi l'écouta-t-il d'une oreille distraite lorsqu'il lui annonça qu'il reviendrait le lendemain matin.

Mbejane baigna Dirk, le fit manger, le mit au lit et s'éclipsa discrètement. Sean resta seul avec Katrina, mais cette journée d'inquiétude l'avait brisé. Il laissa une veilleuse brûler dans le salon et s'allongea sur son lit. Il ne tarda pas à s'endormir.

Lorsque le rythme de sa respiration se fut apaisé, Katrina jeta un regard vers lui. Il était étendu tout habillé sur les couvertures, un bras au-dessus de la tête. Même dans son sommeil, les plis de son front et la crispation de ses lèvres trahissaient encore son inquiétude.

Katrina se leva et s'approcha de lui. Elle se sentait affreusement seule, plus qu'elle ne l'avait jamais été en brousse — et blessée, et meurtrie au-delà de toute limite, parce que tout ce en quoi elle croyait s'était effondré en quelques minutes, les minutes qui lui avaient suffi pour découvrir la vérité.

Elle regarda Sean, surprise de s'apercevoir qu'elle l'aimait encore. Mais désormais la sécurité qu'elle avait trouvée auprès de lui s'était évanouie. Les murs de son beau château n'étaient que du papier. Elle les avait vus se fissurer quand Sean avait revécu son passé devant elle et en avait éprouvé du regret. Elle les avait sentis trembler lorsqu'il avait dansé avec cette femme. Et puis, maintenant, tout s'était écroulé. Debout dans la pénombre, elle regardait l'homme en qui elle avait mis toute sa confiance, et qui l'avait trahie. Elle revit en pensée les événements de la matinée : non, elle ne s'était pas trompée, tout accablait Sean.

En revenant de l'église, Katrina et Dirk s'étaient arrêtés pour acheter des bonbons. Le magasin se trouvait presque en face de l'hôtel. Dirk avait mis du temps pour se décider : l'abondance et la variété de la marchandise le plongeaient dans des abîmes de perplexité. Finalement, avec l'aide du patron lui-même et grâce aux suggestions de Katrina, il avait fait son choix, et on avait enveloppé ses bonbons dans un sac de papier brun. Au moment où ils allaient sortir, Katrina avait aperçu, à travers la vitrine, Candy Rautenbach qui sortait de l'hôtel. Elle avait vivement descendu les marches du perron, jeté un regard autour d'elle, puis avait traversé la rue et était montée dans une voiture en stationnement qui était partie au galop.

Katrina s'était immobilisée, et sa jalousie de la veille au soir s'était ravivée, car Candy était très belle ainsi au grand jour. Ce n'était pourtant qu'une fois la voiture partie que Katrina avait commencé à se poser des questions : que faisait donc Candy à leur hôtel, un dimanche matin à onze heures ?

La jalousie de Katrina s'enfonçait en elle comme un poignard et lui coupait le souffle. Elle s'était souvenue : Candy chuchotant à l'oreille de Sean, au moment où ils quittaient « La Guinée d'Or », et Sean lui répondant, et lui mentant ensuite à elle, Katrina. Sean savait qu'elle irait à l'église ce matin-là ! Comme tout était simple... Sean avait donné rendez-vous à Candy, s'était arrangé pour ne pas accompagner Katrina, et, pendant son absence, avait reçu cette prostituée dans sa chambre, dans *leur* chambre !

— Maman, tu me fais mal.

Sans s'en rendre compte, elle avait dû serrer le bras de Dirk. Elle s'était précipitée, tirant son fils derrière elle ; elle avait traversé le hall en courant, monté les escaliers. Et quand elle avait ouvert la porte... Oui, c'était bien le parfum de Candy, un parfum de violettes fraîches, elle s'en souvenait. Elle avait entendu Sean appeler depuis la salle de bains, et Dirk était allé tambouriner à la porte.

— Papa, papa ! Maman m'a acheté des bonbons !

Katrina avait posé la Bible sur le bureau et traversé le salon encore empli du parfum de la prostituée, puis, sur le seuil de la chambre, elle s'était immobilisée : la chemise de nuit de Sean était par terre, et il y avait dessus des taches encore humides.

Elle avait senti ses jambes se dérober sous elle. Pourtant, elle avait encore eu la force de relever la tête, et avait aperçu les taches sur le lit, grises sur les draps blancs.

La tête lui tournait, ses jambes la brûlaient. Elle eut à peine le temps de se jeter sur son lit.

32

Elle ne pouvait pas se tromper : Sean avait couché avec cette femme dans leur chambre, presque sous ses yeux, avec une telle désinvolture, une telle impudence qu'il n'aurait pas bafoué Katrina plus cruellement s'il l'avait giflée, et jetée à la rue. Affaiblie par la fièvre et par ses règles, abattue par la mort de son enfant, elle n'avait plus la force de lutter. Elle avait aimé Sean, mais elle n'avait pas dû suffire à son devoir ; elle ne pouvait donc plus rester avec lui : l'orgueil obstiné de sa race l'en empêchait.

Timidement, elle se pencha vers lui pour l'embrasser. Elle sentit son odeur tiède, et sa barbe lui caressa la joue. Sa résolution vacilla : elle aurait voulu se jeter contre sa poitrine, entourer son cou de ses bras, l'implorer. Elle aurait voulu avoir une dernière chance. Si seulement il pouvait lui expliquer en quoi elle avait failli, en quoi elle s'était trompée, elle essaierait de s'amender. Peut-être qu'en retournant en brousse...

Elle fit un effort sur elle-même et s'écarta du lit, puis pressa contre ses lèvres les jointures de ses doigts. A quoi bon ? Sean avait pris sa décision, et même si elle le suppliait de la reprendre, il y aurait toujours *cette chose* entre eux.

Elle avait vécu dans un château, elle ne le troquerait plus maintenant contre une hutte de boue.

Fouaillée par son propre orgueil, elle se décida, et alla prendre dans l'armoire un manteau qu'elle boutonna — il lui tombait jusqu'aux chevilles et cachait sa chemise. Elle prit aussi le châle vert qu'elle mit sur sa tête et dont elle noua les extrémités sous son menton. Elle jeta un dernier regard vers Sean : il dormait, son grand corps affalé sur le lit, le front toujours plissé.

Katrina passa dans le salon et s'arrêta près du bureau. Sa Bible était toujours là où elle l'avait posée. Elle l'ouvrit à la page de garde, trempa une plume dans l'encrier et écrivit quelque chose, puis elle referma le livre et se dirigea vers la porte.

Là, elle hésita encore, et se retourna vers la chambre de Dirk, mais elle craignit de ne pas se montrer assez forte. Relevant un pan de son châle pour cacher sa bouche, elle sortit dans le couloir et referma doucement la porte derrière elle.

33

SEAN fut surpris de se retrouver tout habillé sur son lit le lendemain matin. Il faisait encore sombre au-dehors, et la chambre était froide. Sean se souleva sur un coude et se frotta les yeux de son poing fermé. Soudain, la mémoire lui revint : il se leva et chercha Katrina du regard. Les draps étaient ouverts et le lit vide. Sean en fut soulagé : elle allait donc mieux, puisqu'elle avait pu se lever seule. Il se dirigea en trébuchant vers la salle de bains — il n'était pas encore tout à fait réveillé —, et frappa à la porte.

— Katrina ? demanda-t-il.

Puis il tapa plus fort.

— Katrina, tu es là ?

Il voulut ouvrir : la poignée tourna sans effort. Il cligna des yeux, à cause de la mosaïque blanche qui brillait sous la lumière incertaine. Une serviette était jetée sur une chaise, là où il l'avait laissée, mais la pièce était vide.

Une angoisse l'étreignit. La chambre de Dirk était toujours fermée à clé, et la clé était à l'extérieur. Il l'ouvrit. Dirk se dressa dans son lit, le visage empourpré, les cheveux dressés comme des feuilles de sisal.

Sean se précipita dans le couloir, jeta un coup d'œil dans le hall. Il y avait une lampe qui brûlait au-dessus du bureau de la réception. Le veilleur ronflait, la tête sur les bras. Sean descendit quatre à quatre et le secoua.

— Est-ce que quelqu'un est sorti cette nuit ? demanda Sean.

— Je... je ne sais pas.

— Cette porte est-elle fermée à clé ?

Sean désignait la porte d'entrée.

— Non, monsieur, il n'y a qu'un verrou. On ne peut pas entrer, mais on peut sortir.

Sean se retrouva sur le trottoir. Où chercher ? Où était-elle allée ? A Pretoria ? Non, pensa Sean, elle n'avait pas d'argent. Pourquoi partir sans le prévenir, pourquoi laisser Dirk et disparaître dans la nuit, sans même s'habiller ? Les médicaments que le médecin lui avait donnés avaient dû la déséquilibrer. Peut-être aussi, comme le docteur l'avait supposé, avait-elle subi un choc ; peut-être, ayant perdu la mémoire, errait-elle en chemise dans les rues de Johannesburg...

Une aube grise et froide se levait sur la ville qui commençait à s'éveiller. Les questions se pressaient dans la tête de Sean sans trouver de réponse.

Il fit demi-tour et courut aux écuries de l'hôtel.

— Mbejane ! cria-t-il. Mbejane, où diable es-tu donc ?

Mbejane sortit vivement de la stalle où il étrillait un des chevaux de louage.

— N'kosi ?

— As-tu vu la N'kosikazi ?

Le visage de Mbejane se plissa d'étonnement.

— Hier...

— Non, mon vieux, coupa Sean. Aujourd'hui, cette nuit... L'as-tu vue ?

L'expression de Mbejane était suffisamment éloquente.

Sean l'écarta impatiemment. Se précipitant dans l'écurie, il décrocha une selle et la jeta sur le dos du premier cheval venu. Tout en serrant la sangle et en passant le mors, il expliqua à Mbejane :

— La N'kosikazi est malade. Elle est partie en pleine nuit. Il est possible qu'elle marche comme quelqu'un qui dort encore. Va trouver tes frères, dis-leur de la chercher partout. Il y aura dix livres en or pour celui qui la trouvera. Ensuite tu reviendras t'occuper de Dirk jusqu'à mon retour.

Sean sortit son cheval de l'écurie tandis que Mbejane s'élançait pour répandre la nouvelle. Sean savait que dans quelques minutes la moitié des Zoulous de Johannesburg se mettraient à la recherche de Katrina — la solidarité tribale et l'appât de dix livres en or étaient de précieux stimulants.

Sean lança son cheval au galop et essaya d'abord la route de Pretoria. A cinq kilomètres de la ville, il interrogea un petit pâtre indigène qui gardait quelques moutons au bord de la route, et se convainquit que Katrina n'était pas passée par là. Il fit donc demi-tour et alla rendre visite au commissariat de police de Marshal Square. Le commissaire se souvenait de lui ; Sean pouvait compter sur son aide. En le quittant, Sean parcourut les rues de la ville qui s'animaient déjà : une nouvelle journée de travail commençait. Il attacha son cheval près de l'hôtel et monta le perron quatre à quatre. Le portier ne savait rien de nouveau. Dans l'appartement, Mbejane était en train de faire manger Dirk. Dirk accueillit son père avec un sourire radieux sur son visage barbouillé d'œuf, et il tendit les bras, mais Sean n'avait pas le temps de s'occuper de lui.

— Est-elle revenue ?

Mbejane secoua la tête.

— On la trouvera, N'kosi. Il y a cinquante hommes qui la cherchent maintenant.

— Reste avec le petit, dit Sean, et il redescendit.

Il s'apprêta à sauter en selle, mais il ne savait plus où aller.

— Où a-t-elle bien pu passer ? se demanda-t-il tout haut.

Oui, sans vêtements, sans argent, où était-elle allée ?

Il recommença à parcourir la ville en tous sens, se retournant pour dévisager les gens sur le trottoir, examinant les cours, les terrains vagues. Quand vint midi, son cheval était fourbu, et lui-même ravagé d'inquiétude et d'énervement. Il avait fouillé tout Johannesburg, importuné la police, injurié le portier de l'hôtel, mais il n'y avait toujours pas la moindre trace de Katrina. Comme il repassait pour la cinquième fois dans Jeppe Street, il remarqua enfin, malgré ses préoccupations, l'imposant immeuble à deux étages de l'Hôtel Candy.

— Candy, murmura-t-il. Elle pourrait m'aider.

Il la trouva dans son bureau, au milieu des tapis persans et des meubles dorés. Les murs étaient tendus de rose et de bleu, et six lustres de cristal pendaient au plafond orné de miroirs. Sean repoussa le petit homme en veston d'alpaga qui tentait de lui barrer le passage et fit irruption dans la pièce. Candy leva les yeux, et son froncement de sourcils irrité se transforma en un sourire.

— Oh, Sean... Je suis contente de te voir.

Candy fit le tour de son bureau, un beau meuble avec un dessus en mosaïque indienne. Sa jupe en cloche cachait ses jambes, et elle semblait glisser sur le parquet. Elle avait la peau blanche, lisse, et ses yeux bleus étaient remplis de joie.

Elle lui tendit la main, mais hésita en voyant son visage.

— Que se passe-t-il, Sean ?

Il lui raconta tout d'un trait. Lorsqu'il eut terminé, elle sonna.

— Il y a du cognac dans le petit bar près de la cheminée, dit-elle. Je crois que ça te fera du bien.

Le petit homme en veston d'alpaga s'empressa de répondre au coup de sonnette. Tout en se versant un grand verre de cognac, Sean écouta Candy donner ses ordres.

— Allez interroger les employés de la gare. Télégraphiez aux arrêts des diligences sur toutes les routes. Envoyez quelqu'un à l'hôpital. Vérifiez les registres de tous les hôtels et de toutes les pensions de la ville.

— Très bien, madame.

L'homme faisait un petit signe de tête à chaque nouvelle consigne.

Lorsqu'il fut parti, Candy se retourna vers Sean.

— Verse-moi donc aussi à boire, et puis assieds-toi. Il faut te calmer un peu, Sean. Tu te comportes exactement comme elle le souhaitait.

— Qu'est-ce que tu veux dire ?

— Tu es en train de te faire donner sur les doigts, et c'est bien fait : tu as dû enfreindre les sacro-saintes règles de la morale conjugale. Tu es marié depuis assez longtemps pour comprendre, non ?

Sean lui apporta son verre, et elle tapota la place vide près d'elle sur le canapé.

— Viens t'asseoir près de moi. On va la retrouver, ta cendrillon.

— Qu'est-ce que tu veux dire avec ta morale conjugale ?

— Que tu es puni pour ta mauvaise conduite : tu as peut-être mangé malproprement, ou bien tu as répondu, tu as pris toute la couverture pour dormir, tu n'as pas dit bonsoir avec toute la tendresse désirable ; bref, tu as dû commettre un de ces péchés impardonnables aux yeux d'une épouse, et elle se venge. Mais...

Candy but une gorgée.

— Je vois que tu as toujours la main aussi lourde. Un doigt de cognac pour un Courteney, c'est tout de suite le demi-litre... Je disais donc... *mais* je crois que la petite Katy fait une crise aiguë de jalousie. Sa première, sans doute, étant donné que vous avez vécu jusqu'ici en pleine brousse et qu'elle n'avait pas encore pu constater les ravages que ton charme opère sur le sexe faible.

— C'est idiot, dit Sean. De qui pourrait-elle bien être jalouse ?

— De moi, fit Candy. L'autre soir, quand elle me regardait, j'avais l'impression de recevoir un coup de pistolet là, en pleine poitrine.

Candy joignit le geste à la parole, et ses doigts fuselés effleurèrent ses seins magnifiques, attirant habilement sur eux l'attention de Sean. Sa poitrine bien échancrée sentait bon la violette fraîche. Sean s'agita et détourna le regard.

— C'est idiot, répéta-t-il. Nous sommes de vieux amis, presque comme...

Il hésita.

— J'espère, mon cher, que tu n'allais pas dire « comme frère et sœur »... Je ne suis pas portée sur l'inceste, moi... Mais peut-être as-tu oublié... ?

Non, Sean n'avait pas oublié. Tous les détails de cette soirée lui revinrent en mémoire. Il rougit et se leva.

— Il faut que je m'en aille, dit-il. Je vais continuer les recherches. Merci pour tout, Candy.

— Tout ce que j'ai est à vous, m'sieur, dit-elle en clignant de l'œil, et il rougit encore.

Puis elle ajouta d'un ton plus sérieux :

— Dès que j'ai du nouveau, je te le fais savoir.

Candy l'avait un peu réconforté, mais les heures passèrent et on n'avait toujours pas de nouvelles de Katrina. Lorsque vint la nuit, Sean était tenaillé d'inquiétude au point d'avoir oublié sa fatigue et sa mauvaise humeur. Un à un, les frères de race de Mbejane revenaient bredouilles ; une à une, les pistes explorées par les hommes de Candy s'avéraient stériles. Bien avant minuit, Sean était seul à continuer les recherches.

Il repartit, une lanterne à la main, refaisant pour la dixième fois le chemin parcouru, visitant les camps de mineurs, s'arrêtant pour interroger les passants attardés le long des routes. Certains croyaient même que Sean plaisantait : ils se mettaient à rire, puis, en découvrant son visage hagard et ses yeux sombres, ils n'avaient plus envie de rire et se hâtaient de s'éloigner. D'autres avaient déjà entendu parler de la disparition de Katrina, et c'étaient eux qui se mettaient à poser des questions ; mais lorsque Sean comprenait qu'ils ne pourraient pas l'aider, il s'en allait poursuivre plus loin sa quête.

Il revint à l'hôtel à l'aube. Mbejane l'attendait.

— N'kosi, je t'avais fait préparer quelque chose hier soir. Mange, maintenant, et dors un peu. Je vais dire à mes hommes de chercher encore, ils la retrouveront.

— Dis-leur que je donnerai cent livres à celui qui la trouvera.

Sean passa une main lasse sur son visage.

— Dis-leur de fouiller le *veld* au-delà des collines, peut-être n'a-t-elle pas suivi les routes.

— Je leur dirai... Mais tu dois manger maintenant.

Sean cligna ses yeux rougis, au coin desquels un peu de mucus jaunâtre s'était accumulé.

— Et Dirk ? demanda-t-il.

— Il va bien, N'kosi. Je suis resté tout le temps avec lui.

Mbejane prit fermement Sean par le bras.

— Il faut que tu manges, N'kosi. Tout est prêt.

— Selle-moi un autre cheval, ordonna Sean. Je mangerai pendant ce temps-là.

Sean repartit sans prendre un instant de repos. Tenant à peine en selle, il élargit le cercle de ses recherches et se retrouva dans le *veld.* Les chevalements de la mine n'étaient plus que de petits triangles arachnéens à l'horizon.

Plus d'une fois, il rencontra des Zoulous de la ville, de grands gaillards vêtus d'un pagne, qui allaient de leur pas régulier, fouillant la brousse avec l'acharnement d'un chien de chasse. Ils le saluaient avec sympathie.

— Mbejane nous a dit, N'kosi. Nous la retrouverons.

Et Sean les quittait et repartait seul, plus seul qu'il ne l'avait jamais été. Quand la nuit vint, il rentra à Johannesburg. Le peu d'espoir qui lui restait s'évanouit lorsqu'il entra dans le hall de l'hôtel et lut de la pitié sur le visage de l'employé de la réception.

— Rien, malheureusement, monsieur Courteney.

Sean hocha la tête.

— Merci quand même... Et mon fils ?

— Votre serviteur s'en est très bien occupé. Je lui ai fait monter à dîner il y a une heure.

Les escaliers lui semblèrent interminables. Mon Dieu, comme il se sentait las — écœuré plutôt, de fatigue et d'inquiétude. Il ouvrit la porte de l'appartement. Candy était là, assise dans le salon. Elle se leva. L'espoir revint à Sean en un éclair.

— Est-ce que..., commença-t-il.

— Non, dit-elle vivement. Hélas ! non, Sean !

Il se laissa tomber sur une chaise ; Candy prit une carafe posée sur le bureau et lui versa à boire. Il la remercia d'un sourire et but une longue rasade. Sans se soucier de ses protestations, Candy lui enleva ses bottes l'une après l'autre, puis elle prit son verre et alla s'asseoir à l'autre bout de la pièce.

— Je te demande pardon pour hier, dit-elle doucement. Je ne m'étais pas rendu compte à quel point tu l'aimes.

Elle leva son verre.

— A la conclusion heureuse de nos recherches !

Sean avala d'un coup la moitié de son verre.

— Car tu l'aimes, n'est-ce pas ? demanda Candy.

— C'est ma femme, répondit-il sèchement.

— Mais ce n'est pas seulement cela, insista Candy bien qu'elle sentît la colère affleurer sous la lassitude de Sean.

— Oui, je l'aime. Je m'en rends compte maintenant, je l'aime comme jamais je ne pourrai aimer personne.

Il vida son verre et le contempla fixement. Sous son hâle, son visage était gris, et dans ses yeux tournoyait la flamme sombre du désespoir.

— L'amour..., dit-il.

Il semblait peser le mot.

— L'amour, répéta-t-il. Ça se vend à l'*Opéra*. On a tellement sali ce mot-là, il a tellement servi que, lorsque je veux dire : « J'aime Katrina », j'ai l'impression que la phrase n'a plus de sens.

Il lança son verre, qui s'écrasa contre le mur, et les morceaux retombèrent avec un tintement. A côté, Dirk se retourna dans son lit.

Sean baissa la voix et murmura d'un ton véhément :

— Je l'aime à m'en faire mal, je l'aime tant qu'à la pensée de la perdre j'ai l'impression de mourir moi-même.

Il serra les poings et se pencha en avant.

— Mais je ne vais pas la perdre, bon sang, et quand je la retrouverai je lui dirai... je lui dirai ce que je viens de te dire.

Il se tut, et son front se plissa.

— Je crois bien que je ne lui ai jamais dit : « Je t'aime ». Je n'aimais pas employer ce mot-là. Je lui ai dit : « Veux-tu m'épouser ? », je l'ai appelée « ma chérie », mais jamais je ne lui ai dit que je l'aimais.

— C'est peut-être un peu pour ça qu'elle est partie, Sean : tu ne le lui as jamais dit et elle a peut-être cru que tu ne l'aimais pas.

Candy l'observait, et dans son regard se mêlaient la pitié, la compréhension, un peu de tendresse aussi.

— Je la retrouverai, dit Sean, et cette fois je le lui dirai... s'il n'est pas trop tard.

— Tu la retrouveras et il ne sera pas trop tard. La terre ne l'a tout de même pas engloutie... Katrina sera heureuse d'entendre ce que tu viens de me dire.

Elle se leva.

— Il faut que tu te reposes maintenant, tu as encore une rude journée devant toi.

Sean s'endormit tout habillé sur la chaise du salon ; son sommeil fut agité, entrecoupé de réveils en sursaut, car son esprit inquiet le ramenait sans cesse à la réalité.

Candy avait baissé le gaz en sortant, et la petite lueur de la veilleuse faisait une tache blanchâtre sur le bureau. La Bible de Katrina était restée là où elle l'avait posée, et à chaque fois que Sean s'éveillait, il avait devant les yeux le gros livre relié en cuir. Un peu avant l'aube, il sut qu'il ne dormirait plus.

Il se leva. Tout son corps lui faisait mal, et ses yeux le

picotaient. Il alluma le gaz en grand, et sa main en retombant effleura la Bible de Katrina. Machinalement, il la prit — le cuir était frais et doux à ses doigts — et l'ouvrit à la page de garde. La respiration lui manqua.

De son écriture ronde et appliquée, Katrina avait inscrit au-dessous de son nom la date de sa mort : « 12 décembre 1895 ». L'encre était encore fraîche.

La page grandit lentement sous les yeux de Sean, sembla remplir son champ de vision, et un bruissement assourdissant, comme celui d'un fleuve en crue, résonna dans ses oreilles ; mais des voix s'élevèrent, qui couvrirent le bruit :

— Allons-nous en, Sean, cela fait penser à une tombe...

— Avant tout, donnez-lui beaucoup d'amour.

— La terre ne l'a tout de même pas engloutie...

Et sa propre voix :

— S'il n'est pas trop tard, s'il n'est pas trop tard.

Le ciel commençait à blanchir lorsque Sean atteignit les ruines de la Fosse Candy. Il attacha son cheval et courut vers le puits. Le vent léger et froid agitait les herbes, et faisait frémir les pointes du châle de Katrina comme les ailes d'un grand oiseau vert pris dans les barbelés.

Parvenu à la clôture, Sean se pencha. Au bout du trou, un peu d'herbe avait été arrachée, comme si quelqu'un, en tombant, s'y était accroché désespérément.

Sean détacha le châle des barbelures, en fit une boule entre ses mains et le lança dans le puits. Il s'ouvrit et plongea dans le noir, vert comme les yeux de Katrina.

— Pourquoi ? murmura Sean. Pourquoi as-tu fait cela, mon amour ?

Il tourna les talons et revint vers son cheval en trébuchant sur le sol inégal.

Mbejane l'attendait à l'hôtel.

— Va préparer la voiture, lui dit Sean.

— La N'kosikazi... ?

— Va préparer la voiture, répéta Sean.

Il prit Dirk dans ses bras, descendit payer la note et sortit. La voiture était déjà là. Il y grimpa, tenant Dirk sur ses genoux.

— On retourne à Pretoria, dit Sean.

— Où est maman ? demanda Dirk.

— Elle ne vient pas avec nous.

— On s'en va tout seuls ? insista Dirk.

Sean hocha la tête d'un air las.

— Oui, on s'en va tout seuls.

— Et maman ne vient pas ?

— Non, Dirk. Elle ne vient pas.

C'est fini, songea Sean. Tout était fini, les rêves, le rire, l'amour. Il était encore trop abasourdi pour sentir sa souffrance — cela viendrait plus tard.

— Pourquoi tu me serres si fort, papa ?

Sean desserra son étreinte et regarda Dirk. Tout n'était pas fini, peut-être. Ce n'était qu'un recommencement.

Mais d'abord il me faut du temps pour guérir. Du temps, et un coin tranquille où la blessure pourra se cicatriser.

Les chariots attendaient : Sean repartirait vers la solitude. Peut-être qu'au bout d'un an la souffrance serait suffisamment estompée, et qu'il pourrait retourner à Ladyburg avec son fils, retourner vers Ada et Garry... Mais soudain la douleur revint, si brutale, si cruelle que Sean fut effrayé.

Mon Dieu, pria Sean qui n'avait jamais prié, *mon Dieu, donnez-moi la force d'endurer ma souffrance.*

— Est-ce que tu vas pleurer, papa ? On dirait que tu vas pleurer.

Dirk observait le visage de son père avec une curiosité un peu solennelle. Sean attira doucement la tête de son fils contre son épaule.

Si les larmes pouvaient payer nos dettes, les tiennes et les miennes, Dirk, si par mes larmes je pouvais faire que tu n'aies jamais à pleurer, alors je pleurerais à m'en brûler les yeux...

— Non, Dirk, répondit-il, je ne vais pas pleurer. Les larmes ne servent pas à grand-chose, tu sais.

Et Mbejane les emmena vers Pretoria, où les attendaient les chariots.

Cet ouvrage a été reproduit
par procédé photomécanique
par la SOCIÉTÉ NOUVELLE FIRMIN-DIDOT
Mesnil-sur-l'Estrée
pour le compte des Éditions Robert Laffont
en mai 1992

Cet ouvrage a été reproduit
par procédé photomécanique
par SOCIÉTÉ NOUVELLE FIRMIN-DIDOT
Mesnil-sur-l'Estrée
pour le compte des Éditions Robert Laffont
en mai 1992

Imprimé en France
Dépôt légal : mai 1992
N° d'édition : 34090 – N° d'impression : 20927